제이의 운명

상허
이태준
전집
4

第二 運命

제이의 운명

장편소설

열화당

일러두기

· 이 책 『제이의 운명』은 상허가 일간지에 연재한 첫 장편소설로, 출처는 최초 발표본부터 해금 전 단행본까지 다음과 같다. 「제이의 운명」 『조선중앙일보』, 1933. 8. 25-1934. 3. 23.(201회 연재); 『제이의 운명』, 한성도서주식회사, 1937; 『제이의 운명』 상·하, 한성도서, 1948.

· 작가의 의도가 최종적으로 반영된 본문이라는 점에서 상허가 월북하기 전 최후 판본인 1937년판을 저본으로 삼았다.

· 표기법과 띄어쓰기는 현행 맞춤법을 따르되, 일부 방언이나 당대의 표현은 존중했다.

· 생소한 옛 어휘, 외래어, 일본어, 한시, 인물, 장소, 사건에는 편자주를 달았다. 단, 가장 처음 나오는 곳에 한 번 넣었다.

· 더 상세한 편집 원칙은 「'상허 이태준 전집'을 펴내며」에 밝혀져 있다.

'상허 이태준 전집'을 펴내며

제4권 『제이의 운명: 장편소설』

당대 최고의 단편소설과 미문으로 우리 문학사에 큰 획을 그은 상허(尚虛) 이태준(李泰俊)의 새 전집을 엮으며, 그가 했던 말을 떠올린다. "산문 문학이란 한 감정이나 한 사상의 용기(容器)라기보다 더 크게 인생 전체의 용기다." 전집 출판은 한 작가의 세계 전체, 더 나아가 그를 둘러싼 시대까지 아우르는 큰 그릇을 빚는 일이다. 상허는 단편소설뿐만 아니라 중·장편소설, 희곡, 시, 아동문학, 수필, 문장론, 평론, 번역 등 다양한 방면의 글을 남겼는데, 삼십여 년 동안 온갖 여건 속에서 탄생된 글들은 개인의 얼굴이자 역사의 소산이다. 하지만 그 모습들은 결코 단순하지 않다. 상허는 문학의 순수성을 추구하는 동시에 인간 사회를 반영하는 데 따르는 통속성도 긍정했으며, 골동취미와 우리말에 대한 감식안을 지닌 예술가적 면모와, 자본주의 물질문명을 향한 비판, 계몽성 강한 메시지를 표출하는 사회참여자로서의 자세가 공존한다. 이는 장르에 따라 달리 구현되기도 하고 시기에 따라 변화하기도 한다. 격변의 한국 근대사를 관통해 남겨진 이 작품들을 하나의 그릇에 담아 오늘에 다시 읽는 일은, 그렇기에 인간과 역사와 언어를 다층적이자 총체적으로 이해하는 일이다. 그것은 상허가 글쓰기를 통해 실천하고자 했던 궁극의 의도에 다가가는 첫걸음이기도 하다.

이에 열화당은 상허의 생질 서울대 김명열 명예교수와 함께 '상허 이태준 전집'을 새롭게 기획, 발간한다. 이 어렵고 방대한 작업에 착수할 수 있었던 것은, 상허의 탁월한 문학적 성취와 미문을 후세에 제대로 알리고 상허 연구의 기반을 올바로 마련하기 위해서는, 그의 작품들을 일관된 기준으로 정리하는 일이 가장 시급하다는 데 공감했기 때문이다. 앞서 '근원(近園) 김용준(金瑢俊) 전집', '우현(又玄) 고유섭(高裕燮) 전집'과 같은 우리 근대기 문헌을 출간한 경험도 큰 밑거름이 되었다.

이 전집은 1988년 해금(解禁) 직후 나온 전집들이나 주요 작품만 모은 선집들의 미흡한 점을 최대한 보완하고, 월북 전에 발표한 상허의 모든 작품을 망라한다. 그 결과 단편소설 한 편을 비롯해, 중편과 장편에서 누락되었던 연재분, 일문(日文)으로 쓴 글 두 편, 번역과 명작 개요 각 한 편, 아동문학 십여 편, 다수의 산문과 평론이 이 전집에 처음 소개된다. 월북 이후에 발표한 글은 제외되었는데, 이는 시각에 따라 불완전한 전집일지 모르나, 우리는 작가의 의지가 순수하게 발현되었느냐 하는 기준에 부합하는 전집 만들기에 집중했다. 월북 후의 작품도 상허와 그 시대를 이해하는 데 중요한 문헌이기에 추가로 정리할 기회를 모색하려 한다.

이렇게 기획한 '상허 이태준 전집'은 전14권으로 구성된다. 제1권은 상허의 단편소설을 모은 『달밤』, 제2권은 중편소설, 희곡, 시, 아동문학 작품을 엮은 『해방 전후』이다. 제3권부터 제10권까지는 장편소설들로서 『구원의 여상·화관』『제이의 운명』『불멸의 함성』『성모』『황진이·왕자 호동』『딸 삼형제·신혼일기』『청춘무성·불사조』『사상의 월야·별은 창마다』의 순서로 이루어진다. 제11권은 상허의 모든 수필과 기행문을 모은 산문집 『무서록』, 제12권은 문장론을 담은 『문장강화』, 제13권은 『평론·설문·좌담·번역』, 제14권은 상허의 어휘들을 예문과 함께 정리하고 상허 관련 자료를 취합한 『상허 어휘 풀이집』으로 계획했다. 이 중 첫 네 권을 일차분으로 선보인다.

전집의 네번째 권 『제이의 운명』은 상허의 첫 일간지 장편 연재소설로, 『조선중앙일보』(1933. 8. 25 - 1934. 3. 23)에 연재된 후 1937년 단행본으로 출간되었다. 1930년대에는 잡지와 신문의 발간이 붐을 이루었고,

그만큼 독자를 끌어들이기 위한 수단으로 연재물이 많이 생겨났다. 상허 역시 이 시기 가장 활발한 글쓰기를 하며 인기 작가의 반열에 올랐다. 단편에 비해 매체와 독자의 영향을 받을 수밖에 없는 장편 연재물의 한계를 스스로 인정하면서도, 이 장르만이 가진 서사 스케일과 대중성에 힘입어 사회적 메시지를 담은 작품을 완성해냈다. 흔히 저급한 것으로 해석되는 대중문학의 통속성에 대해서도 그는 재인식을 요구했다. "이 통속성이란 곧 사회성이다. 결코 무시될 수 없는, 개인과 개인 간의 각 각도로의 유기성을 의미하는 것이다. 통속성 없이 인류는 아무런 사회적 행동도 결성도 가질 수 없는 것이다."

초기 장편에 해당하는 『제이의 운명』은 대중성과 사회성을 모두 갖춘 작품으로, 남녀의 중첩된 삼각관계 속에서 연애, 돈, 계급, 교육, 농촌운동 같은 당대의 사회 문제들이 다양하게 다루어진다. 연인 사이인 심천숙과 고학생 윤필재는 재력가 집안의 박순구가 천숙을 흠모하며 갈등이 생기고, 실연 뒤 여학교 교사가 된 필재는 동료 교사 남마리아와 서로 호감을 나누지만 강수환의 모함으로 학교를 그만두게 된다. 이후 강원도 용담으로 배경이 바뀌면서 필재와 마리아가 재정난에 빠진 관동의숙을 재건하는 상황이 이어지는데, 이는 일제의 수탈에 대항하는 1930년대 농촌계몽운동의 실상을 반영한 것이다. 남성들은 다소 우유부단하거나 세속적으로 보이는 반면 여성들은 자신의 삶을 스스로 개척하는 과감한 인물로 그려지고 있다는 점에서 돋보이는 작품이며, 이는 연재 예고 기사에 적힌 작가의 말에서도 드러난다. "제이의 운명, 그것은 벌써 운명의 부정이겠습니다. (…) 그런 운명의 개조자, 그런 억센 의지의 성격자 하나를 창작해 보려는 것이 나의 의도란 것만 미리 말씀할 수 있습니다."

작품이 씌어진 지 어느새 한 세기 가까이 흐른 지금, 상허의 글들은 여전히 낡지 않은 현재성을 지닌다. 마치 소설 속 풍경이 바로 눈앞에 펼

쳐지듯 생생하고, 인물들의 목소리가 귓전에 울리듯 쟁쟁하다. 하지만 그 이야기가 활자화된 우리말 표기법이나 용례는 상당히 차이가 난다. 작품의 의미와 표현을 손상하지 않으면서 지금의 독자에게 '읽힐 수 있게' 복간하는 일이 그만큼 어렵고 조심스러울 수밖에 없는 까닭이 여기에 있다.

우선 본문을 확정하는 세부 원칙을 세우는 게 중요했다. 원본을 존중한다는 원칙 아래 저본 원문과의 꼼꼼한 대조를 선행하고, 서술문과 대화문 모두 현행 표기법을 따르되, 대화문, 편지글, 인용문에서는 방언이나 당대의 표현, 인물의 독특한 입말은 그대로 살렸다. 서술문에서도 표기법에 맞지는 않지만 '대이다(대다)', '나리다(내리다)', '모다(모두)', '잡아다리다(잡아당기다)', '제끼다(젖히다)' 같은 예스러운 분위기를 전하는 어휘는 살렸다. 오식, 오자, 탈자로 의심되는 부분은 여러 판본을 참조하거나 추정해 수정했다. 외래어나 외국어는 현행 표기법을 따랐으나, '삐루(맥주)', '고뿌(잔, 컵)', '구쓰(구두)'와 같이 일본식 외래어로 굳어져 사용되던 말이나 대화문에 나오는 것은 그대로 두고 주석에 풀이했다. 단, 지금은 사용하지 않는 한글 자모이거나 지나치게 생소한 형태인 경우 교정한 것도 있다. 한자는 의미를 이해하는 데 필요한 곳에 병기했고, 원문에 있더라도 불필요하면 삭제했다. 문장부호도 현행 표기법을 따랐으며, 장음 표기인 대시(—)는 뺐으나, 강조나 분위기가 표현되어야 할 때는 첫 음의 모음을 겹으로 적어 그 느낌을 살렸다. 억양을 올리거나 강조하는 표시로 사용된 물음표(?)와 문장 끝에 들어간 대시는 문맥에 따라 적절히 마침표(.), 쉼표(,), 느낌표(!) 등으로 바꿔 주었다. 숫자는 당시 한자나 한글로 표기하던 방식대로 작품 안에서는 한글로 통일하고, 글 끝에 적힌 날짜와 편자주에서는 선택적으로 아라비아 숫자로 했다.

이 전집에서 가장 많은 시간과 노력을 들인 요소는 편자주인데, 그 적절함과 정확성에서 염려되는 부분이기도 하다. 생소한 옛 어휘, 외래어, 일본어, 한시, 인물, 장소, 사건에 풀이나 간략 정보를 맨 처음 나오는 곳에 한 번 넣었다. 의미가 모호하여 '추정'이라 밝히고 풀이한 곳도 있고, 정확한 뜻을 찾을 수 없어 넘어간 곳도 있다. 지명 풀이는 작품 속 시대 배경에 따라 당시의 행정구역명으로 적고, 필요한 경우 현재 명칭도 밝혀 두었다.

작가 연보는 상허의 출생부터 현재까지를 아우르기로 하고, 월북 이전과 이후의 국내외 제반 자료를 포괄해 작성했다. 끝으로 최초 발표 지면과 단행본 표지를 화보로 덧붙여, 노수현의 신문 삽화뿐만 아니라, 표기법, 활자, 조판, 편집 등 당대의 출판 환경을 엿볼 수 있게 했다. 상허의 사진 및 관련 자료는 전집이 완간될 시점까지 모인 것을 종합하여 작품 목록 및 작가 연보와 함께 마지막 권에 공개할 예정이다.

이러한 원칙과 고민 아래 편집상에 여러 노력을 기울였지만 부족한 부분이 많으리라 짐작한다. 독자와 연구자 여러분들의 아낌없는 질정을 바란다.

책이 나오기까지 많은 분들의 도움이 있었다. 이는 「감사의 글」에 상세히 기록되어 있어 여기서는 생략하고자 한다. 다만, 남한에 남은 상허의 직계 가족이 없는 현실에서 오직 사명감으로 이 작업을 시작하신 김명열 교수님의 용단과 노고에 특별히 감사드린다. 국내외 많은 상허 연구자분들의 성과와 노력에도 존경의 마음을 표한다. 앞으로 더 깊고 다양한 연구가 이어지는 데 이 전집이 도움이 되었으면 한다. 한때 남과 북에서 동시에 외면당할 수밖에 없었던 상허의 기구한 삶을 기리며, 그의 글이 오래도록 다시 읽히고 풍성하게 이야기되길 희망한다.

2024년 1월
열화당

'상허 이태준 전집'을 펴내며

감사의 글

상허(尙虛)는 나의 외숙이시다. 해방 후 얼마 안 되어 외숙이 월북하시자 다음 해에 외숙모가 솔가하여 따라 월북하셨다. 이렇게 남한에 외숙의 직계가족이 다 없어지고 생질과 생질녀들이 가장 가까운 친척이 되었다. 상허는 우리 문학에 커다란 업적들을 남겼지만 그의 자손이 남한에는 한 명도 없게 되면서 그의 작품들조차 관리가 되지 않은 상태였다. 나는 상허의 생질 중 유일하게 문학과 관련된 직업을 가졌던 친연성으로 인해 상허의 자손을 대신해서 그의 문학을 기리기 위해 무언가 해야겠다는 책무감을 갖게 되었다. 정년 후에 내 능력과 여건에 맞는 사업을 모색하던 차에, 이효석 전집을 위한 편집 작업을 마쳐 가던 이상옥 교수로부터 상허 작품의 본문을 확립하는 일을 해 보라는 권유를 받았다.

처음에는 본문비평이 생소한 분야인 데다가 작품 수도 많아서 주저했으나, 본문을 확정하는 것은 곧 작품을 완성하는 것이므로 창작에 버금가게 중요한 일이라는 것이 강하게 마음을 끌었다. 또 바르게 정리된 본문을 후세에 전하는 것, 또 그럼으로써 앞으로 모든 상허 작품에 관한 연구와 평론에 올바른 자료를 제공한다는 것은 바로 내가 바라는 바이자 상허의 문학을 기리는 일이므로 이는 어렵다고 피할 사안이 아니었다. 이리하여 주로 서울대 국문과 박사과정생에서 요원을 모집하여 2015년 초에 본격적인 작업에 착수하게 되었다.

우리는 충실하고 신빙할 만한 판본을 내기 위해서 먼저 몇 개의 큰 원칙을 세웠는데, 첫째는 상허의 의도에 부합하도록 본문을 확정한다는 것, 둘째는 원본을 존중한다는 것, 셋째는 월북 전 상허의 글은 모두 모은다는 것이었다. 이런 원칙하에 이 년 반 동안 작업하여 2017년 중반에 원고를 일단 다 정리하고 나니까 이젠 출판사를 찾아야 했다. 내가 명망있는 출판사를 못 찾아 고민하자 이익섭 교수가 주선하여 함께 열화당을 방문했고, 그때 이기웅 대표가 보여주신 상허 전집에 대한 호의와 열정은 사뭇 감동적이었다. 무엇보다 우리 근대기 문헌 복간 작업을 여러 차례 완수했던 열화당의 경험을 미루어 보아 상허 전집 출간에 가장 적임자라는 생각이 들었다.

2017년 말부터 모든 작업 파일과 관련 자료를 출판사에 차례로 넘기고, 예산 마련에 다 함께 노력을 했으나 여의치 않았다. 더 기다릴 수 없어 2020년부터 본격적인 편집 작업을 시작했다. 열화당에서는 내가 제공한 원고를 기초로 전집 구성, 원문 대조를 다시 하고, 수차례의 회의를 거쳐 본문과 편자주를 꼼꼼히 손보았다. 최신 정보를 반영한 연보의 작성, 화보 자료 수집, 디자인에도 정성을 기울였다. 이러한 몇 년간의 과정을 거쳐 드디어 전집의 일차분 네 권의 상재를 보게 된 것이다.

지금까지 실로 많은 분들과 기관의 고맙고 귀한 역할이 있었다. 일을 시작하고 보니 제일 급선무가 자료의 확보였다. 다행히 유종호 교수, 이병근 교수, 이상옥 교수는 소장하였던 상허의 저서 원본들을 희사하셨고, 강진호 교수, 고 김창진 교수는 많은 관련 자료를 제공해 주셨으며, 강 교수는 상허 전공자로서 원고 작업팀이 질문할 때마다 유권적인 답을 주셨다. 민충환 교수는 상허 작품 본문에 관한 다년간의 연구 결과를 참고할 수 있도록 허락하셨다. 현담문고(옛 아단문고)의 박천홍 실장은 그곳의 소장 자료를 손수 찾아 보내주었고, 근대서지연구소 소장 오영식 선생도 갖고 있던 자료를 자유로이 사용하도록 허락해 주었다. 특히 오 선생은 새로운 자료를 추가로 발굴하고, 원전을 찾아야 할 때면 언제나 해결사 역할을 해냈다.

한편 일본 텐리대학 구마키 쓰토무 교수는 상허가 다닌 와세다대학과 조치대학의 학적사항을 찾아내고, 상허와 관련된 와세다대학의 사진 자료를 전재할 수 있게 와세다봉사원의 허가를 취득해 주셨다. 서울대 국문과 대학원 박사과정과 석사과정에서 상허를 연구한 야나가와 요스케, 스게노 이쿠미 선생은 일본 잡지와 신문에 게재된 상허의 글들을 수집하고 번역했으며, 특히 야나가와 선생은 콩트 한 편과 어린이를 위한 글들을 다수 찾아내고 일본어 번역과 주석도 검토해 주었다. 초기 작업팀이었던 공강일, 김명훈, 나보령, 송민자, 안리경, 이경림, 이지훈, 이행미, 허선애 선생, 총무를 맡은 권영희 선생께도 감사드린다. 또한, 이 출간 사업의 중요성에 공감한 우덕재단, 현대건설 및 현대자동차그룹에서 귀한 지원금을 보조해 주어 첫 결실을 맺는 데 큰 힘이 되었음을 밝힌다.

전집의 첫 결과물이 비로소 세상에 나오게 된 것은 이상에 열거한 여러 분들의 도움과 격려 덕분이다. 특히 어려운 여건 속에서 출판을 허락하신 이기웅 대표와, 이 전집의 완성도를 위해 편집자로서 각고의 노력을 기울인 이수정 실장에게 감사를 드린다. 앞으로 가야 할 길이 더 많이 남은 만큼, 서로 믿고 힘을 모아 아름다운 결실을 맺게 되길 기원한다.

끝으로 내게 이 일을 하도록 은혜를 끼치신 두 분을 언급하지 않을 수 없다. 한 분은 물론 외숙 상허이시다. 나는 어려서부터 외숙의 글을 읽으면서 문학에 뜻을 품게 되었고 그것이 문학 공부로 이어져서 결국 문학 교수로 퇴임하였으니 이 모두가 외숙의 덕분이라 아니할 수 없다. 이번에 이 전집을 펴냄으로써 그 은혜를 조금 갚은 느낌이다. 외숙이 여러 지면에서 피력하였듯이 문학은 그에게 생명처럼 소중한 것이었다. 그러므로 그가 북에서 숙청당한 후 겪었을 가장 가슴 아픈 일 중 하나는 그의 작품이 철저히 제거된 점일 것이다. 앞으로 길이 남을 이 전집의 출간이 외숙의 그 한을 풀어 드릴 수 있기를 간절히 바란다.

또 한 분은 나의 어머니이시다. 어머니가 부모를 여읜 것은 세는 나이로 이모가 열두 살, 외숙이 아홉 살, 어머니가 세 살 때였다. 타관에서 졸지에 고아가 된 삼남매는 외할머니의 손에 이끌려 철원으로 와서 친척집과 남의 집으로 뿔뿔이 흩어져 더부살이를 했다. 그렇게 젖도 채 떼기 전부터 홀로 되어 항시 피붙이가 그리웠기 때문인지 어머니는 당신의 자식들을 끔찍이 사랑하셨다. 어머니의 기구한 성장 과정과 고난의 시집살이를 알게 된 나는 어머니가 기뻐하실 일로 그 사랑을 보답하고픈 염원을 갖게 되었다. 외숙 작품의 정본(定本)을 기획한 것에도 그런 동기가 있었다. 외숙은 어머니에게 특별한 존재였다. 사고무친의 외숙이 당대 굴지의 문필가가 된 것은 어머니에게는 한없이 큰 자랑이었다. 그래서 외숙은 어머니에게는 아버지 같은 오라버니였을 뿐 아니라, 영웅이었고 우상이었다. 그 오라버니의 필생의 업적을 거두어 정리하는 일을 당신의 아들이 했다는 것은 어머니에게는 더없이 대견스러울 것이고, 그 기쁨 또한 외숙의 기쁨보다 더하면 더하지 못하지 않을 것이다.

이 전집의 간행을 결행하게 된 데에는 저승에 계신 이 두 분께 이같은 위로와 기쁨을 드리고 싶은 나의 바람이 결정적으로 작용하였다. 그래서 이 글도 두 분의 은혜에 대한 감사로써 끝맺는 것이다.

2024년 1월
김명열

차례

'상허 이태준 전집'을 펴내며 · 5
감사의 글 · 11

제이의 운명 —————————————————————— 17

　서(序) · 19

　추억의 한 구절 · 21

　반딧불 · 31

　별과 돌 · 61

　임간도시(林間都市) · 91

　천숙의 귀향(歸鄕) · 110

　정구(貞九)의 등장 · 123

　결혼식 · 141

　웃지 않는 며느리 · 190

　봄바람 · 233

　누구를 위하여 · 255

　첫 항구 · 268

　무명씨 · 287

　이십 년 · 297

　붉은 달리아 · 349

　운명의 신문지 · 407

　사랑하기만 하면 · 438

　제이의 출발 · 467

상허 이태준 연보 · 507

장정과 삽화 · 521

제
이
의
운
명

서(序)

이 소설은 나의 첫 장편이다. 처음으로 많은 독자를 상대하고 써 보는 것이라 나는 높은 연단에나 오르는 것처럼 몹시 긴장했었다. 그리고 첫 사랑을 하듯이 내 온 정열을 바쳐서 썼다. 내 청춘이 맛본 가장 아름다움을 다 이 소설 속에 넣어 보려 했고 내 청춘이 맛본 가장 슬픔을, 또 가장 벅차던 희망을 다 이 소설 속에 쏟아 보려 하였다. 그것이 진정이었던 만큼 나는 이 소설을 쓰면서 여러 번 울었다. 남도 그렇게 울어 줄는지는 모르나, 또 남을 울리자는 것이 소설일 리 없겠으나, 왜 그런지 그 때 나는 눈물을 많이 쓰고 싶던 것을 기억한다. 그리고 사회는, 농촌은 청년을 부른다 하고 외치지만 실상 좀 더 청년적인 일꾼이면 무대를 농촌에 가지는 것으로 만족할 수 없다는 것을 여기서 주장해 보았다고 기억한다.

아무튼 내 첫 인생의 감상(感傷)과 내 첫 무대의 정열이 이 『제이의 운명』에 담긴 것이라, 책이 되어 나오는 길로 내 자신부터 한 옛날의 앨범을 뒤적거리듯 군데군데를 열어, 봄 저녁의 무리 서는 등불을 사귀어 볼까 한다.

정축(丁丑) 초춘(初春) 우수일(雨水日) 상심루(賞心樓)[1]에서
작자(作者).

---

1 상허가 성북동 자택 서재에 붙인 이름.

추억의 한 구절

"하나… 둘, 하나… 둘."

"아이, 너무 느려요."

"어서. 하나… 둘, 하나…."

"아이! 난 몰라요. 금세 숨이 끊어질 것 같은데 그렇게 느럭느럭 불러 주면 어떻게 해요…. 아, 저 도적놈지팽이[2] 봐, 도적놈지팽이! 벌써 손가락만 한 게 났네."

"뭐?"

"저기는 민들레꽃이 피구 어쩌문!"

심호흡을 하노라고 허리에 손을 올리고 섰던 소녀는 나비처럼 치마를 날리며 풀밭에 나려앉았다. 앞에서 체조 선생이나, 대장처럼 우뚝 서서 호령을 부르던 소년도 이내 소녀가 꽃을 뜯는 데로 옮겨 왔다.

"그까짓 민들레, 난 언제부터 봤게…. 저기도 있네. 저긴 더 큰 꽃이."

소녀는 소년의 손끝이 가리키는 데마다 사뿐사뿐 날아가 앉았다.

소녀가 일어설 때에는 제 새끼손가락만큼씩 한 도적놈지팽이와, 아직 이슬이 눈물처럼 어리인 채 갸웃거리는 민들레꽃들이 작은 손아귀에 하나 가득 잡혀 있었다.

"봐요, 좀 고와요?"

소녀는 꽃 쥔 손을 소년에게 내어밀며 자랑한다.

"그까짓 거, 인제 메칠만 더 있으면 이런 풀밭엔 붓꽃이 이쁘게 피지."

"붓꽃? 붓꽃이 뭐야요?"

---

2 도둑놈의지팡이. 고삼. 콩과의 여러해살이풀.

"붓꽃이 붓꽃이지 뭐야. 봉오리 때는 습자 붓처럼 끝이 뾰죽스럼하고 통통하게 생긴 것 몰라?"

"새빨간가, 빛이?"

"새빨간 붓꽃이 어디 있담. 이런 빛이지, 이런…."

하고 소년은 한 걸음 다가서며 소녀의 저고리 소매 남끝동[3]을 붙들었다. 그리고 다시

"이런 빛으로 꽃이 피는 창포과(菖蒲科) 식물."

하였다. 그러나 소녀의 동그란 눈은 자기의 소매 끝동에보다 그것을 잡은 소년의 손등에 약간 놀라는 듯한 날카로운 시선을 모았다. 그러자 무안해서 움츠릴 듯하던 소년의 손은 도리어 날려는 새를 붙들 듯 그 소매 끝에 하이야니 달린 소녀의 손을 덥석 움키었다.

"저…."

"…."

그때 그들은 황홀하였다. 저희들이 무엇을 묻고 무엇을 대답하던 것이었는지 다 잊은 듯 서로가 무지개와 같은 현란한 광채에 부딪힌 듯이 황홀할 뿐이었다.

"오빠!"

먼저 소녀가 내인 말이었으나 그 음향은 소년을 부른 말이었기보다 깊이 가슴 밑차당[4]에서 올려솟는 감격의 울림이었다.

"응?"

소년이 대답하였으나 소녀는 뜨거운 입술이 다시 얼고 말았다.

이른 봄날의 이른 아침, 그리고 서울 일원에서는 제일 먼저 아침이 열리는 동대문 밖 청량리의 들이었다.

---

3 남색 끝동. 저고리 소맷부리에 댄 남색 천.
4 밑바닥.

제이의 운명

전차에서 나리어 홍릉 가는 길로 이삼 마장[5] 걷노라면 왼편으로 뱀이 기어간 자리처럼 가느다란 지름길이 하나 갈라져 달아나면서 지나는 사람의 걸음을 유혹한다. 걸음이 그리로 끌리어 들어서면 얼마 안 가 가끔 파랑새가 앉았다 날아가는 연못이 하나 있고, 그 연못을 지나면 길이 차츰 숙어지면서[6] 이것도 고인 물인가 싶게 기름처럼 소리 없이 흐르는 고요한 시내가 있다. 시내에는 두 사람이 건너려면 서로 손을 잡아 주어야 될 듯싶게 뒤뚝거리는 징검다리가 있는데 그 다리를 건너서 축동[7]을 올라서면 거기는 절로 솔밭 속이 된다.

솔밭이라야 군데군데 작은 운동장만큼씩 푸른 하늘이 드러났고 그런 하늘 밑에는 부드러운 봄풀이 담요처럼 깔리어 소학교나 유치원에서 알면 원족[8]오기 좋은 곳이다.

여기를 벌써 여러 날 전부터, 이 소녀와 소년이 아침마다 이슬에 젖은 신발로 나타나곤 했다.

"놓아요."

한참 만에 소녀가 꿈을 깨듯 작은 소리로 속삭이며 소년의 투박한 손에서 살며시 손을 뽑아내었다. 그리고 꼭 다문 입술을 다른 손에 든 풀꽃에 갖다 대었다.

소년은 한 걸음 물러서서 다시금 옆으로 선 소녀의 얼굴을 바라본다.

소녀의 얼굴은 붉어 있다. 그의 귀는 비끼인 아침 햇발에 석류꽃처럼 불이 일듯 아름답다. 소년은 소녀에게서 그처럼 붉은 얼굴을 처음 보았다. 그래서 속으로 '어서 저가 건강해져서 늘 저런 화색이 돌았으면' 또 '어서 학교를 계속해서 내년 봄에 나와 같이 고보[9]를 졸업했으면' 하였다.

5　'마장'은 '리(里)'와 같은 단위이나, '오 리'와 '십 리' 외의 길이는 보통 '마장'을 쓴다.
6　내리막이 되면서.
7　築垌. 물을 막기 위해 크게 쌓은 둑. 방죽.
8　遠足. 소풍.
9　고등보통학교. 일제강점기에 조선 학생을 대상으로 한 중등교육기관.

소년은 무어라고든지 소녀에게 말을 걸려 하였으나 할 말이 얼른 생각나지 않았다. 그제야 소년도 제 얼굴이 후끈거림을 느끼었다.

소년은 한참이나 바람결이 오는 쪽으로 돌아섰다가 아무래도 천연스럽지 못한 어조로 입을 떼었다.

"심호흡 한 번 더 하고 갈까?"

소녀는 대답이 없이 왼편 소매 끝에서 시간을 엿보고는 쪼르르 길이 있는 데로 앞을 섰다. 소년도 더 말이 없이 그의 뒤를 따랐다.

다른 날은, 그들은 버들을 꺾어 피리를 틀어 불면서, 군소리를 하면서 큰길로 나왔다. 이날은 전차 타는 데까지 말 한마디 없이, 남 보기에는 어느 날보다 쓸쓸한 모양으로 나왔다. 그러나 그들의 속은 어느 날보다 기쁨과 희망에 울렁거리었다.

전차에서는 으레 소녀가 둘의 표를 샀다. "오누이 같으면 오래비가 돈을 쓸 텐데…" 하고 가끔 만나는 운전수와 차장은 그들을 이상스럽게 바라보았다. 어쩐지 오누이 같지는 않으면서도 그렇다고 남남 간 같지도 않았다. 그것보다도 대체 무엇하려 아침이면 새벽같이 가깝지도 않은 문안[10]서 청량리로 나오곤 하는지가 궁금하였다. 그러나 그것도 여러 번 만나는 차장은 대강 짐작이 들었다.

소녀는 선병질(腺病質)[11]의 체격으로, 바탕이 어여쁘긴 하나 응달에서 맺힌 꽃봉오리처럼 창백한 얼굴이 늘 피곤한 눈을 깜박이고 있었다.

소년은 그와 반대로 들어 보이는 나이로는 우람스러우며, 차림도 서로 반대여서 소녀는 흰 것이나마 비단 저고리와 양속[12] 치마에다 그때는 한참 유행이던 칠피[13] 코를 댄 깃도 목구쓰[14]를 신었으며 손목에는

---

10 門-. 사대문 안.
11 약한 체질.
12 洋屬. 서양산 피륙.
13 漆皮. 옻칠을 한 가죽.
14 '깃도'는 어린 염소 가죽을, '목구쓰'는 '목이 긴 구두'를 뜻하는 일본말.

제이의 운명

금시계를 찼다. 그리고 차표를 사느라고 그 조그만 지갑이나마 주둥이가 열릴 때 보면 그 속에는 푸른 지전(紙錢)이 몇 장씩 겹으로 보이곤 했다. 그래서 소녀는 부잣집 딸인데 몸이 약해서 운동 삼아 신선한 공기를 마시려 나오는 것이거니, 또 소년은 학생복이지만 남루하다 하리만치 해어진 것을 보아 구차한 일갓집 학생으로 소녀네 집에 와 기숙하며 아침이면 학교 가기 전에 소녀의 수행이 되거니, 이른 아침 시외 전차라 한가한 차장은 차장대에서 그들을 들여다보며 이렇게 짐작했다.

이런 차장의 짐작은 사실과 그리 엉뚱하지는 않았다. 다만 소년은 소녀와 친척은 아니다. 몇 해 전 소녀의 아버지가 세상 떠날 때 자기 친구가 남긴 외로운 아들을 아내에게 부탁한 바 있어, 소년은 먹고 자는 것으로만은 소녀네 집이 곧 제집이었다.

소녀는 소년을 따랐다. 남이라도 이름을 부르지 않고 '오빠'라 불렀다. 집에 오라버니도 있지만 장가를 든 후부터는 어쩐지 저는 덜 귀애하는 것 같고, 또 나이가 많은 데다 무슨 무역회사를 경영하노라고 늘 나가 있었다. 그래서 그런지 사랑에 와 있는 소년이 늘 같이 놀고 싶었고 '그가 친오빠랬으면!' 하고도 생각한 적이 많았다. 오히려 집의 오라버니가 벗어 던진 양말짝은 건드리기 싫어도 어쩌다 사랑에 나왔다가 소년의 것을 보면 그것은 어머니 몰래 빨아다 주고 싶은 충동이 일어나기 한두 번이 아니었다.

소녀는 병으로 휴학하는 동안, 심호흡운동 다니는 것이 무엇보다 즐거웠다. 몸을 위해서보다 소년과 같이 나다니는 때문이다. 그러다가 이날 아침에는 소년에게 자기의 옷소매와 손을 잡혀 본 후 '그가 친오빠랬으면!' 하던 몇 배의 더 큰 희망과 더 신비스런 기쁨에 눈이 떠진 것이었다.

전차에서 나리어 집에 이르면 소녀는 으레 뒤에 따라오는 소년을 한 번 돌아다보고서야 중문 안으로 들어섰다. 또 돌아다보는 그 얼굴에는 으레 생긋이 떠도는 작고도 빠른 웃음이 눈과 입술에 바람결처럼 지나

추억의 한 구절

갔다.

소년은 소녀의 그 미소를 '고맙다' 하는 인사거니 여겼다. 그러나 그것이 한 번, 두 번, 여러 번 바라볼수록 인사 이상의 호의, 또 호의 이외의 매력을 느끼기 시작하였다. 그래서 소년은 어느 날 아침에는 방으로 들어와서도 어멈이 밥상을 내어온 것도 모르고 먼 산만 바라보고 앉아 있었고, 어떤 날 아침에는 소녀의 그 섬광과 같은 작은 웃음을 눈에서 놓치지 않으려 눈을 감고 들어오다가 기둥에 이마를 쫓기도[15] 했다.

소년도 처음부터 무한히 기뻤다. 소녀를 생각하면 하늘이라도 날듯, 경쾌함에 못 이겨 조반이 제대로 먹혀지지 않았다.

학교에 가서도 마음은 교실에서만 갇혀 있지 않으려 하였다. '언제 하학(下學)이 되나' 하고 바삐 집에만 오고 싶었다. 평소에는 운동을 즐기었으나 소녀와 호흡운동을 다니게 된 뒤로는 풋볼 한 번, 라켓 한 번 잡아 보지 않고 하학하기가 바쁘게 교문을 뛰어나왔다.

소년이 집에 오면 소녀도 시간을 보고 기다린 듯이 안에서 나왔다. 어떤 때는 먼저 나와 툇마루에 앉아 있다가 입에 물었던 조그만 수은주(水銀柱)를 뽑아 주었다. 그러면 소년은 그것을 받아 수은이 머무른 데의 숫자를 찾아 가지고 소녀의 체온을 적어 주었다.

"오늘은 몇 도야요?"

"오늘은 평온(平溫)!"

하면 소녀는 날듯이 발돋움을 하며 체온기를 저도 보려 하였다. 그러면 소년은 굳이 더 높게 들곤 했다.

어떤 날 오후, 소녀의 체온은 삼십팔 도로부터 거의 삼십구 도로 열이 오르나리었다. 그런 날은 소년이 한 시간마다 안으로 들어가서 체온을 보아 주었다. 소녀 자신이 체온기를 볼 줄 모르는 것이 아니지만 어머니에게 "잘 보이지 않는다" 하고 소년을 자주 들어오게 하였다.

---

15 '쫓기도'의 방언.

제이의 운명

이날도 소년이 학교에 갔다 돌아오니 소녀는 벌써부터 사랑 툇마루에 나와 앉아 있었다. 그러나 다른 날처럼 활발함이 없음은 아침의 부끄러움이 아직 가시지 않은 때문인지 숙인 얼굴로 소년의 아랫도리만 보았다.

그리고 이날은 소녀의 체온에도 이상이 있었다. 삼십팔 도, 평온에서 일 도 이상이 오른 것이다.

"왜 올랐을까?"

"글쎄요…."

둘이서 한참 체온기와 상대편의 얼굴을 번갈아 보았다.

"골이 또 아프지?"

소녀는 말대답 대신 고개를 끄덕인다.

"그럼 어서 들어가 안정하고 눠야지."

소녀는 다른 날 그런 경우 같으면 이내 안으로 들어가 버릴 것이나, 이날은 머뭇거리고 얼른 돌아서지 않았다. 그리고 새삼스럽게 명랑한 목소리를 지었다.

"한번 다시 볼게요."

소년은 들었던 체온기를 서너 번 휘뿌리어 수은이 제자리로 나려가게 한 다음, 마치 거품을 물려는 금붕어처럼 동그랗게 벌리는 소녀의 입에 물려 준다.

그것을 문 소녀는 마당을 내어다보고 섰고, 소년은 자기 책상으로 가서 책가방을 끌렀다.

마당엔 하나 가득 꽃이었다. 앞집 뒤꼍에 선 나무에서 떨어져 흩어진 살구꽃이다. 나중에는 소년도 소녀의 뒤에 와 서서 한참 그것을 나려다보았다.

"꽃이 벌써 다 떨어졌지?"

소녀는 입에 문 것이 있어 대답은 못 하고 고개를 돌려 눈으로 가벼운 웃음을 보여 주었다.

추억의 한 구절

"떨어진 꽃인데도 저렇게 나비들이 왔지?"

소녀는 또 고개를 돌리어 아까와 같이 하여 주었다.

"그만…."

하는 소년의 말대로 소녀는 입에서 수은주를 뽑아 들여다보았다. 그리고

"아까와 같아요?"

하는 소녀의 말소리는 약간 흐리다.

소년은 잠자코 체온기를 받아 보며 한 손으로는, 이번에는 서슴지 않고 소녀의 손을 잡았다. 맥박이 높이 들먹거리는 소녀의 손은 더운물에서 건진 것처럼 뜨거웠다.

"그렇지만 걱정할 건 없어."

"왜요?"

"오늘은…."

소년의 말은 움츠러졌다. 오늘은 아침부터 마음이 흥분된 때문이요, 병의 열이 아니란 것을 말하려던 것이다.

"오늘은 뭐야요?"

소녀가 턱밑에서 치어다보며 캐는 바람에 소년은 말을 돌리어 대답하였다.

"오늘은 나도 볼까?"

"무얼요?"

"체온."

소녀는 생글거리며 고개를 끄덕이었다. 소년은 들었던 체온기를 큰 입을 덥석 벌리고 집어넣었다.

"저런! 내가 물었던 걸 씻지두 않구…."

소년은 그저 빙긋 웃을 뿐, 그러나 소녀는 다시 깔깔거리고 손뼉을 쳤다.

"글쎄, 다시 내려보내지도 않고 삼십팔 도로 올라간 걸 그냥 물면 어

떡해요?"

하니 그제야 소녀는 얼른 체온기를 뽑았다.

그해 가을이다.

　"우리 저 백양나무 잎사귀가 하나도 남지 않고 죄다 떨어지는 날까지
다녀요."

했던 그 백양나무가 겨우 잎사귀 한둘이 남아 간드렁거리는[16] 때였다.

　"조런, 오늘 아침에도 그냥 붙었네."

소녀가 먼저 백양나무 밑으로 뛰어오더니 외치었다.

　"봐, 내 말이 맞였지. 떨어지길 바랄수록 안 떨어지는 거야."

소년은 좀 이죽거리었다.

　"왜, 누가 떨어지길 바랐나? 나도 안 떨어지는 게 좋아."

소녀는 말소리만 명랑하지 않았다. 봄에 보았던 사람이면 몰라보리
만치 건강이 회복되었다. 그는 멀구[17]알 같은 눈을 깜박거리며 맨 꼭대
기 상상가지에 달린 노란 버들잎을 치어다보고 "조것이 오늘 밤에 떨어
지면 어쩌나!"

하였다.

　"그럼 내일이 여기 나오는 건 마지막이게."

　"마지막이라니까 어째 언짢으네."

하면서 소녀는 서글픈 웃음을 가을바람에 날리었다.

　그날 밤에는 바람이 몹시 불었다. 그래서 소녀는 안방에서, 소년은 사
랑에서 '그 한둘 남은 백양나무 잎이 오늘 밤엔 떨어지고 말겠구나' 생각
하면서 잤다.

　이튿날 아침, 정말 그 백양나무의 최후의 잎사귀는 날아간 새처럼, 달

16　매달려 가볍게 흔들리는. 간드랑거리는.
17　'머루'의 방언.

렸던 가지만 푸른 하늘에 앙상할 뿐 찾아볼 길이 없었다.

그들은 마지막 날이라 하여 가장 신중하게 여러 차례의 심호흡을 했다. 그리고 돌아올 때에는 백양나무 낙엽들 속에서 제일 빛 고운 것으로 하나씩 주워 들고 왔다.

그러나 그들이 단둘이서만 만나는 것으로 이것이 최후는 아니었다. 이학기 중간부터 공부를 계속하는 소녀는 그간 밀린 영어와 수학 때문에 거의 저녁마다 소년에게로 나왔다.

어떤 것은 저 혼자 자전을 찾더라도 넉넉히 알 만한 것이로되 핑계가 없어 못 나왔던 것처럼, 쭈르르 사랑으로 나오곤 했다.

그러면 소년은 시험공부라도 제쳐 놓고 소녀의 책으로 머리를 모았다. 그러면 시간은 그처럼 빠른 때는 없었다. 늘 어멈이 나와서 "늦었다고 그만 들어와 주무시래요" 하는 저녁이 많았고, 또 책을 펴놓았대서 그 위에서 소곤거리는 것은 모두가 공부만도 아니었다. 어멈이 나올 때에는 흔히는 공부 아닌 것을 소곤거리는 때였다.

또 소녀는 책만 들고나오지도 않았다. 가끔 집안사람 모르게 바늘도 들고나와 서투르나마 거두는 이 없는 외로운 소년을 위해 침모[18] 노릇도 곧잘 하여 주었다.

---

18 針母. 남의 집 바느질 일을 하고 품삯을 받는 여자.

제이의 운명

반딧불

동경 시외의 어느 새로 난 길이다. 살찐 여자의 나체와 같이, 먼 불빛에도 곡선미가 번질번질 흐르는 자동차 한 대가 새로 편 자갈을 가르면서 이리 기우뚱 저리 기우뚱거리며 달아난다.

차체가 한편으로 쏠릴 때마다 천숙(天淑)은 순구(順九)의 우람한 몸을 받지 않으려, 또 제 몸이 그에게 쏠리지도 않으려 조심한다. 그러나 순구는 제 편으로 차가 기울어질 때에 천숙을 억지로 잡아다리지는[19] 못하여도 차가 천숙이 쪽으로 쏠리기만 하면 되었다 싶은 듯이 일부러 제 몸을 기울여 가지고 그 고무공과 같은 말믄한[20] 감촉을 천숙의 몸에서 탐내었다.

"아이, 선생님두! 사내 어른이 나보다도 더 몸을 못 가꾸시네[21]."

"어, 참, 실례올시다. 길이 어찌 망한지[22]…. 그런데 어서 필재(弼宰) 군과의 로맨스나 더 좀 들려주시지."

"싫여요. 그렇게 술 취한 양반처럼 빈정거리는 걸 누가 해요. 또 언제 누가 로맨스라고 했어요?"

"그만하면 훌륭한 로맨스구말구요. 그래 필재 군이 천숙 씨를 살려 놓은 셈이라고. 허허허…."

"살려 놓은 셈은 왜 셈이야요?"

"참, 살려 놓았다! 허, 폐병이 든 천숙 씨를 살려 놓았다! 참, 필재 군의

---

19 '잡아당기지는'의 방언.
20 '말랑한'의 방언.
21 가누시네.
22 고약한지.

명함에 의학박사 학위가 붙었던가…. 같이 있으면서도 본 생각이 안 나는걸…."

"왜 의학박사라야만 병을 고치나요? 박 선생님은 도무지 하나만 알고 둘은 모르셔."

"참, 천숙 씨야말로 그렇지. 천숙 씨야말로 하나만 아는 분이지."

순구는 자기 말에 천숙이가 무슨 힌트나 느끼어 줄까 하고 그 크지 못한 눈으로 곁눈질을 한다. 천숙은 속으로 그래서 곁눈질하는 것까지도 다 알아채었지만 시치미를 따고 딴청을 붙였다.

"난 오늘 손해가 많았어요."

"사진이 재미없어서요?"

"난 그렇게 싱거운 사진은 참 처음이야요."

순구는 또 천숙에게 쏠리었다가 "어규머니나!" 하고 둔한 애교를 떨치면서

"그러실 테지요."

하였다.

"무에 그러실 테지야요?"

"천숙 씨는 자신이 훌륭한 로맨스의 히로인이신데 웬만한 모노가타리23야 성에 차시겠습니까…."

"그런 줄 아시면 남 피아노도 못 치게 왜 사소우24 하셨어요?"

"허, 소진장의25라도 말이 막혔지. 별수 없겠군, 천숙 씨의 웅변도 여성의 것인지라 좀 잔인하시군…."

자동차가 머물렀다. 순구도 차를 나리려 하나 천숙은 자기만 나리고 문을 닫으며

---

23 物語. '이야기'를 뜻하는 일본말.
24 誘う. '꾀다', '유혹하다'를 뜻하는 일본말.
25 蘇秦張儀. 중국 전국시대에 활약했던 소진과 장의처럼 언변이 좋은 사람을 가리키는 말.

제이의 운명

"내리실 것 없어요. 대단히 감사합니다."

하고 여태껏 차 안에서 지껄이던 말씨로는 딴판으로 깍듯이 인사하였다. 순구는 그것이 뜻에 거슬리었다. 어디까지 인사 경우를 따지고 지내려 드는 천숙의 태도가 아직껏 자기가 다루어 본 기생들이나 댄서들, 조큐[26]들에 비기어 너무나 만치 않은 때문이다.

"그렇지만 이왕 바래다 드리는 바엔."

"아냐요, 무얼요. 안녕히 가서요."

하고 천숙은 종종걸음을 친다.

"잊은 게 있어요, 잊은 게!"

잊은 것이란 바람에 천숙은 걸음을 멈추고 얼른 두 손을 들어 보았다. 한 손에 핸드백, 한 손엔 슈베르트의 피스[27], 있을 것은 다 있다.

"무어야요?"

순구는 어느덧 앞에 와 우뚝 서며 무엇인지 종이에 싼 것을 내어밀었다.

"실례지만 걸 초코[28]시라고. 그래 초콜릿 한 갑을 드린다고 사고도 잊었습니다."

천숙은 사양하면 말만 길어질 듯하여 이내 받았다. 그리고 주인집에 들어와서는 제 방으로 들어서기가 바쁘게 피아노로 가서 베레[29]도 벗지 않고 슈베르트의 임프람투[30]를 짚어 보았다. 책사[31]에서 펴 보았을 때보다는 좀 치기 어려웠다.

순구가 준 것은 자리에 누웠다가야 생각났다. 끌러 보니 크고 작은 두 종이 갑이 들었는데 먼저 큰 것부터 끌러 보니 그 속엔 굵은 대추 만큼

---

26 女給. '여급'을 뜻하는 일본말. 손님 시중을 드는 여자.
27 piece. '악보'를 뜻하는 영어.
28 girl-choco. 초콜릿을 좋아하는 여자.
29 '베레모'를 뜻하는 프랑스어.
30 impromptu. '즉흥곡'을 뜻하는 영어.
31 冊肆. 서점.

씩 한 호두 박은 초콜릿이 가득 담겨 있다. 하나를 우선 입에 물고 '이것은 또 무엇인데 다른 갑에 따로 들었나?' 하면서 작은 갑도 뚜껑을 열었다.

작은 갑 속에서는 또 갑이 나왔다. 이번에는 새까만 가죽 갑인데 얼른 보아도 반지 갑이 틀리지 않다.

"반지를!"

천숙은 뚜껑을 열어 보기도 전에 마음부터 꺼림칙하여 잠깐 이리저리 만지작거리다가 사마귀처럼 도드록한 데를 꼭 누르니 뚜껑은 산 고기처럼 뻐들컹 하고 열려졌다. 눈이 부신 금강석을 문 백금 반지 하나가 부사산[32]처럼 오똑한 방석 위에 앉아 있다.

천숙은 도로 자리에 누웠다. 머리맡을 더듬어 초콜릿 한 개를 또 집어다 입에 넣고는 반지를 빼어 왼손 무명지에 끼어 보았다. 반지는 둘이 같이 가서나 산 것처럼 크도 적도 않게 맞는다.

"쑥스러운 녀석![33]"

또,

"제가 돈이면 마음대로 할 줄 알고…."

천숙은 빈지를 뽑이 아무렇게나 내어던지고 불을 껐다. 불을 끄고 보니 내어던진 반지에서는 그 잠자리 눈알만 한 금강석이 더욱 빛을 찬란하게 내인다. 푸른빛인가 하면 붉은빛도 일어나고 붉은가 하면 누른빛도 일어서 하늘의 여러 가지 별들을 모아서 만든 듯 눈이 부시게 찬란하다.

"금강석이 참말 좋기는 하구나. 흔히 죄악 사회의 여자들이나 갖는 거니까 천하거니만 여겼더니…."

천숙은 어스름한 방안에서도 눈결같이 흰 팔을 길게 내어밀어 반지

---

32 富士山. 일본 후지산.
33 바보 같은 녀석! 웃기는 놈!

를 다시 이끌어 들이었다. 그리고 생각하였다.

"필재 씨가 이런 걸 준다면 얼마나 좋을까! 이런 건 여러 백 원 나갈 테니 그이가 어떻게….."

천숙은 벌써 여러 날째 만나지 못한 필재 모습을 한참 그려 보다가 다시 불을 켰다. 그리고 머리맡 책상에서 영어 자전을 뽑아 '히어로', 영웅이란 글자가 있는 페이지를 열었다. 그러면 그 페이지에는 조그만 중학생의 사진 한 장이 끼어 있는데 그것은 윤필재(尹弼宰)의 사진으로, 서울서 천숙이네 집에 있으면서 천숙의 호흡운동을 같이 다니던 때 처음으로 저희들 사진 한 장씩을 노나 가졌던 그것이다.

천숙은 필재의 그 후의 사진도 있지마는 모다 이 중학 때 사진만치 펴 볼 재미가 못하였다. 이 사진만 꺼내 보면 언제든지 아름다운 추억의 길을 더듬을 수가 있었다. 맑은 물속과 같이 고요하고 깨끗한 청량리의 아침 길을 거닐던 것이며, 병 때문엔 애수와, 사랑 때문엔 뛰는 듯한 열정으로 마당에 하나 가득 흩어진 낙화를 내려다보던 것, 하나는 남의 공부를 위해 바로 이 자전으로 단자[34]를 찾고, 하나는 그 냄새 나는 남의 양말짝을 기워 주던 생각, 천숙은 이런 추억 속에서 잠이 들었던 밤처럼 자고 나면 그 이상 유쾌한 아침은 없었다.

그러나 이번에는 아침 일찍이 눈을 뜨자마자 첫눈에 뜨이는 엊저녁의 초콜릿과 그 반지, 천숙은 능글능글한 박순구의 얼굴과나 마주친 것처럼 이내 머리가 무거웠다. 그래 엊저녁에 초콜릿을 먹고 반지를 끼어 보던 때와는 아주 딴 기분이 획 돌았다.

"엊저녁엔 내가 정신이 나갔더랬을까?"

천숙은 자기가 순구의 초콜릿을 먹은 것보다도 순구의 반지를 제 손가락에 끼어 본 것이 후회되었다. 반지라고는 어려서 어머니가 사다 주신 태극 반지밖에는 끼어 본 일이 없고 더구나 남의 남자가 주는 반지라

---

34 單字. 단어.

고는 만져 본 적도 없는 처녀 고대로의 자기 손가락에 이름도 정도 없이 보내는(물론 순구야 뜻이 있어 보냈겠지만) 반지를 끼어 본 것은, 그것만으로도 처녀로서 지켜야 할 것의 하나를 범한 것처럼 안타까웠다.

"망할 녀석, 능청맞은 녀석 같으니!"

천숙은 생각할수록 분했다. 학교에 가서도 종일 궁리해 보니 순구가 자기에게 하는 짓은 일개 부랑자[35]의 수단으로밖에 해석할 여지가 없었다. 과자를 보내는 것쯤은 용혹무괴[36]라 할 수 있으나 남녀가 유별한 사이에 슬그머니 지환[37]을 보내는 것은 이쪽을 여간 농락하는 태도가 아니라고 천숙은 성이 올랐다.

"비열한 녀석. 그래도 뻔쩍하면[38] 막역지간이라고 떠들긴 하면서 필재 씨 모르게…."

천숙은 곧 반지를 가지고 가서 필재도 보는 데서 순구에게 내어던지고 코가 납작하게 망신을 주리라고 결심하였다.

순구는 천숙을 다려다주고 바로 집으로 돌아가지 않았다. 바로 집으로 돌아가 자기에는 너무나 마음이 뛰놀았다.

그는 마음이 뛰고 발이 들먹거릴 때에 한 번도 스스로 진정하려 하지 않았다. 이것이 청춘이거니, 이것이 인생의 행복이거니 하고 이런 시간을 가장 즐겁게 또 화려하게 소비하자는 것이 그의 최고의 욕망이었다. 그래서 한번 마음이 뒤설레기만[39] 하면 자다 말고라도 뛰어나왔고, 나와서는 밤이 깊어 댄스홀이나 카페 문들이 닫히었으면 자동차를 불러 드라이브라도 한 바퀴 하고야 들어와 자는 것이며, 하다못해 교실에서 강의를 듣다가라도 강사의 말이 한 번 귀에 새이기[40] 시작하면 그것

---

35 不良者. '불량자'의 방언. 행실이나 성품이 나쁜 사람.
36 容或無怪. 이상할 것이 없음.
37 指環. 반지.
38 걸핏하면.
39 몹시 설레기만.
40 귀에서 새어 나가기.

을 다시 붙들어 필기하려는 생각은 별로 없었다. 오히려 필기에 열중한 다른 학생들을 보고, '옳지, 너희들은 졸업하고 오륙십 원짜리 월급에도 팔려 가야 될 신세들이니까…. 불쌍한 친구들…' 하면서 슬그머니 일어나 나오는 것이었다. 그래서 순구는 애초부터 교실에 들어가면 문 가까이 자리를 잡는 것이다.

그런 순구의 마음은 어느 날보다도 뛰놀았다. 벌써 몇 달째 두고 강수환(康壽煥)을 고문으로 하고 계획하여 오다가 처음으로 옆에 필재가 없는 데서 천숙과 삼사 시간을 지내 본 것은, 그것만 해도 수환을 만나면 축배를 들 만한 성공이다. 그런데 제이안(第二案)인 프레젠트도 무난히 천숙의 손에 떨어지게 한 것은 의외라 하리만치 큰 성공이었다.

순구는 아까는 천숙이 때문에 참았던 담배를 내어 피워 물었다. 때로는 여자들에게도 권하기 위해서 제 입에는 좀 슴슴한 게루벨쏠[41]이었다. 거푸 두 대를 피워 물면서 차가 시내로 들어서자 그는 "어디냐?"고 묻는 운전수에게 플로리다라는 댄스홀을 일러 주었다.

순구는 클락[42]에 모자를 던지고 축구선수나처럼 거뜬거뜬한 다리로 층계를 올라갔다.

홀 안은 한참 꿈속이었다. 시간이 끝날 임시[43]라, 한밤의 행락이 바야흐로 절정에 오른 때였다. 물결을 탄 듯한 다뉴브 왈츠[44]에 나비 같고 제비 같은 백여 쌍의 젊은 남녀는 별바다와 같은 은은하면서도 찬란한 조명 밑에 물결을 지어 돌아갔다. 순구는 자기의 단짝 댄서들이 모두 추는 중이었으나 끝나기를 기다릴 새 없이 매끈한 머리를 뒤로 한 번 쓰다듬고는 이내 다른 댄서와 함께 뽀족한 구두 끝을 춤 속에 들여놓았다.

순구는 댄스홀에서도 젊은 신사라 알리어졌다. 조선의 귀족, 돈 잘 쓰

---

41 독일제 담배 '겔베 조르테(Gelbe Sorte)'의 일본식 발음인 '게루베 조루테'의 변형.
42 영어 '클락룸(cloakroom)'의 준말. 외투나 소지품 보관소.
43 臨時. 무렵.
44 요한 스트라우스 2세의 왈츠 「아름답고 푸른 도나우」를 가리킴.

는 복상(朴樣)⁴⁵ 하면 웬만치 인기 있다는 댄서들, 여급들 간에 모르는 여자가 별로 없다. 서울서도 박순구라 하면 화류계에서는 꽤 주목을 받는 인물이었다. 모 씨네와 같이 은행을 세운다, 학교를 세운다 하지 못하여 널리 알리어진 귀족은 아니되, 현금 많고 남의 빚 없고 자손 적고 잘 나다니지 않는 박 자작을, 아는 사람은 어느 귀족, 어느 부자보다도 더 알쭌하게⁴⁶ 쳤다. 어떤 사람은 박 자작의 재산이 일천만 원은 된다 하나 그런 것은 종잡을 수 없는 말이되 상업회의소 같은 데서 조사한 기록으로는 칠팔백만은 착실한⁴⁷ 듯하였다.

칠팔백만 원의 그 재산은 더 늘지는 못하여도 줄지는 않았다. 남들은 해마다 천석거리⁴⁸ 하나씩은 늘린다 하나 그것은 속을 모르는 소리였다.

박 자작은 워낙 공주(公州)사람으로 대소가⁴⁹ 떨거지가 많아서 벌어먹으러 옵네 하고 올라온 집, 자식들 공부시키러 옵네 하고 올라온 집, 아주 살려 줍쇼 하고는 떼를 쓰고 올라온 집, 형님뻘 되는 사람, 아저씨뻘 되는 사람, 아무튼지 핑계만 닿으면 모다 기어올라 왔다. 박 자작은 귀찮기는 하나 한편으로 자기의 인덕이라 여기어 "너희들이 내 생전에만은 기껏⁵⁰ 뜯어먹어라" 하였다. 그래서 가회동(嘉會洞)에 있는 대궐 같은 자기 집을 중심으로 집이 나는 대로 개와집⁵¹을 샀다. 초가집이면, 불평이 없게 개와집으로 고치어서까지 한 채씩 들어 있게 하고 살리는 것이었다. 게다가 공부시키는 학생도 적지 않았다. 반드시 "내 생전에만, 내일이라도 나 죽으면 고만"이란 약조로 동경이나 경도⁵²까지 유학시키

---

45 '박(朴) 씨'를 뜻하는 일본말.
46 실속 있게.
47 모자라지 않고 넉넉한.
48 천 섬을 거둬들일 만큼의 큰 땅이나 재산.
49 大小家. 집안의 큰집과 작은집.
50 실컷. 한껏.
51 '기와집'의 방언.

는 학생도 여러 명이었다. 윤필재와 강수환이도 그중에 한 사람들이다.

또 박 자작은 딸의 치다꺼리가 많았다. 여섯이나 되는 딸들이 다섯 어머니의 소생이라 다섯 어머니는 다투어 재물을 제 딸에게 빼 주려 하였다. 아들이라고는 둘째 몸, 셋째 몸에서 하나씩 단둘인데 둘째 몸에서 난 아들이 맏아들로 곧 순구였다.

이런 집 맏아들이라 방학 때가 되어 순구가 나오노라면 집에서 마중이란 굉장한 것이었다. 일 년에 세 번, 네 번씩 나오는 것이로되 그 어머니는 아들 못 낳은 다른 어미들 보아라는 듯이 기세를 부리었다. 차중(車中)에서 먹으라고 음식을 만들어 부산까지 사람을 시켜 보내는 것은 물론, 차가 영등포에 와 닿으면 십여 명의 일단이 등대하고[53] 있다가 제이차(第二次)로 맞이하게 하는 것이었다. 그중에 늙은이는 아저씨나 형님뻘 되는 사람, 젊은이 속에는 상노[54] 아이들도 섞이어서 가방을 맡는 놈, 담요를 맡는 놈, 순구가 멋으로 든 잡지책까지 집어 들다가 코를 떼는[55] 놈도 있었다. 그러다 경성역(京城驛)에 닿으면 거기는 순구의 어머니와 순구의 유모였던 할멈을 중심으로 남녀 가속[56]들과 친척들이 갓쟁이 양복쟁이 할 것 없이 무려 삼사십 명이 늘어섰다가, 어떤 원친[57]은 순구의 코빼기도 보지 못하고 "몸이나 튼튼했다 오는지?" 하면서 따라 들어오는 것이었다.

이렇게 순구가 나오면 그날은 박 자작네 문중만이 아니라 장안 화류계에도 적지 않은 파문이 일어난다.

순구는 상배[58]한 지가 삼 년째다. 열아홉 살 때 장가를 든 아내는 딸

52　京都. 교토.
53　준비하여 기다리고.
54　床奴. 잔심부름을 하는 아이.
55　핀잔을 맞는.
56　家屬. 한집안의 구성원. 식솔.
57　遠親. 먼 일가붙이.
58　喪配. '상처(喪妻)'의 높임말로 아내 상을 가리킴.

반딧불　　　　　　　　　　　　　　　　　　　　　　　　　　　　39

하나를 낳고 죽었다. 순구는 집에 와 있는 동안 아버지 눈에 초저녁만 제 사랑에서 자는 체하고 실상은 하룻밤도 집에서 온전히 묵지 않았다. 순구가 나올 때쯤 되면 으레 태 주사(그는 두 사람의 서사[59] 중 하나로 제일 순구에게 아첨하는 자)는 시내 각 기생 권번[60]으로 돌아다니며 소위 쓸 만한 동기(童妓)[61] 하나씩을 물색해 두는 것이다. 물색해 둔다는 것은 즉 외모 고운 것으로 하나 택해서 예약을 하고 먼저 화채[62]까지 얼마를 주어 몸치장을 시키었다가, 순구가 나오면 그날 저녁으로 "여기 있습니다" 하고 바치는 것이 그의 사무의 하나였다.

그래서 벌써 삼사 년 내로 순구가 방학 때마다 나와 머리 없힌 기생도 십여 명이었다.

"이번에는 누구를 없히나?"

이것이 태 주사의 걱정만은 아니다. 동기를 동생으로 가진 기생들, 딸로 가진 어미들, 포주들이 모다 눈을 크게 뜨고 긴장하는 것의 하나였다.

또 머리를 없는 동기 하나만의 호강도 아니었다. 질탕치듯 먹고 노는 자리에는 전날 그 놀음의 주인공이 한 번씩 되어 보았던 기생들도 하나도 빼지 않고 부르는 것이 순구의 호기였다.

그 자리에 오는 기생들은 모다 의좋은 형제처럼 형아, 아우야 하였다. 그것은 나이로 치는 것이 아니라 순구에게 머리 없혀진 차례로 형이 되고 아우가 되는 것인데, 실상은 말로만 형아 아우야지 그들의 암투란 무서운 것이다. 조금 제 인물에 자신이 있는 것은 새로 아우님이 되는 주인공을 제쳐 놓고 순구의 옆에 앉으려 하였다. 순구에게 아내가 없는지라 정실로, 소실로 모다 꿈을 꾸었다. 그 바람에 태 주사만 삼팔[63] 목도

59 집사나 비서 일을 맡아 보는 사람.
60 券番. 일제강점기 기생들의 조합.
61 아직 머리를 없지 않은 어린 기생.
62 花債. 해웃값. 기생이나 창기에게 대가로 주는 돈.

리니, 모본단[64] 조끼니 철철이 생기는 게 많았다.

장안 화류계에서 순구가 어서 학교를 마치고 아주 나오기를 바라는 것은 순구의 부모네보다 더하였다. 낫살[65]이나 짙어 가는 기생은 '내 얼굴이 지금 한참인데' 하고 순구를 기다리는 것이다.

순구가 집에 나와 있는 동안 밤 시간을 거의 다 화방[66]에서 보내는 것을 박 자작은 도무지 모르진 않았다. 순구의 어머니는 가끔 태 주사에게서 듣기도 했다. 태 주사는 제가 가장 당신 아드님의 심복이란 것을 나타내려 틈을 보아 순구 어머니에게 소곤거린 것이다.

순구가 왔다 가면 순구의 어머니는 가끔 자작의 담뱃불을 몸소 시중들면서 더러 이런 말을 나붓거린다[67].

"그 녀석이 곧잘 외도를 하나 봐요."

"글쎄, 그 녀석이 어쩔 셈으로 돈을 막 쓸까? 태가한테 또 일러야겠어…."

"무얼, 저도 한때죠…. 그러게 어서 장가를 들여야겠어요."

"누가 안 들이면서 그래. 하루도 열댓 군데씩 선보러만 다니지 말고 어서 정해 버리라니까…."

"원, 우리 아들 아니면 모다 처녀로 늙을 작정인지 장안에 처녀란 처녀 죄다 덤벼드니까."

순구의 어머니는 자기 영감에게까지 아들 자랑이 되는 듯 태를 부리며 교만을 떠는 것이었다.

아닌 게 아니라 순구 어머니 앞에는 늙수그레한 마누라들이 하루에도 십여 명이 들락날락한다. 어떤 이는 사진을 끼고 어떤 이는 사주를

63 三八. 중국산 올이 고운 명주. 삼팔주.
64 模本緞. 중국산 고급 비단.
65 '나잇살'의 준말.
66 花房. 기생집.
67 '나불거린다'의 방언.

끼고, 그들은 모다 중매들이다.

말이 후실이라 하지만 이만한 신랑 자리가 서울 장안이라 하여 늘 있을 바는 아니었다. 전실의 소생이 남았다 하나 딸 하나뿐으로 그것은 출가시키는 날까지 유모가 맡아 기를 것이니 조금도 계모의 손에 귀걀[68]리가 없겠고 재산은 무론[69], 가품(家品)도 무론, 신랑의 신수까지라도 그리 나무랄 데가 없는지라, 장안에 딸 가진 부모들은 다투어 청혼할 만도 하다. 더구나 신랑이 신부의 인물 하나만 본다는 소문이 퍼지어 지체는 돌아볼 여지없이 어중이떠중이가 덤벼들었다. 순구의 어머니가 교만도 떨 만하다.

삼 년을 두고 순구의 어머니는 근 백 명의 처녀를 선보았다. 사진에 얼굴 생김이 이쁘고 거기다 좀 덕성이 붙어 보이면 곧 마주잡이 인력거[70]를 몰아 선을 보러 나섰다. 가 봐서 첫눈에 들면 그길로 단골 점쟁이에게 가서 사주 궁합을 맞추어 본다. 거기서 "암만해도…" 하면 그만, "좋소이다" 하면 이내 색시의 사진을 그의 이력과 함께 동경으로 부치는 것인데, 그렇게 한 것만도 벌써 십수 명이었으나 순구에게선 번번이 "싫소" 하는 대답만 나왔다.

순구는 첫째 미인이뇌 그가 반드시 인텔리 여성이기를 바랐다. 그렇다고 온당한 의미에서 지식 여성을 찾는 것이 아니라, 자기의 풍부한 소비생활, 가장 첨단적인 향락문화에 조화될 여주인공이기를 바랐다.

알기 쉬운 예를 들면 웬만한 소나타쯤은 들을 줄도 알고 칠 줄도 알며 소위 고급 영화라는 것도 감상할 줄 아는 여성, 색채에 관해서도 몰상식하지 않아 양장을 차리더라도 제법 변화를 나타내이며 남편의 넥타이 하나라도 꽤 올리는[71] 것으로 고를 줄 아는 여성, 쓴 커피를 마실 줄 알

---

68 '개갤'의 방언. 성가시게 달라붙을.
69 물론.
70 두 사람이 앞뒤에서 끌고 가는 고급 인력거. 앞뒤잡이 인력거.
71 '어울리는'의 방언.

며, 자동차를 어지럽다 하지 않고 스피드의 쾌감을 향락할 줄 아는, 그런 모던풍에 세련된 감각과 명랑한 표현을 가진 여성이기를 바라는 것이다.

이런 점에서 자기 어머니가 중매쟁이들을 통해서 예선해 보내는 후보들은 더러 미인이긴 하나 학력으로 보아, 또 생활환경으로 보아 하나도 모던 미스로서의 자격은 만점짜리가 없었다.

"대체 너는 어떤 색시라야 하냐…. 동경엔 네 맘에 드는 여학생이 없던?"

지난 봄방학에 나왔을 때 어머니가 묻는 말에 순구는 얼른 천숙을 생각하였으나 머리만 긁고 말았다.

순구는 처음부터 천숙에게 야심을 품은 것은 아니다. 천숙이가 필재더러 오빠라 하나 친척이 아닐 뿐더러 아무리 필재의 입이 무겁되 그들의 사이에는 '사랑'이라고 할 시선, 언어, 동작이 가끔 제삼자의 눈을 분명히 건드렸다.

"필재는 나의 존경하는 친구다. 수환 군은 내 수족(手足)과 같은 편리한 벗이로되 필재 군은 스승과 같은 어려운 벗이다."

순구는 천숙을 생각할 때에 먼저 이런 생각이 앞섰다. 그래서 필재를 사랑하는 천숙이거니 애초부터 단념하리라 했던 것이다.

그랬던 것이 천숙을 만나 보면 볼수록 정열이 끓어올랐다. 저것이 남의 애인이거니, 더욱 필재에게 온순한 눈으로 은근히 마음을 주며 매사에 필재의 의견을 들어 그에게 의지해 나가려는 것을 볼 때 순구는 얼굴이 화끈거릴 만치 질투의 불길을 누를 수가 없게 되었다.

"어찌나?"

"무얼?"

수환은 빨리 순구의 눈치를 채인 것이다.

"아무것도 아닐세…."

"내 다 아네, 알어. 용치? 그까짓 게 걱정이야?"

순구는 수환의 '그까짓 게 걱정이야?' 하는 쉬운 말에 귀가 번쩍하였다.

"무언 줄 알고 그래? 지레짐작은 좀 고만두게⋯."

"나는 못 속이지⋯. 한턱 낸다면 거사해 줌세."

"에끼, 사람⋯."

"그럴 게 아니지. 필재 군은 내가 중간에 들면 그만한 아량은 보일 만한 사낼세."

하고 수환은 그 야무진 눈으로 순구의 정면을 쳐다보았다. 순구는 붉어지는 얼굴을 담배 연기 속에 묻으며 수환이가 털어놓고 하는 말이라 자기의 심경을 솔직하게 열어 보였던 것이다.

수환이란, 순구나 필재를 다 같은 친구라 여기되, 필재에게 의리를 지킴보다 순구에게 아첨하는 것이 현재로 보나 장래로 보나 유리하리라 따져 놓은 사나이였다.

그래서 이 일도 먼저 제가 발언을 하여 가지고 전후사의 설계와 진행의 청부(請負)를 즐겨 맡았다.

"내 말대로만 할 테냐?"

"그래."

"너는 인금72으로 필재와 경쟁이 안 된다."

"나도 안다."

"인금으로 기우는 걸 돈으로 버텨야 한다."

"돈은 쓰마."

"필재가 네게 천숙을 사랑한다는 말을 공언한 적이 있니?"

"없다."

"네가 물은 적도 없니?"

"없다."

---

72 인격적인 됨됨이.

제이의 운명

"그러면 일은 아주 쉽다. 미리 필재한테 양핼 구하지 말어야 한다."

"왜?"

"그건 어리석다. 잘못하면 칼끝을 내가 쥐고 자룰 그에게 잡히는 셈이니까."

"어째서?"

"필재 말이, 자기와 천숙이는 이미 단념하지 못할 과정을 지났으니 자네가 단념해 주게 하면 무어랄 텐가? 일은 거기서 끝나고 말지 않나?"

"딴은…."

"그저 내 말대로만 하게. 요즘 신여성들이 뻔쩍하면 인격이니 뭐니 하지만 돈 앞에선 구여성들보다 더 약한 걸세."

"어떻게 아나?"

"그걸 몰라? 신여성들은 돈을 쓸 줄 알거든…. 돈맛을 더 잘 알거든."

이리하여 순구는 사흘거리[73]로 태 주사에게 전보질을 하여 주머니마다 시퍼런 지전 장을 꾸겨 박고 수환이가 운전하는 대로 진행하였다.

그러나 천숙은 그리 녹록지 않았다. 순구는 이모저모로 돈을 내세워 보려 했으나 조용히 학생 생활을 지탱해 가는 데는 천숙도 돈에 군졸한[74] 바는 아니었다.

순구는 수환의 말대로 어찌해서나 천숙에게 돈의 향락을 맛들이도록 유혹하였다. 으레 번질번질하는 새 자동차를 몰고 와서 오늘은 굉장한 야구 시합이 있다는 둥, 오늘은 독일 영화로 유명한 배우의 주연이 어디서 봉절[75]된다는 둥, 음악회니 오페라니 하고 틈틈이 천숙을 꾀이었다. 그러나 천숙은 천숙대로 속이 있어 필재가 끼지 않은 데는 한 번도 따라나서지를 않다가, 이번에는 그래도 필재가 다른 데를 다녀 나중에 오리라는 말에 처음으로 순구 혼자에게 따라나섰던 것이다.

---

73 사흘에 한 번씩.
74 넉넉하지 못한.
75 封切. '개봉(開封)'의 일본식 한자어.

순구는 대뜸 제국호텔로 다리고 가서 제일 비싼 저녁을 천숙에게 먹이었다기보다 구경시키었고 제국극장에 가서도 제일 좋은 자리를 샀던 것이다. 그리고 저녁 식탁에서, 또 극장 휴게실에서 틈틈이 천숙의 마음을 떠 가지고 필재와의 과거를 들으려 했다.

천숙은 순구가 필재와 친구 간인 것을 믿고 이야기해도 상관없을 정도에서 몇 마디 풀어놓다가 순구의 속을 알아채이고는 똑 끊고 말았다. 순구도 천숙과 필재의 과거를 지지콜콜이 캐어 알고 싶지는 않았다. 설혹 필재가 천숙의 손을 잡았다 치자. 천숙의 뺨이라도 대었다 치자. 그런 것을 염두에 두고 마음을 졸일 그는 아니었다. 워낙 화류계에서 그 따위 속은 터질 대로 터지어 차라리 지난 일이야 들어서 무엇하랴 하는 도량이었다. 다못[76] 그로서 궁금한 것은 천숙이가 얼마만치나 필재를 생각하나 그것이었으므로 제 재주껏 천숙의 심중을 떠보노랍시고 몇 마디 이죽거린 데 불과하다.

아무튼 순구는 기뻐 돌아갔다. 처음 혼자서 천숙이만을 다리고 나온 것도 기쁜 일이요, 그와 단둘이 보이들만인 데서 저녁을 먹은 것도 기쁜 일이요, 극장에 가서도 가장 달콤한 애인과 애인처럼 제일 좋은 자리에 기지런히 앉아서 여러 사람의 시신을 이끌어 본 것도 기쁜 일인 네나, 제일 어려운 연극으로 생각하였던 예물을 주는 것까지 손쉽게 마쳐 버린 것은 도저히 집으로 그냥 들어갈 수 없는 기쁨이었다. 그래서 순구는 플로리다에 가서 최후의 왈츠까지 춤을 추고 그리고 나와서도 어쩐지 다른 날보다도 필재를 만나기가 섬찍한 생각이 들어 다시 택시를 잡아타고 새로 두시[77]까지나 카페에서 카페로 드라이브한 것이다.

그러나 천숙은 조금도 기쁘지 않은 동반(同伴)이었었다. 천숙은 순구가 밉살머리만스러웠다. 잔돈을 두고도 부러 백 원짜리만 쓰는 것도 밉

76 '다만'의 방언.
77 새벽 두시.

제이의 운명

살머리스러웠고 필재 말이라면 흠을 잡지 못해 이죽거리는 양도 한없이 밉살머리스러웠다. 나중에는 필재와 반대로 살이 쪄 둥싯거리는[78] 것까지 밉살머리스러웠다.

"이 녀석이 필재 씨 앞에 무어라고 변명을 하나 좀 봐야지."

하고 천숙은 학교에서 종일 생각해 결심한 대로 저녁을 재촉해 먹고 그 반지 갑을 들고 나섰다.

순구와 필재가 있는 곳은 반 시간이나 걸리는 시내였다. 성선(省線)[79]을 신숙(新宿)[80]에서 나리어 다시 시전(市電)[81]으로 가는 것인데 박 자작이 어느 대관을 통해서 주선된 부호의 저택의 일부분으로 소위 인쿄베야(隱居部屋)[82]라고 이르는 순 일본식의 정갈스런 딴채[83]였다.

필재는 박 자작이 보낸 유학생 중에 제일 신망을 얻어 순구와의 우정보다는 박 자작의 부탁으로 이 집에서 순구와 동거하는 것이다.

"박 선생님 계서요?"

천숙은 현관 앞에서 누구를 부를까 하고 잠깐 망설이다가 순구의 기침 소리를 듣고 그를 불렀다.

순구는 첫마디에 천숙인 줄 알아듣고 얼른 거울 앞으로 가서 머리에 빗질을 몇 번 하고 문을 열었다.

"이거 진객[84]이시군. 마침 잘 오셨는데…. 그렇지 않아도 좀 가 뵐까 했더니!"

"절요?"

"네, 어서 올라오서요."

---

78 굼뜨고 거추장스럽게 움직이는.
79 쇼센. 일본 철도성이 관리하던 철도선 이름.
80 신주쿠. 도쿄의 번화가.
81 시영전차(市營電車). 일본 시내 전차.
82 '은거(隱居)하는 방', '숨어 사는 방'을 뜻하는 일본말.
83 별채.
84 珍客. 귀한 손님.

순구 혼자 있는 눈치다.

"어떻게 혼자만 안 나가고 계시군요?"

"학생이 들어앉어 공부도 좀 해야 안 합니까, 허. 어서 올라오서요."

천숙은 필재가 어디 나갔느냐를 물으려다 그냥 잠자코 올라왔다.

순구는 방석을 갖다 천숙에게 권하며 선풍기도 천숙이 쪽으로 돌려 놓았다.

"필재 군은 책 하나 살 것이 있다고 이제 막 나갔는걸요. 조곰 일즉 오셨더면 다 만나실걸."

그러나 순구의 속은 필재가 나가고 없는 것이 퍽이나 다행스러웠다. 천숙이만은 필재를 만난 지도 며칠 되고 또 이번에 순구를 찾아온 일만 해도 나중에 오해가 없게시리 아주 필재가 있어 목격해 주었더면, 하고 저윽이[85] 용기를 잃었다.

천숙이가 눈만 동그라니 뜨고 무슨 하기 어려운 말을 벼르는 양을 순구는 이내 눈치채었다.

"천숙 씨께 참 엊저녁엔 실례 많이 했습니다."

다른 때 같으면 천숙은 으레 "천만에요" 했을 것이나 입을 새침하고 못 들은 체 순구의 웃는 얼굴을 굳이 피하였다.

순구는 다시 일어나더니 반침[86]에서 큰 양접시[87]에 수북이 담은 비와[88]를 갖다 놓았다.

"잡수시지요. 아까 주인집에서 내왔습니다. 실과(實果) 좋아하시지요?"

그래도 천숙은 대답하지 않았다. 그렇다고, 하고 싶은 말이 마음먹었던 것처럼 얼른 나와지지 않았다. 순구는 자기가 먼저 비와 하나를 집어

---

85 '적이'의 방언. 꽤 어지간히.
86 半寢. 큰 방에 딸린, 물건을 넣어 두는 작은 공간.
87 서양식 접시.
88 枇杷. 비파나무, 또는 그 열매를 뜻하는 일본말.

　　　　　　　　　　　　제이의 운명

들고 그릇을 천숙에게 내어밀며 또 권했다.

그제야 천숙은 더 침묵만 지킬 수 없어 입을 떼었다.

"고맙습니다. 그런데, 박 선생님."

순구가 천숙에게서 처음으로 듣는 깔끔한 목소리다.

"네?"

"선생님은 저를 무얼로 아시는 셈이서요?"

순구는 비와 껍질을 벗기다가 두 손을 다 놓고 천숙을 보며

"그건 갑자기 무슨 질문이신가요?"

한다.

"저를 무얼로 생각하셨나 말여요. 저한테 이런 질문을 받으시는 게 의외십니까?"

천숙은 야무지게 입을 다물고 순구의 꼴을 쳐다보았다. 그러나 순구의 표정은 이내 '이런 것이 태연자약이란 것이오' 하는 듯 대답은 생각도 않고 도리어 천숙의 성난 얼굴이, 그 쫑긋하니 일어서는 눈썹하고 연지로 찍은 듯 맞붙은 입술 때문에 가을꽃과 같은 그의 애교가 더욱 날카로워지는 것만 정신 잃고 건너다본다.

천숙은 순구의 그 능글스러움에 분이 발끈 치밀었다.

"박 선생님은 철면피야요. 초콜릿이면 초콜릿이지 이건 다 뭣이야요?"

하고 핸드백에서 반지 갑을 꺼내 순구 앞에 던지듯이 내어밀었다.

"오, 이것 때문에 그런 어려운 질문을 던지셨나요? 참 곡해시로군. 그리게 제가 아까 말씀드렸지요. 가 뵐까 하던 차라고."

순구는 의연히[89] 태연스러웠다.

"곡해라뇨? 친구면 친구 간, 아는 사람이면 아는 사람 간이지. 더구나 남녀 간에 무슨 턱에 반지를 보내십니까? 그 천덕스런 금강석 반지….

―――――――――

89　依然-. 여전히.

참… 절 무얼로 아셨어요?"

천숙은 그예[90] 순구에게서 잘못하였단 사과를 받을 작정이다.

그러나 순구에겐 순구대로의 대책이 미리부터 서 있었다.

"천숙 씨도 퍽 과민이시군. 아닌 게 아니라 저도 엊저녁에 돌아와 곡해나 하시면 어쩌나 하고, 염려가 됐습니다. 그래서 제가 미리 변명을 가려던 차라니까요."

순구는 얼토당토 않은 오해를 받아 화가 나는 듯이 담배를 내어 피워 물더니

"어째 반지의 정의를 그렇게, 그야말로 인습적으로만 생각하십니까? 반지는 꼭 결혼할 사람끼리만 주고받아야 합니까?"

하고 머리를 돌리며 담배를 두어 모금 빨았다. 여기에선 천숙이가 도리어 준비한 대답이 없었다.

"허허, 천숙 씨도 반지에 대한 소위 재인식이 필요하시군요. 그야 약혼하는 사람끼리나 결혼하는 사람끼리 준다면 손을 장식하는 이외에 더 중대한 뜻이 있겠죠만 천숙 씨와 박순구와는 그런 새[91]는 아니지 않습니까. 그러니 반지 이상의 무슨 뜻이 있습니까? …. 사실인즉 제가 이번에 한비가 좀 남았어요. 그래 내 딴은 친구들을 위해 써 보노랍시고 쓴 게지요. 필재 군도 단장[92]을 하나 사 주었습니다. 천숙 씨도 만일 남자시라면 무론 단장이나 넥타이핀 같은 걸 사 드렸을는지 모르지요. 아무튼 그런 기모찌[93]로 사 드린 거니까요, 허허. 돈데모나이[94]…."

천숙은 도리어 몰리기만 하는 것 같아서 여전히 깔끔한 소리를 내었다.

---

90 기어이.
91 '사이'의 준말.
92 短杖. 지팡이.
93 気持. '기분', '감정'을 뜻하는 일본말.
94 '터무니없어요', '당치도 않아요'를 뜻하는 일본말.

제이의 운명

"글쎄요. 그렇게 말씀하실 수도 있겠죠. 그렇지만 피차 학생 신분으로 그렇게 제이다꾸[95]한 물건을 주고받는 건 온당치 못하지 않어요? 아무튼 저에겐 이런 물건이 필요치 않습니다."

순구는 아무런 대답도 없이 담배만 빤다.

선풍기 소리뿐, 한참 침묵이 지나갔다.

"가겠어요."

천숙이가 핸드백을 들며 일어섰다.

"허, 단단히 노하셨군."

순구는 물었던 담배를 뜰 안에 팽개치고 일어섰다. 그러나 천숙을 보내려 함이 아니었다.

"잠깐만 앉으서요. 그렇게 하시는 게 아닙니다. 제가 여태 솔직하게 변명해 드렸음에도 불구하고 곡해를 품으시는 건 저를 너무 멸시하시는 게 아닙니까? 아무리 보잘것없는 박순구라도 공연히 인격상 중상을 받는 건 너무 억울치 않습니까?"

"제가 무슨 중상을 했단 말씀이서요?"

"좌우간 잠깐 더 앉으십시오. 이왕 오셨던 길에 필재 군도 만나시고 또 오해도 풀고 가셔야 합니다."

"괜찮아요. 필재 씬 이담에 뵙지요. 저 뭐 오해한 것 아닙니다."

"이럭 하시는 게 오해란 말씀예요."

순구는 부썩[96] 천숙의 앞을 막아선다. 천숙은 순구의 얼굴을 쳐다보니 다른 때보다는 퍽 무자키[97]스럽다. 천숙은 '어쩔까' 하다가 다시 방석에 가 앉았다. 자기가 생각하고 왔던 것보다 순구의 말은 막히지 않을 뿐 아니라 퍽 떳떳하다. '정말 내가 과도로 오해한 것이나 아닐까' 하고

---

95 贅沢. '사치', '비용이 많이 듦'을 뜻하는 일본말.
96 바싹.
97 無邪気. '천진함', '악의가 없음'을 뜻하는 일본말.

속을 능구려[98] 드니 순구는 하나에서 열까지 모다 나쁘게만 칠 사람은 아닌 것도 같았다.

"천숙 씨. 저와 이렇게 단순히 알고라도 지내시는 게 불명예십니까?"

"저는 그렇게 교만한 사람은 아닙니다. 이런 물건을 주시는 건 단순한 것이 아니니까 말씀이죠…."

"글쎄, 천숙 씨는 반지라는 걸 그렇게 복잡하게만 생각하서도 이 사람은 필재 군에게 단장을 사 준 것과 수환 군에게 담뱃갑을 사 준 것과 똑같이 단순하게 사 드린 것인데 왜 그 이상을 혼자 짐작하시고 그러십니까. 천숙 씨가 제 입장으로도 좀 생각해 주십시오. 저는 단순히 드린 걸 이렇게 돌려보내시면, 자, 생각해 보세요. 박순구가 아모개에게 반질 사 보냈다가 퇴짤 당했다! 박순구는 아모렇게나 짓밟혀도 무관합니까?"

천숙은 대답엔 궁하였으나 마음은 올 때보다 훨씬 가벼워졌다.

"천숙 씨가 이 반지가 그다지 꺼름하시거든 내버리십시오. 그러나 저 보는 데 버리시는 건 제 얼굴에 침을 뱉으시는 겁니다. 제 마음이 청백하거든 천숙 씨의 침을 받을 까닭이 없지 않습니까?"

순구는 서슴지 않고 천숙의 핸드백에다 그 반지 갑을 도로 집어넣는다.

"천숙 씨는 남의 인격도 존중해 주실 줄 압니다. 저 안 보는 데 버리시는 건 자유십니다."

그때 마침 누구인지 현관에서 인기척이 났다.

"박 군 있나?"

현관에서 들어온 소리다. 물론 필재는 아니길래 주인을 찾는 것이다.

순구는 대답을 않고 현관으로 갔다. 천숙은 자리에서 일어섰다. 순구의 뒤를 따라 들어서며 "오셨습니까" 하고 천숙에게 인사하는 사람은 학생복의 강수환이다. 천숙이가 최초의 인상부터 박순구보다 더 싫어

---

98 '누그러뜨리려'의 방언.

제이의 운명

하는 사나이다.

"네⋯. 오시자 일어서 안됐습니다만⋯."

"제가 괜히 왔군요."

수환은 머리를 긁는다. 천숙은 그 말이 몹시 불쾌하여 아무 대꾸도 없이 나와 버리었다. 순구는 방 안부터 살피어보니 천숙의 핸드백도 반지갑도 보이지 않는다. 저윽 안심하고 바깥 대문까지 천숙을 따라 나와 이런 말로 공손히 보내었다.

"아예 그런 오핼랑 말아 주십시오."

천숙은 아무 대답이 없이 전찻길로 나왔다. 그리고 '혹 필재 씨가 나에게 와 있나 않나' 하고 초조하게 집으로 돌아왔다.

그러나 벌써 밖에서 보아도 필재는 오지 않은 듯, 자기 방의 캄캄한 유리창엔 이웃집 불빛만 어려 있었다.

천숙은 새삼스럽게 쓸쓸함을 느끼었다. 들어가선 불도 켜 놓지 않은 채 피아노로 가 내일 아침에 강 바칠[99] 곡조를 연습하였다.

이튿날 오후다.

천숙이가 학교에서 돌아오니 현관에 커다란 낯익은 검정 구두가 놓여 있다. 그것은 천숙이가 자기의 발을 구두를 신은 채 얼른 그 속에 담아 보고 싶도록 반가운 필재의 신발이다.

천숙은 손수건을 내어 이마의 땀을 닦고 현관 기둥에 걸린 거울 앞에 잠깐 머물렀다.

필재만은 주인이 없어도 천숙의 방에 마음대로 드나들 수가 있었다.

필재는 학교에서 바로 오면 늘 천숙이보다 먼저 와 있곤 했다. 이날도 한 시간 전부터 와 기다리고 있었다. 기다리는 동안이 늘 필재는 심심하지 않았다. 그새 무엇이나 달라진 것이 없나 하고 천숙의 살림을 뒤져 보는 것이 기다리는 재미였다.

---

99 講 --. 배운 것을 스승 앞에서 외어 올릴.

우선 피아노로 가서 체르니 책이 펼쳐 있으면 그동안 몇 페이지나 넘어갔는지 그것도 보고, 오시이레[100]를 열어 보아 군것질이 있으면 그것도 꺼내 먹고, 나중엔 핸드백을 열어 보고 그새 돈이 얼마나 줄어진 것도 따져 보는 것이다.

이날도 천숙의 방에 들어서자 체르니 책은 학교로 가지고 간 듯, 놓이지 않아 보지 못하고 오시이레를 연즉 아름다운 뚜껑이 얼른 눈을 끄는 초콜릿 갑이 있다. 열어 보니 호두 박은 초콜릿이 수북하니, 거의 새 갑째로 들어 있다. 필재는 꿀꺽, 침부터 삼키고 갑째 내어놓고 먹으면서 이번에는 책상 위를 살피었다. 거기는 마르고 시들어 향기조차 잃어버린 백합(百合) 두어 가지가 잎에만 겨우 푸른빛을 남겨 가지고 유리 화병에 꽂혀 있다.

"그만 내버리지 않구…."

필재는 혼자 중얼거리었다. 그 백합꽃은 벌써 열흘도 더 전에 자기가 사다 준 것이다. 천숙은 필재가 준 것을 끔찍이 아끼는 정이 거기서도 보이었다.

다음에는 전례대로 피아노 뚜껑 위에 놓여 있는 핸드백을 집어다 열어 보았다. 그리고 그 이물(異物)이랄, 새까만 만지 갑을 발견하고 그 속을 열어 본 것이다.

필재는 들여다볼수록 놀라운 발견이었다.

"웬 걸까? 저희 오라버니가 사 보냈을까?"

하고 보니 팥알만 한 금강석이 아무래도 이삼백 원짜리는 되어 보였다. 오라버니가 이다지 좋은 것을 동생에게 줄 리가 없다. 더구나 갑에 박힌 잘다란 금 글자를 들여다보니 동경 은좌(銀座)[101]에서 유명한 보석 상회 이름이다. 필재는 콩콩콩거리고 천숙이가 들어오는 것을 알자 이내 반

100 '반침', '벽장'의 일본말.
101 긴자. 일본 도쿄의 번화가.

제이의 운명

지를 자기 왼편 손 새끼손가락에 끼었다.

"어저껜 뭐… 나를 골려 먹구…."

천숙은 어린애처럼 들어서자 투정을 부리는 것이 인사였다.

"누가 하필 남 나간 새 오래나. 기다릴 땐 안 오구…."

"저런!"

천숙은 베레를 벗고 한 손으로 머리칼을 쓰다듬다가 도사리고 앉은 필재 무릎 위에 자기의 핸드백이 입을 벌린 채 놓인 것을 본 것이다.

"뻔쩍하문 남 핸드백은 왜 뒤져…."

천숙은 다른 때와 달리 얼굴을 붉힌다. 필재가 반지 낀 손을 내어밀고

"이런 것 좀 구경할라구."

하니 천숙의 얼굴은 더욱 새빨개졌다.

천숙은 몹시 불쾌하였다. 자기가 먼저 이야기와 함께 꺼내 보이려던 것인데 이렇게 되고 보니 무슨 비밀이나 들킨 것처럼 되어, 사실의 전후를 이야기할 기운조차 잃어버리고 말았다. 남의 속은 모르고 필재는 반지 낀 손가락을 높이 쳐들고

"눈이 어찌 부신지 바로 볼 수도 없군!"

하고 이죽거린다.

"볼 수 없는 걸 누가 보랬어요. 괜히 남의 핸[102] 뒤져내더라…."

천숙은 뾰로통한 채 돌아앉아 양말을 벗는다.

"잘못했군그래. 것두 뭐 부정을 타나, 좀 봤기루…."

하고 필재는 반지를 뽑아서 다시 갑 속에 넣더니 돌아앉은 천숙의 앞에다 갖다 놓는다. 천숙은 양말을 벗던 손으로 반지 갑을 집어서 돌아도 안 보고 뒤로 동댕이를 쳐 버렸다.

"저렇게 화낼 거야 뭐 있어."

"있는지 없는지 어떻게 알아…."

102　해를. 것을. '해'는 그 사람의 소유물을 뜻함.

하고 천숙은 뒷문으로 나가더니 우물에서 펌프질하는 소리가 난다.

'저다지 무안해할 거야 무어람….'

필재는 혼자 생각해 볼수록 궁금하였다. 그리고 천숙이가 한 말 중에 '괜히 남의 핼 뒤져내더라' 한 말이 귀에서 얼른 사라지지 않았다.

그러나 그런 말에 탄할 바는 아니요, 좌우간 웬 반지며 엊저녁엔 무슨 일이 있어 왔더랬는지 물어보아야 하겠는데, 천숙의 기분을 그만 잘못 건드려 놓아 말이 자꾸 벗나가기만[103] 하니 오늘은 진작 돌아가고 내일 다시 오리라 했다. 그래서 모자를 집어 드는데 천숙이가 수건에 손을 닦으며 들어선다.

천숙은 찬물을 만지고 기분을 고친 듯, 필재를 보고 가만히 웃었다. 필재는 못 본 체하고 나가려니까 천숙은 달려들어 필재의 모자를 벗기어 내어던졌다. 필재는 떨어진 모자를 집으려거니 천숙은 집지 못하게 막으려거니 하다가 서로 웃음이 터지고 말았다.

그리고 천숙이는 눈물이 다 글썽글썽했던 것을 닦으며

"남 애기 다 하구 나서 뵐랴는 걸 미리 봤으니까 성이 났지 뭐…."

하였다.

필재는 피아노 걸상으로 기서 앉으며 정색을 하고 물었다.

"응, 웬 거요?"

천숙이도 한번 웃고는 정색을 하고 대답한다.

"누구냐고 캐진 말아요. 이담에 아리켜 드릴께. 짐작이 나더라도 당신은 모른 체하고 계서요. 지금은 나 혼자 처리할 수 있으니깐."

필재는 잠깐 웃음 띤 눈을 감는다. 누굴까 하고 생각하는 모양이다.

천숙은 어젯밤 순구에게 갈 때까지도 필재 앞에서 순구를 면박을 주고 다시 필재를 조용히 만나 자초지종을 이야기할 결심이었으나, 마침 가 보니 필재는 없었고 순구도 생각하고 간 것보다는 그의 태도가 꿀리

---

103 (성격이나 행동이) 엇나가기만.

제이의 운명

는 데 없이 떳떳하였다. 그래서 천숙은 한결 가벼운 마음으로 돌아왔고, 상대자가 순구라는 것을 필재가 알면 같이 있는 동안 서로 의만 상할 것 같아서 이름은 알리지 않을 뿐 아니라, 반지도 그만 것은 필재의 의견을 빌려 올 것이 없이 저 혼자 처리하기로 다시 결심한 것이다.

"좀 나가 거닐며 얘기할까요?"

천숙은 가벼운 얼굴로 필재의 우울을 달래었다. 필재는 말없이 일어나 천숙의 앞을 서 나왔다.

첫여름의 무장야(武藏野)[104]는 끝없는 보리밭이었다. 그리고 끝없는 풀 바닥의 길들이었다.

그들은 한참이나 말없이 풀을 밟으며 걸었다.

"이런 말을 한다고 노여진[105] 마우."

필재가 우뚝 서며 말을 내었다.

"무슨 말?"

천숙이도 따라 섰다.

"그런 걸 받고는 마음이 뒤숭숭하지 않소?"

"그런 것이 뭐야? 이런 것?"

천숙의 말소리는 종다리처럼 명랑하였다. 그리고 어느 틈에 들고 나왔는지 반지를 갑에서 빼어 들며

"이까짓 천덕스런 것…."

하더니 끝없는 보리밭 너머로 보기 좋게 팔매질을 쳤다. 작으나 무게 있는 반지는 천숙의 힘으로도 눈이 모자라게[106] 날아가 버리었다.

"이렇게 하면 고만이지. 하하하, 유쾌하죠?"

하고 천숙은 필재의 손을 매어달리듯이 꼭 붙들었다가 놓는다.

필재는 천숙이가 그 몇백 원짜리 물건을 조금도 애착이 없이 헌신짝

104 무사시노. 일본 도쿄 교외의 지역.
105 노여워하진.
106 시야에 들어오지 않을 정도로 멀리.

처럼 내어던짐에 저윽 경탄하였다.

"용쿠려!"

"용치요?"

하면서 천숙은 다시 걸음을 떼어 놓았다.

"그렇지만 그렇게 내어버릴 거야 뭐 있소?"

"그럼 그걸 두어 뭘 해요?"

"그 사람에게 돌려보내지, 그 사람은 그만치 중히 알길래 보낸 것 아니겠소?"

"내버릴지언정 돌려보내진 말라니까 내버릴 밖에요."

그때 앞에서 농부 한 사람이 구루마[107]를 끌고 왔다. 그들은 구루마 소리가 멀리 지나가도록 말없이 걸었다.

필재는 궁둥이가 번질번질 닳은 검은 학생복에 모자는 벗어 한 손에 꾸겨 들었고, 천숙은 조선서 송고직[108]으로 만든 간단한 양복 위에다 엷은 레몬빛 스웨터를 걸치었다. 그리고 벗은 채 드러난 종아리 아랜 새로 분칠한 흰 구두가 필재의 검고 큰 것을 또박또박 따라간다.

그들의 앞에는 이내 도랑이 나왔다. 한 칸통[109]밖에 안 되는 도랑이나 깊고 늘 물이 많았다. 더구나 비 온 지 얼미 안 되이 살진 물결이 뿌듯이 돌아 나간다.

"내가 이건 왜 쥐고 있어?"

천숙은 우뚝 서며 놀라는 듯이 한 손에 들었던 빈 반지 갑을 마저 도랑에 팽개쳤다. 윤나는 조그만 가죽 갑은 물결에 떴다 잠기었다 하며 이내 풀숲으로 들어가 버리었다.

"더 갈까요?"

---

107 車. '수레'를 뜻하는 일본말.
108 松高織. 여러 색 실을 꼬아 짠 천.
109 한 칸통은 한 평 정도의 폭.

천숙이가 물었다. 그들은 늘 이 길을 산보하며 이 도랑까지 와서는 더 가고 안 가는 것을 작정하였다.

필재는 대답하는 대신 천숙의 손을 잡았다. 그들은 여기까지만 올 적이면 흔히 가 앉았다 가는 잔디밭 있는 도랑 둔덕으로 갔다.

"그새 풀들이 이렇게 우거졌네….'

천숙이가 앉을 자리를 찾으며 말하였다.

"이번 비에지….'

그들은 가지런히 앉아 한참이나 말없이 흘러가는 도랑물만 들여다보다가 천숙이가 먼저 얼굴을 들었다.

"저 구름 좀 봐!"

구름은 떨어지는 석양에 타는 듯 붉어졌다. 그것을 바라보는 천숙의 얼굴은 살빛조차 꽃처럼 아름답다.

"저쪽이 조선…. 참 요즘 조선 신문들 보셨어요?"

천숙은 필재가 대답할 새 없이 지껄이었다.

"메칠째 도서관에도 못 들어갔어."

"왜요?"

필재는 대답하지 않았다. 필재의 마음은 아직 무거운 듯, 그 반지를 보낸 인물이 자꾸 눈앞에 떠돌았기 때문이다. 그는 천숙에게서 누구란 이름을 듣지 않아도 처음부터 박순구려니 짐작됨이 있었다. 아무리 다시 생각하여도 천숙의 주위에 몇백 원씩 턱턱 써 버릴 사나이는 박순구뿐이었다.

그러나 천숙의 곧은 뜻을 믿을진댄 천숙의 말대로 자기는 모른 척하는 것이 상책이라 생각하였다.

필재는 고향이 그리운 듯 멀리 서편을 바라보는 천숙의 손 하나를 붙들어다가 자기 무릎 위에 놓았다.

천숙은 손도 아름다운 것을 가졌다. 피아노에 앉을 때마다 다듬고 피아노를 물러설 때마다 다듬어서 그는 얼굴보다도 더 손을 가꾸었다.

오목오목 우물이 팬 다섯 손가락 마디들, 그 끝에 에나멜에 젖은 산호 같은 손톱들을 필재는 정신없이 한참이나 나려다보고 주물러 보고 하다가 저고리 주머니에서 만년필을 뽑아들었다.

"왜요?"

"가만 있어….."

"아이 간지러."

"가만 있어….."

필재는 천숙의 왼편 손 무명지에다 부들부들 떨리는 손으로 끙끙거리면서 조그만 반딧벌레 하나를 그리었다.

"어때, 훌륭한 반지지?"

필재는 장한 듯이 벙글거린다. 천숙은 몇백 원짜리 정말 반지보다 더 만족한 듯, 필재의 팔 하나를 자기의 어깨로 끌어 올리며 뜨거운 입술로 어서 잉크가 마르게 손가락을 혹 혹 불었다.

필재는 천숙을 끌어안은 팔에 힘껏 힘을 주었다. 그리고 멀리 저녁연기에 잠기는 지평선을 바라보며 옛날 어떤 시인의 말을 생각하였다.

'인간의 진정한 행복은 돈과 상관이 없다'는.

별과 돌

그날 밤, 천숙이가 순구에게 갔던 날 밤, 순구는 천숙을 보내고 들어서며 수환을 보고 무슨 뜨거운 것을 맛보다가 데인 것처럼 입술을 빨며 머리를 절레절레 흔들었다.

"왜?"

수환은 가장 중대한 보고나 기다리듯 긴장했다.

"나가세. 나가 말하세."

순구는 입기 쉬운 학생복으로 수환을 앞세우고 나왔다.

순구는 천숙의 태도가 아주 의외는 아니었다. 찬찬스런[110] 수환은 십중팔구 이러한 경우가 있으리라는 것을 미리 일러 주었거니와 그런 경우엔 이리이리하라고 대책까지도 세워 주었던 것이다.

대책이란 순구가 천숙의 앞에서 꽤 능변으로 반지의 정의를 다르게 한 그것이요, 더욱 천만뜻밖에 곡해를 받는다는 듯한 억울해하는 태도 그것이었다.

그들은 택시를 몰아 은좌 어느 찻집으로 갔다. 찻집보다는 순구의 방이 더 조용하긴 하였으나 언제 필재가 들어올지가 불안이어서 곧 나온 것이다.

수환은 제일 구석진 자리에서 순구의 보고를 들었다. 그리고 자기의 예상한 바가 맞았고, 또 자기가 생각해 준 대책으로 훌륭히 통과된 것을 으쓱해 하지 않을 수 없었다. 수환은 빙긋이 웃으며 담배에 불을 붙이었다.

---

110 꼼꼼하고 세세한.

"자, 어떡해야 하나? 고게 여간 깔끔하지 않은데…."

순구는 더욱 더 찰찰한[111] 수환의 계책에만 의지하는 수밖에 없이 되었다.

"무얼…. 깔끔스러운 것들이 홱 돌아설랴면 더 잘 돌아서는 법일세. 단지 여자들은 능동적이 아니요, 늘 피동이니까 이쪽서 상당한 충동만 일으켜 놓으면…."

"허긴 그래. 화류계 계집들도 보면 능글능글한 영남 기생들은 잘 변치 않아도 아주 죽자 사자 하고, 다른 놈들에겐 서슬이 푸르게 굴던 서돗것[112]들이 잘 변하거든…. 그런데 인제는 어떻게 충동을 주나가 문제 아니야?"

수환은 대답을 아끼는 듯 얼른 하지 않고 차 한 모금 마시고 담배 한 모금 빨고 한다.

순구는 갑갑한 듯 꺼내 들었던 담배를 그냥 테이블 위에 부벼 팽개치고

"이 사람, 일어서세. 다른 데로 가세."

하며 모자를 집어 썼다.

그들은 다시 거리로 나와 한참 사람과 네온사인 물설 속을 거닐다가 어떤 중국요리점 이층으로 올라갔다.

순구는 황주(黃酒)[113]와 안주 몇 가지를 시키고 또 수환의 입을 쳐다보았다.

"허, 박순구도 심천숙이 앞에서는 꽤 몸이 달는 걸세그려."

"아닌 게 아니라 고것이 빼는 통에 내가 몸이 달네."

"좌우간 오늘은 그만 이야기하세."

"왜, 이 사람. 어디 무슨 얘기했나?"

---

111 아주 꼼꼼하고 자세한.
112 서도(西道, 황해도와 평안도)에서 활동하는 기생들을 낮잡아 이르는 말.
113 누룩과 차조, 찰수수 등으로 만든 담갈색의 중국 술.

제이의 운명

"글쎄, 바뻐도 좀 궁리해야 안 하나? 나도 밤에 가 좀 생각해 볼 게니 자네도 좀 생각하게. 내일 학교서 만나세그려."

하고 술자리를 이내 끝내었다.

이튿날 아침 학교에서다.

그들은 모다 한 와세다대학이었다. 필재는 문과, 순구는 전문부의 정치경제과, 수환은 고등사범부였다.

순구는 첫 시간부터 교실에 들어갈 생각이 없이 사범부 앞에 가서 수환을 기다리었다.

"이 사람. 첫 시간은 꼭 청강해야 될 시간일세."

"젠장, 이담에 취직 못 하면 내가 맡으마. 나는 어서 네 강의부터 들어야겠다."

정문을 나선 그들은 엊저녁과 같이 조용한 구석을 찾았으나 모다 너무 이른 때였다. 그들은 가까운 에도가와공원[114]으로 갔다.

"생각해 봤나?"

이번에는 수환이가 먼저 물었다. 순구는 지난밤에 잠이 부족했던 것처럼 하품을 하며

"여보게, 난 이렇게 밤새도록 생각해 봤는데…."

하였다.

"어떻게?"

"필재 군은 전부터 늘 독일 가기가 소원이니까, 한 만 원 돈을 주어서 독일로 보내 버리는 게 좋지 않을까 하구…."

수환은 놀라는 것처럼

"에끼, 이 사람!"

하고 순구가 무안해하리만치 웃었다.

"독일로 가는 게 천숙이를 단념하는 것이 될지, 천숙이까지 달고 고

---

114 江戸川公園. 일본 도쿄도 분쿄구에 위치한 공원.

비원주[115]하는 것이 될지 자네가 어떻게 아나? 천숙이도 그렇지. 독일 가면 음악 배기[116] 더 좋고 애인 따라 가케오찌[117]하는 맛이 좀 좋을까 봐…. 허!"

"딴은…."

하고 순구는 또 수환의 입만 쳐다보았다.

수환은 한참 만에

"이렇게 하세."

하고 순구를 마주 보았다.

"어떻게?"

"그런데 박 군, 자네 이건 진심으로 대답해야 하네."

"무얼?"

"자네가 정말 못 견디게 천숙이가 탐이 나나?"

순구는 얼굴이 시뻘게지며 무거운 돌멩이를 뱉듯 굼뜨게 대답했다.

"정녕콜세…. 결코 일시적은 아니야."

수환은 다 탄 담배를 발 앞에 내어던지고 거기다 침을 뱉더니

"자네도 알다시피 내가 어디 필재 군과 모르는 샌가? 자네가 진심에 서리면 니도 각오하고 거들어 주겠지만…."

하는데 순구는 높은 소리로 수환의 말을 막았다.

"이 사람이. 이 사람, 그걸 말이라고 하나? 내가 만일 일시적 기분이라면 어디 그만치 생긴 계집이 없어서 이렇게 구구하겠나? 아예 그런 말은 말고 내가 허탕해 보이더라도 이것만은 믿어 주게. 자네 입장도 생각하네. 자네 공도 잊을 내가 아닐세."

"허! '자네 공도'라니? 내가 자네한테 무슨 공을 바라고 이리나? 그렇게 생각한다면 나는 여기서 고만일세."

---

115 高飛遠走. 아무도 모르게 멀리 달아남.
116 배우기.
117 駆落ち. '사랑의 도피'를 뜻하는 일본말.

하고 수환이 일어서니 순구는 더욱 얼굴이 붉어지며 수환의 팔을 이끌어 다시 앉힌다.

"수환 군, 그건 내 실언일세, 실언야…."

그러나 수환은 속으로 '사실 공을 바라지 않는다면 내가 무엇하러 필재와 원수를 사서까지 너에게 충실할 것이냐?' 생각하고 혼자 쓴웃음을 흘리지 않을 수 없었다. 그리고

"암만 생각해도…."

하고 은근한 말투로 본론에 들어갔다.

"암만 생각해 봐도 내가 한번 조선을 다녀오는 것이 좋을 것 같은데…."

"조선은 왜?"

"천숙의 남형[118]이 서울서 장사를 한다지?"

"그리더군. 남대문통에서 피혁(皮革) 상횐가 뭘 한다구. 그런데?"

그들의 담화는 길지 않고 이내 끝이 났다.

내용인즉 수환의 계획대로 수환이가 즉시 서울로 나오기로 한 것이니 천숙의 집에다 직접 청혼을 넣어 될 성싶으면 곧 천숙의 남형을 동경으로 다리고 와서 첫째로 천숙이와 필재와의 사이를 끊어 놓게 하자는 것이었다.

천숙의 어머니라야 무론 구식 어머니들 타입의 하나일 것이니 딸의 일시적 감정보다는 세상에서 일러 주는 영화와 면목을 더 중히 알 것이오, 그렇다면 박 자작 집과 같은 명문에서 떨어지는 청혼이거든 언제 다시 있으리라고 거절할 리 만무하겠고, 그의 오라버니라야 사십이 가까운 중년객인 데다 벌써 십여 년을 상업에 종사하는 사나이라니까 결코 부력(富力)에 들어 냉담할 것 같지는 않았다. 그렇다고 누이를 팔아먹으리라는 추측은 아니되, 같은 값이면 아니, 같은 값이 아니라 인품으론

---

118 男兄. 오빠.

한쪽이 다소 기울지라도 원체 돈의 자격이 비교가 되지 않게 높다면 먼저의 조그만 차이쯤은 관심할 여지가 없으리라 믿은 것이다.

그래서 수환은 거의 결정적으로 성공한 사명을 띠고 여객비행기에 실려 섬광과 같이 조선으로 나온 것이었다.

서울서 나리어선 곧 순구 어머니에게 나타나, 그 가벼운 입술이 무거울세라 하고 전갈해 바치되 심천숙으로 말하면 신여성에게서 그만치 재색이 겸하고 성품까지 온화한 여자는 쌍을 채우려야 다시 하나 없으리라고 칭찬을 늘어놓은 다음에 '순구가 이 여자가 아니면 공부고 무엇이고 다 집어치우고 해외로 떠돌아다니겠다' 한다고까지 보탬을 하되, 필재와 삼각관계가 되리라는 것은 물론 쏙 빼었다. 도리어 '댁에서 믿으시는 필재 군과는 친누이나 다름없는 사이로 처음부터 소개한 것도 필재 군이외다' 하여 수환은 어렵지 않게 순구 어머니의 마음까지 자기 손아귀에 끌어넣은 것이었다.

"그럼 어떻게 했으면 좋겠나? 무어라든가?"

하고 순구의 어머니는 수환에게 묻는다는 것보다 아들의 의사를 더 알아보려 하였다.

"그저 곧 청혼을 헤 뵈서 저쪽에서 그 이미니와 오라비만 만내 없으먼 당자(當者)들의 의견은 더 알아볼 것 없이 곧 결혼하는 것이지요. 순구 군도 방학에 나오는 대로 곧 결혼식을 할 작정인가 봅니다."

"그렇게 급한 걸 왜 여지껏….."

하고 웃으며 순구의 어머니는 밤으로 영감의 의사를 들으러 나갔다.

박 자작의 의사라야 별 이의가 없었다. 다만 사진으로라도 한번 며느리 될 아기의 생김을 보고 싶으니 좌우간 말씨 좋고 눈 넓은 민 판서댁 부인을 보내 보아 저편 의견도 듣고 저편 가풍도 살피게 하고, 딸의 사진도 있을 것이니 한 장 가져오게 하라 하였다.

이튿날 아침 순구 어머니는 자기가 아우님이라고 부르는 민 판서 부인을 마주잡이 인력거에 태워 관철동에 있는 심용언(沈用彦)의 집에 보내었다.

심용언이란 천숙의 오라버니다. 그의 집은 벌써 삼십여 년이나 살아오는 구옥이어서 부연[119]이 없고 드높지는 못할지언정 중문 안에 들어서면 널찍한 뜰 안 위에 소여물 구융[120]만 한 큰 대들보가 얹힌 사간대청[121]은 아무리 민 판서댁의 눈에라도 그리 얌얌스레[122] 보이진 않았다.

그러나 비단과 금은주옥과 그리고 도도한 위엄으로 차린 민 판서 부인은 심용언 집에 태양과 같이 빛나는 귀빈이었다.

"지나던 사람이 좀 들어왔지요."

하고 민 판서 부인은 뜰 안에 서 있는 석류나무 꽃부터 들여다보았다.

과년한 딸을 가진 어머니들이 집에 드는 안손님[123]이면 비록 비렁뱅이 할멈까지라도 푸대접해 보내는 법이 없거든, 워낙 자상스런 천숙의 어머니가 누군지는 모르되 그 차림을 보아 민 판서 부인을 소홀히 맞을 리가 없다.

천숙의 어머니와 민 판서 부인과는 이내 구면과 같이 흔연한 자리를 사귀었다. 워낙 색시가 있다는 소문만 듣고 선을 보러 온 것과는 달라 민 판서 부인은 곧 찾아온 뜻을 열어 보였다. 그리고 부(富)와 귀(貴)가 겸전한 박 자작 집의 영화(榮華)를 소개하기에는 입에 침을 아끼지 않았다.

천숙의 어머니는 박 자작 집을 처음 듣는 것은 아니었다. 자기 집에서 중학까지 공부를 시켜 놓은 윤필재가 동경 유학을 하는 것이 박 자작의 도움인 것을 안 때부터 늘 '어떤 사람은 돈이 많아서 남의 자식까지 외국 공부를 시키누!' 하고 감탄하여 오던 터였다. 그랬더니 자기 딸이 그

---

119 附椽. 처마 끝을 들어 올려 모양이 나게 하는 짧은 서까래.
120 '구유'의 방언. 가축들에게 먹이를 담아 주는 그릇.
121 四間大廳. 네 칸이 되는 넓은 마루.
122 만만하게. 하찮게.
123 여자 손님.

런 집 아들과 연앤가 무언가 좌우간 서로 의가 맞아 부모들의 의견만 기다린다 하니, 더욱 박 자작 집에서는 벌써 양친이 모다 쾌락[124]을 나렸다 하니, 천숙의 어머니는 이의는커녕 '내가 엊저녁에 딸을 위해 무슨 길몽을 얻었던가?' 하고 꿈자리를 더듬을 만치 기꺼웠다. 그리고 신랑의 아버지가 보자 하신다니 딸의 잔 세간을 모조리 들추어 사진이란 사진을 다 끄집어내이면서

"내 자식이라고 해서가 아니라 외모든지 심덕이든 그리 나무랠 데야 없죠…."

하고 자긍하는 빛도 넘치었다.

민 판서 부인은 천숙의 얼굴이 제일 크게 된 사진으로 두 장을 골라 들고 일어섰다.

"찬찬히 말씀이나 더 하시다 찬 없는 진지라도 점심을 좀 잡숫고 일어서십시오."

하고 천숙의 어머니는 손님을 만류하나, 손님은

"무얼요. 또 중매는 아니라도 색시 집에서 미리 음식을 먹는 건 기한다[125]니깐요, 호호…."

하고 일어서 나왔다.

천숙의 어머니는 민 판서 부인을 보내고 기쁨과 슬픔이 섞이어 가슴속을 왕래하였다.

자기는 놓지 못하겠다는 것을 아들이 우기어 동경 공부를 보내더니 이런 길한 연분을 얻은 것이 춤이라도 추고 싶게 즐거운 한편, 자식을 같이 길렀다가 이런 낙을 함께 보지 못하고 먼저 돌아간 영감의 생각이 나선 눈물까지 어리었다.

"어서 아들이 들어와야…."

---

124 快諾. 흔쾌히 허락함.
125 忌--. 꺼린다. 피한다.

하고 기다리는데 이날 따라 용언은 저녁때가 지나도록 들어오지 않았다.

그도 그럴 것이 용언은 오후 세시쯤 된 때, 자기네가 거래하는 은행에서 지배인이 전화를 걸었던 것이다. 오후 다섯점쯤 조용히 상의할 일이 있으니 명월관[126] 본점으로 와 달라는.

용언은 무론 의외였다. 자기가 칠팔 년째 거래는 하되 한 번이나 큰돈을 예금하는 적도 없었고, 도리어 늘 수형(手形)[127]이 부도(不渡)가 날 뻔날 뻔하여 은행에서는 일거리만 주는 긴치 않은[128] 예금주로 돌리는 터에, 긴히 명월관으로 지배인이 초대함은 정말 의외였다.

그 은행 지배인은 민 판서의 조카다. 또 그 은행은 박 자작의 현금을 어느 은행보다도 제일 많이 맡은 은행이다.

그래서 순구 어머니는 심용언이가 장사하는 사람이란 말을 듣고 부러 의기를 보이노라고 민 판서 부인의 연줄로 이 은행 지배인을 내세운 것이었다.

용언은 상회에서 바로 명월관으로 갔다. 가면서 아무리 생각해 보아도 무슨 일로 만나자는 것인지 짐작이 들지 않았다. 대단히 궁금하긴 하나 이런 사람의 초대를 받아 불리한 일이야 없겠지 하고 갔더니 누이동생의 혼담이다.

"허, 심 공께 그렇게 훌륭한 매씨[129]가 계셨던가…."

하고 민 지배인은 박순구의 경우와 아울러 그를 매부로 얻는 심용언의 경우도 부럽다는 듯 말하였다.

미상불[130] 용언은 반가웠다. 누이가 출가할 나이도 되었거니와 동생

---

126 明月館. 1909년경 종로에 문을 연 우리나라 최초의 근대식 요릿집.
127 '어음'의 옛말.
128 탐탁지 않은.
129 妹氏. 남의 손아래 누이를 높여 이르는 말.
130 未嘗不. 아닌 게 아니라. 정말.

이라고 하나밖에 없는 누이여서 제 소원대로 들어주노라고 동경에 보내긴 하고도 매달 오십여 원의 학비를 지출하기엔 여간 쪼들린 것이 아니다. 아직도 앞으로 일 년 반이나 남은 것을 생각할 때 큰 빚이나 지고 못 벗는 것처럼 안타깝던 차라, 어서 성례(成禮)를 하여 저 집 사람을 만들어 버리면 우선 그 빚을 벗는 것도 되거니와 또 저희끼리 을리었다니 말이지 자기 힘으로는 도저히 바라도 못 볼 지체에 통혼[131]이 되는 것은 첫째 누이의 운이요, 둘째 자기의 운이라고도 생각되었다.

단지 박순구의 인품 됨이 미상하였으나 이왕 저희끼리 사랑하여 된 일이라니까 '이의가 있소? 없소?' 하는 데선 우선 '이의가 없소' 하는 수밖에 없었다. 그리고 박순구에게 관한 자세한 내용은 필재에게 기별하여 알리라 한 것이다.

이리하여 민 지배인과 심용언과의 회견도 이내 원만한 결과를 얻었다.

그러나 실상 어려운 문제는 그저 남았다.

순구의 집에서도 천숙이와 순구가 저희끼리 먼저 뜻이 맞은 줄로 알고, 천숙의 집에서도 그러한데, 실상 그들의 사이는 천숙의 입장으로 보면 빙탄[132]과 같은 사이였다.

여기에 강수환이가 활약해야 될 문제가 남아 있는 것이었다.

수환은 두 집의 의견이 일치된 이튿날 아침 심용언을 찾아가 그의 집 사랑에서 조용히 만났다. 그리고 자기와 박순구와의 정분을 스사로[133] 소개한 다음 호사다마[134]라는 투로 윤필재의 존재를 끄집어낸 것이다.

자기도 같은 친구 간에 만일 필재 군의 사랑이 진정한 것일진대 어디까지 찬성하고 붙들어 줄 것이나, 필재 군은 다만 순구의 사랑을 시기하

131 通婚. 혼인할 뜻을 전함.
132 氷炭. 얼음과 숯. 서로 어울릴 수 없는 관계.
133 '스스로'의 방언.
134 好事多魔. 좋은 일에는 방해되는 일이 많음.

는 데 지나지 않고 또 천숙이도 필재를 사랑한다는 것보다 그의 고독함을 일시적으로 동정하는 감정에 지나지 않는 것이라 설명을 하였다. 그리고 필재라야 체면은 지킬 만한 사람이니까 댁에서 직접 만나시고, '양가의 합의로 천숙이는 순구와 혼인하게 되었으니 자네는 우연히 두 집과 다 모르지 않는 터수[135]라 힘써 일을 도와주게' 한마디만 던져 놓으면 곧 그런 태도는 버릴 것이오, 따라서 천숙이도 순구에게만 일념을 기울일 것이라 장담을 하였다

심용언은 처음부터 강수환의 말을 믿었다. 그래서 곧

"필재가 배은망덕을 해도 분수가 있지. 제가 내 집 은헨들 작은 것이며 박 자작 댁의 은헨들 지금 당장 받고 있으면서. 괘씸한 사람 같으니…."

하고 노발을 일으켰다.

수환은 그날 밤으로 어렵지 않게 심용언을 이끌고 동경으로 떠났고, 서울 두 집에서는 천숙과 순구의 생일생시를 적어 가지고 장안에 유명하단 사주쟁이 점쟁이는 모조리 뒤지기 시작하였다.

사주는 보는 사람 따라 같지 않았다. 궁합도 그러하여 천숙은 불이요, 순구는 물인 것을 어떤 점쟁이는 수화상극[136]이라 하여 꺼리었고 어떤 점쟁이는 도리어 물을 기름으로 해석하여 극히 좋으리라 하였다. 두 집에서는 좋으리란 점쟁이에게 복전[137]을 많이 주었다.

천숙과 필재는 저희들 등 뒤에서 이런 커다란 음모가 진전되는 줄은 전혀 몰랐다.

다만 소심한 천숙이가 이런 생각만은 먹었었다.

순구가 아무리 겉으로는 아닌 체하여도 그는 자기에게 단순히 우정의 감정만을 가진 사나이는 아니므로 아주 그에게 자기는 필재를 사랑한다는 것을 어떻게라도 표시하여 두고 싶었다.

---

135 처지. 형편.
136 水火相剋. 물과 불 사이처럼 서로 공존할 수 없음.
137 福田. 복을 받기 위해 내는 돈이라는 말이나, 여기서는 복채(卜債)의 의미임.

자기가 자기의 마음을 못 믿어서가 아니라, 쑥스러운 순구가 혹시라도 또 그런 물건을 보내는 따위 짓을 하여 정말 문제를 표면화시키는 날엔 기어이 필재와 우정도 상할 것은 무론, 삼각에 끼이는 자기의 꼴도 사나울 것이므로 애초에 그런 마음을 순구가 먹지 못하게 의기지름[138]을 해 놓을 필요가 느껴진 때문이다.

그래서 그날 산보에서 돌아오는 길로 천숙은 필재의 의견을 떠볼 셈으로

"당신 친구들이 우리가 사랑하는 줄 알까?"

하고 필재의 눈치를 살피었다. 필재는 천숙의 질문이 단순하지 않음을 깨달았던지 되잡아 물었다.

"친구라니, 누구를 말이오?"

"아, 당신 아는 사람들 말야요. 누구든지….."

필재는 한참 만에 대답하였다.

"그건 왜 물우? 내 친구들이 알았으면 좋겠소?"

"응."

"것두 뭐 무슨 자랑인가?"

"그럼! 난 정말 동경에 내 동무들이 있다면 당신을 뻐젓이 소개할 테야."

"난 언제 우물쭈물하고 소개했나? '오, 이 사람은 내 연인이니 건드리지 마시오' 하고 광고하지 않았다고? 허허…. 그럴 필요야 뭐 있소."

"왜 없어요. 내가 어태[139] 아까부다[140]가 안 붙은 줄 알고 공연히 젠체하고 손을 쓰는 사람이 있으니까 걱정이지."

"그거 좀 좋아…? 친절하게 해 주는 것처럼 좋은 게 어디 있담. 받기

---

138 意氣--. 상대의 기세를 꺾는 일.
139 '여태'의 방언.
140 赤札. '붉은 패'를 뜻하는 일본말. 임자 있음을 나타내는 표식.

싫으면 묵살하면 고만 아뇨?"

이때 주인집 조추[141]가 저녁상을 들고 나왔다.

주인집에서는 필재가 와 있으면 천숙에게 묻지 않고 으레 둘의 상을 보아 내왔다.

저녁을 먹으면서는 필재가 아까 문답의 결론처럼 이런 말을 하였다.

"우리는 지금 공부하러 와 있지 않소. 우리의 사랑은 우리 둘만 알면 고만인 것, 그저 조선 사람의 유학생답게 공부에 엄숙합시다. 다른 나라 사람들이면 모르겠소만 인도 사람이나 필리핀 사람들이 여기 공부하러 와서 댄스홀에나 다니는 걸 보면 그 녀석 상판에 침을 배앝고 싶읍디다. 우리도 무엇 때문에든지 공부에 방심하면 남에게 그렇게 보일 거요."

저녁 후에 필재는 곧 일어섰다. 천숙이가 모자를 주지 않아서 잠깐 앉아 신문을 보다가 돌아갔다.

필재를 보낸 뒤에 천숙은 (오늘이 처음이 아니지만) 한참 동안이나 정신을 잃고 문틀에 기대 서 있었다.

그는 필재를 만난 지가 오래여 눈이 감기게[142] 기다려지는 때보다 오히려 필재를 이제 막 보고 돌아서는 그때가 더욱 필재가 그립곤 했다. 늘 혼자 사는 방이언만 여러 식구가 살다 다 가 버리고 저만 남아서 처음으로 혼자서 자야 할 것처럼 갑자기 방이 넓어 보이고 오시이레 문을 열기에도 서먹서먹해지는 것이었다.

"좀 더 놀다 가지 않구…."

천숙이가 필재에게 불평이 있다면 이것이었다. 순구 같은 사내처럼 치근치근 달라붙으려는 것도 곤란하지만 필재는 너무 안 그래 주는 것도 불평이 되었다.

천숙은 안집에서 시계 치는 소리에 정신을 차리었다. 그리고 남녀 간

---

141 女中. '하녀', '여자 종업원'을 뜻하는 일본말.
142 몹시 기다리는 모양.

에 쓸쓸하니 고독하니 하는 것이 이 따위거니 생각하고는 '아이, 망칙해라' 하고 혼자서도 얼굴을 붉히며 피아노로 달려갔다.

그러나 피아노는 몇 번 울리지 않고 이내 멎었다. 한참 멎었다가 다시 울리다가는 또 멎곤 하였다. 그런 때는 필재가 자기 손가락에 그려 준 조그만 곤충의 그림을 들여다보는 때였다.

심용언은 동경에 나리는 길로 누이동생부터 찾아보려 했으나 수환이가 말리었다. 아무도 모르게 여관에 들어 자고, 아침 일찍이 필재부터 만난 다음 순구도 상면[143]하고 천숙을 만나는 것이 좋으리라 하였다.

왜 그런고 하니 천숙이가 먼저 알면 밤으로라도 필재를 찾아오기 쉬운 것이요, 그러면 필재도 감정에만 맡기어 그들도 어떤 연극을 꾸밀지 모르기 때문이라 하였다.

용언은 수환의 말대로 여관에 들어 자고 아침 일찍이 수환이가 가르쳐 준 대로 택시를 불러 타고 필재를 만나러 갔다.

필재는 세수를 하는 때였다. 순구는 엊저녁에 며칠 만에 찾아온 수환을 따라 나가서 아침까지 들어오지 않았다. 필재는 그것도 순구가 속이 있어 나가 자는 줄은 몰랐다. 의외에 찾아온 자기의 손님을 조용히 대응할 수 있는 것만 기뻐하였다.

"자네, 밥 먹고는 학교에 가야 할 것이니까 밥 먹으면서 이야기하네."

그는 순구의 대신으로 필재와 마주 앉아 조반상을 받은 것이다. 용언은 말을 이었다.

"같이 있는 사람 어디 나갔나?"

"네. 엊저녁에 친구와 나갔는데 그 친구 집에서 잤나 봅니다."

"이름이 박순구지?"

"네."

"내가 동경에야 올 일이 있겠나, 그 사람이 마침 자네 친구라니 이전[144]

---

143 相面. 처음 만나 인사 나눔.

제이의 운명

남도 아닐 듯해서 미리 한번 볼려고 왔지…."

하고 정면으로 필재의 눈치를 살핀다.

필재는 '이젠 남도 아닐 듯해서'란 말에 귀가 뜨끔하여 밥을 씹다 멈추었다. 용언은 곧 말을 이었다.

"자네도 참 내 동생이나 다를 게 뭐 있나. 그래 진작 편지로라도 집안일을 알리고 싶었지만 사실은 부모들끼리만 먼저 합의된 일이고 당사자들은 아직 모르네. 그래 내가 들어왔네."

"무얼 말씀이서요?"

필재는 벌써 천숙의 혼인 문젠 줄 알았으나 용언의 말이 똑똑지가 않아서 물었다.

"오, 참. 천숙이 혼인 말일세. 이 사람 순구 말야. 그 사람이 상처한 지가 삼 년째 난다는데 중매가 뻔질나게 우리 집에 드나들더니 어머님이 꼭 반해 버리셨단 말야. 나는 처음엔 아모리 재산가라 치더라도 후실자리여서 탐탁게 알질 않았으나 어머님이 버썩 우기시니, 허긴 이만한 신랑 자리도 어디 쉬운가? 그래서 두 집 집안에서들은 다 작정이 된 셈일세."

"천숙이가 그런 줄 압니까?"

"그래 내가 들어왔네. 요즘 애들이 부모네가 정해 주는 혼인에 반대들을 잘하지만 뭘 제가 이런 자리 마대고[145] 어디로 가겠나…. 그래, 자네는 잘 알 터이니 묻네. 아모래도 돈 있는 집 자식이니까 좀 방탕하긴 하지? 그렇지만 마음만 고약스럽지 않은 사람이라면 그런 건 사내로 다 고칠 수 있는 허물이니까…."

필재는 대답하기가 곤란하였다. 용언의 말이 나쁜 대답은 하지 말아 달라는 것이나 다름없을 뿐 아니라, 또 필재 자신도 암만 사실이라 하더

144　'이젠'의 방언.
145　마다하고.

라도 순구를 헐어[146] 말하고 싶지는 않았다. 그것도 냉정한 제삼자로서 말할 자리 같으면 모르지만, 용언은 아는지 모르는지 몰라도 자기는 삼각관계로 그의 단점을 말하는 것은 비열한 짓이라 생각했기 때문이다.

"좋은 사람입니다."

하고 필재는 이내 밥상을 물리었다.

"이 일에 자네는 두 집을 다 내 집처럼 알 터수니까 힘써 도와주게. 내야 요즘 신식 결혼 같은 걸 어디 잘 아나? 그러니 자네가 내 대신 순구의 처남 노릇을 톡톡히 해 달란 말이야, 응?"

용언은 '내가 네 속을 다 본다'는 듯이 필재를 정면으로 쳐다본다. 필재는 용언의 눈을 피치 못하여

"네."

하였다.

"어서 학교로 같이 가세. 가서 순구를 내한테 소개도 해 주고. 또 자넨 이런 말을 다 해 주기 좋지 않은가, 친구 간에…. 나보담도…."

하고 용언은 필재를 따라나섰다.

필재는 다리가 제정신에서 옮겨지지 않았다. 재판소에서 중한 선고를 받고 감옥으로 돌아가는 죄수와 같이 정신을 수습할 여유가 없는 듯, 아침저녁으로 눈을 감고라도 다니는 학교길이 몇 번이나 막히었다. 그래도 자기의 그런 심경을 용언에게 보이긴 싫어서 딴 골목에 들어섰다가는 "이리 가면 돌아요" 하고 돌쳐서곤[147] 하였다.

그러나 용언은 필재의 그 안정을 잃은 마음과 행동이 역력히 보이었다. 처음 서울서 떠날 때는 필재를 만나는 대로 곧 단도직입적으로 '너는 천숙을 단념해라. 그런 외람한 행위가 어디 있단 말이냐' 하고 나무랄 작정이었으나 '밤 잔 원수가 없다[148]'는 격으로 이틀 동안이나 차중에

---

146 나쁘게.
147 '돌아서곤'의 옛말.

서 생각한 결과, 모르는 체하고 은연히 천숙을 단념시키도록 계획한 것이다.

필재는 용언이가 자기와 천숙이가 사랑하는 것을 모르는 줄만 알고 더 고민이 되었다. 속을 털어 말을 하자면 용언이가 순구를 만나기 전에 해야만 하겠는데, 길 위에서 걸음을 멈추고 그런 말을 꺼낼 용기는 없고 또 한편 생각하면 용언이란 사람됨이 자기의 그런 센티멘털을 용납할 성격자는 아니었다.

'어쩌면 좋은가? 사랑이란 감정이 이다지도 굳센 것인가? 이다지 굳센 것이 사랑이라면 천숙의 것도 이러할 것이 아니냐?'

필재의 눈엔 이 집 유리창에서 저 집 간판 위에서 번득번득 천숙의 얼굴이 보이었다. 그리고

"염려 말어요. 내가 죽은들 외로운 당신을 버릴 것 같소?"

하는 천숙의 목소리까지 들리는 것 같았다.

"저기가 학굡니다."

필재는 기념 강당의 시계탑을 가리키며 용언을 돌아보았다. 용언은 억지로 웃는 얼굴을 지으며 "굉장하군!" 하면서 따라왔다.

필재는 학교로 들어서면서 여러 학생들의 활발한 얼굴들과 부딪치었다. 그리고 마음을 다시 한번 먹었다. '사내자식이 요만한 비밀쯤을 천연스럽게 지닐 도량(度量)이 없을까 보냐' 하고 즐기어 이 교실 저 교실로 뛰어다니며 순구를 찾아다 용언에게 소개하였다.

"이 사람, 한턱내게."

순구에게 던지는 필재의 말이다.

"무얼…."

오히려 순구의 얼굴이 미리 달았다.

---

148 밤 잔 원수 없고 날 샌 은혜 없다. 타인에게 진 신세나 은혜는 물론, 복수해야 할 원한도 때가 지나면 잊게 된다는 말.

"이 어른은 내 형님이나 다름없으신, 천숙 씨 오라버니신 심용언 씬데 자네 선보러 오셨네… 허허…."

순구는 모자를 벗으며 용언에게 꾸뻑하지 않을 수 없었다. 그리고

"이 사람이 갑자기 무슨 말을…."

하고 필재에게 전연 모르는 체하나 그는 용언의 온 줄은 먼저 알고 있는 속이었다.

용언은 익숙한 말투로 순구와 인사를 닦은[149] 후 좌우를 둘러보고 필재를 쳐다봄은 조용한 자리가 없겠느냐고 묻는 눈치다.

필재는 이내 그들을 다리고 운동장으로 갔다. 거기는 여러 천 명의 자리가 그저 텅 비어서 얼마든지 조용한 이야기 자리가 될 수 있었다.

"여기가 베이스볼 하는 운동장입니다."

하고 필재가 한구석에 자리를 잡았다. 용언은 일어선 채

"넓긴 하군…. 마당보다 좌석이 더 장하군[150]."

하더니 필재를 보고 물었다.

"자네 공부할 시간이 됐으면…."

필재는 자기는 없어도 좋다는 듯한 눈치를 채이자 이내 거기서 물러섰다.

필재는 교실에 들어가 앉아 보았으나 그의 눈은 도저히 교수의 얼굴과 천숙의 얼굴과 순구의 얼굴 중에 어떤 것이고 하나만 가려 잡을 수가 없었다. 눈을 감으면 천숙이와 순구의 얼굴이 한 덩어리가 되어 핑핑 돌았다. 눈을 떠 교단을 바라보면 교수의 얼굴까지 그 속에 끼어 핑핑 돌았다. 필재는 억지로 그 시간만 채우고 책보를 끼고 나서니 누가 어깨를 툭 치며 부른다.

"여보게."

149 인사를 치른.
150 크고 성대하군.

그는 강수환이다.

"내가 한참이나 기다렸네. 자네 순구 만났었나?"

"무어?"

필재는 수환의 말을 듣지 못하고 흘리어 다시 물었다.

수환은 다시 묻는 필재에게 다른 말을 하였다.

"내가 조용히 좀 만나고 싶네."

필재는 수환이가 다른 때보다 몹시 반가웠다. 그래서 자기도 수환이와 똑같은 말을 하였다.

"나도 자네 좀 만나고 싶었네."

그들은 학교를 나와 제이고등학원(第二高等學院)[151] 쪽으로 걸었다. 수환은 걸으면서 말을 꺼내었다.

"자네 순구 군 만났나?"

"만났네…. 도야마하라[152]로 가서 얘기하세. 나도 자네를 만났으면 하던 찰세."

그들은 다시 말이 없이 걸어 군데군데 공 차는 데도 있고 사격장도 있고 그냥 수풀 언덕도 있는 도야마하라라는 벌판으로 올라섰다. 그리고 사격장 가까이 둔덕을 찾아 풀 위에 앉았다. 필재는 저고리 단추를 끄르면서 담배를 꺼내 붙이는 수환에게 먼저 말을 붙이었다. 수환이가 자기에게 표리(表裡)를 가진[153] 친구인 것을 알지 못하는 것은 물론 아니다. 왜 자기를 찾았는지 그것을 먼저 물어볼 마음의 여유도 없었다.

"수환이."

"왜?"

"자네 보기엔 나와 심천숙이 사이가 어떻던가?"

수환은 놀라는 것 같지도 않고 또 안 놀라는 것 같지도 않았다. 잠깐

---

151 일본 와세다대학 부설 고등학교 중 하나.

152 戸山原. 와세다 일대의 옛 명칭으로, 메이지시대 초기에 육군 시설들이 있었다.

153 겉과 속이 다른.

먼 곳을 바라보더니 대답하였다.

"평범한 우정은 아닌 줄 알았네…. 그러나 자네의 인격상 흔히 있는 연애 행위에는 범하지 않은 줄 아네."

"흔히 있는 연애 행위라니?"

"요즘들야 나중에 어찌 될지도 모르고 몸부터 망치지들 않나."

하고 수환은 하기 미안한 말을 한듯 껄껄거리고 웃음으로 말끝을 덮었다. 그러나 속으로는 그것도 알고 싶었다는 듯이 날카로운 눈치를 필재에게 던진다.

"무론일세. 우리는 몸보다 더 큰 마음만을 서로 허락한 것뿐일세. 그런데…."

하고 필재는 말을 끊었다.

필재가 말을 끊은 것은 천숙이가 하던 말이 생각났기 때문이다. "당신 친구들이 우리가 사랑하는 줄 알까?" 하고 묻던 말이다. '그까짓 알든 모르든 무슨 상관이냐' 투로 나가던 자기가 수환의 앞에서 양미를 찌푸리고 이런 말을 하게 된 제 꼴이 얼른 눈앞에서 떠올랐기 때문이다. 속으로 '아뿔사! 수환에게 이제 당해서 무슨 구원이나 청하는 것처럼…' 하는 생각이 들어 입을 다물고 만 것이다.

"그런데 무엇인가?"

하고 수환은 재촉하였다. 필재는 대답 없이 하늘만 쳐다보았다. 하늘엔 물에 빠졌던 솜 조각처럼 비를 실은 무거운 구름장들이 여기저기에 그 검푸른 빛깔을 번지며 있다.

수환은 담뱃재를 톡톡 털면서 필재에게 바투 다가앉았다. 그리고

"나도 천숙 씨 까탄[154]에 자네를 좀 만나려던 걸세."

하고 필재더러 잘 들어달라는 듯 긴장한 얼굴을 보인다.

필재도 '천숙 씨 까탄'이란 말에 귀를 세웠다.

---

154 '까닭'의 방언.

"사실인즉 순구 군이 며칠 전부터 자네한테 말해 달라던 걸세. 물론 순구와 자네 사이가 나와 자네 사이보다 더욱 두터운 정분이지만, 순구 자신은 아모래도 말이 안 나온다고 날더러 대변(代辯)을 해 달랜 걸세…."

수환은 '에헴' 기침을 하고 말을 이었다.

"다른 게 아니라 자기 집에서들 어떻게들 안 것인지 순구 군과 천숙 씨 사이에 혼담이 있어 당자들만 좋다면 곧 정혼을 하겠다고 편지가 왔대. 아마 천숙 씨에게도 저희 집에서 편지가 왔을 걸세."

수환은 용언을 자기가 다리고 오고도 모르는 양하였다.

"그래서?"

필재는 다음 말을 물었다.

"그래 순구 군은 대단 만족하나 순구도 자네와 천숙 씨 사일 평범하게 보지 않은 모양인데. 그래서 날더러 자네의 의향을 물어 달라는 거야."

"못난 자식 같으니! 한집 속에서 지내면서 왜 나한테 직접 못 하고…."

필재는 얼굴이 달았다.

"거야 이 사람, 자네도 순구의 성질을 알지만 이런 말이란 게 하기 좀 어려운가? 그리고 남더러 해 달라는 데는 바른대로 말하면 자네에게 단념하도록 권고라도 해 달라는 속이 있는 걸세."

하고 수환은 수건을 내어 손바닥에 땀을 씻는다.

필재는 대뜸 '왜 이런 친구와 만났던가' 하고 후회되었다.

"그럼 자네는 이를테면 순구 군에게서 나에게 천숙을 단념하도록 권고해 달라는 부탁까지 받았단 말이지?"

"그러이. 아니, 순구 군에게서 부탁을 받았다기보다 충고할 수 있는 정도에서 내 자신이 권하고 싶네."

"날더러 천숙을 단념하라고? 무슨 이유로 충고라고까지 말을 붙이나? 내가 천숙을 사랑하는 것이 잘못인가? 무슨 허물을 짓거나 하는 건가? 충고라는 말이 고맙긴 하네만 자네가 적당하게 못 쓰는 말이 아닌가? 하여간 자네 생각엔 내가 천숙을 단념할 수 있는 것 같이 뵈나?"

"있을 것 같으이."

"무얼 보구?"

"자네의 인격과 자네 환경을 봐서."

"환경이라니?"

수환은 은근한 어조를 지어 이렇게 대답하였다.

"인격이라 한 건, 자네가 친구를 위해 또 사랑하는 사람의 행복을 위해 그만한 아량은 있으리라 믿는 거요, 또 환경이라 한 건 자네가 순구를 단순히 친구로만 아는 데 그치지 못하고 은인의 아들이란 걸 잊어서는 안 될 처지란 말일세."

필재는 더욱 이마에 핏대를 일으켜 세웠다.

"이 사람. 친구에게, 더구나 번민이 있는 친구에게 단 한마디라도 말 같은 말을 해 주게…."

수환도 발끈해진다.

"아니, 내가 잘못한 말이 무엔가?"

"모두 잘못 아닌가? 자네가 뭐 인격 운운하니 성욕이면 모르거니와 애욕에 건망증이 있어야만 인격자란 말은 나는 처음 듣네. 그리고 애인의 행복을 위해서라 하니 나를 얼마나 모욕하는 말인가? 자네는 무엇으로 심천숙이가 박순구와 살아야만 행복되고 이 윤필재와 살아선 불행하리란 걸 예언하나?"

"이 사람, 그다지 언성을 높일 거야 뭬 있나? 내가 인격이라 한 건 자네와 순구가 맞서 가지고 어느 한편이 양보를 해야 될 경우엔 양보할 아량은 자네에게 있을 걸 믿고 한 걸세. 이 일만 해도 자네가 천숙을 순구에게 양보하리라 믿는 거고. 천숙의 행복을 위해서라 한 건 털어놓고 말이지, 자네나 나는 지금 현재에 순구네게서 도움을 받는 처지가 아닌가? 남을 도와주는 여유 있는 쪽으로 가는 것이 행복이겠나, 남을 돕기는커녕 남의 도움을 받아야 하는 쪽으로 가는 것이 행복이겠나?"

"에끼, 치사한 사람 같으니! 나는 자네를 멸시하지 않을 수 없네. 박 자작이 우릴 도와주는 건 학비뿐일세. 우리가 인간으로 부족한 걸 박 자작에게서 빌려다 채우는 건 아닌 것 아닌가? 물질의 족부족(足不足)으로 인생의 행복을 따지려 드는 건 참말 불행한 인간일세. 자네는 장차 남을 교육할 사람이 그따위 행복관을 가지고 있나? 또 순구 군을 은인의 아들로도 보아야 한다니, 그건 은인을 위해 하는 말이 아니라 은인을 모욕하는 말일세."

"어째 그런가?"

수환은 다시 발끈해진다.

"은혜는 고리대금과 다른 것일세. 은헨 다시 이익을 거둬들이자고 자본을 들이는 건 아닐세. 박 자작의 아들이라고 해서 은혜를 갚는 뜻으로 천숙을 양보하란 셈인가? 그건 박 자작의 자선심(慈善心)을 더럽히는 것이요, 또 심천숙이란 한낱 은혜의 품앗이 물건으로 아나? 양보, 양보 하니 사랑에 무슨 놈의 양보가 있단 말인가? 그건 사람을 사랑한 것이 아니라 개나 돼지를 사랑했단 말인가, 양보하고 어쩌고…. 남이 양보한다고 가고, 안 한다고 안 가고 천숙은 그런 개성이 없는 동물은 아닐 걸세. 제가 순구가 좋으면 내가 죽는다고 해도 갈 거요, 제가 내가 좋으면 순구가 박 자작의 재산을 다 팔아 들고 덤벼도 나한테로 올 것 아닌가. 난 천숙을 양보할 권리가 없거니와 또 내가 단념하고 않는 것이 천숙의 행동에 하등 영향을 주지도 못할 걸세."

"자네가 그렇게 말이 나간다면 난 애초에 말을 안 냈더니만 못하이…."

하고 수환은 일어서 버린다.

필재는 저윽 쓸쓸한 눈으로 수환의 뒷모양을 안 보일 때까지 바라보았다. 그리고 자기도 책보를 들고 일어섰으나 어디로 가야 할지 몰랐다.

필재는 한참이나 서서 어디로 갈까 하고 생각하다가 다시 그 자리에 주저앉고 말았다.

하늘조차 흐리었다. 바람도 다 어데로 갔는지 풀잎 하나 흔들리지 않는다. 멀리 보이는 무슨 공장 굴뚝만이 검은 연기를 뭉게뭉게 토하여 가라앉는 하늘을 그슬리고 있다.

필재는 '이런 때 담배나 필 줄 알았더면' 하고 풀밭에 드러누워 보았다. 드러누우니 얼굴이 더욱 화끈거리어 도로 일어났다.

필재는 수건을 내어 눈을 닦았다. 그의 눈엔 뜨나 감으나 천숙과 순구의 얼굴이 한데 밟히었다. 마음 같아서는 지금 곧 학교로라도 천숙을 찾아가고 싶으나, 저희 오빠가 찾아갔을는지도 알 수 없고, 또 천숙의 집에 가서 그를 기다리고 싶기도 했으나 천숙이보다 그의 오빠가 먼저 들어설는지도 모를 일이었다.

필재는 몇 번이나 걸음을 망설이다가 집으로 돌아오고 말았다. 집이라야 어느 날이라고 반겨 맞아 주는 사람이 있었으랴만 필재는 이날처럼 쓸쓸하게 들어서 본 적은 없었다.

그러나 들어서는 길로 방문을 열어 놓고, 저고리를 벗어 걸고 다시 현관으로 가서 책보를 집어다 자기 책상 위에 놓다가 보니 낯익은 봉투의 편지 한 장이 잉크병으로 지둘려[155] 있다.

그 엷은 미농지[156] 속으로 공중색[157]이 비치는 일본 봉투는 겉에 이름은 적히지 않아도 으레 천숙에게서 온 것이었다.

편지는 두 줄도 못다 되는 간단한 사연이다. '내일 하학하시는 대로 내 방에 와 계서 주서요. 별일은 없지마는요' 하는.

천숙은 필재가 만나고 싶으면 가끔 이런 편지를 보내곤 했다. 자기는 동경에 와 있는 동안 제일 즐거운 일이 학교에서 돌아와서 뜻밖에 필재의 구두를 발견하는 때라 하였다. 그리고 그다음 즐거운 일은 이렇게 자

---

155 '짓눌려'의 방언.
156 美濃紙. 닥나무 껍질로 만든 질기고 얇은 종이.
157 하늘색.

기가 불러서 미리 와 있을 줄을 알고 돌아오는 때라 하였다.

필재는 땀만 들이어[158] 점심도 잊어버리고 다시 나선 것이다.

그는 천숙의 오라버니가 찾아올 줄을 알면서 천숙의 방에 들어앉으려 가는 것은 아니다. 미리 천숙이가 학교에서 돌아오는 길목을 지키었다가 그의 오빠보다 먼저 만나 보고 천숙의 앞에서 굳은 다짐만 한마디 받아 가지고 올 셈이었다.

그러나 천숙이가 돌아올 시간으로는 너무 이른 때여서 필재는 성선(省線) 두어 정거장을 미리 나렸다. 그래 가지고 쓸쓸한 벌판길을 걸었다. 도랑을 만나면 세수를 하며, 보리밭을 만나면 보리 이삭도 뽑아 보며, 풀밭에 앉아 가련한 풀꽃도 뜯으며, 남의 아름다운 문화주택[159]도 한참씩 서서 바라보며, 이렇게 걷기를 한 시간 반 만에 천숙이와 늘 산보 나오던 길이 저편으로 보이었다. 그제부터 걸음을 빨리하여 천숙이가 성선을 나려 들어올 길목 중에도 공지(空地)가 좀 있고 한가히 서 있어도 남의 눈에 얼른 안 뜨일 곳으로 찾아갔다.

벌써 돌아오는 여학생들도 많이 있건만 천숙은 날래 나타나지 않았다. 십 분이 한 시간 같은 것을, 정말 한 시간을 보내도 천숙은 나타나지 않는다. 자기를 오라고 한 날은 흔히 끝으로 한 과정은 안 하고 미리도 돌아왔는데 이날은 으레 올 시간이 지나도 나타나지 않는다. 게다가 찌푸린 하늘에서는 빗방울까지 떨어진다. 필재는 '용언에게 들키면 들키라지' 하고 천숙의 주인집 쪽으로 달음질하였다.

천숙의 방은 문들이 열리어 있었다. 먼발치에서라도 오래 서서 살피니 용언과 천숙이가 모두 어느새 들어와 있었다.

"용언이 언제나 나올까? 나를 오라 했으니 천숙이가 내다라도 볼 듯한데…."

---

158 땀을 없애고는. 잠시 쉬고는.
159 일제강점기에 서양주택의 공간구조와 외관을 따라 지어진 주택.

하고 필재의 마음은 초조하였으나 용언도 나오지 않고 천숙이도 보이지 않는다. 필재는 집집마다 전깃불이 들어오는 것을 보고는 저녁을 사먹고 다시 와서 비를 맞으며 망을 보아야 밤늦도록 그들은 하나도 나오지 않고 그들의 지껄이는 말소리조차 길 밖으로는 한마디도 나오지 않았다.

필재는 열한시나 되어서 구두 속에 양말까지 젖은 몸으로 돌아오고 말았다. 막 문간에 들어설 때, 뒤에서 자동차의 헤드라이트가 쫓아오더니 순구가 나리었다.

"어디 갔다 오나?"

"어디 갔다 오나?"

그들은 우연히 만나 서로 묻기만 하고 대답은 없이 들어왔다.

필재는 방에 들어서는 길로 물이 흐르는 저고리와 바지를 벗어 문밖으로 내어대고 쥐어짰다.

"어딜 갔다 그렇게 맞았어?"

순구가 힐끗힐끗 곁눈으로 보면서 물었다. 필재는 대답을 안 하기가 미안하면서도 무어라고 대답이 얼른 나오지 않는다. 다른 때 같으면 비아니야 비보다 더한 것을 맞았기로 순구 앞에서 꿀릴 것이 없으련만 왜 그런지 다른 때와 달리 몹시 자존심이 상하였다. 번질번질한 자동차 안에서 운전수가 굽실거리며 문 열어 주기를 기다려서 유유히 나오는 순구의 모양과, 물에 빠졌던 쥐처럼 회주루하게[160] 젖어 가지고 남의 집 담 밑으로 살금살금 뛰어온 자기의 모양이 너무나 거리 있는 대조(對照)였기 때문이다.

방 안은 한참 동안 잠잠하였다. 순구가 담배를 붙이노라고 성냥을 그은 소리와 성냥갑이 테이블 위에 던져지는 소리밖에는.

필재는 그 침묵한 공기를 호흡하기에 몹시 괴로웠다. 견디다 못해 이

160 후줄근하게.

번에는 먼저 순구의 이름을 불렀다.

"순구."

순구는 대답이 없이 필재를 보았다. 순구는 막 더운 식탁에서 물러난 사람처럼 얼굴이 불그레했다.

"순구 군. 내가 아까 수환 군을 만났네. 그걸 자네는 벌써 알겠지만…. 그런데 자네가 갖는 태도에 난 몹시 비위가 상하네."

순구는 담배만 뻑뻑 빨았다.

"바꾸어 생각해 보게. 자넨 노엽지 않겠나?"

그제야 순구도 군기침¹⁶¹을 한 번 하더니 되우¹⁶² 긴장된 음성을 내었다.

"내가 천숙을 사랑하는 게 잘못인가?"

"아닐세. 내가 노엽다는 말은 자네도 왜 천숙을 사랑하느냐는 게 아닐세. 남을 사랑하는 감정을 품는 건난¹⁶³ 누구나 자율 것일세. 결혼은 한 여자와 한 사나이만이 할 수 있지만 사랑하는 마음만은 누구나 품고 있을 자유가 있네. 난 자네 그 자율 간섭하는 게 아니라, 어떤 말이고 간에 말이세 우리 정분으로, 또 한방에서 기거하는 처지로, 왜 남을 통해 무슨 말을 보내나? 내가 비위가 상한다는 건 그걸세."

순구는 손등까지 시뻘게지더니

"그건 내 잘못일세. 내가 친구 간에도 수집은¹⁶⁴ 탓일세. 그것만으로 자네가 노했다면 내가 얼마든지 사과함세…."

또 긴 뱀과 같이 조심스런 침묵이 지나갔다.

"난 이렇게 생각하네."

필재가 아까보다 침착한 어조로 말을 꺼냈다.

---

161 헛기침.
162 몹시. 되게. 되운.
163 것은.
164 '수줍은'의 방언.

"수환 군의 말을 듣든지 용언 형의 말을 듣든지 가정에서들 먼저 합의된 일이라 하나, 그런 건 다 제이 제삼의 문제요, 첫째는 자네가 천숙을 사랑하는 줄 믿네. 내가 사랑하는 여자를 다른 사나이가 사랑함을 알 때 난 무론 동물의 본능으로 시기하네. 자네가 날 시기하는 것과 똑같이 시기하네. 그러나 내가 한 가지 자네한테 진정으로 말하는 건 이걸세…. 나는 자네에게 은인의 아들이란 관념은 조곰도 없네. 그건 내가 배은하는 생각이 아니라 내가 받는 은혜를 더욱 값있게 받기 위해설세. 장래라도 자네는 나나 수환에게나 모든 자네 아버지에게 은혜 받던 사람들에게, '저 사람들은 내 아버지의 은혜를 받은 사람들' '내 말이면 굽신거릴 사람들'이란 관념을 가지지 말게. 그건 첫째 자네 자신이 비열한 사람이 되고, 둘짼 자네 아버님의 빛나는 은공을 더럽히는 걸세. 그러기 때문에 난 자네 아버님과는 은혜를 주고받는 관계를 생각하지만 자네에게까지 그런 관념을 연장시키진 않네. 즉 자네한테 공연히 만만해서 자네에게 비열한 성질을 돋아 주고 싶진 않네. 자네하고 나하곤 친구뿐일세. 우정뿐일세. 우정으로는 자넨 나를 도와주든 안 도와주든, 난 자넬 어려운 일이면 도와줄 작정일세. 그렇지만…."

필재는 여기까지 와서 왜 그런지 마음이 왈칵 서러워졌다.

순구는 무거운 몸으로 등의자만 삐걱거리고 필재의 다음 말을 기다리었다.

필재는 기분을 고치노라고 안 나오는 기침을 두어 번 내이고 말을 이었다.

"그렇지만 이번 일은 냉정하게 자네를 도울 순 없네."

순구는 쓴웃음으로 빙그레하였다. 그러나 무어라고 말은 하지 않았다.

"그 대신 모르는 사람 사이와 같이 행동으로까지 시기하지는 않겠네. 감정으론 시기해도 행동으론 않겠네. 방해하진 않겠단 말일세."

"알겠네…."

"또 이런 경우에 말일세. 나는 도울 재주도 없네. 수환의 말을 들으면 내가 양보하고 양보 안 하는 게 문제 같으나 천숙을 무슨 물건으로 아나? 내가 양보하고 어쩌고…. 그런 천숙을 모욕하는 말이 어디 있나? 천숙은 그렇게 자기 개성에 무감각한 여자는 아닐세. 그러니까 자네는 천숙을 사랑할진대 좀 더 경건하게 우러러보며 사랑하게. 그렇게 하는 것이 자네가 인간으로서 진정한 사랑을 소유해 보는 것도 되고 또 천숙의 사랑을 포용할 자리를 닦는 것도 되네. 너무 문학적 용어 같네만 정말 아름다운 여자는 꽃과 다르네. 마음으로 꺾어야지 손으로 덤비다가는 꺾지 못하네. 허허허…."

순구도 씩 웃었다. 필재도 좀 마음이 가벼워짐을 느끼며 제끔[165] 자기 방에서 눕고 말았다.

아침에서 밤중까지 긴 동안 긴장하였던 마음의 피로와 또 오랫동안 젖은 옷에 쌔여 있던 까닭에 필재의 몸엔 열과 오한이 번갈아 일어났다. 그는 한잠도 자지 못했다. 열이 일어날 때에는 두 번이나 순구의 방을 지나야 나오는 마당으로 나왔다. 순구는 꿈속에선 어떤지 몰라도 잠은 눕자마자 코를 쿨쿨 골았다.

필재는 마당에서 찢어지는 구름 사이로 밤하늘을 우러러보며 몸의 아픔과 마음의 아픔으로 몇 번이나 눈물을 머금었다. 눈물을 머금은 눈으로는 손바닥만 한 하늘만 보이어도 그 속에서 반짝이는 별을 찾아보곤 하였다. 그리고 혼자 중얼중얼하였다.

"천숙아, 너는 저 별같이 되어라. 이 마당에 돌멩이들처럼 어두움 속에 묻혀 버리는 것이 되지 말고 어두울수록 빛나는 저 별이 되어라. 내 별이 되든 순구의 별이 되든…."

필재는 방에 들어와 잠은 오지 않고 천숙의 얼굴은 눈앞을 자꾸 가리고 하여 자기가 마당에서 중얼거리던 소리를 종이쪽에 써 보기도 하였

---

165 '제가끔'의 방언. 저마다 따로따로.

다. 공책에다 써 보고 편지지에다도 써 보았다. 그러나 천숙에게 보내려고 편지지에 쓴 것은 아니다. 그로부터는 순구와의 우정을 지키어 자기는 될 수 있는 대로 천숙을 만나지도 않고 편지도 보내지 않고 다만 천숙이 자신의 사랑과 의지로 어느 편으로든지 결정하게까지 침묵으로 기다리리라 결심한 때문이다.

뜬눈으로 누웠던 필재는 순구보다 먼저 일어나 낯을 씻는다는 것보다 깔끄러운 눈을 한참 동안이나 물에 적시어 보고 맨머릿바람¹⁶⁶으로 가깝지 않은 에도가와공원으로 갔다.

거기선 다른 사람들과 같이 심호흡도 하고 팔운동, 다리운동도 몇 번 하였다. 그리고 벤치에 앉아 두어 시간 동안이나 흘러가는 물만 들여다보다가 다시 집으로 돌아왔다.

와 보니 순구는 자리도 안 개어 놓고 나가고 없다. 그는 너무 유쾌스럽든지 너무 우울한 때는 늘 자리를 개지 않고 나가는 버릇이 있었다.

필재는 순구의 자리까지 개어 주고 두 방을 깨끗이 친 다음에 조반이라고 몇 젓갈 떠 보았다. 그리고 이내 다시 누워 이번에는 곧 잠이 들고 말았다.

서너 시간 동안이나 잤을까. 아직 오정¹⁶⁷은 못된 때였다. 무슨 소리엔지 눈을 떠 보니 옆에 천숙이가 앉아 있었다. 필재는 꿈의 계속이 아닌가 하고 눈을 부비었다.

"좀 주무셨어요? 눈이 퍽 붉어요."

하고 천숙의 얼굴이 말을 하였다. 그러는 천숙의 눈도 그 맑던 눈이 소나기 지나간 호수처럼 붉그스름하였다.

---

166 머리에 아무것도 쓰지 않은 차림새.
167 午正. 낮 열두시. 정오.

제이의 운명

임간도시(林間都市)[168]

"온 지 오래우?"

"그렇게 오래진 않아요."

"깨우지 않구⋯."

하면서 필재는 밖으로 나가 다시 낯을 씻고 들어온다. 그리고 새삼스럽게

"왜 학교에 안 갔소?"

하고 물었다. 천숙은 입을 약간 비쭉하였다.

"당신은 왜 안 갔어요?"

잠깐 침묵한 속에서 그들은 서로 무거운 얼굴을 바라보았다. 필재는 천숙의 눈이 이내 아련하게 흐리는 것을 보고

"나갑시다."

하고 일어서려 했으나,

"왜요? 어디로요?"

하고 천숙은 급히 나갈 생각은 없는 듯 손수건을 내어 눈으로 가져갔다.

"혹시 당신 오빠가 오더라도⋯."

"우리 오빠가 그렇게 무서워요⋯? 오면⋯ 오면 어때요⋯?"

하고 천숙을 말끝을 떨었다.

"그래, 오빠가 무어랩디까?"

천숙은 대답을 못 하고 땀과 눈물에 젖은 얼굴을 필재의 무릎에다 던

---

168 린칸토시. 이십세기 초 개발된 일본 가나가와현의 계획도시로, '숲속 도시'라는 의미의 명칭은 이 지역에 펼쳐진 평지림에서 비롯되었다.

지고 견딜 수 없이 가쁘던 울음을 쏟아 놓고 말았다.

"울긴 왜? 못난이처럼…. 그래 무어라고 그랬소? 당신은? …응?"

그러나 천숙은 동그스름한 두 어깨만 물이 끓는 주전자 뚜껑처럼 자꾸 들먹거리었다.

그때, 필재의 귀에는 안집 이층에서 굴러 나오는 가련한 샤미센[169] 소리가 들어왔다. 그 소리는 이날 처음 듣는 배 아니언만 그 막연한 불안과 쓰라린 센티멘털에 극도로 날카로워진 신경이라 그만 천숙을 끌어안고 자기도 실컷 울어 보고도 싶었다. 그러나 필재는 천숙의 머리에서 하늘거리는 은실로 뜬 베레를 어린아이 머리처럼 쓰다듬으면서 천숙이가 놀랄 만치 큰소리로 울음 대신에 웃음을 질렀다.

"허허허! 이 갓난 아가씨! 엄마가 보구파 우시나! 엄마가?"

그리고 필재는 천숙을 물러앉게 하고 밖으로 나가 낯수건을 적시어다가 갓난아기 세수나 씻기듯 싫다는 천숙의 얼굴을 붙잡고 닦아 주었다.

"자! 이전 나갑시다. 우리 바람도 좀 쐬면서…."

천숙이도 머리에 얹은 것과 양복 허리를 매만지면서 따라 일어섰다. 그리고

"내 말 들을 테야요?"

하고 필재의 앞을 막았다.

"듣구말구."

천숙은 필재가 생각 없이 너무 헐겁게 대답하는 것을 흘겨보았다. 그래서 필재가 정색을 하게 하고 아직 울음 끝에 느끼면서 다시 물었다.

"내가 가자는 데로 갈 테냐 말야요?"

"어딘데?"

"글쎄 묻지 말구 따러올 테야요?"

천숙의 악문 입술엔 굳은 결심의 표정이 물리어 있었다.

---

169 三昧線. 일본 전통 현악기. 삼현금.

"따러가께….”

천숙은 앞서 순구의 방을 지나 현관으로 나왔다. 필재는 천숙이가 놓고 나가는 핸드백을 집어 들고 따라 나오면서

"아가씨, 어딜 가시는지 이전 핸드백도 소용없으십니까?”

하고 그래도 농담을 붙이었다. 천숙은 구두를 신노라고 수그렸다가 그 조그만 손으로 주먹을 쥐어 필재의 발등을 아파라 하고 때리었다.

그들은 신숙(新宿) 정거장으로 나왔다. 그리고 곧 차를 타러 나가지 않고 천숙이가 앞을 서 이층에 있는 식당으로 올라갔다.

필재는 어떤 귀부인에게 딸려 다니는 쇼세이[170]처럼 겸손한 걸음으로 천숙이가 앉은 자리로 가서 모자를 벗고 앉았다. 천숙은 필재의 의견은 묻지도 않고 제 마음대로, 그러나 필재가 잘 먹는 줄 아는 채소가 많은 것으로 점심을 시키고 피곤한 듯 눈을 감으며 고개를 뒤로 넘기고 선풍기에 바람을 쏘였다.

"졸려우?”

필재가 물었다. 천숙의 입술은 못 들은 체 움직이지 않았다. 필재는 더 묻지 않고 무슨 황홀한 그림 앞에 앉은 듯 묵묵히 천숙을 바라보았다.

필재는 어제 천숙을 만나지 못해서 밤중까지 비를 맞으며 애태우던 생각이 아니 날 수 없었다. 그래서 손으로 만지듯이, 크게 뜬 두 눈으로 천숙의 얼굴을 다시금 더듬으면서 빛나는 승리가 자기 앞에 놓인 것을 가슴이 벅차게 느끼었다.

보이가 스푼, 포크, 나이프 들을 가지고 와서 절그럭거리며 늘어놓는 바람에 천숙은 눈을 떴다. 잠을 쫓느라고 눈을 깜짝이며 하품을 하니 필재도 저도 모르게 따라 했다.

"남 하는 걸 왜 따러 해요?”

하고 천숙이가 방긋 웃었다. 천숙의 웃음을 보니까 필재는 더욱 마음이

---

170 ‘서생(書生)’의 일본말. 남의 집 가사를 돌보며 공부하는 사람.

가벼운 듯, 수정 같은 유리컵에 있는 듯 없는 듯한 맑은 냉수를 들어 길게 한 모금 마시었다.

"어, 시원하군!"

"어젠 왜 안 오셨어요?"

필재는 대뜸 '남이 가서 밤중까지 찬비를 맞고 섰다 온 줄은 모르고' 하려다가

"오빠한테 종일 붙들려 앉었을 걸, 갔으면 뭘 하우?"

하였다.

"남 혼자만 종일 몰리게 하구⋯."

이때 보이가 음식을 날라오기 시작했다. 그들은 음식을 먹으면서는 음식에 관한 말만 몇 마디 주고받았다. 나중엔 천숙이가 시계를 보더니 재촉을 하며 점심을 총총히[171] 끝내고 식당에서 나려왔다.

"어디 가는 표를 사자우?"

필재가 물으니

"내 살 테야요. 따러오지 말고 여기 섰어요."

한다.

필재는 천숙의 뒷모양만 보고 섰다가 그가 표를 사 가지고 개찰구로 갈 때 따라 들어갔다.

천숙은 개찰구 안에 들어가서도 필재에게 가는 곳을 가리키지 않으려 표를 모다 자기 핸드백에 집어넣었다. 그리고 종종걸음을 치면서 필재를 어서 오라고 돌아보면서 저 혼자 얼굴도 붉히면서 맨 나중 홈으로 올라갔다.

그 홈에는 가마쿠라[172]와 에노시마[173] 방면으로 가는 데라 쓰여 있다.

---

171 급하게.
172 鎌倉. 일본 가나가와현 동남부의 시.
173 江の島. 가마쿠라 지역에 있는 섬.

벌써 전차는 얼마 안 되는 손님을 싣고 떠날 준비로 자리 밑에서 엔진 소리가 울리었을 때였다.

"어디로 가우?"

빈자리에 단둘이 마주 앉아서 필재가 소곤거리듯 가만히 물었다.

"어딘지 알문 용치?"

하는 천숙은 웃으면서도 가벼운 서글픔이 흘러 있었다.

"에노시마?"

"가마쿠라?"

천숙은 또 "아니"라는 대신 머리를 흔들었다. 그리고 무슨 무안스러운 것을 생각한 듯 붉어지는 얼굴을 창유리에 갖다 대었다. 창밖에는 끝없이 푸른 요요기연병장[174]이 바다와 같이 펑펑 돌아가고 있었다. 필재도 그리로 얼굴을 돌려 명랑한 신록(新綠)의 물결 위에 눈을 띄웠다.

필재는 천숙의 앞에서 껄껄거리고 웃기도 하고 실없은 체 허튼소리도 했지만 속은 그만치 유유하지 못하였다. 천숙과 자기가 지금은 같이 만나 한자리에서 한 궤도(軌道) 위를 달아나고 있지만, 자기들의 일생을 이와 같이 한 궤도 위에 달리기 위해서는 목전(目前)에 어떠한 계획을 세우지 않으면 안 될 형편이었다.

물론 필재 자신만은 지난밤에 순구에게 공언한 바 마찬가지로 자기의 속은 이미 정해 있었다. 그러나 정말 천숙을 만나지도 않고 편지도 않고 그의 태도가 스사로 결정되기만 기다리기에는 너무나 속이 조이었다. 다른 때보다는 너무나 천숙이가 보고 싶기만도 하였다. 또 천숙이가 저희 오라버니한테 무어라고 반항을 했는지, 즉 순구와의 혼인을 반대했을 것은 물론이나 그저 싫다고 한 것인지, 자기는 아무개가 아니면 언제든지 혼인하지 않겠노라고 아주 자기를 끌고 들어갔는지 모두

---

174 代々木練兵場. 1909년 일본 도쿄 시부야에 만들어진 군용 운동장으로, 지금의 요요기공원.

가 궁금한 것이었다. 그래서 천숙을 보자 무엇보다도 그에게 오라버니와 만난 전말(顚末)을 듣고 싶었으나 천숙이가 울었기 때문에 묻다가 만 것이요, 또 한편으론 순구에게 한 말을 지키어 천숙의 태도만 바라보리라 한 것이었다.

필재는 속으로 '그런데 어디로 가는 것인가?' 하고 천숙을 바라보았다. 바라보니 천숙의 눈은 먼저 자기를 지키고 있었다.

그들은 네 눈이 부딪치자 정열의 불꽃이 이는 듯 서로 얼굴이 타올랐다.

"무얼 그렇게 생각했어요?"

"…."

필재는 빙긋이 웃을 뿐.

"어디로 가나 하고 생각했지요?"

"그것도 생각하고…."

"또 무엇두요?"

"…."

"네? 또 무엇두?"

필재는 전차 속이 소란한지라 정말 하고 싶은 말은 꺼내지 않았다.

"왜 한동안 이런 유행가 있지 않았소?"

"무슨?"

"뭐 어쩌구어쩌구하다가 나중엔 이 '오다규데 닝예마쇼(小田急で逃げませう)[175] 하는."

"그래, 그걸 여태 생각했어요? 여태?"

"그럼."

천숙은 다시 무안스런 얼굴로 창밖을 내다보았다. 한참 뒤에 이번엔

---

175 일본 영화 「도쿄행진곡(東京行進曲)」(1929) 동명의 주제가 중 한 구절. '오다큐 전철로 도망갑시다'라는 의미.

필재가 물었다.

"어딜 가는지 어태 멀었소?"

"…."

차가 벌써 댓 정거장째 머무는 때였다.

"우리 내릴 덴 어태 멀었소?"

"…."

천숙은 그저 대답이 없이 생글거리며 창밖만 내다본다.

필재는 아까부터 속으로는 에노시마로 가는 것이거니 짐작하였다. 그건 천숙이가 에노시마에 한 번 갔다 온 일이 있기 때문이다. 이번 봄에 학교에서 단체로 갔다 왔는데 가끔 필재에게 에노시마 이야기를 했다. 무시무시하게 높은 절벽 위에다 음식 파는 정자들을 지어 놨는데 거기 앉아서 끝없는 태평양을 내다보는 맛은 어지러울 만치 통쾌스러웠다 하며 언제든지 한번 둘이서 같이 가 보자고 해 오던 곳이었다.

그래서 아마 멀리 바다를 전망할 수 있는 거기로 가서 무거운 우울을 날려 버리고 둘의 사랑을 더욱 굳게 맹세하고 오려는 것이거니 여기었다.

그러나 천숙은 아직 에노시마는 먼 곳에서 일어섰다.

"여기서 내류?"

천숙을 고개를 끄덕이었다.

"어딘데?"

"…."

차가 머물기를 기다려 필재는 정거장 이름부터 찾으니 동임간도시(東林間都市)[176]라 쓰여 있었다. 나리면서 보니 정거장 밖에는 집 하나 얼른 눈에 뜨이지 않는 숲만 무성한 황원이었다. 정거장을 나서니까야

176　히가시린칸. 일본 가나가와현 사가미하라시 미나미구에 위치한 오다큐 전철의 역 이름.

깨끗한 식료품점이 두어 집 있고 무성한 잡목 숲속으로 새로 닦은 큰길이 트였는데, 그 초입새는 '동임간도시 입구'라는 말뚝이 서고 세놓는 별장 광고들, 주택지 광고들, 우유 광고들, 그리고 임간도시의 안내표 등이 세워 있었다.

천숙은 으레 필재가 따라오거니 하고 뒤도 안 돌아보고 그 길을 들어서 걸었다. 필재는 광고들에 눈이 팔려 좀 떨어졌다.

참말 글자대로의 임간도시이다. 산은 아니요 벌판인데 깊은 산처럼 산림이 울창하며 동네는 아닌데도 이리저리 우물 정(井) 자로 큰길이 뚫리었고, 이 구석 저 구석에 흰 벽과 붉은 지붕의 그림 같은 주택들이 나무 그늘에 숨어 있다. 어느 구석에선 테니스 치는 소리도 나고 어느 구석에선 축음기 소리도 흘러나왔다.

전차에서는 필재와 천숙이 말고도 한 쌍의 젊은 남녀가 나리었다. 그들은 골프 행장으로 차린 레이디와 젠틀맨으로 정거장을 나서자 이내 서로 팔을 끼는 양풍[177]의 동반(同伴)으로 숲속에 사라졌다.

앞서가던 천숙은 벤치를 만나 걸어앉았다[178]. 필재는 걸음을 멈추고 한참이나 서서 바라보다가 뛰어갔다. 푸른 나무 그늘과 금빛 같은 첫여름의 햇발이 한데 어룽거리는[179] 속에서 정열을 머금은 천숙의 얼굴은 한 송이의 붉은 꽃처럼 황홀스럽다.

"참 좋은데…."

하고 필재도 천숙의 옆에 앉았다.

"우리 천숙도 여간 아니군."

"왜?"

"이런 로맨틱한 데를 다 기억해 두었더랬으니…."

---

177   洋風. 서양식 풍조.
178   걸터앉았다.
179   어른거리는.

천숙의 얼굴은 더욱 붉어지면서 필재의 어깨를 툭 때리었다. 그리고

"난 인젠 몰라…."

하였다.

필재는 그것이 무슨 말인지 얼른 몰랐다.

"응?"

하고 물으니 천숙은 외면을 하면서 이런 말을 소곤거리었다.

"우리가 한데 없어졌다 내일쯤 들어가면… 오빠도 단념하시고 가시
겠지 뭐…."

필재는 천숙의 말뜻을 이내 깨달았다. 그러나 얼굴이 화끈하고 달아
서 자기도 외면을 하고 바람을 찾았다. 그는 처녀 천숙과 함께 총각으로
서의 부끄러움이 치밀었던 때문이다.

머리 위에서 새소리가 난다. 둘이 다 같이 무성한 가락나무[180] 그늘을
쳐다보았다. 새는 보이지 않고 소리만 또 난다. 필재는 그것이 천숙의
소리처럼 천숙을 바라보았다.

싱그러운 바람이 신록을 흔들며 날아왔다. 필재는 그 신선한 풀 향기
도 천숙의 냄새처럼 호흡을 크게 하며 천숙을 바라보았다. 바라보다가
나중엔 천숙의 두 손을 꼭 붙들었다.

천숙은 아까 필재의 방에서처럼 필재에게 상체를 안기며 울었다. 어
제 밤중까지 오라버니에게 시달리던 것, 오라버니가 갖은소리로 필재
를 모욕하던 것이 다시 생각나 분하여서 울었다.

"형제도 남이야…."

천숙의 울음 섞인 말이다.

"왜? 응?"

"그렇게 동생의 속을 모를까…."

"…."

180 떡갈나무.

필재는 오직 말을 잃은 감격뿐이다.

그들은 거의 한 시간 뒤에 그 꿈자리 같은 벤치에서 일어섰다. 그리고 가지런히 걸어 이 길로 한참 저 길로 한참씩 다니었다. 길 좌우에는 여기저기 장난감처럼 조그만 별장들이 혹은 멀리 혹은 가까이 놓여 있었다. 창문들이 열린 데는 저희처럼 젊은 남녀들의 말소리가 아니면 옷자락이 보이었고, 창문들이 닫힌 데는 셋집이라는 패가 커다랗게 붙어 있었다. 그런 덧문까지 닫혀진 집들은 필재와 천숙을 보고 '어서 당신들이 나를 얻고 갑갑하게 닫힌 문들을 좀 열어 주오' 하고 부르는 것 같았다. 그러면 그들은 누가 먼저든지 그냥 지나치지 않고 발을 멈추곤 했다. 천숙은 얼굴을 돌리고 길에 섰으면 필재는 성큼성큼 풀숲을 걸어 빈집 안을 둘러보고 나오곤 했다. 그러다가 필재는 그중에도 제일 작은 한 집에서 그 집 주인인 듯한 노파를 만났다. 노파는 자꾸 문을 열어 보이며 새로 짓고 아직 한 번도 든 사람이 없었노라 하며, 또 당신네같이 젊은 내외들이 이 위에도 어제 와 들었고 저 건너도 오늘 아침에 와 들었으니 당신네도 어서 들라고 권하였다.

그리고 오래 있지 않으려면 날수로 정하고 있어도 좋다 하며 자꾸 들어와 보라고 천숙과 필재를 번갈아 이끌었다.

"들어가 보구려."

필재는 천숙에게 미뤘다. 천숙은 노파더러

"저이가 알아요."

하고 필재에게 미뤘다.

나중에 그 집은 창들이 열리고 먼지가 털리고 방이 쓸리고 그러고 나선 노파는 가 버리고 쓸쓸하던 벽 위에 필재의 사각모와 천숙의 베레가 가지런히 걸리었다.

집은 우거진 잡목 그늘에 덮이어 길에서 보면 겨우 붉은 지붕만 한편 구석이 드러났고 웬만한 말소리는, 조그만 도랑이나마 물소리가 길에는 못 나오게 가로막았다.

길에서 보면 여전히 빈집같이 조용하였다. 물소리 아니라도 그들은 워낙 지껄이지도 않았다. 말을 잊은 것처럼 마당의 풀숲만 내려다보고 앉았다가 천숙이가 쓰러지며 그나마 소곤거리었다.

"나 좀 푹 자게 해 줘요."

필재는 마당으로 나와 그 집을 짓다 버린 듯한 나무토막 하나를 주워다가 자기의 손수건과 천숙의 것을 합해서 천숙의 머리 밑을 고여 주었다. 천숙은 앞에 앉은 필재의 손 하나를 두 손으로 붙들고

"어디 가지 말아요."

하고 눈을 감았다. 그의 얼굴엔 이내 숨소리 높은 잠이 덮이고 말았다.

필재는 천숙의 손이 절로 놓일 때까지 손을 움직이지 않고 천숙을 지키었다.

필재는 가슴이 저리도록 천숙이가 고마웠다. 어리어서부터 자기를 따랐고 커서 뙈가 나서도 자기를 업신여김이 없이 누구보다도 우러러보고 믿고 사랑하는 그 뜻갈[181]이 한없이 고마웠다.

필재는 자기에게 부모가 없고 형제가 없고 재물이 없고 이렇게 여러 가지 없는 것 대신에, 남보다 뛰어나는 여자로 남보다 뛰어나는 사랑으로 장래에 아내를 삼으라는 하늘의 지신가 보다 하는 감사한 생각까지도 들어갔다.

필재는 누운 천숙을 힘껏 끌어안고 싶었다. 정욕에서가 아니라 경건한 사랑과 믿음으로 힘껏 끌어안아 성모(聖母)와 같이 높이 받들고 싶었다.

그러나 필재는 오래지 아니하여 곧 커다란 번민에 빠지었다. 천숙은 그의 뜻갈이 성모를 받들 듯하고 싶게 고왔을 뿐 아니라 그의 육신도 그러하다. 육신도 보면 뜯어볼수록 구석구석이 꽃빛 같은 청춘이요 꽃내 같은 향기이다. 손을 보면 손이 만지고 싶고 발을 보면 발이라도 부딪혀

181 마음씨.

보고 싶으며 이마를 보면 이마, 입술을 보면 입술, 젖가슴을 보면 젖가슴이 어디나 현란한 매력을 발산하지 않는 구석이 없다. 그의 몸은커녕 그의 피가 전혀 통하지 않는 옷자락까지라도 그의 것은 모두가 신비스런 매력으로 필재의 신경을 흥분시키지 않는 것이 없으나, 그래서 필재의 그 힘줄 일어선 두 커다란 손은 천숙의 자는 얼굴 위에, 그의 들먹거리는 젖가슴 위에 몇 번이나 방황했는지 모른다.

"이기자!"

몇 번이나 필재는 물러앉곤 하였다.

필재는 자기에게도 힘센 성욕의 존재를 모르는 체할 수는 없다. 새소리와 물소리밖에는 아무것도 없는 산장(山莊)에서 단둘이의 경우, 사랑하는 남녀끼리의 경우, 그들에게 성욕이 침묵을 허락할 수 있다면 그건 기적이요 그건 도리어 변태라 할 수밖에 없을 일이다.

"이기자!"

필재는 드디어 방에서 뛰어나오고 말았다. 마당에 나와서도 눈은 어느 틈에 방 안으로 끌리어갔으나 필재는 다시 마당에서 도랑으로 도랑에서 다시 행길[182]로 뛰어나온 것이다.

필재는 성욕을 덮어놓고 멸시하고 덮어놓고 경계함은 처음부터 아니다. 도리어 성욕처럼 남녀 간에 공통할 수 있는 순수한 정열, 순수한 감정은 없으리라고까지 추측하는 그로서 자기의 사랑하는 천숙에게 그다지 망령되는 악마를 피하듯 경계함은 그 이유가 다른 데 있었다.

하긴 그들은 결혼도 하기 전이다. 그러나 결혼 전이라는 때문만은 아니다. 형식과 가장 잘 싸워 이기는 필재로서 장래의 형식 하나를 온당히 밟기 위해서만은 처음부터 아니다.

그는 순구를 생각하기 때문이다. 오직 순구를 생각하기 때문이니 자기가 천숙을 다리고 온 것은 아니지만, 순구 보기에나 천숙의 오빠가 보

182 '한길'의 방언. 차나 사람이 많이 다니는 큰길.

　　　　　　　　　　　　　　제이의 운명

기엔 자기가 천숙을 다리고 나온 것으로 드러날 수밖에 없는 일이다. 자기가 가장 비열한 수단으로 천숙의 정조에 남 먼저 주인이 되어 버리자고 한 계획으로 드러나고 마는 것이다.

'그렇다면 얼마나 비열한 윤필재가 되느냐!'

필재는 처음부터 이것을 생각하였기 때문이다.

"우리가 한데 나와서 내일 들어가면 오빠도 단념하시고 가시겠지 뭐…."

이건 아까 천숙의 말이다. 천숙의 절벽에 선 말이다. 천숙의 생각으로 최후의 전술이다. 처녀로서의 가장 큰 수치를 돌보지 않고 나서는 용감한 사랑의 힘이다. 그러나 필재로서는 천숙이가 이만치 뜻을 세웠을진댄 얼마든지 뚫고 나갈 다른 길이 있을 것을 알았다. 자기가 가장 사랑하는 천숙을 순구 때문에 일생에 한 번 있는 꽃다운 기회를 구태여 비열한 정책으로 밟아 버리는 것은 자존심이 허락하지 않았다.

필재는 어데까지 순구에게 지기가 싫었다. 순구쯤의 사나이에게 의기부터 눌리기가 싫었기 때문이다. 천숙의 정조를 먼저 차지하는 것은 비록 그것이 천숙을 놓치고 안 놓치고 하는 싸움에선 이기는 것이 되는지 모르나 남아의 의기로서 인생의 전술로서는 도리어 떨어지는 것이요, 지는 것이기 때문이다. 필재는 떳떳이 질지언정 비열한 수단으로 이기기는 싫었다. 하물며 천숙이가 자기를 이처럼 사랑함에랴.

필재는 다시 마당으로 들어와 천숙을 들여다보았다.

천숙은 그저 아까와 같은 모양으로 평화스런 잠을 호흡하고 있다. 그를 깨우기에는 너무나 달게 먹는 음식을 빼앗는 것 같아서 도랑으로 다시 나와 어린아이처럼 혼자 물장난을 하였다.

물은 막으면 고이고, 고이어선 넘쳐흘렀다. 흐르는 데서는 노래가 나고 고이는 데서는 푸른 나무 그늘이 춤을 춘다. 필재는 왜 그런지 뛰고 싶었다.

힘껏 숨을 들이켰다가 우렁차게 소리도 지르고 싶었다. "오! 오!" 하는 즐거운 감탄사가 절로 나왔다.

천숙은 정말 곤히 잤다. 업어 가도 모르게 굿잠[183]이 들었다.

천숙은 어제 오빠에게 밤 깊도록 시달리었었다.

"내 생각은 그만두고 어머니 생각을 좀 해 봐라. 딸이라고도 너 하나 아니냐? 왜 너한테 좋고 어머니한테 효가 될 것을 마다니?"

또

"필재? 흥! 무얼 보구? 옛날 같으면 상인[184]은 아니니 양반이나 팔어먹지. 지금 공부했댔자 오륙십 원짜리 월급쟁이, 허, 그건 쉬운 줄 아니? 또 사람이란 게 제집에서 제 걸 먹고 자라야지, 남의 신세로 자란 사람은 어딘지 간하고[185] 잘고[186] 궁상이 흐르느니라…"

"…여러 말 할 것 없이 낼 아침으로 집으로 나가자. 나도 이전 전과 달러 네 뒤까지 못 대겠다."

이렇게 달래고 꼬이고 위협하고 하다가 열한시가 훨씬 지나서 용언은 돌아갔다.

천숙은 오빠를 보내고 자리를 보고[187] 누웠으나 잠이 올 리 없었다. 밤은 깊더라도 순구만 아니면 필재에게 찾아가고도 싶었다. 필재가 자기 오빠에게서 어떤 소리를 들었으며 어떻게 번민을 하고 있는지도 몸이 달게 궁금하였다.

천숙은 날이 밝도록 전전긍긍하였다.

'필재를 버리어?'

하고 생각은 해 보았다. 그러면 자기가 버리는 필재도 불쌍하거니와 필재를 잃어버리는 자기 자신도 불쌍히 보이었다.

---

183 '귀잠'의 방언. 아주 깊은 잠.
184 常人. 조선중기 이후에 '평민'을 이르던 말.
185 간사하고.
186 좀스럽고. 속이 좁고. 졸하고.
187 이부자리를 펴고.

제이의 운명

'순구에게 시집을…?'

하고도 생각해 보았다. 그러면 시재[188] 자기를 빼앗기는 필재의 가슴만
이 아플 것이 아니라, 뒷날 필재가 다른 여자와 혼인하는 때 자기의 가
슴도 아플 것을 생각하였다. 아무리 생각하여도 순구와 자동차를 타기
보다는 필재와 전차를 타는 것이 즐거울 것 같고 순구와 기름진 식탁에
마주 앉기보다는 조밥이라도 필재와 더불어 먹는 맛이 살질 것 같았다.

"오냐! 나는 벌써 필재의 천숙이다. 내 영혼은 벌써 이만치 필재를 섬
기고 있다. 남은 것은 몸뿐이다. 몸까지 마저 필재에게 바치자. 몸까지
바친 다음에야 순구와는 혼인하려야 혼인할 아모것도 없지 않으냐…."

영리하나마 필재에게 비기면 단순한 처녀, 천숙의 생각이었다.

"그러나 어떻게 몸은 바치나?"

천숙은 혼자 누워서도 몇 번이나 얼굴을 붉히었었다. 필재를 만나서
는 더욱 마음이 떨리었다.

그래서 필재가 "어디로 가오", "나릴 데가 어태 멀었소?" 하고 물을 때
마다 얼굴이 화끈거리었던 것이다.

천숙은 지난밤에 밀린 잠을 거의 다 자 버리었다. 눈이 어렴풋이 떠질
때 필재의 손이 자기의 기지개를 펴는 팔을 꼭 붙들어 주었다. 그러면서

"많이 잤수?"

하고 필재가 잠을 깨우듯 큰 소리로 물었다. 천숙은 일어나며 고개를 끄
덕인다.

"참 되운 잤네…. 어태 여기만 앉었더랬어요?"

"아니."

"그럼 어디?"

하면서 천숙은 눈에 서투른[189] 바깥 풍경을 내다본다.

188　時在. 현재.
189　눈에 선. 낯선.

"저기 도랑에 나가서도 놀구….

"인전 당신이 좀 주무서요. 옆에 앉었을게, 네?"

"해가 다 졌는데 잠만 자나?"

"참, 저녁 어떡하나…?"

하고 천숙은 텅 빈 부엌 쪽을 바라보더니 방긋이 웃었다.

"집에 가 먹지."

"뭐요?"

천숙은 개인[190] 눈이 약간 동그래진다.

"집에 가야지."

천숙은 다시 눈을 다듬는 듯이 깜박이며 마당을 내어다보다가 필재에게 응석을 부리듯 안긴다.

"왜, 내가 잠만 자서 성나셨어요?"

"아니."

"그럼?"

하고 천숙은 필재의 두 팔을 잡아 흔들었다.

필재는 다른 말과 달리, 우리가 같이 자느니 안 자느니 해야 될 말이어서, 천숙에게 가야 할 이유를 당장에서 설명하기는 좀 거북스러웠다. 또 전부터도 좀 중요한 말이면 편지로 해 왔고 그렇게 하는 것이 말로보다 더 충분히 천숙에게 알려지기도 했다.

"어서 어둡기 전에 집으로 돌아갑시다. 이유는 내 가는 길로 편지로 써 보낼 테니."

천숙은 별안간 얼굴이 무안 본[191] 사람처럼 빨개졌다. 필재의 진정한 속은 생각할 여지없이 자기는 모든 수치를 각오하고 계획해 온 것인데, 필재가 그 마음을 용납하지 않는 것만 여기어 필재를 정면으로 쳐다볼

---

190 잠기운이 없어져 맑은.
191 무안 당한.

용기도 없이 일종의 모욕을 느끼는 듯, 얼굴과 가슴이 후끈거리었다. 자기가 한 말 "우리들이 한데 없어졌다가 내일 들어가면…" 했던 말이 후회가 났다. 천숙은,

"그럼 어서 가요."

하고 모깃소리만치 대답을 던지며 일어선다.

"왜 당신이 도려 성을 내는 것 같구려?"

"아니 아니…."

하면서 천숙은 현관으로 갔다.

필재는 어딘지 모르게 서운하였다. 더 꾸어도 좋을 아름다운 꿈을 깨이는 것 같았다. 그래서 필재는 천숙이가 누웠던 자리에 네 활개를 내어 던지듯 누워 보았다.

"간다더니, 어서 가요."

마당에서 들려오는 천숙의 소리는 바람보다 차가웁다. 필재는 아무 소리 없이 화다닥 일어나 따라 나왔다.

그들은 정거장에 나오는 동안 저윽 우울한 길을 걸었다.

"천숙."

"…."

"천숙. 난 순구에게 당신의 애인으로만 이기지 않고 사내로 인간으로도 이기고 싶소…. 내 말 알겠소?"

"…."

"허, 성이 나셨군?"

하고 필재는 걸음을 멈추고 우뚝 서도 보았다. 그러나 천숙은 돌아도 안보고 그냥 걸었다.

그들은 전차 안에서는 더욱 말이 없었다. 신숙(新宿)으로 와서는 천숙은 필재가 다려다주겠다는 것을 혼자 가고 싶다 하였다. 필재가 너무 섭섭해하는 듯하니까

"어서 빨리 가 편지나 써요."

하고 가벼운 웃음을 지어 보였다.

필재는 집에 들어서는 길로 붓을 들었다. 순구는 생각던 바와 같이 집에 없었고 주인집 하녀가 쪼르르 나오더니 "손님이 오래 기다리다 가셨다"고 전한다. "누구였느냐" 물으니 "어제 아침에 같이 조반 잡수신 분이라" 하면서 "오늘밤에 늦게라도 올 터이니 꼭 좀 나가지 말고 기다리라 했다"고 한다.

필재는 하녀를 돌려보내고 편지를 계속해 썼다.

…천숙. 나는 당신을 영원한 마음으로 사랑하오. 당신은 나의 일평생의 반려(伴侶)가 될 사람이오. 영원히 평행되어 나갈 우리 두 사람의 생활의 길이 비로소 한자리에 모여 떠나는 날, 그 첫날이란 얼마나 우리가 일평생을 두고 기념할 날이겠소. 그 빛나는 날을 그 신성한 날을 나는 순구 때문에 일종의 정책에서 허둥지둥 밟아 버리기는 싫었기 때문이오. 또 어디 그뿐이오? 당신이 얼마나 값싼 여자가 되어 버리오? 심천숙이란, 지금 당신이 가지고 있는 처녀성(處女性) 그것뿐으로 인간의 전 가치가 달린 것은 아니오. 당신에게 비록 처녀성이 없어졌다 칩시다. 그렇더라도 나는 낙망하지 않고 당신을 사랑할 것이오. 당신의 정조를 내가 먼저 맡았다 하여 안심하고, 그것을 먼저 맡지 못하였다 하여 불안을 품을 나는 아니요. 당신은 나를 극진히 사랑하오. 그것을 믿는 내 마음은 반석과 같이 든든하오. 무엇 때문에 우리 자신들을 모욕하는 것이 되고 가장 비열한 전술로밖에 보이지 않을 그런 행동을 취한다 말이오? 무론 당신이 나와 함께 하룻밤을 지내리라 한 것을 반드시 성적 관계를 의미한 것은 아니리라고 믿소. 그러나 남이 그렇게 믿어 줄 배 아니요, 또 동물인 우리로서 어떻게 자연의 힘을 부정할 자신은 있단 말이오….

편지는 이 아래로도 길었다. 필재는 곧 우편국으로 달려가서 속달우편
으로 부치었다.

　"오늘밤 자기 전으로 받어 보겠지…."
하면서 가벼운 걸음으로 돌아왔다.

천숙의 귀향(歸鄕)

천숙은 주인집 현관에 들어서자 곧 낯선 자기 오라버니의 구두를 발견하고 주춤하였다. 하녀가 내다보더니

"어서 들어가 봐요. 손님이 오늘 벌써 두번째나 오서서 기다리시는데…."

한다.

용언은 종일 기운이 지치도록 돌아다녔다. 지난밤에 천숙이보고 "내일은 학교에 가지 말고 있거라" 했으니까 있으려니 하고 와 보니 천숙은 없었다. 학교로 가 보니 학교에서도 "안 왔소" 한다. '그럼 필재에게 간 게로군' 하고 부리나케 서투른 길을 헤매며 필재에게 찾아가니 필재도 순구도 천숙도 다 없다. 주인집 하녀를 찾아 물어보니 "순구는 일찌감치 나갔고 필재는 조반 후에 다시 자는 것을 보았는데 어떤 여학생이 찾아오더니 같이 나갔나 봐요" 하였다. "그 여학생이 어떻게 생겼더냐"고 물으니 "갸름한 얼굴에 쌍꺼풀진 눈이 크고 베레를 쓰고 양복은 후지기누[192] 같고 초콜릿빛 양말에 흰 구두를 신었더라" 한다. 천숙의 모양이 틀림없었다. 용언은 "그 여학생이 자주 오더냐"고 다시 물으니 "어쩌다 한 번씩 온다" 했다.

용언은 "좀 들어가 순구든지 필재든지 기다려 보겠다" 하고 다리도 쉬일 겸 땀도 들일 겸 방으로 올라갔다.

용언은 책상도 필재의 것은 보기 싫은 듯 순구의 방에서 순구의 등의자에 걸어앉아 있었다. 한 시간, 두 시간, 담배 한 갑을 다 피워도 아무

---

192 '부사견(富士絹)'의 일본말. 명주실로 짠 옷감.

제이의 운명

도 돌아오지 않는다. 용언은 필재를 만나기만 하면 뺨이라도 치고 싶었다. "네깟 놈이 무얼 가졌길래 감히 내 누이에게 뜻을 두느냐" 하고 대뜸 모욕을 주고 싶었다. 그러나 암만 기다려도 들어오진 않고 하여 다시 나와 점심을 사 먹고 누이에게로 갔다. 누이에게도 그저 방이 비어 있었다. 용언은 별생각이 다 났다. '이것들이 어디로 달아나지나 않았을까' 또 '이것들이 철없이 죽으러나 나갔으면 어쩌나' 또 '그렇지는 않더라도 필재놈이 일을 망치노라고 천숙이를 다리고 다른 데 가서 메칠 지내고 돌아오면?' 하고 용언은 안절부절하던 판이었다. 그런데 천숙이가 들어섰다.

"어디 갔더랬니?"

"어디 좀…. 오빠 점심 잡수셨어요?"

"허, 제법이구나. 점심 걱정을 다 하구…. 지금이 어느 때인데 그럼."

용언은 마음을 능구어 흔연히 천숙을 대하였다.

"옷 갈아입지 마라. 나가자, 나가."

"어디로요?"

"아모 데로나 나가서 나하구 같이 저녁 먹자."

천숙은 다리의 피곤도 채 풀지 못하고 곧 오빠에게 끌리어 나왔다.

오빠는 자동차를 불러 탔다. 운전수가

"어딥니까?"

하고 물으니 오빠는 그냥,

"긴자(銀座)."

하였다.

"긴자 어딥니까?"

하고 다시 물으니 오빠는 누이를 보고

"애, 네가 대답해라. 어디구 제일 번화한 데로 가서 양요리[193]를 한번

---

193 洋料理. 서양 요리.

먹어 보자."

한다.

천숙은 어디로 가자고 운전수에게 이르고 저윽 불안을 느끼며 오라버니를 쳐다보았다. 오라버니라야 나이 십여 년 위일 뿐더러 아버지가 돌아가신 뒤로는 버쩍 더 점잖아져서 아버지나 다름없이 어려운 오라버니였다.

"왜 자꾸 보니, 응? 허!"

하고 용언은 천숙의 등을 뚝뚝 두드렸다. 그리고 속으로 '외화[194]가 요만하고 성품이 간결하니 사내놈들이 탐낼 만도 하지…' 하였다.

"애, 어디로고 좋은 데로 가자. 네가 웬 그런 델 알겠니…."

"웬일이슈 오빠?"

"흥, 그럼 동경까지 왔다가 왔던 일도 실패하고 돌아가는데 한밥[195] 먹지도 못하겠니."

천숙의 마음을 느꿔[196] 주느라고 하는 말이었다.

"언제 가시게요?"

"내일 아침엔 가겠다. 네가 그렇게 괜한 고집을 부릴 줄은 몰랐다."

하고 힐끔 누이를 본다. 천숙은 모른 체하고 바깥만 내다보았다.

천숙은 자동차가 긴자로 들어섰을 때

"후지야[197] 앞에."

하고 일렀다.

그들은 자동차를 나리어 후지야란 음식점으로 들어섰다. 용언은 찬란한 불빛과 기구들에 정신없이 눈을 빼앗기면서도

"이보담 더 좋은 덴 없냐? 이까짓 델."

---

194 外華. 겉으로 드러난 화려한 모양새.
195 마음껏 배부르게 먹는 음식.
196 풀어.
197 不二家. 일본에서 유명한 양과자점으로 레스토랑도 운영함.

제이의 운명

하고 의기를 돋우었다.

"오빠두. 여기가 꽤 유명한 덴데 알지두 못하시구…."

"뭐든지 네가 먹고 싶은 걸 시켜라."

"비싼 것두?"

"그럼. 네가 얼굴이 축이 갔다[198]. 어머니가 보시면 놀라시겠다. 그 어디, 너희 주인집에서 주는 걸 보니 먹겠던…."

천숙은 오래간만에 천리타관[199]에서 형제라야 단 하나뿐인 오라버니와 함께 식탁을 대하니 어머니 생각도 나고 조카들의 생각도 났다.

"참, 오형이와 선옥이란 넌이 쌈하지 않우?"

오형은 용언의 아들이요, 선옥은 그의 딸이다.

"왜, 밤낮 쌈이지…. 선옥이란 넌이 오래비한테 밤낮 맞지. 맞구는 으레 동경 고모가 오문 일른다고 해서 웃는단다."

"그넌야…."

천숙은 갑자기 조카들이 눈에 선해졌다. 그리고 자기가 너무나 집안 사람들 생각에 등한했던 것도 새삼스럽게 깨달았다.

"오빠는 맥주라도 잡수슈."

천숙은 보이가 고뿌[200]에 냉수를 붓는 것을 보고 오라버니가 술을 즐겨 하는 생각이 난 것이다.

"그래라. 네가 술을 다 먹으랜 때가 있구나, 허허."

천숙은 오라버니가 좋아하는 것을 보고 저도 즐거웠다. 천숙은 처음 만난 것처럼 자꾸 오라버니를 쳐다보았다. 밝은 불빛에서 보니 오라버니는 얼굴이 몹시 지치었다. 봄방학에 나갔을 때 볼 때보다 늙기도 더 늙었다. '우리 아버지의 외아들, 삼대째나 외아들' 하고 생각하니 끔찍이 귀중한 오라버니이다. 자기 학비 때문에 애쓰는 것과 이번에도 공연히

198　살이 빠지고 상했다. 축갔다. 축났다.
199　千里他官. 고향에서 멀리 떨어진 고장. 천리타향.
200　'잔'을 뜻하는 일본말로, 네덜란드어 'kop'이 변한 말이다.

돈만 쓰고 먼길에 시달리는 생각을 하면 천숙은 가슴이 빠지지하고[201] 눈물이 솟기도록 미안스러웠다.

"오빠."

"응?"

"내일 가지 마서요."

"왜?"

"며칠 더 쉬어 가지고 가서요."

"뭘, 가야지. 그런데 무얼 사 줄까?"

"누굴? 오형이서껀[202]?"

"아니, 그 애들은 과자 뿌스러기나 갖다 앵기면 족하지. 너 말야."

"나? …."

천숙은 한참 만에

"나 새까만 가방 하나? 바스켓은 이전 싫여졌어. 더럽기도 했지만. 그래도 오빠 돈 없으면 고만둬."

"그래, 그까짓 가방이 소원이냐? 넌 그렇게 마음이 옹졸하지… 피아노 하나 사 줘, 못 그래?"

"피아노? 돈이 얼마게. 몇십 원으로 사는 줄 아슈?"

"그까짓 거 한 이천 원이면 사겠구나. 이삼천 원이면…."

천숙은 포크를 놓고 입 놀리던 것을 정지하고 오빠를 쳐다보았다.

"왜 보니? 난 돈 몇천 원쯤 못 벌 사람 같으냐? 이번엔 그 문제로만 온 건 아니다. 요즘 피혁물이 고가(高價)로 올라서 남의 빚도 벗고 순리(純利)가 기천 원 떨어졌게 이번엔 너 피아노 하나 사 줄려고 왔다."

"그럼 왜 어저껜 학비도 못 대겠다고 그리섰수?"

"그건 널 위협해 보노라고 그랬지…. 글쎄 피아노 세(貰)가 한 달에

---

201 답답하면서 아프고.
202 '-서껀'은 '-랑 함께'를 뜻하는 보조사로, '오형이서껀'은 '오형이와 아이들'을 뜻함.

십육 원씩이라니, 그걸 몇 해 모아 봐라. 사는 게 싸지 않니. 또 배워 가지고 나오기만 하면 뭘 하니? 집에 피아노가 하나 있어야겠지 아무래두…."

"그럼!"

천숙은 만족하여 오빠를 조르다시피 저녁을 얼른 끝내이고 동경서 제일 큰 악기점으로 오빠를 끌고 갔다.

악기점에는 여러 층의 피아노가 있었다. 오백 원짜리에서부터 팔천여 원짜리까지 수십 종이나 늘어 있었다.

"오빠. 일본제만 아니고 한 천 원 하는 것도 좋아요."

"왜 그러은? 이왕 사는 걸 쓸 만한 걸 사야지. 한 이천 원 넘어도 괜찮다."

천숙은 점원에게 끌리어 이 피아노에 가서 한참 쳐 보고, 저 피아노에 가서 한참 들여다보고, 무엇보다 먼저 모양이 좋은 것으로 골랐다. 소리는 아주 싼 것이라도 다 지금 자기가 세내다 놓은 것보다는 훌륭하였다. 오빠가 이천 원이 넘어도 괜찮다니까 이천 원 이상 삼천 원 이하짜리로 찾으며 고르기를 두어 시간이나 하였다. 그래서 사기로 작정한 것은 독일서 나온 오토[203]였다.

천숙은 키마다 열 번씩도 더 눌러 보았다. 셀룰로이드로 만든 키만 쳐 보던 손에 미끈미끈한 상아로 만든 키는 벌써 손끝에 맞는 감촉부터 부드럽고 미끄러웠다. 소리도 상아처럼 탄력이 있게 튀어나왔다.

"천숙아 어떻게 하련? 지금 너의 주인집으로 배달해 달라랴? 아주 서울로 부쳐 달라랴? 지금 아주 서울로 부치면 운송료를 여기서 담당한다니까 그것도 여러 십 원 얻는 게 된다."

"어떡할까?"

"아무턴 네 물건이니 네 생각대로 해라."

203 독일제 피아노 브랜드 오토 타인(Otto Thein).

"글쎄, 방학도 며칠 안 남구 여름에 두고 나가긴 싫구…."

"그럼 아주 서울로 부쳐 달래자. 가을에 와선 운송료 삼사십 원을 우리가 안 내는 돈으로 좀 보태서 또 한 반년 세(貰) 피아노를 치렴."

"그래요, 그럼."

천숙은 흡족하였다. 자기가 사 놓은 피아노를 떨어지기가 싫어서 몇 번이나 상하지 않게 잘 싸서 부치라고 당부하고 몇 번이나 돌아다보면서 나왔다.

"자, 이전 가방도 사러 가야지. 가방 집은 어디 있냐?"

"가방은 고만둬도 괜찮어요."

"그까짓 몇 푼 할라구. 어서 가자. 선옥이란 년 구두도 한 컬레 사다 주게. 네가 골르구."

그들은 가방을 사 들고 구두와 과자와 무엇 무엇 해서 네 손이 모자라게 사 들고 오라버니도 함께 천숙의 주인집으로 돌아왔다.

천숙은 집에 들어서는 길로 하녀에게 가 은근히 물었다.

"내한테 편지 온 것 없어?"

하녀는

"전보가 왔어요. 방에 책상 위에 갖다 놨어요."

한다.

천숙은 속으로 '전보는 왜 했을까?' 하면서 오빠보다 먼저 달려가 펴 보니, 전보는 필재에게서 온 것이 아니라 오라버니 이름으로 오라버니 상회의 점원이 친 것인데 사연은 "오형의 할머니가 병환이 대단하니 곧 나오라" 함이었다.

"이를 어째! 오라버니, 이것 좀 봐요. 어머니가 대단하시다구 전보가 왔어요…. 이를 어째요!"

"무어? 어머님이?"

용언은 전보를 받아 몇 번이나 큰 눈으로 들여다보며 자기도 놀라는 체하였다. 놀라는 체라 함은 그런 전보를 쳐 달라고 아침에 자기 점원에

제이의 운명

게 전보를 친 일이 있기 때문이다.

"어머님도 오래 못 사실라. 요전에도 오형이 생일날 약식을 좀 잡수신 게 잘 내리지 않아 십여 일을 고생하셨단다. 이전 해마다 달르서요, 해마다…. 어떡하나 벌써 밤차는 틀렸지?"

"그럼요. 아모래도 내일 아침 차로 떠나서야지 뭐…. 나도 갈 테야요."

"그럼, 가 봐야지…. 요전에 편찮으실 때도 눈만 뜨시면 네 말을 하셨는데."

천숙은 한없이 서글펐다. 천숙은 얼른 살며시 하녀의 방으로 나와 다시 물었다.

"전보 말고 속달로 온 편진 없었어…?"

"없었어요…. 전보밖에는 모르겠어요…."

"웬일인가…?"

천숙은 다시 제 방으로 오는 수밖에 없었다.

필재에게서 천숙에겐 거리가 멀지마는 속달우편이기만 하면 늦어도 세 시간 안에는 배달이 되는 터였다. 필재가 집에 가는 대로 곧 써서 부쳤기만 했으면 벌써 그동안이 오륙 시간이나 지났는데 속달편지론 아직 안 왔을 리가 없다. 아마 우편국까지 나오기가 싫어서 그냥 우체통에다 넣었나 보다 하고 천숙은 내일 아침의 배달이나 기다리는 수밖에 없었다.

그러나 편지는 제이하고[204] 자기가 내일 아침 차로 오빠를 따라 집으로 나가게 되었으니 그 안에 필재를 한 번 만나야만 될 것 같았다. 그런데 벌써 밤은 열한시가 되었고, 그렇더라도 빨리 서두르기만 하면 차가 끊어지기 전에 다녀올 수는 있지만 오빠가 날래[205] 일어서 주지 않는다. 일어서 주기는커녕

---

204 둘째로 하고.
205 '빨리'의 방언.

"늦었으니 아무 데서나 한잠 자고 아침에 일찍 같이 떠나자."
하고 웃옷을 벗어 건다.

용언은 그것이 모다 계획이었다. 필재가 천숙에게 한 편지도 무론 속달이요, 무론 세 시간 안에 배달된 것이나 편지를 받아들이는 하녀가 이미 용언에게 매수된 편이었다. 그래서 그 편지는 천숙이가 살피지 못하는 새를 타 용언의 포켓으로 들어간 것이었다.

이것을 모다 모르고 천숙은 필재만 원망스러웠다. 자기는 물불을 가리지 않건만 왜 필재는 그다지도 앞뒤를 꼼꼼히 생각하며 몸을 사리려드나 하고, 평소에도 너무나 달게 굴지[206] 않던 필재의 성질이 몹시 원망스러웠다. 자기는 이렇게 애를 태울 대로 태우고 조바심을 하고 있는데 그래 그 편지 하나 속달로 부치러 나오기가 싫어서 기다릴 생각도 하지 않고 아무 데나 넣어 버리고 드러누워 태평스럽게 책만 보고 있을 생각을 하니, 천숙은 필재가 옆에 있으면 볼이라도 쥐어박게 미워졌다. 언젠가 무슨 책에서 읽은 적이 있는 '사랑은 변하면 미움이 된다'는 서양말도 생각이 났다.

천숙은 이날 밤도 꿈자리만 뒤숭숭할 뿐, 한잠도 내처[207] 자지 못하였다. 눈은 감으나 뜨나 간에 무엇이고 얼른거리었다. 어머니의 앓으시는 모양, 조카들, 순구, 보도 못한 순구네의 대궐 같은 집, 자기 마음대로 설계해 보는 문화주택, 오늘 산 피아노, 필재, 셋방살이, 셋집, 그러나 재미나는 단가살이[208], 또 그러나 간단한 살림, 별것이 다 눈앞에 얼른거리어 한잠도 제대로 자 보지 못하였다.

아침엔 오빠보다 먼저 일어났다. 일어나는 길로 현관으로 가 보고 하녀를 찾아보고 하였으나 필재의 편지는 있을 리가 없었다.

"무심한 사람!"

---

206 조급해하지.
207 줄곧.
208 單家--. 분가한 내외가 사는 살림. 또는 식구가 적어 단출한 살림. 단가살림.

천숙은 눈물이 나는 것을 억지로 참았다. 아침이라고 두어 젓갈 뜨는 것처럼 하고 짐을 싸고 방 세간을 정리하고 곧 오빠에게 딸리어 오빠의 여관을 잠깐 들러서는 바로 정거장으로 나오게 되고 말았다.

천숙은 차 안에서 생각하기를 '어머님이 아프시단 급한 전보로 집으로 나간다는 엽서라도 한 장 부쳐 주고 올걸' 했으나 나중엔 '무얼, 자기도 속이 좀 타 봐야지' 하고 될 수 있는 대로 아무 생각도 없이 앉아 보려 하였다.

그러나 머리는 그렇게 한가히 비어 있으려 하지 않았다. 무엇이고 어서 결말을 지어야 편하리라는 듯이 순구를 갖다 세우고 필재를 갖다 세우고 한다. 천숙은 가만히 눈을 감고 이런 생각을 또 해 보았다.

"만일 필재에게서 편지가 왔다면 무어라고 했을까? 오빠와 순구에게 단념을 시키기 위해서 둘이서 하룻밤 동안 없어졌다 들어오자는 내 의견에 반대한 이유는 무엇인가?"

천숙은 자기 생각껏 자기 자신이 대답해 보았다.

"천숙아, 사실인즉 나는 사랑이 식어 간다."

천숙은 이 대답엔 '설마' 하고 머리를 흔들었다. 그리고 다른 대답을 찾아보았다.

"순구의 집에서 주는 학비로 공부를 하지 않니? 학비가 끊어지면 낭패가 아니냐…."

천숙은 이 대답에는 얼른 부정을 못 하였다. 평소에 보면 필재는 말끝마다 '우리는 공부하러 왔다' 하였다. 그로서 넉넉히 써 보낼 듯한 대답이다. 천숙은 곧 자기 오라버니가 하던 '남의 신세로 자라는 사람은 어딘지 간하고 졸하고 궁상이 흐른다'는 말이 생각났다.

"정말 그런가 보다. 이유가 떳떳한 것이면 왜 단둘이만 있는 데서 말을 못하고 편지로 하마, 했을까? 또 왜 편지는 곧 써 보내지 못할까…."

천숙은 머리를 부딪고 울고 싶었다.

용언은 마주 앉아 천숙의 가슴속을 다 들여다보았다.

"왜 그리니?"

못 본 체할 수 없도록 천숙의 얼굴이 붉은빛과 땀에 엉킬 때는 물어보았다.

"눈에 뭐 들어갔나 봐…."

하고 천숙은 손수건으로 비밀을 가리듯 얼굴을 가리었다.

무론 용언은 어젯밤으로 필재가 천숙에게 보낸 편지를 읽어 보았다. 그리고 '하마터면' 하고 무릎이라도 칠 뻔하였다. 미웁던 필재가 한편 고맙기도 해서 밤중에라도 찾아가서 단단히 타이르려던 것을 중지한 것이다. 그리고 아침에 정거장에 나와선 천숙이 모르게 필재에게 갑자기 떠나게 되어 다시 못 만나고 간다는 엽서를 보내준 것이다.

차 안은 부폈다[209]. 동경역에서 떠날 때부터 한 걸상에 두 사람씩 정원대로 앉아서 천숙은 마음만 괴롭지 않고 몸도 사지가 마디마디 저리었다. 오라버니는 엊저녁엔 물 쓰듯 하던 돈이 그만 떨어지고 말았는지 점심에도 저녁에도 식당차로 다리고 가지 않고 천숙이는 보기만 해도 구역질이 나는 벤또[210]만 자꾸 사들이었다. 천숙은 아마 돈도 돈이려니와 어머님이 앓으실 생각을 하고 호화롭게 가기를 피하는 것이거니만 여기었다.

그러나 차가 신호(神戶)[211]를 지나 밤이 드는 때였다. 용언은 앉아 조는 천숙을 흔들었다.

"얘야, 정말 이렇겐 견딜 수가 없구나. 이등으로 가 보자."

"무얼, 그냥 가요."

용언은 혼자 일어서 성큼성큼 이등차 쪽으로 가더니 한참 뒤에 돌아와선 짐을 나려 들고 천숙을 일으켜 가지고 아주 이등으로 옮기고 말았다. 이등도 그냥 이등이 아니요, 침대로 갔다. 천숙은 대얏물에 목욕을

209 　붐볐다.
210 　'도시락'을 뜻하는 일본말.
211 　고베. 일본 효고현의 시.

하다 바닷물에 뛰어들 듯 마음부터 시원하여 네 활개를 내어던지고 넓고 푹신거리는 침대에 누워 버렸다.

"참, 돈이 좋긴 하다!"

이내 나려 누르는 피곤과 졸음 속에서도 천숙의 머릿속엔 이런 돈의 예찬 한마디가 획 날아갔다.

이것이었다. 용언이가 애초에부터 이등차를 타지 않고 식당차에도 가지 않고 천숙을 괴롭힐 대로 괴롭혀 가지고서야 이등 침대에 갖다 누이는 것은, 천숙에게 황금의 가치를 실험적으로 인식시키자는 계획이었다. 그래서 연락선에 가서도 그냥 계속해 이등을 타지는 않았다. 다시 삼등칸 밑차당으로 들어가서 땀내와 누더기투성인 노동자들 틈에서 자리를 다투고 앉았다가 천숙이가 땀내와 담배 연기에 이맛살을 찡그리기를 기다려서야 또 이등실로 옮긴 것이다.

천숙은 차도 이등도 처음이었거니와 배도 처음이다. 배의 이등은 차의 이등보다도 더욱 호사스러웠다. 삼등객들은 갑판 위에 나오지도 못하게 하는데, 여기서는 등의자를 턱 턱 내다 놓아줄 뿐더러 보이들이 이 구석 저 구석에서 굽실거리었다. 선실에 들어와 누우면 선풍기가 땀에 붙은 머리칼을 날려 주고 갑판에 나와 등의자에 걸어앉으면 끝없는 바닷바람이 발이 시리도록 종아리까지 불어 주었다.

첫여름의 똑같이 푸르고 맑은 하늘과 바다, 그 사이에 건강한 율동과 속력으로 탄력 있는 파도를 갈라 제끼며 달아나는 기선, 천숙은 소학생처럼 유쾌하였다.

천숙은 이내 필재 생각이 났다. 그래서 선실로 들어가 가방 속에서 편지지와 만년필을 들고나왔다.

저는 지금 덕수환[212] 위에 있어요. 어머니가 병환이 나서서 위중하

---

212 도쿠주마루(德壽丸). 부산항과 일본 시모노세키항을 오가던 관부연락선.

시다구 전보가 왔기 때문에 어제 아침 차로 떠나 오라버니하구 나오는 길이야요. 그런데 왜 이내 속달로 편지한다고 하군 이튿날 아침 떠날 때까지 못 보게 해요? 속상한 생각하면 지금도 내가 먼저 편지하지 않을 걸 하는 줄 아서요. 당신은 나한텐 너무 로보트야요….

더 계속해 쓰려는데 저편에서 오라버니가 술이 얼근해 가지고 나타났다. 천숙은 저도 모르게 쓰던 편지를 주먹 안에 꾸겨 넣고 말았다. 오라버니가 담뱃불을 다리노라고 꾸부리고 돌아섰을 때, 천숙은 꾸겨진 편지를 그만 바다 위에 던지고 말았다.

"뭐냐, 게?"

"아무것두 아냐요."

용언은 눈치를 챈 듯, 그러나 더 묻지 않고 옆에 걸어앉으며, '공연히 혼자 있을 기회를 주었나 보다' 하는 듯 힐끗힐끗 천숙의 눈치를 살피었다.

제이의 운명

정구(貞九)의 등장

필재는 그날 저녁 천숙에게 편지를 써 속달로 부치고는 한결 가뜬한 마음으로 밤거리를 산보하였다. 가까운 가구라자카[213]라는 야시[214]를 걸었던 것이다.

야시에는 벌써 추리[215]가 나고 복숭아가 나고 노랑참외까지 났다. 필재는 참외 두어 개를 사 들고 참외 흔한 조선의 여름을 생각하며 방학 날을 꼽아 보며 돌아왔다.

방학은 한 주일밖에 남지 않았다. 일학기에는 시험도 없으므로 벌써 웬만한 학생들은 슬금슬금 고향으로 돌아가는 때였다. 작년 같으면 순구도 벌써 집으로 나간 때다.

필재는 방학 때가 오면 더욱 쓸쓸하였다. '올여름엔 어디로 다니나' 하고 집 없는 외로움이 더욱 솟아나곤 하였다.

"당신은 좋겠구려!"

필재는 방학 때면 늘 천숙이더러 그랬다. 그러면 천숙은

"그럼! 집에 가구, 어머니한테서 자구, 좋구말구…. 당신도 나한테 우리 어머니만은 못해…."

천숙은 "당신도 나한테 우리 어머니만은 못해" 하는 소리는 다른 때에도 가끔 하였다. 천숙은 그 어머니에게 있어 끔찍한 딸이었다. 딸이라고도 단 하나, 그나마 용언을 낳고 열세 해나 끊지어[216] 아주 단산[217]인

213　神樂坂. 일본 도쿄의 번화가.
214　夜市. 야시장(夜市場).
215　'자두'의 방언.
216　'끊기어'의 방언.

줄 알고 '딸이라도 하나 더 낳았더면' 하고 남들이 딸 기르는 것을 부러워 못 견디던 끝에 의외에 천숙을 얻었다. 어머니는 무론 아버지도 천숙을 아들 때보다 더 희한한 듯 늘 사랑으로 안고 나왔었다. 그러던 아버지가 돌아간 후, 어머니에겐 더욱 끔찍한 고명딸이요, 끝동이[218]였다. 애지중지니 금지옥엽이니 하는 말이 모다 천숙의 어머니가 천숙에게 하는 것을 가리킴 같았다.

그러므로 천숙도 무슨 일에서나 필재에게라면 자기의 온 마음, 온 정성을 바치면서도 한편으론 이런 생각을 하고 서글픈 웃음을 놓치곤 하였다.

"내가 우리 어머니에게 이래 본 적이 있나?"

그러나, 천숙도 다른 때보다 방학 때가 되면 더욱 필재를 위해 슬펐다. "좋구말고. 집에 가고 어머니한테서 자고…" 이렇게 대답은 하면서도 속으로 눈물이 나게 필재의 막연한 여름 동안 생활이 마음에 못이 되었다.

필재는 방학이 되어 서울로 나오면 처음 한 이틀은 천숙의 집에서 묵곤 하였다. 그다음 한 이틀은 순구의 집에서 묵곤 하였다. 그러고는 지방으로 돌아다녔다. 필재는 조선의 농촌을 크게 관심하였다. 방학 동안 그는 농촌으로 돌아다니는 것을 자기의 공부 삼아 하였다. 천숙의 앞에서는 자기는 방학이 되어도 기다려 주는 데가 없는 쓸쓸한 경우를 하소연하면서도 속으로는 그렇게 감상적의 비애만은 아니었다. 조선의 농촌들, 농민들, 그는 조선을 알려는 조선 지식욕이 가장 크게 발동하는 때가 여름방학 때였다. 그래서 필재는 여름마다 한가히 산에서나 바다에서나 쉬어 보지 못하였다. 무론 천숙도 필재의 그 경륜[219]하는 배 있어 시골로 다니는 것을 알기는 하면서도 그것이 고생스러만 보이었다. 필

217　斷産. 아이를 못 낳게 됨.
218　막내.
219　經綸. 포부를 가지고 일을 계획함.

재에게도 집이 있고 아내가 있으면 아무리 공부 삼아라도 방학 동안 전부를 저렇게 불볕에 그을기만 하지는 않으려니 생각하니 자기가 어서 그의 아내가 되어 방학에 나오는 그를 기다려 주고 맞아 주었으면 하는 정열도 가끔 불 일 듯했다. 어떤 때는 어머니가 벗겨 주시는 실과를 먹다 말고, 어떤 때는 오라버니를 따라 조카들과 인천으로 해수욕하러 가는 길에서, 오는 길에서 필재 생각은 문득문득 속앓이처럼 일어났다.

그러다가 개학 임시가 되어 흑인처럼 그을은 필재가 역시 그 선선한 눈방울로 원기 있게 나타나 자기 어머니에게 절하는 것을 보면 달려들어 목을 끌어안고 싶게 반가웠다. 그의 팔에 매어달려 보고 싶게 필재의 사내다운 씩씩한 체구에 마음부터 안겨지곤 하였다.

그런 여름방학 날이 이제 한 주일밖에 안 남은 것을 꼽아 보며 필재는 밤거리를 걸어왔다.

불빛 없는 뒷마당에 들어서니 지난밤에 그 오장이 타는 듯한 번뇌 속에서 바라보던 별들이 소리쳐 반기는 듯 눈에 빛난다.

'오! 천숙아. 아름다운 별아! 지금쯤 내 편지는 너에서 읽히겠구나!'

필재는 날래 방으로 들어오지 않았다.

얼마 뒤에 필재는 순구가 들어오는 것을 보고 마당에서 발을 떼었다.

"어디 갔더랬나, 낮엔?"

순구가 물었다. 순구는 점심때 들어와서 하녀에게서 "가끔 찾아오던 그 여학생과 같이 나갔다"는 말을 듣고 화가 버럭 치밀었었다.

필재가 자기에게 "방해되는 행동은 결코 안 하겠다"던 말이 거짓말이었던 것처럼 드러났다. 필재의 말이 거짓이거나 참이거나는 둘째 문제요, 이젠 만사휴원[220]가 보다 할 수밖에 없었다. 아무리 생각하여도 필재가 천숙을 이런 비상시에 한 번 다리고 나간 이상, 아무 일도 없이 돌아올 것 같지는 않았다. 그래서 이젠 강수환이도 심용언이도 찾아볼 것 없

220　만사휴의(萬事休矣)인. 모든 것이 헛수고로 돌아가는.

이 공연히 돈만 물 쓰듯 내버렸나 보다 하고 홧김에 카페로 댄스홀로 돌아다녔다. 돌아다니며 생각하니 그리 뼈가 아프게 천숙이가 아쉬운 것도 아니었다. "허허허!" 하고 술잔을 놓으며 웃어 버리면 천숙이쯤으로 눈물을 흘릴 것 같지는 않았다. 다만 필재에게 빼앗긴다는 것, 필재에게 진다는 것, 그것 때문에 도저히 그냥 두고 볼 수는 없다 하였다. 그래서 "웬걸, 들어왔을라구?" 하면서도, 어스름해서 집에 돌아와 저녁을 먹고 산보 나간다고 맨머릿바람으로 나가더라는 말을 듣고는 "후유!" 하고 한숨을 내어쉬었다.

그리고 다시 필재의 경우를 생각하니 아닌 게 아니라 필재는 자기 따위로는 도저히 견주지 못할 훌륭한 인금이라 하였다. 자기 같으면 도저히 천숙은 천숙이대로 보내고 자기는 자기대로 깨끗이 집으로 들어오지 못할 것이라 믿었기 때문이다. 그래서 순구는 자기 아버지가 필재를 가장 귀여하고[221] 친하는 까닭도 다시금 느끼었다. 그리고 지난여름에 잠깐 자기 집에서 웃음엣말처럼 "필재를 내 집 사람으로 만들었으면 어떨까?" 하고 자기 아버지가 지껄이던 말도 생각이 났다. 그때 자기 누이동생이 계집애다운 날카로운 눈치로 얼굴이 새빨개지던 것과 그 후에 두어 번이나 눈에 드러나게 필재를 사모하는 것을 본 생각도 났다. "사실 필재만 한 매붓감도 없지!" 하면서 다시 나왔던 것이다.

"응? 언제 들어왔나! 저녁 먹었나?"

순구는 재차 물었다.

"왜? 저녁 한턱 낼랴나?"

"내마, 내께. 그럼 나가자."

필재는 순구에게서 며칠 동안 못 듣던 해랏소리[222]가 퍽 반갑게 들려서 신 벗던 것을 멈추었다.

---

221 귀여워하고. 귀하게 여기고.
222 '해라체' 말투. 상대편을 낮추는 종결형.

제이의 운명

그들은 다시 거리로 나왔다.

필재는 이렇게 순구와 같이 나오는 것이 퍽이나 여러 날 만인 것처럼 생각되었다. 여러 날 동안 흩어졌다 만난 것처럼 한편 즐겁기도 하였다.

"자네, 좋은 일이 있는 걸세그려."

필재가 웃음을 섞어 말하였다.

"왜?"

"그렇게 선선히 한턱낸다니 말야."

"흥! 자네가 낼 턱을 내가 낸다고 해 두세그려."

하면서 그는 어떤 레스토랑으로 앞서 들어갔다.

"내가 자네한테 이런 말을 하는 건…. 이 사람, 자네쯤은 오해하진 않겠으니까 말일세…."

하고 순구는 구석 자리에 앉자마자 긴장하며 말하였다.

"어서 무얼 시키기나 하고 얘기하세. 나는 이제 저녁 먹어서 아이스크림이나 먹을까."

순구는 아이스크림과 삐루[223]를 가져오라 이르고 제 말을 계속했다.

"내가 진작 할 말인데 때가 늦었네. 때가 늦어서 자네가 곧이듣지를 않겠어서 주저하네…."

"그렇게 주저하는 말이야 구태여 듣자고 하는 수가 있나…."

필재의 대답도 어리삥삥하게[224] 나왔다. 순구는 담배를 내어 붙이면서

"뭐 그렇게 주저되는 것도 아닐세. 자네가 내 태도만 냉정한 걸로 보아 준다면 지금이 이 말을 내일 적당한 기회라고도 볼 수 있네만…."

하고 필재를 바라보았다.

"적당한 기회면 들려주게나. 자네가 냉정하고 안 냉정한 건 말을 들

---

223 '맥주'를 뜻하는 일본말로, 네덜란드어 'bier'가 변한 말이다.
224 '어리벙벙하게'의 센말.

어 봐야 알 것 아닌가?"

보이가 삐루를 갖다 고뿌에 공손히 부어 놓고 물러선다.

"자네도 내 한턱이니 한잔 들게."

필재도 컵을 들어 두어 모금 마시었다.

"정구 말일세. 우리 정구 말야. 정구가… 허, 자넬… 여간 생각하는 게 아닌데…."

순구는 삐루 한 고뿌를 단모금에 들이켜고 빈 고뿌를 놓으면서 혼잣 말처럼 중얼거리었다.

필재는 아무 대꾸도 없이 약간 붉어지는 얼굴을 숙일 뿐이다.

정구란 순구의 누이동생의 이름이다. 서울 재동여고보를 졸업하고 방금 제일고녀 오학년에 다니는[225] 열여덟 살 된 누이다. 박 자작의 아홉 딸 중의 하나로 끝으로 둘째 딸이요, 순구의 어머니에게는 딸 형제 아들 하나 삼남매 중의 막내딸이다. 큰딸을 어떤 재상의 집으로 놓았다가 시 앗[226]을 보는 바람에 데어 정구만은 문벌도 재물도 불고하고[227] 신랑만 잘나고 시부모 없고 저희끼리만 소곤소곤 살아갈 자리로 택하는 중이 었다. 순구의 혼인 때문에 아직 정식으로 말은 내지 않았어도 순구 어머 니는 며느리 걱정 끝에 둘째 사위 걱정도 하지 않는 것은 아니었다.

"정구 새서방은 어떤 녀석이 될려누?"

하고 웃어 버릴 때, 박 자작은 픽 받아 웃으면서 "우리 녀석들 중에서 하 나 추리게나" 하였다. '우리 녀석들'이란 자기가 공부시키는 강수환, 윤 필재 등 오륙 명의 동경, 혹은 경도 유학생들을 가리킴이었다.

"대감 보시겐 어떤 녀석이 눈에 드십디까?"

박 자작은 한참 만에 수염을 쓰다듬으며 이런 대답을 한 적이 있다.

---

225 '여고보(女高普)'는 '여자고등보통학교', '고녀(高女)'는 '고등여학교'의 준말로, 일 제강점기 여성 중등교육기관이다.

226 남편의 첩.

227 돌아보지 않고. 따지지 않고.

"그 필재란 녀석이 상인은 아니거든… 호반[228]집은 호반집이라도."

그 후에 순구와 정구가 있는 데서도 박 자작은 "필재 녀석을 내 집 사람을 삼을까 봐…" 하는 말을 흘리었다. 그러나 순구 어머니는 늙은 그 남편의 말을 얼른 따르려 하지는 않았다.

순구 어머니는 사고력이 명석한 여자였다. 무슨 일이든 전참후고[229] 하여 분수를 지키었다. 큰사위 때에도 사실인즉, 자기 속만은 간장을 먹은 것처럼 쓰리었다. 자기가 몸을 천한 데서 일으킨 때문으로 첫 사위 하나만은 딸의 행복을 위해서보다 자기의 체면을 돋우려 양반으로만 택한 것이었다.

그 결과 딸의 운명은 자기의 예상한 바와 틀리지 않았다. 며느리도 그랬다. 큰 집안에 대들보가 될 며느리가 자기 혼자의 뜻대로 정할 수는 없었다. 결과 재상의 딸이 들어와 가지고 시아버니와 남편에겐 충실하나 어딘지 몸이 천한 시어미에겐 고분고분치 않았었다. 그래서 불목[230]이 될 뻔까지 하던 끝에 그 며느리가 죽은 것이다. 그러므로 아들이 상배된 이후, 여러 청혼처를 물리친 것은 인물이 곱지 않다고 순구가 거절한 것만은 아니요, 순구 어머니가 말을 내지 않았어도 양반이기 때문에 말을 끊은 데도 여러 군데였다. 이런 순구 어머니로서 작은딸 정구의 혼인에는 무론 생각하는 점이 여러 가지였다.

첫째, 내 딸은 그리 잘나지 못했다는 것을 알았다. 자식들이 자기를 닮지 않고 친가(親家)만 닮아 인물이 밝지 못한 것을 알았다.

둘째, 사내는 외양보다 그 기품이 먼저 계집을 거느리는 것이지만, 여자는 먼저 재색이요, 다음에 기품인 것을 알았다.

그래서 정구의 인물로는 도저히 잘난 남편 하나를 독차지하고 견디어낼 것 같지 않았다. 따라서 정구의 신랑감으로는 첫째 외양이 정구만

228 虎班. 조선시대 양반 중 무관(武官).
229 깊이 숙고함. 전첨후고(前瞻後顧).
230 不睦. 사이가 좋지 않음.

못해야 할 것이 조건이었다. 이것을 드러내 놓고 하는 말은 아니지만 정구의 어머니만은 속에다 철칙과 같이 지닌 조건이었다. 이 조건에 비추어 볼 때 자기의 남편이 천거하는 윤필재는 당치 않았다. 그는 지나치게 잘났다. 정구 같은 인물에 만족할 것 같지 않았다. 남편에게, 만족지 못한 아내는 영원히 불행한 인간이라 생각하지 않을 수 없었다.

그러나 정구 자신은 그렇지 않았다. 아버지의 말눈치를 보았다기보다 그전부터도 윤필재에게 마음을 빼앗기었다. '오빠하고 같이 있는 이' 그래서도 관심이 되었거니와 윤필재의 얼굴은 어느 책에서 본 색채 진한 그림처럼 잊혀지지 않고 무시로 생각키었다[231]. 한번은 필재가 순구 어머니께 뵈려 순구와 같이 안으로 들어왔을 때, 정구는 누구보다도 눈치 빠르게 자기 방에서 자기 방석을 내어보냈다. 다른 때에도 필재만 오면 자기 용돈을 하인에게 주어 실과를 사 내어보냈다.

이런 정구의 마음을 놓치지 않고 본 것은 순구였다.

"내 말 못 알아듣겠나?"

순구가 다시 물으니 그제야 필재도 얼굴을 들었다.

"자네 매씨가 나 같은…?"

"…응. 자네를 걔가 사랑하네. 난 그걸 안 지 오래이. 내가 진작부터 중간에 서 주고 싶었지만 처음부터 자네 맘은 심 양한테 있는 것 같아서…."

"…."

필재가 잠자코 아이스크림만 떠먹으니까 순구는 말을 이었다.

"이런 소리가 자네 귀에 새삼스리 들릴 테지?"

"아닌 게 아니라 그러이."

"그럴 겔세. 그렇지만 이 순구도 내 애욕을 위해 누이동생을 파는 건 아닐세. 그것만은 믿어 주게. 단지 내가…."

231 생각하게 되었다. 떠오르게 되었다.

하고 그는 필재가 따라 주는 삐루를 다시 한 모금 마시었다. 그리고

"단지 내가 자네한테 갖는 생각은, 털어놓고 선후 없이 말하면, 자넨 심 씨를 단념할 수 있으면 단념하고 내 누이의 순정을 받아 줄 수 없겠 나 하는 걸세. 뭐 털어놓고 말하면…"

필재는 어떻게 대답해야 좋을지 몰랐다. 대답할 말이야 뻔한 것이지 만 같은 말이라도 순구에게 듣기 좋게 하려면 어떻게 해야 좋을까 하 고 생각하였다. 무론 필재 자신도 정구의 마음까지는 몰랐지만 박 자작 이 하는 태도로 다소 짐작은 있은 일이었다. 지난해 여름에도 박 자작은 "너희 아버지, 너희 할아버지의 벼슬을 알아 오너라" 또 "네 생일 생시는 언제냐?" 무슨 "너희 외가에는 이름난 사람이 누가 없느냐?" 하고 캐었 다. 어떤 때는 실없는 소리도 하면서 귀여워했다.

"이 자식, 너두 기생방에 다니지?" 하였다가 필재가 "제까짓 인금에 그런 델 가겠습니까" 하면 "왜 안 가니, 이 녀석. 히히, 이 자식" 하고 필 재를 가까이 오라 해서 그의 볼을 쥐어 흔들었다. 박 자작은 실로 필재 를 귀애한 것이다.

그러나 필재는 정구에겐 마음이 없었다. 천숙에게 쏟고 남은 마음이 없었다. 차라리 박 자작이 노골적으로 문제를 꺼낼까 봐 황송하기만 했 다. 그러므로 순구의 말이 그의 변명과 마찬가지로 자기의 애욕을 위해 누이를 파는 것이 아닌 것은 필재도 알 수 있었다.

"자네 매씨에게 진심으로 감사하네. 그러나… 그렇지만 지금 나에겐 다른 여자에게 바칠 마음의 여유가 없네. 나에겐 조금도 문제가 되지 않네."

"그럴 겔세."

"그런 줄 알면 왜 그런 말을 하나? 전에 안 한 것처럼 아주 침묵을 지 키지 못하구."

"그건 자네가 딱한 말일세. 내가, 정구가 자넬 사랑하는 줄 안 이상, 오해받을 것만 무서워서 적당한 기회에 말이라도 해 주지 못한단 말인

가?"

"어디 적당한 기획가? 자네는 허허, 자네 욕심도 있으니까 적당한 기획지 정구 씨로 말하면 어디 적당한 기획가? 차라리 부적당한 기획가 아닌가…. 나도 털어놓고 말하네. 부적당한 기획 것이 '천숙은 우리 오빠에게 주고 대신 나를 가지시오' 하는 쯤 되지 않나? 허허허, 노연 말게. 그러니 자네 매씨부터 자네, 나, 천숙까지 네 사람이 다 무슨 꼴이 되느냐 말일세. 그건 무슨 원시시대 물물교환인가, 허허…."

하고 필재는 소리쳐 웃는다.

순구는 잠자코 담배만 빨다가

"이 사람, 내가 무안하이."

하고 부채질을 한다.

"자네 매씨에겐 재삼 감사하네. 또 자넬 오해하진 않네. 고마우이…. 아무턴 나는 천숙이가 우리에게 어느 편으로도 태돌 결정하기까진 자네와의 우정 때문에 그저 침묵일세. 연애, 결혼 모두 보류세."

"보류?"

순구의 귀에는 이 보류라는 말이 정구의 문제와 관련되어 들리었다. 정구의 문제를 아주 내어버리는 것이 아니라 만일 천숙이를 놓쳐 버리면 그다음에는 정구의 문제를 수리할 수도 있다는 뜻으로 들었다.

그래서 순구는 그 이튿날 강수환을 만나 천숙이가 오라버니를 따라 집으로 나갔다는 말을 듣고 자기도 곧 뒤를 밟아 나와 가지고는 용언에게다가 "필재는 자기 누이와 약혼할 생각을 가지고 있다"는 말을 내인 것이다. 그 말은 곧 새끼를 쳐 가지고 천숙의 귀를 울려 놓게 되었다.

천숙은 집에 이르러 보니 어머님은 신색[232]이 좀 그릇되시긴 했어도 누워 계시진 않았다. 어머님은 말씀보다 울음이 먼저 목을 막아 한참은 딸의 손만 붙들고 부들부들 떨었다. 어머니는 이번뿐이 아니라 천숙이

232　神色. '안색'의 높임말.

가 일본서 나올 때마다 반가움이 넘쳐 울기부터 먼저 하였다.

"어머니! 어디가 아프셨더랬수?"

"얼… 얼마나 놀랬니?"

어머니는 어디가 아팠었다는 말은 하지 않았다. 오라버니가 대신 집 안사람에게 화를 내듯 소리를 질렀다.

"괜히 남 놀랄 것도 생각지들 않구 나만 없으면 겁들을 내구그래. 노인이 좀 편찮으실 때도 있는 게지…."

천숙은 어머님이 신음하고 누워 계실 것만 눈에 그리며 나왔다가 집에 들어서자 깨끗이 일어나 앉으신 것을 보니 피곤한 것도 잊고 마음은 날 것처럼 경쾌하였다. 조금도 자기 오라버니의 계획인 줄은 생각지도 않았다. 왜 그런고 하니 자기의 오라버니 입에서 순구의 말이 동경을 떠나기 전날 저녁부터는 뚝 끊어지고 말았기 때문이다.

천숙은 매어달리는 조카들에게 싸여 곧 어머니 앞에 일어났다. 천숙은 오래간만에 집에 들 때마다 옷도 갈아입기 전에 먼저 부엌으로 뒤꼍으로 사랑 마당으로 한 바퀴 돌아보는 것이 습관 같았다.

그는 사랑 마당에 들어섰을 때, 필재의 생각을 아니할 수 없었다.

필재의 생각은 필재가 있던 방을 보고 필재가 같이 한 책상 위에 머리를 모으고 소곤거리던 방을 보고, 아름다운 옛날의 추억만은 아니었다. 천숙은 생각할수록 필재에게 짜증이 났다. 그의 소극적인 태도에 생각할수록 안타까웠다.

"왜 편지는 곧 하지 않았을까?"

차 안에서도 천숙은 이것을 많이 생각하였다. 속달로 부쳤으면 그날 밤으로 왔을 것이요, 보통으로 부쳤더라도 부치기만 했으면 그 이튿날 아침 첫 배달에는 반드시 받아 보고 왔을 것이다.

"편질 쓰지 않았을까? 그렇다면 너무나 무심하지 않은가?"

천숙은 사내 조카 오형이가,

"고모 세수해래요."

하는 소리에 다시 안으로 들어왔다. 안에서는 오라버니가 어머니와 자기 아내에게 무어라고 쑤군거리다가 한 걸음 물러서며 빙그레 웃는다.

천숙은 자기를 순구와 약혼시키려다 실패한 이야기를 하거니만 여기었다.

천숙은 세수를 하다 말고 문득 생각나서 피아노 산 것을 자랑하였다.

그날 밤, 천숙은 필재에게 편지를 썼더랬다. 졸린 눈을 부비면서 어머니가 보는 앞에서 주인집에 하는 것이라 하고 편지를 썼더랬다. 왜 편지를 곧 하지 않았느냐는 것, 자기는 어머님 병환이란 전보를 받고 오라버니와 급히 나와 보니 곧 나으셔서 일어나셨다는 것, 자기 대신 학교에 가서 이런 사정을 말하여 무고 결석도 안 되고 시험 치다 남은 과정은 이학기에 추후시험[233]으로 치도록 해 두어 달라는 것, 어느 악기점에 피아노를 사 놨으니 가서 곧 부치도록 재촉해 달라는 것 등 긴 편지였다.

그러나 아침에 일어나선 곧 부칠 생각은 없었다. 필재에게서 으레 편지가 왔을 것이요, 또 주인집에 일렀으니까 오늘이나 내일쯤은 필재의 편지를 받으려니 생각되었다. 또 '자기도 내 편지를 좀 기다려 봐야지. 속이 좀 상해 봐야지' 하는 생각이 더 큰 원인으로 편지를 부쳐 주지는 않았다.

그러나 필재의 편지는 오지 않았다. '오늘 저녁차에 오면 내일 아침에 배달이 되려니' 하고 이튿날 아침, 점심때까지 기다려야 편지는 오지 않는다. 편지는 오지 않고 웬 훌륭하게 차린 안손님이 하내[234] 마당을 빛내며 들어섰다.

어머니는 평상에 누웠다가 반색을 하여 일어나 맞는다. 손님은 어느 틈에 천숙에게 날카로운 시선을 던지면서 익숙한 집처럼 마루로 올라선다.

233　追後試驗. 학기시험을 치르지 못한 학생에게 보게 하던 시험.
234　하나가.

　제이의 운명

"댁에 따님이신 게죠?"

"네, 우리 애올시다. 그저께 일본서 나왔답니다. 애, 나와 인사드려라. 응?"

하면서 어머니는 손님에게 자리와 부채를 권한다.

천숙이 보기에 손님은 사십이 조금 넘음 직한 중년 부인으로 얼굴 닦달함[235]과 옷 차린 품이 일견에 소위 유한계급[236]의 마님이었다.

자기는 처음 보는 여자인데 집에서 모다 아는 체한다. 아는 체뿐이 아니라 어머니까지 설설 받든다. 아마 귀한 손님인가 보다 하고 어머니의 말씀도 있었으니 가까이 나가 허리를 굽혀 묵례를 하였다. 손님은 거만스레 앉아서 받았다. 그리고 부채질을 하며 정면으로 천숙의 얼굴을 뜯어보는 바람에 천숙은 불쾌를 느끼며 도로 건넌방으로 들어왔다. 방에 들어와서 생각하니 아무래도 순구네 집에서 온 사람 같았다. 그래서 '괜히 나가 아는 체했고나' 하고 곧 후회되었다.

아닌 게 아니라 천숙은 처음 보지만 집에서는 두번째 맞는 민 판서댁이다.

'물론 날 선을 보러 온 셈이지…'

하고 천숙은 귀를 밝히었다.

아닌 게 아니라 손님과 자기 어머니와의 대화는 이내 인물이니, 지체니 하고 혼인 이야기로 들어갔다. 그러나 의외였다. 그 쇳소리가 날듯 날카로워진 자기의 귀를 한 마디 한 마디씩 찌르는 것은 이름은 처음 들으나 순구의 누이를 가지고 하는 말이다. 아무리 정신을 가다듬고 들어야 자기의 혼담이 아니요, 필재와 정구와의 혼담인 데 놀라지 않을 수 없는 일이다.

"…저도 필재 학생을 가끔 가회동 댁에서 보긴 했습죠. 정말 딸 가진

---

235 손질하고 매만짐.
236 有閑階級. 생활이 넉넉하여 일하지 않고 소비만 하는 계층.

사람이면 다시 쳐다볼 만두 하더군요."

이것이 손님의 말이요,

"그럼요. 내 집에서 잔뼈가 굵었지만 천량[237] 하나 없다뿐이지, 출중이야 하죠. 뜻갈도 좀 착하다구요."

하는 건 자기 어머니의 대답이다.

"재물이야 이전 걱정 없죠. 벌써 딸의 몫으로 돈만 이삼만 원이 넘습니다. 또 누구보다 대감께서 눈에 들어 하시니 천석거리라도 떼 주실랴면 떼 주실 거 아냐요."

천숙의 어머니는 부럽다는 듯이 혀를 찬다. 민 판서 부인은 말을 이었다.

"옷도 벌써 적지 않게 해서 쌓지요, 금침[238]만 철마다 해 놓은 게 서른 채가 넘습니다. 그래도 자꾸 하는 중이죠."

"우리 필재가 인물값으로 한번 호강하나 뵈다…. 호강해야지, 좀 섧게 자랐나. 내 집서도 하노라군 했지만 제 부모만 한 사람이 어디 있다구…. 그래 저희끼리도 면대[239]는 됐던가요?"

"그럼요. 그 댁에서도 세상이 이러니까 더구나 지금 일본 학교에 다니니깐요. 어디 내외시킵니까? 지난겨울에 나왔을 때는 저희끼리 곧잘 지껄이기도 하고 한방에서 유성기를 틀구 놀았다는걸입쇼. 호호… 거저 다 된 혼인입죠. 그렇지만 댁에서 자란 사람이라니깐 색시 어머니가 자꾸 가 보랍니다그려…."

"그러시겠죠. 뭐 겉으로 보시기야 우리 눈보다 더 잘들 보셨을 거구, 속 뜻갈도 착한 사람이죠 뭐. 사람을 더 볼 나윈 없습니다."

천숙은 여기까지 듣고 저도 모르게 졸도하듯 장판에 폭 엎드러지고 말았다. 눈앞이 캄캄하여 바깥 뜰 안을 내다보았으나 그래도 빛을 찾지

237 재산. 재물.
238 衾枕. 이부자리와 베개. 침구.
239 面對. 대면.

못하고 엎드러진 것이다.

"옳구나! 그래서 그랬구나! 모두⋯."

천숙은 엎드러진 채 이렇게 생각하였다.

천숙은 그 자리에서 그대로 몸져눕고 말았다.

어머니는 아들이 하라는 대로 하면서도 속으로는 적지 않게 걱정이 되었다. 딸은 사뭇 병이 되어 앓았다. 그날 진종일, 그 이튿날도 진종일, 식음을 전폐하고 누워 있다. 어머니는 겁이 더럭 났다.

"애야, 말해라. 왜 그러니?"

"⋯."

"속이 시원하게 말이나 좀 하렴."

"⋯."

"너 하잔 대로 하마."

"⋯."

천숙의 어머니는 딸밖에는 아무도 없는 줄 알면서도 좌우를 둘러보고는 더 은근히 물었다.

"애, 애야. 필재를 어서 나오라고 하마, 응? 무어구 다 귀찮다. 네 맘대로 해라⋯."

천숙은 가라앉은 눈을 살며시 떴다. 말이 얼른 입에서 옮겨지지 않는 듯, 혀끝을 내어 마른 입술을 적시었다.

"물 주랴?"

"아니⋯."

하고 천숙은 오래간만에 입을 떼었다.

"어서 네 맘대로 해라. 네 뜻이 제일이지 누가 제일이겠니⋯."

"⋯."

천숙의 어머니는 딸의 속을 다 짐작하였다. 그러나 민 판서댁이 와서 필재와 박정구와의 혼담을 늘어놓은 것은, 천숙이가 듣고 필재를 단념하도록 하기 위한 계획인 것을 용언만 알았을 뿐, 어머니까지도 모르고

정구의 등장

정말로만 들었다. 정말로만 듣고 보니 필재도 이젠 내 딸을 주마 한다고 저쪽에서 날래 떨어질 것 같지 않았다.

이래서 천숙의 어머니도 사념이 깊어졌다.

"애야, 필재 까탄에 그러니?"

"아니…."

어머니는 입맛을 다시며 딸의 골을 짚어 보았다. 들먹거리는 이마는 정말 병처럼 뜨거웁다. 천숙은 어머니의 가벼운 손을 이마에서 밀어 놓으며 모기 소리만치 불렀다.

"어머니."

"그래."

"나 박순구한테… 혼인할 터야요."

하고 천숙은 얼굴을 돌리며 홑이불을 뒤집어썼다.

어머니는 귀가 번쩍 트였다. 딸이 필재에게서 마음을 끊고 박순구와만 혼인을 한다면 얼마나 좋으랴 하는 욕망은 측량할 수 없이 끓어올랐지만, 깔깔한 딸의 성미를 모르지 않으므로 눈치만 보고 글탄[240]을 하다가 딸이 마음을 스스로 고쳐먹는 것을 보니 늙은 몸이 날 것처럼 즐거웁다. 그는 딸의 어깨를 똑똑 두드리며 중얼거리었다.

"그럼, 잘 생각했지. 그까짓 사위쯤이 뭐시 따워냐. 넌 가면 그 집 주인인데, 모다 네 손 안에 드는 것들 아니냐…."

그러나 천숙의 귀엔 어머니의 말씀이 들릴 리 없었다. 홑이불을 뒤집어썼다고가 아니라, 그의 귀뿐만도 아니라, 그의 전신의 신경은 극도의 흥분으로 거의 무감각한 상태에 빠지고 말았음으로서다.

천숙은 너무나 거대한 고민에 눌리었다. 필재를 박정구에게 빼앗기지 않으려는 한개 질투의 고민이기보다 먼저 자기의 '영웅의 윤필재'가 하루아침에 보잘것없는 한낱 천박한 서생, 허영의 야심가로 표변해 버

240 '끌탕'의 방언. 속 태우는 걱정.

제이의 운명

리는 이 환멸의 고민이었다. 인생으로서의 절망의 고민이었다.

천숙은 이틀밤 밤새도록 베개를 적시었다. 자기의 가슴속에 황금같이 빛나는 사랑의 궁전이 돌각담[241]처럼 허물어지는 그 애처로움의 눈물만은 아니었다. 오직 사랑과 믿음과 존경으로 향기롭던 자기 마음속에 악마와 같이 미움과 저주의 무기를 품지 않고는 견딜 수 없는 것이 가슴을 찢고 싶게 슬펐다.

"이 녀석, 어디 박정구와 결혼하나 보자."

하고 천숙은 이를 악물고 저주한 것이다. 자기의 실망으로 가득 찬 몸뚱이는 그까짓 것 순구에게 내어던지듯 희생을 할 셈 치고, 아무튼 필재보다 자기가 먼저 박순구네 사람이 되어 가지고 필재와 정구 간의 혼인을 훼방하리라 결심한 것이다.

처음엔 '그까짓 나 한몸 죽으면 고만이지' 하고도 생각해 보았으나 필재와 정구를 가지런히 눈앞에 그리며 생각할 때는 그 치받치는 미움과 원수스러움은 도저히 깨끗이 단념해 버릴 수는 없었다.

'죽자. 그렇더라도 필재 녀석과 정구 년의 혼인을 훼방하고 단 한 번이라도 필재 녀석을 정면에다 침을 뱉고 조소해 보고 죽어 버리자.'

이렇게 결심한 것이다.

집에서들은 천숙의 이런 슬픈 결심인 것을 모르고 천숙의 순종만 여겨 즐거워하였다. 그중에도 용언은 자기의 모든 계획이 성취된 것을 깨닫고 자기가 일찍이 장사에선 이런 성공이 없었던 것까지 생각하였다.

박순구에게서는 곧 천숙에게 편지가 왔다. 첫머리에다 흔히 쓰는 투로 '나의 사랑 천숙 씨께'라고 뼈젓한 타이틀을 붙이고, 혼인을 승낙하시니 나도 영원한 사랑을 당신에게 바친다는 것과, 결혼식은 아무래도 부모님들의 관념을 무시할 수 없으니까 양쪽 부모님들의 택일하는 대로 따르자는 것과 변변치 못한 반지나마 이번에야말로 전날 당신이 주장

241 '돌담'의 방언.

하던 그런 반지의 정의(定義)에서 보내는 것이니 행여 당신의 섬옥수[242]에서 빛나게 하여 달라는 것이었다. 그리고 반지는 따로 봉하여 모다 사람을 시켜 보내왔다.

반지는 무론 또 금강석을 박은 백금반지이다. 천숙이가 동경서 보리밭에 다 내어버린 그것보다 고아리[243]는 오히려 더 가늘어 보였으나 금강석은 배나 더 큰 것이었다.

242 纖玉手. 가냘프고 고운 여자의 손. 섬섬옥수.
243 '고리'와 같은 뜻으로 추정.

결혼식

필재는 순구에게서 그의 누이 정구가 자기를 사랑한단 말을 듣고도 그의 마음은 그저 무풍대(無風帶)의 바다와 같았다. 조금도 물결이 일지 않았다. 울렁거리는 것은 오직 천숙에게의 정열 때문이었다.

그러나 이튿날 아침, 오늘 아침에는 천숙에게서 답장이 오려니 했는데, 천숙의 편지가 안 온다. 용언에게서 엽서는 왔다. 읽어 보니 그저 '총총히 떠나게 되어 다시 못 만나고 나간다'는 사연뿐이다. 어머님이 병환이란 말도, 천숙이도 나간다는 말도 다 없었다. 그런데 그날 학교에 갔다 와 보니 순구도 '갑자기 서울 가고 싶은 생각이 나서 떠난다'는 쪽지를 적어 놓고 없어져 버리었다.

순구야 으레 떠날 때였다. 작년 같으면 벌써 나간 지도 오래다. 그러나 순구도 다른 때에는 귀향하려면 적어도 사흘 전부터는 준비가 있었다.

준비라니 집에 부모님이나 형제들을 위해 무슨 선사[244]를 준비하는 것은 아니요, 떠날 임시에 동경서 유행하는 양복과 구두 한 벌씩은 으레 새로 지어 가지고야 나가는 것이었다.

이 준비도 없이 순구가 나간 것을 보니 필재는 자연, 총총히 떠난다는 용언과 관련하여 생각하게 되었고 그러자니 다소 불안도 일어났다.

필재는 저녁을 재촉해 먹고 곧 천숙을 찾아갔다.

가 보니 다른 날과 달리 하녀가 들어오라 하지 않고 문을 막아서며 "천숙도 오라버니하고 같이 떠났다" 한다.

"왜 그렇게 급히 떠났는지 모르오?"

---

244 膳賜. 선물.

하고 물으니 하녀는 그냥

　"모르겠어요."

하고 용언이가 부탁한 바 있어 전보가 온 것을 말하지 않고 그저 모른다고만 내대었다.[245]

　"내가 오면 무어라고 일르란 말이 없습디까?"

　"학생이 말이어요?"

　"글쎄, 학생이든 그의 오라버니든?"

　"두 분 다 아모런 말씀도 없었어요."

　필재는 천숙이가 없더라도 으레 들어가려니 하고 끄르다 만 구두끈을 다시 묶고 천숙의 방 쪽을 돌아다보며 나오고 말았다.

　천숙의 방 유리창들은 모두 휘장이 가려 있었다.

　필재는 날래 발이 돌아서지지 않았다. 한참이나 길 위에서 주저하다가 다시 천숙의 주인집 문을 열었다. 하녀는 나와 보고 빙그레 웃었다.

　"그저께 저녁에 학생한테 속달 편지가 온 것 전했소?"

하고 필재가 물으니 하녀는 얼굴이 좀 붉어졌다.

　"전했는데요."

　"오라버니에게 전했소, 직접 학생에게 주었소?"

　다시 캐이니

　"학생도 오라버니도 다 나가고 없어서 책상에 갖다 놓았으니까 틀림없이 보았겠죠" 한다.

　"학생이 먼저 들어왔소, 오라버니가 먼저 들어왔소?"

　"다 같이 들어왔는데, 방에는 학생이 먼저 들어가나 봐요."

　"안됐소. 잘 있소."

하고 필재는 다시 나올 수밖에 없었다.

　필재도 이렇게 되어서는 천숙을 의심하지 않을 수 없었다. 이렇게 되

245　거칠게 말하였다.

어서는 불붙는 질투의 정욕을 나려 누르기만 할 자제력은 없어지고 말았다. 곧 서울 쪽으로 달음질하고 싶었다.

필재는 집에 돌아오는 길로 하녀를 찾았다.

"오늘 내한테 우편물 없소?"

"없어요. 있으면 으레 갖다 드리는데 오늘은 왜 물으서요?"

"좀 기다리는 게 있어서."

"오라, 월급!"

하고 하녀는 남의 속은 모르고 웃었다. 그리고

"늘 초하룻날이라야 오지 않아요? 어태도 사흘이나 남았어요, 사흘이나…."

하고 또 웃었다.

아닌 게 아니라 필재는 천숙의 편지가 아니면 돈이라도 어서 왔으면 하고 물어봤던 것이다.

필재는 뜬눈으로 밤을 밝히고도 학교에는 빠지지 않고 갔다. 공부를 위해서가 아니라 '싸우자!' 하는 의기였다. 마음 같아서는 점심시간에도 '혹 천숙에게서 무슨 편지가 있나' 하고 집으로 달려와 보고 싶었으나 꾹 참았다. '온 편지면 어디 가랴' 하고 꾹 참고 하학시간까지 이 아픈 것을 견디듯 하였다.

지리한 끝 시간까지 마치고 집에 돌아올 때는 그래도 새로운 희망이 타오르곤 했다.

"천숙이가 그렇게 무심하진 않겠지!"

하고 더욱 걸음을 급히 옮겨와 보면 현관에도 책상에도 아무것도 새로 보이는 것은 없다. 나중엔 또 하녀에게 물어봐도 아무것도 온 것이 없다 한다.

웬일일까? 그믐날이 아니면 초하룻날엔 으레 받도록 박 자작집 사무실에서 기계적으로 부쳐 보내던 학비조차 제때에 오지 않는다.

칠월 초이튿날, 일학기의 최후의 시간까지 마치고 돌아와 보아도 천숙의 편지도 학비도 와 있지 않았다.

필재의 가슴속은 뒤설레었다. 학비도 천숙과 순구의 문제가 관련되어 생각되기 때문에 마음이 더욱 초조해졌다.

필재는 천숙에게서 소식이 끊어지고 만 것은 결코 천숙의 본의가 아닌 것은 무론, 그 중간에 반드시 용언의 손과 순구의 손이 뻗어 있는 때문이거니 생각되었다. 그래서 천숙이가 지금 손이 묶이고 발이 묶이고 입까지 묶여 가지고 자기의 구원만 기다리는 판이거니 생각되었다.

학비가 안 오는 것을 보아도 분명하다 생각되었다. 자기가 나가면 천숙을 빼앗기겠으므로 순구의 계책으로 돈을 안 부치게 하는 것이거니 생각하면, 필재는 서울까지가 육지만 같아도 단박 달음질을 치고 싶었다.

필재는 한없이 분하였다. 순구의 하는 짓이 너무 비열한 것, 그리고 돈 때문에 천숙의 위급을 느끼고도 꼼짝 못 하고 그냥 앉았던 것이 몸부림을 치고 싶게 분하였다.

필재는 만나기 싫은 강수환을 찾아가 보았다. 가 보니 수환은 없으나 주인의 말을 들으면 오늘 저녁에 떠날 준비로 물건 사러 나갔다 한다. 수환에겐 틀림없이 학비가 온 듯하였다. 필재는 그길로 혹시 우편국의 실수가 아닌가 하고 우편국에 가서도 문의해 보았으나, 그건 어리석은 일이었다.

필재는 박 자작 집 사무실에 전보를 칠까 하고도 생각해 보았다. 순구에게서 받는 돈이 아니요, 박 자작에게 받는 돈이매 순구에게 굽힐 배 아니라 하였으나 이론과 감정은 한 덩어리가 아닌 듯 돈에 아니꼬운 생각부터 치밀었다.

그러나 돈이 필요하니 돈 오기를 기다리는 수밖에도 없다.

'내일까지 안 오면 전보를 치자.'

'내일까지 안 오면 책을 잡혀서 서울까지 가는 차비만이라도 만들어 보자.'

하고 내일 내일로 이틀이나 기다려 보아도 그저 천숙의 편지도 돈도 오지 않는다.

필재는 두어 번이나 전보지를 얻어다가 전보를 써 보았다.

"왜 학비를 안 보내느냐?"

고도 써 보고

"돈을 기다린다."

하고도 써 보았다. 그러나 필재는 아니꼬운 생각뿐만이 아니라 '전보까지도 순구의 주머니로 들어가 버리고 말 것이나 아닌가' 생각되어 하나도 놓지는[246] 않았다.

필재는 살처럼 위하던 책장을 허물었다. 그중에서 금칠로 빛나는 값진 책으로만 이십여 권을 추려 가지고 나가서 잡히었다.

이튿날 아침, 칠월 초엿샛날이다. 필재가 오전 차로 떠날 행장을 차리는데 하녀가 큰 소리로 부르며 뛰어왔다. 보니 순구에게서 오는 서류[247] 편지다.

'왜 순구에게서 왔을까?'

하고 필재는 한참이나 겉봉의 앞뒤를 살피고 뜯었다.

먼저 편지 사연에부터 눈을 달리었다[248]. 사연은 길었다.

…간단히 말하면 천숙과 나는 약혼을 하였네. 벌써 집에서들은 택일까지 받았네. 음력으로 유월 초사흗날이라니까 양력으론 이달 십칠일일세. 내 생각으론 정식으로 약혼하는 것이나 택일하는 것이나 모다 자네에게 먼저 양해를 얻고 싶었으나, 일이 너무 급전[249]으로 당사자들의 의견만 듣고는 집안에서들 이렇게 서둘러 놓았

---

246 보내지는.
247 書留. '등기(登記)' 또는 '등기우편(登記郵便)'의 일본식 한자어.
248 급히 읽었다.
249 急轉. 사정이 갑자기 바뀜.

네. 나도 정신이 얼떨떨하네. 만나서 자서히 말하세. 그리고 자네를 위해서도, 즉 자네의 행복을 위해서도 길이 있으니 친구로서 나를 버리지 말고 즐거운 낯으로 나와 주게. 돈이 늦은 것은 내가 부탁할 것이 있어 한데 부치느라고 그리 되었고….

하고 나중엔, 흰 장갑을 한 벌 사고 자기의 옷 품을 아는 양복점에 가 예복을 한 벌과, 또 자기 발 겨냥[250]을 아는 단골 구두전에 가서 검은 칠피 구두를 한 켤레 급히 맞춰 부치게 하고 나오라는 것이었다.

필재는 순구의 편지를 두 번 세 번 다시 보았다. 보고 또 보아도 천숙이와 약혼했단 말, 혼인날이 십칠일이란 말, 예식에 쓸 흰 장갑과 예복과 구두를 맞추란 말은 또렷또렷하다. 글자들이 춤을 추듯, 편지 위에 검은 구름장이 지나가듯, 얼른거림은 자기의 눈이 흥분에서 일어나는 착각일 뿐, 편지 사연은 사연대로 또렷또렷하였다.

그는 손에 편지를 들었으나 표정을 잃고 장승처럼 움직일 줄을 몰랐다.

"무얼 그렇게 생각하서요?"

하는 하녀의 말에 필재는 놀라는 듯 편지를 꾸기어 책상 위에 동댕이를 쳤다.

하녀는 눈이 동그래져서 안으로 들어가 버리고 만다.

그러나 필재는 또 장승처럼 움직이지 못하고 서 있었다.

'천숙이가 승낙한 약혼일 리 없다!'

생각하고 그는 한참 만에 땅이 꺼지게 한숨을 쉬고 떠날 준비로 방 안과 짐을 정돈한 다음 먼저 우편국에 가 돈을 찾았다.

'어찌할까?'

필재는 순구가 천숙이와의 혼인날 낄 장갑을 사고 예복과 구두를 맞

250 치수와 형태.

추라는 부탁을 들어주어야 할지 안 들어주어야 할지가 얼른 판단이 나서지 않았다. 그의 귓속에서는 두 소리가 싸웠다. '들어주지 말어라' 하는 것은 감정의 소리요, '들어주어라. 그까짓 장갑이나 구두가 혼인이 되고 안 되는 데 무슨 힘이 있느냐?' 하는 것은 의지의 소리였다. 감정은 뜨거움으로써 의지는 참으로써 서로 싸웠다.

필재는 이것을 결정하지 못하고, 아니 천숙을 생각하는 번뇌에서 잊어버리고 정거장으로 나갔다. 정거장에 나와 보니 아직도 차가 떠날 시간이 거의 한 시간이나 남았다. 거기서 필재는 순구의 부탁을 다시 생각하고 곧 택시를 타고 은좌로 갔다.

필재는 서양 물건만 전문으로 파는 양품점에 가서 제일 좋은 것으로 흰 장갑을 샀다. 그리고 순구가 단골로 다니는 양복점과 구두전에 가서 제일 좋은 감으로 예복과 구두를 부탁하였다. 어느 날까지 서울서 받도록 부치라 이르고 정거장으로 왔다.

정거장엔 차 탈 사람이 많이 모여들었다. 조선 사람인 듯한 학생도 많았다. 모다 고향으로 돌아가거나 그렇지 않으면 산이나 바다로 가는 씩씩한 즐거운 얼굴들이다. 필재처럼 우수(憂愁)에 잠긴 얼굴은 하나도 없는 듯하였다.

필재는 차를 타고 유리창에 비치는 자기 얼굴을 유심히 들여다보았다. 들여다볼수록 자기 얼굴은 창백하였다. 땀은 흐르면서도 추위에 떠는 얼굴 같았다.

'이렇게 내 의기가 졸하단 말이냐!'

하고 그는 잡지를 펴 들어 보았다. 글자는 읽을 수가 없었다. 갑자기 난시(亂視)가 된 것처럼 글줄들이 왔다 갔다 하여 어느 한 줄만 붙잡을 수가 없다.

차가 횡빈[251]을 지날 때는 그림책을 하나 샀다. 그러나 그림책도 마음

---

251 橫濱. 일본의 요코하마.

붙일 것은 못 되었다. 그림은 붉은 꽃인가 하고 보면 푸른 나무로 보이고 남자인가 하고 보면 천숙이로도 보이고 순구로도 보이었다.

필재는 포켓에서 아까 은좌에서 산 순구의 장갑을 꺼내 보았다. 바람결같이 하드르르한 얇은 비단인데 완전히 표백된 그 빛깔은 필재의 착각을 가진 눈에도 오직 눈송이같이 눈이 부시었다.

'내가 네 혼인 심부름을 하긴 한다. 그러나 네가 어디 천숙이와 혼인하나 보자…. 지금 이것을 사 가지고 가는 내 마음의 아픔은, 네가 급기야 이 장갑을 쓸 데가 없어 집어 내던지는 그 자리에서 통쾌할 웃음을 얻을 것이다….'

필재는 장갑을 다시 싸서 가방 속에 위해[252] 넣었다.

필재가 경성역에 나리기는 천숙의 혼인날이 앞으로 여드레가 남은 날 아침이다.

그는 차가 우르릉거리며 한강을 건너올 때 창밖으로 남산을 들여다보며 '저 너머 천숙이가 있거니!' 하고 눈물겨웁게 남산이 반가웠다. 차가 용산을 지나올 때는 큰길로 동대문 가는 전차가 달아오는[253] 것을 보고도 '저 전차를 타고 우미관[254] 앞에 가 나리면!' 하고 천숙이네 집에 가는 전차만 보아도 천숙이네 집안사람이나 본 것처럼 반가웠다.

그는 이번만이 아니라 동경서 나올 때마다 늘 남산과 동대문 가는 전차가 먼저 눈에 뜨이고 먼저 반갑곤 했다.

다른 때도 천숙은 필재보다 방학이 일러 늘 삼사 일씩은 먼저 나와 있었다. 그러나 "집안사람들이 이상히 볼까 봐…" 하고 정거장까지 필재를 맞으러 나오지는 않았다. 그 대신 몇 일날 몇 시 차에 와서 몇 분 만이면 전차에서 나려 들어오려니 하고 그 시각을 방 안에서 꼽고 있다가 남모르게 살며시 대문 밖으로 나와 필재를 맞아 준 적은 한두 번이 아니다.

---

252 조심스럽게. 상하지 않게.
253 '달려오는'의 방언.
254 優美館. 1910년대 초 경성 관철동에 세워진 상설 영화관.

'이번에는 내가 오는 줄 모르리라.'

'서울에 천숙이가 없다면 서울은 나에게 얼마나 쓸쓸할까?'

'천숙이가 혼인을 승낙하다니? 그건 강제리라, 강제인 바엔 나도 적극적 방침이 있다!'

이렇게 여러 가지 생각들이 뒤설레는 속으로 정거장을 나왔다.

그는 전차를 탔다. 동대문으로 가는 것이거니 하고 탔더니 광희문으로 가는 것이어서 구리개[255]서 동대문으로 갈아타고 우미관 앞까지 와서 내렸다.

'지금쯤 조반 때가 아닐까? 용언 형은 상회로 나갔을까?'

생각하면서 바쁜 걸음으로 천숙의 집 대문 앞에 이르니 웬 자전차 하나가 문을 막아서 있다. 보니 무슨 포목 상회라는 패가 달리었다. 필재는 선뜻 불길한 예감을 받으며 대문 안으로 들어서노라니까 어멈이 나오다 보고

"아이, 오늘 나오십쇼?"

하고 반가워하며 가방을 받는다. 가방을 받은 어멈은 사랑으로 들어가고 필재는 기침을 하면서 안마당으로 들어섰다.

들어서니 마당에도 사람, 대청에도 웬 아낙네들이 욱실욱실한다.

"필재구나!"

하는 건 마당에서 비단필을 손에 들고 포목점 사환인 듯한 아이와 지껄이던 천숙의 어머니다. 필재는 먼저 그에게 가 모자를 벗고 허리를 굽히었다. 그리고 다음엔 마루에서 한 걸음 나려서며 반기는 용언의 부인에게 인사를 하였다.

"어째 얼굴이 못 됐니? 공부에 너무 뇌심[256]을 해 그런 게구나!"

하면서 천숙 어머니는 다시 포목전 사환을 보고,

255 을지로의 옛 이름.
256 惱心. 고민. 번뇌.

"암만해도 너를 시키느니 내가 또 걸어야겠다."

하고는 필재 따위는 안중에 없다는 듯이 포목전 사환을 앞세우고 밖으로 나간다. 중문간에 나가서야

"필재 조반 채려 줘라."

하고는 필재를 생각한 소리를 들어뜨렸다[257].

필재는 천숙의 어머니를 뵈었으니 으레 사랑으로 나와야 할 것을 주춤주춤하고 건넌방을 바라보았다. 건넌방엔 발[廉]이 드리워 방 안은 보이지 않고 마루 끝에 천숙의 흰 구두만 두 짝이 가지런히 보이었다. 속으로

'천숙이가 없나?'

했으나 천숙은 있는 것이 분명한 것이, 신발이 있는 것뿐 아니라 그의 조카 오형이가 마루에서 건넌방으로 뛰어 들어가더니

"고모, 사랑 아저씨 왔어."

하고 천숙에게 지껄이는 소리가 나왔기 때문이다. 오형의 소리는

"거짓부렁 아냐. 저 아냐? 사랑 아저씨…."

하여도 천숙은 대답하는 소리도 나지 않고 밖으로 얼굴의 한 귀퉁이도 내어놓지 않았다.

필재는 더 오래 섰지 못하고 돌아섰다. 대청에서 울긋불긋한 피륙들을 다루는 아낙네들이 유심히 나려다들 보는 바람에 필재는 얼굴이 화끈해서 사랑으로 나오고 말았다.

사랑은 비어 있었다. 따라 나온 오형에게 물으니 용언은 조반 뒤에 곧 나갔다 한다.

"사랑 아저씨."

필재는 정신을 잃어 귀애할 생각도 못 하는데 오형이가 마루에 시름없이 앉은 자기 손을 잡는다.

257 안쪽에 대고 했다.

제이의 운명

"그래, 오형아 잘 있었니?"

하니 그는 싱글벙글하며,

"우리 고몬 시집간다누."

한다.

"그러냐? 고모, 그래 지금 있니?"

"그럼, 아저씨 왔대두 나와두 안 봐. 방 안에서만 내다봤다우."

한다. 그리고 묻지도 않는데

"우리 고몬 무척 부자한테 시집간대…."

한다.

"그래서 고모가 좋아하든?

"몰라! …."

필재는 긴 한숨을 쉬었다. 반신반의의 불안과 막연한 슬픔이 눈앞을 가리어 오형이를 꽉 끌어안고 그의 잔등에다 눈물을 닦으며 삼키는 울음을 울었다.

"사랑 아저씨."

"응?"

"들어가 고모 나오랠까?"

"…."

"응? 고모 나오래서 연지 찍고 시집간다고 우리 놀려 줄까?"

"…."

필재는 오형이에게 다 말대답이 막혀 보기는 처음이다.

오형이는 필재의 끌어안은 팔을 뿌리치고 '내 고모 다리고 나올게' 하는 듯이 안으로 뛰어 들어갔다.

"세수합쇼."

어멈이 세숫물을 떠 내왔다. 다른 때 같으면 세숫물 떠 내오는 어멈 뒤에는 으레 천숙이가 비눗갑을 들고 나왔다. 준비하여 두었던 것처럼 깨끗이 빤 낯수건까지도 들고 나왔었다.

그러나 이번엔 필재는 자기의 가방 속에서, 차에서 새까맣게 더러워진 낯수건과 비누를 뒤져내어 쓰는 수밖에 없었다.

이내 조반상이 나왔다. 필재는 천연스런 눈치로 어멈에게 말을 건네었다.

"아가씨 혼인 때문에 어멈도 바쁘겠군."

"그럼입쇼. 이렇게 크나큰 댁에서들 무슨 혼인을 그렇게 벼락다지로258 하는지 모르겠사와요. 이 더운 때⋯."

"그리게⋯. 그래 신랑댁에서 누가 왔더랬나?"

"그럼입쇼. 시어머님 되실 마냄이 오셨더랬죠. 그런데 부자는 참 되우 큰 부잔가 부죠?"

"왜?"

"몸에 패물투성이에요. 인력거도 앞뒤잽이루 타고 오셨던걸⋯."

"그래, 아가씨 선을 보고 갔나?"

"그럼입쇼."

"아가씨가 부끄러웠겠군⋯."

"뭘입쇼, 나이 얼마라구요. 마냄이 나와서 인사드리라니까 대청으로 나와 날아가는 듯이 색시절을 하던걸입쇼."

"⋯. 그래, 시어머니만 왔더랬나?"

"그전에도 무슨 판서댁 마냄이라나, 시어머니 되실 마냄의 친구라시는데 그분도 천량이 많으신 댁 마냄인데 여러 번 오셨더랬는걸요. 신랑 되실 서방님두⋯."

"신랑 되실 서방님두?"

어멈은 필재가 상 받은 마루 앞으로 한 걸음 더 다가서더니 귓속말로 지껄인다.

"그럼입쇼. 신랑 되실 서방님이 들어오진 않았어도 대문 앞까지 왔더

258 벼락같이. 급히.

랬답니다. 신랑 인물은 사랑 서방님만 아주 못해요…."

어멈은 무심코 순구의 인물을 필재에게 비겨 하는 말이나, 필재 자신
에겐 어멈도 무슨 눈치를 알고 하는 말 같았다.

"나만 못하다니?"

"인물이 말야요. 색시한테 너무 떨어져와요."

"그런데 대문 앞까지 오구는 왜 안 들어왔누?"

"우리 댁 마냄서껀 나리님서껀 아가씨서껀 청해다가 무슨 호테루²⁵⁹
래나 하는 데서 겸심²⁶⁰ 대접을 하구는 여기까지 자동차로 같이들 왔더
랬답니다."

"…."

"그래, 우리 댁에서들만 내려 들어오구, 신랑 되실 서방님은 바루 가
섰는데. 마냄께서 어찌 좋아하시는집쇼. 예장²⁶¹두 그런 끔찍한 예장이
어디 있어요."

"왜?"

"안방에 지금 비단이 산더미처럼 쌨답니다. 저희 내외꺼정 생거니로²⁶²
옷 한 벌씩 해 주신답니다."

"거 잘됐군…. 그래, 아가씨도 좋아하나?"

"그럼입쇼. 새침더기 아가씨니까 속으로만 좋아합죠. 우리 아가씬 대
체 복력²⁶³두 좋으셔…."

하면서 어멈은 들어갔다.

새 옷 한 벌이 생겼노라고 좋아서 지껄이며 들어가는 어멈을 같이 좋
아서 바라보기에는 필재의 마음은 너무나 아팠다.

---

259 영어 '호텔(hotel)'의 일본식 발음.
260 '점심'의 방언.
261 禮裝. 혼인 때 신랑집에서 신부집으로 보내는 예물.
262 새것으로.
263 福力. 복을 누리는 힘.

어멈이 보는 데서니까 밥 두어 숟갈을 물대접에 말았을 뿐, 한 숟갈도 제대로 건져 먹진 못하였다.

어멈이 들어가자 곧 숟갈을 놓고 물도 안 넘어가는 것을 억지로 한 모금 꺾어 삼키었다.

필재는 방으로 들어가 찬 장판에 땀난 잔등을 내어던지듯 드러누워 보았다. 꿈같다. 꿈인가 하면 차가운 장판은 너무나 잘 정신을 깨쳐 준다.

필재는 정신이 들 때마다 임간도시의 일이 생각났다. 그리고 '왜 그때 천숙을 놓쳤던가!' 하는 후회도 절로 났다.

그러나 이 비열한 마음은 자기의 머릿속에서 나오는 것이 아니라 발가락 새에서나 나오는 것처럼 스사로 멸시하려 하였다. 그리고 '잘했다. 그따위 치사스런 허영심의 노예라면 애초부터 깨끗이 관계를 끊는 것이 옳다!' 하고 어서 단념하리라 결심도 하여 보았다.

그러나 필재에게 천숙의 단념이란 너무나 큰 시험이요, 형벌이었다.

필재에게 천숙은 사랑하는 여자, 애인만이 아니었다. 필재는 어머니 그리운 정, 아버지 그리운 정을 온통 천숙에게 쏟았고, 집 없는 설움이나 앞날의 막연함이나 모두가 천숙을 의지하는 데서 위안을 받아 온 것이었다. 지금 천숙을 잃어버리는 것은 단지 애인을 잃는 슬픔만이 아니라, 부모님을 두번째 잃는 슬픔이 되고, 집 없는 외로움과 암담한 앞날의 불안을 다시 한 번 맞이하는 아픔이 되는 것이다.

필재는 바람벽264을 서너 번이나 쿵쿵 걷어차 보았다. 벽장문 고리만 간드렁거릴 뿐, 누구 한 사람 "왜 차느냐!" 하는 소리도 날 리 없다.

그는 대관절 천숙의 얼굴을 만나고 싶었다. 만나면 눈을 밝히고 귀를 밝히고 "네가 정말 변했느냐?" 하고 물어보아 속이 시원하게 그의 대답만이라도 들어 보고 싶었다. 그러나 천숙은 이미 자기의 세력 범위에서

---

264 방을 둘러막은 벽.

벗어 나간 사람이었다.

필재는 일어나 나왔다. 가방은 그저 사랑 벽장 안에다 넣어 두고 순구의 집으로 가 볼 생각으로 나왔으나 순구의 집이 가까워질수록 걸음이 머뭇거려졌다. 그것은 순구를 만나기 전에 어찌해서나 천숙을 한 번 만나 보고만 싶은 때문이다.

필재는 기어이 순구의 집을 들어서지 못하고 걸음을 돌리었다. 바삐 무슨 볼일이나 있는 것처럼 천숙의 집으로 돌아와 보았으나, 중문간 안에서는 여러 부녀들의 웃음 섞인 말소리가 번화스러웠으나 사랑은 여전히 씻은 듯 툇돌 위엔 신발 하나 없이 비어 있었다. 빈 마루에 가 걸어 앉으니 해가 들이쪼여[265] 쩔쩔 끓었다. 다시 일어섰으나 방 안으로는 들어가고 싶지 않았다. 그는 응달진 마당으로 나려서 몇 번이나 중문간 쪽을 기웃거려 보았으나 바느질꾼들의 화락[266]한 웃음소리만 흘러나왔을 뿐 지쳐진[267] 중문짝을 열고 나오는 사람은 하나도 없었다. 들어가기만 하면 곧 고모를 끌고 나올 것 같던 오형이조차 다시는 얼른거리지도 않는다.

필재는 다시 나와 남산으로 올라갔다. 피곤한 다리는 한 걸음이 새로웠으나 가만히 앉았기는 더욱 힘이 들었다. 그는 어찌해서나 하루 해를 지워 보내고 어서 어두운 저녁을 맞이하고 싶었다. 낮에는 여러 사람의 눈이 꺼리어 나오지 못했으나 밤이면 혹시라도 천숙이가 나와 주지 않을까 하는 실낱 같은 희망에서 밤을 기다린 것이었다.

남산에는 신록이 울창하였다. 어떤 골짜기로 들어가면 하늘이 안 보이게 덮인 그늘 속엔 샘물이 흐르는 소리도 새소리처럼 아름다웠다. 그는 도랑을 치고 차 속에서 더러워진 몸을 씻고 넓은 반석 위에 누워 혼

---

265 마구 쪼여.
266 和樂. 화평하고 즐거움.
267 문을 잠그지 않고 반쯤 닫기만 해 둔.

몽[268]한 잠을 이루었다.

필재의 잠은 온통이 꿈이었다. 말초신경만이 잠이 들었을 뿐, 중추에서는 생시나 마찬가지로 천숙을 아쉬워함과 순구를 질투함으로써 신경이 불타며 있었다. 다정스런 천숙이가 보이다가도 냉정한 용언이나 그의 어머니가 가로막고 내달으며 천숙이가 자기와 함께 어디론지 달아나 주려 정거장으로 나오다가도 어느 틈에 모양을 변하여 순구와 가지런히 서곤 하였다.

이제는 꿈속에서나마도 천숙은 필재에게 바람에 날리는 새털이었다.

이렇게 요사스러운 꿈으로 시달리면서나마 피곤하였던 사지는 긴 시간을 의식이 없이 쉬일 수는 있었다.

기다리는 밤, 집안사람들의 눈이 어두움 속에 묻히면 그대로 천숙이가 몸을 빼어 한 번쯤은 만나려 나와 줄 듯한 밤은, 필재가 긴 낮잠을 자고 났으나 아직도 오기 멀었다.

해는 기울어지긴 했으나 종현 뾰죽집[269] 위에 아직도 백열[270]한 광선이 이글이글 타며 있었다.

필재는 다시 샘물에 낯을 씻고 어슬렁어슬렁 큰길이 난 데로 나려왔다. 나려와선 진고개로 들어서서 얼음을 한 그릇 사 먹고 천숙의 집으로 돌아왔다.

사랑으로 들어오는 길에 중문 틈으로 안을 엿보니 안에서는 그저 바느질꾼들의 중얼거림과 부엌에서 상 놓는 소리가 나올 뿐, 천숙은 그의 모습도 목소리도 나타나지 않았다. 사랑에 들어서니 용언도 그저 안 돌아온 듯 텅 하니 비어 있는데 마루에 내어걸린 십 촉[271] 전등만 불이 들어와 있었다.

---

268 昏懜. 정신이 흐릿하고 가물가물함.
269 종현성당(鍾峴聖堂), 즉 지금의 명동성당을 가리킴.
270 白熱. 최고조에 달한 뜨거운 기운.
271 '촉(燭)' 또는 '촉광(燭光)'은 빛의 세기를 나타내던 옛 단위.

제이의 운명

얼마 앉았노라니 어멈이 나왔다. 목을 늘여 방 안에 앉은 필재를 보니, 누구에게 하는 소린지

"…거봐, 게시다니까."

하면서 도로 들어갔다. 들어가더니 이내 저녁상을 들고나왔다.

"점심은 잡쉈나요?"

"먹었소…. 그런데 나릿님은 어태 안 들어오셨소?"

"들어오셨다 모두들 나가셨어요. 인천들 가셨답니다."

필재는 "모두들…" 하는 소리에 눈이 둥그레졌다.

"모두들이라니? 누구누구?"

어멈은 무슨 비밀이나 일러 주듯 허리를 굽혀 마루 끝을 짚으며 낮은 목소리를 내었다.

"신랑 되실 서방님이 자동차를 타구 와 나릿님, 마냄, 아가씨, 오형이 되련님 모두 태워 가지고, 뭐 그냥 자동차로 인천까지 갔다 온다나요. 모두들 가셨답니다."

"언제?"

"벌써 아까아까야요. 저녁쌀²⁷² 내시군 바쁘다고 하시면서도 호강이시라고 마냄도 가셨답니다."

필재는 밥상을 끌어다니면서 들어가려는 어멈을 놓치지 않으려는 듯,

"그래…."

하고 말을 이었다. 어멈은 주춤하고 다시 돌아섰다.

"그래… 아가씨가 이전 폐군…. 전에 같으면 부끄러와 내다도 못 볼 턴데, 막 호텔로 인천으로 따러다니니…."

"그럼입쇼. 그럼 나이 얼마라굽쇼. 겉으룬 새침해두 속으룬 좋길래 첫마디에 척척 나섭죠."

---

272 저녁밥 지을 쌀.

"첫마디에?"

"그럼입쇼. 그래 요즘 신랑신부는 예전처럼 어리지들 않기 때문에 장개들고 시집가는 맛이 옛날보다 더 좋겠다구들 하고 웃었답니다. 호호…."

하면서 어멈은 들어갔다.

필재는 저녁이 아니라 사약(死藥)을 받은 듯 차마 순갈을 들지 못하고 뒤로 팔을 짚으며 물러앉아 눈을 감았다. 그러고는 한참 뒤에 어멈이 숭늉 그릇을 들고나오는 것도 몰랐다.

"왜 어태 안 잡숫구 앉어만 계서요?"

"…. 응… 좀 더워서…."

하고 필재는 밥상을 끌어다리어 밥술을 들었다. 그리고 모래알 같은 밥을 스무 번 서른 번씩 헤어 가면서 억지로 씹어 삼키었다.

"더 미련을 둘 여지가 없다!"

하고 필재는 칼날 같은 뜻을 세운 것이다.

그는 상을 물리는 길로 천숙이가 없는 천숙의 집을 나서고 말았다. 벽장 속에 넣어 놓았던 가방까지 꺼내 가지고 가회동 순구의 집으로 올라온 것이다.

필재는 으레 순구가 없을 줄 알면서도 작은사랑으로 먼저 들어갔다. 하기는 가방을 두기 위해서 뿐 아니라 순구의 집에 와 있는 동안은 거기가 자기 방이었다.

"어서 오십쇼. 오늘 나오십쇼?"

하고 차경이라는 상노 아이가 필재의 가방을 받았다.

"잘 있었니? 나릿님은 안 계시지?"

"출입하셨습니다."

"대감께선?"

"웃사랑에 계서와요."

필재는 옷깃을 바로잡고 곧 큰사랑으로 올라갔다.

자작은 저녁 후에 평상에 높이 누워 이름은 몰라도 대부라고 옛적 칭호로 부르는 자기 집 식객에게 신문을 읽히고 있었다.

필재는 대부의 신문 소리를 끊고 평상 앞에 나아가 일어나 앉는 자작에게 무릎을 꿇고 옛절을 하였다.

"오, 저녁차로 나렸느냐?"

"아니올시다. 아침에 나려 관철동 댁으로 들어갔더랬습니다."

"관철동 댁에…. 이젠 그 댁이 우리 사둔댁이로구나. 네가 먼저 알겠지만…."

"…."

"그래…. 게 앉어라 좀. 이 녀석 어쩌 신수가 그렇게 상했냐. 순구 녀석처럼 방장해[273] 보이지가 못하구…."

"참 많이 그릇됐군."

하고 대부도 필재를 쳐다보았다. 필재가 평상 아래에 앉으니 대부와 상노는 옆방으로 물러나 갔다.

"히히, 이 녀석. 네가 중매라더구나, 네가…."

하면서 자작은 필재에게로 바투[274] 나앉는다. 필재는 어떻게 자작의 말을 받아야 할지 몰랐다.

자작은 강수환과 자기 아들의 말로, 또 필재가 천숙의 집에서 천숙과 함께 자라났다는 관계를 미루어 모두가 필재의 주선이거니 믿었다. 그래서 사실인즉 착실히 근거가 있이 발전된 혼인이거니 하고 믿음성을 가진 터였다.

자작은 필재의 대답을 기다리지 않고 다시 물었다.

"그래, 순구 녀석이 끔찍이 좋아하는 셈이냐?"

"네."

273 方壯-. 왕성해. 기운차게.
274 가까이.

"심덕이 양순하냐? 네 녀석이 책임이 크다. 히히, 이 녀석…. 남의 사람은 심덕이 첫쨀데, 웬걸 거죽 같을라구…."

필재는 땀을 씻을 뿐, 무어라 대답하지 않으니 자작은,

"옛다!"

하고 상노를 불렀다. 상노에게

"네 들어가서 뭣 좀 서늘한 걸 내온."

하고는 다시 필재에게

"내 집이 나 하나만 넘어가면 곡절이 많은 집안이니라. 현명한 사람이 들어서야 할 터인데…. 현명하냐?"

"네."

"히히, 이 자식. 모두 네 네 했겠다…."

하고 자작은 도로 눕는다.

"네 보기에 그 애 체질은 튼튼하더냐?"

"네."

"너희 놈들이 무얼 알겠냐만 내가 손자가 늦었다."

하면서 자작은 수염을 쓰다듬는다.

필재는 자작이 권하는 것이니 상노가 들고나온 수박을 몇 점 베어 먹고 곧 작은사랑으로 나려왔다. 나려와선 순구의 어머니를 뵈러 들어갈까 하였으나 순구도 없이 혼자 들어가기가 제면쩍었고[275] 또 혼인 준비로 여인들이 웅성거릴 생각을 하고 고만두었다.

그래서 자리를 보고 누웠는데 상노 아이가 뛰어나오더니

"마님께서 나오십니다."

한다. 필재는 얼른 일어나서 모기장을 걷고 자리를 치고 겉옷을 입었다.

"벌써 누웠구. 꽤 곤한 게로군."

하면서 이내 순구 어머니가 계집 하인을 다리고 나타났다. 하인은 퇴[276]

---

275 '겸연쩍었고'의 방언.

에 서고 상전은 마루 위에 올랐다.

"그래, 총각이 혼인 중매하게 얼마나 바빴누?"

"뭘입쇼. 어서 절부터 받으십시오."

하고 필재는 역시 옛날 절로 무릎을 꿇었다. 순구의 어머니는 빙긋이 웃으면서

"더 꾸브려."

하고 농으로 받았다.

순구의 어머니는 가끔 농을 즐기었다. 필재에게뿐 아니라 자기 집에 드나드는 아들의 친구들은 모다 해라는 하면서도[277] 농으로 사귀었다. 그는 아들은 이 집의 맏아들로 낳았고 나이 오십이 불원(不遠)하다고는 하면서도 박 자작의 일곱 아내 중에 젊기로 둘째일 뿐 아니라, 하는 일 없이 몸만 다듬는 때문인지 아직도 등불 아래서 보면 한참 피어나는 얼굴처럼 탄력과 윤택을 가지었다. 이야기를 좋아하되 소곤거리기보다 웃고 떠들썩하기를 즐기었고 위엄을 차리기 즐기었으나 하인배에게까지라도 가끔 농담을 던져 정을 끌기에 능한 솜씨였다.

"혼인 중매란 잘하면 술이 석 잔요, 못하면 뺨이 세 개란 말 알지? 대감과 나는 필재만 믿고 하는 노릇이니까…."

필재는 더욱 어이가 없었다. 속으로 '아마 순구가 집에서 날래 허락을 하지 않으니까 집에서 믿는 나를 판 것이로구나' 짐작은 되었다. 그래서 필재는 꾹 속을 능구어 그럴듯이 대꾸를 하였다.

"이런 댁에다 혼인 중매를 하는데 겨우 술 석 잔뿐이겠습니까?"

"것두 나중 봐야지, 술이 갈지 매가 갈지. 호호…."

순구의 어머니는 천숙에게 관해서 여러 가지를 콜콜히 캐었다. 필재는 좋으냐 묻는 데는 "네", 나쁘냐 묻는 데는 "아니요" 하였을 뿐, 눈꼽만

---

276 '뜰'의 방언.
277 해라체의 말씨를 쓰면서도. 아랫사람 취급은 하면서도.

치라도 자기의 진정한 의견은 첨부할 리 없었다.

순구의 어머니는 열시나 되어서야 들어갔다. 그때까지 순구는 돌아오지 않았다. 필재는 다시 자리를 펴고 누우니 이내 큰사랑 앞 연당[278]에서 우는 개구리 소리가 귀에 들어온다. 개구리 소리와 벗하여 전전반측[279] 할 뿐, 잠이 오지 않았다.

윗사랑 상노들의 방에서 떵 하고 새로 한점을 치는 괘종 소리가 들려왔다. 이때까지 순구는 들어오지 않는다.

용언이와 그의 어머니까지 따랐으니까 천숙이와 같이 이 깊은 밤을 지내는 것은 아니겠지만 왜 그런지 순구의 안 들어오는 것에 필재의 신경은 과민이 되었다.

'이제 와서 설혹 순구가 천숙이와 단둘이 이 밤을 보내기로서니 내게 아른것[280]이 무어냐?'
하고 스사로 비웃기도 하면서도 마음은 공연히 뒤설레었다.

순구는 아침에야 필재와 마찬가지로 밤을 새인 얼굴처럼 눈이, 부성부성해[281] 가지고 들어왔다.

그는 물론 천숙이만 그의 가족들에게서 따[282] 가지고 더불어 밤을 새인 것은 아니었다. 인천서 돌아오니 열한시쯤. 늦기는 늦었때지만 천숙은 천숙이네 가족대로, 순구는 순구대로 헤어진 것은 무론이다. 다만 천숙이와 좁은 자동차 안에서 그 부드러운 살의 감촉을 받을 때마다 도수(度數)가 높아 간, 그의 계집에게 대한 정욕이 그를 가만히 혼인날의 천숙이만을 기다리고 집으로 돌아오게는 하지 않았다. 장안 안에 구석구석이 널리어 있는, 자기가 머리 얹힌 기생들은 거의 자기의 아내나 다름

---

278 蓮塘. 연꽃을 심은 못. 연못.
279 몸을 이리저리 뒤척임.
280 '아랑곳'의 방언.
281 부은 듯해. 부숭부숭해.
282 다른 데로 떼어.

없이 권리와 편의가 있는 것이었다. 단지 자동차 운전수가

"어디로 갑니까?"

하고 물을 때 얼른 대답이 나오지 못한 것은 어느 것에게로 갈까 하고 기생들의 인물을 천숙이 비슷한 것으로 택하노라고 생각하는 때문이었다. 그는 어느 기생으로 얼른 작정을 하지 못하고 우선 명월관 본점으로 차를 몰았다.

명월관에 가서 보이를 불러 알아 오게 하니 명월관에 와 있는 기생 중에도 자기의 소위 나지미[283]가 두 명이나 있었다. 멀리 있는 것을 언제 불러오랴 하고 옆방에 와 있는 것 중에 하나를 택하여 보이를 시켜 남의 놀이에서 따 내었다.

그 변산홍이라는 평양 기생은 젊은 자작 박순구, 그보다도 기생의 머리나마 자기의 귀염머리를 풀어 준[284] 박순구기 때문에 두말없이 그를 섬긴 것이었다.

순구는 다른 때와 달리 집안사람들에게 자기의 방탕한 밤 생활을 감추려 새벽같이 놓아 주지 않는 산홍이를 뿌리치고 인력거를 몰아 온 것이다.

사랑 마당에 들어서는 길로 윗사랑을 엿보고 자기 아버니가 아직 기침 전인 듯해서 '옳다, 감쪽같구나' 하고 신 소리를 조심해 자기 사랑으로 들어와 보니, 의외에 필재가 있다. 자지도 않고 벌써 일어나 앉았다가

"어디 가 자구 오나?"

하면서 일어섰다.

순구는 당황하였다. 필재가 나왔다는 말은 어제 저녁 천숙의 어머니에게서 들었지만 그의 마음은 필재를 생각할 여유가 없이 곧 잊어버리

283　'단골'의 일본말.
284　머리를 얹어 준.

었다가 만나니 의외도 같았다.

"참, 어제 아침에 왔다지."

하면서 순구는 필재의 내어미는 손을 맞잡았다.

"축복하네."

필재의 천연스런 말이다.

"이 사람… 진정인가?"

하는 건 순구의 다짐 같은 말이다.

"진정? 그건 자네가 생각할 탓일세."

하고 필재는 빙긋이 웃었다. 순구는

"아마리 기오 와루꾸스루나요[285]."

하면서 제자리에 가 털썩 눕는다. 필재도 자리에 다시 누웠다.

"우리 아버지 뵈었나?"

"뵈었네. 자네 어머님도."

"언제?"

"엊저녁에."

"자네한테 무슨 말씀들이 없으시던가?"

"날더러 중매쟁이라고들 그리시네."

"…"

순구는 담배를 빨며 히죽히죽 웃기만 하다가

"난 그걸 묻는 게 아닐세."

하였다.

"그럼?"

"자네한테 내 문제가 아니고 하실 말씀들이 있을 듯해 그리네."

필재는 이내 속으로

'정구 문제가 아닌가?'

---

285 '너무 언짢게 생각 말게'를 뜻하는 일본말.

제이의 운명

하였으나 자기는 애초부터 문제로 치지 않기 때문에 입을 봉하고 말았다.

아닌 게 아니라 순구는 자기 누이에 관해서 어머니는 몰라도 아버지는 무슨 말이 있었을 듯해서 물은 것이다.

순구는 자기의 혼인이 천숙이와 결정된 후부터는 곧 필재에게서 천숙을 빼앗은 미안과 다음엔 자기 누이 정구의 행복을 위해 적극적으로 정구의 혼인 문제를 일으키었다. 그리고 신랑감으로는 유일의 후보자로 필재를 천거한 것이다. 무론 자기 누이는 천숙에게 비기어 인물이 청수[286]하지 못함을 모르지 않으나 재물이 없는 필재에게 인물이 부족함을 재물로 보충하는 아내가 도리어 실지에 있어 행복되리라 믿었고, 의지가지가 없는[287] 친구 필재에게 자기의 주선으로 행복스러운 가정 하나가 열리어진다면 오늘 천숙을 빼앗는 자기의 미안함도 지나치게 풀리리라 생각하는, 악하지만은 않은 순구의 마음이었다.

그래서 딸보다 지나치게 잘난 사위를 경계하려는 순구의 어머니는 필재를 좋다거나 긇다거나[288] 입빠른[289] 의견을 내놓지 않았으나, 순구의 아버지는 두말할 것 없다는 듯이 필재만 보면 곧 문제를 꺼낼 드키[290] 서둘렀다. 그래서 순구가 필재를 보자 무슨 말이 않더냐고 물은 것이다.

순구는 더 지껄이지 못하고 곧 드렁드렁 코를 골았다. 잠도 벗을 기다린 듯, 그제야 필재에게도 잠이 왔다.

그들이 자리에서 일어나기는 열시나 되어서도, 그것도 큰사랑에서 상노가 나려와

---

286 淸秀. 깨끗하고 빼어남.
287 의지할 데 없는.
288 '그르다거나'의 방언.
289 자기 생각을 바로 말하는.
290 '듯이'의 방언.

"대감께서 진짓상을 놓고 기다리십니다."

하는 분부 때문이었다.

자작은 순구와 필재를 가지런히 앞에 놓고 함께 식사를 함에 새로운 단락291을 느끼었다. 하나는 맏아들, 하나는 장래의 똑똑한 사위, 한 가지 필재에게 불만이 있다면 그는 필재의 전공하는 공부가 법률이 아닌 것뿐이었다. 이렇게 필재 당자의 의견은 들어도 안 보고, "내 사위가 되어라" 하면 으레 감지덕지할 줄만 믿고 자작은 벌써부터 필재에게 장인으로서의 애정까지 품은 것이었다.

그러나 필재는 이날로 곧 서울을 떠났다.

"자네가 내 혼인식에 빠질려는 심산일세그려."

하고 순구가 저윽 불안스런 어조로 물었었다. 그러나 필재의 대답은 태연스러웠다.

"그건 그날 봐야지."

"그런데 대체 어디로 갈 셈인가?"

"…삼방292."

"삼방? 거긴 왜?"

"가 약물293 좀 먹겠네. 요즘 체하기 잘해서."

필재는 자작에게도 약물을 먹고 오리라고 아뢰었다. 자작은 필재의 신색이 상한 것을 보고 또 무론 순구의 혼인날 안으로 돌아올 줄을 믿기 때문에 여러 말 묻지 않고 인삼 두어 근과 돈 오십 원까지 내어준 것이다.

필재는 자작이 이렇게 돌봐 주는 것을 물리칠 경우는 못 되고 잠자코 받자니 뒷날에 자작의 품은 뜻을 거역할 것이 걱정되었다.

아무튼 필재는 다시는 천숙의 집을 들를 생각도 없이 정거장으로 나

---

291 團樂. 함께 즐겁고 화목함. 단란.
292 三防. 함경남도 안변군의 명승지. 약수로 유명함.
293 샘물. 약수.

와 삼방 가는 표를 산 것이다. 표를 사 가지고 여러 사람들 속에 끼어 경
원선[294] 폼[295]으로 나려가면서 필재는 새삼스럽게

　'내가 삼방은 왜?'

하고 생각하지 않을 수 없었다. 그는 쓸쓸한 웃음을 정거장의 소란한 잡
음 속에 던지며 차에 올라 남들이 앉고 남겨 놓은 자리에 아무 데나 가
앉았다.

　그는 서울을 떠나고 싶었던 것이다.

　서울에 있으면서는 여관에는 의리상 갈 수 없고, 며칠이고 몇 달이고
서울서 묵는다면 천숙이네와 순구네 집이었다. 그런데 천숙이네 집이
나 순구네 집은 이미 필재에겐 지옥이었다. 이 지옥의 두 집에서 벗어
는 나야겠고 그리하자면 서울을 떠나는 도리밖에 없었다. 서울을 떠나
자니 어디로 가야 하나? 이것을 필재는 생각지 않음은 아니다. 으레 방
학에 나오면 그는 공부와 마찬가지 성의로 농촌으로 다니었다. 농촌의
사람을 알고 농촌의 경제, 농촌 교육, 이모저모로 조선의 부엌이나 광과
같은 농촌을 실지로 보고 들으려는 것이 그의 방학 동안 공부요, 또 장
차 조선에 나와 일할 준비였다. 그러므로 이번에도 서울을 떠나는 이날,
앞길이 막연하도록 본래부터 계획이 없은 것은 아니다. 그러나 지금의
자기의 병든 아픈 마음으론 계획을 실행하기엔 몸으로 보나 정신으로
보나 무리한 일이었다.

　"우선 어디 가서든 마음을 좀 진정하자."

이것이었다. 그리고

　"갈 곳은 정거장에 나가 생각하자."

한 것이었으나, 순구가 묻는 말에 허턱[296] 삼방이라 하였고, 삼방이라고
하고 보니 약물을 먹으러 간다고 한 것이다.

294　京元線. 서울과 원산 사이를 잇던 철도.
295　플랫폼. 승강장.
296　무턱대고. 함부로.

첫여름의 경원선이라 차 안에는 산과 바다로 가는 듯한 간편한 행장의 젊은 남녀들이 구석구석에서 신록과 같이 싱그럽고 빛이 났다.

필재는 정신없이 그들을 바라보았다. 그리고 그들의 씩씩한, 그들의 바다의 넓음과 산의 솟음을 동경하는 쾌활한 정열에 이글이글 타는 눈방울들을 마주칠 때, 그는 저도 모르게 어깨가 땅에 숙는 것 같은 커다란 압박감을 느끼었다.

'오! 나는 얼마나 조고마냐!'

필재는 한참 만에 미친 사람처럼 뻘떡 일어났다. 옆에 사람들이 쳐다보았다. 필재는 왜 일어섰는지 자기도 생각이 나지 않아 다시 앉고 말았다.

차는 번질번질하는, 비 뒤에 살진 한강을 끼고 공중에 뜬듯 살같이[297] 달아난다. 물과 녹음 위에는 금 조각 같은 태양이 뻘걱 소리가 나는 듯이 뛰놀았다. 차 안에도, 차 밖에도 모두가 씩씩한 청춘이다. 필재는 입은 다물었으나 코를 벌룽거리며 어깨를 펴고 한강을 들이킬 듯한 긴 숨을 호흡해 보았다.

필재는 삼방까지 표를 샀으니 삼방에서 나리었다. 나리어선 아무 여관으로나 인객꾼[298]에게 끌리는 대로 따라섰다.

"혼자 오십니까?"

인객꾼은 가방을 들고 앞서 가다가 돌아보며 물었다.

"혼자요. 그건 왜 묻소?"

"괜히 여쭤봤죠."

하며 히죽 웃는다.

"괜힌 왜?"

필재는 누구와나 말이라도 좀 지껄이고 싶은 차였다.

---

297 쏜살같이.
298 손님을 여관으로 안내해 오는 심부름꾼.

"이런 덴 흔히들 달구들 온답니다."

"무얼 달구?"

필재는 인객꾼의 말을 못 알아들은 것은 아니다.

"원, 그걸 못 알아들읍쇼?"

하고 인객꾼은 다시 슬쩍 돌아다본다.

"난 못 알아듣겠는걸…. 무슨 패를 달구 온단 말인가?"

"원 참! 달구 온다는 게 데리구 온단 말이야요."

하고 이제 열 팔구 세밖에 안 돼 보이는 인객꾼은 얼굴까지 붉힌다.

"무얼 데리구? 어린앨 데리구?"

하고 필재는 못난 체하였다.

"삐삐상299을 말이죠. 저기 좀 보세요."

하며 뒤를 가리킨다. 돌아다보니 참한 청년 신사가 조선옷이되 양장처럼 화려한 물색300으로 차린 여자와 가지런히 걸어온다.

"참, 당신 말대로 데리구 오는 사람도 있구려."

"있구말구요. 저런 짝이 하루도 여남은씩 들구 납니다."

"그렇지만 우리처럼 학생복을 입구야 어떻게 데리구 다니나?"

하니 인객꾼은 또 한번 슬쩍 돌아다보며

"있기만 하면 왜 못 데리구 와요? 학생들이 더 많은걸입쇼."

하고 속으로 '너는 없으니까 못 다리고 오지 뭘' 하는 듯하다.

필재는 잠자코 한참 걸어가며 길 아래 비냥301이요, 비냥 아래 시퍼런 물인 것을 나려다보며 걸었다.

"참말 여긴 시원하군!"

필재는 혼잣말처럼 하였는데 인객꾼이 또,

"그리게 내년엔 같이 오십시오."

299 別嬪さん. '미인'을 뜻하는 일본말.
300 물감을 들인 천으로 만든 옷. 물색옷. 무색옷.
301 '벼랑'의 방언.

하고 대꾸를 한다.

"내가 혼자 오는 게 당신 눈에 딱해 뵈오?"

"병자(病者)기 전엔 이런 델 뭣 하러 혼자 오십니까? 그러게 물 먹자고 온 병자 빼놓고는 혼자 오신 손님은 이내 떠나더군요."

"그럼 나도 이내 떠날까 봐 걱정을 했구려?"

"아뇨. 하긴 혼자 오시는 손님이 되려 좋아요."

한다. 보니 아직도 집들이 있는 데는 한참이다. 필재는 또 건네었다.

"그건 왜?"

"마음이 편합죠."

"마음이 편하다니? 데리고 오는 손님이 있으면 마음이 불편하오?"

"그럼입쇼. 사실 말이지 눈꼴신 꼴 참 많이 보고 삽죠. 여관집 심부름을 해도 이런 데 와 할 건 아니죠."

한다.

필재는 갑자기 머리가 떵 했다. 가장 야비스러우나 또 가장 솔직한 진정이기 때문에 그 '눈꼴신 꼴'이란, 그의 말은 모난 돌멩이처럼 필재의 머리를 아프게 때린 것이다.

천숙의 혼인날!

이것이 핑 머릿속에 떠올랐기 때문이다.

아닌 게 아니라 삼방의 여러 여관방들, 그리고 삼방의 굴곡이 많은 개울들과 우거진 숲들은 수많은 젊은 남녀들을 포옹하고 있었다.

그들은 대개 삼방으로 약물에 끌리어 오는 것이 아니라 원산이나 석왕사[302]로 가는 길에 나렸든지, 그렇지 않으면 원산서 해수욕에 지치거나 석왕사에서 물것[303] 때문에 시달리면, 서늘하고 모기 없는 삼방의 밤을 찾아오는 것이었다.

302 釋王寺. 함경남도 안변군 설봉산의 절.
303 살을 물어 피를 빨아 먹는 벌레.

필재는 삼방의 여름 저녁이 처음이다. 저녁 후에 천변에 나가 앉아 보니 높고 깊은 산골짜기에서 서릿발처럼 흘러나리는 고산지대(高山地帶)의 찬 기류(氣流)는 사뭇 손등이 시리도록 서늘하였다.

젊은이들에게 있어서 이 냉장고와 같이 서늘한 저녁, 가을이나 겨울 밤처럼 방문을 닫는, 오붓한 맛, 아늑한 꿈자리는 삼방이 가진 무서운 매력이었다.

그러나 삼방의 매력은 이것만은 아니었다. 그 거친 선으로 허공에 달아난 태산과 준령, 그의 허리와 등성이에 우거지고 쓰러지고 한 원시림의 강렬한 색채며, 급한 경사에 부서지며 나려쏠리는 분방한 물줄기들, 그리고 고원(高原)을 뛰는 산짐승들과 발밑에 풍기는 신비스런 야생화들의 향기, 어느 것 하나 이 젊은이들의 정열을 불 지르지 않는 것이 없는 것이었다. 그리하여 가장 야만스런 정욕을 향락할 수 있는 무대인 것이 삼방이 가진 또 한 매력이었다.

이튿날, 필재는 이러한 정열의 충동으로 가득 찬 삼방의 산을 올라 보았다.

그는 얼마 오르지 않아 숨이 가빴다. 산의 경사를 오르기에 숨이 가쁨보다는 정열이 이기지 못하는 가쁨이었다.

"어!"

필재는 걸음을 멈추고 돌아서서 질펀한 삼방 골짜기를 안하[304]에 두고 감격에 겨운 소리를 힘껏 불러 보았다. 이 외마디소리는 산과 산봉오리를 울리며 허공에 사라졌다.

그는 풀밭에 누워 몸부림을 하듯 뒹굴어 보았다. 그리고 몇 번이나

"오! 어!"

하는 감격의 소리를 계속해 보다. '오, 천숙아!' 하고 천숙의 이름도 한번 외치고 싶었으나 보는 사람은 없건만, 천숙의 이름은 어려운 외국어

---

304 眼下. 눈 아래.

처럼 얼른 입 밖에 나와지지 않았다.

그는 여기저기서 풀꽃을 뜯었다. 어떤 꽃은 천숙의 냄새와도 같았다. 동경서 천숙의 방에 가서 그가 쓰는 크림의 냄새를 맡아 보던 생각도 났다. 그리고 나중엔 울음이 솟치어서 여러 날 고이었던 눈물을 산마루에 뿌리었다.

얼마 울고 나 보니 얼마 마음이 가뜬하였다. 필재는 울음이 그만치 외과수술과 같은 효과가 있는 것을 처음 느끼기도 했다.

일어나 다시 더 올라가려 할 때, 필재의 눈엔 한편 비스듬한 언덕에서 붉은 치맛자락이 깃발처럼 날리는 것이 띄었다. 보니, 한 양장한 여자와 한 와이샤쓰 바람의 남자다. 여자는 꽃을 꺾어 들고 남자는 밀짚모자를 벗어 들고 호랑나비가 나는 대로 춤추듯 뛰놀고 있다. 필재는 처음으로 남녀의 동반(同伴)을 부러워도 해 보았다.

필재는 이날 석양에 삼방을 떠났다. 한 군데에, 더구나 삼방과 같이 정열의 충동이 심한 분위기에선 꾹 마음을 안정하고 있을 수가 없었다.

그는 석왕사에 나려 보았다. 석왕사도 그에게 천숙에게 대한 건망증을 주지는 못했다. 그는 하루를 묵고 다시 떠나 원산으로 가 보았다.

원산은 그가 나리는 날 저녁부터 비가 나리었다. 비에 젖는 동해변에서 옷깃을 같이 적시며 운무(雲霧)에 잠긴 바다를 내어다볼 때는 왜 그런지 설움은 더욱 뼈에 사무치는 것 같았다. 더욱이 천숙을 꿈에 본 날 아침은 그만 바다로 뛰어들고 싶은 생각도 한두 번이 아니었다.

이러는 동안 칠월 십칠일이라는 천숙의 혼인날은 겨우 달력 한 장을 남겨 놓은 내일이란 날수로 박두하고 말았다.

필재의 마음은 졸아들 대로 졸아들었다. 무서운 형벌을 앞에 놓은 죄수와 같았다.

순구가 저윽 암담한 낯빛으로

"자네가 내 혼인식에 빠질 심산일세그려."

하던 말이 다시금 귀에 따가웠다. 그리고

"어쩐 일로 필재가 오늘도 보이지 않느냐?"

하고 찾을 박 자작의 인자스런 얼굴과

"그러니 내 집에 이런 대사가 있거든 그 녀석이 어딜 가고 그림자도 얼씬거리지 않는단 말이냐?"

하고 괘씸히 여길 천숙의 어머니, 그리고 천숙이 하나만은 자기의 혼인날이 어서 지나도록 차라리 내 얼굴이 나타나지 않기를 바라려니 하는 아픈 생각까지도 일어났다.

'가자!'

필재는 천숙이가 자기가 보이지 않기를 바라려니 생각하니 반동적으로 불 일듯 가고 싶었다. '가서, 천숙의 바로 턱밑에 앉아서 이 천숙이만이 볼, 내 마음의 칼로 그의 두 눈을 찔러 주리라' 하였다.

'그러나 그게 무슨 소용이 있느냐? 신부로 차린 천숙의 모양은 얼마나 아름다울 것인가! 나는 그 앞에서 온전한 정신으로 앉아 견딜 것인가?'

필재는 어떻게 마음을 먹어야 좋을지 몰랐다.

시계를 꺼내 보았다. 낮차가 떠날 시각은 앞으로 반 시간밖에 없다. 필재는 사환을 불렀다.

"회계 봐 오시오."

"낮차로 떠나시겠습니까…. 날이 들었는데 해수욕 좀 하시구 떠나시죠."

"어서 얼른 회계 봐 오."

필재는 밥값을 치르고 부리나케 정거장으로 나왔다. 나와선 표를 사고, 표를 사고는 다른 사람들과 같이 개찰구 앞에 줄을 맞추어 섰다. 그러나 그의 마음은 차 타러 들어가려는 줄을 가만히 맞추고 섰지만은 못하였다.

'가? 무엇 때문에 가야 하느냐?'

그는 다시 자기 마음의 힐난을 받았다.

'천숙을 노려보려, 천숙의 그 허영의 면사포 자락에 침을 뱉으려….'

결혼식

'아니다!'

필재는 생각만 하여도 울컥 넘치는 비분을 누르며 스사로 고쳐 대답하였다.

'오직 천숙 어머니와 박 자작 때문에 가자. 그들에게 대한 의리로 가는 것이다.'

그러나 필재는 '의리'라는 것을 다시 한번 생각해 보았다. 만일 자기가 오직 그네들에게 대한 의리만이라면 장차 정구의 문제에 들어선 어떠한 방법으로 이 의리를 계속할 것인가 생각해 보았다. 오직 박 자작에게 충실하기 위하여 마음에 없는 정구를 일생의 반려로 맞이할 것인가를 생각해 보았다.

이러는 동안 개찰구는 열리어 뒤에 선 사람들이 등을 밀었다. 필재는 앞의 사람이 나서는 대로 한 걸음씩 따라나섰다.

'정구!'

정구 말고 어떤 아름다운 여자라도 천숙이가 빠져나간 자기의 가슴의 공동(空洞)[305]을 메꿀 수는 없을 것이라 생각하였다. 더구나 황금으로 천숙을 빼앗는 순구의 누이, 천숙의 시누이, 게다가 천숙이 본으로[306] 돈이면 끌리리라는 자신으로 자기를 끌려 함이, 아무리 박 자작의 악의는 아닌 계획이라 하더라도 묵묵히 남자의 천숙이가[307] 될 수는 없다 하였다.

이러는 동안 개찰구 앞에 다다랐다.

"표?"

필재는 표는 손에 들고도 얼른 역부[308]에게 내어밀지 못하고 어물거리다가 뒤에 섰던 사람이 밀치고 앞서 나가는 바람에 옆으로 나서고 말

---

305 텅 빈 구멍.
306 本--. 처럼.
307 남자 천숙이가.
308 驛夫. 역무원.

았다.

'결국 박 자작에게의 정의[309]는 끊어질 운명의 것이다.'

하고 그는 개찰구로 나가지 않고 다시 대합실로 들어가고 말았다.

이내 차 떠나는 소리는 울려왔다.

필재는 대합실에 앉아 순구의 결혼식은 오후 다섯시라니까 가려면 밤차도 있으니 밤차까지 생각하리라 하였다.

그리고 '내일 하루만 지나가면 천숙은 영원히 순구의 아내로구나!' 생각할 때, 자기의 젊은 운명은 한 번도 빛나 보지 못하고 어느새 영원한 암흑의 터널 속으로 굴러 들어가야 할 것처럼 암흑과 적막에의 불안으로 몸과 마음이 한데 소스라쳐졌다.

천숙과 순구의 결혼식은 공회당에서 열리었다.

좋은 날씨이다. 지난밤엔 퍼붓지는 않았으나 꽤 굵은 빗방울이 밤중까지 창을 때리었다. 그래서 신랑집에서는 인천 측후소[310]까지 전화를 걸어 알아보고 신부집 장모될 어른은 딸의 불길한 징조나 아닐까 하여 밤새도록 잠을 이루지 못하고 마당에 나와 하늘을 쳐다보곤 하였다. 쳐다볼 적마다 별 하나 찾을 수 없이 캄캄하기만 할 뿐더러 눈약을 넣는 생각이 나게 굵은 빗방울이 얼굴에 떨어지곤 했으나 날이 밝고 보니 날씨는 닦은 듯 개었다. 두 집의 기쁨은 더욱 컸다.

오후 다섯점을 두 시간이나 앞두고부터 공회당엔 사람이 끓어 들었다. 순구네의 떨거지만 하여도 이삼백 명은 되었거니와 대갓집 혼인이란 바람에 일없는 서울 부인네들의 패장[311]도 적지 않았다.

네시가 지나서부터는 정말 청첩을 받은 귀빈들도 모여들기 시작하였다. 재산가라 제비 같은 예복들로 재계와 관변[312]의 인물들도 자동차를

309 情誼. 친해진 정.
310 測候所. '기상대'의 옛말.
311 '패당(牌黨)'의 오기로 추정. 패거리.
312 官邊. 정부나 관청과 관계된 쪽.

몰아 모여들었고 귀족이라 화려한 비단에 쌔인 안손님들도 식장을 꽃밭을 이룰 듯 모여들었다.

정각이 가까워 올수록 신랑과 신부의 마음은 탔다. 그들의 속은 조금만 켕기면[313] 찢어지고 말 정도로 긴장되었다.

그러나 그렇게 긴장한 때문은, 신랑과 신부가 한가지가 아닌 것은, 신랑 순구는 오직 만족으로 한 걸음 앞에 행복의 절정을 놓은 긴장이었고, 신부 천숙은 오직 불안으로 한 걸음 앞에 비극의 절벽을 놓은 긴장이었다.

천숙의 마음, 그것은 워낙 필재의 것에 비기면 미명[314]에다 비단 같은 것이었다. 필재의 것이 쓰리었다면 천숙의 것은 저리었다.

천숙은 필재가 동경서 나오던 날, 낮에와 저녁에 두어 번이나 어멈에게 은근히 물었다.

"어멈, 사랑에 누가 있어?"

하고 물어, 어멈이

"아모도 안 계서요. 사랑 서방님도 출입하셨어요."

할 때, 천숙은 속으로 필재를

"옳지. 가회동으로 올라갔군."

하고 정구에게 대한 질투로 손이 다 떨리곤 하였다. 그리고 혼인날을 꼽아 보았다. '어서 순구네 집 사람이 되어 가지고 순구를 끼이고 필재와 정구의 혼인을 훼방하리라' 그리고 자기는 죽어도 그만이란 결심으로 입을 악물곤 했다. 그러다가 필재가 삼방으로 갔다는 것도 이내 천숙은 전보를 받듯 알았다. 장차 장인 될 박 자작에게서 보약과 여비를 타 가지고 삼방으로 정양하러 갔다는 양생스런[315] 말을 듣고 천숙은 '흥, 호강이로구나! 그런 바람에 나를 버렸구나. 더럽구 치사스런…' 하고 원망

313 팽팽하게 되면.
314 '무명'의 방언.
315 얄미운.

하다 멸시하다 울다 한 것이다.

혼인날인 이날 아침에, 전날에 약간 눈치는 채인 어머니는 조용한 구석에서

"오늘두 필재 너석이 안 보이는구나."

하고 딸의 기색을 엿보았다. 천숙은 울음처럼 울컥 쏟아지는 말로

"그까짓 너석 안 오문 못 하나…" 하였다.

"아서라. 그렇게 말아야 쓴다. 너희 집 시부모가 어떻게 떠받을 사람인데 그러냐."

하고 말을 나무랐다.

그러나 정작이 되어 즐겁기보다는, 비극 「로엔그린」[316]에서 나왔기 때문인지 비장스럽게 들리는 웨딩마치가 울리자 주례자 앞에 활발히 나타나는 네 사람의 신랑의 행진 속에는 신랑보다도, 어떤 다른 들러리보다도 가장 늠름한 체격과 청수한 이목을 빛내는 들러리가 있었으니 그는 윤필재였다.

필재는 밤차로 원산을 떠나 순구의 혼인에 대어[317] 오기는 했으나 들러리까지는 생각도 하지 않았었다. 그런 것을 박 자작이 시키었다.

박 자작의 뜻은 자기 딸 정구가 신부의 들러리를 선단 말을 듣고 아들과 며느리의 한 쌍도 바라보거니와, 딸 정구와 장래 사위 필재의 한 쌍도 가지런히 선 것을 미리 한번 보고 싶은 때문이었다.

필재는 굳이 끝까지 사양하지 못한 것은 오직 박 자작의 말이 어려워서였다. 정구와 자기와의 혼인 말은 아직 박 자작의 입에서나 정구 어머님의 입에서 정식으로 떨어지지 않은 이상, 지레짐작하고 당면한 일과 혼동할 필요는 없는 것이니 자기로서 가능한 데까지는 박 자작에게의 의리를 지키고 나가자는 결심을 품고 원산을 떠나왔기 때문에

---

316 Lohengrin. 독일의 작곡가 바그너의 오페라.
317 정해진 시간에 맞추어.

"이놈! 내 말을 안 듣구?"

하는 자작의 말을 굳이 거역하지 못함이었다.

신랑의 일행이 주례청에 머무르자 여기까지 끌리어 왔던 만당[318]의 시선은 다시 정문으로 쏠리었다. 거기는 백공작(白孔雀)의 무리와 같은 신부의 일행이 나타난 것이다.

인형 같은 두 아기는 조그마한 광주리에 담은 새빨간 장미꽃을 눈 마당 같은 비단길 위에 송이송이 떨구었고 그 꽃송이를 즈려밟으며[319] 약간 들러리의 부축으로 들어오는 신부는 고대[320] 문밖에서 꺾은 듯 싱그러운 백합꽃을 한 아름 안았다. 그리고 그의 하늘거리어 물결같이 끌리는 면사포 꼬리에는 신부의 걸음보다는 한결 가벼운 두 켤레 흰 구두가 또박또박 따르고 있었다. 하나는 박정구요, 하나는 그의 동창인 민 판서의 딸이었다. 그리고 신부의 옆을 선 들러리는 이 중에 혼자 애티를 잃은 이 선생이라는 천숙의 중학 때 재봉 선생이었다.

구경꾼들의 눈은 신부에게서 들러리들에게로, 들러리들에게서 다시 신부에게로 방황하였다.

"신부 인물이 기중이군![321]"

"내가 사내라도 탐낼 만한데!"

"뉘집 딸은 저렇게 선녀 같을까!"

아낙네들 자리에선 예서 제서 이렇게들 수군거리었다.

신부는 애초부터 신랑 편에 어떤 사람들이 들러리를 서는지 알 리 없었다. 그것도 마음에 있는 혼인이라면 미리 저희끼리 만나 들러리보다 못한 것이라도 서로 의논하고 서로 알고 할 것이지만 천숙은 도시[322] 아

---

318 滿堂. 공간을 가득 채운 사람들.
319 조심스럽게 살살 내어 밟으며.
320 이제 막.
321 그중 가장 낫군!
322 도무지.

불관언[323]이었다. "이 옷을 입어 보아라" 하면 입어 보았을 뿐, "이 신을 신어 보아라" 하면 신어 보았을 뿐, 오직 인형과 같이 움직이었을 뿐이다. 더구나 갑자기 뛰어든 필재의 신랑 편 들러리를 천숙은 알 리가 없었다. 식장을 행진해 나오면서도 약간 소곳한[324] 얼굴에서 눈은 다시 떨구어 길만 보았다. 그저 '저기 순구가 섰으려니!' 하고 한 걸음 두 걸음 나아갈수록 송충이나 굼벵이가 가까워 오듯, 전신에 소름을 느끼었을 뿐이다.

필재는 조금도 어색함이 없이 천연스런 들러리였다.

'연극으로 알고 하자! 인생이 모다 제목 없는 연극이거니 하면 고만 아니냐.'

하고 필재는 천숙을 보기가 싫으면 구경꾼들을 보며 천연스러움을 꾸미었다. 단지 어느 구석에서고 강수환이가 남다른 날카로운 눈으로 지금 자기의 모양을 비웃으며 바라보고 앉았을 것이 무엇보다 불쾌스럽기는 했다. 그리고

'이렇듯 허위의 행동이 일찍 내 생활에 있었던가?'

생각하니 스사로 분한 마음도 솟아났다.

주례의 집행은 그 느리던 신부의 행진에 비기어 너무나 스피드로 진행되었다.

"심천숙. 그대는 이 박순구로 더불어 남편을 삼되 앞으로 어떠한 간난[325]이 있든지 영원히 이 남편 하나만을 섬기고 사랑하고 복종하겠나뇨?"

하니 천숙은 모기 소리만은 하나 제일 끝으로 섰는 필재의 귀에도 또렷하게

"네."

323 我不關焉. 상관하지 않음. 오불관언(吾不關焉).
324 고개를 조금 숙인.
325 艱難. 힘들고 고생스러움.

결혼식   179

대답하였다. 그리고 나선 순구는 주례가 시키는 대로 천숙의 왼편 손을 이끌어다 그 마디도 없는 듯 아스파라거스 같은 무명지, 바로 동경 시외에서 필재가 반딧벌레 하나를 그려 준 그 무명지에다 결혼의 표적이란 주례의 선언하에서 순금 반지를 끼워 주었다.

장엄한 웨딩마치는 다시 울리었다.

따로따로 들어왔던 신랑 신부는 팔을 겯고[326] 돌아섰다.

인형 같은 플라워 걸들이 다시 앞을 서 행진을 시작하니 신랑 신부의 짝이 따라 움직이었다.

신랑과 신부의 뒤에는 무론 양쪽의 들러리들이 섰던 순서로 짝이 되어 따라나왔다. 그런데 맨 갓으로[327] 섰던 필재와 정구는 맨 나중의 짝이 되었다.

필재는 천연스러웠으나 정구는 신부보다도 도리어 붉어진 얼굴을 떨어뜨리며 나왔다.

박 자작의 심중은 흔연하였다.

"대감, 얼마나 기쁘시오니까?"

혹은

"대감은 인덕까지 많으시어 자부[328]님이 매우 총명하시겠는데…."

하는 치하(致賀)를 받을 때 자작은 마음속으로

"저 사람도 좀 보아 주시오. 저 사람은 불원해 내 사위 될 사람이오."

하고 필재를 가리키고 싶었다.

박 자작은 몸소 행길로 나와 서서 자기 집 사무원들과 하인들을 시켜 한 사람도 걸어가지 않게 자동차를 지휘하였다. 일이 바빠 피로연으로 가지 못하고 바로 집에 돌아가는 사람이라도, 보아서 알 만한 사람이면 모다 자동차로 보내었다. 그리고 다시 식장으로 올라와 사진을 찍는 데

---

326 서로 팔짱을 끼고.
327 맨 가장자리로.
328 子婦. 며느리.

제이의 운명

도 참례[329]하고 맨 나중으로 명월관으로 왔다.

명월관에 와서는 명월관이 생긴 후 최초의 큰 잔치가 열리었다. 손님 수효가 많은 것으로도 처음이었거니와 값진 음식으로만 가짓수 많이 차려 보기도 처음이었다.

천숙은 명월관에 와서야 필재가 자기 혼인에 참석한 것을 발견하였다. 더구나 예복을 입고 신랑의 들러리로 나왔던 것을 깨달을 때, 천숙은 불덩어리를 입에 무는 듯 오직 얼굴에 뜨거운 직각뿐[330] 정신을 잃었다. 나중엔 혹 잘못 보았나 하여 다시 신랑이 앉은 편을 살피려 했으나 뚱뚱한 신랑이 가려 몸을 기웃거리기 전엔 신랑 편 들러리들이 잘 보이지 않았다. 그런데 자기 오빠가 신랑 편 들러리들에게 술을 권하노라고 돌아갈 때 거기선 틀림없이 필재의 소리가 났다.

"몸이 좀 탈이 나서 삼방 갔다가 오늘 아침에야 올라왔습니다. 그런데다 갑자기 들러리 설 준비로 가 뵙지도 못했습니다."

"아무턴 더운데 두꺼운 옷을 입고들 수고했네."

그리고 나중에 용언이가 낮은 목소리로

"필재, 여기서 파하거든 나가지 말고 나 좀 보세."

하는 소리까지 천숙은 한 마디도 놓치지 않고 들었다.

천숙은 자기 오빠가 필재에게 무슨 말을 하려고 나 좀 보자나 하는 생각보다도 필재에게 원망스런 생각만이 더욱 새롭게 타올랐을 뿐이다.

"무골충[331]! 철면피 같으니!"

하고 세상에 잘난 줄 알았던 사나이도 결국 저 꼴이로구나 생각하니 차라리 남성에 대한 아직까지의 기대는 단념해 버리고 박순구 같은 위인도 달게 알고 사는 것이 현명하지 않나 하는 생각까지도 일어났다.

백여 통의 축전의 낭독과 수십 명의 명사 귀빈들의 지리스런 축사를

329 參禮. 참여.
330 뜨거운 것만 강하게 느낄 뿐.
331 無骨蟲. 줏대 없이 무른 사람.

섞어 잔치는 세 시간 만에 끝이 났다.

날은 이미 밤이었다. 자리가 문 가까이부터 파하기 시작할 때 술이 얼근해진 용언이가 필재의 뒤로 왔다. 그리고 정신 나간 사람처럼 멍하여 앉았는 필재의 어깨를 부채 꼭지로 툭 치었다.

놀라 일어난 필재는 용언을 따라 복도로 나왔다. 기다란 복도가 꺾이자 용언은 돌아섰다.

"다른 게 아니라, 으레로 짐작은 했지만 신랑의 친구들이 신랑을 어디로고 따 가지고 갈 셈들일세⋯."

"⋯그런데요?"

"이번엔 신부 편에서 담당하는 것이니까 내가 거기 참석을 하면 놀음이 끝이 없을 걸세. 그러니 자네가 내 대신 가서, 자 이걸로, 이게 일백오십 환이니 이걸 넘지 않도록 해 주게."

하면서 용언은 두두룩한[332] 봉투를 내어주었다. 필재는 받아 바지 주머니에 넣었다.

"이 사람, 이따 옷 갈아입을 때 조심하게⋯. 그리고 신랑은 열시 안으로 돌려보내야 하네."

"네⋯."

"잊지 말구 신랑은 열시 안으로 인력걸 태서 보내게⋯. 가회동이 아니라 우리 집일세, 알겠나?"

"네."

다시 회석(會席)으로 돌아오니 자리는 벌써 완전히 헐리어 앉은 사람은 하나 없이 모두 일어섰다. 그런데 강수환을 필두로 수십 명의 신랑의 친구들은 이미 이중 삼중으로 신랑을 에워싸고 공론이 분분하다.

필재는 그 공론 속으로 뛰어들어 모든 것을 장담하고 혼자 맡았다. 그리고 신랑은 일단 신부와 함께 신부댁으로 보내었다가 우리가 어디로

---

332 두둑한.

고 자리를 정하고 다시 신랑을 청하자는 의견을 내어 신랑을 밖으로 데
려 내왔다. 나와 보니 신부는 벌써 자동차에 올라 신랑의 자리를 남겨
놓고 얼굴을 들어 보지는 않으나 기다리고 있었다. 순구는 필재에게

"곧 인력걸 보내게."

하면서 자동차에 올랐다. 자동차는 육중한 순구에게 밟히자 한편으로
기우뚱하였다. 운전수는 신랑까지 오르매 공손히 문을 닫고 운전대로
들어갔다.

필재는 자동차들의 구르기 시작하는 경쾌한 엔진 소리를 뒤로 들으
며 곧 회석으로 돌아왔다. 그리고 강수환을 보고,

"어디고 장소는 자네에게 맡기네."

하니 수환은 몇몇 친구들과 수군거린다.

필재는 다른 방으로 가 옷을 갈아입었다. 그리고 강수환이가 앞서는
대로 여러, 알기도 하고 모르기도 하는 친구들에게 끼어 명월관을 나왔
다.

이 이십여 명의 한 패는 식도원[333]으로 몰리었다. 벌써 밤은 아홉시다.

"기생 불러라."

"신랑부터 불러야 된다."

"이 신랑은 단단히 달아야 한다. 기생을 하나 앞에 하나씩 불러라."

"하나 앞에 한 명씩! 모두 몇 명인데?"

하고 사람 수를 헤이는 사람도 있다. 필재는 밖으로 나와 관철동으로 인
력거를 보내었다. 그리고 상을 시키고 기생 칠팔 명을 부르게 하되, 필
재 자신은 화류계에 백지라 그저 명창과 절색을 반반씩이라는 조건으
로 사무실에 일임하였다.

신랑은 상보다도, 어느 기생보다도 먼저 들어섰다. 잠자리 나래 같은
모시 두루마기에 깨끼 고의적삼에 날려는 듯한 차림이다.

---

333 食道園. 남대문로에 있던 근대식 요릿집.

“신랑이다! 쉬!”

“헹가래를 쳐 주자!”

대부분이 학생들이라 우악스럽게 덤벼들었다.

“가만 있게. 두루마기나 좀 벗세.”

“아따, 두루막 좀 꾸기기로.”

“허! 우리 색시한테 첫날밤에 자볼기 맞게[334]….”

신랑의 뒤를 이어 상이 들어오고 기생이 연달아 들어섰다. 술이 돌아가고 소리와 잡담과 담배 연기와 웃음소리, 장구 소리, 수저 소리… 이리하여 자리는 곧 흥겨워졌다. 기생은 필재의 곁에도 하나 앉았다.

“당신 이름 뭐요?”

필재는 몇 번이나 권하는 잔을 한 번도 들지 않고 몇 번이나 건네는 말에도 제법 대꾸를 못 하고 앉았다가 자기 속으로는 미안스런 한편, 될수 있는 대로 다른 데 마음을 팔아 보려 기생의 이름을 물었다. 그런데 마주 앉았던 순구가 껄껄 웃음을 치며

“이 사람, 기생 애들더러 당신은 무슨 당신. 자네 기명(妓名)이 뭣이지?”

하고 가로막는다. 그러나 기생은 역시 필재에게 커다란 눈방울을 굴리며 대답하였다.

“초월이야요.”

“초월이! 무슨?”

“남초월이야요.”

하고 초월이는 피던 담배를 필재에게 내어민다.

필재는 초월이가 주는 불이 빨간 해태[335]를 받았다. 그리고 익숙한 체입에 물고 빨았으나 남 보기엔 담배를 잡는 것부터 을리지 않았고 연기

---

334 남편이 아내에게 꾸지람을 듣게 되는 상황을 뜻하는 관용구.
335 일제강점기 총독부 전매국 초창기에 발매된 궐련 형태의 고급 담배.

제이의 운명

를 뿜는 것은 더욱 서툴러 보이었다.

"담배도 못 피시누면 아주 모범 학생이신데, 호호…."

하며 초월은 주었던 담배를 다시 뺏아다 제가 핀다.

필재는 손이 싱거워 젓가락을 들었으나 어느 것을 집을지 모르는 것처럼 한참 들고만 있다가, 보는 사람이 없으니 슬며시 그냥 놓고 말았다.

남들은 술을 마신다, 안주를 집는다, 기생과 실없은 수작을 즐긴다, 모다 취흥이 도도한 판이나 필재, 그리고 순구만은 어딘지 그 질탕한 분위기에 젖지 않고 따로 두드러졌다.

순구는 술 대신 사이다 잔만 들었다 놓았다 하였다. 그리고 가끔 기생들과 농담을 바꾸기는 하면서도 슬금슬금 소매를 들치고 시계를 나려다보고 머리를 긁곤 했다.

필재는 처음부터 순구의 눈치만 눈에 걸리었다. 기생도 요리상도 안중에 없었다. 능글능글한 순구의 얼굴, 그 얼굴이 표정하는, 얼른 천숙에게 가고 싶어 하는 것만이 눈을 피하려 하여도 눈은 틈틈이 저절로 끌리었다.

"필재."

순구가 또 시계를 보더니 넌지시 불렀다.

"왜?"

"자네도 곤한 눈칠세그려."

필재는 순구의 말이 남을 위함이 아니라 어서 자기가 가고 싶다는 뜻인 것을 짐작하였다.

"참, 몇 신가?"

"열점이 지났는걸."

필재는 큰소리로 여러 사람의 입을 막았다. 그리고 취한 사람들의 힐난도 있었으나, 신랑만은 먼저 자리를 일게 하였다.

필재는 기다란 복도로 순구의 앞을 서 나올 때 마음은 모질게 먹으면서도 다리는 후들후들 떨리었다.

"인력거! 인력거 하나."

필재는 자못 용기를 내어 활발스럽게 인력거를 불렀다.

"이분을 태고 이분이 가자는 댁으로 가서는 자네가 먼저 안으로 쑥 들어가게. 그리구 '신랑 오섰습니다' 하고 소리를 쳐 드리게."

인력거꾼은 그렇게 큰소리로 떠들게 뭐냐는 듯이 낮은 소리로

"알아들었습니다" 했다.

순구는 구두를 신되 끈은 푼 채 두고 인력거에 오르며 전날 자기 집 사랑에서 하듯 필재에게

"기오 와루꾸스루나요(언짢게 생각 말게)."

했다. 필재는 안 나오는 웃음을 억지로 "허허허" 하고 웃고

"지또모(조금도)."

하였다.

그러나 순구의 인력거가 큰 행길로 사라지고 만 뒤에도 그는 발이 붙은 듯, 얼른 움직이지 못했다. 행길에 전차가 둘인가 셋인가 지나가도록 섰다가 비로소 발을 떼었다. 그러나 회석으로 들어오다가 보이들이 앉는 자리인 듯, 복도에 놓인 걸상을 보고는 거기에 펄썩 주저앉고 말았다.

"천숙의 껍질, 그 향기롭던 영혼은, 이미 날아가 버린 그 가화(假花)와 같은 천숙의 껍질, 고깃덩이, 그까짓 것에 이다지 미련을 두는 게 얼마나 어리석으냐! 치사스러우냐!"

는 하면서도 역시 의지와 감정은 한 덩어리가 아닌 듯, 질투에 타는 마음은 날래 식지 않았다.

필재는 새로 두시나 되어 식도원을 나왔다.

그는 회계를 치르노라고 맨 나중 혼자 나오니 거리는 잠든 집안처럼 잠잠하였다. 전차 끊어진 전찻길 위에 서서 그는 어디로 가야 할지 한참 생각하였다. 하늘은 별 하나 보이지 않고 새벽 공기나마 비를 인 때문인

지 선선한 바람 한 갈피 일지 않았다.

　필재는 저도 모르게 광천교를 건너 관철동 골목으로 들어섰다. 하긴 가회동으로 올라가려도 질러가는 길도 되었다.

　'여긴 무엇 하려?'

　그는 천숙의 집 문 앞에 머무른 제 그림자를 나려다보고 스사로 비웃었으나 그렇다고 얼른 걸음이 떨어지는 것도 아니었다.

　천숙의 집도 무론 잠잠하였다. 천숙이와 순구는 아직 잠이 들지 않았는지 그건 모르지만 아무튼 밖에서 보기에는 모두가 잠이었다. 열어제낀 행랑 들창에서 아범의 코 고는 소리만 드렁드렁 울려 나올 뿐, 아무 것도 볼 것도 들을 것도 없었다.

　필재는 가회동으로 올라와서도 닫혀진 대문 앞에 한참이나 가만히 서서 흐린 새벽하늘만 쳐다보았다. 나중에 빗방울이 떨어지는 것을 느끼고는 대문으로 가서 지그시 밀어보니 떨걱 하고 빗장이 맞섰다. 두어 번 흔들어 보았으나 줄행랑 가운데서 하나도 대꾸가 없었다. 그 대신 어디선지 세시를 때리는 시계 소리가 났다.

　"세시!"

　그는 혼자 중얼거리고 얼굴을 하늘로 쳐들어 보았다. 하늘에선 역시 빗방울 두어 점이 이마를 때리었다. 그까짓 두어 시간만 지나면 밝을 날을 길에서라도 새이고 싶었으나 비 때문에 그렇게 할 수도 없다. 그래 필재는 다시 가서 대문을 흔들어 보았다. 두 길도 더 되는 솟을대문이라 소리 나게 흔들려니 그것도 힘이 든다. 나중엔 대문 가까이 붙은 행랑 들창을 두드리니 그제야

　"누구야? 아닌 밤중에 누구란 말야?"

하고 대꾸가 나오는데 그 누워서 소리만 내던지는 목소리가 어찌 거세고 무뚝뚝하고 아니꼬운지 그만 필재는 어두운 구석으로 서너 걸음 물러서고 말았다. 그래도 혹시 대문이 열릴까 했으나, 대문을 열기는커녕 그 행랑에선 이내 다시 코 고는 소리만 나오고 말았다.

필재는 다른 행랑에 가서도 창을 두드릴 용기가 없어졌다. 그는 빗방울이 점점 잦아지는 것도 가리지 않고 순구네 그 대문 앞 넓은 마당을 휘적휘적 나오고 말았다.

필재는 파고다공원으로 나려왔다. 정신없이 나려온 것이었다. 정신없이 나려온 것이 공원 문은 그냥 열려 있을 줄만 안 것이다. 그런 것이 뒷문이 잠기었고 앞으로 돌아와 보니 앞문도 잠기었는데 비는 제법 쏟아지기 시작하여 모자챙에서는 낙숫물이 쉴 새 없이 떨어진다. 엷은 세루[336] 바지는 어느덧 넙적다리께가 처끈처끈[337]해지며 살에 잠기기 시작했다.

그는 흥분과 함께 몸이 식으며 몹시 떨리었다. 나중에는 이가 떡떡 마주치었다. 그렇게 되고 보니 이는 추위만으로만 마주치지 않았다. 필재는 독한 계집과 같이 뼈에 스미는 원한을 품어 보기는 실로 처음이었다.

여관으로라도 들어가리라 하고 여관을 찾노라고 어느 뒷골목으로 들어서 보니 아직껏 문을 열어 놓은 술집이 하나 있다. 들어서 보니 선술집이라는 것인 듯한데, 일꾼인 듯한 사내 하나는 부엌 바닥에다 가마니 쪽을 펴고 쓰러져 있고 술청[338]에는 주모가 조그만 손금고를 끌어안아 베고 옷 입은 채로 잠이 들었다. 아직껏 문을 열어 놓은 것이 아니라 문닫기를 잊고 잠이 든 꼴이었다.

"술 파오!"

필재는 쿵 쿵 몸에서 비를 떨며 소리를 내었다. 주모는 벌떡 일어나며 사람은 미처 보지도 못하면서 직업적으로

"어서 옵쇼."

한다. 그리고 벌써 새벽인 것은 생각할 여지 없이 그저 자기가 잠깐 깜

---

336 네덜란드어로 '짜임이 튼튼한 모직물'을 뜻하는 'serge'의 일본식 발음.
337 (물기 있는 것이) 달라붙는 느낌.
338 술 마시는 긴 탁자. 또는 그런 탁자를 둔 술집.

제이의 운명

박하고 잠이 들었었거니만 여기는 듯 술구기[339]를 들었다.

필재는 한 잔 약 먹듯 쭉 들이켰다.

"한 잔 더 따르랍쇼?"

"더 따루….'"

하는데 골목을 지나던 시커먼 그림자가 하나 우뚝 섰다. 나중에 들어오는 것을 보니 순사요, 말하는 것이 일본 순사였다.

"난다(뭣이야)?"

하고 순사는 멸시하는 눈총으로 필재의 아래위를 훑어보았다. 그리고 필재가 얼른 대답도 없고 뻐젓이 섰기만 하니까 또 소리를 질렀다.

"난다 오마에(뭐냐, 네가)?"

"히토다요(사람이다)."

하고 필재는 그냥 뻣뻣이 섰다.

"이마고로 사게노무 야쓰가 도꼬니 아루까(지금 술 먹는 놈이 어디 있어)?"

"고꼬니 아루자나이까(여기 있지 않느냐)."

순사는 필재의 말이 떨어지자마자 필재의 뺨을 올려붙였다. 그리고

"고이(가자)."

하고 필재의 손목을 붙들더니 '지금이 몇 신데 술을 파느냐'고 주모를 한참 닦달을 하고는 필재를 끌고 나왔다.

필재는 순사가 하자는 대로 따라가서 어느 파출소 마루에서 뺨 두어 개를 더 얻어맞고 이름을 적히고 꿇어앉아 밤을 새고 나왔다.

339 술을 풀 때에 쓰는 도구.

웃지 않는 며느리

천숙이가 시집와서 처음엔 모다 이쁜 아씨, 이쁜 며느리라 불려졌다. 시아버니와 친시어머니에겐 무론이요, 탈 잡기 좋아하는 크고 작은 다른 네 시어미들도,

"너무 이뻐서 명이 붙은 데가 없군[340]."

하고 방정맞은 소리를 할지언정 천숙의 이쁨을 한구석이라도 헐지는 못하였다.

천숙의 쪽 찐 모양은 정말 아름다웠다. 워낙 동양화적으로 가냘픈 몸매여서 근육의 양감(量感)을 요구하는 서양 의복은 처음부터 천숙에게 이상적 복장은 아니었다. 그것을 모다 떨쳐 버리고 순 조선식으로 옥비녀에 쪽을 찌고 섬섬한 여름 비단을 육간대청[341]에 발이 안 보이게 끄는 양은 우의(羽衣)[342]를 날리는 선녀인 듯하였다. 구태여 탓을 잡자면 그야말로 너무 알른알른하여 유리그릇과 같이 명 붙은 데가 없다고도 할 만하였다.

그러나 이 이쁜 아씨, 이쁜 며느리에는 시집온 지 열흘이 못 되어 곧 다른 별명이 붙여졌다. 그것은 웃지 않는 아씨, 웃지 않는 며느리다.

시어머니는 며느리를 즐거이 하려 친정어머니도 가끔 인력거를 보내어 초대를 하였고 나중엔 시아버니가 위험스럽다고 말리었던 신혼여행도 금강산으로 떠나게 하였다.

그러나 금강산에서 돌아온 다음에도 며느리는 웃는 걸 볼 수가 없었

---

340 명이 짧을 것 같군.
341 六間大廳. 여섯 칸이 되는 넓은 마루.
342 깃털옷.

다. 어떤 때는

"너 어디가 아프냐?"

하고 물어도 보고

"친정어머님 좀 와 계시라랴?"

하고도 눈치를 보나 며느리는

"아닙니다."

"그만두십쇼."

할 뿐, 명랑한 표정을 보이는 적이 없었다. 혹시 자기 아들이 그동안 방탕한 출입이 있었나 살펴보아야 순구는 천숙과 혼인한 후로는 밖에 나가서 저녁 열시를 넘기는 날이 없이 저희들 방에 들곤 하였다. 시어머니는 무슨 때문인지 며느리의 우울을 풀어낼 재주가 없었다.

　남 보기엔 천숙은 무론 호강스러웠다. 부귀가 저 한몸에 실리었고 남편의 돌봄이 또한 크다. 다섯 시어미들의 열 눈속이 모다 자기를 겨누는 배 아닌 것도 아니지만 그들은 모다 표범이나 이리였다. 순구가 한 번 지르는 소리면 모다 사자의 소리를 들은 듯, 자취를 숨길 존재들이었다. 오직 순구 하나만이 애지중지해 주는 날까지는 무서울 것이 하나도 없는 천지였다. 그런데도 천숙은 이런 부귀와 권도[343]와 금실의 낙이 모다 안중에 들지 않았다.

　밤이 가까워 오면 거머리나 굼벵이가 자기 앞으로 기어드는 것처럼 소름이 끼치었고 더구나 정구를 볼 적이면, 정구는

"언니, 새언니!"

하고 따르는 시누이언만, 볼을 쥐어박고 싶게 밉살머리스러웠다. 속으로

"저따위 것에게 필재를 빼앗기다니 더러운 재물!"

하고 이가 갈리는 것이었다.

343　權道. 권력과 세도.

이러므로 천숙은 웃어 보려야 웃어 볼 일이 없었다.

이럭저럭 양력 구월이 오자 남편 순구는 새 아내와의 이별을 아끼는 듯 낮에도 별로 바깥에 나가지 않았다. 순구도 무론 천숙의 우울을 깨닫지 못함은 아니었다. 오히려 처음 몇 달 동안은 필재를 못 잊으려니, 그러나 나중엔 미운 정이라도 들고 보면 그만이지 생각과, 또 한 가지 순구의 욕심은 차라리 천숙이가 언제까지든지 이렇게 뾰로통해서 있었으면도 하였다. 그것은 순구만이 경험하는 독특한 심리요 감정이니, 순구에겐 일찍이 이다지 자세 부리는[344] 계집이 없었다. 모다 오장이라도 헤쳐 먹일 듯이 달라붙은 계집들뿐이었다. 그래서 제 자신이 몸이 달아 덤비게 하는 그렇게 빼고 거만스런 계집이 도리어 원이더랬었다. 그래서 순구의 눈엔 천숙이가 그렇게 쌀쌀스러움, 뾰로통함이 얼마나 매력을 느끼는지 몰랐다.

그는 이학기 개학날이 일주일이나 지나서야 아내를 떠났다. 떠나던 날 순구가

"내가 가는 대로 편지할게. 이내 답장해야 해…."

하였으나 천숙은 눈을 내리깔고 입을 열지 않았다.

남편이 떠나가자 천숙은 몸만은 저윽 편안스러움을 느끼었다.

조반(早飯) 전에 시부모님께 아침 문안을 드리는 것 외에는 긴긴 낮, 긴긴 밤이 온통이 한가스러웠다. 더구나 남편이 없으므로 몸하인[345]이 방을 떠나지 않아, 옷 한 가지 꺼내고 넣는 것이나 자리 펴고 개키는 것까지라도 자기의 손을 놀릴 필요가 없었다.

그러나 몸이 이렇게 한가할수록 마음은 반비례로 바빴다.

생시(生時)에는 정구를 대할 때마다 가슴이 부르르 떨리며 금세 무슨 말을 내어야만 할 것처럼 마음이 초조해지는 것이며, 잠 속에서는 현실

---

344 유세 부리는. 도도하게 구는.
345 곁에 있으며 잔심부름하는 하인. 몸종.

을 초월하여 옛날의 필재와 더불어 즐기기에 마음은 쓸데없이 열정의 현상을 이루는 것이었다.

이렇게 마음은 생시와 잠 속을 통하여 한가지로 어지러웠다. 어서 정구와 필재의 혼담을 더 진전이 되기 전에 끊어 놓고 싶었으나 시아버님은 무론, 시어머니도, 정구 당자도 자기에게 필재에 관하여 정식으로 묻기는커녕 빗대고 떠보는 말 한마디 찾을 수 없었다. 그리고 설혹 앞날에 "너는 필재와 남매간같이 자랐다니 묻는다" 하고 말이 나온다 치더라도 어떠한 의견으로서 감히 시누이의 운명을 좌우해 볼 수가 있을 것인가.

허턱 "그 사람은 나쁜 사람이오" 할 수도 없고 "그 사람은 정구를 정말 사랑하지 않고 정구가 가지고 올 재물 때문에 끌려오는 것이오" 한다 하여도 정말 그 말이 설 수 있는 말일는지도 의문이었다. 무론 죽기를 각오한 일이니까 나중에 당해 보아서 무서워 못 할 일은 없겠지만 이런 것이 모다 잠시를 편안치 못하게 마음을 볶는 것이었다.

꿈은 꿈대로 마음을 볶았다. 꿈은 현실을 가장 용감스럽게 부인하는 것으로, 당장 순구와 한자리에 누웠으면서도 가슴속엔 필재를 품을 수가 있었다. 옛날의 살뜰스럽던 필재를 옛날 그대로 더불어 사랑을 속삭이다가 눈을 뜨면 필재는 간 곳이 없고 개기름이 쭈르르 흐르는 순구의 볼따구니가 불룩불룩 냄새나는 숨을 쉬고 있는 것이었다.

그럴 때마다 천숙은 소름이 쪽 끼치었고 소름이 사라지면 진땀이 잠옷을 흥건하게 적시는 것이었다. 남편이 동경으로 떠난 후 이 괴로움만은 얼마쯤 가벼워졌다 할까.

천숙은 하[346] 마음이 산란하면 피아노로 갔다. 실상은 이 피아노도 순구가 사 준 것이나 천숙이가 알기에는 동경서 오라버니가 사 준 것이었다.

피스도 내어놓지 않고 아무것이나 손에 익은 것을 두어 번 짚어 보면

---

346 하도. 몹시.

으레 이 뜰 저 뜰에서 침모, 찬모[347], 하인배들이 우르르 모여들었다. 그러면 천숙은 짧은 곡조 하나도 제대로 쳐 보지 못하고 물러앉곤 하였다.

남편에게선 가는 길로 곧 편지가 나왔다. 사연은 그동안 집안에 별 연고 없었느냐는 문안으로부터 자기는 그대를 두고 와서 몸이 반쪽만 온 듯, 일찍이 이렇듯 허전한 마음을 경험한 적이 없었노라는 엄살과, 혹여 여러 시어머님들이 귀에 거슬리는 말이 있더라도 내가 돌아갈 때까지는 벙어리 노릇만 하여 달라는 것과, 그대의 전 주인집에 가서 그대와 자기가 결혼하였다는 말을 하고 한턱을 내었고, 세(稅) 피아노는 돌려보내었으며 그대의 짐은 종이쪽 하나라도 다칠세라 하고 모다 귀중품으로 부치는 것이니 받아서 손수 정리하라는 것과, 자기가 어머님께 상서(上書)도 할 것이니, 심심하면 친정으로 오고 가고 하라는 것과, 끝으로는 지금 같아서는 그대를 떨어져선 매사가 뜻이 없노라고 기다라니 늘어놓았다.

그러면서도 필재의 말은 일언반구가 없다.

사흘인가 뒤에 짐이 들어왔다. 천숙은 하인들을 시켜 끄르게 하고 책 같은 걸 정리할 때엔 몸하인까지 밖으로 나가게 하였다. 그리고 영어자전을 찾아 그 '히어로'라는 단어가 있는 페이지를 살며시 젖히었다.

그 낯익은 페이지 속에는 명함 반 장만 한 필재의 중학 때 사진이 전날과 변함없이 끼인 채 남아 있었다.

천숙은 좌우를 둘러보고 그 작은 사진을 빼어 손바닥에 넣고, 보는 사람은 없건만 몰래몰래 들여다보았다. 그리고 그 사진을 찢어 버려야 할지 간직해 두어야 할지 몰랐다. 그는 자기가 필재를 미워함인지 사랑함인지 그 경계조차 막연한 애달픔에 눌리어 엎드려 울고 말았다.

새언니의 공부하던 짐이 나왔다니까 정구는 학교에서 돌아와서 책보도 끄르지 않고 천숙의 방으로 달려왔다.

347　饌母. 남의 집에서 반찬 만드는 일을 하는 여자. 식모.

"어쩌문! 이게 언니 책상이우?"

"어쩌문! 이게 언니 친정어머니 사진이군…."

하고 뒤스럭[348]을 떨면서 천숙의 앨범을 뽑아 들었다. 앉지도 않고 서서 들여다보더니

"이이더러 언니, 오빠라구 그런다지?"

하고 천숙의 앞으로 앉으며 다가들었다. 보니 필재의 각모를 쓰고 박은 사진이다.

"그건 어떻게 아우?"

하고 천숙이가 되려 물으니

"오빠가 그리던데…. 이이 사진 내 앨범에도 있지."

한다.

"아가씨 앨범에두? 이런 독사진이우?"

하고 천숙은 저윽 긴장하며 정구의 수그린 얼굴을 들여다보고 물었다. 정구는 약간 붉어진 얼굴로 코를 훌석거리며 대답하였다.

"독사진은 아냐. 오빠하구 둘이 찍은 것. 오빠가 준 거야."

"어디, 아가씨 앨범도 좀 봅시다."

정구는 고개를 끄덕이고 자기 방으로 가더니 한참 만에 옷을 갈아입고 자기 앨범을 끼고 왔다.

정구의 앨범에는 첫 장 한 장엔 자질구레한 자기 사진과 동무들의 사진이 어깨를 부비듯이 수두룩이 붙어 있고 그 장 넘어서는 옹근[349] 한 페이지를 점령한 하가키[350]만 한 사진이 가장 위엄스럽게 붙어 있는데 그것이 필재가 순구와 함께 상반신만 박은 사진이다.

"이 사진만은 꽤 위해서 붙였구라."

하고 천숙은 천연스럽게 농담을 걸었다. 정구는 아까 보던 천숙의 앨범

348 부산스럽게 움직임.
349 온전한.
350 葉書. '엽서'를 뜻하는 일본말.

을 들여다보다가 힐끗 필재 사진에 눈을 던지고는 얼굴의 다시 화끈거림을 느끼는 듯 대꾸는 없이 그저 코만 훌석거리었다.

천숙은 속으로 '아모리 돈을 많이 가지고 가기로니 저런 게 필재의 뜻에…' 하고 일종의 멸시와 함께 자존스러움도 느끼었다. 그리고 비교적 가벼운 어조로 농담처럼

"아가씨하고 우리 필재 오빠하고 약혼했다지?"

하였다. 정구는 못 들은 체 앨범만 들여다보다가 천숙이가

"네?"

하고 다시 대답을 재촉하니까야 얼굴이 당홍[351] 고추가 되며

"언닌, 별난 걸 다 묻네…."

하였다. 그리고 보던 앨범도 덮어 놓고 누가 부르는 것처럼 밖으로 나가 버렸다.

천숙인 몇 번이나 정구의 대답을 입속에서 옮겨 보았다.

'언닌, 별난 걸 다 묻네….'

이것이 약혼한 사람의 말인지 약혼도 그런 마음도 없는 사람의 말인지 또렷이 분간할 수가 없었다. 그러나 전날 민 판서 댁의 말을 들으면 순구를 먼저 하노라고 아직 택일만 남겼을 뿐 약혼 여부는 이미 과거의 문제였었다.

천숙은 정구의 앨범에 뻐젓이 넓은 자리로 붙어 있는 필재의 사진이 비록 그의 독사진은 아닐망정 밉살머리스럽기가 금세 빡빡 쥐어뜯어 버리고 싶은 정도였다.

이렇게 천숙은 천숙이대로 말없이, 웃음 없이 지내는 동안, 슬며시 마음이 상하기는 그의 친 시어머니, 순구의 어머니였다.

웃지 않는 며느리, 이 집에 구미호가 들어왔나, 하는 동서들의 평판이 무서웠기 때문이다. 그래서 시어머니는 시아버니와 상의하고 당분간

351 唐紅. 중국에서 나는 자줏빛을 띤 붉은 물감이나 색.

남편에게로 보내어 그 어린아이 같은 친정 생각이 어서 사라지게 하자
는 것이었다.

"너, 동경 가서 있다가 겨울방학에 같이 나오너라."

천숙은 무어라 대답해야 옳을지 몰랐다. 얼른 "네" 하는 대답도 나오
지 않았고 그렇다고 "싫습니다" 하는 대답은 더욱 나올 수 없었다. 남편
을 생각할 때 먼저 소름부터 끼치나, 가만히 생각해 보면 동경은 가장
자기의 마음을 끄는 곳인 것은 사실이다. 지금 와 무슨 소용이랴만 윤필
재, 그가 있는 곳이기 때문에 막연은 하면서도 동경은 어느 곳보다 먼저
매력이 있는 곳이었다.

필재는 그날 아침, 어느 파출소에서 날을 밝히던 날 아침으로 서울을
다시 떠났다.

늘 벼르던 백제(百濟)의 고도, 부여(扶餘)를 중심으로 하고 고적지와
농촌을 방랑하다가 다시 서울엔 오지 않고 해운대(海雲臺)로 가 개학 때
를 기다렸던 것이다.

필재는 이학기부터는 으레로 순구와 같이 있기가 싫었다. 순구는 단
순한 박 자작의 아들이 아니라 이제부터는 자기의 사랑의 적인 천숙의
남편이기 때문이다. 장지[352]를 밀어 닫으면 방은 서로 딴 방이었으나 조
석으로 마주치는 서로의 얼굴이 은근히 눈치를 보게 되는 것이 몹시 괴
로웠다.

그렇다고 갑자기 순구와 따로 떨어져 있자 하여도 문제였다. 박 자작
에게 무어라고 따로 떨어져 있어야만 되겠다는 이유를 붙일지가 문제
였다. 그래서 필재는 앞으로 이학기 석 달과 삼학기 석 달밖에는 남지
않았으니 이것도 인간의 고행의 하나로 여기고 참고 견디리라 하였다.
그리고 될 수 있는 대로 밤에라도 학교 도서관에 와서 있고 집에 있는
시간을 적게 하기로 하였다.

352 방과 마루 사이에 칸을 막아 끼우는 문.

그러나 그까짓 순구가 옆에 있거나 없거나는 둘째 문제, 그야말로 경경하여[353] 꺼질 줄 모르는 천숙에게의 일념 때문이었다.

'잊어버리자!'

는 하면서도 잊어버리자는 그것이 벌써 잊어버리지 못하는 탄식이며

'그깟 년!'

은 하면서도 그깟 년이란 아직 욕심에 남은 계집이기 때문에 나오는 원망이다.

'사랑이 사람의 전부는 아닐 턴데….'

필재는 자다 말고, 책을 보다 말고, 걷다 말고, 가끔 이렇게 생각하였다. 이런 생각도 현재 자기에겐 사랑 그것이 자기의 전부였던 것처럼, 그런 사랑을 놓친 듯, 오직 눈앞에 암흑만을 느끼기 때문이다.

동경의 가을은 이슬비의 가을이었다. 오직 그리움 일념으로만 고요히 마음이 비일 때, 밤 아마도[354]를 뿌리는 이슬비는 은근히 베갯머리에 속삭이는 것이었다. 그러면 들리는 건 어디 빗소리뿐 아니다. 빗소리에 묻어 드는 벌레 소리는 정에 더욱 간절하였다. 그리고 멀리서 울려오는 전차의 커브 도는 소리까지도, 자기의 고독을 울어 주는 소리처럼 정에 사무침이 있어 몇 번이나 베개를 밀어 던지고 일어나 앉아 보기도 하였다.

이런 밤이 지나간 날 아침은 으레 천숙을 꿈꾼 날 아침이었다. 천숙을 꿈꾼 날 아침은 고독함이 더욱 컸다.

고독하기는 순구도였다. 새 아내의 쪽 찐 얼굴은 아직 온전히 눈에 익지도 않아 눈을 감으면 보일 듯하다가도 사라지고 말아 안타깝기만 한 신정[355] 기분이라 만리 해외에 떨어져 가을밤 벌레 소리를 듣는 마음이 어찌 고독감을 일으키지 않고 견디랴. 필재가 생각하는 것처럼 애절한

353 耿耿--. 마음에서 사라지지 않아.
354 雨戶. '비바람을 막기 위한 덧문'을 뜻하는 일본말.
355 新情. 새로 사귄 정.

　　　　　　　　　　　　　　　제이의 운명

것은 아니로되 한 지아비로서 충층시하에 남기어 둔 어린 아내를 생각하는 마음도 또한 남모를 은근함이 없을 수 없는 것이었다.

이 고독한 사나이와 고독한 사나이는 어떤 때는 사흘, 나흘씩 말 한마디 없이 지내었다.

그러던 차에 순구에게 전보가 왔다. 집에서 '천숙을 보내니 맞으라'는 그리고 '내일 아침 떠난다'는.

이 전보는 온 날 저녁으로 필재도 보았다. 필재는 그 자리에서

"내일 난 다른 데로 주인356을 옮기지."

했으나 순구는

"아냐, 곧 갈는지도 모르구. 또 오래 있더라도 어떤 호텔로 들어야지 여기로야 어떻게…."

하는 바람에 필재는 주인을 옮기지는 않았다.

천숙이가 아침에 당도했을 날 저녁이었다. 필재는 불이 들어온 때에야 집에 돌아와 보니 집엔 아무도 없고 순구가 써 놓고 나간 쪽지만 있었다.

'제국호텔에 들었네. 나도 그리로 가네.'

하는.

필재는 창자에까지 천숙의 생각만 든 듯 저녁밥도 마다하고 책보도 현관에 던져 둔 채 제방으로 와서 혼자 뒹굴어 보았다.

깊어 가는 가을밤 벌레 소리는 여느 날과 마찬가지였다.

순구는 이튿날 학교에도 보이지 않았다. 저녁때 필재가 집에 돌아와 보니 집에도 왔다 간 흔적이 없다.

필재는 울음이 날 듯 쓸쓸하였다.

천숙이가 온 지 나흘째 되는 날 저녁이다. 필재는 이날도 어두워서 집에 돌아오니 이날은 순구가 다녀간 듯, 필재의 책상 위에 전번과 같이

---

356 숙소.

순구 글씨의 쪽지가 놓여 있었다.

'한참 기다리다가 적어 놓고 가네. 다른 게 아니라 내일 저녁 여섯시에 제국호텔서 친구들을 모으고 조그만 만찬회를 여는데 자네도 꼭 참석해 주게. 꼭 와야 하네.'

하는 것이었다.

필재는 밤새도록 생각하였다. 가자 하니 자기가 어리석을 것 같고 안가자 하니 그건 더욱 옹졸할 것 같았다.

또 생각하면 이런, 자기를 비판하는 생각은 둘째였다.

'가자! 얼마나 뻔뻔한 계집이냐? 나와의 추억이 새로울 동경에 와서 순구와 호텔에 묵으면서 너희들 와서 저녁 먹어라? 오냐, 가마. 네가 앉은 자리에 두 번 다시 가까이 갈 내가 아니다. 최후다! 이번이 최후로서 네 뻔뻔스런 얼굴을 이 세상의 요마(妖魔)의 표본으로서 바라보아 주마. 요마 천숙아!'

이렇게 필재는 부르짖은 것이다. 그리고 이튿날 학교에서 나오는 길로 이발소에 가 머리를 깎았다. 조금치라도 초췌한 기색을 보이지 않으려 무슨 국가와 국가 사이의 담판에나 나서듯 꿋꿋한 기개부터 다듬었다. 책보를 든 채, 그리고 미리 가서 어색한 자리에 앉기가 싫어, 오라는 시간보다 좀 늦어서 들어서도록 하였다.

제국호텔에 이르니 여섯시는 이십 분이나 지난 뒤였다.

필재는 속으로 '아마 지금쯤이면 바로 식당으로 들어가려니' 하면서 보이가 안내하는 대로 어둠침침한 고전적인 복도를 한참이나 따라 들어갔다.

"여기올시다."

하고 보이가 문을 열어 주는 방은 식당은 식당이나 큰 좌석이 아니요 조그만 팔러[357]였다.

---

357   parlor. '응접실'을 뜻하는 말이지만, 여기서는 '끽다점' 즉 '찻집'을 뜻함.

제이의 운명

방 안에는 먼저 눈이 부신 식탁이 보이었다. 그리고 자리에서 일어서기도 하고 앉은 채 움직거리기도 하는 여러 낯익은 친구들이 보이었다. 먼저

"어, 왜 늦었나?"

하는 건 순구요, 다음에

"어태 자넬 기다리구들 있다가…."

하는 건 강수환이다. 그리고 다른 친구들은 필재의 눈이 오기를 기다려서 모다 눈으로 인사를 했다.

필재는 비어 있던 자기 자리에 앉은 뒤에야 맨 나중으로 천숙을 찾아 힐끗 눈을 한번 던지었다. 천숙은 모르는 체 소곳하고 앉아 커다란 수프 스푼을 조심스럽게 접시에서 입으로 옮기고 있었다.

이제 막 식사는 시작된 듯, 모다 수프 접시를 받고 있었다.

식탁은 네모난 장방형인데, 서양식으로 주석(主席)에 천숙이가 앉고 그의 맞은편에 순구가 앉았다. 그리고 좌우를 기다라니 세 사람씩 손님이 앉은 것인데 필재의 자리는 천숙의 왼손 편으로 둘째 자리였다.

필재는 보이가 맥주와 탄산을 들고 와

"무얼 부랍니까?"

할 때 선뜻

"맥주."

라 하였다. 그리고 거품이 끓어오르는 고뿌을 들며 또 한번 힐끗 천숙을 던져 보았다. 마침 천숙도 필재를 보던 때라 두 시선은 날아가던 유성(流星)과 유성처럼 불꽃이 일듯 부딪치었다. 그러나 섬광과 같은 순간이었다.

천숙은 양장을 했다. 장미색 이브닝드레스에, 진주 목걸이에, 머리도 미용원에 가 빗은 듯이 얼른 보아도 세련된 솜씨의 화장이었다. 필재는 덤비는 마음과 함께 눈이 더욱 황홀하였다. 일찍이 천숙에게서 이렇듯 고움은 본 적이 없었다.

'요마!'

필재는 속으로 이렇게 끓어오르는 울분을 억제하면서 정신없이 수프만 떠먹는데 갑자기 손뼉을 치는 소리가 났다. 보니 어느 신문사 지국장으로 있는 친구가 냅킨으로 입을 닦으며 일어서는 것이다. 그리고 잔기침을 내이는 것이다.

필재는 얼른 스푼을 놓고 그 친구의 입만 쳐다보았다. 그의 입에서는 가장 조심스러운 어조가 나왔다.

"에… 참…. 오늘 이 만찬회로 말하면 이미 초대를 받을 때에도 짐작은 한 거지만 아까 박순구 형의 인사 말씀을 들더라도, 에… 참…. 평범한, 즉 심심해서 한 번 모두은358 만찬의 성질관 다른 줄 압니다. 더구나 저로 말하면 멀리 있었기 때문에 박순구 씨와 심천숙 양의… 참, 이전 심천숙 여사의…."

여기서 모다

"하하하…."

하고 웃음이 터지었다. 필재도 빙긋이 웃었다. 순구는 끔찍이 만족한 얼굴로 이 지국장의 입만 쳐다본다.

"…에, 그 두 분의 결혼식에 참석도 못 한 사람으로선 이 자리를 두 분의 결혼 피로연이나 다름없이 알고…. 그렇기 때문에 한마디 축하를 올리지 않을 수 없어 일어섰습니다."

하고 거의 십 분 동안이나 이날이 혼인날이나 싶은 듯이 결혼은 인류대사라는 둥, 이성지합은 백복지원359이라는 둥, 끙끙거리고 긴 축사를 하였다.

그가 앉자 모두 다시 포크와 나이프들을 들었다. 보이들은 손님이 축사를 하는 동안 다음 음식을 날라다 놓았던 것이다. 그리고 이 손님 저

358 '모은'의 방언.
359 二姓之合 百福之源. 혼인은 모든 복의 시작.

　　　　　　　　　　　　제이의 운명

손님의 어깨 너머로 다니며 탄산을 붓는다, 맥주를 붓는다, 핏방울 같은 포도주를 붓는다, 하였고 손님들은 '이젠 먹으시오' 하는 호령이나 받은 듯이 모두 바쁘게 손과 입을 놀리었다.

가장 침착한 건 천숙이, 그리고 침착은 하면서도 넙적넙적 잘 먹는 것은 필재, 그저 만족하여 벙싯거리며 맥주 고뿌만 들었다 놓았다 하는 건 순구였다.

이러는데 또 한 사람이 부시시 일어섰다. 바로 아까 일어섰던 옆의 사람으로 명치대학360에 다니는 곽이라는, 필재도 잘 아는 친구다.

"저도 이 이 선생님과 같이 두 분의 화혼식에 참석지를 못했던 관계로…."

하고 길지는 않으나 그도 짧은 말은 아니었다. 그가 앉는 걸 보고 필재는 또 일어설 친구가 없나 하여 둘러보니 아직도 순구의 혼인날 보이지 않던 친구가 하나 있다. 바로 자기 옆에 앉은, 필재는 그가 육상경기 선수인 것만 아는, 고사(高師)361 다니는 사람이다.

'이번에는 마지막으로 이 친구가 일어서려니.'

하면서 음식을 먹는데 불쑥 일어서는 사람은 또 건너편에서 강수환이었다. 강수환은 곽의 곁에 앉았으므로 곽의 다음엔 자기가 일어서야 할 것을 느낀 듯

"저는 뭐, 두 분의 결혼식에도 참례하고 피로연에까지 참석은 했지만…."

하고 몇 마디 지껄이었다. 이러고 보니 주인측 천숙과 순구만 빼어놓고는 앉은 순서로 모다 한 번씩 일어서게 되고 말았다. 필재는 누구보다도 이것을 먼저 깨달았다. 그리고 손님으로서는 초대된 답례로 모조리 한 번씩 일어서는데 자기 혼자만 멍청하니 앉았기만 할 수도 없고, 일어서

---

360 明治大學. 일본의 메이지대학. 명대(明大).
361 高師. 일제강점기 '고등사범학교'의 준말.

자니 단 두어 마디라도 무슨 소리를 해야 옳을지 속이 답답하였다.

이미 이런 자리에 이르러 자기 개인의 사혐[362]을 발로시키는 것도 비(非)신사스러운 일이며, 그렇다고 해서 다른 말과 달라 남의 일생을 축복하면서 진정이 아닌 것을 얼굴이 간지럽게 늘어놓기는 필재로선 더욱 괴로운 일이었다.

그러나 필재는 겉으로는 그저 태연스레 앉아 있었다. 남이 손뼉을 치면 같이 쳤고 남이 음식을 먹으면 자기도 먹었다. 그러면서도 한편으로 혹시 순구가 주인으로 일어서서 그만 더 일어서지 말고 음식이나 잡수어 달라고 말이 있을까 하였으나, 순구는 벌써 술이 거나해 가지고 작은 눈이나마 만족감에 이글이글해서 축사하는 사람과 자기 아내와를 정신없이 번갈아 보고만 있는 것이다.

필재는 강수환의 눈치도 보지 않을 수 없었다. 이 좌석에서 손님으로는 자기의 괴로운 입장을 짐작하고 저윽 흥미를 가지고 있을 사람이 강수환이기 때문이다. 보기에는 모른 척하고 앉았으나 으레 속으로는 그러려니 생각하니 필재는 더욱 불쾌스러웠다.

이러는 동안 필재에게도 일어서야 할 차례는 오고 말았다.

으레 이번에는 필재가 일어서려니 하고, 놓았던 포크와 나이프를 다시 집어 놀리기는 하면서도 모다 힐끔힐끔 필재에게로 시선을 모았다.

천숙은 침착을 지나 새침해졌고 순구도 이번만은 좀 보기 힘든 듯, 벙글거리던 웃음이 쑥 들어가고 잊어버렸던 음식 그릇에 손을 대었다.

필재는 빈 고뿌를 들어 두어 번 쿵쿵 테이블을 울리었다. 보이가 곧 달려와서 맥주를 부었다. 맥주는 거품이 고뿌를 넘어 고뿌를 붙잡은 필재의 손등에 흘렀다. 필재는 그대로 들어 길게 한 모금 마시고서야 일어섰다.

다른 손님들이야 하필 필재에게만 별다른 긴장이 있을 리 없겠지만

---

362 私嫌. 개인적인 혐오감.

주인 측 내외와 강수환만은 다른 사람들이 일어섰을 때보다 별다르게 눈들이 빛났다.

필재의 말은 돌멩이처럼 무겁게 떨어졌다.

"나는 순구 군과 한집에서 지내는 것으로 보든지, 순구 군의 혼인 때 영광스럽게도 그들의 장엄한 의식(儀式)에까지 딸리었던 관계로 보든지, 나로서 이제 그들의 신혼을 축하한다는 건 너무나 새삼스럽습니다. 그러나 기왕 일어섰으니, 또 축복은 여러분이 벌써 그득히 하셨으니, 나는 우스운 소리나 한마디 해서 이 신혼부부를 한번 웃기기나 할까 합니다…."

좌중이 모다 웃음빛이 되었다. 그러나 천숙이만은 웃음은커녕 가슴앓이를 참는 사람처럼 얼굴이 파랗게 질리었다.

"…전에 김삿갓이란 방랑 시인이, 여러분 다 아시겠지만… 하루는 어떤 환갑잔치하는 집에 뛰어들어 한다는 소리가 '이 집 아들 사형제가 모다 도적놈 같소' 했답니다."

모다 껄껄걸 웃었다. 그리고 다음 말에 긴장했다.

"그러니까 아들 사형제가 죽일 놈이라고 덤벼들 밖에요. 그래 김삿갓이 웃고 대답하기를 여러분 사형제는 하늘에 올라 천도(天桃)를 훔쳐다가 부모님을 봉양하듯 지성으로 부모님께 효(孝)하였단 말이라고 했답니다만, 이제, 난 이 신혼부부 박순구 군과 심천숙 씨를 도적이라 불러 보겠습니다. 아주 대담한 강도라고 불러 보겠습니다."

하고 필재도 여러 웃음을 따라 한 번 크게 웃었다.

천숙만은 바르르 입술을 떨었다. 아직까지는 자기의 질리는 얼굴빛을 손님들에게 감추려 노력했으나 더 감출 수 없는 듯, 악이 오른 죄수가 논고를 하고 섰던 검사를 흘겨보듯, 저주의 시선을 기탄없이 필재에게 던져 놓았다. 이 서슬에 손님들도 천숙의 낯을 본 사람은 그만 웃음이 뚝 끊어지고 말았다. 그러나 필재는 아룬것 없이 웃음엣소리처럼, 아니 웃음엣소리로는 너무나 정열적으로 말을 계속하였다.

"실례올시다만 심천숙 씬 선녀 같다는 평판이 있는 미인이십니다. 순구 군은 아마 그 미인을 훔치었지요? 하늘에서…."

하니 순구는 워낙 술로 붉어진 얼굴이 더욱 붉어지며 부자연한 웃음을 지었다.

"…또 천숙 씨도 도적이지, 일조일석에 몇 만금을…."

하는데 무엇이 번개같이 필재의 가슴을 때리더니 유리그릇과 사기그릇이 맞부딪쳐 박살이 나는 요란한 소리가 났다. 어느 틈에 순구는 천숙에게로 뛰어갔고 천숙은 일어섰다. 그리고 자기가 던진 유리그릇이 깨어지는 소리보다도 더 날카로운 소리를 부르짖었다.

"응? 뭣이야, 몇 만금? 이놈, 이 자식! 네 따위 녀석이, 겉으론 아닌 체하고 속으론 돈에 팔려 가는 놈! 누굴 슬그머니 뒤집어씌울려고…. 여러분…!"

하고 더 큰소리를 내어

"저놈이 돈에 팔려 코 흘리는 박정구하고 혼인을 못 해 애쓰는 놈… 놈…."

하다가 순구가 입을 끌어 막는 바람에 말이 끊어졌다. 순구는 곧 천숙을 끌어안고 다른 방으로 나갔다. 끌려 나가는 천숙은 한 번 더

"에끼, 치사한 녀석!"

하고 침을 뱉었다. 침은 순구의 얼굴을 때리었으나 필재에게 뱉음이었다.

손님들도 모다 눈이 둥그레서 우수수 일어섰다. 보이들은 그릇 깨어진 것과 술 엎질러진 것을 치이노라고 뛰어다니었다.

필재는 비로소 천숙이가 도리어 자기에게 원한이 있음을 알았다. 그리고 모다 천숙의 뜻이 아니었던 것을 즉, 천숙은 변함없이 철석과 같은 마음으로 자기를 사랑하기 때문인 것을 비로소 깨달았다.

그러나 깨달음은 이미 늦었다. 시기를 놓친 깨달음이었다.

이제 와 천숙의 본뜻을 안들 무엇 하며 또 설혹 자기가 천숙에게 받아

온 정구에 관한 애매한 오해를 풀 길이 있다 한들, 그게 무슨 소용이랴. 한번 깨어진 그릇의 물은 이미 엎질러진 물이었다. 때는 지나가 버린 애달픈 깨달음이었다.

"어떡하려나?"

다른 손님들은 다 식탁에서 물러나 복도로 나가고 복도에선 다시 밖으로들 나가고 말았다. 강수환이만이 순구의 뒤를 쫓아 들어갔다가 다시 나와서는, 그저 한 모양대로 멍하니 섰는 필재를 툭 치며 물은 것이다.

필재는 대답하지 않았다. 대답하는 대신 칼날처럼 시퍼런 안광(眼光)으로 목을 베일 듯이 쏘아보았다. 그리고 속으로

'요 팽이 같은 놈!'

하고 주먹을 부르르 떨었다. 봄에 도야마하라에서 말하던 태도를 보아 수환이가 순구에게 유일한 책사(策士)가 되었을 것을 직각한 때문이다. 필재는 선뜻 강철 같은 손아귀로 삐루병 하나를 거꾸로 잡았다. 그러고 보니 약은 수환은 눈치를 채인 듯 어느 틈에 문밖으로 새고 말았고 필재의 팔엔 보이들이 달려들어 삐루병을 빼앗았다.

필재는 쿵 하고 걸상에 주저앉아 잠깐 생각한 뒤에 다시 양미를 세우고 일어섰다. 보이들에게 소리를 질렀다.

"박순구 씨 부처(夫妻)가 어느 방에 있느냐?"

보이들은 서로 얼굴만 쳐다보고 날래 가리키지 않는다. 필재는 아까 순구가 천숙을 안고 들어간 문을 바라보았다. 그리고 쏜살같이 달려가 그 문을 열었다. 그러나 그 안은 방이 아니요 조그만 복도였다. 필재는 들어서 허턱 복도로 달려가 보았다. 복도는 이내 막다른 구석이 되면서 방 번호가 붙은 문이 나섰다.

필재는 떨리는 주먹으로 돌멩이로 치듯 무지스런 노크를 했다.

방은 순구 부처의 방이었다. 낭패한 얼굴로 뛰어나오는 순구는

"이 사람, 손님들… 손님들 어떻게 됐나?"

웃지 않는 며느리

한다. 필재는 그 말은 콧등으로도 듣지 않고 버럭 소리를 질러

"내가 다 알았다!"

하였다. 순구는 큰소리에 놀라는 듯 잠깐 필재의 얼굴을 쳐다보고는 필재가 사과하러 온 줄만 알았다가 의외에도 무시무시한 낯빛으로 금세 무슨 일을 내이고야 말 듯이 으르대는 품에 그만 다시 한번 가슴이 철렁하였다.

"필재! 다음 날도 있지 않은가. 오늘은…."

하고 순구는 손만 부비지 않을 뿐, 죽어 가는 목소리로 필재의 손을 잡아끈다. 필재는 순구의 손을 뿌리치고 또 등등한 소리를 질렀다.

"이 비열한 자식! 계집애 하나로 친구를 속이고 누이까지 파는 이, 이!"

하니 순구는 아까 천숙에게 하듯 잡담 제하고 손으로 필재의 입부터 막았다. 그리고 달려온 보이들과 함께 필재를 끌고 떼밀고 하여 다시 팔러로 나왔다.

"위선363 좀 진정해 주게."

하고 순구는 저도 손을 부들부들 떨면서 필재의 곁에 앉았다. 그리고 보이들에게 물었다.

"다른 손님들 다 가셨나?"

보이들은 밖으로 나가 살피고 들어오더니

"다 가셨나 봅니다."

한다. 순구는 담배를 빨며 한숨을 쉬었다. 그리고

"고히364나 한 잔씩 가져오너라."

하였다.

그러나 필재는 이내 일어섰다. 붙잡는 순구의 손을 뿌리치고 클락으

---

363 우선.
364 '커피'의 일본말.

로 나와 모자와 책보를 찾아 끼고 행길로 나서고 말았다.

행길은 비에 젖어 유리처럼 등불들이 알른거리었다. 선뜻선뜻한 가는 빗발을 뜨거운 얼굴에 맞으며 걸어서 히비야[365]까지 왔다. 히비야에 와선 전차에 오르지 않고 무슨 생각엔지 쑥 공원으로 들어섰다. 공원엔 비 맞는 벤치들은 여기저기에 놓여 있었다. 그는 아무 데고 가까운 데가서 털썩 앉았다.

행길이 지척이건만 공원 안엔 가는 빗소리가 제법 귀를 울리었다. 필재는 마음 어린 소녀와 같이 하염없이 앉아 옷 젖는 줄도 모르고 울었다.

천숙은 남편에게 안겨 와 발악만 안 했을 뿐, 독 오른 참새 모양으로 쌔근거리며 침대에 누워 있었다.

그러나 얼마 있지 아니하여 그 돌멩이로 치듯 하는 무지스런 노크 소리, 낭패하여 뛰어나가는 남편의 모양, 천숙은 가쁜 숨소리를 죽이고 정신의 신경을 귀로 모으지 않을 수 없었다.

"내가 다 알았다!"

문밖에서 폭발하듯 하는 우렁찬 이 소리는 격노한 필재의 목소리인 것을 천숙은 듣고 모를 리 없었다.

또

"이 비열한 자식! 계집애 하나로 친구를 속이고 누이까지 파는…. 이, 이!"

하는 소리도 틀림없이 필재의 울분에서 쏟아지는 부르짖음인 것을 천숙은 듣고 모를 리가 없었다. 그래서 천숙은 쭈뼛, 곤두서는 머리끝과 함께 저도 모르게 침상에서 일어나 앉았다. 그리고 이제 그 총소리와 같이 귀가 먹먹하게 울리고 사라진 필재의 소리를 입속에서 한 번 외어 보았다.

---

365 日比谷. 1903년 도쿄 지요다구의 지역으로, 일본 최초의 서양식 공원인 히비야공원이 있다.

‘내가 다 알았다.’

‘이 비열한 자식…. 친구를 속이고 누이까지 파는….’

천숙은 이 말들의 뜻을 인식하자 입술을 깨물며 바르르 떨었다. 눈을 감고 귀를 막고 혼란한 정신을 가다듬으며 새록새록 생각해 볼수록 천숙은 등골에 우박과 모닥불이 한꺼번에 쏟아지는 듯 땀과 소름이 뒤섞여서 쭉 쭉 끼치었다.

천숙이 역시 이때에 비로소 무엇을 깨달은 듯, 그는 가슴을 터져라 하고 두 주먹으로 짓찧었다. 그러고는

"아아!"

소리를 비명하고는 앉은 몸도 고누지³⁶⁶ 못하고 그만 뒤로 쓰러지어 정신을 잃고 말았다.

한참 뒤에 남편이 돌아와 보니 아내는 침상에 누운 채 잠들어 있었다. 순구는 무심히 돌아서서 넥타이를 끄르다가 문득 생각해 보니 그처럼 날뛰던 사람이 그새에 잠이 들기란 암만해도 이상스러웠다. 그래서 얼른 침상으로 뛰어가 들여다보니 눈은 감았는데 숨소리가 없다. 손을 만져 보니 빛도 얼굴과 함께 석고(石膏)처럼 창백할 뿐 아니라 그 따스하고 매끄러움이 다 어디 가고 써늘하고 거칢이 석고 같다.

순구는 눈이 휘둥그레져서 한 걸음 물러섰다가 다시 나아가 코와 입에 손을 대어 보니 숨은 소리만 없는 것이 아니라 전혀 통하지를 않는다.

순구는 어찌할 바를 모르다가 천숙의 가슴 아래에 손을 넣어 보았다. 가슴은 아직 따스한 채로 심장도 그대로 발락발락 뛰기는 한다.

"여보?"

"천숙. 여봐."

하고 불러 보다가 그제야 초인종을 눌렀다. 두서너 번 거퍼³⁶⁷ 누르다가

---

366 ‘가누지’의 방언. 똑바로 하지.
367 ‘거푸’의 방언.

미처 보이가 오기를 기다리지 못하고 자기가 나와 사무실로 뛰어갔다.

"여보! 지배인 어디 갔소, 지배인!"

"왜 그리십니까?"

"사람이 까무러쳤소, 얼른, 얼른 의살 좀 불러 주. 어서 전화, 전화로…."

하고 순구는 미친 사람처럼 서둘렀다.

사무실에는 급한 때에 으레 불러오는 단골 의사가 있는지라 같이 덤비지 않고 침착하게 전화를 거는데 순구는 그 사무원의 침착한 것이 자기의 급한 경우를 부인하는 것 같아서 주먹으로 책상을 울리며

"여보, 급하오. 까무러친 지가 벌써 한참 되오. 빨리 와야지! 사람 하나 죽소. 얼른 자동차로 오라 하시오."

하고 부르댔다[368].

"의사가 있소? 곧 온다고 그랬소?"

"네, 있습니다. 전화만 걸면 자동차로 곧 달려오는 의사입니다. 그리고 호텔에도 응급치료는 할 줄 아는 간호인이 있으니 얼른 불러 보내겠습니다."

순구는

"그럼, 어서 어서."

하면서 방으로 다시 뛰어왔다. 아내는 죽음을 품은 그대로 무서운 그림처럼 누워 있었다.

호텔 간호인이 먼저 오고, 곧이어 의사가 들어와서 주사를 놓는다, 인공호흡을 시킨다, 코에 향료를 피고, 주무르고 하여 천숙은 의사가 온 지 반 시간도 못 되어 가사(假死)에서 깨어나기 시작하였다. 코로 숨이 통하고 손발이 녹고 얼굴에 혈색도 다시 피어올랐다. 나중에 의사가 시키는 대로 순구가

368 거칠게 떠들어댔다.

웃지 않는 며느리

"천숙!"

하고 부르니 감았던 눈도 떴다.

정신이 차차 들자 천숙은 다시 빠끔히 눈을 뜨고 주위를 살피더니

"왜들 이리오?"

하고 말을 내었다.

"가만히 누웠수, 응? 나중에 알지…."

순구는 천숙의 손을 붙잡으며 감격에 떨리는 소리로 대답하였다.

"아니, 왜들 이래?"

하고 그래도 천숙은 물었다.

"당신이 잠깐…. 잠깐 졸도를 한 것 같아서…. 그저 안정하고 누워 있수, 응?"

순구는 그저 잃었던 아내를 다시 찾은 듯, 감격한 눈으로 아내의 얼굴을 지키었다.

의사는 몇 가지 주의를 간호인에게 시키고 먼저 나갔다. 간호인도 열한시가 되는 것을 보고는 무슨 일이 있거든 초인종을 눌러 보이를 시켜 언제든지 자기를 부르라 하고 나가 버리었다.

천숙은 잠이 들었는지, 잠도 아니요 생시도 아닌 혼몽한 지경인지 눈을 가벼이 감고 막히었던 숨이 터지어 시원스러운 듯이 씩 씩 숨소리만 높이 내고 있었다.

순구는 왜 그런지 눈물이 났다. 연약한 아내에게 정신상으로 육신상으로 격렬한 이상이 일어난 것을 애석하게 여기는 그것보다, 이날까지 천숙을 속이고 필재를 속인, 그 죄를 저윽 미안함을 견디지 못하는 참회(懺悔)의 눈물이었다.

"이 비열한 자식! 계집애 하나로 친구를 속이고 누이까지 파는…."

이 필재의 노호[369]를 무론 천숙이가 다 들었으려니 생각하니 순구는

---

369 怒號. 성내어 지르는 소리.

천숙이가 눈만 뜨면 곧 침상 밑으로라도 기어 들어가야 할 것 같았다. 미안함과 부끄러움과 또한 죽었던 천숙을 다시 살린 감격과 이런 어수선한 흥분으로 순구는 잠도 오지 않았거니와, 아내에게 모든 것을 사죄하는 대신으로 밤을 새워 아내를 지켜 주리라 결심하였다. 그래서 넥타이만 끌렀을 뿐 옷도 갈아입지 않고 침상 앞에서 천숙의 숨소리를 헤이듯 하고 앉아 있었다. 의사의 주의가 있은지라 담배도 피지 못하였다.

몇 시나 되었는지 밤이 으슥하여 신바시[370] 정거장을 지나는 성선 소리도 끊어진 때였다. 천숙은 완전히 맑은 정신이 돌았다. 눈만 뜨지 않았을 뿐, 의사도 간호인도 다 가고 남편만이 자기 앞에 앉았는 것도 다 알았다. 그러나 남편을 보기가 싫어서 떠 보고 싶은 눈도 그냥 감고만 있었다.

'저 녀석의 흉계에 빠지어 필재와 나는 서로 제 목에 칼을 찌른 셈이 되었구나!'
생각하니 이가 절로 마주치었다.

'아무리 천만 사람이 그리기로서니 내가 미쳤지. 어떻게 그렇게 쉽사리 그이를 오해해 버렸던가!'
하고 제 가슴을 쥐어뜯고도 싶었다. 그리고

'내 혼인날! 얼마나 필재가 울었으랴. 오늘 밤엔, 오늘 밤엔….'
하고 그만 천숙은 울음이 터지어 엉엉 소리를 내고 말았다.

순구는 눈이 다시 휘둥그레져서 천숙의 등을 뚝 뚝 건드리며
"여보? 여보."
하였다. 천숙은 돌아다보지도 않고
"저리 가!"
소리를 비수같이 질렀다.

잠처럼 야속한 것은 없었다. 죽어도 시원치 않을 번뇌 속에서도 천숙

---

370   新橋. 도쿄 미나토구 북동부 지역.

은 깜박 잠이 들었었다. 얼마만치나 잤는지는 모르지만, 눈을 떠 보니 밤은 그대로 밤인데 새벽녘인 듯 방 안 공기는 쌀쌀스러웠다.

그런데 남편은 그대로 앉아 있다. 그대로만 앉아 있는 것이 아니라 얼굴이 시뻘겋게 달아 가지고 손등으로 자꾸 흐르는 눈물을 닦고 있다.

"흑 흑⋯."

하고 느끼기도 한다.

천숙은 못 본 체 다시 사르르 눈을 감았다. 그러나

"흑 흑⋯."

느끼는 소리는 이불을 뒤집어쓰기 전에는 듣지 않을 수가 없다.

그 육중한 순구의 몸둥이가 흐득흐득 떨고 있는 참회의 울음, 그 진정에서 솟는 울음은 강한 지진이나처럼 보지도 않으려는 천숙이지만 그의 마음을 흔들고야 마는 듯 천숙은 다시 살며시 눈을 떠 남편을 보았다.

남편은 떨어뜨린 얼굴을 크고 힘줄 일어선 손으로 받치고 그저 흑 흑 느끼며 울었다.

순구는 두번째 울음이었다. 아까 천숙이가 가사에서 깨어나 시원스럽게 자는 것을 보고 처음 울었고, 긴 가을밤을 앉아 새이며 곰곰히 자기의 몰염치했음을 다시금 생각할 때, 더욱 그 필재의 미친 듯 울분함을 못 이겨 함을 생각할 때, 순구는 다시금 뼈가 저리게 부끄럽고 미안하였다. 그가 이 세상에 나와 이렇듯 진실한 인정에서 울어 보기는 실로 이 날 밤이 처음이었다.

눈물에 모진 사람이 어디 있는가. 더구나 여자 천숙의 마음이랴. 천숙은 마음속으로는

'왜 어태 안 주무슈?'

한마디쯤 부드럽게 해 주고도 싶었으나 입에선 그대로 듣지 않았다.

생각하면 필재가 자기를 사랑하는 것이나 순구가 자기를 사랑하는 것이나 그 사랑함에 있어서는 뉘 것이 더 무겁고 뉘 것이 덜 무겁다고

제이의 운명

달아 말할 수는 없는 것이었다. 다못 다른 것은 필재는 이쪽에서도 같이 사랑하는 사랑이요, 순구는 저 혼자만 사랑한 것이다. 그리고 또 한 가지 다른 것은 필재는 어데까지 인격적으로 믿음의 사랑이었고, 순구는 비인격적으로 갖은 정책을 농락하여 속임으로 끌어들인 사랑이었다. 아무튼 자기를 위하여 갖은 무리와 모험과 파렴치를 단행한 박순구거니 생각하면 전혀 일고(一顧)의 가치도 없으란 법은 없을 듯한 인물이었다.

그러나 필재를 생각할 때 필재의 고독, 필재의 절망, 필재의 슬픔을 생각할 때, 박순구는 오직 악마였다. 아무리 참회의 눈물을 흘리어 자기의 검었던 마음을 백설같이 정화시키었다 할지언정 천숙에게와 필재에게는 그들의 사이에 영원히 뛰어넘을 수 없는 도랑을 파 놓은 사탄이었다.

천숙은 다시금 이를 악물고 그 우는 소리조차 듣지 않으려 이불을 뒤집어쓰고 말았다. 그제야 순구는 아내가 잠을 깨인 줄 안 듯 떨리는 손으로 와서 조심스레 이불 섶을 젖히었다. 그리고 느끼는 소리로

"천숙이."

하고 불렀다.

천숙은 대답은 없이 날카로운 눈을 떠서 귀찮다는 표정만 보여 주었다.

"천숙! 내 얼굴에 침이라두 뱉우!"

하고 순구는 더욱 흑흑거리고 울었다.

천숙은 한참 만에, 시계를 보았으면 그동안이 십 분은 되었을까, 그렇게 한참인 침묵이 지나간 뒤에 소스라치듯 한숨을 쉬고 입을 열었다.

"침! 침을 뱉어라? 흥! 어서 주무시기나 하슈. 나는 이전 꼼짝할 수 없는 당신 에편네가 아뉴!"

하고 천숙은 눈을 돌리었다.

"천숙. 여보! 난, 진, 진정코 사과하는 말이오…."

하며 순구는 아내의 손 하나를 덥썩 움키었다. 그리고

"모다 당신 때문이오. 모다 당신 하날 사랑한 때문이오. 당신이 싫어하는 눈치도 못 챈 게 아녔지만 당신이 벗나갈수록 나는 당신 앞에 끌리었소. 그래….."

하고 울음 끝을 느끼노라고 말이 끊어졌다가

"그래, 당신 하날 얻기 위해선 친구의 의리도 체면도 모다 불고했소. 모다 당신을 사랑한 때문인 것만 알아주."

하였다.

그러나 천숙은 그저 뱉어 버리는 말로

"골 아퍼요. 그만 자든지 잠이 안 오건 잠자코 앉았든지."

하고 쏘았다. 순구는 떠들기나 하다가 핀잔을 들은 아이처럼 부석 소리도 못 내고 앉았다.

그걸 보니 순구란 위인도 딱하긴 하였다. 두덩이 부어서 더 작아진 눈에다 그저 눈물만 글썽글썽해 가지고 천장만 물끄러미 쳐다보고 앉았는 꼴이 불상스럽기도 하였다.

천숙은 두서너 번 입을 움직거리다가 여태와는 딴 사람처럼 부드러운 목소리를 내었다.

"어서 주무슈."

하고 은근한 한마디를 던져 주었다. 이 바람에 순구는 더욱 굵은 목소리로 그저 자기의 말을 계속했다.

"난 당신과 필재에게 진정코 사과요. 그렇지만 당신을 필재만 못하지 않게 사랑하는 건 전과 마찬가지우. 지금이라도 당신이 나를 버린다든지 안 할 말로 당신이 뒷날에 병사(病死)하는 건 모르오만 이 일 때문에 죽는다든지 하면 나도, 나도 이 세상을 하직하는 날이오…. 천숙."

천숙은 그렇다고 별다른 긴장도 없이 그저 한 모양대로 깔아 보는 눈을 던지고 있을 뿐이다. 순구는 천숙의 그 한결같은 냉정한 태도가 안타까운 듯 다시 천숙의 손을 덥썩 붙들며 소리는 낮으나 힘찬 어조로

제이의 운명

"진정이니 이제라도 죽고 싶으면 나하구 죽어 주. 나하구 같이… 응? 천숙…."

하며 새로운 눈물이 걷잡을 새 없이 떨어진다.

천숙은 아무런 대구도 없이 그저 남편의 꼴을 바라볼 뿐이나 속으로는 저윽 남편의 진정이 느끼어지지 않는 바도 아니었다. '죽으려면 같이 죽어 다오' 하는 그 말이 아무리 일시적 흥분에서 엎질러지듯 하는 말이기로니 아무나 자기에게 간청할 말은 아니었다. 그걸 생각하면 순구라는 가장 철면피한 인간에게서도 일 점의 뜨거운 피가 느끼어지지 않음은 아니다.

"내가 죽는다면 당신이 죽겠다구? 그건 왜?"

하고 천숙은 의외의 가벼운 어조로 농담처럼 물었다.

"당신을 사랑하니까…. 당신이 없이는 못살겠으니까."

순구는 여전히 지극한 정열이었다.

"나를 사랑하니까라…. 당신은 나를 사랑한다니 나를 어딜 사랑하우?"

하고 천숙은 남편의 눈을 똑바로 쏘아보았다. 남편은 조금도 주저하지 않고 자신이 있을 듯 대답하기를

"당신의 어디라니? 당신의 전부, 당신의 머리끝부터 발끝까지 당신의 전부를 사랑한다면 고만 아뉴? 당신 몸 치고 미운 데가 어디 있단 말유!"

하였다.

천숙은 갑자기 실성한 사람처럼 깔깔깔 소리를 내어 웃어 버렸다.

천숙이가 거의 조소에 가까운 찬웃음을 던지니 순구는 무슨 구술(口述)시험이나 보다 막히는 듯 수치와 낭패로 얼굴이 화끈하였다.

"왜 웃소?"

순구도 약간 노여움을 보이었다.

"생각해 보우. 웃었나 안 웃었나."

하고 천숙은 얼굴까지 돌리었다.

웃지 않는 며느리

"천숙! 내가 거짓말하는 것 같우?"

하고 순구는 곧 누그러지며 물었다.

"거짓말이면 웃을 거야 뭐 있수."

하니

"그럼?"

하고 순구는 갑갑해하였다.

그러나 천숙은 더 말이 없었다. 속으로는

'그래, 내 전부를 사랑한다면서 머리끝에서부터 발끝까지밖에 모르오? 당신은 "심천숙이" 하면 이 팔, 다리, 얼굴 따위 육신밖에 모르오? 허긴 당신 따위야 여자라 하면 키스나 할 수 있고 끌어안을 수 있는 고깃덩이밖에 모를 것도 무리는 아니겠소.'

하려다가

"그까짓 건 대꾸는 해 무엇 해!"

하고 입을 봉하고 만 것이다.

그러자 날은 밝기 시작하였다. 날이 새이는 것을 보니 순구는 그제야 견딜 수 없는 졸리움을 느끼는 듯 아내에게

"당신도 좀 푹 자우."

하고 자기 침상으로 갔다. 그의 침상에선 이내 우렁찬 코 고는 소리가 났다.

천숙도 간호인이 갖다주는 과일즙을 몇 모금 마시고는 다시 누워 잠을 청하였다. 잠은 여름날 소나기처럼 들면날면하였다[371]. 들면 폭 깊이 들었다가도 불안정한 심리 때문인지 길지 못하고 곧 놀라 깨곤 하였다. 깨일 때마다 그래도 잔 만치씩은 피곤이 물러가는 듯 한결 머리가 가볍고 정신이 새로워짐을 느끼었다.

천숙의 정신은 새로워질수록 순구에게 불리하였다. 천숙은 정신이

---

371 들어갔다 나갔다 하였다. 들었다 깼다 하였다.

제이의 운명

새로워질수록 순구에게 따스한 말 한마디 던져 준 것까지 후회하고 이렇게 생각하였기 때문이다.

'아모나 "나는 당신 아니면 죽겠소" 한다고 그 사나이를 사랑할 의무는 없는 것이다. 나 아니면 죽을 사나이가 이 세상에 있든지 없든지, 또 박순구 하나뿐이 아니요, 백 사람 천 사람이라 한들 내 자신에게 추호만치도 책임이 있는 일은 아니다. 내가 박순구를 꾀인 일이 없고 내가 박순구를 손톱만치라도 사랑하지 않는 이상, 그가 울거나 죽거나 내게는 강 건너 불일 뿐이다.'

하였다. 또

'…남녀 간의 사랑은 밥과 다르다. 배가 고파 애쓰는 사람이 있다 하여 이 사람 저 사람에게 노나 먹이는 밥과 같은 박애(博愛)의 사랑은 아니다.'

하였다. 그리고

'화살, 오직 한 촉의 화살이다. 한 사람 이상을 쏘지 못할 한 촉의 화살인 것을 나는 이미 필재에게 쏘아 버리었다.'

하였다.

그러나 이와 같이 일편단심은 한 촉의 화살과 같이 필재의 가슴에 박히어진 것이나, 몸은 그와 반대로 그야말로 순구의 말대로 머리끝에서 발끝까지 한 군데도 남김이 없이 순구에게 더럽혀졌음을 생각할 때 천숙의 마음은 다시 일식(日蝕)을 당하는 하늘처럼 캄캄해지고 말았다.

영혼은 필재에게, 육신은 순구에게, 그의 성격은 존재할 수 없는 분열이 일어나는 것이다.

'어찌할까? 필재에게 구원을 청할까? 더럽혀진 몸이나마 당신의 사랑으로 씻어 주시오.'

하고도 생각하여 보았다가

'그까짓 것 평생을 두고 그에게 미안하기보다 이 썩은 고기와 같이 더러운 몸을 없애 버리면 그만 아니냐?'

하고 끝 간 마음으로 모든 것을 단념해 보기도 하였다.

　그러나 알고 단념하기란 모르고 원망하기보다 도리어 힘들고 슬픈 일이었다. 천숙은 초인종을 눌렀다. 간호인을 오게 하고

　"무엇이고 먹고 긴 시간 동안을 푹 잠이 들 것을 주시오."

하였다. 간호인은 천숙의 체온을 달아 보더니 조그만 유리잔에 피처럼 진한 포도주를 한잔 갖다주었다.

　이슬인지 비인지 분간하기 어려운 가는 빗발이언만 하염없이 앉아 맞기에는 얼음쪽같이 찬 기운이 스며드는 가을밤 비였다.

　한참 뒤에 필재는 히비야공원에서 나왔다. 안전지대에 나와서는 모자를 벗어 흥건하게 흐르는 빗물을 한번 뿌리고 전차를 기다리었다.

　필재는 집에 돌아오니 비었던 방 안은 귀에서 잉 하는 군소리가 들리도록 적막하였다.

　적막한 집은 그에게 곧 무인절도와 같고 감옥과 같았다. 일어서선 뒷짐을 지고 서성거리며, 누워선 발길로 바람벽을 쿵 쿵 울리면서 자기의 절망을 구할 길은 없을까 하여 뇌심하는 것이었다.

　'잊어버리자! 꿈이거니 하고 잊어버리자!'

　'천숙아, 나를 원망하면서나마 순구와 끝까지 행복스러워라!'

　그러나 마음 한편 구석에서는

　'내가 왜 천숙의 행복을 비는 것이냐?'

하고 부르짖었다. 그러면

　'천숙을 사랑하기 때문에.'

하고 스사로 대답해 보았다.

　'아니다. 사랑하기 때문에 남과 살되 행복스러워라 하는 것은 일종의 위선이요 센티멘털이다. 과연 내가 천숙을 사랑할진댄 또 천숙이가 자발적으로 변심한 것이 아닌 것을 내가 알았고 천숙이 역시 내가 정구와 결혼한다는 말은 순구의 거짓말인 것을 깨달았다면 우리의 사랑은 다시 부활할 수 있는 것이 아니냐?'

하였다. 그러면 어느 구석에선지 자기의 마음 같지는 않으면서도 분명 자기의 머릿속에서 소곤거리는 소리는

'그러나 천숙은 이미 남의 아내이다. 헌 계집이다. 순구에게 더럽힐 대로 더럽혀진 계집이 아니냐?'

하는 간특한[372] 소리였다.

필재는 이런 때에 쿵 하고 바람벽을 울리었다. 그리고 나중엔

'관계없다! 정조 아니야 그가 팔 하나, 다리 하나가 썩어 없어진 불구자가 되었다 하더라도 상관이 무어냐?'

하였다. 그것도 천숙이가 음란하여 정조를 깨치었다든지, 허영에 들떠서 잃어버린 것이라면 가히 침을 뱉고 돌아설 것이나 천숙은 음란도 허영도 아니리라 생각하였다. 속은 실수라 하였다. 속인 자에게 죄가 있고 속은 천숙이에게 죄가 있을 리 없다 하였다. 실수로 다친 생채기, 일종의 생채기를 가지고 그의 인간으로서의 전 가치를 비판함은 이쪽이 도리어 잔인한 사람이요, 또 그를 진정으로 사랑하고 아끼는 사람이 아니라 하였다.

필재는 뜬눈으로 밤을 밝히고 세수를 하고 천숙이에게 편지를 썼다. 여느 때와 마찬가지로 서두를

'천숙 씨에게'

하여 놓고

당신과 나 사이에는 첫째, 사정이 서로 통치 못했던 것이 이렇게 된 원인이었소. 내가 그때 임간도시에서 돌아와 부친 편지, 또 귀향한 줄 알고 서울로 부친 편지가 모다 당신의 손에 떨어지지 못한 듯 생각되오. 어젯밤 당신의 말을 들으면 당신은 내가 박정구와 혼인하려 당신을 잊은 줄 아는 것 같으나, 나는 박정구와 혼인하라는 순구

---

372 奸慝-. 간사하고 악독한.

군의 권고는 한 번 받은 일이 있으나 한마디로 거절했을 뿐, 당신을 버리고 정구를 얻으려는 생각은 추호만치도 없었소. 나는 전날과 조곰도 다름없이 지금도 당신을 사랑하오. 때문에 그동안 당신이 어떠한 길을 밟아 왔든지 그것이 모다 당신의 자발적의 행동만 아니었다면 나는 조금도 괘념치 않고 당신을 옛날과 마찬가지 애인으로 맞으려 하오. 다못, 한 가지 알고 싶은 것은 당신의 급격적으로 진행된 결혼의 전말이오. 당신이 비록 내가 정구와 혼인한다는 말을 들었기로 진정코 나만을 사랑한 것이라면 곧 머리를 돌려 순구에게 넘어지리라고는 생각되지 않소. 거기에는 나로서 상상할 수 없는 무슨 까닭이 있었음인지, 또는 당신이 순구를 사랑할 마음의 여유가 있었던 것인지 나는 그 점을 먼저 투철히 알고 싶소.

하고 아래에 답장을 기다린다는 말을 더 붙이었다.

필재는 곧 편지를 속달로 부치려고 우편국으로 가지고 갔다.

막상 우편국에 이르러 부치려 하니 왜 그런지 편지를 든 손이 선뜻 국원에게 내어밀어지지가 않았다.

편지를 쓰면서도 생각하지 못한 바는 아니지만 '이 편지도 순구의 손이 가로채인다면?' 하는 의심은, 편지를 아주 손에서 놓으려 하니 더욱 일어났다.

"가서 만나? 만나지 않는다면?"

하고 필재는 불현듯 이런 생각에 혼자 한참이나 우편국 안에서 망설이다가 그는 편지를 손에 든 채 그냥 나오고 말았다.

그는 그길로 시전(市電)으로 반 시간이나 걸리는 제국호텔로 간 것이다.

전차에서 나리어선 모자를 벗어 꾸긴 머리를 손으로 몇 번 가리고 양복 어깨에 앉은 비듬도 털었다. 생각해 보니 세수도 아직 하지 않았다.

"아므려믄…."

제이의 운명

하고 어깨를 펴며 연못 옆을 뚜벅뚜벅 힘차게 걸어 정문 안에 들어섰다.

"조선 손님 박순구 씨의 부인을 좀 뵈려 왔습니다."

호텔 수부[373]에선 필재의 교복을 잠깐 유의해 보더니

"무슨 급한 일이시오?"

하였다. 필재는 허턱

"좀 급하외다."

대답하니 수부의 사람은 시계를 쳐다보며

"그래도 아직 일어나시지 않으셨을걸요."

하고 전갈도 해 주지 않을 모양 같았다.

"아모턴 일어났는지 안 일어났는지 알아봐는 줘야 하지 않소?"

하니 그제야 보이를 불러오고 필재에게 명함을 청하였다. 필재는 명함이 없으므로 "엊저녁에 왔던 인상[374]이라"고 이르라고 하였다. 그리고 직접 보이를 보고

"복상이 아니라 복상 부인이오."

하니 보이는

"네. 미세쓰 보꾸[375]란 말씀이죠?"

하며 뛰어갔다.

필재는 그제야 자기도 시계의 숫자를 자세히 쳐다보았다. 여덟시 사십분. 그리 이른 아침은 아니나, 하긴 이런 데 와서 누워 있는 사람들에겐 너무 이를 법도 하였다. 아니나 다를까 보이는 곧 달려 나와서

"아직 기침하시지 않으셨습니다."

했다.

"그럼 조곰 뒤에 오리다."

하고 필재는 돌아서는 수밖에 없었다.

---

373 受付. '접수'의 일본식 한자어. 접수처.
374 '윤(尹) 씨'를 뜻하는 일본말.
375 '미시즈 박(Mrs. Park)'의 일본식 발음.

웃지 않는 며느리

필재는 지난밤에 천숙이가 까무러친 것, 순구가 밤을 새이고 지금이
야 한잠 들었을 것을 모다 알 리 없이 다못 불유쾌한 상상으로 그들의
늦잠 자는 침실을 머릿속에 그려 보며 큰길로 나왔다.

가까운 곳 치고는 히비야 공원밖에는 시간을 보낼 곳이 없었다. 그는
공원 안에 들어서야 지난밤에 비 맞던 생각과 함께 이날 아침엔 날이
개인 것까지도 처음 깨달았다.

그는 한 시간을 하루를 기다리듯 해 가지고 아홉시 반이 되는 것을 보
고 다시 호텔로 갔다.

그러나 호텔에선 그저

"안 일어나셨습니다."

하였다.

"두 분 다 안 일어나셨소?"

물으니

"네. 두 분 다 주무십니다."

하였다.

호텔 안은 손님들 사무원들 보이들 모다 아까보다 분주하였다. 아무
리 순구와 천숙이가 지난밤에 늦게 잠이 들었기로니 아직껏 일어나지
않았다는 것은 필재에게 곧이들리지가 않았다. 자기를 따는[376] 것만 같
았다. 필재는 한참 쭈뼛거리다가 우편국에서 그냥 가지고 간 편지를 내
어 맡기었다.

"미스터 보꾸가 아니라 미세쓰 보꾸께 어김없이 전해 주시오."

하고 나왔다.

편지를 맡기고 나와서도 왜 그런지 제국호텔을 멀리 떠나기가 싫었
다. 그래서 이번에는 긴자로 가서, 눈에 머무르는 것은 없건만 어떤 백
화점으로 들어가 거닐다가 조반 겸 점심으로 식당에 들어갔다. 점심을

376 따돌리는. 핑계를 대고 만나지 않는.

먹고 나오니 오후 한시가 된 때였다. 그는 바로 집으로 오지 못하고 다시 호텔에 들러 본 것이다.

"편지 전하였소?"

"네, 이제 막 기침하셨다기에 편지를 미세스 보꾸께로라고 일러 들여보냈습니다."

하였다. 필재는 얼굴이 후끈하는 정열을 느끼며 행길로 나왔다.

천숙은 아침에 간호인이 주는 포도주를 받아 마시고는 정말 소원대로 혼곤히 잠이 들어 사오 시간 동안을 내처 잤다.

눈을 떠 보니 남편도 일어난 지 오래지 않은 듯 마악 세수를 하고 들어 와서 머리에 빗질을 하고 서 있었다.

"많이 잤수?"

하고 남편은 웃는 얼굴을 지었다. 그리고 아내는 대답이 없으나 탓함이 없이 다정스런 어조로

"시장하겠수. 어서 식당으로 갈 준비를 합시다."

했다.

"난 싫소. 당신이나 가 자슈."

이렇게 천숙은 대답하고 도로 자리에 누웠다.

순구는 넥타이를 매고 웃저고리까지 입고 아내의 침상 앞으로 왔다.

"그럼 내가 나가 무얼 들여보내리다. 무얼 먹구 싶우?"

하고 조심스레 물었다가

"누가 내 걱정하래우?"

하고 쏘는 바람에 혼자 나가 버리었다.

그러나 순구가 나간 지 얼마 안 되어 보이가 쟁반에 우유, 계란, 아스파라거스 같은 가벼운 음식을 날라왔다.

천숙은 남편에게 쏘아 버리긴 했으나 무론 허기도 났다. 곧 상반신을 자리에서 일으켜 가까이 갖다 놓은 테이블 위의 쟁반을 나려다보았다. 그리고 나가는 보이를 불러

웃지 않는 며느리

"나 낯수건 하나 적셔다 주어" 하였다.

맨입에 아스파라거스 두엇을 집어 먹노라니까 보이가 김이 무럭무럭 나는 쥐어짠 낯수건 하나를 참대[377] 그릇에 받쳐 들고 들어오는데 한 손엔 웬 편지도 한 장 들려 있었다. 보이는

"수부에서 받어 둔 것인데 아침부터 몇 번씩이나 와서 부인을 뵙겠다구 하는 학생이 두고 간 것입니다."

하였다. 천숙은 얼른 편지를 뒤집어 필재의 이름이 적힌 것을 보고

"그럼 왜 나한테 알리지를 않았소? 내가 자기 때문에 그랬소?" 물었다.

"네. 그랬나 봅니다."

천숙은 손이 급하여 봉투를 찢으며 어서 나가라는 눈치를 보이에게 주었다. 그리고 한 줄 두 줄 편지를 보아 나려갈수록 그의 눈은 마른 심지에 기름이 한 방울 두 방울 떨어지는 등잔불처럼 생기를 돋우며 빛이 났다.

천숙은 감격이 폭발하는 뛰는 가슴에 그 편지를 다시금 다시금 끌어안았다. 끌어안았다가는 다시금 다시금 군데군데를 두 번 세 번씩 읽어 보았다. 그리고 그 '당신이 비록 내가 정구와 혼인한다는 말을 들었기로 진정코 나만을 사랑한 것이라면 곧 머리를 돌려 순구에게 넘어지리라고는 생각되지 않소. 거기에는 나로서 상상할 수 없는 무슨 까닭이 있음인지…' 하는 구절에 가서는 더욱 여러 번 거듭 읽어 보며 그 점이 필재가 가장 중요하게 생각한 점이나 자기는 '당신보다 먼저 순구네 사람이 되어 가지고 당신과 정구의 혼인을 훼방할 작정이었소' 하고 떳떳이 변명할 길이 있음을 혼자 기뻐하였다. 기쁨의 나머지 눈물이 솟았다. 눈물 어린 눈으로 편지를 접어 가지고 몇 번이나 뺨에 부비다가 편지를 침상 머리에 놓으려 하였다. 그러다가 그는 침상 난간에 걸뜨린 얼룩얼룩한

377 왕대. 굵은 대나무.

남편의 넥타이 하나를 보고 그는 꿈틀거리는 뱀이나 본 듯 소름이 오싹 끼침을 느끼었다.

'오! 이 더러운 침상!'

하고 천숙은 놀랜 듯 뛰어 일어났다. 그는 두어 걸음 비틀거리다가 손을 더듬어 걸상에 주저앉았다. 이마에는 이슬 같은 땀이 함뿍 내배어 머리 칼을 적시었다. 현기증이 일어난 것이다.

천숙은 한참 만에 눈을 떴다. 그리고 그제야 싸늘하게 식은 낯수건으로 얼굴을 닦고 음식 그릇을 들여다보았으나 메슥메슥하고 군침만 돌 뿐, 평시에 좋아하던 아스파라거스도 단 두 개를 먹었는데 더는 집기가 싫었다.

'남편이, 아니 순구 녀석이 들어오기 전에 편지 답장이나 쓰리라.'

하고 지필을 가지러 다시 일어서려는데 '뚝 뚝' 노크를 하고 대답도 내보낼 사이 없이 쑥 들어서는 건 식후에 여송연378을 비스듬히 피워 문 남편 순구였다.

순구는 들어서는 길로 아내의 걸상 뒤로 가서 한 손으론 입에 물었던 담배를 빼어들고 한 손으로 아내의 어깨를 툭 툭 어루만지었다.

"무얼 좀 요기했수? 저런! 그냥 있군그래….".

하며 음식 테이블로 갔다. 그러더니

"이게 싫으면 다른 거라도 뭘 좀 가져오랩시다."

하였다. 천숙은 그 굼벵이같이 징그러운 감각을 주는 남편의 살찐 손이 어깨에 와 닿는 바람에 날려는 나비의 수염처럼 두 눈썹이 곤두서는 것을 슬그머니 속을 능구어 이렇게 대꾸를 하였다.

"난 먹는 것보다 더 필요한 게 있수."

"무어? 응? 무어?"

하고 순구는 아내의 노염 풀린 말씨에만 귀가 번쩍 트이었다.

378　呂宋煙. 엽궐련. 시가(cigar).

“난 먹는 것도 다 싫구…. 아이 구역나…. (종이쪽에 침을 뱉고) 이렇게 혼자 조용하게 앉었게 해 주.”

하였다.

“그래요. 그게 뭐 힘들우. 내 나갔다가 두어 시간 뒤에 들어오리다. 그렇지만 뭘 좀 요긴 해야지….”

그러나 천숙이가 아무런 말도 더 대꾸가 없는 것을 보더니 순구는 모자를 찾아 들고 가방으로 가서 뻘걱뻘걱 소리가 나는 지전 몇 장을 꺼내 넣더니

“그럼, 내 좀 나갔다 오리다.”

하고 나가 버리었다.

무론 순구도 아내만 혼자 두고, 더구나 혼자만 있고 싶다는 그를 두고 나가기는 싫었다. 그러나 날카로워진 아내의 비위를 까딱하면 거슬려만 놓을 것 같아서 나오기는 나오면서도 마음은 놓이지가 않아 보이를 하나, 자기가 돌아올 때까지 방문 밖에 파수를 세워 놓고 나온 것이다.

천숙은 남편이 나가자 곧 종이를 찾아다 무릎 위에 놓고 붓을 들었다. 새 주둥이 같은 만년필 촉은 잉크를 뱉기 전에 경련을 일으키듯 가늘게 떨리었다.

붓은 한참이나 떨어질 곳을 모르듯 주저하다가 우선

‘필재 씨께’

하여 놓고 딴 줄을 잡아

‘두고 가신 편지는 반갑게 읽었습니다.’

하였다. 그러고는 다시 막히어 붓을 놓고 생각하였다.

하고 싶은 말은 그야말로 태산과 같았다. 태산과 같기 때문에 얼른 어느 구석에서부터 풀어 써야 할는지 막연하였다. 더구나 머리가 건전한 때와 달리 생각하였던 말도 쓰려면 어디로 달아나고 없어지곤 하였다. 그래서 간단히

제이의 운명

저는 지금 머리가 어수선하와 무어라고 요령을 잡아 쓸 수가 없어요. 아모튼 영원한 밤길인 줄 안 제 생애에도 다시 새벽을 바라보는 듯 진정 재생의 기쁨으로 가슴이 터질 듯합니다. 이 이상 긴 사연을 적을 수 없사오며, 저는 지금이라도 만나 뵈오면 말로는 순서 없이라도 저의 전부를 알려 드릴 수 있겠습니다. 수고로우시나 내일 오후에 저 혼자 있도록 하오리니 두점쯤 찾어와 주시기 바랍니다.

하였다. 그리고 반듯하게 접어 봉투에 넣고 써 본 지 거의 석 달이나 된 필재의 주소를 쓰고 필재의 성명을 썼다.

이렇게 매끄러운 양봉투에 꼭 꼭 눌러쓴 잉크가 마르기를 기다리는 동안이었다. 천숙은 조금 목이 갈함[379]을 느끼고 초인종을 눌렀다. 보이는 즉시 나타났다.

"저 음식은 내어가고 간호인을 좀 오게 해 줘요."

간호인도 즉시 나타났다.

"일어나 앉으셨군요. 무얼 좀 잡수셨습니까?"

"아모것도 먹기가 싫여요. 그런데 포도주는 자꾸 생각이 나요. 그렇지 않으면 가루삐스[380]나요."

하니 간호인은 빙긋 웃으며

"가루삐스 같은 건 좋습니다만 포도주는 자꾸 자시면 태아에 해롭습니다."

하였다. 천숙은 귀에 불이 떨어지는 듯 깜짝 놀라었다.

"태아라뇨?"

"지난밤에 의사가 아직 초기나 임신 중이시라고 했습니다. 초기만 아니면 엊저녁 같은 경우에 태아가 질식해 버리었을는지도 모릅니다. 잘

---

379 渴-. 목이 타고 마른 듯함.
380 '칼피스(Calpis)'라는 일본의 유산균 음료 상표명.

웃지 않는 며느리

안정하십시오."

하였다.

천숙은 그러고 보니 정말 최근 얼마 전부터 자기가 입맛이 변한 것과 가끔 구역증이 있는 것을 똑똑히 기억할 수가 있었다. 천숙은 입술이 새까맣게 질리고 말았다. 앞에 간호인이 섰는 것도 잊은 듯 입김을 불어 글씨를 말리던 편지를 그만 주먹 안에 꾸겨 넣고 한참 바르르 떨다가 아무 데나 마룻바닥에 동댕이를 쳐 버렸다. 그리고 엎디어 우는 바람에 간호인은 눈이 둥그레 나오고 말았다.

이렇게 되고 보니 필재가 천숙에게서 답장을 기다림도 허사였다. 그러나 알지 못하는 필재는 속달로만 부친다면 어둡기 전에 하회[381]가 있으려니 하고 저녁밥도 설치고 밖에서 인기척만 나면 일어나 내다보곤 하였다.

체전부[382]는 어둡기 전엔커녕 밤이 으슥하도록 들어서지 않았다. 필재는 어젯밤을 거반[383] 새이다시피 한지라 열시가 지나서는 자리도 보지 않고 앉은 채 졸다가 쓰러지고 말았다.

아침에 일어나는 길로 필재는 현관으로 뛰어가 보았다.

혹시 밤새에 편지가 오지나 않았나 하여. 그러나 현관에 떨어져 있는 건 조간신문뿐, 신문을 들어 보니 그 밑에도 아무것도 없었다.

필재는 여러 가지로 상상해 보았다.

'그 편지를 순구에게 들키지나 않았을까?'

'충분히 생각할 시간을 갖노라곤가?'

'순구가 눈치를 채이고 편지를 쓸 기회를 주지 않음인가?'

'이왕 순구의 아내가 되었으니 나를 단념하렴인가?'

또 마지막으로는

---

381 下回. 회답. 결과.
382 遞傳夫. '우편집배원'의 옛말.
383 居半. 절반 가까이.

제이의 운명

'호텔에서 미세스 보구에게 전하였다 하나 편지가 천숙은 구경도 못하고 순구의 손에서 없어지고 마는 것이나 아닌가?'

하는 생각도 났다.

아무튼 필재는 이날도 학교에 나갈 여념이 없이 이때나 저때나 하고 편지만 기다리기에 오전을 보내었다. 그리고 오후에도 두시나 되어서야 밖으로 나온 것이다.

필재는 천숙을 다시 찾아가 볼 작정으로 나온 것이다. 단도직입적으로 천숙의 의향을 물어 '네'라든지 '아니오'라든지 결정적의 대답을 받으리라 하였다. 그래서 이번에는 전차도 기다릴 새 없이 지나가는 택시를 이끌어 타고 쏜살같이 제국호텔에 나타난 것이다.

수부의 사람은 벌써 구면이었다. 어제 필재가 미세스 보구를 여러 번 찾아왔다가 못 만나고 간 것을 기억하므로 필재를 보자 또 으레 미세쓰 보구를 찾아온 줄 짐작하는 듯 묻기도 전에

"그저 미세쓰 보구를 뵈려고 오셨습니까?"

하였다. 필재가

"그렇소."

하니 그는 흔히 서양 사람들이 하듯 능청스런 표정을 지으며

"대단 미안한데… 오늘 두 분 다 떠나신걸요" 했다.

"어디로요? 오늘 언제요?"

하고 다시 물으니

"다시 오실 셈으로 큰 짐은 두고 떠나섰는데 아마 하코네[384] 아니면 닛코[385]로 가신다나 봐요. 나가신 진 오래시지 않습니다. 아까 오정 때쯤 인가요" 하였다.

필재는 잠깐 머뭇거리다가

---

384 箱根. 일본 가나가와현에 있는 마을. 온천으로 유명한 관광지.
385 日光. 일본 도치기현 북서부에 있는 도시. 신사(神社)와 온천으로 유명한 관광지.

"어제 내가 두고 간 편지는 틀림없이 미세스 보꾸께 전했지요?"
하고 따지니

"그럼이오…. 잠깐 계서요. 그 보이를 부를 테니요."
하더니 얼마 안 있어 보이복을 입은 소년이 나타났다. 수부의 사람은 필재가 보는 데서 물었다.

"너, 이제 미세스 보꾸께 전하란 편지 누구에게 전했니?"
하니 보이는 또렷한 말씨로

"미세스 보꾸께요. 바로 미스터 보꾸는 식당으로 나오시고 미세스 보꾸만 방에 계실 때 갖다 드리고 미세스 보꾸께서 그 편지를 뜯으시는 것까지 보고 나왔습니다."
했다. 필재는 속으로 '미세스 보꾸가 혹시 내가 보이거든 어떻게 하라고 일러 놓은 말도 없었느냐'고 물으려다 그냥 표연히 나오고 말았다.

필재는 정신없이 걸어서 간다[386]까지 왔다. 어느 찻집으로 들어가 귀에 들린다기보다 귓전을 울리는 축음기 소리에 한 시간 동안이나 앉아 있다가 거기서도 전차를 타고 바로 와세다로 왔다. 그리고 학교를 중심으로 하고 돌아다니며 혼자 겨우 용신[387]이나 할 삼 조[388]나 사 조 반짜리 셋방을 찾아보았다. 또 한편 신문 집이나 우유 집을 지날 때는 배달부를 쓴다는 광고가 나붙지나 않았나 유심히 살피면서.

---

386 神田. 도쿄 지요다구 북동부 지역.
387 容身. 공간이 좁아 몸을 조금 움직일 수 있음.
388 疊. 일본 가옥의 다다미 장수에 따른 넓이 단위.

제이의 운명

봄바람

가을엔 '가을 매우[389]'라나 가을다운 청명한 날이 적고 길이 마를 만하면 또 찔끔찔끔 나리는 것이 동경의 가을비였다.

필재는 신문 배달부가 되어 가지고 처음 비에 원수를 대어[390] 보았다.

'차라리 춥더라도 발이나 질지 않게 어서 겨울이 되어라.'

하였으나 코스모스가 서리를 맞아 보지 못하고 환갑, 진갑을 넘어 사는 노인처럼 최후의 꽃봉오리까지 다 피어서 말라서 시들어서 그러다가도 하룻밤 비에 다시 줄거리가 청청해지기도 하는 동경의 가을은 한껏 지리스러운 가을이었다.

'인상, 인상! 어서, 세시야…'

하는 소리에 꿀 같은 잠을 깨어 보면 벌써 일어나 앉아 제몫큼[391] 신문을 접는 사람들도 있고 그저 주인의 발길에 베개를 채이면서도 찰떡같이 잠에 붙어서 끙 하고 기지개만 켜는 사람도 있었다.

필재는 첫마디에 벌떡 일어나는 사람들 중의 하나였다. 잠이 덜 깨인 눈을 서너 번 마찰이 심하도록 부비고는 곧 제 몫의 신문을 헤어 가지고 접으려고 앉으면 먼저 접던 축에서

"오늘은 오지 않오"라거나

"또 쏟아지오."

라거나 이렇게 비를 말하는 것이 그들의 아침 아니 새벽 인사였다.

"또 쏟아지오."

389　梅雨. 장마.
390　진절머리나는 경험을 해.
391　저마다의 몫만큼.

하는 때는 필재는 안 그러자면서도 남을 위해서나 귀찮은 꼴을 보는 것처럼 짜증이 나기도 했다.

그 따뜻한 자리 속에서 나온 발을 얼음물같이 찬 새벽 진창에 담그는 것도 생각부터 소름이 끼치는 일이요, 그것보다 일본 집은 큰 저택이기 전에는 흔히 아마도 틈에다 신문이 땅에 떨어지지 않을 정도로 끼워 놓기만 하는 것인데, 비가 오는 날이면 신문이 젖겠으니까 한참씩 서서 더구나 비를 맞아 좁아진 틈으로 신문이 안으로 다 들어가도록 비비닥질³⁹²을 쳐야 하는 것이었다. 이러노라면 세 시간이면 돌리던 것을 네 시간 반이나 다섯 시간 동안이 걸리는 것이다.

그러면 필재는 자기가 학교에 늦는 것보다도 독자들이 시비가 귀찮았다. 공장에나 회사에나 출근하기 전에 조간을 보고 나가는 습관이 있는 사람들은 아침 신문을 보지 못하고 나갔으면 그날 저녁엔 석간을 돌릴 때 불러 세우고

"너희 신문 안 볼 테니 고만둬라."

거나, 하다못해

"빠가야로!"

한마디라도 던지는 것이 으레였다.

그러나 이런 생각에서 일어나는 짜증도 거의 잠꼬대와 같은 감정이었다. 신문을 메고 뛰어나와 첫번 서너 집만 돌리기 시작하면 잠도 활짝 깨어 달아나고 찢어질 듯하던 비위도 한풀 누그러지는 것이다. 필재는 철벙 하고 한 발이 진창에 빠지면 다른 한 발은 일부러 진창에다 철벙 담갔다 뛰곤 하였다.

그는 순구가 찾아와 간절히 말림을 듣지 않고 아주 순구에게서 떨어져 나온 것이다. 순구와 한집에서 헤어진 것만 아니라 박 자작에게도 나머지 두 학기 동안은 경험 삼아 고학으로 끝을 맺어 보기가 소원이란 핑

---

392 비벼 넣는 일.

계로 학비를 거절한 것이었다. 박 자작은 깜짝 놀래어 친필로 무슨 연유인지 다시 알리라 하였으나 필재는 같은 핑계로 군이 학비를 거절한 것이었다.

무론 필재는 각오는 한 바이나 고생은 생각한 이상이었다. 방은 자기 혼자 있을 것으로 일본 방으로는 제일 작은 삼 조짜리 하나를 얻기는 했지만, 거기서는 석간신문을 돌리고 돌아와 오후 일곱시서부터 밤 열한시까지 공부만 할 뿐, 새벽 세시부터 조간신문을 돌려야 할 것이므로 잠은 신문 집에 가 그 돼지우리 같은 속에 코를 박고 자는 수밖에 없었다. 그러면서도 수입이란 신문값을 제대로 받아들여야만 겨우 이십사오 원에 불과하였다. 이걸 가지고 자지도 않는 방세를 내고 학비를 쓰고 나면 점심은커녕 조반 저녁의 두 끼만도 어떤 때는 식당으로 갈 예산이 못 되어 사 오 전어치 고구마로 끼니를 잇지 않을 수 없는 것이었다.

그러나 밥을 먹어야 할 끼니에 더구나 밥이라도 두 사람의 몫이나 먹어야 할 허기진 속에다 고구마 두서너 개로 단념해야 할 그 식욕과 싸움만이 고생은 다 됨이 아니었다. 아픔, 몸의 아픔, 몸의 고달픔처럼 고생스러움은 없었다. 다른 때라고 감기 한 번 앓지 않았음이 아니나 신문배달부로는 몸을 뉘어 하루라도 쉴 수 없음이었다. 저만 아는 골목과 저만 아는 삼백여 명의 독자들의 집을 새로 돌리려면 적어도 오륙 일을 쫓아다녀야 겨우 기억하여 대신할 수 있는 일을 갑자기 누구더러 대신해 달랄 수도 없고 그러니까 어디가 부러졌다거나 데굴데굴 구르도록 아프기 전에는 쉴 염치가 나지 않는 직업이었다.

필재는 자주 감기가 들었다. 새벽 비를 맞고 돌아다닌 날 저녁이면 흔히 사지가 쑤시고 골이 더웁곤 했다. 그걸 억지로 참고 저녁 신문까지 돌리고 돌아오면 집에도 들러 보지 못하고 그냥 신문 집에 쓰러져서 앓는 것이었다. 그러나 한참 잠이 단 새벽 세시만 되면 으레

"인상, 인상, 어서어서."

하는 소리에 녹은 엿가래같이 피곤한 사지를 이를 악물고 일으켜 세워

야 하는 것이다. 정신없이 신문을 접어 메고 힘없는 다리를 휘청거리며 남 다 자는 캄캄한 골목 안에 들어서면 필재는 무서움을 타는 어린아이 같이 울음이 울컥 솟기도 했다. 그리고 이제 막 꿈에서 만났던 천숙이가 생시엔 자기와 얼마나 먼 거리에 있는가도 생각해 보았다. 그 화려할 침실 안에서 구름 같은 새털 이불에 쌔여 잠이 모자라서 눈이 떠질 때까지 누워 있을 천숙과 그의 옆에 순구를 그리어 볼 때 필재는 간특한 계집의 마음처럼 이가 갈리는 원망을 품어 보기도 하는 것이었다.

이날도 아침에 비를 맞은 때문인지 코가 메이고 다리 팔이 쑤시어 학교에서 오전 시간만 채이고 오후엔 자기 방으로 찾아와 석간 배달에 나갈 때까지 누워 있는 동안이었다. 이층으로 올라오는 층층대의 삐걱 소리가 몹시 나더니

"필재."

하고 순구의 목소리가 났다.

"어떻게 왔나?"

"왜 어디가 아픈가?"

그들은 거의 동시에 이런 말을 바꾸고 순구도 앉고 필재도 일어나 앉았다.

"얼굴이 붉은 것이 열이 있나 뵈그려."

"좀 감기가 들었네."

순구는 담배를 내어 피이더니 좁은 방 안을 획 한번 둘러보았다. 그리고

"난 자네 고집을 당최 이해할 수가 없네" 하였다.

"그럴 걸세…."

하고 필재는 순구의 말을 진심으로 응대하려 하지 않았다. 이런 눈치를 순구도 채인 듯

"난 진정으로 자네와 상의할 일이 있어 왔는데…. 여보게 좀 자네도 진정으로 들어 줄려나?"

제이의 운명

하고 담배를 끈다.

"대답이 진정에서 나오고 안 나오는 건 묻는 사람이 진정이고 진정 아닌 데 달리지 않나?"

하고 필재는 억지로 웃었다. 순구는 잠깐 말문이 막혔다가

"정구 말야. 정구의 혼인 말일세…. 요전에 천숙이가 흥분해 가지고 한 말은 탄할 배 아니오…."

"어서 말을 끊지 말고 다 해 보게."

"…자네를 정구 당자(當者)도 사랑할 뿐 아니라 아버님께서도 자네를 유일의 후보자로 믿구 계신데…. 자네, 우리 아버님께서 얼마나 자네를 사랑하시는지 알겠나?"

필재는 이 질문에만은 신중히 대답하였다.

"자네 매씨와 나와 혼인 문제는 별문제로 하고, 춘부장[393]께서 나를 사랑하심이 특별하신 것만은 무론 나도 익히 알고 있네. 참 춘부장께 대한 은혜는 지극한 것으로 생각하네…. 그러나 혼인 문제는 별문젤세. 은인이나 부모나 혼인 문제에 들어서 간섭하심은 그분들의 무리신 줄 아네."

"그리게 어디 우리 아버님께서 간섭이신가? 그저 당신이 아시기엔 정구를 맡김즉한 사람은 자네 하나뿐이라고 늘 말씀이 계시니까…. 또 아버님께서도 따님이 어디 정구 하나뿐이신가? 그렇지만 신식 딸로 학교 공부를 시켜 신식 살림으로 채려 주실랴는 건 정구가 처음인 만치 아버님도 정구의 혼인엔 기대가 많으신 걸세…."

하고 다시 담배를 붙여 물었다.

필재는 가만히 눈을 감고 박 자작의 인자한 모습을 그려 보았다. 그리고 웬만한 일 같으면 그분의 만족을 위해서라도 승낙을 하고도 싶었으나 다른 문제와 달리 자기 일평생의 문제도 되려니와, 더구나 천숙과 관

393 椿府丈. 남의 아버지를 높여 이르는 말.

련이 된 문제이매 도저히 박 자작에게 대한 일시 온정적인 면목만 생각할 수는 없었다.

"그런 건 모다 말하자면 자네네 집안일일세. 나는 자네 매씨와 혼인할 마음이 애초부터 없네. 그뿐일세. 용서하게."

하니 순구는 약간 얼굴빛을 변하면서

"정 그렇대문야 별수 있는가. 자네 말대로 혼인 문제야 부모도 임의로 못 하는데…. 그러나 나도 그러이. 아버님께서 자네가 집안사람이 됐으면 하시는 욕망은 단념하실 수 있는 것이나, 정구 당자가 자네에게 먹은 마음은 그렇게 일조일석에 끊어지지 않을 것이니까. 사실인즉 정구를 동정하여 자네한테 한 번 더 온 것일세."

하였다. 필재는 순구를 한참 빤히 보다가

"일조일석에 끊어지지 않는다…."

하고 순구의 한 말을 받아 옮기니 순구는 더욱 어세[394]를 얻어

"정말일세. 정구는 자네한테 순정일세. 일조일석에 단념하지 못할 것일세."

하였다.

"순정이면 일조일석에 단념하지 못한다…. 자네도 그런 걸 다 아나?"

하고 필재가 다시 뻔히 쳐다보니 그제야 순구는 필재와 자기 아내의 관계를 연상해낸 듯 더욱 붉어지는 얼굴을 돌리며 담배만 빨았다. 한참 어색한 침묵이 지나갔다.

"나 저녁 배달을 나가야 할 시간일세."

하고 필재는 순구를 쫓다시피 먼저 일어섰다. 순구도 따라 일어서 골목 밖까지 같이 나와 헤어졌다.

그 후 필재와 순구는 학교에서도 별로 만나지 못하였다. 부지런히 일하는 사람에겐 세월도 부지런히 지나갔다.

---

394 語勢. 말의 기운.

'이 비 잘 오는 가을이 언제나 지나가 버리나!'

하던 가을도, 또 새벽에 나갈 때마다 지카타비[395]가 함석 조각처럼 꽛꽛이 언 속에 앙탈하듯 꼬부라지는 발고락을 진저리를 치며 들이밀던 그 겨울도 다 지나갔다. 지내 놓고 생각하면 꿈결 같은 것이 세월이었다.

필재는 졸업논문도 끝이 난 지 오래다. 공부 시간도 이럭저럭 끝이 나는 중이었다. 신문 배달도 자기 구역을 맡을 사람을 새로 뽑는다고 광고를 써 붙였으니까 이삼 일 안으로는 뽑힐 것이요, 그 후에는 그 사람이 집을 다 기억하도록 며칠만 따라다녀 주면 그만이다.

'졸업식 날!'

하고 생각하면 필재는 기쁨과 함께 슬픔이 솟았다. '내게도 부모님이 계시다면 얼마나 그날을 즐거워들 하실까!'도 생각하매 슬펐고

"당신은 나보다 일 년을 먼저 졸업하시니 그동안 나가 준비해야 돼요" 하던 전날의 천숙이, 그때 자기가 속으로는 다 알면서도 "무슨 준비?" 하고 물어서 천숙의 얼굴을 붉혀 주던 생각도 나서 애달픈 첫사랑의 기억이 새로워 슬프기도 하였다.

친구들 중에는 벌써 졸업식에도 참례하려 하지 않고 취직 운동에 눈들이 뻘게서 서울로 온 사람도 적지 않았다.

누구는 어느 전문학교 교수로 가느니, 강사로 가느니, 누구는 어느 신문사에, 누구는 외국 유학으로, 누구는 어느 도청으로, 벌써 작정된 사람들도 있어 학교에 가면 이런 새로운 소식들이 날마다 몇 가지씩은 들리는 때였다. 그중에도 필재의 귀에 가장 놀라운 소식은 고등사범부 졸업인 강수환이가 아직 학교 취직은 작정이 되지 않았어도 평생 놀고먹어도 좋을 밥자리에 취직이 되었다는 것이니, 그건 박순구의 누이 정구와 약혼이 되었다는 소문이었다.

이 소문이 귀에 들어올 때 필재는 더욱 서글픈 마음도 일어났다. 무엇

---

395 일본 버선 모양의 작업용 신발.

자기가 지참금이 몇만 원이라는 박정구를 강수환에게 영영 놓쳐 버린다는 그런 물욕에서의 서글픔이 아니라 오직 박정구 당자의 심경을 생각하고 미안스러움에서였다. 삼사 년 동안을 두고 사귀어 보매 물욕에는 두텁고 정의에는 엷은 강수환이란 인물이 한 가정을 이룩하는 데 있어서도 그다지 튼튼한 주석(柱石)으로는 믿어지지 않기 때문이었다.

자기를 극진히 사랑하는 여자, 비록 그의 사랑을 받지는 못할망정, 그의 신상에 커다란 일들이 일어날 때 공연한 줄은 알면서도 마음에 걸리지 않음은 아니었다.

필재는 아직 졸업 후의 진로가 막연하였다. 남과 같이 취직 운동을 할 여가도 없거니와 그런 연줄도 없다. 학교에선 벌써 달포 전부터 어떻게 할 셈이냐고 물었고, 학교로서 소개할 수 있는 데까지는 힘써 주겠노라 했으나 필재는 전혀 남의 일과 같이 등한히 여겨 왔을 뿐 아니라 혹 친구들이 걱정을 하여도

"뭘! 조선에서 할 일이 없어 놀기야 하겠나. 모두들 정말 할 일을 생각지들 않구 편안히 앉아 월급이나 많이 받아먹을 자리들만 찾으니까 힘들이 들지…. 자네네들 어서 좋은 자리 다들 차지하게. 남는 게 내 차질세."

하고 껄껄껄 웃어는 보았다.

누구는 어느 날 혼인을 한다, 누구는 구라파로 갈 여행권이 나왔다, 누구는 어느 전문학교에서 벌써 이등 차비로 부임 여비를 받았다. 누구는 졸업에 쓰라고 집에서 돈이 삼백 원이 왔다. 이런 소문, 저런 소문에, 아닌 게 아니라 필재의 마음도 가만히 앉았으면 싱숭생숭은 스러웠다.

이날도 석간신문을 돌리고 공중식당을 다녀 자기 방으로 돌아와서는 이런 생각, 저런 생각, 천숙의 얼굴도 보이었다. 정구의 얼굴도 보이었다. 독일로 간다는 김 군, 연희전문으로 나간다는 박 군, 서울의 수많은 남녀 학교들, 신문사들, 그리고 오막살이와 떠꺼머리 아이들부터 눈에 뜨이는 조선의 농촌들, 이렇게 조각 그림이 한참 순서 없이 머릿속에 낙

엽처럼 휘날릴 때 누군지 아래에서 현관문을 찌르릉 여는 소리가 났고 주인 노파와 인상 어쩌고 하는 소리가 들리었다. 필재는 자기를 찾아온 손님임을 알고 나려가 보니 정말 자기의 손님이다.

"한참 찾았는걸요."

하면서 필재가 어서 올라오라기를 기다리고 섰는 사람은 좋은 스프링 코트를 입었으나 속은 교복인 와세다 학생이다. 같은 조선 사람이요, 한 학교라 필재도 안면은 익숙한 친구였다.

"저를 찾아오셨지요?"

"네."

"어서 올라오십시오."

필재는 앞서 이층으로 올라가면서 이 친구의 이름을 자기 기억 속에서 뒤져 보았다. 그러나 그의 이름은 찾아낼 수가 없고 다만 순구와 같이 이번에 전문부를 졸업하는 사람이거니 짐작되는 것뿐이다.

"아주 좁은 방입니다."

"참 좁은 데 계시군요."

하며 그들은 이내 자리에 앉아 주인이 먼저

"자주 학교에서 뵙긴 하구두…" 하고 나서 곧

"나는 윤필잽니다."

하였다. 앉은키도 필재보다 작거니와 목소리도 여인네같이 가늘고 해맑은 손님은 좁은 이마를 납신 수그리며

"피차 그랬습니다. 전 손형진이라 합니다. 많이 사랑해 주십쇼" 했다.

필재는 속으로 픽 웃고 손님의 얼굴을 마주 보았다. 나이는 자기보다 어리지는 않겠으나 새빨간 입술과 얇은 눈꺼풀 때문인지 아직 어린 티가 아글아글한 얼굴이었다. 게다가 그 "많이 사랑해 주십쇼" 하는 소리에 필재는 그만 천덕스런 인상을 가지고 말았다. 손형진은 잠깐 눈을 깜박이고 앉았더니

"인상두 이번에 졸업이시죠?" 한다.

"네."

"어디루 취직이 되셨습니까?"

"취직요? 아직 운동도 안 하구 있는걸요."

"그럼요. 그까짓 취직, 취직 하지만 마음에 맞는 직업이 어디 있나요. 무슨 일이든 제 자신이 해 보기 전엔."

했다. 필재는 잠깐 사이를 두었다가

"그럼, 손 형은 어떤 사업에 경륜이 계십니까?"

물었다. 그리고 언젠가 누구에게서 그가 부자라는 말을 들은 듯한 생각도 났다. 그는 다시 한참 눈만 깜박거리다가

"사실은 인상께 좀 상론하자구 위정³⁹⁶ 찾아왔는데요."

하며 벗어 놓은 스프링코트에서 무얼 꺼내려고 부스럭거리었다.

손형진이가 스프링코트에서 꺼내는 것은 별것이 아니라 담배였다.

"참, 저는 담배를 못 피기 때문에 손님께 권할 줄도 모릅니다."

하고 필재가 미안해하니

"안 피십니까? 그거 좋습죠."

하며 한대를 붙여 길게 한 모금 빨더니

"다른 게 아니라요. 저는 진작 인상과 지면하지³⁹⁷ 못한 것이 후회가 납니다만, 이제부터라두 우리가 일하는 데는 별 지장야 없겠죠. 그렇지만 저만은 훨씬 전부터 인상이 어떤 분이란 건 대강 짐작은 하구 있는 셈입니다."

했다.

"저를요?"

하고 필재는 저윽 옷깃을 바로잡았다.

"네···. 저도 소위 공부라고 하던 것을 마치고 보니 다소 조선 사람이

---

396 '일부러'의 방언.

397 知面--. 아는 사이가 되지.

제이의 운명

란 책임이라 할까요, 좌우간 조선 사회에 나가 무엇이고 한몫 덤벼들고 싶은 충동을 요즘 적지않이 받습니다. 그래 그리 큰 자본을 요구하는 일이면 몰라두 웬만한 자본으로 될 수 있다면 무어고 내 돈으로 하나 채려보구 싶은 생각이 있습니다. 그러나 가만히 생각해 보니 아직 이렇다 할 복안[398]도 없고 또 자본만 있다고 되는 일이 아닐 것 같고 그래서 우선 참, 좋은 친구가 그리워지드면요…. 무론 제게도 지기라고 할 친구들도 있기야 있습니다만, 사실 일에 들어서 친구 될 만한 사람은 또 캐 보면 친구라고 어디 다 친군가요."

"…."

"그래 조용히 인상을 한번 찾으리라 하고 별러 오다가 이렇게 창졸간[399]에…."

한다. 필재는 처음엔 손형진을 그 생김과 그 인사하는 투와 인상이란 '상' 소리에 다소 가벼이 보아 버리려 하였으나 그의 그 찾아온 뜻이 놀라움을 느낄 때 곧 정중히 마음을 열어 대응하였다.

"알겠습니다. 그처럼 훌륭한 경륜이 계실 때 평소에 사귄 적도 없는 저를 생각해 주심은 매우 감사합니다. 그러나 보시다시피 저 역[400] 아직 학교 노트의 지식뿐이요, 실사회(實社會)엔 하루의 경험이 없는 그야말로 백면서생[401]인데 손 형이 기대하시는 만큼 좋은 친구가 되어 드릴는지는 자신이 없습니다."

하고 필재는 떨어지는 앞머리를 뒤로 쓰다듬었다.

"겸사[402] 말씀이시죠…. 아무튼 저도 아직 무슨 일을 하겠다는 구체안이 없습니다. 다만 윤 형께 미리 말씀드리는 건 제가 큰 자본은 몰라도

398　腹案. 생각. 속마음.
399　倉卒間. 별안간.
400　亦. 또한.
401　白面書生. 글만 읽고 세상일에는 경험이 없는 사람.
402　謙辭. 겸손의 말.

몇천 원이나 한 만 원까지는 변통할 수가 있습니다. 그만 것을 가지고 일시에 소비하지 않고 자본에 비해서 비교적 결과가 클 무슨 일을 하나 생각해 보십시오. 그러구 서울 언제쯤 나가십니까?"

하고 물었다. 필재는 일력을 쳐다보고

"아마 두어 주일 후 되겠습니다."

했다.

"저는 오늘도 좀 바쁘고 될 수 있는 대로 집에 좀 일이 있기 때문에 일간 떠나려고 합니다. 아모튼 인상보다는 제가 먼저 서울 가 있을 듯하니 나오시는 대로 제집을 찾아 주십시오. 그리고 그동안 좀 생각 많이 해 주십시오."

하였다. 생각이란 것이 필재는 좀 막연하였다.

"그래도 손 형이 어떤 방면에 뜻을 두시는지 좀 구체적으로 생각하신 데까지라도 미리 말씀해 주시면, 또 저도 형의 일을 같이 도울는지 내 혼자의 나아갈 길이 있을는지도 아마 생각할 필요가 있겠으니까요."

했다.

"네…. 저는 출판이 어떨까 하지요. 신문같이 큰 기업은 문제지만 잡지쯤은 하나 잘해 봤으면 싶습니다. 나중에 『개조』나 『중앙공론』[403] 같은 좀 권위 있는 잡지를요…."

하고 잠깐 말없이 앉았다가 필재에게 자기의 서울 집 번지를 적어 주고는 일어섰다.

그 후 두 주일쯤 지나간 어느 날 아침이다.

필재는 서울 청진동 어느 여관에서 이른 조반을 먹고 나와 휘적휘적 종로 네거리로 올라왔다.

네거리, 그는 어느 길로 발을 돌려야 할지 몰랐다. 한 길은 관철동으

---

403 『주오코론(中央公論)』은 1887년, 『카이조(改造)』는 1919년 창간된 일본의 수준 높은 종합잡지.

로 천숙이네 집, 아니 이제는 천숙이네 친정집으로 갈 수 있는 길이요, 한 길은 가회동으로 이것이야말로 천숙이네 집인 박 자작 댁으로 갈 수 있는 길이다. 그리고 남대문통으로 나가면 서울 오는 길로 찾아 달라던 손형진의 집이 있을 삼각정[404]으로 들어갈 수 있는 것이다.

필재는 전날 저녁차에 나리었기 때문에 아직 찾아봐야 할 곳을 한 곳도 가지 못했다. 다른 때 같으면 관철동으로 들어가거나 그렇지 않으면 가회동으로 올라갈 것이로되 이번엔 여관으로 들어갔다. 아무 연분 없는 낯선 여관으로 들어간 것이다. 여관에선 주인이 "이 방이 비었습니다" 하는 대로 조그만 구석방에 들어 꿈자리 산란한 서울의 밤이련만 먼 길에 시달린 때문인지 단잠에 날을 밝히고 주인집에서 일찍 차려다 주니 주는 그대로 이른 조반을 먹은 것이다.

이른 조반상엔 이른 봄 채소가 놓여 있었다. 냉이와 소리쟁이국, 그리고 물쑥과 달래 무침, '벌써 봄이로구나!' 하면서 먹었다. 그리고 상을 물리고 나니 봄 그것을 먹은 듯 다감해져서 나선 걸음이라 종로 네거리에 이르러선 어디로 먼저 가야 할지 한참 주저되었다. 화신상회[405] 앞에 가서 길에는 그냥 서 있기가 무엇하고 안전지대로 건너가서 두어 전차가 지나가도록 서 있어 보았다.

따스한 아침이었다. 얼음이 녹은 듯 길바닥은 군데군데 젖어 있는데 그런 데선 은가루같이 뽀얀 김이 피어올랐다. 그리고 홍도화, 매화, 히야신스, 시네라리아 같은 화초분을 실은 꽃장수의 구루마도 지나갔다.

봄! 필재의 마음은 곧 독한 술에 취하는 것 같았다.

필재는 오래간만의 서울의 봄이었다. 순구는 겨울방학이든 봄방학이든 핑계만 있으면 나왔더랬지만 필재는 봄방학같이 쩌른[406] 때는 별로 나와 보지 못하였다. 그래서 상록수가 많고 흐린 구름이 많아 겨울과 봄

404 　三角町. 지금 중구 삼각동의 일제강점기 명칭.
405 　和信商會. 일제강점기에 조선인이 세운 최초의 백화점. 화신백화점.
406 　'짧은'의 방언.

의 경계가 뚜렷하지 못한 일본의 봄만 보던 눈이라 비록 아침 연기가 못
다 개인 시가(市街)의 중앙일망정 은가루 같은 김서리[407]를 보고 꽃 구
루마에 비낀 눈이 부신 햇발을 보고, 그리고 머리를 들어 취어리[408] 같은
하늘에 면화 꽃인 듯 흰 구름송이가 떠도는 것을 치어다볼 때 필재의 가
슴은 옛날의 봄의 추억으로 울렁거리고 말았다.

그는 남대문통으로부터 들어오는 동대문 가는 전차에 올라탔다.

필재는 동대문에 이르자 볼일이나 있는 사람처럼 시골 가는 사람들
과 같이 막 떠나가는 청량리 전차를 뛰어가 탔다.

봄의 청량리! 전에 없던 대학 예과가 우뚝하니 서 있고 전에 안 가던
정거장 앞까지 전찻길이 나아갔을 뿐, 청량리는 전과 같이 시골다운 청
량리였다. 홍릉으로 들어가는 큰길도 옛날의 그 큰길이요, 그 길을 한
이삼 마장 걸어가노라면 왼편으로 뱀이 기어간 자리처럼 가느단 지름
길이 한 오 리 갈라져 달아나는 것도 옛날 그대로였다.

연못을 지나 뒤뚝거리는 징검다리가 있는 것, 그 낙엽이 쌓이고 구석
엔 얼음이 잠긴 쓸쓸한 도랑을 건너 축동 위에 올라서니 백양나무가 드
문드문 섞인 솔밭이 되는 것도 옛날과 마찬가지였다.

문안과 달리 벌판이라 숲속에는 바람이 쏴 하고 지나갔다. 필재는 동
경서 새로 사 쓰고 나온 캡을 벗어 깨끗한 잔디 위에 던지고 그 위에 가
앉았다. 그리고 흔들리는 숲을 멍하니 바라보았다.

바람은 솔밭에선 쏴 하고 잡목 숲에선 웅 하며 지나간다. 상큼한 마른
가장귀[409]를 흔들며 지나가는 소리로되 썩정귀[410]를 꺾을 듯이 몸부림
치는 설한풍의 소리와는 판연히 달랐다.

"잠이 깨여라."

---

407 김이 서린 것.
408 翠--. 파르스름한 색이 어린 것.
409 나뭇가지.
410 '삭정이'의 방언. 나무에 붙어 있는, 말라 죽은 가지.

제이의 운명

"물이 올라라."

하고 부드러운 아낙네의 손매로 흔드는 듯한 봄바람의 소리이다.

필재는 아직 학생복인 웃저고리의 단추 두엇을 끌러 놓았다. 그리고 다시 일어서서 이 소나무 아래, 저 백양나무 밑으로 거닐었다. 남이 보기엔 아무것도 아닌 나무들이요, 아무것도 아닌 잔디와 모새밭[411]이나, 필재에겐 무슨 고적지나 폐허를 거니는 것처럼 군데군데에서 새로운 추억과 무량한 감개에 부딪히었다.

'저기서 천숙이가 민들레꽃을 뜯었지!'

'저기서는 붓꽃을 뿌리째 캐다가 화분에 심어 보기도 했지!'

'저 아래 저 뒤뚝거리는 징검다리, 거기서는 서로 손을 잡아 주던 데!'

하고 필재는 아름답던 옛날의 정열을 다시금 가슴이 벅차게 안아 보았다.

"꿈! 오, 내 아름다운 꿈자리여!"

하고 그는 듣는 사람도 없는지라 크게 소리도 내어 보았다.

그러나 필재는 언제까지나 이 조그만 사랑의 폐허에 앉아 아지랑이 같은 센티멘털에만 잠기려 하지는 않았다.

'어제는 어제, 오늘은 오늘의 내용으로 살아야 한다!'

생각하였다.

'심천숙은 박순구의 아내, 박정구는 강수환의 아내, 오늘은 그뿐이다. 그들의 존재가 이 윤필재에게 무슨 상관이냐? 한 조각 뜬구름의 그림자만치도 이제부터의 내 생활을 어둡히지는 못할 것이다.'

하고 필재는 던져 놓았던 모자를 집어들었다. 그리고 혼자일망정 뚜벅뚜벅 군대와 같은 걸음으로 길조차 옛날의 것은 내어버리고 밭이면 밭, 갯장변[412]이면 갯장변, 논둑이면 논둑으로 동대문 편을 향하고 걸었다.

---

411 고운 모래밭.
412 '물이 있다가 마른 물터'로 추정.

의기남아[413]의 군상(群像)인 듯, 천표에[414] 우뚝 솟은 삼각산(三角山)의 연봉(連峯)을 바라볼 때, 그리고 상기한 뺨 위에 봄바람의 부드러운 탄력을 느낄 때, 그는 물오른 키 높은 백양나무와 같은 의기로 성큼성큼 제기리(祭基里)를 지나 안감내[415]로 들어와서 전차를 탔다.

필재는 먼저 관철동으로 들어갔다. 용언은 상회로 나가고 안에서들만 있는 때였다.

"졸업을 해서 얼마나 기쁘겠니? 고맙다. 우리 영감님이 생존하셨더면 내 아들 졸업처럼 좋아하실걸…."

하고 천숙의 어머니는 눈물을 지었다. 그리고

"다 가회동 대감의 덕분이지!"

하고 자기 사돈 영감의 덕을 높이었다. 나중에는 잊었다가 깨친 듯이 정구와의 혼인이 어찌하다가 파의(罷議)되었느냐고, 필재가 하지 못해 애를 쓰다 떨어진 줄 아는 듯 매우 필재를 가엾이 여기며

"네가 아직두 고생이 남아서 그런 자리가 그만…. 이제 운이 열리지 열려."

하면서 필재를 위로하였다.

필재는 말없이 앉아 있었다. 그리고 왜 자기 집에 와 있지 않고 물밥[416]을 사 먹겠느냐고 펄쩍 뛰었으나

"무슨 경륜하는 일에 관계가 돼서 그랬습니다."

핑계를 하고 필재는 곧 일어나 가회동으로 올라갔다.

여기를 가도 천숙의 집. 필재는 가회동으로 올라가는 길에서 이렇게 생각하고 어서 천숙과 관련된 모든 것을 칼로 버히듯[417] 끊어 버리고 싶

---

413 義氣男兒. 의기가 있는 남자.
414 天表-. 하늘 높이.
415 지금의 안암천(安岩川).
416 싸구려 밥.
417 베듯.

제이의 운명

었다. 그러나 어느 쪽도 다 의리상 영원히 발을 끊을 수 없는 은인의 집들이었다.

필재는 생전 나려놓을 수 없는 무게 하나를 어깨에 느끼며 육중한 박 자작댁 솟을대문을 밀고 들어섰다.

순구가 이젠 아주 나와 있는 때이므로 작은사랑도 열려 있을 줄은 알면서도 다른 때처럼 들고 오는 짐도 없을 뿐 아니라 왜 그런지 들러 보기가 싫었다.

필재는 바로 큰사랑으로 올라갔다.

"아, 언제 나오셨습니까? 이번엔 졸업하시구 아주 나오셨죠?"
하고 박 자작의 수족으로 늙은 백 서방이란 수상노[418]가 반겨 일어서며 떠들었다. 그리고 사랑으로 먼저 들어가며

"윤 학도 나왔습니다."
하고 자작께 먼저 아뢰는 모양이다.

자작은 문갑에 기대어 매화분을 바라보고 조으는 듯 앉았다가

"오, 오늘이야 나오느냐?"
하고 몸을 바로 잡는다. 필재는 그 앞에 나아가 절을 먼저 하고 대답하였다.

"지난밤에 나렸습니다."

"그래, 고학을 하고…. 아모턴 탈없이 마치고 오니 고맙다. 그래, 소원이라던 고학을 해 보니 고학도 꽤 하겠더냐?"
하고 자작은 필재의 손에 눈을 던지었다.

"고생입죠. 대감 은덕이 큰 걸 고학하면서 더욱 깨달았습니다."
하였다. 자작은 수염 긴 하관을 두어 번 끄덕이었다. 그리고

"너는 우리 순구 놈보다두 또 수환이보다두 대학 본과를 나왔으니 장한 일이 아니냐. 아모쪼록 세상에 유공(有功)한 인물이 되어 다오."

---

418 首床奴. 상노 가운데 우두머리.

하였다. 필재는 잠깐 머뭇거리다가

"명심하겠습니다."

하였다.

그러나 박 자작은 어딘지 전과 같지 않은 데가 있었다. "이리 가까이 앉어라" 하고 뺨을 만져 보고 손을 잡아 보던 귀애함이 없어졌을 뿐 아니라 "이 자식, 이 녀석" 하고 실없이 굴던 정의도 바람에 불려 간 듯 매우 쌀쌀스러웠다.

필재는 무론 그 까닭을 알았다. 아니 미리부터 짐작된 바였다.

그러자 이내 안으로 들어가는 복도에서 김 주부라고, 이 댁 어용의[419] 다시피 드나드는 한방의사가 안에서 나왔다. 그러니까 자작은 필재의 존재를 잊은 듯 곧 자리를 돌려 김 주부와 마주 앉았다. 그리고

"옛다!"

하여 백 서방을 부르니 백 서방은 거의 습관처럼 담배 핀 담뱃대를 김 주부에게 가져왔다.

"그래?"

하고 자작이 김 주부를 뚫어질 듯이 쳐다보니 김 주부는 백 서방에게서 받은 담배를 한 모금 빨고

"감기올시다."

하였다.

필재는 속으로 '누가 감기란 말인가?' 하고 가만히 듣기만 하니 이런 문답이 나왔다. 자작이 "글쎄, 나두 말을 듣고 감긴 줄은 알았지만 그 애가 원체 약질(弱質)이니까 겁이 나서…."

하니 김 주부는

"태아와는 아무 관계없습니다."

한다.

---

419 御用醫. 전용으로 고용한 의사.

"태중인 줄 알았으면 곧 일본서 나와 있게 했을걸. 누가 알았나… 몸은 약한 것이 공연히 객지에 가 오래 볶여 놔서, 원!"

하니 김 주부 말이

"허긴 자부께서 좀 섬약하시어…. 뭘 산후엔 유모를 대실 게니까."

한다.

태중이니, 일본이니, 자부님이니, 틀림없이 천숙이가 임신 중임을 필재는 깨달았다.

"저 물러가겠습니다."

하고 필재가 일어서니 자작은

"오!"

할 뿐, 어디로 가느냐는 말도 다시 오라는 말도 없이 곧 김 주부에게로 얼굴을 돌리었다.

필재는 저윽 쓸쓸한 마음으로 큰사랑을 나왔다. 그리고 마음엔 없어도 면목상 순구를 찾지 않고 바로 나설 수 없어 작은사랑으로 내려가니 툇돌 위에 순구 핸[420] 듯한 값진 구두가 놓여 있다.

"순구 군."

하고 불러 보았다. 그러나

"누구야?"

하고 미닫이를 여는 사람은 순구가 아니라 강수환이다.

"참, 강 군. 오메데도[421]."

하고 필재가 올라가며 손을 내어미니 수환도 마주 나와 손을 잡으며

"뭘! 자네도 오메데도."

하였다.

필재는 수환이가 자기에게 "오메데도" 하는 것은 졸업을 축하함을

---

420 것인.
421 '축하합니다'를 뜻하는 일본말.

알고

"참, 강 군은 약혼, 졸업, 이중으로 오메데돌세그려."

하고 큰소리로 웃으면서 같이 방으로 들어갔다.

"언제 나왔나?"

수환은 아랫목에 깐 모본단 보료 위에 앉으며 물었다.

"엊저녁에 나렸네. 그런데 순구 군은 어디 갔나?"

하니

"지금 부인이 좀 미령[422]하신 모양일세. 그래 안에 있을걸."

했다.

필재는 상대자가 강수환인 만치 어디를 앓느냐 말도, 대단하냐 말도 도무지 천숙의 신변사니 물으려 하지 않았다. 다만 이제 큰사랑에서 김 주부가 "감기올시다" 하는 말을 들었고, 또 관철동 댁에서 그의 어머니가 모르고 있는 양을 보아 대단치는 않은 줄만 짐작되었다.

그러나 왜 그런지, 아니 왜 그런지가 아니라 천숙이가 잉태라는 말을 듣고는 공연히 마음이 평온하지가 못하였다. 잉태를 했건, 해산을 했건, 박순구 아내의 일이니 내게 무슨 상관이랴는 하면서도 천숙의 신변사, 신변사 중에도 이런 소식은 공연히 질투에 가까운 감정을 일으키는 것이었다.

"허, 강 군 호사했네그려."

필재는 그제야 수환이가 양복이 아니요 조선옷인 것을 깨달았다. 조선옷이라도 바지저고리, 마고자까지 모두가 필재는 이름도 모를 지르르 흐르는 비단이다.

수환은 픽 웃으며

"자네 어떻게 됐나?"

하고 필재의 취직을 물었다.

---

422 靡寧. 병으로 몸이 편치 못함.

제이의 운명

"난 막연하이. 자넨?"

하니

"글쎄, 한 군데 될 듯도 하구면서두…."

한다.

"어디? 서울인가?"

하니

"서울 X화여고보에 자리가 있어 운동 중인데 봐야겠네."

한다.

"X화여고보면 야소교회[423] 학교가 아닌가?"

물으니

"그렇지. 까딱하면 또 팔자에 없는 예수를 믿어야 할 거 같네."

한다.

"거기면 미국통의 영어 교원들이 많을 턴데?"

"그래도 아마 미국통들은 영문화역[424]에 쩔쩔들 매니까 학무국[425] 눈치를 보느라고 어쩌면 일본 출신을 쓸 듯하다구 그리데."

하는데 안에서 나오는 듯 계집 하인이 미닫이를 방싯이[426] 열더니 은쟁반에 뚜껑 덮은 은보시기를 들이밀었다. 그리고

"식기 전에 얼른 잡수시래요."

하고 들어갔다.

수환은 그것을 받아 뚜껑을 여는데 보니 약은 아니요 인삼인 듯, 노란 국물이다. 필재는 머뭇거리는 수환에게

"어서 식기 전에 마시게."

하고 머릿속에 핑 떠오르는 박정구의 모양을 붙들어 보았다. 그리고 순

---

423 耶蘇教會. '예수교회'의 음역어. '기독교회'의 옛말.
424 英文和譯. 영어를 일어로 번역하는 일.
425 學務局. 일제강점기 각 학교와 외국 유학생에 관한 일을 맡아보던 관청.
426 문이 소리 없이 열리는 모양.

구가 여러 번 정구와의 약혼을 자기에게 청하던 것과 또 여러 번 만나 보지는 못했지만 순구 어머니에게 불리어 안으로 들어갔을 때 몇 번과 순구의 혼인날 같이 들러리로 섰을 때에도 다소 정구가 자기에게 냉정하지 못한 태도를 갖던 것도 또렷하게 다시 보이는 듯하였다. 그래서 이런 것을 모다 수환이가 알기만 한다면 속으로 덜 좋아하려니 했다. 그러나 수환이가 전부터 정구에게 마음이 있어 왔을 것이니 그렇다면 그런 눈치에 무감각했을 리가 없고, 또 얼마쯤 짐작이 있었더라도 수환이쯤은 그런 것을 가릴 여지없이 감지덕지했을 것이라 생각하였다.

"뭘 그렇게 생각하나?"

수환이가 입을 씻으며 멍하니 앉았는 필재에게 말을 내었다.

"응, 뭘 좀 생각했네."

하고 다시 둘이 다 잠자코 앉았는데 오정 부는 소리가 났다. 필재는 얼마 안 있어 점심상이 나올 것을 짐작하고 일어섰다.

"안에서 편치 않으시다니까 오늘은 그만 가구, 순구 자당(慈堂)께와 순구 군은 다음 와 뵙겠네."

하였다.

수환은 두어 마디로 필재를 만류하다가

"그럼 순구 자당께 내 그렇게 여쭙세."

하고 필재를 보내었다.

제이의 운명

누구를 위하여

가회동을 나서 재동으로 나려온 필재의 걸음은 이내 다시 네거리 길을 만났다.

어디로 가야 할까? 하고 한참 길 위에서 생각하였다.

필재는 참말 막연하였다. 이 막연한 것을 그는

'머리칼 한 오리 걸리는 데 없고 참말 자유스럽구나!'

하였다.

서서 생각해 보았대야 별로 작정이 없이 안국동 편으로 걸어오다가 바른편에 청요릿집 있는 것을 보고는 그리로 쑥 들어갔다. 무엇이 먹고 싶어서가 아니라 우선 아무 데에라도 걸음을 멈추고 조용히 이제부터의 프로그램을 생각하고 싶었던 것이다.

필재는 청인(淸人)이 안내하는 대로 걸어앉는 방으로 들어가서 우동 한 그릇을 청하였다. 그리고 청인이 차를 따라 놓고 나가자 곧 바지 포켓에 손을 넣었다. 바지 포켓 속에는 동경서 나오는 동안 구겨진 손수건이 먼저 만져졌고 다음엔 각전[427]의 무게로 밑차당에 떨어져 있는 지갑이 만져졌다. 그것을 집으려고 들어간 손이었다.

필재는 지갑을 꺼내어 먼저 뺨에 대어 보았다. 매끄러운 악어의 가죽이언만 자기의 체온을 머금은 때문인지 자기 몸의 한 부분처럼 따스하였다. 따스한 그 맛엔지 한참이나 뺨에 댄 채 있다가 그래도 그 안을 열어 보지 않고 식탁 위에 던지었다. 통통한 지갑은 한번 절그럭하고는 다시 소리 없이 주인을 마주 쳐다보듯 하였다. 지갑은 초콜릿빛의 악어가

427　角錢. 일 전이나 십 전짜리의 잔돈.

죽, 그리고 큰 달걀만밖에 안 한 작은 타원형의 모양이었다.

필재는 워낙 지갑을 가지는 성미가 아니었다. 돈이 생기더라도 생기는 그날로 쓸 데를 미리 생각하였다 써 버리거나 그렇지 않으면 책상 서랍에 바지 포켓에 그냥 넣어 두는 성미였다. 이 지갑은 벌써 만 일 년이 더 지나 간 재작년 겨울에 천숙이가 자기는 집에 나왔다가 어떤 동무에게서 크리스마스 프레젠트로 지갑을 받은 것이 있다고 자기가 가지던 것은 필재에게 준, 바로 그것이었다.

아무튼 이 달걀만 한 조그만 지갑이 품고 있는 재산은 오늘 이 키 큰 윤필재의 전 재산이었다. 한참 만에 필재의 큰 손은 지갑을 집어다 주둥이를 비틀고 다른 손바닥에 거꾸로 털었다. 은전과 동전은 좌르르 쏟아지되 지전은 그렇게 경솔하지 않은 듯 얼른 나오지가 않았다.

각전을 먼저 헤어 보고 나중에 지전을 헤어 보았다. 그래도 십 원 하나는 남았을 듯한데 어디서 이삼 원쯤 잃어버린 것 같이 겨우 팔 원 각수[428]에 불과하였다.

지갑을 다시 넣고 우동을 먹으면서 필재는 가끔 입을 정지시키기도 하면서 자기 자신에게 이렇게 물어보았다.

'나에게 무엇이 있는가?'

생각해 보면 지금에야 새삼스럽게 깨달음이 아니언만 신기하리만치 아무것도 없는 자기였다. 재물이 없는 대신 벌어먹이어 달라는 부모도 없거니와 나를 위해 이러이러한 살림 준비를 하여 주시오 하는 애인도 없었다. 오직 오늘 저녁부터라도 저녁 먹을 것을 생각케 하고 잠잘 자리를 걱정하게 하는 것은 자기 자신뿐이다.

'내 몸, 오직 이 내 몸 하나만을 위해서 산단 말이냐?'

하고 그는 우동 그릇을 놓고 커다란 자기 손을 나려다보았다. 그리고 두 손을 테이블 위에 가지런히 펴서 등과 바닥을 제껴 가며 나려다보았다.

---

428 角數. '원'이나 '환' 단위 아래에 남은 몇 전이나 몇십 전.

제이의 운명

'손, 너는 지금 네 한몸을 위해서 하나는 우동 그릇을 붙들고 하나는 젓가락을 놀리고 있다. 너는 너 한몸을 위해서만 충실할 것이냐? 언제까지든지 네 한몸의 노예로만 있다 썩어 버릴 것이냐?'
하고 손에다 힘을 주어 주먹을 불끈 쥐어 보았다.

주먹! 시절로 치면 오뉴월과 같다 할까, 삼십도 아직 강 건너 언덕처럼, 바야흐로 청춘의 절정을 바라보는 사나이의 주먹이었다. 그리 거센 일은 해 보지 않았다 하더라도 워낙 건장한 골격인데 다스리고 다듬지 않은 손이라 마디마디 밤톨과 같이 두드러졌고 팔목에 뛰는 동맥은 미꾸리[鰍]와 같이 탄력있게 벌떡거리었다.

'누구를 위해 살 것이냐? 내 동맥은 내 한몸을 위해서 뛰는 것이다. 내 심장은 내 몸 하나만을 덥히는 피밖에 더 가지지 못했다. 나 이외에 또 무엇이 있는가?'

필재는 머리를 들어 거리로 난 유리창을 바라보았다. 창 밑으로는 엿장수가 지나가는 듯 절컥거리는 엿가새[429] 소리와 함께

"헌 넝마나 고무신 해진 거나 삐루병 사이다병 함부루 받는구려."
소리가 지나간다.

'세상! 이제 박 자작도 세상을 위해 유공한 인물이 되어라 하였다. 어디 박 자작뿐도 아니다. 소학교에서 여러 선생들, 중학교에서 여러 선생들, 그리고 신문 잡지에서 이미 귀에 감각이 없을 만치 쌔벌리게[430] 들은 말이요, 내 자신이 오늘까지 세상을 위해서란 신조로 살아온 것이 아니냐? 세상! 그것이 얼마나 나와 관계가 있단 말인가?'

필재는 써늘하게 식어 버린 우동 그릇을 다시 집어 들었다. 그리고 먹으면서 생각하였다.

세상에는 뻔쩍하면 남을 위해서란 빛나는 타이틀을 거는 사람이 수

---

429 '엿가위'의 방언.
430 '자주'의 방언.

두룩하다 생각하였다. 좁다란 조선 바닥에도 잡지에서나 신문에서나 또는 어떤 교실에서나 강당에서 보면 남을 위해서 즉, 세상을 위해서 사옵네, 조선은 나의 님이옵네 하고 부르짖는 명사, 지사가 수두룩한 것을 기억하였다. 그리고

　'그들은 과연 아집(我執)을 떠나 혀끝에서 울려 나오듯, 붓 끝에서 그려지듯 일에 들어 실천궁행[431]하는 사람들인가?'

고 생각해 보았다. 자기가 알기로는 누구 누구 손가락으로 꼽아 보았으나 '이 사람이다' 하리 만한 사람이 조선 사람으로는 한 사람도 잡히지 않았다.

　'모다 말뿐이다! 자기 아내의 구두 한 켤레를 살 돈으로 고무신 두 켤레를 사다 남의 아내의 벗은 발까지를 신기는 사나이가 조선에 있느냐? 그것이다. 내 자신도 허턱 남을 위합네 할 것이 아니라 이 점을 따지고 나아가야 한다. 만일 천숙이가 나와 결혼하였다 치자. 나는 나보다 불쌍한 사람을 위해서 천숙의 발에다 고무신을 신길 것이냐?'

하고 자기에게 물어보았다.

　'어서 대답을 해라!'

하고 재촉도 해 보았다. 그러나 자기 자신은 얼른 용기 있게 대답하지 못하였다.

　'세상을 위해서, 이것도 이러한 환경에서는 일종의 유행심리(流行心理)다. 그렇기 때문에 실행이 앞서지 못하고 공리욕(公利慾)이 앞서는 것이다.'

하였다. 허턱 '나는 세상을 위합네' 하는 것은 차라리 '나는 내 몸 하나를 위해서 사노라. 내 머리털 한 오리를 뽑아서 세상이 온통 잘된다 할지라도 나는 그것을 할 수가 없노라' 하는 철저한 에고이스트만큼 인간적으로 비열한 것이라 생각하였다.

431　實踐躬行. 실제로 몸소 행함.

"뭐 또 시켰어?"

하고 청인이 와서 들여다보는 바람에 필재는 우동 값을 내고 나왔다.

나와서는 삼각정으로 손형진을 찾아갈까 하다가 안국동으로 와서 수중박골[432]로 들어섰다. 자기 여관집으로 돌아온 것이다. 여관에 들어서자 주인이

"참 선생님, 숙박계를 잊었습니다."

하고 원적, 주소, 성명 일식[433]을 물었다. 그것을 써 주며 동경서 나올 적에 배에서 차에서 형사들에게 적어 주던 것을 생각하고 저윽 우울을 느끼며 어두컴컴한 자기 방으로 들어왔다.

'나는 "천숙에게라도 고무신을 신길 것이다!"라고 왜 얼른 대답이 나오지 못하였나?'

하고 다시 청요릿집에서 생각하던 것을 계속하였다.

필재는 무엇 때문에 자기에게 '천숙에게라도 고무신을 신기겠노라!' 하고 자신 있는 대답이 얼른 나오지 않나를 생각해 보았다.

'먼저 내 아내, 다음에 남의 아내, 즉 먼저 나요 다음에 남이기 때문이다.'

하였다. 그리고

'세상엔 병신은 예외로 하고 피 없는 사람이 없고 수족 없는 사람이 없고 머리 없는 사람이 없다. 모다 제 몸 하나 덥힐 만한 피를 가지고 났고, 모다 제 몸에 충실할 수 있는 수족과 두뇌를 가지고 났다. 인간은 본질적으로 우열의 등별[434]이 없이 만들어졌거늘 똑같은 인간으로서 저를 생각하기 전에 남을 먼저 생각한다거나 저를 위해 살기보다 남을 위해 살리라 함은 그 의미가 어데 있는가? 그것은 남은 모다 나만 못한 사람이거니 내가 보아 주지 않으면 살아갈 능력이 없는 사람들이거니, 여기

---

432 지금의 종로구 수송동.
433 一式. 한 벌.
434 等別. '차별', '등급'을 뜻하는 일본식 한자어.

누구를 위하여

는 데서 일어나는 일종의 건방진 기우(杞憂)가 아닌가? 나에게 진정코 남을 위함을 내 몸보다 더함이 있을진대, 나에게 천숙을 생각하는 고민이 손톱만치라도 없어야 할 것이 아니냐? 순구의 행복을 위해 그의 애욕을 위해서 나는 달게 알아야 할 것이 아니냐? 그런데 사실인즉 어디 그러냐? 어디가 내 속에 남을 위하는 마음이 있느냐? 그렇다면 세상을 위해서 살리라 한 오늘까지의 신념이란 이렇게 따지고 보면 빈껍데기의 개념만이 아니었느냐? 나보다 남을 부족하게 보는 데서 생긴 일종의 교만한 농담이었었다. 남보다 먼저 나다! 주제넘게 도와줄 생각을 하기 전에 먼저 내 자신이 남의 도움을 받지 않도록 하고, 주제넘게 선하게 살려기 전에 먼저 악하게 살지 않는 것이, 이 세상에 선이니 악이니 하는 관념부터 잡아 일으키는 자선가들보다 차라리 순수한 인간, 진정한 자기 생명의 생활자가 될 수 있는 것이 아니냐?'

고도 생각해 보았다. 그리고

'먼저 나를 위하야 살자!'

하였다.

'오직 나에게 충실하자.'

그러나 이렇게 생각하는 것으로 그의 결심은 지어진 배 아니었다.

'그러면 나라는 것은 나 자신에게 무엇을 요구하느냐?'

물었다.

'무론 안락을 요구한다!'

대답하였다.

'어떻게 하는 것이 안락이냐? 옷을 비단으로 입히고 음식을 기름진 것으로 먹이고 고루거각435에서 미인과 더불어 기거하는 것이 안락이냐?'

다시 물었다.

'그렇다!'

---

435 高樓巨閣. 높고 크게 지은 집.

또

'아니다.'

하고 필재 자신에게선 두 가지 대답이 전후하여 떨어졌다.

'그렇다' 하는 대답은 누구의 대답이요, '아니다' 하는 대답은 누구의 대답인가? 모다 필재 자신의 대답임엔 틀림없었다. 그러나 하나는 육신에서 나온 대답이요 하나는 영혼, 마음에서 나온 대답이었다. '아니다'라 함은 아무리 비단과 고기와 계집과 전각[436]이 있더라도 그것으로 나는 편안할 수 없노라 하는 마음의 대답이었다.

이에 필재는 '나'라는 자기에게 통일되지 않은 두 개의 '나'가 존재해 있음을 비로소 깨달았다. 아직까지 '나'라는 것이 두 가지로서 존재해 있음을 깨닫지 못했기 때문에 외곬으로만 생각한 것이었다. 비로소

'사람은 모다 다르다!'

하였다. 피를 가지고 머리와 수족을 가진 외양은 같으되 속사람, 마음의 형상은 서로 다르리라 깨달았다. 그래서 어떤 사람은 육신의 안락을 자기의 안락으로 여기는 것이요, 어떤 사람은 마음의 안락을 자기의 안락으로 여기는 것이라 하였다. 사육신(死六臣) 같은 이들은 마음의 안락을 자기의 안락으로 취한 사람들이요, 신숙주(申叔舟) 같은 사람은 마음보다 몸의 안락을 자기의 안락으로 취한 것이거니 생각하매 문제는 단순한 것이었다.

'마음에 더 충실하겠느냐? 몸에 더 충실하겠느냐?'

이것만 생각하면 고만이었다. 그리고

'어느 것에 충실하든 나를 위해 사는 것임엔 틀림이 없다!'

하였다. 아무리 정몽주(鄭夢周)가 고려를 위해 죽었다 하더라도 첫대[437]는 자기의 마음의 안락을 위해 죽음, 아니 삶이라 하였다. '몸의 자기'가

436 殿閣. 커다란 집.
437 첫째로.

아니라 '마음의 자기'에게 충실했음이라 생각하였다.

필재는 좁고 낮은 방 안에 일어서서 뒷짐을 지고 거닐었다.

'나를 위해 사는 것이다. 그것이 남을 위해 살더라도 첫대 자기를 위해 삶이요 그것이 내 한몸만을 위해 사는 것이라도 자기를 위해 사는 것이다. 하나는 마음의 자기를 위함이요, 하나는 몸의 자기를 위함이다. 그러면 왜 어떤 사람은 마음을 무시하고 몸만을 자기로 섬겼으며 어떤 사람은 몸이야 일백 번 거듭 죽더라도 마음만을 자기로 섬기었느냐? 거기는 교양의 차이가 있기 때문이냐? 선천적으로 타고난 성품에 차이가 있기 때문이냐?'

이렇게 생각해 보았다. 교양의 차이만도 아닌 것 같았다. 신숙주나 성삼문(成三問)이나 그들의 지식 정도는 그렇게도 극단으로 대립하리만치 차이가 있었던 것은 아니리라 하였다. 그러면 '성품 때문인가?' 하고도 생각해 보았다. 아무래도 교양의 관계도 있겠지만 첫째는 사람 된 성품에 따름이라 생각되었다.

'그러면 나는 어떤 편의 성품이냐? 신숙주에 가까운 성품이냐? 성삼문에 가까운 성품이냐?'

그도 따져 보았다. 그리고 자기는 성삼문에게 머리를 숙이고 신숙주에게 조소를 던지던 오늘까지의 마음보도 기억하였다. 그러나 어느 편을 존경하고 어느 편을 미워함은 누구나 할 수 있는 쉬운 감정이었다. 정말 실행에 있어 어느 한 편을 따르고 어느 한 편을 배척한다는 것은 결코 쉬운 일이 아니었다. 필재는 성삼문의 편을 존경하고 신숙주의 편을 조소한 가정(假定)에 그쳤을 뿐, 자기가 사회에 나와 성삼문과 같이 의(義)를 위해 몸이 육시처참[438]을 당할지라도 눈도 깜짝하지 않을 만한 뜻을 세운 적은 일찍이 없었다.

'나에게 그런 뜻이 있었느냐?'

---

438 戮屍處斬. 죽은 사람의 목을 다시 베는 가혹한 형벌.

‘있노라.’

하는 대답이 선뜻 나오지 않았다.

‘무슨 때문이냐?’

‘몸에도 충실하고 마음에도 충실하려는 온정이기 때문이다.’

하고 이것은 얼른 대답하였다.

‘온정은 어째서 나쁜 것이냐?’

‘의를 위해서 칼날과 같은 실행을 못하기 때문에 나쁘다.’

하였다.

‘아니, 그것을 생각하기 전에 사람이란 왜 옳고 나쁜 것을 생각해야 하느냐? 옳은 것을 행하고 나쁜 것을 물리쳐야 할 의무가 어디 있느냐?’

하고도 생각해 보았다.

필재는 한참 만에 다시 자리에 앉아

‘사람은 옳고 그른 것을 가릴 줄 아는 지혜가 있기 때문에 옳은 것을 행하고 나쁜 것을 물리칠 의무가 있다.’

하였다. 짐승과 같이 선악을 구별하는 지혜가 없을진댄 남을 잡아먹는 것도 단지 자기의 주림에 충실하는 데 그치고 마는 것이겠지만 사람에겐 아무리 교육을 받지 않은 무식한 사람에게라도 양심이 있다. 이 양심이 짐승에겐 없고 사람에겐 있는 증거로는 동물계엔 문화가 없고 인간계엔 문화가 있는 것이라 하였다. 그리고

‘문화는 양심의 발현이다.’

하였다. 그러나 필재는 이것이 곧 의심되었다.

‘만일 오늘 인류의 문화가 모두가 양심의 발현이라 할진댄 어찌하야 오래 살지 못해 약을 먹는 사람이 있고, 어서 죽지 못해 약을 먹는 사람이 있느냐? 왜 감옥이 있느냐? 왜 무기가 있느냐?’ 하였다.

‘오직 인간의 양심에서만 건설된 문화일진댄 이 세상은 선이니 악이니 의니 불의니 하는 말부터도 생길 리 없고 오직 낙원이라야 할 것이 아니냐?’

누구를 위하여   263

하고 스사로 물었다.

필재는 한참 눈을 감고 있다가 스사로 대답하였다.

'오늘의 문화는 양심의 발현만은 아니다. 내 한몸에서 마음의 나와 몸의 내가 싸우듯 인간의 사회도 마음의 사회와 몸의 사회가 싸워 옴이로다.'

하였다. 석가나 예수와 같은 사람은 마음의 문화를 건설한 사람이요, 나폴레옹이나 요즘의 포드[439] 같은 사람은 몸의 문화를 건설한 사람이라 하였다. 그리고 마음의 문화는 양심의 발현으로 건설된 문화요, 몸의 문화는 물욕, 공명욕의 발현으로 건설된 문화인 줄 알았다. 그래서 인류가 문명국이니 문명인이니 하고 뻔쩍하면 자랑하는 그 문명이란 말은 인류의 발달된 선(善)만을 가리켜 하는 말이 아니라 선의 몇 갑절 더 발달된 악(惡)을 함께 가리켜 하는 용어라 짐작하였다.

'인류의 진정한 문화, 진정한 문명은 인류의 양심의 발현으로만 건설된 것이라야 할 것이다. 그럼에 불구하고 오늘의 문화란 악의 발달이 얼마나 선을 앞서서 나아갔느냐? 이 앞서서 나아가는 악의 발달을 끊어 놓고 뿌리를 캐어 버리려는 것이 우리 인류의 영원한 이상(理想)일 것이다!'

하였다.

필재는 뻑뻑한 미닫이를 열고 하인을 불렀다. 찬물을 한 그릇 달래서 한 모금 길게 마시었다.

'자, 누구를 위해서냐?'

'나를 위해서다.'

'어느 나를 위해서냐? 몸의 나를 위해서냐? 마음의 나를 위해서냐?'

'마음의 나를 진정한 나로서 섬기리라.'

하였다. 몸은 비록 칼산에 올라앉되 마음 하나만 '나는 이제야 편안하노

---

439 핸리 포드(Henry Ford, 1863-1947). 미국 포드 자동차 회사 설립자.

제이의 운명

라!' 하면 그것이 진정한 자기의 안락으로 알리라 하였다.

'나를 위해서, 마음의 나를 위해서….'

하고 그는 큰 붓이나 있으면 바람벽에다 그렇게 써 놓고 싶었다.

필재는 다시 하인을 불렀다. 그리고

"이런 여관에도 학생들의 기숙처럼 한 달에 십몇 원 정도로 정하고 있을 수가 있소?"

하고 물었다. 하인은 눈을 크게 뜨고

"십몇 원요? 그렇게 싸게 계신 손님은 없어요. 여기도 달로 정하고 계신 손님도 있지만요. 점심 안 잡숫고라도 독방에 최하가 이십팔 원이올시다."

했다.

"알았소."

하고 다시 거리로 나왔다.

우선 어디든지 조용한 구석에 값싼 사숙[440]부터 정해 놓고 앞날을 생각하리라 하였다.

해는 한참 길어 가는 때라 아직도 서산에까지는 먼 거리가 남아 있었다.

그러나 어떤 동네에 어떤 방법으로 사숙할 집을 찾아야 할지 몰랐다. 그래서 먼저 삼각정으로 손형진의 집을 찾아갔다.

손형진의 집은 길이 높아져서 바깥채는 나지막하였으나 행랑이 잠잠하여 대문 안에 들어서 보니 다시 안으로 들어가는 중문과 사랑으로 들어가는 일각문[441]이 서 있다. 그런데 안채와 사랑채는 지붕이 드높고 안이 깊숙하여서 얼른 보아도 몇천이나 하는 집 같았다.

필재는 일각문을 덜컥덜컥 흔들었다. 그제야 마침 중문으로 나오던

---

440 私宿. 숙소.
441 一角門. 양쪽에 기둥을 하나씩 세워서 문짝을 단 대문.

행랑아범인 듯한 사람이 거센 목소리로

"누굴 찾으시오?"

한다.

"손형진 씨 계시오?"

하니

"어디서 오서꼅쇼?"

한다.

"일본서 나온 윤필재라 하시오."

하니 다시 안으로 들어갔다 나온다.

"안에도 안 계신뎁쇼. 아마 바깥출입을 하셨나 봅니다."

한다.

"사랑에도 안 계시오?"

하니

"네. 사랑엔 요즘 며칠째 불도 때지 않는걸입쇼."

한다. 필재는 만년필과 종이쪽을 내어, 왔다 간다는 것과 청진동 여관과 자기 이름을 적어서 그 사나이에게 맡기고 나왔다.

　나와서는 허턱 북촌을 향하고 올라온 것이 소격동 근처였다. 거기서 필재는 종용한⁴⁴² 골목이면 아무 집에나 쑥 들어가서

"학생 치지⁴⁴³ 않소?"

하고 물어보았다.

　그중에 몇 군데는

"치오."

하는 데도 있으나 대개가 학생들이 우글우글하는 데여서 한 군데도 마땅한 데는 찾지 못하고 어두워서 여관에 와 저녁을 먹는 때이다. 하인이

442　차분한. 조용한.
443　하숙 받지.

제이의 운명

미닫이를 열더니

　"인력거 왔습니다."

하면서 웬 명함 한 장을 들이밀었다.

첫 항구

명함은 손형진의 명함이다. 그런데 그냥 손형진이 아니라 이름 위에 '사장(社長)'이란 직함이 붙었다. 무슨 사장인가 하고 옆에 잔글자를 불에 비춰 보니 '신문화사(新文化社)'라 박혀 있다.

그리고 자택 주소는 삼각정과 사무소는 종로이정목[444] 무슨 빌딩 삼층 몇 호실이라, 또 전화번호까지 박혀 있다.

명함 뒤에는 이렇게 적혀 있다.

'윤형을 고대하던 중이올시다. 아무턴 이 인력거 편에 명월관 본점으로 오십시오. 만나 뵈옵고 아직까지 된 일을 말씀드리지요.'

필재는 두어 번 '신문화사' 이름을 입속으로 불러 보며 저녁상을 물리고 총총히 밖으로 나왔다.

문밖에는 명월관이란 등불을 단 인력거가 놓여 있었다. 여관 하인이 따라 나오며

"이 인력거올시다."

하였다.

필재는 올라앉기조차 서투른 인력거에 실리어서 불빛 많고 사람 많은 종로 큰 거리를 달리면서, 혹시 아는 사람이나 만날까 봐 얼굴을 숙이고 앉아 있었다. 길에 모든 사람이 자기만 쳐다보는 것 같고 다리 아래에 접실접실 뛰고 있는 인력거꾼의 시커먼 잔등도 속으로는 '아니꼽다' 하고 눈이나 있어 흘기고 쳐다보는 것만 같았다.

이렇게 걸어가기보다 차라리 불안스러운 인력거 위에서 필재는 생각

---

444 鍾路二丁目. 지금 종로2가의 일제강점기 명칭.

제이의 운명

하기를

  '전에 인도주의자들은 인력거를 타지 않았다. 그랬다고 그들은 인력
거꾼이 인력거를 끌지 않고도 먹고살 길을 열어 주지는 못했다. 인도주
의란 한개 온정주의. 환자의 비명을 듣기에 애처러워 곪은 헌디[445]에
칼을 들지 못하는 소용없는 의사다.'
하면서 명월관까지 갔다.

  명월관에 가서 필재가 다시 의외인 것은 손형진이가 자기만을 조용
히 청한 줄로 안 것인데, 보이가

  "이 방이올시다."
하는 방문 앞에는 십여 명의 슬리퍼가 놓여 있었다. 웬 사람들일까 생각
할 여지 없이 보이가 문을 여는 바람에 들여다보니 흐릿한 담배 연기 속
에 둘러앉은 사람들은 모다 낯모르는 신사들과 간간이 끼어 앉은 기생
들이었다. 그런데 한 사람이 일어나 마주 나오는 것을 보니 스타일 좋은
신사 양복에 눈빛 같은 칼라를 빛내는 손형진이었다.

  손형진은 필재가 방 안으로 들어설 새 없이 미리 복도로 나서면서 조
용히 만나자는 눈치였다.

  다른 빈방으로 들어가 손형진의 말을 대강 들으면, 『신문화』라는 잡
지를 하나 내기로 작정이 되었는데, 누구의 소개로 조선서 문인으로 명
사로 이름이 높고 또 신문과 잡지에 여러 해 경험도 있을 뿐 아니라 언
제든지 자본 있는 동지만 만나면 조선의 언론을 위해 문학을 위해 권위
있는 잡지 하나를 내었으면 하고 별러 오던 김 모라는 선배를 알게 되었
고, 그의 주선으로 모든 준비가 단시일에 착착 진행이 되어 사월 일일에
는 창간호를 내어놓을 예정이며, 오늘 저녁은 역시 김 씨의 주선으로 '신
문화사' 창립의 피로(披露)와 선전을 위해서 언론계와 문단(文壇)에 모
모한[446] 이 수십 명을 초대함이라 하였다. 그리고 끝으로는 '신문화사'는

---

  445 '헌데'의 방언. 피부가 헐어 상한 곳.

자기가 형식상 사장일 뿐, 자금을 내인다 하여 사업 운전에 독단적으로 나아갈 성질의 일이 아니니까, 김 모와 함께 우리 세 사람이 손을 맞잡고 그야말로 삼위일체가 되어서 한번 분발해 보지 않겠느냐 함이었다.

필재는 잠깐 생각하고 즉시 확답을 할 수는 없으나 우선 반대의 의견이 없노라 하였다. 그리고 곧 형진을 따라 회석으로 들어갔다.

방에 들어가는 길로 형진은 필재를 김 모라는 문사에게 소개하였다. 김 모는

"네, 저는 김희섭이올시다."

했다.

딴은 김희섭(金喜燮)이란, 신문과 잡지에서 눈 익게 보던 이름이다.

그는 필재보다는 훨씬 손위인 듯하나, 그러나 아직 청년기에 있는 팽팽한 얼굴로 말이 빠르고 약간 도수 있는 안경 속에서는 재기 있는 눈도 그렇게 자주 깜박이는 사람이었다. 그는 인사가 끝난 후 곧 꿇었던 무릎을 책상다리로 펴면서

"그동안 손 공께 말씀은 많이 들었지요. 필재 씨 말씀 말예요."

하였다. 그리고 옆에 앉은 두 기생에게 안경 너머로 날카로운 눈웃음을 던지며

"어디 누가 눈치 빠른가 보자."

하고 자기도 기생처럼 생글 웃음을 친다.

두 기생은 영문을 모르는 듯하다가 사투리로

"먼 눈치?"

하니 하나가

"가까운 눈치가 어떻고…, 호호호."

하면서 소위 추파라고 하는 것일까, 씰그러지는 듯한 눈을 김희섭과 필재에게 번갈아 던진다.

446 이름만 대면 알 만한.

"저것들이 언제나 제법 기생 틀이 잽히누."

하고 김희섭이가 혀를 채이니 그제야 "먼 눈치" 하고 사투리 쓰던 기생이 얼른 담배 접시에서 해태 한 대를 집어다 제가 빨던 담뱃불에 제 입으로 붙이더니 담배는 필재에게 내어밀며 말은 김희섭에게

"이 눈치 말이죠?"

한다. 김희섭은

"한 살이라도 더 먹은 게 낫구나!"

하였다.

그러나 필재는 어찌하여야 좋을지 몰랐다. 담배를 내어미는 기생의 손은 허리를 굽히며 더욱 가까이 왔다.

필재는 좌우간 담배를 받기는 하고

"난 필 줄 모른다우."

하였다. 그리고 담배는 손형진에게 주면서 지난여름에 바로 이 요리점에서 천숙의 결혼 피로연이 있던 것과 그날 밤 다시 식도원에서 순구를 달아 먹을 때 기생에게서

"담배도 못 피시누면 아주 모범 학생이신데…."

하는 농담을 받은 생각도 일어났다.

필재는 조심스러운 눈으로 좌우를 둘러보았다. 손님이 십여 분이요, 기생이 사오 명이나 되었다.

다른 유흥 좌석과 달라 이런 회석에 기생이 나온 것을 필재는 저윽 못마땅스럽게는 생각하면서도 소위 조선의 언론계와 문단에서 모모라 일컫는 명사들이라니 그런가 보다 하고 경의를 품고 앉아 있었다.

이내 상이 들어왔다. 김희섭이 일어서더니

"뭐 벤벤치 않습니다만 어서 상으로들 나앉어 주십시오."

하는데 말투가 어쩐 일인지 몹시 실없었다. 그런 데다 한 손님이

"이를테면 개회산가? 흥, 이 사람 예복이나 입구 나오지…."

하고 농을 붙인다. 그러니까 김희섭의 옆에 앉았던 기생이 김희섭의 일

첫 항구

어선 손을 툭 치더니

"할 말이 없거든 그만 앉구려."

하고 호호거린다. 그러니까 이번에는 또 한 손님이 말을 걸기를

"저다지 손이 잡구 싶은가? 그 기생, 김희섭이한테 단단히 몸이 달았군!"

하였다. 좌중이 와자그르하고 허튼 웃음판이 되어 버렸으나 필재 한 사람만은 다문 입을 지키고 있었다.

필재는 이게 무슨 판인지를 알 수가 없었다. 옆에 앉은 손형진을 돌려 보니 그도 웃음에 한몫 끼어 빙글거리며 김희섭만 쳐다보고 있었다.

김희섭은 기생들이 돌아가며 술을 붓노라고 유리고뿌와 삐루병 장단에 들리지도 않는 소리를 몇 마디 더 지껄이더니 갑자기 언성을 높이어

"…그러면 우리 신문화사 사장 손형진 씨를 여러분께…."

하였다.

손형진은 갑자기 피 오른 얼굴로 일어났다. 그리고 손님들을 향해 두어 군데로 허리를 굽히니 손님들도 정색을 하고 앉은 채나마 허리들을 굽신하였다. 그러고 나니 김희섭은 손형진의 바른편부터 필재만은 뛰어[447] 가지고 한 사람씩 저분은 누구, 저분은 어디 계신 누구, 나중에는 저 분은 「쾌지나 칭칭」 소리 잘하시기로 유명한 아무라는 둥 재담을 섞어 가며 손님들의 이름을 소개하는데 손형진뿐 아니라 필재도 손님들이 누가 누군 것만은 주의하여 듣고 보았다.

그러나 필재는 자기는 문견이 좁은 탓인지, 거기 모인 손님들은 그리 명망이 높은 이름들 같지는 않았다. 김희섭이가 다닌간 잡지사 신문사로 굴러다닌 사람이요, 오래전부터 소설을 쓰는 사람이니까 자연 친구들이라야 그 방면의 사람들이겠지만, 김희섭의 인간된 품을 보아, 또 회석에 떠도는 잡스러운 기분을 보아 정말 신문화사의 창립을 온당히 피

---

447 건너뛰어.

로하고 선전될 만한 넓은 범위의 손님을 청함이 아니라, 김희섭 개인의 술친구나 주워 모은 것이 아닌가 하는 의심도 났다.

김희섭은 손님의 성함을 끝까지 다 대이고는 다시 손님들에게

"제가 말씀드리던 끝이니 사장 하실 말씀도 제가 다 해 버리지요. 사장은 대개 초면이신 만치 여러분께 떼는 쓸 수 없을 것이니까… 그저 이렇게 와 주서서 감사하다구 하실 게구."

좌중은 다시 웃었다.

"…그리구 많이 잡숴 달라구 그리실 것이고, 그리고는 우선 창간호 시메키리[448]가 급했으니 대지급으로[449] 원고들 써 주십시사 하실 거구요. 또 신문사에 계신 분들은 새 잡지 『신문화』가 나온다구 구수하게 기사를 내주십시사 하실 테요, 마지막으로는 언제까지든지 우리 신문화사를 절대 지지성원하서서 조고만 멘탈 테스트 같은 것 하나라도 충실히 대답을 써 보내 주십시사고 하실 테지요, 허허…. 그럼 어서 잡수시지요."

하고 손형진과 함께 앉았다.

자리는 이내 술과 소리와 잡담으로 들어갔다. 제법 일어서서 축사 한마디 하는 손님이 없는 것을 필재는 손형진과 함께 매우 불만히 생각하였다. 손님들은 이런 회석에는 날마다 지쳤다는 듯이 그저 술친구 아무개가 무슨 핑곗거리가 생겨 한턱 내인다니까 단순히 술 마시고 기생과 노닥질이나 하러 온 사람들처럼 손형진의 존재는 제쳐 놓고 부어라 마셔라 하는 판이다.

필재는 첫째 김희섭이란 사람이 몹시 마음에 들지가 않았다. 저는 원문사니 명사니 하는 차림을 갖추려 하되 그 기생들과 익숙하다는 것보다도 채신머리없이 사부랑거림[450]이 꼭 좀스런 부랑자의 티가 배어 있

---

448 '마감'을 뜻하는 일본말.
449 大至急--.'매우 급히', '긴급히'를 뜻하는 일본식 한자어.
450 실없는 말을 함.

었다.

"저것을 선배로 믿고 무슨 일을…. 흥! 화류계의 지도자는 되겠군!"
하고 필재는 자주 기생과 시시닥거리는 김희섭에게 곁눈을 던지었다.

손님들은 마치 식도원에서 순구를 달아 먹을 때 모였던 사람들처럼
될 수 있는 대로 자리를 오래 끌어 질탕하게 먹고 질탕하게 놀려는 채비
였다. 상을 물리더니 일어서는 것이 아니라 장구가 더 들어오고 징과 깽
매기[451]가 들어오고 웃저고리들을 턱턱 벗어 제치더니 굿중패 모양으로
들 것이 없으면 재떨이 합 뚜껑까지 들고 일어나 두드리며 참말 김희섭
이가 "저이는 「쾌지나 칭칭」을 잘하기로 유명하신" 하던 그분이 "쾌지
나 칭칭 노세"를 먹이니 일동은 기생들과 한데 휩쓸려 목에 핏대를 일으
켜 받고 돌아간다.

필재는 아무래도 그 패에 을리지가 않아서 슬그머니 복도로 빠져나
오고 말았다.

쿵탕 소리가 멎기를 기다려 들어가니 손님 서너 사람이 먼저 돌아가
는 눈치였다. 김희섭은 손형진과 같이 문간까지 그들을 전송하고 들어
오더니 "자, 이 방은 너무 헤벌어졌으니 좀 아늑한 방으로들 갑시다."
한다.

손님들은 으레 그래야 한다는 듯이 우르르 일어서 모자와 저고리들
을 집어 들고, 기생들은 담배 접시들을 집어 들고 따라나섰다.

이것은 소위 이차회(二次會)라고, 알쭌한 사람들만 남아서 단짝 기생
들만 떼어 가지고 새 상을 시켜다가 먹거니 쓰러지거니 하면서 밤새도
록 오붓하게 지내는 놀이였다.

필재는 새 방엔 들어서지도 않고 곤하다는 핑계로 아주 나오고 말았
다.

명월관에서 나선 필재는 종로로 올라오다 어떤 지전[452]에 들어가 미

451 '꽹과리'의 방언.

제이의 운명

농 인찰지⁴⁵³를 한 권 사 들고 여관으로 돌아왔다.

그는 문간 사무실에서 벼루를 빌려다가 더딘 먹글씨로 이력서를 일곱 장이나 밤이 깊도록 써 놓고 잔 것이다.

아침엔 일찍 일어나 그것을 한 장씩 봉투에 넣어서 품에 지니고 조반을 재촉하여 먹고 나섰다. 그는 손형진이가 같이하자는 신문화사는 김희섭이란 사람과 뜻이 맞지 않을 것 같아서 단념하고 신문사에든 학교에서든 자리를 얻어 볼 결심이었다.

먼저 학교로 나섰다. 신문사 사장들은 이렇게 이르게 나왔을 것 같지 않아서 남학교나 여학교나 가리지 않고 중학교면 모조리 찾아갔다. 무론 전문학교에도 가르칠 자격이 있는 학과가 있지마는 그것은 바라지도 않고 중학교라도, 또 전임이 어려우면 우선 시간강사로라도 되었으면 하고 학교마다 가서 교장을 찾아보았다.

교장들은 대개 학교에 나와 있었고 면회도 쉬웠다. 가는 곳마다 교장은 책상 위에, 혹은 서랍 속에 열 벌 스무 벌씩 받아 놓은 이력서를 가리키며

"이렇게 잔뜩 밀려 있습니다."

하였고 어떤 데서는

"우리 학교엔 교원 변동이 없습니다."

도 하였다. 그러나 웬일인지 이력서는 두고 가라고 하였고 어떤 데서는

"아, 여지껏 있어요? 벌써 다 작정이 되었지요."

하는 데도 두어 군데나 있었다. 그리고 한 군데서는 여학교인데

"이렇게 아모의 소개도 없이 직접 오셨으니 도리어 착념⁴⁵⁴하오리다."

하기도 하였다. 그리고 나중에 자기 모교에도 가 보았으나 거기는 애초

452　紙廛. 종이 파는 가게. 지물포.
453　印札紙. 괘선이 인쇄된 종이.
454　着念. 유념.

부터 졸업하고 온 인사로 갔을 뿐 "자리가 있으니 오라" 하여도 그리 탐탁지 않을 만치 마음에 없는 곳이었다. 다섯 해 동안 수학한 곳이니 모교로서의 정의야 다른 학교에 비길 배 아니겠지만 내가 일할 곳, 내 정성과 함께 내 의견, 내 이상을 밟아 나아가기엔 아주 모르는 학교만 못한 것이, 자기를 가르친 스승들과 동료가 되는 거북한 관계가 생김도 한가지 이유일 뿐더러 그보다도 필재의 관점은 교장 이하 체조 선생까지 너무나 그들의 성질을 잘 알기 때문이요, 또 그중에는 한 사람도 인격으로 존경하고 싶은 스승이 없기 때문이다.

필재는 정오나 되어서야 몇 신문사와 두어 잡지사에도 찾아가 보았다. 그러나 만나기는 한 신문사장과 한 잡지사장뿐 모다 두 번 세 번씩 가도 "안 들어오셨소" 하였고 나중엔 "들어는 오셨지만 지금은 바쁘셔서 면담하실 시간이 없다십니다" 하였다. 그러고 한 잡지사장은 "요즘같이 취직전이 맹렬한 때에 이렇게 단순하게 이력서 한 장만 들고 와서 '나를 써 주시오' 하면 쓰여질 듯싶습니까? 지금 학창에서 막 나서시는 길이지만 그처럼 세상을 단순히 보십니까?"

하기도 했다. 필재는 그의 말이 실사회에 하루라도 경험이 앞선 선배로서 깨쳐 주는 의미도 있거니 했지만 몹시 비위가 동하였다. 그래서

"그런 관념을 가지는 당신부터가 이 사회를 단순하지 못하게 하는 분자요."

하는 퉁명스런 대답을 던지고 돌아서 나오고 말았다.

그러나 그 잡지사장의 말은 사실인즉 옳은 말이었다. 한 달이나 두 달 전은 말할 것도 없고, 일 년, 이태씩 쫓아다니는 사람, 사장들의 신변을 비밀 탐정처럼 연구하다시피 하여 가지고 그 사람의 말이면 꼼짝 못 하고 들을 만한 그 사람을 통해 가지고 운동하는 사람, 하다못해 사장들이 부인의 입에서

"이 사람을 꼭 써야 되우?"

하는 말이 나와서 안 되면 부부싸움까지 일어날 지경까지 파고 들어가

제이의 운명

운동하는 사람들이 수두룩한데, 생전 보도 듣도 못하던 사람이 무슨 물건 주문도리[455]나처럼 '나는 이런 사람이오' 하고 이력서나 한 장 내어놓고 갔다고 사장이나 교장들의 안중에 남아 있을 리 없는 것이다.

필재는 값싼 사숙도 미처 구하지 못하고 비싼 여관 밥을 사 먹으면서 닷새 엿새 기다려 보아야 또 두 번 세 번씩 찾아다녀 보아야 오라는 편지도 없고 만나선 기다리라는 말조차 주는 데가 없었다.

그동안 무론 손형진은 이삼차 찾아왔었다. 그리고 이 신문화사사장만은

"특별한 계획만 없으면 우선 우리 사에 나와 주시오."

하였다.

그런데 여관에서는 벌써 두어 번이나 밥값을 청구하였다. 처음에는

"미안합니다만 물건값을 받으러 왔는데 주인이 안 계셔서…."

하고 하인이 왔다. 필재는 정말이거니 하고 먹은 만치 회계를 해 주었다. 한 이틀 지나니까 이번에는 주인이 또

"돈이 좀 옹색해서 그럽니다."

하였다. 무론 여관에서는 필재의 군졸한 행색을 보고 만년 취식하는 손님일까 보아 미리미리 채치는[456] 것이었다.

필재는 그 부피 없는 조그만 지갑에서 알쭌한 지전으로만 두어 번 집어내고 보니 남는 것이라고는 몇 닢 안 되는 각전뿐이었다.

필재는 생각다 못해 신문화사에 입사한 것이다.

필재는 입사한 이상 충실히 하였다. 김희섭이에게도 일에 들어서 정곡을 가릴 것은 무론, 철두철미한 주장을 세우되 인간적으로 사귐에 들어서는 속없는 사람과 같이 그에게 너그러운 태도를 취하리라 하였다.

그러나 필재와 김희섭은 단순히 놀고 앉았기 위해 만남이 아니요, 일

---

455 주문을 받으러 돌아다니는 사람.
456 재촉하는.

을 하기 위해 만나는 이상, 자주 의견이 충돌되었다.

우선 필재는 비용을 절약하자 주장하였다. 잡지의 성적은 보지도 않고, 또 한몫 몇만 원을 내어 결손을 염려할 필요가 없는 재단이 됐다면 몰라도 백 원 이백 원씩 손형진은 개인 살림의 여유를 뜯어다 대이는 판에 그 사람의 성의를 보아서라도 첫째 절약을 하지 않으면 같이 일을 하는 인사도 될 수 없는 것이요, 그것보다도 장구히 지탱해 나갈 수 없는 것이 아니냐 하였다. 그래서 우리는 여기서 비싼 월급을 바랄 것이 아니라 밥을 먹어 나아갈 수 있는 정도면 고만이라 하였다. 그래서 이미 작정된 듯한 김희섭의 월급 팔십 원과 거마비니 교제비니 하는 명목으로 매여진 이십 원, 도합 백 원이란 김희섭의 월봉을 조금도 꺼림 없이 김희섭 당자 앞에서 반대를 한 것이요, 또 사무실만 하더라도 손형진의 훌륭한 사랑채를 비워 두고 한 달에 삼사십 원이나 비용이 나는 빌딩에 세로 들어야 할 필요가 어디 있느냐고 반대하였다. 그리고 책상과 걸상 같은 것도 옆에 방의 돈 많은 서양 사람들의 사무실 것들과 똑같은 것을 사들인 것도 부당한 것이라 반대하였다.

그러나 이미 사 놓은 물건은 별문제요, 그 빌딩 안에 있는 서양 사람들과 똑같이 점심때면 가깝다 하여 서양요리점에 통장을 두고 런치만 먹으러 가는 것은 일이 아니라 하였다. 그것도 개인으로 가는 것은 별문제려니와 사(社)의 이름으로 통장을 내어놓고 쓰는 것은 사의 발전을 저해하는 일이라 하였다. 더구나 김희섭과 손형진만이 먹는 것이 아니라 웬 기생들과 여배우들이 뻔쩍하면 전화를 걸고 뻔쩍하면 찾아와서 세월없이 농지거리[457]를 하다가 나갈 때에는 으레 김희섭이가 통장을 벗겨 들고 따라나가선 열나절[458]씩 있다 들어오는 것이었다.

또 아침에 출근하는 일정한 시간도 없었다. 김희섭의 말이 잡지일이

457 점잖지 않은 장난이나 농담.
458 오랫동안.

란 다른 일과 달라 사에 나와서만 하는 것이 아니다, 기분만 나면 집에 조용히 들어앉아서 하는 일이 많은 법이라 하였다. 그러나 늘 자기 집 식모가 아침에 사로 김희섭을 찾아오는 것을 보면 집에서 자지도 않는 때가 많은 모양일 뿐 아니라 자기의 가벼운 입으로 가끔 자랑 삼아

"이 원고는 초옥이 집에서 썼지, 그 원고는 산홍이 집에서 마쳤지…."
하였다.

이리하여 사사(事事)에 필재와 김희섭과는 의견충돌이 생기었다. 서로 낯을 붉히는 것은 무론이요 어떤 때는 김희섭의 입에서

"댁이 무얼 아오? 세상이 댁이 학교서 적어 논 노트와 똑같은 줄 아오?"
하는 소리도 나왔다. 그러나 김희섭의 말이 그렇게 억설로 나올 적에는 언제든지 필재가 꾹 참았다.

이렇게 일을 위해서보다는 핑계만 있으면 돈 쓰는 맛에 들뜬 김희섭의 주간 밑에서 잡지가 제날에 나서게 될 리가 없었다.

창간호를 사월 일일에 내인다는 것이, 삼월 그믐이 내일모레가 되도록 원고가 인쇄소로 가기는커녕 아직 경무국[459]으로 검열 맡으러 보내지도 못하였다. 국판(菊版)[460]으로 일백팔십 페이지를 예산하는 것이 아직 백 페이지 될 원고도 못다 되었다. 그런데 아침에 사로 들어가 보면 열시가 지나도록 김희섭도 손형진이도 나오지 않았다. 필재는 화가 버럭 치밀어서 삼각정으로 사장을 찾아갔다.

사장 집에서는 하인이 들어가더니 한참 만에, 사장이 나오는 것이 아니라 한 육십 되어 보이는 안노인[461]이 나왔다. 그러더니 다짜고짜로 음성을 높여

"저분이오? 우리 형진이와 잡지산가 뭘 한다는 분이?"

459　警務局. 일제강점기에 경찰 사무를 맡아보던 관청.
460　국전지를 접어 나오는 인쇄물 규격의 하나로, 152×218밀리(A5) 정도 된다.
461　집안의 여자 노인.

하였다. 필재는 조심성스럽게

"네, 저도 같이 일 보는 사람 중에 하나올시다."

하니 노인은 삿대질을 하다시피 화를 내어

"왜, 가만히 들어앉었을 사람을 끄집어내서 돈만 없애게 하며, 돈만 없애도 내 논밭전지 팔지 않는 날까지는 말을 않겠소만 어째서 화류계로 유인자제[462]를 하느냐 말야? 내 자식은 나이 삼십이 가까워도 참 외도란 건 천생 모르고 지내 왔는데 뚝 이번에 당신들이 버려 놓았단 말야…. 형진이가 어떤 년의 집에 들앉어 있는지 당신은 알겠구려…. 날 거길 좀 다려다 주."

하고 나서는 것이다.

필재는 비로소 형진이까지 화류계에 몸을 담근 걸 알아채었다.

"제가 알면야 댁으로 찾아왔겠습니까? 저는 형진 군이 그런 줄은 전혀 모르고 있었습니다."

하니

"몰라? 그애에겐 어태 그따위 친구라곤 한 놈도 없었거든! 거 남의 집 귀한 자식 유인자제해서 좋은 길로 끌고 들어가우…. 내 경찰서에 고소할라우, 고소…!"

하고 "에익!" 하며 침을 뱉으며 들어간다.

필재는 신문화사에 대하여 완전히 낙망하며 사로 돌아왔다.

사장이 김희섭보다 먼저 들어온다는 것이 열한점 반이나 되어서 나타났다. 그래도 아직 집에는 들르지 않고 자고 난 곳에서 바로 오는 듯 필재가 자기 어머니에게 봉변을 당한 일을 모르고 있었다.

"손 형."

"네?"

"내가 이제 댁에 갔더랬지요."

---

462 誘引子弟. 남의 아들을 잘못된 길로 꾀어냄.

"우리 집에를요?"

"네. 내일모레가 그믐 아뇨? 어떻게들 할려고 이렇게 남의 일 보듯 하는 것인지 성화가 나서 손 형과 다부지게 담판을 해보려고 갔더니 자당께서 나오십디다."

"우리 어머니가요? 뭐라구 그리서요?"

"생각해 보슈. 같이 일합네 하는 녀석들이 고약해서 화류계에 빠졌다구. 우릴 부량자라고 꾸중하십디다. 당연한 꾸중 아니슈?"

한참 뒤였다. 필재가 무거운 돌을 들듯 힘들여 입을 떼었다.

"손 형."

"…"

손형진은 대답이 없이 숙였던 고개만 들었다.

"이 일을 버리시든지 기생을 버리시든지 어느 한 가질 위해 어느 한 가지를 버리슈."

"버리지요!"

하고 손형진은 쾌히 대답을 했다.

"어느 걸 버리시료?"

"기생을 버리리다."

했다.

"정말이슈?"

"정말이오."

했다.

그러나 친구의 간곡한 충고 앞에서니 쾌히 대답은 하였을 뿐 철부지 적에 장가를 들어 이성에게 대한 또렷한 첫정을 모르던 그에게 그야말로 서비스가 백 퍼센트일 화류계 여자와 맺어진 첫정이 그렇게 쉽사리 끊어질 사슬은 아니었다.

기생은 안녹주라는, 이제 열팔구 세밖에 안 나는 어린 기생이었다. 중학교 삼년 급까지 다니다가 기적[463]에 몸을 둔 지 불과 일 년밖에 안 되어서 외화가 아리따움에 비기어선 널리 알려지지 못한 기생이나 이렇게 쉽지 않은 젊은 장궤[464]에게 걸려든 것은 우연함이 아니라 오로지 김희섭의 공이었다.

안녹주는 김희섭과 좋아 지내는 기생과 형아 아우야 하였다. 그래서 김희섭을 알았고 또 중학교 삼년 급까지나 다녔으므로 김희섭의 이름을 신문, 잡지에서 보았는지라 문사라 하여 높이 보았다. 김희섭은 녹주의 어여쁜 태를 보고 곧 눈감아 버릴 수 없는 욕심이 동하였으나 정말 처제나 되는 듯이 "아재, 아재" 하는 바람에 건드리지는 못하고 있다가, 안녹주에게 덕이 되고 자기 일에 공이 서게 손형진에게 써먹은 것이었다.

손형진이가 필재와 김희섭이가 대소사에 의견이 벗나갈 때마다 필재의 주장이 열이면 열 가지가 다 옳은 줄은 번연히 알면서도 부쩍 필재의 의견을 따르지 못하는 것은 이 안녹주에게 단단히 물려 있는 때문이었다.

손형진은 필재에게

"기생을 버리리다."

한 뒤에도 마찬가지였다. 처음 한 이틀은 손형진이가 녹주에게 가지 않은 듯 전화가 자꾸 오더니 사흘인가 되는 날엔 녹주가 형진을 그의 집으로는 찾아갈 수 없고 앉아서 기다리기만 하기에는 발이 저린 듯 드러내 놓고 사무실로 찾아왔다. 형진은 일이 딱한 듯 곧 밖으로 다리고 나가더니, 그 뒤부터는 전과 마찬가지로 점심때나 되어야 사에 나타났고 그나마 자리에 마음을 붙이지 못하는 눈치였다.

벌써 창간호를 내이리라는 사월 일일은 오륙 일이나 지난 때다.

"아모래도 사월은 늦었으니 오월호로 내이는 수밖에 없겠소."

이것은 김희섭의 말이었다. 손형진은 가탄 부탄[465] 말은 없으나 그저

---

463 妓籍. 기생으로 등록된 소속.
464 掌櫃. 돈 많은 사람.
465 '가(可)하다는 부(否)하다는'의 준말. 가타부타.

제이의 운명

김희섭에게 맡기는 수밖에 없다는 눈치였다.

필재는 첫째, 자기 자신과 다음 신문화사를 위해 적지 않은 불안을 느끼지 않을 수 없었다. 창간호가 예정한 대로 사월 일일에 못 나온대서가 아니라, 또 김희섭이가 외입질만 힘쓰고 손형진이가 기생 작첩[466]을 한대서가 걱정이 아니라, 신문화사 재원에 대한 불안이었다.

아니나 다를까 하루 아침엔 김희섭도 손형진이도 아직 들어오지 않았는데 손형진의 어머니가 사무실에 나타났다.

노인은 눈에 불을 켜고 이웃 사무실에 방해될 것도 생각할 여지 없이 높은 음성을 질러

"천해[467] 부량자놈들 같으니, 이놈들!"

하고 외치었다.

"한 달에 돈 백 원씩이면 공명이 날 일을 하겠다게 공부시키는 셈만 치고 대이마 했더니, 한 달에 백 원? 벌써 한 달도 못 돼서 얼마를 끌어냈냐 말야. 내 알기에만 벌써 천 원 돈이야. 이 멀쩡한 부량자놈들 같으니…. 또 내가 재물만 없어져도 늙은 년이 이렇게 와 야료[468]를 않겠다. 남 천금 같은 자식을 빼다가 무슨 턱에 기생청에만 박아 두느냐 말이다! 응? 이놈들아."

필재는 수굿하고[469] 앉아서 무어라 대꾸를 해야 좋을지 몰랐다. 노인은 벌써 숨이 차서 헐럭거리며[470] 끊어졌던 말을 이었다.

"이전 너희도 다 빨아먹은 줄 알어. 내가 노랑돈[471] 한 푼 이제부턴 내놓을 줄 아니? 어림없다! 고약한 놈들 같으니."

하더니 노인은 기운이 지치어 김희섭의 자리에 펄썩 주저앉았다.

466 作妾. 첩을 얻음.
467 천하에.
468 惹鬧. 트집을 잡아 떠들어댐.
469 고개를 숙이고 묵묵히.
470 헐떡거리며.
471 아주 적은 돈.

필재는 신문화사에 관계한 것을 몹시 후회하였다. 곧 발을 끊기로 결심하고 자리를 일어서니, 노인이 마주 일어서며

"내 아들이 들어올 때까지 못 나가지, 못 나가…."

하고 막았다.

필재는 다시 모자를 걸고 자기 책상으로 가는 수밖에 없었다.

형진의 어머니는 아마 필재가 나가는 것은 형진에게 자기가 왔다는 말을 통하러 나가는 줄만 안 눈치였다.

"흥! 어떤 아들이게…. 어드런 재물이구…."

하면서 '이게 다 내 집 기물이거니' 하는 듯 번질번질한 책상 걸상을 둘러보았다.

필재는 자기 책상에서 자기가 쓴 원고는 모조리 꺼내서 포켓에 넣고 자기가 갖다 놓은 서적들도 아주 가지고 나올 셈으로 노내끈[472]으로 묶어 놓았다. 그리고 서랍에서 명함 갑을 집어내었다. '신문화사 윤필재'라 하고 사무실 처소와 전화를 넣은 새로 박은 명함이었다. 새로 세상 바다에 나와 첫 항구의 이름을 기록한, 사회인으로서의 첫 명함이었다. 그러나 한 장도 써 보지 못한 백 장 그대로 필재의 아귀 센 손은 한꺼번에 여남은 장씩 쥐고 가로 찢고 세로 찢고 휴지통에 털어 넣었다.

이때 도어에 똑똑똑 하는 노크 소리가 났다. 필재가

"들어오시오."

하니 핸들이 틀리면서 방긋이 들이미는 얼굴은 새빨간 입술과 송충이 같은 눈썹부터 먼저 뜨이는, 벌써 열번째도 더 오는 단발한 여배운가 무슨 축음기 회사 소리판 가순가 하는 여자다. 그는 필재를 보고

"안녕하서요? 김 선생님 아직 안 나오셨나요?"

한다. 필재는 퉁명스레

"어태 안 나왔소."

472 노끈.

제이의 운명

하니, 손형진의 모친을 힐끔 한번 보더니 홱 문을 닫고 다시 나가 버리었다.

"별 도깨비 같은 년들…. 이놈의 데가 저따위들 뫼드는 소굴이로군…."

하고 형진의 모친은 혀를 채이고 체머리를 흔들었다.

조금 뒤에 도어가 다시 열리는 것이 김희섭이 아니면 손형진인 듯했는데, 웬 새까만 학생복을 입은 소년이다. 필재 앞으로 들어오더니 휘장도 없는 학생모를 벗고

"여기서 사무실 급사 한 명 뽑는다고 그리셨습니까?"

한다. 필재가

"뽑는다군 했지만, 지금은 뽑을 양반이 안 들어오셨으니까 이따 다시 와 보."

하니 형진의 모친이 머리를 저으며

"안 써, 안 써. 어서 가거라."

하고 내쫓는다.

형진의 모친이 온 지 거의 한 시간이나 되니까 그세도 형진은 아직 안 들어서고 김희섭이가 들어섰다. 그는 자기 걸상에 앉아 몹시 거슬리는 눈을 던져 자기의 아래위를 훑어보는 형진의 모친을 발견하자 이게 웬 늙은이냐는 듯이 같이 힐끗힐끗 보면서 필재 앞으로 왔다.

"웬 손님이슈?"

하고 물었다. 필재가 무거운 입을 열어,

"사장 자당이슈."

하니 김희섭은 그분의 앞으로 살랑살랑 나가 갑신하고[473] 허리를 굽히며

"그러십니까?"

473   경솔한 태도로 굽신하고.

했으나 노인은 대답이 없다.

필재는 김희섭이가 뺨이라도 몇 개 갈기고 싶게 얄미움을 참을 수가 없었다.

그러나 잠자코 자기 책 뭉치를 들고 김희섭이가 손형진의 어머니 앞에 가 알씬거리는 틈을 타 나오고 말았다.

필재는 대낮에 우울한 여관방으로 돌아가기는 싫었다. 그래서 진고개로 가서는 헌책집에 들어가 제일 비싸게 보는 책을 한 권 팔았다. 그리고 두어 찻집에 들어가서 서글픈 반날474을 지우고 다른 날과 마찬가지로 저녁때에야 여관으로 돌아왔다.

저녁상을 들고 온 심부름꾼 애의 말이었다.

"참, 아까 낮에요. 아주 해깔라475 손님이 찾아오셨더랬어요."

"무어? 나한테?"

하니

"네, 윤 선생님이 어느 방에 계시냐고 하며 들어오는데요. 쪽 찐 안손님인데요, 아주 기생처럼 예쁜이야요. 그런데 안 계시다구 하고 방에 들어가 기다리실 테냐고 여쭤보니까 그냥 가겠다구 그리면서 도루 나가시길래…."

한다.

---

474 하룻낮의 반.
475 영어 '하이칼라(high collar)'의 일본식 발음. 서양식 유행을 따르는 멋쟁이.

무명씨

"그럼 누구시냐고든지, 어디서 오셨느냐고든지 여쭤봐야지."
하고 필재가 심부름꾼 애의 더듬거리는 말을 재촉하니,
 "그리게 누가 안 물어봤나요, 참. 여쭤보니까 그저 내일 봐서 또 올 테
니 좀 나가지 말고 계시라구요."
한다.
 "봐서 올 테라고?"
 "네. 꼭이라곤 안 그리구요, 꼭 봐서라고 그랬어요. 아무턴지 내일 기
달려 보시죠. 아주 썩 묘하신 부인네시던뎁쇼."
하고 들어간다.
 필재는 밥상을 다거[476] 놓지도 못하고 멍청하여 앉았다가 밥은 먹지
도 않으면서
 "숭늉 좀 주시오."
하고 소리를 질렀다. 그랬더니 숭늉 그릇을 들고나오는 사람은 이제 나
왔던 사내아이가 아니라 계집 하인이다. 필재는 물을 받고
 "이제 상 내왔던 아이 좀 나오라고 그류."
하고 일렀다.
 천숙일 리가 없으려니 하면서도 자꾸 천숙이같이 생각되었다. 그 열
두 대문 속 궁궐과 같은 규중에서 천숙이가 뛰어나왔을 것 같지는 않으
면서도 자꾸 천숙이거니만 마음이 쓰였다.
 "왜 그럽쇼? 절 나오라고 그리셨나요?"

---

 476 '당겨'의 방언.

상 들고 나왔던 아이다.

"그래, 좀 불렀다. 나 찾어온 손님이 몇 살이나 돼 뵈든?"

하고 물으니 아이는 눈을 검벅거리고 생각하다가,

"스물둘…. 아니야, 조바위[477]를 써서 그렇지 퍽 젊었어요. 갓 스물이나 됐을까요?"

한다.

"어떻게 생겼든? 분명히 나를 찾더냐?"

하니,

"아, 그럼요. 동경서 나오시구 키가 크고 한 윤필재 씨라고 그러던뎁쇼. 생긴 건 얼굴이 아주 희구요. 아무턴지 여간 미인이 아니야요. 난 첨 봤대니까요…."

하다가 안에서 부르는 소리가 나서 씽긋 한번 웃고는 뛰어 들어가 버리었다.

만일 천숙이라면 여기를 어떻게 알았으며 무슨 일로 왔던 것일까가 궁금하였다.

여기를 아는 것은, 남편 순구가 와 보지는 않았어도 청진동 무슨 여관이란 것은 알고 있고, 그의 친정 오라버니 심용언이도 알 뿐 아니라, 용언의 아들 오형이는 한 번 필재를 따라와 보기도 했으니까 찾아올 도리는 있을 듯하나, 무슨 일에 왔을까가 속이 죄었다. 센티멘털하다기보다 천진스러운 여러 가지 공상이 떠올랐으나, '천숙일 리가 없다' 부정을 하고 밥을 먹었다. 그리고 그날 밤은 장차 살아갈 생각과 마음을 철벽같이 먹으면서도 어느 틈에 침범을 받곤 하는 천숙의 환영(幻影)으로 말미암아 잠을 제대로 이루지 못했다. 깜박 잠이 들어도 그 잠은 온통이 천숙을 주인공으로 한 꿈이었다.

이튿날 필재는 방을 깨끗이 쓸고 이 미지의 방문객이 어서 나타나기

---

477 부녀자들의 방한모.

를 고대하였다.

책을 보다, 신문을 보다, 내어던지고 일어서 보기도 하다 하면서 정오가 되도록 기다려 보았다. 그러나 '명함을 박입쇼!' 하는 명함 장수가 하나 문 앞을 지나갔을 뿐, 누구 하나 필재의 방문을 여는 사람은 없었다.

필재는 나와서 자기가 밖에 나가지 않고 있다는 표시로 주인과 하인들의 눈에 한번씩 뜨이고 다시 방문 앞에 자기 신발을 가지런히 벗어 놓고 들어 왔다.

그러나 날은 저물어 밤이 되도록, 밤은 다시 깊어 가도록 남자 여자할 것 없이 찾아오는 사람은 하나도 없었다.

다음 날 아침이었다. 필재는 이틀 밤이나 잠을 설쳐 늦게까지 드러누워 있는데,

"윤필재란 손님 있소?"

하고 큰소리로 지껄이는 소리가 났다. 내어다보니 편지를 든 체전부가 들어오면서,

"윤필재가 당신이오? 도장 꺼내시오."

한다. 서류(書留) 편지기 때문이다.

필재는 도장을 찍어 주고 편지를 받아서 보낸 사람의 이름부터 살펴보았다.

보낸 사람의 이름은 이경석(李慶錫)이라 쓰여 있었다.

"이경석?"

필재는 이경석이란 이름과 사람을 머릿속으로 찾으면서 주소를 마저읽어 보았다.

"경원선(京元線) 의정부역전(議政府驛前)."

이라 쓰였는데 아무리 생각해 보아도 자기의 기억 속에는 들어 있지 않은 사람의 이름이요 주소다. 다시 겉봉을 보니 거기에는 틀림없이 시내 청진동 아무 여관 내 윤필재 전(前)이라 쓰여 있다. 주소를 의정부라 써 놓고 이곳을 '경성'이라 쓰지 않고 '시내'라 쓴 것이 이상스러워 일부

인[478]을 들여다보니 접수한 우편국은 광화문(光化門)으로 찍혀 있다.

아무튼 자기에게 오는 편지임에는 틀림이 없으므로 필재는 미닫이를 닫고 조심스레 봉투를 찢었다.

봉투 안에서는 그리 짧지 않은 편지 한 장과 서류 편지에서는 흔히 연상할 수 있는 분홍 종이의 가와세[479]가 나오는데 삼백 원의 금액이 찍혀 있다.

"외우[480] 윤필재 형께."

하여 놓고

저는 필재 씨를 잘 아는 필재 씨의 친구 중의 한 사람이올시다. 그러나 저는 이름을 대이지 않습니다. 거죽에 쓴 주소와 성명은 저의 주소와 성명이 아니요, 아무렇게나 지어서 쓴 것이올시다. 이렇게 이름을 감추는 것은 필재 씨가 제가 누군지를 아시면 혹 돈을 돌려 보내실 듯해서 감춤이요, 그 외에 별 뜻은 없습니다. 저는 필재 씨를 늘 존경하고 무엇으로든지 도와드리고 싶으나 달리는 힘이 없어 이같이 실례될 금전을 보내오니, 과히 불쾌히 여기지 마시고 받으서서 한 가지라도 필재 씨의 몸을 위해 써 주시기 바라오며, 앞으로도 매달 오십 원씩은 보내 드리려 하오니 여관이라도 좀 더 편리하신 곳에 들어 계셔 주시기를 바랍니다.

끝으로 한 가지 부탁하옴은 제가 누구인지를 알려 마실 것과 이런 관계를 필재 씨 혼자만 알고 계시란 것이오니 이 친구의 정성을 돌보서서라도 굳게 지켜 주실 줄 믿습니다.

총총 이만.

478 日附印. 해당 날짜를 찍은 도장.
479 '환어음'을 뜻하는 일본말.
480 畏友. 존경하는 벗.

제이의 운명

이라 하였다.

　필재는 글씨를 유심히 들여다보았다. 편지와 피봉[481]이 모두 서투른 먹글씨인데 어딘지 여필[482]다웠다. 글씨가 여필다워서가 아니라 편지를 읽으면서 어느덧 천숙이가 아닌가 하는 직각이 일어났으나 무얼로 천숙임을 믿어야 할지 몰랐다. 천숙의 글씨라고는 모다 획 없이 흘려 쓰는 철필[483] 글씨만 보아 나서 먹글씨로는 어떤 데가 천숙의 글씨 같다고 잡아낼 도리도 없으며, 아무런 여필답다는 것 외에는 아무리 보아도 막연하여 처음 보는 글씨였다.

　'혹 손형진이가 아닌가?'

하는 생각도 났다.

　'손형진이가 자기가 자진해서 나를 끌어는 놓고는 뒤를 감당하지는 못하고 자기 어머니에게 실컷 부량자 취급만 시켜서 심히 미안스러운 가책과, 또 평상시부터 자기 말대로 다소 나를 믿어 왔다니까 나를 버리지 않으려는 고마운 생각에서 이리 함이나 아닌가?'

고도 생각이 났다. 웬만하면 손형진이가, 필재가 김희섭만 있는 데서 책을 묶어 들고 나왔으니 그날 오후로 곧 필재를 찾아왔어야 할 것이다. 그런데 그 후 사흘째 되도록 한번 찾지도 않는 것을 보아도 이 편지의 주인공이 손형진일 것 같고 또 필재를 찾아오면 다시 필재에게서

　"아무턴지 기생은 버리시오."

하는 괴로운 충고를 받아야겠고, 받는다고 곧 대답과 같이 실행할 자신이 없으므로 이렇게 필재를 만나지도 않고 이름도 감추고 상당한 기회가 올 때까지 다만 친구로서의 성의만 지키는 것이거니 짐작을 하니, 꼭 편지의 주인공은 손형진 같기도 했다.

　그러나 '같은 것'뿐이었다. 틀림이 없이 손형진이라 할 재료는 하나도

481　皮封. 겉봉.
482　女筆. 여자의 글씨.
483　鐵筆. 등사지(謄寫紙)에 사용하는 송곳 모양의 필기구.

없었다. 천숙이라 하고 생각하여도 '천숙이 같은 것'이었다. 그저께 찾아왔던 여자 손님이 사환 애의 말을 들어 천숙이만 같고 그것이 천숙이 같으나 찾아왔던 것과 관련하여 생각하면 편지의 주인공은 또 틀림없이 천숙이 같기도 했다.

그러나 손형진이냐? 천숙이냐? 모다 역시 '같은 것'뿐 필재는 돈이 없어서 하는 걱정보다는 나았으나 마음은 몹시 뒤숭숭스러웠다.

아무튼 필재는 조반을 먹고 거리로 나왔다.

삼한사온(三寒四溫)이 한참 들며 나며 하는 때라 아주 봄인 듯 여겼던 날씨가 도로 드르르 얼어붙었다. 종이쪽, 담배물부리[484], 가래침, 이런 것이 얼어붙은 채 있는 응달진 쪽 포도(鋪道)를 걸어 필재는 남대문통으로 나갔다.

그는 경성우편국에 들어가서 삼백 원을 현금으로 찾아 넣고 나서니 더욱 그 돈을 부쳐 준 주인공이 궁금스러웠다.

돈은 써야 할 것뿐인데, 쓰려면 쓸 수는 있는 돈이다. 아니, 쓸 수가 있는 것이 아니라 자기더러 써 달라는 돈이었다. 그러나 필재에겐 '이 돈이 만일 손형진이가 부쳐 준 것이 아니요, 천숙이가 부쳐 준 것이라면?' 하는 데 얼른 돈머리를 헐어 쓰기[485]가 거북스런 문제가 남아 있는 것이었다. 확실히 천숙의 돈일진댄 비록 천숙 자신은 샘물과 같은 깨끗한 선의에서, 아니, 그보다도 샘물과 같이 뿜지 않고는 견딜 수 없는 사랑에서 보내는 것이라 하더라도 그 물건 자체가 벌써 물욕을 대표하는 금전이요, 또 금전이라 하더라도 자기의 손끝을 놀리어 벌어서 보내는 일 원이 원 것이라면 차라리 돈의 가치를 초월한 선물로서 용납할 수가 있을는지도 모르지만, 단순히 자기의 돈 흔한 남편을 속이어 보내 주는 것이라면 단 일 전 한푼이라도 건드리는 것은 떳떳한 사나이의 일이 아니라

---

484 담배를 끼워 입에 물고 빠는 물건.
485 큰돈을 처음으로 쪼개 쓰기.

제이의 운명

생각되었다.

필재는 그길로 가회동으로 올라갔다. 혹시 무슨 단서를 얻을까 해서였다.

큰사랑에부터 들어가 자작께 문안을 드리고 다른 손님들이 있어 곧 작은사랑으로 나려오니 순구도, 수환이도 없고 상노 아이도 없다. 다시 큰사랑에 올라가 수상노에게 물으니 순구는 요즘 집채 같은 왜말을 사 가지고 날마다 말 타러나 다닌다 하였고 수환이는 어느 여고보에 교원이 작정이 되어 며칠 전부터 이른 조반을 먹고 학교로 가는 것이라 하였다.

필재는 더 물을 것이 없어 머리만 끄덕이고 돌아서 나왔다.

그는 관철동으로 갔다. 대문이 걸리어서 흔드니까 행랑어멈이 들창으로 내어다본다.

"잘 있었소? 마냄 계신가?"
하니,

"다들 안 계서요. 아씨하구 애기들밖엔…."
한다.

"사랑에선 상회에 나가셨겠지만, 마냄은 어딜 가셨수?"
하니 어멈은 무슨 비밀이나 일러 주듯 은근한 목소리로

"요즘 눈만 뜨시면 가회동이시죠. 벌써 태중이시랍니다…. 그래서 진종일, 밤에도 늦도록 진지도 다 거기서 잡수시면서 계시다 오신답니다."
한다.

"태중이면 태중이지 왜 늘 그렇게 가서야만 하나? 아가씨가 왜 튼튼치가 못해서 그러나?"
하니

"모르겠어요. 아무튼지, 그런 댁이니까 괜히들 위하노라고 그리죠. 앓는다든지 하면 그래도 무슨 소리가 있게요."
한다.

무명씨   293

필재는 어멈에게 '다시 오리다' 하고 큰길로 나오면서 아침부터 밤중까지 친정어머니를 비롯하여 여러 시어머니들, 하인들, 조석으로 김 주부의 출입, 이런 천숙의 주위를 생각해 보고 도저히 천숙으로서는 자기에게 돈을 보내는 것 같은 행동을 남모르게 취할 형편이 못 되리라 하였다. 그리고 돈뿐만 아니라 자기에게 찾아왔던 미지의 여인도 천숙일 수는 없다 하였다. 여관이니까 기생 종류의 궁한 계집이 외면만 번지르르하게 꾸미고 영업적으로 나타났던 것이리라 생각하였다.

필재는 이렇게 자기에게 찾아왔던 사람도 자기에게 돈을 부친 사람도 모다 천숙일 수는 없을 것 같은 것을 짐작해 보니 왜 그런지 아름다운 꿈을 깨치는 듯한 서글품이 가슴속을 한 조각의 얼음처럼 쓰리게 스치며 지나갔다. 차라리 시재 수중에 든 현금 삼백 원과 장차 다달이 오리라는 오십원 씩의 돈을 한 푼도 쓰지 못하고 불을 살라 버릴지언정 이돈을 부친 사람이 천숙이랬으면 하는 감정이 뜬구름처럼 그의 가슴속엔 배회하고 있었기 때문이다.

필재는 혹시 손형진 편으로 무슨 단서를 얻을까 하여 신문화사에 들러 보았다.

신문화사는 문이 잠겨 있었다.

필재는 다시 남대문통으로 어슬렁어슬렁 나왔다. 그리고 삼각정으로 들어서서 손형진의 집 앞에 이르러 보았다.

대문이 닫혀 있는지라 요란스럽게 문을 흔들면서 주인을 찾기는 무엇하고 그렇다고 행랑 들창으로 가서 넌지시 아범을 불러 보기도 안 되어 잠깐 망설이고 섰노라니까, 낯익은 행랑아범이 어디 심부름을 갔다 오는 듯 필재의 뒤에서 나타났다.

그러나 아범은 필재를 두어 번 자기 집 주인을 찾아왔던 사람인 줄은 알아보는 듯하면서도 인사도, 누구를 찾느냐 말도 없이 획 앞을 지나 대문으로 가더니 개구멍에 손을 넣어 걸린 고아리를 벗긴다. 그의 하는 품이 이쪽에서 먼저 묻기 전에는 말이 없을 모양이어서,

제이의 운명

"손형진 씨 계실까요?"

물으니 그는 고아리를 벗기고 일어서 한 손으로 대문을 밀어 열며

"시굴 가셨는걸입쇼."

한다.

"언제 어느 시굴로요?"

하니

"어제 아침에 저 양주(楊州) 좀 가셨나 봐요."

하고는 쑥 들어가 버린다.

"양주!"

필재는 돌아서 골목을 나오며 의정부와 양주를 관련하여 생각해 보았다. 그리고 의정부가 양주 땅인 것을 깨달았다.

필재는 자기에게 돈을 보낸 사람이 천숙이보다는 손형진이거니 하였다. 아무리 갑자기 지어서 쓴 주소라 하더라도 사람의 지혜는 흔히 일루[486]의 인연이 있이 작용하기 쉬우므로 허턱 '의정부역전'이 나온 것이 아니라, 자기가 내일쯤 떠나려는 곳이 양주인 만치 그의 머릿속에선 어느 곳 지명보다 '양주'를 가려면 차를 나리는 정거장인 의정부가 연상되었을 것이리라. 그래서 이런 발연으로 하고많은 지명 중에서 '의정부역전'이란 주소가 나왔을 것이다 하는 생각이 났다.

그래서 필재는 찾아왔던 사람은 기생이라기보다 혹 천숙이었을는진 모르나 돈을 부친 사람은 손형진이거니 하는 추측이 결정적으로 들어갔다.

그러나 필재는 다시 꺼내어 보니 편지 글씨는 보둑새[487] 여필이요, 사연도 '외우'라 '친구'라 하였지만 여자의 말씨다웠다.

이리하여 필재는 이 삼백 원 돈을 처리하기에 곤란하였다. 처리야 쓰

---

486 一縷. 한 오라기.
487 '보면 볼수록'의 방언.

지만 말고 가지고만 있으면 고만이겠지만 밥값이며, 양복이며, 구두며, 돈은 없어서 못 쓰던 차라 돈이 손안에 들어오니 돈 쓸 구멍들은 더욱 입을 크게 벌리고 재촉하는 듯하였다.

그러나 필재는 이 돈의 출처를 확실히 알기 전에는 혹시라도 천숙의 것일까 보아 건드리지 못하고 날마다 신문화사와 삼각정을 찾아가 보았다. 그리고 전날 이력서를 갖다 맡긴 곳들을 날마다 돌아다니며 취직 운동을 해 보았다.

신문화사 문이 다시 열리지 않은 것은 물론, 손형진은 그 후 이삼 일 뒤에 양주서는 돌아왔다 하나 아침이고 낮이고 밤이고 간에 집에서는 늘

"안 계십니다."

였다. 있고도 따는 것인가 싶어 필재는 끝끝내 찾아가지는 않았다.

신문화사, 그것도 직업이랍시고 붙들었다 놓으니 막연한 불안스러움, 우울함은 더욱 컸다.

주인의 눈칫밥을 먹으면서도 그 돈 삼백 원, 그 삼백 원 고대로 지니고 있는데 하루는 다 저녁때, 속달 편지가 한 장 들어왔다. 편지를 보낸 사람은 의외에도 강수환이다. 사연은

그간 별 연고 없으신가? 다름 아니라 윤 군과 긴급히 상의할 일이 생겼으니 내일 오전 중으로 잠깐 들려 줄 수가 없겠나? 내일은 일 요일이니까 나가지 않고 오전 중엔 기다리고 있겠네.

함이었다.

　　　　　　　　　　　제이의 운명

이십 년

필재는 수환의 편지를 두어 번 거듭 읽고 접어 놓았다.

첫째, 강수환이란 인물에게서 편지를 받는다는 것부터 유쾌스러운 일은 아니요, 또 내용이 앉아서 기다릴 터이니 와 달라는데 좀 아니꼬웠다. 그리 멀지도 않은 거리에서 속달을 띄울 만한 일이면 자기가 잠깐 산보 겸으로라도 찾아올 것이지, 꼭 자기는 앉아 있어야 하고 네가 와야만 한다는 듯한 그 태도가 약간 거만스럽게 생각이 들었다.

그러나 필재는 수환의 편지대로 이행하지 않으리라는 용기는 없었다. 수환이쯤이 가만히 앉아서 부르는 것은 그 자신에겐 아무런 이해 상관이 없고 오직 나에게 관계있는 일임이 틀리지 않을 것을 짐작한 때문이다. 뿐만 아니라 전과도 달리 수환은 순구의 집 사람이라 혹 천숙에게 관련된 무슨 문제나 아닌가 하는 예감에서 필재는 오히려 '왜 오늘 저녁으로 오라 하지 않았나?' 하고 내일 아침까지를 조급해한 것이다.

필재는 아무래도 천숙이가 무슨 문제를 일으킨 것만 같아서 밤새도록 여러 가지로 공상을 달리었다.

아침에 일어나는 길로 조반을 재촉해 먹고 가회동으로 올라갔다.

큰사랑은 아직 덧문이 닫힌 채 있어 바로 작은사랑으로 들어갔다.

수환이 혼자 그저 누워 있었다. 자릿조반[488]으로 우유와 빵을 먹은 듯 방 가운데 고뿌, 접시, 잼 통, 각사탕 그릇 들이 목판에 담겨 있었다.

"내가 좀 너무 일렀네그려."

"아냐. 그만 일어도 나야지" 하고 이불로 아래를 가린 채 비스듬히 일

---

488   아침에 일어나 그 자리에서 먹는 간단한 식사.

어나 앉았다. 그리고 담뱃갑을 집어다 한 대 꺼내더니

"자네 좀 보자구 그런 건 다른 게 아니라."

하면서 눈을 부비고 담배를 입에 갖다 물더니 곧 다시 떼이고 무슨 말을 할 듯 할 듯 벼르기만 한다. 그래서 필재는 정말 천숙이가 무슨 문제를 일으켰나 보다 하고 더욱 긴장하여

"박 군은 아직 안 일어나 나왔나?"

하고 수환의 표정을 살펴보았다.

"그 사람 일어날 날 아직 멀었을 걸세⋯. 그런데 자네 지금 궁하지 않은가?"

하고 수환은 담배에 불을 붙인다.

필재는 이런 말이 나오는 건 의외라기보다 그 남의 궁하고 안 궁한 것을 묻는 것이 몹시 불쾌스러웠다.

"왜? 궁하다면 돈을 좀 줄 텐가?"

하니

"돈만 맛인가, 이 사람. 저, 어제 교장이 좀 보자고 그래서 만났더니, 다른 게 아니라 지리 역사 선생이 뭐 갑자기 미국으로 간다나. 그런데 지리만은, 나는 아직 누군지 모르겠네만서두 지금 있는 교원 중에서 맡을 사람이 있으니까, 동서양 역사만 한 사람 시간강사로 쓸 텐데 같은 값이면 유자격자로 쓰고 싶다고 하면서 날더러 금년에 나온 사람으로 또 아직 다른 학교에 관계가 없는 사람으로 얌전한 사람이 없겠느냐고 묻데그려. 그래서 난 자네가 요즘 좀 궁할 것 같아서 자넬 생각하고 만나자고 한 걸세⋯. 어떤가?"

한다.

필재는 잠깐 눈을 감고 생각하였다.

"자네가 그런 훌륭한 자리에 내 생각을 해 주는 건 고맙게 아네⋯. 허나⋯."

하고 다음 말을 벼르는데 수환이가

"좋기야 좋은 자리지. 전임은 아니라도 아무나 소개한다고 쉽게 될 자리는 아니니까."

한다.

"글쎄 쉬운 자리가 아닌 줄도 아네. 허나… 자네 말투가 좀 내 귀엔 거슬리네. 왜 무어든지 자네는 단순하게 말하기를 싫여하나?"

하고 필재는 수환의 정면을 바라보았다. 수환은 담배를 얼른 입에서 뽑고

"무에?"

하고 놀라는 듯했다.

"그냥 이렇게 말해도 좋지 않은가? 우리 학교에 그런 시간강사를 구하는데 나는 자네 생각을 했네. 자네 의향이 어떤가 하구…. 뭐 궁하냐 안 궁하냐, 자네가 궁할 듯해서 생각을 했으니, 또 아무나 소개한다고 쉽게 될 자리가 아니라는 등 그따윈 다 자네 인금부터 떨구는 군더더기가 아닌가?"

"이 사람, 그건 자네 곡핼세 곡해야."

"곡해구 무어구 자네가 나라도 그만 것을 가리키리라 믿구서 소개하는 거라면 모르지만, 네가 궁한 듯하니 내가 구해 주마, 하는 투로 자선을 베푸는 셈이라면 나는 그런 자선은 자네게까지 바라지 않네…. 지금 궁할 터이니 오너라. 허허… 그건 무슨 노동판 벌이로 알구 덤비란 말인가? 자네는 사범과를 전공했으니 교육이 무엇인진 알 텐데 그러나?"

하고 필재는 모자를 들고 일어섰다. 수환이도 달라진 기색으로

"허! 자네가 이제 보니까 노염쟁일세그려."

하고 가든지 말든지 하라는 듯 담배만 퍽 퍽 빨고 앉았다.

"노염이란 어떤 경우에 타는 것인지도 자네는 모르나?"

하고 필재는

"또 보세."

하고 나와 버렸다.

큰사랑 덧문들은 그저 닫힌 채 있어서 필재는 바로 여관으로 돌아오고 말았다.

그 이튿날 밤이었다. 강수환이가 필재를 여관으로 찾아온 것은.

수환은 슬그머니 속이 단 것이다. 자기 학교 교장 서양 부인이

"좋은 사람 있겠어요?"

하고 물을 때

"네, 한 사람 있습니다. 와세다대학 문과 출신인데 술 안 먹고 담배 안 먹고 아주 좋은 사람이올시다."

한 것이다. 교장은 다행스럽게 아는 듯, 익숙은 하면서도 격식이 맞지 않는 조선말로

"옳지, 그것 참 좋군…. 그러면 나는 강 선생을 처음이지만 믿고 부탁하는 것이오. 그 사람을 꼭 우리 학교로 오게 할 힘이 있습니까?"

하고 똑바로 쳐다볼 때 수환은

"그럼이오. 내가 꼭 오게 하지요."

하고 어깨를 편 것이었다.

"그러면 나는 다른 사람에게 부탁하지 아니하겠소. 그 사람 이름 여기 영어로 적어 주시오."

할 때 수환은 교장이 주는 메모에다 '윤필재'라고 영어로 적어 놓은 것이다. 교장은 받아서 안경 쓴 눈에 가까이 갖다 대이고

"윤필재, 미스터 윤, 윤 선생이로군! 그렇지요? 호호…. 그러면 강 선생과 윤 선생을 언약했소."

하며 그 투명한 두 눈을 날카롭게 던질 때, 그때에도 수환은 다 된 일처럼

"염려 마십시오. 책임졌습니다."

한 것이었다.

이래서 그 교장은 월요일 날 아침에 수환이가 등교하는 길로 자기 방으로 들어오게 하라고 급사에게 일러 놓았던 것이다. 그리고 수환이가

제이의 운명

자기 방으로 들어서자

"윤필재, 아주 부르기 좀 어려운 이름이오, 호호호…."

하면서

"만나 보았소?"

하고 물은 것이다.

수환은 교장의 물음에 처음엔 잠깐 머뭇거리다가 얼른 태도를 고쳐

"두어 번 찾아갔다가 나가고 없어서 못 만났습니다. 그런데 그 주인집에 오늘 저녁엔 나가지 말라고 일르라고 했으니까 오늘 저녁엔 꼭 만날 줄 압니다."

하고 거짓말을 한 것이다.

"그러면 강 선생, 내일 아침에도 오늘과 같이 내 방으로 먼저 들어와서 이야기하시오. 오라잇?"

한 것이다.

수환은 종일 학교에서 속이 끓었다. 금년 출신으로도 자기가 알기에 지리 역사로 유자격자들이 필재 아니라도 이삼 인이나 있다. 그들 중에서는 누구든지 자기가 설혹

"자네 요즘 궁하지?"

하더라도 취직 때문이라면 이런 말을 탄할 여지가 없이

"궁한 판일세. 제발 나 좀 되게 해 주게."

하고 감지덕지하여 매어달릴 사람들이었다. 그러면 자기는 교장에게 신용은 신용대로 서고, 또 친구에게 공은 공대로 설 것을 공연히 윤필재를 말하였다 하고 후회막급이었다. '와세다'라 '윤필재'라 하고 이름만 안 써 주었어도 다른 사람과 슬쩍 바꿔 쳐도 좋을 것을, 이름 적은 것을 교장이 쥐고 있기 때문에 윤필재 이외에 다른 사람은 자기로서 천거하려야 할 수 없게 되고 말았다. 그뿐 아니라 자기가 만일 윤필재를 끌어들이지 못하는 날엔, 변명은 무어라 꾸려댈 수가 있든 없든 간에 한번 "책임졌습니다" 한 자기로서 신용을 잃는 것도 두말할 것 없는 일이다.

수환은 교장에게 신용을 잃을 것이 무엇보다 겁이 났다. 교장은 자기 학교에 고등사범과 출신으로는 수환이가 처음이라고 학무국에 대하여 첫째로 내세울 선생이라고 즐거워하는 내색을 수환이 자신은 곧 눈치 채었고, 또 현재 교무주임이란 선생이 성경과 한문을 가르치는데 학교 창립 때부터 있어 왔다는 공로뿐, 현대식 학교 사무 처리엔 당치 못한 늙은이였다. 그래서 학무국에 보고서 하나 제대로 꾸미지 못하는 위인 인 것을 수환은 곧 깨달았고 따라서 그의 교무주임 자리도 머지 못한 운명의 것을 직각하였다. 그리고 그 교무주임 걸상에 대신 나아갈 인물을 찾기에 사무실 안을 둘러보곤 하였다. 둘러볼 때마다 맨 여선생, 몇 사람 안 되는 남선생 속에선 자기만 한 자격자가 없다는 것을 스사로 인정 하였고 따라서 교장에게 상당한 위신과 신용을 보일 필요를 깊이 느낀 것이었다.

'어떻게 해서든지 교장에게 신용과 위신을 지키기 위해서 필재를 끌 어들이자.'

하고 수환은 다른 도리가 없을 것을 알았다. 그러나 필재는 너무나 자기 에게 녹록지 않은 인물이라 첫번에 잘못 튀겨 놓아 자신이 없지마는, 저 녁 후에 순구가 마짱[489]을 하러 가자는 것도 물리치고 청진동으로 나려 와 필재의 여관을 찾은 것이다.

사실 필재는 수환에게 녹록지 않았다. 천숙의 일로 은연한 반감이 있 은 후로는 무론, 그전에도 수환은 말로나 행동으로나 인물로나 학식으 로나 무어로나 필재에게 달리었다. 이렇게 자기에게 녹록지 않은 필재 를 수환이가 잊지 않고 있다가 자기 학교 교장이 시간강사를 부탁할 때, 첫마디에 필재를 천거한 것은 얼른 생각하면 좀 알기 어려운 심리였다. 그러나 그 심리는 필재를 위함도 아니요, 학교를 위함도 아니었다. 다만 자기의 야심을 위해서였다. 언제든지 자기에겐 뻣뻣하고 거세어 치어

---

489 '마작(麻雀)'의 일본식 발음.

제이의 운명

다만 뵈는 윤필재를 한번 고개를 수그려뜨려 볼 야심에서였다. 필재가 사실 궁한 경우라

"자네 요즘 궁하지? 내 취직자리 하나 구해 줄까?"

하면 곧 필재는

"궁하이. 좀 자네 힘써 주게."

하고 자기의 신세를 질 것같이만 생각한 때문이었다. '자기가 한번 궁한 때 내 신세만 져 놓으면 그다음엔 내 앞에 꺼떡거리지 못하리라' 하는 얕은 심리, 얕은 꾀에서 필재를 첫마디에 천거하였고 필재를 만나선 의기 지름으로

"자네 요즘 궁할 것 같아서⋯."

한 것이었다. 그랬던 것이 결과는 바꿔 되어 필재로 말미암아 자기가 되려 난처한 경우에 선 것을 매우 자존심에 아파는 하면서도 할 수 없이 필재의 방문을 찾아가 두드린 것이었다.

필재는 수환을 그래도 문전 손님이라 하여 흔연히 맞았다.[490]

"강 군인가? 어서 들어오게. 밤이 돼서 한참 찾았겠네그려."

"무얼, 곧 찾았네. 저녁 자셨나?"

하고 수환은 방으로 들어와 그 흔한 석판 인쇄의 사군자 한 장 붙지 못한 단조스런 바람벽을 둘러보면서 필재가 권하는 대로 앉았다. 그리고

"왜 하필 이런 데로 주인을 정했나?"

하였다.

"우연히 그리 됐네."

하였을 뿐, 필재는 수환이가 묻는 말만 대답할 셈이었다.

잠깐 조심스런 침묵이 지나갔다. 그 침묵은 이내 그들을 어제 아침 순구 사랑에서 만났던 때에다 끌어다 붙이는 듯하였다.

---

490 '문전 나그네 흔연대접'이라는 속담에서 온 말로, 자기를 찾아온 사람은 누구라도 친절히 대접해야 한다는 뜻.

"어젠 자네가 과민도 했지만, 생각해 보니 내 말에 어폐도 있긴 했네."

먼저 입을 떼인 수환의 말이다.

"…"

필재가 다음 말이 있건 다 하라는 듯이 잠자코 듣기만 하니까

"그러나 내 본의는 자네를 숭허물[491] 없는 친구로 여기고, 또 같은 값이면 다른 사람보다 자네와 한 학교에 있고 싶고 해서 자네를 억지로라도 끌고 싶었네."

"…"

"그래서 내 딴은 자네가 '그럼 좀 생각해 보세' 하지 않고 곧 '그리마' 하는 대답이 나오도록 하느라고 숭허물 없이 강권한답시고 자네 궁할 것이니 여러 말 말고 내 말 듣게 하는 투로 한 말일세. 그게 내 본의일세…. 자네도 좀 생각해 주게. 내가 자네한테 노여운 소리를 할 양이면 무엇 하려 하구많은 사람 중에 자네를 천거했으며 또 이렇게 등이 달아 찾아오겠나? 안 그런가?" 하고 수환은 도도한 기염으로 담배를 내어 피워 물었다. 그러고

"좌우간 내 본의는 이제도 말했지만 누구보다도 자네하고, 자네는 강사로 잠시 잠깐 왔다 가는 것이지만 한 사무실에서 만나며 지내고 싶었네. 그러니 어저께 감정은 다 풀어 던지고 승낙해 주게. 내가 이다지 변명을 하는데도 내 말을 용납지 않는다면 그건 자네가 비인살세[492]" 하고 수환은 필재의 정면을 향하여 내 마음을 들여다보라는 듯이 다정스런 얼굴을 들었다.

필재는 잠깐 수환의 심리를 살피기에 곤란하였으나, 아무튼 자기에게 이해가 없을 일인데 다시 찾아까지 온 데는 그의 우정이라고 할까 성의라 할까를 인정하지 않을 수 없다 하였다. 그래서

---

491 '흉허물'의 방언.
492 비인사(非人事)일세. 사람으로서 도리가 아닐세.

　　　　　　　　　　　　　제이의 운명

"자네 본의가 그렇다면 오해한 건 내 경솔일세. 그러나 지금 당장에서 작정은 못 하겠네. 오늘 저녁만 생각할 여유를 주게."

하니 수환은

"그리게. 자네가 남의 본의 아닌 걸 알고도 고집을 쓸 사람이 아닌 줄 알기 때문에 내가 찾아온 걸세. 아무튼지 학교에서도 자네 이력을 듣고 되우 만족해하니까 뭐 길게 생각 말고 나와 주게. 나왔다가 교회학교라고 마음에 맞지 않건 사면하면 그만 아닌가? 그러면 내 내일 아침에 학교 가는 길에 들르지…. '예스' 해야 하네, 허허. '노' 했단 자네가 겉으로는 이래도 속으로는 어제 내 말을 그냥 탓하는 줄로 알겠네."

하고 내심에는 아직도 필재가 불응할까 보아 겁이 남아 있었다. 그 속을 모르는 필재는

"이건 아주 강제인걸."

하고 웃어 버리었다.

그들은 말문을 돌리어 한 시간이나 더 이야기한 뒤에 수환이가 일어섰다.

"그럼, 내일 아침에 내어 여덟시 사십분쯤 들름세. 뭐 길게 생각할 것 없네. 남학교보다는 학생들이 '오도나시이[493]' 하고 가르키기 좋대…."

하면서 수환은 돌아갔다.

이튿날 아침, 여덟시 사십분쯤 오리라 한 수환은 여덟시가 지나자 곧 필재에게 나타났다.

이렇게 일찍 서둘러 찾아온 것은 만일에 필재의 대답이 '노'라 하는 경우엔 다시 한번 권고할, 아니 간청이라도 해 볼 셈으로 그 시간의 여유를 두고 옴이었다.

그러나 필재는 쾌히 승낙하였다. 수환이가 방에 올라오지도 않고 마당에 선 채로

---

493 '온순하다', '얌전하다'는 뜻의 일본말.

"논가 예슨가?"

할 때 필재는

"예슬세."

하고 쾌히 승낙함이 되어 필재는 그날로 저녁때 수환이에게 끌리어 '곧 만나 보기를 원한다'는 교장을 찾아가 보았고 다음 날 아침 그 학교 조회 시간에서 아주 역사 선생으로 전교에 소개된 것이었다.

교원 생활! 처음으로 분필을 들고 여러 학생들 앞에 나서 본 날 저녁이다. 필재는 저녁상을 물리고 아직도 낮에 교실에서 가졌던 긴장 그대로, 교원 노릇이란 얼마나 어려운 일인가를 다시금 생각하였다.

필재가 제일 첫번으로 들어간 교실은 삼학년 반 갑조였다. 꽤 큰학생들이었다. 사오십 명의 동일한 방향으로 앉은 그들의 총명한 시선은 일시에 필재에게로 쏠렸던 것이다. 이 구석을 보아도 자기를 보는 눈, 저 구석을 보아도 자기를 보는 눈, 가까이서, 멀리서 온통이 자기를 과녁으로 바라보는 눈들이었다.

필재는 그 눈이 한없이 무서웠다. '우리를 가르쳐 주시오' 하고 자기에게 기대가 큰, 그 총명한 눈들이 떨리도록 무서웠던 것이다. '우리는 조선의 딸들이요, 우리는 장차 조선의 어머니들이 될 사람들이오. 당신은 우리에게 역사책의 참고서와 같이 기계적으로 교과서나 해석해 주면 고만이오?' 하고 쳐다보는 눈들 같아서 필재는 너무나 자기의 준비 없음을 깨닫는 한편 조선의 교육자로서 마땅히 써야 할 가시관의 아픔을 새삼스레 느낀 것이었다.

점심시간에 필재는 수환이와 조용히 만나

"교원 노릇이란 참말 어려운 일이겠군."

했더니 수환은 가벼운 웃음을 날리며

"뭘, 어렵긴…."

하던 말도 생각났다. 수환의 그 대답이 자기는 남을 가르친다는 임무에서, 아니 그보다 조선의 학생을 지도한다는 그 임무에서 굳은 자신이 섰다는 말인지, 혹은 아무렇게나 맡은 과정이니 기계적으로, 즉 학문의 일 개 노예, 노동자로서 충분한 해석을 주면 고만이란 투에서 하는 말인지 그건 별문제로 하고, 아무튼지 남을 가르침에 조금도 두려움이 없이 선 선히 대드는 그들의 용기에는 감탄하지 않을 수 없다 생각하였다.

그래서 필재는 혹 자기에겐 교원의 소질이 없는 것이나 아닌가 하는 불안도 일어나서 차라리 자기의 주관을 떠나 수족과 두뇌를 다만 기계 적으로 놀리고도 될 수 있는 무슨 서기 생활 같은 직업이 마음은 편할 것같이도 생각이 되었다.

그러나

'정성껏 해 보리라!'

결심하였다.

필재는 시간강사라도 학급마다 있는 시간이어서 한 주일에 열 시간 은 되었다. 열 시간씩이나의 보수면 자기 혼자서 생활하기에는 부족될 수입은 아닐 것이었다.

우선 어떤 여선생의 소개로 홍파동 어떤 사삿집494에 독방을 정하고 먼저 여관의 식비와 잡용은 예의 그 삼백 원 돈에서 빼어 썼다. 무론 그 것은 아주 소비한 것이 아니요, 일시 대용함이었다. 자기의 월급이 나오 면 양복 같은 것은 차차로 지어 입더라도 이 돈부터 아귀를 맞추어 당분 간은 저금을 해 둘 예정이었다.

수환은 필재를 교장에게 천거한 대로 끌어들이기에 성공하였다.

그러나 탐탁지 않은 성공이었다.

애초에 주린 고기에게 낚시를 던지듯, 취직을 못 해서 애쓰고 있다는 궁한 정상495을 필재 자신으로부터 펴놓게 한 다음에

"그거 됐나? 자네 사정이 그리 궁하다면 내 한자리 얻어 줌세."

494　개인 소유의 집.
495　情狀. 사정과 형편.

하고 호기를 뽐내어 실사회에 나와선 윤필재란 강수환에게 어림이 없다는 표적을 한번 세우려는 것이, 필재가 궁한 소리를 하기는커녕 자기의 경우가 도리어 궁하여 자기의 말에 어폐가 있었음을 찾아까지 가서 사과를 하고 끌어들이게 된 것이라, 겉으로는 필재에게 관대한 체하면서도 속으로는 앙큼한 자존심이 기회만 있으면 필재의 위신을 폄하려 들었다.

그런 데다 더욱 수환이가 적극적으로 필재의 존재를 저주하지 않을 수 없게 된 것은 필재가 역사 시간강사로 다닌 지 한 달 남짓하여 지리까지 맡게 되었고 따라서 전임교원이 되어 버린 때문이다.

학교에서는 처음엔 경비보다도 사람이 어떤가를 잘 알기 전에 덤뻑 전임으로 썼다가는 혹시 낭패가 없지 않을까 하여 우선 강사로 써 본 결과, 한 가지 유감인 것은 예배당에 나오지 않는 것이나, 외양이 정중하고 교수에 독실하고 학생들에게 신망도 훌륭한지라 다른 선생이 임시로 가르치던 지리까지 떼어 맡겨 전임교원으로 삼은 것이다.

이리 되고 보니 필재의 존재는 수환에게 너무나 큰 적이었다. 체면상 겉으로는 필재가 전임으로 되는 날 누구보다도 먼저 손을 내어밀고

"축하하네."

하였지만 속으로는 이내 윤필재에게 오늘이 있게 한 것이 자기 자신임을 혀를 깨물고 싶게 후회하였다.

"홍 선생이 고만두면!"

하는 생각도 수환의 머릿속엔 불꽃과 같이 빠르게 지나간 것이다.

홍 선생이란 그 성경과 한문을 가르치는 현재 교무주임인 홍재하(洪在河) 노인 말이었다. 그는 이번 유월 초닷샛날이면 학교의 창립 이십주년 기념식과 함께 근속 이십주년의 표창식을 받게 되므로, 이것을 기회로 가르치는 것까지 사임은 몰라도 힘에 부치는 교무주임 자리만은 십상팔구 내어놓을 듯하여 남 교원 간에는 암암리에 긴장이 있어 오던 때라, 수환은 필재가 전임으로 되었다는 말에 가슴이 철렁 하고 나려앉은

것이다.

필재만 아니면 누가 생각하든지 다음 교무주임 자리에 나앉을 자격자는 자기 하나뿐이리라 하였다. 모다 조선의 사립전문 출신들이요, 연조[496]로 친다면 칠팔 년씩 오랜 교원들도 있지만 그들은 다 홍 선생과 같이 무자격 교원이었다. 그리고 미국서 나온 대학 출신도 한 사람 있지만 그는 국어[497]라고는 홍 선생보다도 서툴러서 오늘의 학교 행정에 적임자는 아니었다. 현대식 학교 행정을 학문적으로 배운 사람, 게다가 국어가 능하여 대외 교제에 꿀릴 데가 없고 영문과 출신이라 서양 사람 축에도 편리할 사람은 오직 강수환 자기 하나뿐이었는데, 윤필재가 넙적 전임이 되는 데는 적지 않은 불안이 일어나는 것이었다. 벌써 봉급부터도 필재는 대학 출신이라 아무래도 전문 출신으로 취급되는 자기보다는 십 원이나 앞선 것도 수환의 속에는 제 돈이나 축나는 것처럼 안타까웠고, 장래의 교무주임 선정에 있어서도 같은 유자격 교원 중에도 사범과 출신이란 것에 치중을 하지 않고 첫째 인품에 치중할 양이면 자기는 도저히 필재의 상대가 되지 못할 것도 자기 자신이 인정하였다.

이러므로 수환은 적극적으로 필재의 위신을 헐리라는 야심이 불타올랐다.

그래서 필재가 어떤 때 교실에서 나오다가 학생과 단둘이 서서 질문을 대답하는 것을 보아도 그 학생이 큰학생인 경우엔 무심히 보아 버리려 하지 않았고 여선생들과 웃음엣말을 지껄이는 것을 발견하여도 낱낱이 필기한 듯 엿들었다. 또 학교의 모든 의식(儀式)이 야소교회식인 것을 필재가 빈정거리지나 않나, 또 혹 천숙에게 대한 수심으로 밤저녁에 술집 같은 데나 나다니지 않나 하고 그의 사생활에 들어서까지 정찰의 눈을 빠득인 것이다.

---

496 年條. 어떤 일에 종사한 햇수.
497 일제강점기에는 공식적으로 일본어를 '국어', 우리말을 '조선어'라 칭했다.

그러다가 이것도 무슨 그루터기[498]가 될까 하고 붙든 것이 여선생 남마리아와 필재의 관계다.

남마리아는 가사 선생이다.

이 X여고보는 그의 모교로 일찌기 신호(神戶)에 가서 역시 서양인의 경영인 전문학교에 들어가 가사과를 마치고 모교에 나와 교편을 잡은 지 겨우 일주년이 된 나어린 여선생이다.

이 남마리아 선생은 직원실의 스타였다.

체격이 맷맷하여[499] 모르는 사람은 운동 선생인가 하기 쉽고 흰 얼굴에 호수같이 두 눈이 세련된 표정에 빛나는 것을 먼저 보는 사람은 어떤 음악회 무대에서 보던 여자나 아닌가 하고 음악 선생으로 아는 사람도 많다.

성격도 좀 찬찬스럽지 못한 것이 흠일까, 모든 언행이 직감적(直感的)이어서 예술가의 소질이 섬부[500]한 여자였다. 자기 담임 반의 학생이 여러 날 결석하였다 오더라도 그 학생의 얼굴이 몹시 상해 보이면

"아규머니나! 네가 앓았구나! 이전 아주 나었니?"

해서

"네. 이전 다 나었어요."

하면 그만, 다른 선생들처럼 어떻게 돼 앓았느냐, 무슨 병이냐, 며칠을 결석했니, 보증인의 도장으로 결석계를 내어라 이런 긴말이 없는 성미였다. 지난봄에 신입생을 모집할 때도 입학시험이 시작되던 날 아침 교장이

"벌써 몇 명이나 왔는지 나가 보시오."

하니까 나가 보고 와서 고하는 말이

"테니스 코트에 하나 그득 찼어요."

498 붙잡고 흔들 트집거리.
499 매끈하고 길어.
500 贍富. 넉넉하고 풍부함.

하는 것이었다. 교장이 다시

"몇 명쯤이요?"

하고 물으니

"그걸 누가 헤 봤나요?"

하는 것이 그의 두번째 대답이었다.

그러나 교장은 그를 좋아한다. 우물쭈물하는 일이 없고 한번 자기가 맡은 일에는 성의라기보다 취미가 있어 보이게 유쾌하게 하는 성미, 그리고 스타일 좋고 얼굴이 깨끗하고 서양 여자들처럼 그 큰 눈에 익스프레션이 선명한 점에서, 또 성적이 좋은 점에서 자기 학교에 재학 시대부터 '나이스 걸'의 하나로 쳐 놓았던 여자이다.

수환이도 처음 이 학교에 와서 제일 여러 번 눈을 빼앗긴 여선생은 이 남마리아였다. 그리고 자기와 약혼한 박정구의 인물이 너무 어두운 것을 새삼스럽게 느끼게 한 것도 이 남마리아의 빛나는 얼굴이었다. 속으로

"여선생이라면 모다 올드미스에 박색인 줄만 알었더니!"

하고 자주 곁눈을 빼앗기다가 한번은

"저, 강 선생님은 사람을 왜 곁눈으로 보서? 그냥 보시지… 호호."

하고 남마리아에게 여럿이 듣는 데 핀잔을 받은 일도 있었다.

남마리아는 수환에게뿐 아니라 누구에게든지 대담스러웠다. 아니 대담이라기보다 천진스러웠다. 그래서 남이 무안해할지, 싫어할지를 생각할 새 없이 제 눈에 비치는 대로 하고 싶은 말을 잘하였다. 그래서 사무실은 이 남마리아로 인해 늘 웃음빛이었다. 교원들이 한참 웃는 판에 교장이 들어올 때면 교장은

"무엇이오, 미스 남이 또 무슨 말을 했지요?"

하고 따라 웃는 것이었다.

한데 남마리아는 윤필재가 전임교원이 된 것을 누구보다도 즐거워한 사람이다.

그것은 필재가 강사로 있을 때는 흔히 빠지던 직원회 같은 데 꼭꼭 참석할 것을 예측하고서다.

직원회 때면 남마리아는 자기의 모교라고 해서 흥허물도 없으려니와 워낙 직선으로 내닫는 성미여서 자기 학교의 결점을 기탄없이 말하는 데 유일한 권위자였고 따라서 엉뚱한 제안을 가장 많이 내어놓는 직원이다. 그러나 다른 직원들은 모두 자기의 위신과 이해를 먼저 따지는 입장에서 전참후고하는 타분한[501] 패들이기 때문에 그의 적극성이 있는 제안은 흔히 고립에 떨어지고 말았었다.

이래서 남마리아는 새 직원이 들어올 적마다 속으로

'이 사람은 어떤 위인인가?'

하고 그의 성격에부터 유의하는 버릇이었다.

남마리아는 새 선생 윤필재에게도

'이 사람은 어떤 위인인가?'

하고 신경을 날카롭게 한 것은 무론이다.

남마리아가 필재에게 가진 첫인상은 한마디로 말하면 '황홀'이었다.

'저이는 직원회 같은 데서 내 편이 될 만한 사람인가? 아닌가?'

하는 따위 그런 직업적의 관점에서만 바라보기에는 그는 필재에게 너무나 냉정을 잃어버린 것이다.

다른 남선생들은 다 자기의 눈힘에 휘어들었었다. 눈힘, 즉 남을 첫눈에 보고 얼마짜리 인금이 되리라는 것을 미리 달아 보는 눈짐작이다. 그런데 이번 필재만은 자기의 그 눈힘에 녹록히 달려지지가 않았다. 첫눈에 필재의 전부를 달아 보기에는 필재라는 인간이 너무나 크고 무거웠고 자기의 눈 저울이 너무나 작고 추가 가벼움을 느낄 뿐이었다.

그래서 남마리아는 처음으로 남성의 우람함, 거셈, 우뚝함을 느끼었다.

501 답답한.

제이의 운명

'사내란 무에 용해? 조따위 골샌님들뿐이라면!'

하던 그의 남성관은 필재가 나타난 일조에 무너지고 만 셈이다.

비록 아직 학생복은 그대로 입었을망정 그의 큰 키, 그의 큰 돌멩이같이 무거운 구두 소리, 그의 시퍼렇게 바람이 이는 듯한 안광, 그의 천근같은 입이 사무실 안에 들어설 때마다 남마리아는 여태까지 펼 줄만 알았던 자기의 어깨와 청산유수같이 쏟을 줄만 알던 말문이 쑥 움츠러드는 것을 느끼지 않을 수 없었다.

이 알지 못할 압박의 힘, 참말 불가사의의 힘이었다.

자기의 펴던 어깨를 움츠리게 하는 힘, 자기의 유수 같던 말씨가 쑥 들어가게 하는 힘은 압박임에는 틀림없었다. 그러나 신비한 매력이 섞인 압박이었다. 싫지 않은, 압박이기커녕 그의 무거운 팔이 와서 꽉 눌러 주기를 자기도 모르게 기다려지는 듯한, 매력이 굳센 압박이었다.

여기에 남마리아는 진실로 처음으로 남성이란 것의 존재를 느끼었다. 따라서 자기가 여지껏 여성으로 살아왔으면서도 여성을 몰랐던 듯이, 뚜렷한 남성을 발견하고서야 비로소 자기 자신에서 여성의 향기를 찾아내기, 눈뜨기 시작한 것이었다.

그래서 처녀 남마리아의 눈은 한번 윤필재에게서 남성의 세계를 느끼자 곧 황홀해 버린 것이었다.

"선생님은 왜 학생복을 안 벗으세요?"

한번은 몹시 필재에게 말이 건네고 싶어 이렇게 물었다. 그의 성미로 다른 남선생이라면 벌써

"그만 그 때 묻은 학생복 좀 벗으십시오."

할 말이었다.

"학생복이 보기 싫습니까?"

하고 필재가 도리어 물었다. 그러니까 그렇게 숫기 좋던 남마리아는 얼굴이 새빨개져서

"아뇨. 글쎄 말이야요."

이십 년

하였을 뿐이다.

그 후 며칠 뒤에 양복 주문도리가 사무실에 들어와서 여러 선생들이 감을 구경하는 때였다. 남마리아는 기다렸던 것처럼 필재가 시간을 마치고 들어서는 것을 보고

"윤 선생님. 양복 맞추서요. 내 감 골라 드릴게요."

하였다. 그리고 다른 때와 달리 자기가 필재에게 한 말을 다른 선생들이 듣지나 않았나 해서 좌우를 둘러보았다.

그때에 날카로운 눈이 마주친 것이 강수환이었다. 그래서 마리아는 굳이

"네? 윤 선생님, 내 빛깔서껀 스타일서껀 골라 드릴게."

하고 필재에게로 뛰어갔다.

필재는 손을 씻으면서 빙긋이 웃고

"어디 좋은 걸로 하나 택해 주십시오."

하고 마리아와 같이 여러 사람이 둘러선 데로 갔다.

수환은 이런 것을 모다 놓치지 않고 보아 두었다.

필재는 아무래도 한 벌 지으려던 양복이라 마리아가 골라 주는 감으로 맞추었다.

한 일주일 뒤, 그 양복을 찾아 처음으로 신사복을 입고 온 날 아침이다.

"참 좋은 감인데!"

"누가 골라 드린 감이게그래?"

"윤 선생님 한턱 내슈."

"가사 선생님 눈이 다르시군!"

"나도 남 선생보고 골라 달래서 한 벌 해 입을까?"

"웬, 아모나 골라 주실라구!"

이렇게 여러 직원들이 필재를 돌라싸며 주거니 받거니 하는데 제일 나중 말,

제이의 운명

"웬, 아모나 골라 주실라구!"

한 것은 강수환의 말이었다. 그 말에는 마리아가

"그럼요. 아모나 골라 드려요, 뭐!"

하고 선선히 대꾸를 하였다. 그러면서도 귀밑에 약간 붉어지는 것은 아무래도 강수환의 날카로운 말눈치에 찔리는 데가 있기 때문이었다.

그러나 마리아는 이런 기분에서 반동적으로 한 걸음 더 내어디뎠다. 필재더러

"윤 선생님은 넥타이까지 내가 골라 드려야겠군!"

하였다.

"왜 좀 좋습니까, 넥타이가? …이것도 난 한참 골랐답니다."

하고 필재는 허술하게 매어진 넥타이를 다시 만지작거리었다. 마리아가

"넥타이가 낙제입니다, 호호. 넥타인요 윤 선생님…."

하니 다른 여선생이

"옳지! 넥타이 강의가 나오시느면…."

했다.

"넥타인요, 아조 반대색을 골라서 조화가 되는 수도 있지만요, 흔히 자기 양복 빛깔과 한 계통의 빛깔이 주로 섞인 걸로 매야 양복과 넥타이가 서로 울린답니다."

"그럼 넥타이도 하나 아주 남 선생님이 골라 주십시오."

"넥타이 장사를 불러만 오세요."

"양복 장사는 오지만 넥타이 장사야 어디 옵니까?"

"그럼 오늘 하학하구 나가서 하나 골라 드리죠."

하고는 마리아는 좀 제면쩍어서 필재의 대답이 나오기 전에, 또 수환이 같은 입에서 무슨 참견이 나오기 전에, 급히 이런 소리로 말끝을 돌려놓았다.

"저 윤 선생님 같으신 남자들 때문에 우리 학생들한테도 넥타이 고르

는 법을 가리킬 필요가 있군."

"암요."

이건 필재의 대답이었었다. 그날 오후 하학 뒤에 필재와 마리아는 같이 나왔다. 마리아는 기숙사 사감으로 기숙사에 있어 별로 거리에 나오는 일은 없었다. 그래서 자기도 물건 살 것을 미루어 오던 끝이라 필재의 넥타이도 골라 줄 겸, 아침에 말한 대로 시행함이었다.

마리아는 남자 선생과 거리를 걷는 것은 처음은 아니다. 지난겨울 크리스마스 때에도 선물 준비로 어떤 남선생과 같이 나온 일이 있었고, 그 뒤 졸업식 때도 졸업장 묶을 리본을 사려 진고개로 간다는 남자 선생을 따라 나온 적이 있었다.

그러나 그때는 다 길에서 학생들이 보아도 떳떳했고 단둘이 사람 없는 골목을 걸어도 저는 저요, 나는 나로 걸음이 꿀릴 데 없이 가벼웠는데, 필재와 걸으려니까 별로 남들이 유심히 보는 것 같고 걸음도 마른 땅에 덧신을 끼고 걷는 것처럼 무겁고 페로웠다[502].

그러면서도 마리아는 다른 남자 선생과 거리낌 없이 걸음 편하게 걷는 것보다 오히려 마음속은 즐거웠다.

그래서 속으로

'내가 이 이를 존경하는 정도를 지내쳐 반한 것이 아닌가?'
하고 스사로 경계하는 마음도 일으켰으나, 다시 한편으로는

'반했으면 반했지 독신자끼리 무에 숭이야? 교원도 인간이지!'
하였다. 그렇게 생각하며 필재를 치어다보면 고개는 더욱 무거웠다.

필재와 마리아는 진고개 쪽을 향하고 걸어가는데 조그만 샛길을 만났다. 거기는 전차 소리도, 지나는 사람의 그림자도 없었다. 오직 자기들 둘이서 걸어가고 있을 뿐, 그래서 마리아는 갑자기 더 필재가 어려워졌다. 사무실에서는 그래도 처다보는 것쯤은 아무렇지도 않았는데 단

---

502 '이상했다'의 방언.

제이의 운명

둘이 좁은 골목길에 들어서 놓으니 더 다정은 해지는 것 같으면서도 서먹서먹하기는 더하였다.

"주인이 계시기가 어떠서요?"

몇 번이나 입속에서 옮기어 보다가 용기를 내어 마리아가 물었다. 필재가 지금 들어 있는 주인도 마리아가 가 보라고 가르쳐 주어 얻은 집이었다.

"있기 좋아요. 조용하구요. 음식도 주인 노인처럼 정갈하구요."

"정갈은 하답니다. 저는 그 방을 제가 발러503 놓고 한 달도 못 있다 기숙사로 왔어요, 그만."

"그 후에는 제가 들도록 비어 있었나요?"

"아마 비어 있었죠. 아직 되배504한 게 깨끗한 채 있지 않아요?"

"아직 깨끗합니다…. 그럼 남 선생님 덕이 많구먼요, 제가…."

"무에요?"

"되배도 남 선생님이 계실랴고 하신 델 제가 잘 들어 있게 됐으니요."

"그래도 나 위해서 했던 게 덕은 무슨 덕입니까?"

"…."

웬 자전차가 하나 지나가는 바람에 다시 한참 말이 끊이었다가

"윤 선생님은 본댁이 어디신가요?"

"저희 집이요?"

"네, 부모님들이 계신 데 말야요."

"집이라곤 지금 주인집밖엔 없습니다. 홍파동…."

"부모님넨 어디 계시구요?"

"부모님네요?"

"네, 형제분들서껀?"

503 도배해.
504 '도배'의 방언.

문답이 여기까지 되는데 큰길이 나왔다.

"네?"

하고 마리아는 큰길에 나와서도 다시 물었다.

필재는 자기의 대답은 하지 않고 도리어 마리아를 물었다.

"마리아 씨는 양친 다 계십니까?"

"아버님뿐이여요."

"형제분은 많이 계십니까?"

"네. 한 오남매 되죠. 제 위로 오빠가 둘이구요…. 그런데 윤 선생님은 왜 안 대서요?"

"저요? 저는 누가 어디 계시다고 대일 분이 없어 그럽니다."

마리아는 눈치를 채인 듯 필재를 한번 치어다보면서 걸었다. 그리고 활발은 하면서도 어딘지 필재에게 애틋한 고독의 그림자가 잠겨 있음을 비로소 느끼었다. 마리아는 속으로

'고독한 이!'

하고 불러 보면서 필재의 앞을 서 정자옥[505]으로 들어갔다.

손님들과 점원들이 욱실거리는 백화점 안에 들어가서는, 마리아는 다시 활발한 마리아가 되었다. 필재를 마네킹처럼 세워 놓고 이 넥타이를 집어다가, 저 넥타이를 집어다가 필재의 목에 대어 보았다. 점원더러 어떤 빛깔과 어떻게 짜진 것이 없겠느냐고 물으면서 한참이나 뒤스럭을 떨어도 마음에 맞는 넥타이는 발견하지 못하고 삼월오복점[506]으로 갔다.

그러나 거기에도 마리아의 눈에 맞는 넥타이는 없었다. 그들은 식당에 들어가 차만 마시고 마리아의 살 것만 다 사 가지고 다시 진고개로 들러서 몇 군데 다녀 봤으나 종시[507] 넥타이는 사지 못했다.

505 丁字屋. 미도파백화점(현 명동 롯데백화점 별관)의 전신인 조지아백화점.
506 三越吳服店. 1930년 경성에 분점을 연 일본 미쓰코시백화점의 초기 명칭.
507 終是. 끝내.

"윤 선생님."

"네."

"제가 아까 미쓰꼬시서요, 여자 양복부에서 넥타이감으로 본 건 있어요. 아주 선생님 양복에 꼭 을릴 감이야요."

"누가 그까짓 넥타이 하나 때문에 이렇게 다닌 줄 아십니까? 이왕 나왔으니까 산보 삼아 걸었지요. 난 모양도 일없습니다. 이걸 그냥 매지요."

"왜 그리서요? 이왕 나오셨으니까 가는 길에 끊어 가지고 가시죠."

"감으로요?"

"네, 제가 해 드릴게요. 오늘 저녁으로…. 잘은 못해두요…."

이래서 그들은 다시 삼월오복점에 들어서 헤어졌다.

이튿날 아침, 사무실에서는 수환이부터 모다 필재의 그 넥타이에부터 날카로운 눈을 던지었다.

그리고 어느 여선생 하나가 먼저 말은 필재에게

"왜 윤 선생님 넥타이가 그저 그겁니까?"

하고 마리아에게 눈을 돌리었다.

다른 선생도

"참 그리게…."

"남마리아 선생님이 넥타이까지 골라 주신다고 광고를 하시더니…."

하였으나 필재와 마리아는 아무런 대꾸도 없이 빙글거리고 웃기만 했다.

마리아는 아침에 기숙사에서 나려올 때 넥타이 접은 것을 편지 봉투만 한 기장으로 종이에 싸 가지고 나려온 것이다.

그러나 가지고 와 보니 여러 선생들이 보는 데서는 내어놓을 용기가 없어 서랍 속에 넣어 놓고는 조용한 틈이 날래 타지지가 않았다. 속으로 '점심시간에나' 하였으나 점심시간에도 필재와 자기 단둘이서만 사무실에 남아 있게는 되지 않았다.

오후에도 다른 선생들은 시간이 비기도 했으나 필재는 시간마다 들어갔다.

마리아는 맨 끝 시간으로 있는 항용 두 시간도 더 걸리는 요리 실습 시간을 마치고 나와 보니 사무실엔 교무주임 선생만 남아서 무슨 서류를 정리할 뿐, 선생들은 모다 돌아가고 없었다.

'어떻게 전할까?'

하고 마리아는 자기의 책상과 맞은편에 있는 필재의 책상을 바라보았다. 그리고 한 계책을 얻은 것은

'옳지! 윤 선생님 책상 서랍에다 갖다 넣자!'

함이었다.

그러나 필재의 책상은 교무주임 책상과 가까울 뿐 아니라 설혹 멀리 떨어졌다 하더라도 교무주임의 눈이 자기의 행동을 무관심하고 앉았을 것 같지는 않았다.

"홍 선생님."

"네? 왜 그러시오?"

"선생님, 오래 앉어 계시렵니까?"

"어… 네…. 아마 공문 회답할 게 잔뜩 밀려서 한참 되겠소이다."

그만 마리아는 서랍 속에서 넥타이 싼 것을 꺼내 다시 책보에 싸 가지고 기숙사로 올라오고 말았다.

그는 저녁을 먹고 아이들 공부할 종이나 울려 주고는 그전 자기의 주인이던 집, 필재의 사숙으로 찾아가리라 하였다.

그래서 저녁 먹기 전에 세수를 하고 옷까지 갈아입고 무슨 벼르던 구경이나 나가는 것처럼 마음이 무게를 잃어 저녁도 설치고 공부 종 울리는 것도 옆의 방 학생에게 부탁하고 식당을 나서려는데 교장집 쿡[508]이 찾아왔다.

---

508 cook. '요리사'를 뜻하는 영어.

"마리아 선생님, 교장 부인이 좀 보시잡니다."

마리아는 '하마터면 외출한 걸 들킬걸!' 하고 나가기 전에 쿡이 온 걸 도리어 다행으로 알았다. 다시 자기 방으로 가서 입던 옷으로 갈아입고 교장네 팔러로 갔다.

교장은 마리아를 얼른 놓아 주지 않을 모양이었다. 쿡에게 저녁 뒤의 커피상을 팔러에 차리라 하고 마리아에게 의논하는 것은 홍 교무주임의 이십 년 근속 기념 축하식 날 음식에 관한 것이었다. 마리아가 지도해서 학생들이 요리 실습실에서 차리게 하되 무슨 음식을 몇 가지나 또 얼마나, 그릇 같은 것은 어떻게, 손님이 얼마나 될 것, 비용이 얼마나 될 것, 이런 잘줄고로한[509] 이야기가 일각이 삼추 같은[510] 시간을 무려 두 시간이나 끈 것이다.

마리아는 교장의 팔러에서 나서자 이마의 땀을 씻었다. 그리고 나직한 첫여름 하늘에서 반득이는 별들을 우러러보았다. 마당에 이우는[511] 라일락의 향기도 별들에게서 흘러나리는 듯 신선하였다.

'내가 무엇 때문에 얼른 나오지를 못해 조바심을 했나?'

하고 그는 필재의 모습을 포근한 밤하늘에 그리어 보며 혼자 물었다.

'내가 무엇 때문에 그이한테 이렇게 정성이 끓어오르나?'

하고도 따져 보았다.

'몰라… 몰라….'

하면서 그는 기숙사로 뛰어왔다.

마리아는 불이 있는 데로 오자 시계부터 들여다보았다.

"이런! 벌써 여덟시 사십분이나!"

하고도 그는 안 가고는 못 견딜 것 같아서 자기 방으로 뛰어 올라가 옷을 갈아입었다.

509 '자질구레한'의 방언.
510 '일각여삼추(一刻如三秋)'에서 온 말로, 짧은 시간이 길게 느껴진다는 뜻.
511 시드는.

마리아가 필재의 사숙에 들어설 때에는 어느 집인지 이웃에서 시계 소리가 났다. 무론 헤어 보지 않아도 아홉을 치는 소리였을 것이다.

"주인 어머니, 계서요?"

마리아는 서슴지 않고 마당에 들어서며 큰소리를 내었다.

"이게 누구야? 응?"

하면서 안방 미닫이가 열리었다. 마리아는 이내 건넌방 쪽으로 다시

"윤 선생님, 계서요?"

하였다. 소리를 내고 보니 건넌방 툇마루 위에는 두 켤레의 구두가 놓여 있다. 건넌방 미닫이도 열리었다.

"아이그머니나! 난 누구라구. 우리 남 선생이야. 어서 올라오슈."

이건 안방에서 나오는 주인마님의 말이요

"어떻게 오십니까? 들어오십시오. 여기 강 선생님도 오셨습니다."

하는 건 필재의 말이다. 마리아가

"강수환 선생님도 오셨어요?"

하니까야 강수환은 자리에서 일어나는 체하며

"뭐 아는 사람이올시다. 들어오시죠"

한다. 마리아는 먼저 주인에게 무어라고 몇 마디 인사 이야기가 있은 후

"어쩌문! 이 방이 내가 정들었던 방이랍니다."

하면서 서슴지 않고 필재의 방으로 들어섰다.

"어떻게 이렇게 늦은데 오셨습니까?"

하고 필재는 수환이가 피인 담배 연기가 나가라고 다시 미닫이를 밀어 놓으며 마리아를 보았다. 마리아는 필재가 그 '이렇게 늦은데…' 하는 말이 수환이 앞에서 무안스러움을 느끼지 않을 수 없었고 따라서 대답이 선뜻 나오지를 않았다.

"참, 꽤 늦었지요? 몇 시나 됐는죠?"

하고 시간을 모르고 온 체 손목을 나려다보는데 어느 틈에 수환이가 시계를 꺼내어 본 듯

제이의 운명

"아홉점이나 되었는데요. 난 이전 일어서야겠군…."

했다. 마리아는 더욱 얼굴이 화끈함을 느끼었다.

"왜, 제가 와서 일어서서요? 두 분 선생님 말씀하시는 데 제가 방해라면 곧 가겠습니다…. 전 요 근처에 왔다 가는 길에 집을 아니까 좀 들렀어요."

하고 마리아는 억지로 수환에게 웃음을 보이었다.

"아니올시다. 방해는 왜요. 저는 두어 시간 놀았으니까 갈 때도 되었거니와…."

"됐거니와… 또 무엇입니까? 강 선생님 말씀은 산술 문제처럼 늘 끝이 까다로우셔…."

"갈 때도 됐거니와…. 방해 말씀을 하시니 말이지, 제가 외려 방해될 것도 같아서, 허허."

"강 선생님 나뻐요."

하고 마리아는 높은 소리로 톡 쏘았다.

"이 사람 앉게. 남 선생님이 들어오시자 일어서는 건 자네가 남 선생께 인사가 아인데."

하고 필재가 설마 가기야 하랴 하고 쳐다보았으나 수환은 일어서 담배 한 대를 새로 붙여 물더니 정말 모자를 벗겨 들었다. 그리고 마리아를 힐끔힐끔 나려다보며 말했다.

"사실인즉 심부름을 좀 맡은 게 있어 지금 진고개로 좀 다녀가야겠어서…."

"그럼 왜 진작 그렇게 말씀하지 않으셔요. 그리게 강 선생님 나쁘대지, 뭐."

하고 마리아는 발그레한 얼굴을 들고 탄하였다.

수환은 '이런 말 다 허튼 수작이지요' 하는 듯이 껄껄껄 웃으면서도 속으로는 날카로운 시선을 내어 쏘아 마리아의 얼굴과 마리아가 필재를 밤늦게 찾아온 기분을 살피면서 나왔다.

수환은 대문 밖에 나서자 저도 모르게 입맛을 두어 번 다시었다. 비쌔고[512] 보니 공연히 필재의 방에 마음이 끌리어서 걸음이 선선히 나가지가 않았다.

그는 남마리아가 정구는 무론 어림도 없고, 천숙이보다도 오히려 더 잘생긴 여자가 아닌가 하는 생각을 하면서 걸었다. 날마다 사무실에서 보아 왔지만 이날 밤에 본 마리아는 훨씬 더 매력 있는 체격이요, 훨씬 더 빛나는 얼굴이었다. 사무실에서는 그렇게 모양내 빗은 머리도 볼 수 없었거니와 그렇게 수줍어 처녀다운 발그레한 도화색의 살결을 구경할 리도 없었다. 더구나 사무실서 또박또박 걸어다니던 체격보다도 방 안에 조심스레 사리고 앉은 몸매는, 그리고 가까이서 맡는 밤 화장의 짙은 향기에는, 수환의 신경이 강렬한 지진을 느낀 것이다.

수환이는 마리아가 이쁘게 보일수록 그 반비례로 필재가 더욱 미워졌다. 그렇지 않아도 그루터기만 있으면 교장의 눈앞에서 필재의 위신을 헐어 볼 야심을 품었던지라, 이 야심은 늦은 밤에 필재의 방에서 마리아를 만난 것이 기름방울이 되어 더욱 타올랐다.

그러나 한 가지 걱정되는 것은 마리아와 교장의 사이였다. 서양 사람들은 한번 믿기만 한 사람이면 그 사람의 말은 팥으로 메주를 쑨다 하여도 곧이듣는 단순한 성미들이라, 자기의 말 열 마디가 마리아의 말 한마디 폭도 못 될 것이 저윽 걱정이 되었다. 하필 상대 여선생이 교장과 단짝인 마리아인 것을 수환은 몹시 한탄하였다.

그러나 책략에 들어 남보다 뛰어나는 수환은 그 여선생이 다른 여선생이 아니라 교장과 단짝인 마리아인 것을 오히려 다행하게 깨닫기도 하였다. 그는 교장과 마리아의 사이를 한 걸음 더 깊이 들어가 심리적으로 추구해 본 것이다.

교장은 올드미스다. 고적한 그들은 동성끼리도 흔히는 남녀 간에 사

512 신경 쓰이면서도 아닌 체하고.

제이의 운명

랑하듯 편협한 사랑을 쏟는다. 만일 교장이 마리아에게 다른 여교원들에게보다 특별히 아낌이 있다면 그 감정은 틀림없이 그런 종류의 편애, 즉 동성애일 것이다. 여기서 수환은 여자고등사범학교에서 졸업생들을 내어보낼 때

"당신들이 만일 교장이 올드미스인 학교에 가 있게 되는 경우엔, 반드시 교장의 도타운 사랑을 탐내지 말라. 사적인 교제에 있어선 언제든지 경이원지[513]하라."

하고 특별히 일러 준다는 말을 생각하였다. 그리고 마리아는 그 경이원지할 바를 모르고 교장의 도타운 사랑, 직업적 관계를 떠나 사회적으로 묶이어진 친애를 받음이 틀림없다는 것을 믿었다. 그래서 교장이 마리아의 정성이 자기에게서 머리를 돌려 필재에게 쏠리는 것만 한번 눈치채이는 날이면 교장은 이 일을 냉정히 자기 학교 한개 교원의 품행 문제로만 보는 데 그치지 않고 으레 자기의 단짝을 남에게 빼앗긴다는 애욕의 분노가 일어날 것을 의심하지 않았다. 따라서 필재에게 이것처럼 불리할 영향은 없으리라 생각하고 교장의 귀를 조용한 자리에서 만날 기회만 엿보았다.

기회는 날래 올 것 같지 않았다. 그런데 벌써 오월 달은 하순에 들었다. 홍재하 선생이 그 교무주임 자리를 내놓기로 선언할 듯한 유월 오일, 그의 근속 이십 년 축하식 날은 자꾸 눈앞에 다가왔다. 수환은 마음의 조임을 견디다 못하여 자기의 장모가 될 순구 어머니와 의논하여 가지고 순수한 조선식의 음식으로 저녁 한 때를 차리고 교장을 초대하기로 하였다.

교장은 말동무도 없이 자기 한 사람만 오라는 것이 좀 거북스럽기도 했으나 아마 조선식인가 보다 하고, 또 조선선 유명한 부잣집이요 귀족집이라니까 선선히 대답하였다.

---

513 敬而遠之. 공경하되 가까이하지는 않음.

교장은 수환의 초대에 갈 날 오후였다. 마리아를 조용히 불렀다.

"나 오늘 저녁에 강 선생 집에 초대받았소."

"저런! 교장님 혼자만요?"

"그러게 말이요. 왜 혼자만 오라는지…. 미스 남도 같이 갔으면 좋겠
는데…. 강 선생과 인게이지[514] 한 집인데 아주 부자라나 보오…."

"참 큰 부자라고들 해요."

"그런데 내가 가서 무어라고 인사해야 할는지 나를 또 가리켜 줘야
지."

"뭘요. 강 선생이 다 통역해 드릴걸요."

"그래두…."

그날 저녁 교장은 혼자인 것이 좀 거북했을 뿐, 융숭한 대접을 받았
다. 교장은 명월관 같은 데서도 구경하지 못하던 여러 가지 맛있는 조선
음식을 새로 먹어 보았다. 교장이 흔연해하는 것을 보고 수환은 속으로
만족하여 될 수만 있으면 화제를 학교 행정으로 끌어 보려 하였다.

"우리 학교 홍 선생님은 참 일 많이 하셔요."

하고 수환은 혹시 교무주임 자리 이야기나 나올까 하고 홍 선생을 팔았
다.

"그럼요. 홍 선생은 매우 일 많이 하십니다. 우리 학교 은인이올시다.
참 하나님이 우리 학교 위해 택하신 선생님입니다."

"어떤 날은 일을 너무 많이 하시더면요."

"그렇습니다. 그래 이번에 기념 축하식을 해 드리고는 일을 조곰 덜
어 드릴랴고 생각하는 중이올시다. 아마 강 선생도 좀 일을 맡어 주십시
오 하고 원하겠습니다."

"저야 뭐, 어디 잘할 줄 압니까. 차차 할 수 있는 일은 힘을 아끼지는
않을 작정입니다."

---

514 영어 '인게이지먼트(engagement)'의 준말. 약혼.

"감사합니다. 강 선생도 우리 학교에 오래오래 아주 오래 계시오. 그러면 하나님 복 많이 받으시구 또 우리 학교도 자꾸자꾸 훌륭해질 것이오."

하고 교장은 순구 어머니의 자개 의걸이[515]에 잠깐 눈을 빼앗기었다. 순구 어머니는

"교장 선생님, 조선 풍속 좋아하십니까?"

하고 물었다.

"대단히 좋아합니다. 나도 우리 방에 저것보다 조곰 작은 것을 사다 놓았습니다."

하고 말이 다른 데로 미끌어진다.

그러나 수환은 눈치를 보아 곧 교장의 귀를 다시 이끌었다.

"교장님, 저는 학교에 들어간 지 얼마 안 되느니 만치 교장을 뵈오면 자꾸만 학교 일을 여러 가지 묻고 싶어요, 허허⋯."

"아주 좋은 말씀이오. 그렇게 우리 학교에 열심을 가지시니 매우 기쁩니다."

"아닌 게 아니라 제 딴은 아주 열성으로 학교에 나갑니다. 그리구 아주 미션스쿨인 것을 내 자신의 수양을 위해서도 대단히 기뻐합니다. 그리구 또 그새만 해도 학교에 여러 해 있는 것처럼 정이 들어서요. 그래 어디서든지 우리 학교를 나쁘게 비평하는 사람이 있으면 단단히 대들어서 따지지요. 그래서 정말 우리 학교에서 잘못한 일이 있으면 그것은 내 과실처럼 사과하고, 또 학교에서 그런 점은 고치도록 할 것이요, 조곰도 우리 학교에서 잘못한 것이 아니면 몇 시간이고 그 사람을 붙잡고 알아듣도록 변명을 할 생각이올시다."

"훌륭한 말씀입니다. 우리가 잘못함을 알면 곧 고치고 남이 오해하면 어데까지 친절히 설명해 주는 것이 우리 미션스쿨의 정신이요, 또 예수

---

515 위는 옷을 걸 수 있고, 아래는 반닫이로 된 장.

씨의 정신이올시다.”

“그런데 교장님, 나 며칠 전에 아주 분한 일을 한 가지 당했습니다.”

“우리 학교에 대해서요?”

“네…. 어떤 신문사 사람을 만났더니 너희 학교 여선생들이 다는 아니라도 어떤 사람은 밤중에 곧잘 남자를 찾아다닌다, 무론 나쁜 의미로 말하는 것입니다. 그래서 네가 보고 그런 말을 하느냐 물었지요.”

“그러니까 무어라구…?”

“그러니까 여러 번 봤으나 그 사람 이름은 말할 수가 없다 하지요. 그래 내가 ‘거짓말이다. 우리 학교는 다른 종교 없는 학교와 달라 그런 풍기문란한 여선생은 절대로 있을 리 없다’고 싸우다시피 했지요.”

“…”

“그랬는데 교장 선생님.”

하고 수환은 말소리를 떨구어 은근히

“나도 봤습니다. 어찌 낙망이 됐는지요.”

했다.

“강 선생이 보았소? 누구요? 누구?”

“내가 직접 말하기보다는 교장 선생님이 더 친하시니까 회개하고 기도하라고 부탁해 주십시오.”

“누구? 누굽니까?”

교장은 수건으로 입을 닦으며 눈이 둥그레졌다.

“미스 남이올시다. 밤 열시나 됐는데 특별한 일도 없이 남자 선생 혼자 있는 방으로….”

“미스 남? 마리아? 남자 선생한테…? 누구요, 남자 선생은? 우리 학교 선생이오?”

“그렇습니다. 그렇지만 누구라구 대일 필요는 없습니다. 내가 친한 사람이니까, 그 사람은 내가 충고하겠습니다.”

“강 선생과 친한 사람… 미스터 윤 아니요? 윤 선생 아니요?”

하고 교장은 매우 흥분하는 기색으로 수환의 대답을 강박[516]하였다.

"내가 교장이니까 잘 알아야 학교를 위하야 처리할 수 있는 것이오. 윤 선생이 아니오?"

"…"

수환은 될 수 있는 대로 자기의 입으로 필재의 이름을 대지 않으리라 하였다. 그 까닭은 자기는 교원 간에 누구를 헐어 보려고 밀고하는 것이 아니라 다만 학교의 체면을 위하여 교장께 사건만 알림이요, 남마리아까지라도 자기로서 허물없을 사이라면 저만 알고 충고할 것인데 그만한 친교가 못 되기 때문에 할 수 없이 이름을 대인 것처럼 하여 자기의 용렬한 본뜻은 어디까지 감추려 함이었다.

그러나 수환은 속으로는 필재의 이름을 대이지 않고도 교장이 그 마리아가 밤늦게 찾아가는 남자 선생이 윤필재란 것을 결정적으로 알도록 깨쳐 주어야 될 것은 물론 잊지 않았다. 그래서

"남자 선생은 저와 허물없이 친한 사이니까 제가 잘 충고하겠습니다."

대답하였다.

"아니오, 강 선생. 그것은 그렇지 않소. 누군지 자서히 대고 언제 몇 시에 어디서 보신 것을 꼭 말해 주시오."

수환은 교장의 이 말에는 좀 켕기었다. 허튼소리처럼 교장의 귀만 퉁겨 놓아 교장과 남마리아와의 개인적 감정 관계로 은연히 필재에게 영향이 미치도록 하자던 것이 이렇게 교장이 정색을 하고 캐이는 데는 좀 곤란한 것이, 시간과 장소를 대이라면 못 대일 바는 아니라도 자기의 태도부터 속을 들여다보고 필재와 마리아와 삼대면을 시키면 자기의 꼴이 난처할 것을 깨달은 때문이었다.

"남자 선생의 이름은 자꾸 묻지 마십시오, 허허. 교장께서 만일 그 남

516　強迫. 강요.

자 선생이 누구인 것을 아시면 그 사람도 불러다 물어보실 터이지요?"

"물론이올시다."

"그러면 그 남자 선생이 교장께 '누가 그러더냐' 하면 제가 그리더라고 대실 터지요?"

"물론이올시다."

"자, 그러면 그 남자 선생이 나와 친하니까 매우 노할 것 아닙니까? 정말 프렌드쉽이면 내가 먼저 그 사람께 충고를 해야 옳지 않습니까?" 하니, 교장은 순구 어머니가 권하는 실과 쪽을 집어 씹으면서 잠깐 생각하더니

"물론 프렌드쉽을 내가 알지 못하는 것 아니오. 정말 프렌드쉽을 말씀하실 것 같으면, 그렇게 좋은 친구라면 왜 강 선생 말씀과 같이 나에게 이 일을 이야기하기 전에 그 남자 선생한테 충고하지 않았습니까?" 하는 데는 수환은 얼굴이 화끈 달았다. 교장은 재차 물었다.

"나는 지금 강 선생께도 교장의 직분으로 묻는 것이올시다. 그 남자 선생이 미스터 윤 아니오?"

수환은 교장의 음성이 점점 담소의 정도에서 벗어나 엄격해 감에 혹시 장모 될 어른 앞에서 궁한 꼴이나 보이지 않을까 하고 더 견디지 못해 영어로

"예스."

하였다. 즉 교장이 '윤필재냐' 묻는 데 '네'라 하는 대답이었다.

교장은 이 '예스' 하는 대답을 듣자 곧 얼굴에서 위엄을 감추었다. 그리고 다시는 그 사건에 대해선 일언반구도 내이지 않았다. 수환도 물론 무색하여 다른 이야기를 끌어 교장의 기분을 돋우려 힘썼을 뿐이다.

이튿날 학교에서 하학한 후였다. 수환은 교장실에 불리어 갔다.

"미스터 강, 어제 저녁은 대단히 잘 놀고 잘 여러 가지 음식 맛나게 먹고 왔소. 대단히 고맙소. 그리고 오늘 내가 오시라고 한 것은 미스 남에게 대해서 좀 이야기하겠소."

제이의 운명

하고 교장은 종이쪽에 적은 것을 안경 아래로 나려다보더니

"미스 남이 미스터 윤 집에 갔던 것은 사실이오. 내가 아까 미스 남을 불러다가 단단히 알아보았소. 지난 금요일 날 밤에 갔다 왔다 하오. 강 선생이 윤 선생 집에 갔다가 마리아를 만난 것도 프라이데이가 옳소?" 하고 따지었다. 수환은 잠깐 눈을 깜박이고 날짜를 꼽아 보다가

"네, 프라이데이 저녁이 옳습니다."

하였다.

교장은 종이쪽을 다시 한 번 나려다보더니

"저녁 아홉시에 갔다고 하오. 늦은 것은 사실이오. 그러나 강 선생이 말씀하신 열시는 아니라고 하오. 마리아가 방에 들어가 앉아서 몇 시나 됐나 하니까 강 선생이 시계를 내어보고 아홉시라고 하였다고 했소. 정말 그리하였습니까?"

수환은 교장의 얼굴이 불덩어리처럼 바라보기가 뜨거웠다. 속으로, 이거 남 잽이 내 잽이 아닌가[517] 하고 송구스러워 손등을 부비며

"네…."

하는 수밖에 없었다.

"그런데 강 선생은 그날 저녁 말고도 또 마리아를 윤 선생 집에서 보신 기억이 있소?"

"없습니다."

"그럼 윤 선생 집 말고라도 다른 데서라도 우리 마리아를 보신 기억이 있소?"

"없습니다."

"그럼 마리아가 밤에 외출한 것을 단지 한 번밖에 보지 못하였단 말이지요?"

"네…."

517　남을 해코지하려다가 도리어 내가 당하는 것은 아닌가.

"그럼 강 선생이 우리 마리아를 오해하신 것이오. 마리아는 내가 아주 끔찍이 사랑하고 믿는 제자요, 또 선생이오. 결코 나쁜 행실로 마귀에 끌려 밤에 나가 다닐 사람이 아니오. 또 지금 윤 선생이 있는 집은 작년 봄에 마리아가 있던 주인이오. 그러니까 아는 집이오. 또 윤 선생을 그 집에 소개한 사람이 마리아요. 그러니까 주인도 인사하려 가고, 자기가 소개했으니까 선생이 만족해하나 그것도 한 번 보러 갔던 것이라 하오…."

"그럼 제가 잘못 곡해를 한 모양입니다. 저도 풍설에 우리 학교 여교원 중에 그런 사람이 있다는 비평을 들은 김이라 그런 것이 모다 남이 보면 오해하려니 하고, 나도 남의 눈을 염려하야 말씀드린 것이지 애초부터 미스 남을 오해한 것도 사실은 아닙니다. 이제 듣고 보니 사실이 그렇다면 나도 아주 유쾌합니다."

"물론이오. 그러니까 그렇게 아시오. 또 윤 선생은 내가 불러서 물을 필요도 없소."

수환은 적이 무색하여 다른 이야기 두어 마디로 교장과 대화를 끝내고 물러 나왔다. 그리고 교장은 필재를 불러 말하지 않았으나 마리아가 분풀이로 으레 필재에게 고해바칠 것을 생각하니 몹시 마음이 무거웠다.

'오늘 저녁엔 으레 마리아가 필재에게 가렷다' 생각하니 수환은 자기도 저녁을 일찍 먹고 필재에게 가고도 싶었다. 가서 미리 필재에게 자기는 무심하고 이야기 끝에 필재에게 갔다가 마리아를 만났었다고 했더니 교장이 공연히 과민해 가지고 마리아를 불러다 캐어 본 것이라고 하야 발뺌을 하고 싶었으나 이날 저녁엔 순구 어머니와 진고개서 만나기로 언약한 것이었다.

수환은 정구와 혼인을 꽃 지기 전, 봄 안으로 하려 했으나 음력으로 삼사월엔 정구에게 무슨 살이 끼이는 달이라 하여 불길하다는 달을 아주 멀찍이 뛰어넘어 구시월 중으로 택일을 미루었다. 그래서 불일내로 이루어질 듯하던 혼인이 멀찍이 앞으로 반년이나 바라보게 되니 한집 속에 거처하는 신랑 신부 될 사람들은 저윽 사이가 싱겁게 되었다. 그것 도 호젓한 집안이라거나 가품이 신식 같으면 연애하는 남녀와 같은 센 티멘털한 사귐도 어른들의 눈을 기어 가면서라도[518] 만들 수 있는 것이 겠지만 순구네 집안 된 품이 그렇게 조용하고 자유스럽지가 못하였다. 순구 어머니는 때로는 수환의 무료할 것을 생각하고 자기 방으로 불러 들여 보나 정구는 어쩐 일인지 수환이만 얼씬하면 자기 방으로 뛰어 들 어가 문을 닫았다. 어머니 생각에는 아직 파겁[519]을 못 하여 그렇거니 하 고 사실은 이날 저녁에 수환을 진고개 어느 음식점에서 만나자 한 것도 정구를 다리고 나와 수환과 셋이서 저녁이나 같이 먹고 자기는 슬그머 니 빠져나와 버리어 딸과 수환과 사이에 좀 소곤거릴 기회를 주려는 때 문이었다.

수환은 그 속을 대강 짐작한지라 학교에서 나오는 길로 이발관에 들 러 면도를 하고 백화점에 들러 칼라를 새것으로 갈아 끼이고 진고개로 간 것이다.

무론 마리아는 수환의 짐작대로 저녁 후에 곧 홍파동으로 올려달은 것이다. 필재는 책을 보고 앉아 있었다.

"주인 어머니, 내가 또 와요…."

하는 소리에 내어다보는 것은 안방에서만이 아니었다. 마리아의 목소 린 줄 안 필재는 서슴지 않고 미닫이를 열고 얼굴을 내어밀었고 마리아 도 주인 노파에게 인사를 한 후 서슴지 않고 필재의 방으로 들어왔다.

"저녁 진진 잡수셨나요?"

"네, 저녁 잡수었어요?"

"네."

<hr>

518 속여 가면서라도.
519 破怯. 어색함이나 두려움을 극복함.

"…."

"…."

자리에 앉자 주인과 손님은 얼른 그 기분에 적당한 말을 찾기에 곤란하였다. 사무실에서나 어디서나 다른 사람이 있는 자리에서는 무슨 말이고 말에 궁하여 보지는 않았지만 딱 단둘이 되고 보면 그만 조심성스러운 정도를 지나 이미 말문이 막히어 버리는 것이 아직 그들의 사이였다.

주인이고 손님이고 그들은 다 처음 들어온 방처럼 목적 없이 방 안만 두리번거리었다. 그러다가 부끄러운 시선이 우연히 부딪히기도 하면 무색한 웃음을 소리 없이 놓치곤 했다.

"손님이 오셨어도 어떻게 이렇게 조용하신구."

하고 안에서 노파가 나와 자리끼[520]를 들여놓으며

"우리 두 선생님은 어쩌문 인물들이 대명[521]도 같구…. 원, 불을 꺼두 방이 환하겠어."

하고 혀를 채이며 미닫이를 닫았다. 미닫이를 닫고도

"두 분이 오뉘래도 좋구 양주[522]간이래도 좋겠구, 호호."

하면서 들어갔다.

그 소리를 한 마디도 놓치지 않고 들은 필재와 마리아는 더욱 얼굴이 화끈하고 우둔이 들리었다[523].

"선생님, 저녁진진 잡수셨어요?"

마리아가 여지껏 생각해낸 말인 듯하나 이미 방에 들어오면서 물어본 말이었다.

"허! 한턱 내실랴고 오신 게로군. 두 번씩 물어보실 땐…."

---

520 지난밤 잠자리 머리맡에 준비해 두는 물. 밤잔물.
521 大明. 매우 환함.
522 兩主. 부부.
523 당황해서 말문이 막히었다.

제이의 운명

"참! 나 봐…."

하고 마리아는 부끄러운 얼굴을 두 손바닥에 감추었다. 한참 웃고 난 뒤이다.

"선생님, 넥타이 마음에 덜 맞으시지요?"

"덜 맞는다면 또 하나 해 주시겠습니까?"

"남자들은 저리는 것 난 싫여. 뭘 물으면 것만 대답하면 고만 아녀요? 왜 되물으서요?"

"허, 꽤 성미가 급하시군요."

"그럼 선생님처럼 꾸물거릴까요, 뭐."

"제가 꾸물거려 뵙니까?"

"제게만은 그러신 것 같아요."

"…."

"…."

"글쎄요…. 넥타이 때문에 성화가 적지 않습니다."

"왜요?"

"여선생들 눈이, 어디 산 것으로 봅니까? 대뜸 마리아 씨가 만들어 주신 것이라고 한턱내래서 성홥니다."

"그게 그렇게 성화스러우시면 매지 말고 끌러 버리시죠, 왜."

"여자들은 저리는 것 난 싫여. 남이 무심코 한 말을 곱씹어 듣는 것…."

"아이! 금세 복수를 하시지 않게…."

하고 마리아는 허물없는 동무끼리 하듯 못마땅한 눈살을 찌푸리었다. 잠깐 뒤에

"윤 선생님."

"네?"

"선생님 강수환 선생님과 퍽 친하서요?"

"친하지요."

"글쎄, 선생님을 자기가 끌어들였다고 떠드는 걸 보면 물론 가까우신

샌 줄을 알어두요. 좀 우스운 꼴을 봐서 그래요."

"우스운 꼴이요? 무슨요?"

"제가 요 전날 여기 왔다가 강 선생 만나지 않었어요?"

"네."

"제가 늘 밤중에 선생님 찾어다닌다고 교장께 보태서 일렀겠죠? 교장 께요. 늘 밤중에 다닌다구요…."

"강수환 군이 그랬다구요?"

"네. 제가 오늘 교장실에 가 단단히 문초를 당했어요. 제가 우쭐렁해 서[524] 고해바칠 건 뭐며, 또 한 번 보구는 여러 번이구, 또 그날 저녁 제 입으로 지금이 아홉시라고 하고는 어쩌믄 열시라고 보태서 일러바쳤을 까요? 그게 무슨 남자가 고래요, 네?"

필재는 한참씩 눈을 감고 생각하면서 마리아에게 자세히 캐어물었 다. 그리고 공리욕에 민감한 강수환의 심경을 이내 짐작하고 누를 수 없 는 격분이 터져 올랐다.

필재는 그와 같이 자기와 마리아를 중상하는 사람이 다른 교원만 같 아도 덜 분할 것 같았다.

필재는 처음에는 수환의 심사를 추측하기가 좀 곤란하였다. 제 말마 따나 제 손으로 끌어들여 놓고 이제 제 손으로 목을 버혀 보려는 그 심 사는 얼른 생각하여 풀 수 없는 수수께끼였다.

필재는 오랫동안 이마를 찌푸리고 생각하였다.

'수환은 애초에부터 나의 행복을 빌어 줄 친구는 아니다. 그가 나를 학교에 소개함부터 나로는 이해할 수 없는 수수께끼였다. 더구나 천숙 이 문제에 들어 그는 순구의 유일한 책사로 나와 천숙을 마음대로 농락 해 버린 악마다. 그가 나를 위해 직업을 구해 준다는 것부터 얼마나 불 안스러운 호의였는가. 그는 나의 운명의 목줄을 붙잡어 가지고 마음대

524 '우쭐해서'의 방언.

　　　　　제이의 운명

로 한번 농락해 보자는 철두철미한 계획이었었구나!'

하고 생각하니 필재의 주먹은 흥분에 들먹거리었다. 필재는 조끼 주머니에서 시계를 꺼내 보았다.

"왜 그리서요?"

마리아가 불안스럽게 물었다.

"강 군을 좀 가 만나 보겠습니다."

"지금으로요?"

"네, 뒷날 다시 놀러 오십시오. 오늘은….'

"안 돼요."

마리아가 문을 막으며 못 나가게 하는 소리이다.

"왜 그리십니까?"

"학교에 계신 날까지는 침묵해 주세요.'

"무슨 필요루요?"

"…글쎄요.'

"아니, 무슨 필요루요? 우리가 강수환의 학교에 있습니까? 또 강수환의 학교라면 왜 허무한 중상을 받고 침묵해야 합니까?"

"…그래두요….'

"아닙니다. 할 말은 해야 견디는 성미올시다, 난."

"….'

마리아는 대답은 못 하면서도 그저 문을 막아서서 비켜 주지 않았다

"마리아 씨, 왜 그리십니까? 그럼 마리아 씨가 저한테 거짓말을 하셨습니까?"

"아니요. 한 마디도….'

"그럼 무슨 이유로 침묵을 지키라고 합니까?"

"아무튼 잠깐 앉으세요."

필재는 모자를 쓴 채 다시 앉았다.

"무슨 이유로 강수환에게 인종(忍從)을 해야 합니까?"

이십 년

"…"

마리아는 앉아서도 말리는 이유를 선뜻이 설명하지 못하였다.

"남 선생님. 아니, 왜 허무한 중상을 받고 잠자코 견디어야 할 이유가…. 네?"

마리아는 무론, 대답은 얼른 못 하나마 말리는 까닭은 있었다. 까닭이 있으니 대답도 있어야 할 것이었다. 그러나 대답은 갇힌 새처럼 입안에서만 돌 뿐이었다.

마리아는 필재를 사랑하기 때문이었다. 수환이가 본 그대로 자기는 필재를 늦게라도 찾아오지 않고는 못 견딜 만치 필재에게 마음의 전부를 기울여 놓은 여자다. 만일 지금 필재가 수환에게 달려가 '마리아와 나는 네가 느끼고 교장에게 밀고한 것같이 사랑하는 새가 아니다'라고 선언을 해 놓았다가 후일에 결혼까지라도 하게 되는 날이면 차라리 오늘에 있어 약간의 과장된 소문은 받더라도 모른 척하고 있는 것이 뒷날의 면목을 위해서 낫지 않을까 하는 생각에서였다. 그러니까 필재가 "왜 침묵을 지켜야 합니까?" 묻는 말에 간단히 대답하자면

"나는 정말 당신을 사랑하니까."

해야 될 것이요, 좀 더 자세히 대답하자면

"지금 우리가 사랑하지 않는 것처럼 수환에게 대들었다간 뒷날에 사랑하는 것이 드러나면 도리어 면목이 없지 않아요?"

해야 될 것이었다.

그런데 마리아는 이런 대답이, 간단한 것이고 자세한 것이고 간에 어느 것 하나도 얼른 나오지 않았다.

"네? 남 선생님. 왜 이유 없이 말리시기만 하십니까?"

"이유요?"

"네. 저는 남 선생님이 말리시는 까닭을 모르겠습니다."

"…좀 모르시면 어떠서요?"

하고 마리아는 얼굴이 타는 듯하여 땀도 없는 이마를 수건을 내어 닦

제이의 운명

았다.

"선생님."

"네?"

마리아는 필재를 불러 놓고도 마음먹은 말이 따라 나오진 않았다.

그러나 정열, 사랑의 온도는 불의 온도와 마찬가지의 것이었다. 그 자체가 뜨거워진 것인 이상 설명이 없이도 능히 상대자에게 전달할 수 있는 뜨거움이었다. 필재는 마리아에게서 그의 눈, 그의 입술, 그의 뺨, 그의 온몸과 마음이 보내는 뜨거운 정열의 감촉을 느끼지 않을 수 없었다. 필재는 속으로

'옳지! 자기는 수환이가 선전하는 대로 나에게 자주 찾아올 생각이 있는 게로구나!'

하고 마리아를 새삼스레 건너다보았다. 그리고 마리아의 불덩어리 같은 이글이글한 눈이 벌써부터 자기를 지키고 있는 것을 깨달을 때 필재는 자기의 전신이 한쪽의 콤팩트처럼 줄어들어 마리아의 핸드백 속에나 그의 품속에 묻혀 버릴 듯한 압착을 느끼었다.

"윤 선생님."

마리아의 낮으나 탄력 있는 소리가 나왔다.

"네."

"강 선생을 내일 학교에서 보시더라도 잠자코 계서요, 네?"

"잠자코요? 마리아 씨는 강수환 군이 교장께 밀고한 것을 그다지 불유쾌하게 생각지 않으십니까?"

"아무턴 그런 것 묻지 마시고 그저 제 청 한 가지를 들어주시는 걸로, 학교에 계시는 날까지는 침묵해 주세요. 그리고 강 선생도 교장이 불러 주의를 시킨다고 했으니까 인젠 다시 그런 말 내지 않겠죠."

"글쎄요."

하고 필재는 썼던 모자를 벗어 놓았다.

그날 저녁, 필재는 마리아가 돌아간 뒤에 혼자 자리에 누워 늦도록 마

리아의 심경을 추측해 보았다.

그 길들지 않은 날짐승처럼 어여쁘긴 하나 사귀기 어려울 성싶던 마리아가 그렇게 쉽사리 자기에게 가까워짐, 만만해짐, 은근해짐, 수줍어짐, 이런 여러 가지의 인상을 주워 모아 생각해 볼 때, 마리아는 결코 자기에게 무관심하다거나 냉정한 여자는 아니었다.

'나를 사랑하는 여자! 남마리아!'

하고 마리아의 여자 된 품을 다시 한번 뜯어볼 때, 필재의 얼굴은 어두움 속에서라도 한번 빙그레하고 만족한 표정이 흘러갔다.

그러나 꿈에서나 생시에서나 이런 경우일수록 필재의 시신경을 독차지하고 나타나는 것은 심천숙의 환영(幻影)이다. 그리고 심천숙의 그림자 앞에서는 의지(意志) 없는 인형의 기병(騎兵)같이 굳세지 못한 것이 필재였다.

"마리아! 마리아!"

이렇게 입속으로 중얼거리다시피 천숙의 환영을 물리치며 아직도 방 안에 남은 듯한 싱그러운 마리아의 향기를 호흡하면서 잠들었건만, 이튿날 아침 그 쓸쓸한 현실에 눈을 뜨는 비애를 자아내는 것은 역시 다른 날 아침과 마찬가지로 깨어진 천숙의 꿈이었다.

'천숙아! 나는 영원히 네 사슬에 묶인 노예란 말이냐?'

하고 필재는 주먹을 들어 책상을 안에서 들을까 봐 마음대로 내려치지는 못하고 내어던지듯 쿵 울리었다.

그리고 늘 나는 생각이지만, 일본에 어떤 사상범인이 사형을 기다리는 감옥 안에서 자기의 애인이던 여자를 생각하고

"오오, 그를 꿈에 본 날 아침의 쓸쓸함이여!"

라 한 말을 절실한 동감에서 생각이 나서 마음속에 몇 번이나 읊어 보았다.

필재는 마리아가 부탁한 대로 수환에게 침묵을 지키었다. 수환이는 제발이 저린 격으로 틈틈이 필재와 마리아의 눈치를 엿보았다. 수환의

그런 눈치를 필재가 채일 때마다 필재는 한동안 잊었던 수환에게 대한 얄미움이 다시 살아났다.

필재의 눈에뿐만 아니라 수환의 행동은 다른 선생들 눈에도 얄미웁게 보이는 점이 한두 가지가 아니었다. 교장이 직원실 안에 들어서면 문만 바라보고 앉았던 것처럼 제일 먼저

"교장님!"

하고 경례나 할 것처럼 일어서 맞는 것이 강수환이었고 교장이 직원에게 묻는 말이 있으면 누구보다 먼저, 아니 책임자를 제쳐 놓고라도 먼저 나서는 것이 강수환이었다. 교장이 흔한 감기라도 한번 걸리면 아침에 오는 길과 저녁에 나올 때 으레 교장실에 들어가 문병하는 것은 무론, 점심시간에 세브란스병원으로 달려가 약을 지어다 올리는 것도 강수환이었다.

한번은 이학년 학생 한 명의 정학 문제로 임시 직원회가 열렸다. 정학 문제까지 이른 사건의 내용인즉, 교장의 영어 시간에 이학년생 하나가 교수에 복종하지 않았다는 조건인데 교장은 영어 "왓 플라워 이즈 잇?"을 조선말로 번역하면 "무슨 꽃이오 이것이?" 해야 옳다거니, 학생은 "이것이 무슨 꽃이오?" 해야 옳다거니 하고 한참 제 고집들을 쓰다가 교장은 강제로 학생에게

"너는 선생 말을 복종하지 않고 또 여러 학생의 시간을 빼앗은 벌로 이 시간에 공책에다 '잘못하였습니다'란 말을 백 마디를 써서 내어놓아라."

하였다. 학생은

"그렇게 할 수 없습니다."

한즉

"너는 또 반항하였으니 그 벌로 '잘못하였습니다'란 말을 천 마디를 써서 내어놓아라. 그렇지 않으면 너는 영어에 공(空)이다.⁵²⁵"

하였다. 그러나 학생은

"영어에 공을 맞아도 그렇게는 못 하겠습니다."

하여서 교장은 얼굴이 새파랗게 질리어 그 시간을 그냥 나와 가지고 하학하기를 기다려 임시 직원회를 소집한 것이다.

교장은 그저 새파랗게 질린 얼굴로 두 손을 부들부들 떨기까지 하면서 그 학생의 이주일 정학 처분의 가부를 물을 때 다른 교원들은 가(可)타 하려니 학생이 애매하고, 부(否)타 하려니 교장의 성미를 거역한다는 것이 될까 봐 입이 붙은 듯 잠잠할 때에, 이때에도 제일 먼저 입을 떼인 것이 강수환이었다.

"그 학생은 교장의 말씀대로 또 학칙에 있는 대로 교사에게 복종하지 않은 이상 이주일 정학 처분이 가타고 생각합니다."

교장은 더욱 기운을 얻어

"다른 선생님 반대 없으시오?"

하고 반대만 없으면 곧 가결하여 버리려 할 즈음에

"반대합니다."

하고 입을 떼인 것이 필재였다.

필재는 교장보다도 강수환에게 비위가 상했고 강수환의 의견을 반박하지 않고는 견딜 수 없었다.

"나는 영어 교원이 아니니까 그 학생의 해석과 교장님의 해석을 결정적으로 어디가 옳고 그르다고 가려낼 자격은 없습니다. 그렇지만 상식으로 생각하더라도 그 학생이 처벌될 잘못이 처음부터 없다고 봅니다. 번역이란 건 어데까지 번역하는 그 지방말을 표준으로 해야 하는 건 줄 압니다. 즉 영어식으로는 '무슨 꽃이오 이것이?' 하더라도 그것이 조선말로 번역되는 이상 '이것이 무슨 꽃이오?' 하는 것이 더 완전한 번역일 것입니다. 자기가 옳은 줄을 알고 고집하는 것을, 더구나 학문에 들어 강제를 받지 않으려는 그 가상한 의기를, 교육자로서 북돋아 주지는 못

525 영점이다.

제이의 운명

할지언정 덮어놓고 반항이라 죄목을 씌우는 것은 천부당만부당한 처분이라 생각합니다. 나는 오히려 그 학생을 칭찬을 할지언정 처벌을 하는 것은 크게 반대합니다."

교장의 얼굴은 더욱 새파랗게 질리었다. 그러나 홍 교무주임도 그제야 황송해하는 어조로

"허허…. 교장님이 오늘은 좀 흥분하신 것 같으시니 우리 내일 다시 모여 처리하도록 하십시다."

하여 직원회는 우수수 흩어지고 말았다.

다음 날 직원회에선 그 학생을 담임 선생이 한번 불러다 견책[526]을 하기로 결정이 되었거니와 아무튼 이 일로 말미암아서도 필재와 수환이는 간접으로 충돌이 되었던 것이요, 또 교장의 환심은 수환에게 가까워진 그만치 필재에게선 멀어진 것도 사실이었다. 그러나 필재는 수환을 다만 얄미워할 뿐 그에게 음모함은 없었지만, 수환은 필재의 위신을 헐어 보기 위하여 필재의 모든 행동에 날카로운 신경을 쏘기에 게을리하지 않았으며, 또 한편 자기의 위신은 높이 돋우기 위하여 과민하다 하리만치 학교 일엔 용의주도하고 충성되었다. 그래서 홍 교무주임의 근속 이십주년 축하식을 앞두고도 교장과 교무주임에게 자기의 안목을 나타내이려 한 꾀를 생각하였다. 교장의 얼굴이 유쾌스러운 때를 엿보아 넌지시 찾아가곤 하였다.

"교장님."

"네?"

"홍 교무주임 선생의 근속 이십 년이란 것은 우리 조선 교육계에 자랑할 만한 사실이올시다."

"그렇습니다. 모다 십 년 기념은 학교마다 있어도 이십 년은 참말 귀한 것이올시다."

---

526 譴責. 잘못을 꾸짖음.

"그래서 제 생각엔 그날 낮에 학교에서 축하식을 하고만 고만둘 것이 아니라 우리 직원들이 얼마씩 내어 가지고 그날 밤에도 한번 즐겁게 홍 선생을 위로해 드렸으면 합니다. 직원 간에 친목도 되고 또 홍 선생 좋아하시는 음식도 좀 대접하구요…."

"그것 참 훌륭한 생각입니다. 굿 아이디어! 굿 아이디어, 미스터 강…."

이리하여 기념식 날 저녁엔 강수환의 매사 솔선으로 명월관 지점에서 홍 교무주임 위로연이 열린 것이었다.

무론 이 연회석에서도 지난가을에 동경 제국호텔서 열리었던 박순구 부처의 만찬회에서와 같이 참석한 손님은 일일이 일어서 몇 마디씩 축사를 하게 되었다. 그리고 필재가 박순구 부처의 만찬회에서 축사를 하다 천숙에게 봉변을 한 것처럼, 이 자리에서도 필재는 설화(舌禍)[527]라 할까, 축사를 하다가 강수환의 까다로운 귀에 저촉됨이 있어 중지를 당한 것도 우연히 동경서와 비슷한 사건이었다.

필재는 다른 직원들과 마찬가지로 처음 몇 마디는 홍 교무주임의 꾸준한 성의와 업적을 축하한 다음에

"…그런데 제가 오늘 한 가지 깊이 느낀 것이 있습니다. 그건 제가 홍 선생께 혹 허물을 살까 두렵습니다마는 전혀 다른 길에 종사하는 사람이 아니요 같은 교육자의 입장이니 기탄없이 사뢰오면, 오늘 나는 학교에서 열린 식장에서 한 가지 커다란 실망을 느꼈습니다. 홍 선생님의 축하식이 있는 것은 신문으로 알려도졌고 동창회로서의 통지도 시내에만도 수백 통이나 갔다 하는데 현 직원과 교회 관계의 몇 명밖에는 졸업생이 보이지 않았다는 것입니다. 어떤 손님보다 홍 선생님의 이십 년 동안 가리키신 그 제자들이 모여들어야 할 연석인데 그들의 그림자가 보이지 않은 것은 저는 제 자신이 당하는 일처럼 마음이 아팠습니다."

"과연 그렇습니다."

527 말로 화를 당함.

제이의 운명

하고 듣고 있던 홍 선생이 감개무량한 말을 떨구었다.

"그러나 제가 이 자리에서 구태여 이런 말씀을 드리는 건 사제 관계가 그만치 절연 상태가 되고 마는 것은 군사부일체[528]라 한 옛날의 사제 관계에 비기어 좋은 현상인지 나쁜 현상인지 그런 의문을 품는 데서입니다…. 즉 오늘의 우리가 시행하고 있는 교육이…."

하는데 강수환의 찢어지는 소리가 튀어나온 것이다.

"아, 아니 윤 선생, 대체 그게 무슨 말씀이시오? 이를테면 홍 선생님의 제자가 많이 모이지 않았으니 홍 선생님이 그만치 무덕(無德)하셨다고 그걸 지적하는 셈이오? 무슨 교육 비평을 하시는 거요? 우린 오늘 저녁엔 단지 홍 선생님을 즐겁게 해 드리기 위해서 모인 것 아뇨?"

하고 이어 교장에게

"안 그렇습니까, 교장님. 오늘 우린 홍 선생님을 나쁘게 비평하려 모인 건 아니겠죠?"

하면서 동감을 청하는 눈을 던지었다.

교장은 수환의 말에 갑자기 동그래진 눈으로

"나, 윤 선생 지금 하시던 말씀 어떤 것은 어려워서 잘 못 알아들었소. 그렇지만 물론 우리는 홍 선생을 비평하거나 토론하려고 모인 것은 아닙니다. 다만 위로해 드리고 기쁘게 해 드리면 만족합니다."

고 대답하였다.

필재는 수환의 행동이 너무나 교활한 중상적임에 치미는 분노를 참을 수가 없었다. 말로써 탄하기에는 그야말로 언어도단이어서 그냥 깨물고 달아나는 뱀의 새끼를 쫓아가 짓밟듯 곧 달려가 멱살을 잡아 둘러메치고 싶었으나 좌석을 보아 입과 함께 손을 떨고 섰을 뿐인데 교장이 아주 난센스한 어조로

"윤 선생, 그만 앉으시오. 호호…."

---

528 君師父一體. 임금과 스승과 아버지의 은혜가 같음.

하였다. 필재는 '이 무례한…!' 하고 울컥 욕이 나오는 것을 꿀꺽 참았다. 욕을 하여 대구를 할 푼수면 교장보다 먼저 수환이가 있음으로였다. 필재는 어이없이

"허!"

웃어 버리고

"그래 홍 선생님. 제 말이 강 선생이 해석하듯 선생님을 무덕하셨다고 비평하는 뜻으로 들으셨습니까?"

하니 홍 선생은 대답도 하기 전에 또 수환이가 깡충 하는 말이

"자넨 축사하다가 곧잘 여러 사람의 좌석을 파석(罷席)을 만들데…."

하였다. 그제서야 입이 느린 홍 선생이

"아니올시다. 강 선생이 만부당한 오해시지. 어서 어서 말씀 계속하십시오."

하니 그제는 다른 직원들도

"어서 계속해 말씀하십시오."

하였다. 그리고

"괜히 강 선생은…."

하고 수환에게 입을 비쭉하는 여선생도 있었다.

그러나 필재는

"좌우간 홍 선생께 고의 아닌 실례가 된 듯합니다. 용서하십시오."

하고 앉아 버리었다. 그리고 냉수만 한 컵 들어마시었다.

이 일이 있은 뒤부터 필재는 학교에 나가기가 싫어졌다. 강수환을 만나는 것이 박물학 표본실을 지나다 알코올에 담근 뱀이나 사람의 해골을 보는 것처럼 싫어졌다. 그리고 문득문득, 홍 교무주임의 이십 년을 생각해 보았다.

'이십 년! 그것은 인생의 한평생 동안 결코 적은 시일이 아니다! 홍 교무주임은 그 귀중한 이십 년을 얼마나 의의 있게 바치었는가? 즉 홍재하 선생의 이 이십 년 동안 교육은 얼마나 의의 있는 것인가?'를 필재는 생

제이의 운명

각해 보았다. 그리고 역시 명월관 지점에서 말한 바와 같이 홍재하 선생을 대신하여 마음의 아픔을 느끼었다. 홍재하 선생이 이십 년 동안 교육에 헌신한 것이 반드시 뒷날 그 제자들의 송덕(頌德)[529]을 목표로 한 것은 아니었겠지만, 그래도 수십 년 동안을 두고 삼사 년씩 정성을 들여 길러 낸 수백 명 제자 중에는 다만 몇 명이라도 그 은사(恩師)의 빛나는 날을 손꼽아 기다렸을 법한 것인데 식장에 오기는커녕 엽서 한 장의 축사가 없었다.

'이것은 정말 홍 선생이 무덕한 때문인가?'

도 생각해 보았으나 직원 중에 홍 선생처럼 성격이 둥글고 인자한 사람도 없었다. 학생들을 자기의 딸이나 조카처럼 아끼고 사랑하는 그였다.

'이유는 홍 선생 자신에게 아니요, 오늘 학교 제도에 있다.'

하였다.

수학 선생은 수학을 기계적으로 설명하면 고만, 지리 역사 선생은 지리 역사 교과서를 암송하도록 입에 익은 설명을 되풀이하면 고만이요, 학생은 월사금[530]을 내면 그것을 듣고 월사금을 못 내면 그것을 못 들을 뿐, 그런 무슨 시장(市場)처럼 된 것이 오늘의 학교요, 상인과 고객처럼 된 것이 오늘의 사제 관계거니 생각되었다. 그래서 필재는 현대 교육의 적막한, 그리고 직업인화한 교원 생활의 비애에 눈뜨기 시작하였다. 더구나 수환이와 같은 인물이 우쭐렁거리는 판이니 학교에 쏟았던 정열은 날로 식어 가기 시작하였다.

"왜, 어디가 편치 않으서요?"

하루는 마리아가 이층 복도에서 자기와 이웃 반에서 가르치고 나오는 필재의 얼굴이 너무나 우울함에 걸음을 멈추고 물었다.

"아니요, 아무 데도…."

---

529 공덕을 기림.
530 月謝金. 다달이 내는 수업료.

하고 필재는 얼른 기분을 고치어 명랑한 마리아 얼굴에 웃음을 보내 주었다.

필재는 학교에 남마리아만 없었던들 이미 사표를 내인 지가 오랬을는지도 모른다.

제이의 운명

붉은 달리아

남마리아가 있기는 해도 필재의 마음은 학교에서 점점 멀어졌다.

단지 '학교'에서 멀어짐이었다. '교육'에서 멀어짐이 아니요, 다만 '학교'에서 멀어짐이었다. 불타는 듯한 정열을 가지고도 다만 기계적으로 지리와 역사의 해설을 되풀이하고 지내기에는 그 생활이 너무나 단조스럽고 적막하였다. 홍재하 선생의 그 쓸쓸한 이십 년을 그대로 본받음에 불과하다는 것을 느낄 때 필재는 곧 학교를 그만두고 싶었다. 그리고 자기가 품고 있는 정열을 온통으로 바칠 수 있는 일이 하고 싶었고, 또 아무나 할 수 있는 월급쟁이의 교사 노릇이 아니라 아무나 대들지 못하는 역경으로 뛰어들어 가 서양의 페스탈로치[531]와 같은 진정한 인간의 교사 노릇이 해 보고 싶었다. 그래서 필재는 한동안 잊어버렸던 농촌을 다시 생각하였고 현재 자기가 가르치고 있는 학생들, 그 인형들과 같이 옷맵시나 다듬을 줄 알고, 도넛이나 코코아 같은 것이나 만드는 법을 배워 가지고 돈 있는 남편이나 바라보고 나아가는 중류 가정의 소녀들, 그들에겐 차라리 들었던 정도 떨어지고 얄미운 감정이 솟아올랐다. 그 반대로 눈앞에 그리운 친구처럼 떠오르기 시작하는 것은 "헤에" 하고 침과 코를 흘리고 섰는 봉두난발[532]의 시골 소년과 소녀들이었다.

필재는 시골이 갑자기 그리워졌다. 마치 도끼를 간 목수가 높은 산을 우러러보듯, 필재는 시골이 그리워졌다. 시골의 그 순진하고 의지에 굳센 아이들은 꿋꿋한 나무나 우람스런 바위처럼 생각되어서 깎고 다듬

---

531 요한 하인리히 페스탈로치(Johann Heinrich Pestalozzi, 1746-1827). 스위스의 교육개혁가, 사회비평가.
532 蓬頭亂髮. 마구 흐트러진 머리털.

는 데 따라 얼마든지 훌륭한 재목이 쏟아질 것 같았다.

그러나 어느덧 일학기 말이 닥치었다. 시험을 보네, 성적을 매기네, 하고 필재는 학교에 와서 처음으로 바쁘게 지내는 때인데 하루 오후엔 수환이가 필재의 걸상 뒤로 와서

"자네, 왜 요즘은 한 번도 뵈지 않느냐고 그리시데."

하였다. 그건 박 자작이 그런다는 말이었다.

"참, 가 뵌 지도 오라군…. 안녕하신가?"

"요즘 대단히 기뻐하시네. 가 치하드리게."

"무슨? 참! 그새 뭐 낳겠군그래?"

"이 사람, 벌써 삼칠일이 지났네. 아들을 낳구…."

"아들! 참 할아버니가 즐겨하시겠군…."

하고 필재는 언젠가 한번 박 자작이 자기에게 "너희 놈들이 무얼 알겠냐만 내가 손자가 늦었다" 하면서 흰 수염을 쓰담던 생각이 났다.

"그럼 순구 군을 만나면 한턱 먹어야 되겠네그려."

"만나면이 아니라 오늘 저녁에 득남턱을 내기로 했네. 그래서 자네한테 꼭 오라구 일르라고 해서 말일세. 꼭 오게, 본점으로…."

"오늘 저녁에? 명월관 본점? 글쎄…."

"글쎄는 왜? 꼭 오게."

하고 수환은 야릇한 눈총을 던져 보면서 제자리로 갔다.

필재는 책상 위에 주판을 갖다 놓고 학생들의 평균 성적을 매기다가 이 희한한 뉴스에 마음이 뒤숭숭해지고 말았다. 그는 몇 번이나 계산이 틀리어 그만 주판을 밀어 놓고 밖으로 나왔다.

벌써 아카시아 그늘엔 어떤 가지엔 꽃이 주렁주렁 열리었다. 그 향기로운 꽃과 신록 아래에 거닐으니 필재의 머릿속엔 그 그윽한 벌의 소리와 함께 천숙의 새로운 환상(幻像)이 자꾸 떠올랐다.

숨결 고요한 아기를 안고 미풍과 같은 웃음으로 나려다보는 그 성모(聖母)의 그림 같은 천숙의 자태가 자꾸 감은 눈에도 밝히었다.

제이의 운명

"이전 남의 어머니!"

하고 생각하니 자기와 천숙의 사이에는 뛰어넘기 어려운 높은 담벽이 또 하나 더 쌓이는 것처럼 답답스럽게 느끼어졌다. 다만 '남의 아내'일 때는 그래도

"천숙."

하고 부르면 담 한 겹 너머에 있는 것처럼

"네."

하는 대답이 나올 것 같더니 이제는 두 담벽이 겹으로 막히어 아무리 부르고 기다리어도 대답도 모양도 영영 나타날 수 없는 것처럼 답답함과 아쉬움이 새로워졌다.

필재는 몇 번이나 눈을 씻으며 구름의 높이 뜬 것이 부러운 듯 지나가는 구름장을 바라보았다.

이날 필재는 사숙에 돌아와서 책상 서랍에서 저금통장을 내어보았다. 자기의 월급에서는 아직 저금할 여유가 없었지만 그 무명씨에게서 온 돈은 남의 돈처럼 꼭 저금을 해 둔 것이었다. 처음 삼백 원이 온 것을 부슬러서[533] 썼던 것도 자기의 수입에서 도로 아귀를 채워 둔 것은 무론, 그 무명씨는 첫번 편지에 한 말과 같이 오월 달 유월 달에도 또박또박 오십 원씩 학교로 부쳐왔다. 두번째부터는 봉투 속에 편지는 한 자도 없고 단지 오십 원을 석 장의 소위체(小爲替)[534]로 만들어 넣어 왔다. 주소와 이름도 꼭 처음대로 의정부역전 이경석이었다. 필재는 받는 대로 우편국에 저금을 하였다. 처음 삼백 원하고 오십 원씩 두 번 하고 모다 사백 원이었다.

필재는 그 봉투 글씨를 다시금 살펴보아도 여필 같았다. 우편국에 놓인 무지렁붓[535]으로 써서 획은 거칠되 어딘지 만문한[536] 데가 여자의 글

533　'부수어'의 방언.
534　소액 우편환.
535　오래 써서 다 닳은 붓.

씌었다.

'그럴 테지, 화류계에 빠져 돈이 샘솟듯 해도 모자라 할 손형진이가 웬걸….'

하고 필재는 천숙이가 보내는 돈이 틀림없다 하였다.

'천숙이는 왜? 돈의 여유는 있을 법하지마는 어떻게 늘 틈을 타서?'

하고 따져 보면 천숙일 것 같지도 않기도 하다. 그러나

'그러면 손형진이도 천숙이도 아니면 누구냐?'

하고는 더 생각할 근거도 없거니와 또 더 생각하려 하지도 않았다. 설혹 글씨가 여필이 아니더라도 왜 그런지, '천숙이다. 천숙의 뜻갈이다' 하고 천숙이라 믿고 싶었다. 천숙이라 믿는 데는 실낱 같으나마 무슨 희망이 남은 듯한 비밀의 즐거움이 있는 때문이었다.

'아이를 낳아? 벌써 삼칠일! 득남 턱을 내이니 너도 오너라?'

필재는 몹시 마음이 흔들리었다. 천숙이가 잉태를 했다는 말을 들을 때도 가슴속이 평정하지는 못했거니와 이번에는 일종의 절망, 아니 천숙에게 절망을 당한 지는 이미 오랬으되 그래도 어느 때나 한번

'나는 역시 당신의 천숙이었소이다.'

하고 뛰어들 듯만 싶은, 그 천숙이가 이제는 순구의 아이까지 정말로 낳아 버렸으니 그의 운명은 그만 판에 박아 놓은 듯

'영원한 순구의 아내로구나!'

하는 날카로운 절망이 최후로 다시 한 번 가슴을 훑고 지나감이었다.

필재는 모자를 다시 쓰고 방에서 나왔다.

"선생님 또 나가시네. 저녁 진지 거반 됐는뎁쇼."

부엌에서 나오는 주인 노파의 소리이다.

"참! 제 저녁은 차리지 마십시오."

"왜입쇼? 어디 잘 잡수러 가시는 게로군."

536 부드러운.

필재는 다만

"네."

하고 나섰다.

필재는 명월관 본점으로 순구의 득남 턱을 먹으러 감은 아니었다. 방
안에 가만히 앉아 있자니 '명월관으로 갈까? 말까?' 하는 생각에 공연히
무슨 위협을 받는 것 같아서 허턱 나서 보고 말았다.

진고개로 갔다. 어떤 책점[537]에 들어가 칠월호 잡지 한 권을 사서 들고
두어 번 온 적이 있는 '명치제과[538]'로 들어섰다. 이층으로 올라갈까 하
다 그냥 매점 뒤에 있는 테이블로 갔다.

"소다 하나 주시오."

"아지[539]는 무얼로요?"

"아모걸로나…."

여급은 메론빛 새파란 소다를 가져왔다. 새로 따른 탄력 있는 탄산 방
울은 싸 하고 소리를 내면서 튀어 올랐다. 싸늘한 유리 고뿌에 냉장된
정열의 물이다. 필재는 유지 파이프[540]는 뽑아 버리고 타는 입술로 그냥
덥석 물었다. 두어 모금 꿀꺽꿀꺽 마시는데

"호호, 윤 선생님. 성미두 꽤는 급하시네…."

하는 소리가 옆에서 났다.

"혼자서요, 윤 선생님?"

하고 그 귀에 익은 여자의 소리는 필재가 미처 누군지 찾아내기도 전에
또 났다. 그리고 다시

"호호…."

하면서 분에 심은 종려나무 그늘 뒤에서 나타나는데 보니까 임 선생이

---

537 冊店. 서점.
538 明治製菓. 일본의 유명 과자점의 경성 분점으로, 명과(明菓)라고 불렸다.
539 味. '맛'을 뜻하는 일본말.
540 기름종이로 만든 빨대.

붉은 달리아   353

다. 여선생들 중에 제일 나이 많고 아들딸이 사남매나 되면서도 서양 사람들과 두터운 친교가 있는 덕으로 그저 자리를 신진들에게 빼앗기지 않고 벌이를 하는 풍금 선생이었다.

"난 누구시라구…. 참, 어떻게 혼자십니까?"

"네. 혼자 뭣 좀 사러 나왔다가 아이들 캔디나 좀 사다 줄까 하구 들렀더니 계시군요, 호호. 제 눈이 빠르죠?"

하면서 필재가 자리를 권할 사이 없이 맞은편에 걸상을 끌어내며 앉았다.

필재는 눈짓으로 여급을 오게 하고 임 선생에게 물었다.

"더우신 것 같은데 저처럼 소다를 마시시든지 아이스크림을 잡수시든지…."

"전 앉긴 앉았어도 곧 가야겠어요. 먹을 새 없어요, 혼자 나오셨어요, 왜?"

"뭬 그리 급하십니까?"

하고 여급에게

"그럼 얼른 잡술 아이스크림이나 하나 가져오."

하고는 필재는 임 선생에게 할 대답을 마저 하였다.

"왜라니요. 같이 올 사람이 없으니까 이렇게 혼자 산보나 다니죠. 그런데 왜 그리 바쁘십니까?"

"갓난이가 감긴지 며칠째 좀 앓아요. 엊저녁에도 새로 세시가 지나서야 난 잤답니다."

"어쩐지 신색이 못되셨군. 감기 좀 앓는데 뭘 그다지 애를 쓰십니까?"

"사내 양반네는 다 저러시지…. 우리 집에서도 나 혼자만 이렇게 안달이죠. 아버지 되는 양반야 태평이죠, 태평…. 날더러만 너 혼자 기껀 끓아 봐라 허구. 그리게 사내 양반들 밉살머리스럽다니까, 호호…."

"밉살머리스러워요? 그런 걸 왜 혼인하셨습니까?"

"그땐 좋아서 했죠. 호호."

　　　　　　　　　　　　　제이의 운명

하면서 여급이 갖다 놓는 아이스크림 스푼을 들었다.

필재는 자기도 다시 크림 하나를 시키고

"그럼 지금은 아이들 때문에 싫여지셨습니까? 허허."

"그럼요. 아이들이 제일입죠. 고것들이 아퍼하고 누웠는 걸 보면 사뭇 간이 타는 것 같은걸요."

"실례지만 그래도 주인께서 병환이실 땐 더할실걸?"

"뭘요. 눈도 깜짝 안 합니다. 여잔 나뿐이 아니라 아이 낳기 전 말이지, 아이만 하나라도 달리면 아이 이외엔 허즈번드도 러브도 다 일이 없답니다. 그리게 윤 선생님은 연애시대를 길게 가지서요. 얼른 혼인하지 마시구. 호호호…."

하고 입맛을 다시었다. 임 선생은 지금 필재의 경우를 들여다보고 한 말이 아니로되 그 "여잔 나뿐이 아니라 아이 낳기 전 말이지, 아이만 하나라도 달리면 아이 이외엔 허즈번드도 러브도 다 일이 없답니다" 하는 말에 아픈 가슴이 더욱 찌르르하였다.

"그래, 아이들이 남편보다도 애인보다도 제일이란 말씀이죠?"

"아니, 윤 선생. 저는 남편은 있어도 애인은 없습니다. 호호, 큰일 내시겠네."

"허허…. 참 어폐가 있었습니다…. 만일 남편이 있구도 더 극진히 사랑하는 애인이 있는 여자라면 어떨까요? 아이는 본래부터 정이 없는 남편에게서 난 아이구 하면?"

"그래도 제 속에서 떨어진 건 제 속에서 떨어진 거죠."

"그래도 옛날부터도 아이가 속곳 끈을 쥐고 자면 가위로 짤러 놓고 달아난다는 말이 있잖어요."

"호호… 그걸 다 아시네. 그래두 그런 년이 사람년이야요? 개 돼지만 못한 년이죠. 그런데 그런 이야긴 왜 이렇게 열심으로 물으십니까?"

"아이가 제일이라구 하시니 말입니다."

하고 필재는 후끈하는 입속에 이내 아이스크림을 크게 한 스푼 떠 넣었다.

"전 이제도 말씀드렸지만 아이가 제일이니까 먼저 갑니다. 용서하셔
요, 윤 선생님. 그런데 왜 혼자 오셨을까? 좀 같이 다니시지… 호호."
하면서 임 선생이 일어섰다.

"같이라뇨. 누구허구요?"

"왜, 전에 넥타이 사러 곧잘 같이 나오시군. 호호."
하고 매나 피해서 달아나는 사람처럼 필재의 대답을 안 들으려 종종걸
음을 쳐 매장으로 갔다.

필재는 임 선생이 매장에서 과자를 사 가지고 밖으로 나가기까지 먼
눈으로 지켜보고야 제정신으로 돌아왔다.

"아이가 제일이라?"
하고 입속말로 뇌이면서 생각하였다.

"천숙이도 남의 어미다. 순구의 아내기보다 몇 갑절 굳센 제 자식의
어머니다! 어미 모성애…."
하면서 그는 오늘 저녁에 순구가 아비로서 한턱을 내인다는 그 아이가
자기에게 순구의 몇 갑절 강한 적인 것을 다시금 깨달았다.

필재는 천숙의 혼인날 밤에, 밤이 아니라 새벽에 어떤 선술집에 들어
가 술을 마시던 것이 생각나 맥주라도 한잔 마시었으면 하였다. 술이나
맥주의 맛을 알아서가 아니라 그 술이 다리고 오는 기분 때문이었다. 남
은 옥동자라 하여 천만금보다 아낄 것을, 저는 혼자 마음속으로나마 야
차[541]와 같은 미움을 품어 보는, 그 말똥말똥한 정신이 자기 스사로 얄미
웠기 때문이다.

그러나, 이 찻집에선 술이라곤 맥주도 팔지 않는 데였다. 그는 찬 커
피 한 잔을 더 마시고 나와 버리었다.

거리엔 어느덧 전등불이 휘황하고 남대문 쪽 하늘에는 장밋빛 저녁

541　夜叉. 모질고 사나운 귀신.

놀이 불길처럼 일고 있었다. 필재는 뒤로 기다란 그림자를 끌고 나오다가 어떤 과일 가게 앞에서 걸음을 멈추었다.

필재의 눈을 끈 것은 신물(新物) 복숭아다. 모다 미농지로 싸고 위에 몇 개만 끌러 놓았는데 녹음같이 청청한 살에 붉은 점이 찍힌 주발처럼 탐스러운 복숭아였다.

신물 복숭아가 눈에 뜨이니 천숙의 생각이 더욱 났다. 언젠가 그때도 동경에서였다. 천숙이가,

"난 복숭아가 퍽 좋아요."

하여

"왜?"

하고 필재가 물었더니

"고 모양이 뽀로통하고 있는 것이⋯."

하던 생각이 나서 값도 미처 묻지 않고

"여보, 저 복숭아 제일 굵은 걸로 다섯 개만 싸 주."

하였다. 누가 물으면

"이것 우리 천숙이가 좋아해."

할 듯한 기분으로 사서 들고 복작복작하는 진고개를 빠져나왔다.

널따란 조선은행 앞, 이때 필재의 눈에는 사막과 같이 쓸쓸하게도 넓은 곳이었다. 시야(視野)의 너무나 망망함을 느끼듯 우편국 앞에 한참이나 섰던 그는 전차가 서넛이나 오고 가고 한 다음에 겨우 방향을 정한 듯 발을 옮기었다.

필재는 도로 집으로 돌아왔다. 조금 도는 길이었지만 학교 앞을 지나서 왔다. 학교 앞을 지나기만 하면 꼭 마리아를 만날 것만 같아서 기숙사 쪽이 바라다보이는 데서는 한참 섰기도 했지만 마리아는 만나지 못하고 잡지 한 권과 복숭아 다섯 개만 들고 집으로 들어오고 말았다.

"아니, 그런데 저녁은 어떡하구 벌써 오십쇼?"

"벌써 먹었습니다."

"잘 잡수러 가시냐고 하니까 그렇다고 하시더니 무얼 벌써 잡숫고 들어오십쇼?"

"허허, 오래 있어야만 잘 먹습니까? 올해 복숭아는 아마 처음이실걸. 이거 하나 잡숴 보슈."

하고 필재는 안방 미닫이로 가서 복숭아 두 알을 내어밀었다.

"원, 철두 빠르군! 벌써…. 웬걸 이렇게 줍쇼? 하나만 주세요. 내야 먹습니까. 우리 애 녀석이나 들어오면 하나 주면 됩죠."

하고 굳이 하나만 받았다. 필재는 방으로 들어가 웃옷을 벗고 앉아 복숭아를 책상 위에 늘어놓았다. 그리고 화가가 정물 모델로나 들여다보듯 묵묵히 앉아 바라보는데 누군지 마당에서 대문간으로부터 들어서는 인기척이 났다. 필재는 어느덧 저도 모르게 미닫이를 방싯이 밀고 내다보았다.

마당에 지나가는 사람은 주인집에 곧잘 마을 오는[542] 이웃집 아낙네였다. 필재는 스사로 얼굴을 붉히고 자기가 그야말로 자기도 모르게 얼마나 마리아를 은근히 기다리는지를 새삼스러이 느끼었다.

'나도 이미 마리아를 사랑하는 건 틀리지 않다! 그러나….'

필재는 괴로웠다. 자기가 남마리아게도 호감 이상의 매력을 느낀 것, 우의(友誼) 이상의 그리움이 솟는 것이 차라리 괴로웠다.

그건 남마리아가 너무나 천진한 여자요, 그가 자기를 따름이 너무나 순정임을 알기 때문이다. 마리아의 가슴속에 피는 사랑은 티 하나 없는 고요한 산골짝에 빛나는 백합과 같은 것인데, 자기의 사랑은 이미 폭풍우가 지나간 뒤의 빛 없고 향기 없는 이지러진 꽃과 같은 것이기 때문에, 마리아의 사랑을 받기에는 마리아를 위해서 미안한 일이었다. 더구나 다른 날과 달리 이날 천숙이가 아이까지 낳은 것을 알고 '이제는 천숙에게는 더 미련을 남길 여지가 없다'고 깨닫고서야 마지못해서 마리아

542 마실 오는.

에게로 머리를 돌리는 듯한 자기의 태도가 스사로 비열하게도 생각되었고 그럴수록 마리아가 기노도쿠[543]하게도 여겨졌다. 그래서 필재는

'지금 나에겐 마리아를 사랑할 온전한 정열이 없는 것이다.'

하고 탄식하였다.

필재 눈에는 글자가 걸리지도 않는 것을 뒤숭숭한 마음을 가라앉혀 나 볼까 하고 잡지를 펼치었다. 붉은 잉크로 박인 목차는 위에 얹힌 컷의 그림만 눈에 들어올 뿐 글자는 모다 흔들리는 물결 위에 뜬 것 같았다.

잡지는 도로 방바닥에 놓고 복숭아를 하나 집어 들었다. 그리고 처음 보는 외국 물건처럼 이모저모로 돌리면서 들여다보았다.

복숭아의 살은 서양 여자의 살과 같았다. 멀리서 보면 비로드[544]와 같이 보드러워 보이던 것이 가까이 불빛에 대이고 보니 따끔따끔할 잔털이 반짝거린다. 그러나 천숙이가 "고 뽀로통한 모양이 좋아…" 하는 말이 다시 생각나서 도로 책상 위에 놓고 복숭아의 정말 그 뽀로통해 보이는 윤곽을 물끄러미 바라보았다. 그리고 천숙의 그 날카로운 신경과 성격이 다시 한번 눈을 스치듯 머릿속에 핑 지나갔다. 그런 섬세하고 총명한 성격을 가진 천숙에게만은 어쩌면 일반 단순한 어머니들과 다른, 좀 더 복잡한 감정의 생활이 소유되어 있지 않을까 하는 생각, 즉 노골적으로 말한다면 천숙이만은 임 선생처럼 아이에게 감정의 전부를 빼앗기지 않고 아이에게 대한 사랑은 아이에게 대한 사랑대로, 애인에게 대한 사랑은 애인에게 대한 사랑 그대로 지탱해 나아갈 여자가 아닌가 하는 어리숙한 생각을 하고 있는데 미닫이가 밖에서 똑똑 울리었다.

필재는 선뜻 제정신에 돌아와 미닫이를 열었다. 미닫이 밖에 어둠을 배경으로 하고 방에서 나가는 불빛에 떠오르는 사람의 얼굴은, 초저녁에 핀 박꽃과 같이 뽀얗게 분살이 오른[545] 마리아의 동그란 얼굴이었다.

---

543 '딱함', '가엾음'을 뜻하는 일본말.
544 벨벳.
545 분을 발라서 뽀얗게 보이는.

붉은 달리아

마리아는 "저녁 진지 잡수셨나요?" 하는 말인사 대신에 방긋 하고 한 번 아끼는 웃음을 들여보냈다.

"들어오서요."

마리아는 미리 구두끈을 끄르고 섰던 것처럼 사뿐 툇마루로 올라서서 방으로 들어왔다. 그리고 나직한 소리로

"안방엔 손님이 온가 보죠? 지껄지껄하길래 가만히 들어왔죠, 호호…."

하며 앉았다. 앉아서는 곧 책상 위를 보았다.

"벌써 복숭아! 어디서 사 오셨어요? 어쩌문…."

하고 하나를 집어 들면서 손뼉이나 칠 것처럼 굴었다.

"마리아 씨도 복숭아를 좋아하십니까?"

필재는 한참 마리아를 바라만 보다가 퍽 침착한 입을 떼었다.

"네. 좋아해요. 여름이 되면 복숭아 처음 보는 것하고 차미[546] 처음 보는 게 여간 반갑지 않은데요."

"아니, 처음 보아 반가운 것하고요 여러 과실 중에 제일 좋아하시는 것하고는 다르지요. 제가 묻는 건 여러 과일 중에서 복숭아를 제일 좋아하시느냐 말입니다."

"아주 제일 좋아하는 과실요?"

하고 두어 번 별빛같이 빛나는 눈을 깜박이었다가

"난 복숭아가 제일 좋지는 않어요."

하였다.

"그럼 무슨 과실을 넘버원으로 치십니까?"

"난 사과요. 능금요."

"왜요?"

"새빨간 빛도 좋구요, 껍질째 막 먹을 수가 있는 것도 좋구요. 호호…."

---

546 '참외'의 방언.

제이의 운명

"껍질째 먹을 수 있는 게 다 좋아하는 조건에 들어갑니까?"

"그럼요, 새빨간 껍질째 막 깨물어 먹구 나면 통쾌하지 않아요? 아주 야만스럽죠?"

"아뇨, 아주 열정적이십니다…. 아마 마리아 씨는 누구를 사랑하시면 남성 이상으로 능동적이시겠습니다. 허허, 이런 말 용서하십시오."

마리아는 자기가 좋아한다는 능금과 같이 새빨개진 얼굴을 조금 떨어트리고 생글거리는 곁눈으로 필재를 쏘았다. 필재는 함께 얼굴이 뜨거운 듯 손을 들어 이마를 부비었다.

잠깐 침묵 뒤에

"전… 사랑하면 죽을 것 같아요. 왜 그런지…."

그저 귀밑이 감 덩이 같은 마리아의 말이었다.

"왜요? 왜 죽을까요?"

"저런 걸 봐도요, 너무 열정적인 건 되려 빠가[547]기 때문에요."

하고 마리아는 책상 위에 놓인 전기스탠드를 바라보았다. 필재도 따라 바라보았다.

전등에는 새파란 불벌레 몇 마리가 전구를 깨뜨리고나 들어갈 듯이 날아와 부딪치고 부딪치고 하였다.

필재도 한참 말없이 그것을 바라보면서 속으로

'내 과거에 천숙이가 없었던들 오늘 저와 같은 정열의 여성과 얼마나 행복스러우랴?'

하였다.

"윤 선생님!"

"네?"

"이 복숭아 저 하나 먹을까요?"

"참 잡수세요. 먹을랴고 사다 놓고는… 내 칼 드릴게요."

---

547 '바보'를 뜻하는 일본말.

하고 필재는 일어나 양복 저고리에서 주머니칼을 꺼내었다.

싱그러운 여름 첫 복숭아의 향기, 그리고 남을 사랑하면 왜 그런지 죽을 것 같다는, 그러면서도 현재 자기를 사랑하는 것을 감추지 못하는 강력의 정열을 품은 여성의 살과 화장의 향기, 필재는 물리치려 물리치려 하면서도 마라아에게의 이성으로서 굳센 친화력의 발동을 누를 수가 없었다.

"마리아 씨."

하고 필재는 입술을 떨었다. 그 소리는 누구를 부르는 말이라기보다는 무슨 압착되었던 공기가 폭발하듯 탄력의 음향이다.

"네…."

하고 마리아가 대답을 떨굴 때는 벌써 그의 손 하나가 부스러질 듯이 필재의 아귀 센 손 품에 든 때였다.

필재는 마리아를 불러는 놓고도 또 대답까지 들어 놓고도 그의 손을 잡은 손만 경련에 가까운 진동을 일으킬 뿐, 날래 입에서 그다음 말을 발음하지 못하였다.

"…."

"…."

"마리아 씨."

필재가 다시 두번째 마리아의 이름을 부를 때에는 뱀을 고긴 줄이나 알고 움켰던 것처럼 마리아의 손을 선뜻 놓아 버린 뒤였다. 그리고

"마리아 씨! 어서 돌아가 주십시오."

하였다.

마리아는 뜨거운 물에서 나서자 곧 등어리에 찬물이 끼치는 것 같았다. 필재가 "어서 돌아가 주십시오" 하는 말의 뜻보다도 그 섬쩍[548] 물러앉아 버리는 듯한, 갑자기 냉정한 태도에 소름이 끼칠 만해서다.

---

548 갑자기. 돌연히.

필재는 그다음엔 입이 붙은 듯 다시는 말이 없고 마리아는 갑자기 잠을 깬 사람처럼 한참만에야 정신을 수습하여 가지고 살머시 일어서 미닫이를 열었다.

마리아가 문밖으로 사라지고 미닫이가 닫히어지고 또 신발 소리가 마당에서 대문간 쪽으로 사라지고 그리고 방 안에 외로운 침묵이 돌아올 때, 필재는 잊었던 무엇을 불현듯이 깨닫듯 급히 일어나 밖으로 나갔다. 나는 듯 대문 밖에 나아가 어스름한 골목길을 내어다보니 마리아는 그림자가 없을 뿐 아니라 귀를 멀리 기울여 보아야 구두 소리조차 길 위에 남아 있지 않았다.

"그새!…."

필재는 견딜 수 없이 안타까웠다. 큰 행길이 나오는 데까지 성큼성큼 걸음을 길게 떼어 나와 보았으나 다른 사람들의 오고 가는 것은 보이어도 마리아의 뒷모양은 찾을 길이 없었다.

필재는 다시 어두운 골목으로 들어서 멍하니 밤하늘만 우러러보았다. 무슨 꿈을 깨는 것도 같고 무슨 꿈을 꾸는 것도 같았다. 그리고 어스름한 골목 속에는 어느 구석에나 마리아가 서 있는 것만 같아서

"마리아 씨…. 미스 남."

하고 불러 놓고 대답을 찾으려 했으나 대답이 나오는 구석은 없었다.

필재는 한참 만에 방으로 들어왔다.

방은 갑자기 낯이 설었다. 처음 들어서 보는 남의 방처럼 마음이 붙지 않았다. 책상 위에서, 벽에서, 방바닥에서, 보는 곳마다 마리아의 얼굴이 찢어진 그림처럼 조각조각으로 번득이었다. 눈을 감으면 마리아의 얼굴은 눈 속에도 있었다. 그는 기어이 웃저고리를 벗겨 입었다. 모자도 벗겨 들었다. 그러나 모자를 쓰고 밖으로 나서지는 못하고 말았다. 마리아의 돌아간 곳이 기숙사가 아니요 사관[549]만 같아도 한걸음에 내달았

---

549 私館. 하숙.

붉은 달리아

363

을 것은 무론이다.

이튿날 학교에서 필재는 마리아를 만나기가 부끄러웠다. 마리아의 눈과 부딪칠까 봐 조심스러웠다. 그러면서도 다른 날보다 몇 갑절 반가운 마리아였고 다른 날보다 몇 갑절 바라보고 싶은 얼굴이었다.

그러나 그 아쉽게 바라보고 싶은 마리아의 얼굴은 다른 날에 비기어 몹시도 냉정하였다. 냉정할 뿐 아니라 그 언제든지 명랑하던 표정이 구름에 갇힌 달처럼 우울하였다.

다음 날도, 또 그다음 날도 마리아의 얼굴은 우울한 채 방학이 되어 버리었다.

필재는 '오늘 오후에나' 또 '오늘 저녁에나' 하고 기다려 보아야 마리아는 다시 필재의 사관에 나타나지 않고 고향인 원산으로 돌아가 버리었다.

마리아가 원산으로 떠난 것을 안 날 오후, 필재는 몹시도 서글펐다. 마리아는 천숙의 화신(化身)으로, 천숙에게의 안타깝고 쓸쓸하고 슬프던 그 심정을 굳이 자기에게 계속 시키기 위해 나타난 존재처럼 마리아가 한껏 원망스럽기도 하였다.

그러나 가만히 생각하면 마리아의 순정, 그 열정을 소름이 끼치도록 표변하여 물리친 것은 자기였다. 마리아가 자기를 원망함은, 자기가 마리아를 원망함의 몇 배일 것을 깨달을 때 필재는 곧

'원산으로 갈까?'

'원산으로 가서 그날 저녁 나의 고의가 아니었던 냉정을 변명해 볼까?'

하는 생각도 생각해 보았다.

이런 생각으로 드러누워 벽을 차 보았다가 일어나 앉아 부채질을 해 보았다가 하는데

"이 댁에 윤 선생님 계십죠?"

하는 소리가 나서 내어다보니 땀을 흘리며 들어오는 사람은 학교에 있

는 장 서방이었다.

"장 서방, 웬일이오?"

"네, 윤 선생님께 서류가 왔사와요."

하면서 장 서방이 내어미는 편지는 얼른 보아도 예의 그 무명씨의 편지였다.

"수고했소."

하고 필재는 편지를 받아 한참이나 겉봉 글씨만 살펴보았다. 그리고 장 서방이 나간 다음에 속을 뜯어 보았다. 봉투 속엔 역시 편지는 없고 가 와세만 들었는데 이번에는 오십 원의 두 뭉, 백 원이다. 필재는 팔월 달은 방학 동안이니까 학교에 없을 줄 알고 미리 두 달 치를 보낸 줄 직각하였다. 그리고 다시금 봉투 글씨를 살피었으나 이것이 천숙의 글씨가 틀리지 않다 할 데도 없으면서 그래도 어딘지 여필다운 데가 있는 것은 마찬가지였다.

편지를 받고 난 필재의 기분은 일전[550]하여졌다.

'나는 마리아를 잊어버리자! 나는 이미 한 여자에게 나의 온 정열을 기울여 버린 사나이가 아니냐?'

하고 부채를 들어 힘껏 부치었다.

필재도 자기 담임반 학생들의 통신부[551]나 다 띄우게 되면 곧 그 이튿 날로 어디로 서울을 떠날 듯이 서둘렀으나 막상 학교 일에서 손을 털 고 나앉으니 갈 데가 막연할 뿐 아니라 마리아를 남의 일같이 접어놓으 려고는 하면서도 우울한 채 그의 얼굴을 잃어버린 것이 무시로 마음에 찔리었다.

그런 때문인지 필재는 어떤 날 밤에는 잠을 한잠도 이루지 못하고 밝히기도 하였다. 그런 날 아침이면 입이 깔끄러워 밥을 먹지 못하고 밥을

550 　一轉. 마음이나 사태가 아주 달라짐.
551 　通信簿. 생활통지표.

먹지 못하면 더위엔 더욱 시달리어 진고개로 다니며 소다나 아이스크림 같은 찬 것만 마시게 되니 몸은 날로 파리해 갔다.

방학이 된 지 두어 주일 뒤였다. 날마다 서너 장씩의 엽서 편지가 학생들에게서 오는 때인데, 하루 아침엔 학생들의 문안편지와 함께 남마리아의 편지도 한 장 왔다. 엽서에 철필로 썼는데

그새 더위에 안녕하셨습니까? 저는 아이들처럼 집에 오는 것이 좋아서 미처 찾아가 뵙지도 못하고 왔답니다. 요즘 여기는 비만 자꾸 왔어요. 바다에도 여태 한 번도 못 나가 보고 아조 갑갑하게 지냅니다. 그저 서울에 계시겠습니까? 한번 원산으로 오세요. 오신다면 계실 곳은 제가 미리 준비해 드리겠습니다.

총총 이만.

하는 사연이다.

필재는 이 엽서 한 장이 몹시도 반가웠다. 그래서 두 번 세 번 읽어 보고 즉석에서 답장을 썼다.

처음에는 편지지에다 써 나려가다가 말이 너무 길어지는 것 같고 길어짐에 따라 냉정을 잃은 문구가 튀어나오기 때문에 그만 찢어 버리고, 엽서에다

소식을 주시니 매우 반갑습니다. 비에 갇히어는 계시더라도 그립던 댁이시니 기쁨이 많으실 줄 아오며 저도 혹 귀지[552]에 가게 되오면야 으레 남 선생을 찾을 것이올시다. 어디서든지 만나 뵈올 때까지 늘 안녕하시기를 바랍니다.

552　貴地. 상대편이 사는 곳을 높여 이르는 말.

　　　　　　　　　　　　제이의 운명

하였다.

팔월 달이 되어서야 필재는 서울을 떠났다. 정거장에 나와서까지도 원산으로 가고 싶은 생각이 더 많았으나 눈을 딱 감고 내금강(內金剛) 표를 샀다.

내금강으로 가서는 장안사(長安寺)에서 하루를 묵고는 곧 조용한 정양사(正陽寺)로 올라가 여장을 끌렀다. 그리고 갑자기 불문(佛門)에나 귀의(歸依)한 듯이 무념무상의 날을 보내면서 마음의 평정을 얻으리라 하였다.

그러나 골수에 박인 듯하여 꿈자리마다 찾아오는 천숙의 환영(幻影), 그리고 고요한 반석 위에서나 맑은 물가에서 외로운 자기의 그림자를 나려다볼 때, 문득 어디서든지 나타나서, "윤 선생님" 하고 달려들 듯만 싶은 마리아의 생각은 필재에게 글자 그대로 무념무상을 주지는 않았다.

'오, 괴롭다!'

필재는 이 탄식을 두어 주일 뒤에 정양사를 떠나는 날까지 하루도 잊어버린 날을 가져 보지 못하고 서울로 돌아오고 말았다.

주인집에 돌아와 보니 먼지 앉은 책상 위에는 대여섯 장의 편지가 기다리고 있었다. 그중에 제일 반가운 편지는 벌써 온 지 칠팔 일이 된 듯한 마리아의 엽서였다. '요즘은 날씨가 좋아 해수욕들로 야단인데 왜 한번 안 오느냐' 하는 사연이다. 또 필재는 잠자코 있기는 무엇하여, 엽서에다 간단히 그간 다른 곳에 갔다 오기 때문에 답장을 못 했다는 것과 올여름은 이럭저럭 지났으니, 이제는 남 선생이 서울로 오시기나 기다린다는 뜻을 적어 부치었다.

개학 날 전날에 직원회가 있으니까 모레 저녁쯤은 시골 갔던 직원들도 다 모여들려니, 마리아도 글피는 학교에서 만나려니, 얼굴이 꽤 그을었으려니 이런 생각을 하고 있는데, 막 조반상을 물린 때인데 정말 새까맣게 그을은 마리아가 흰 잇속을 빛내며

붉은 달리아

"윤 선생님! …주인 어머니. 안녕하셨어요, 여름 동안?"

하면서 뛰어들었다.

마리아는 집에 한 이틀 더 있다 와도 되고, 또 밤차로 오려면 사흘을 더 있다 오더라도 직원회에도 넉넉히 참례할 수 있었다. 사관과도 달라 개학 날 전에는 밥도 하지 않는 기숙사연만 불편할 것을 생각지 않고 노염(老炎)에 더욱 뜨거운 서울로 마리아는 즐기어 미리 올라왔다.

집에서 떠날 때 큰오라버니가

"무엇 하러 하룬들 미리 가? 서울은 요즘 몹시 더웁다던데."

하고 만류하니 마리아는 그저

"이왕 갈 걸 하루 이틀이나 더 있다 가면 뭘 해요."

하였다. 그러니까 좀 실없는 둘째 오라버니가

"네가 보고 싶은 사람이 있는 게다, 아마…."

하고 이죽거리었다.

"또 작은오빠 괜히…."

하고 마리아는 아닌 척하였으나

"난 못 속이지…. 내가 관상을 어떻게 잘 보게 그러니? 네 얼굴을 한번 보기만 하면 다 알어…."

하니 정말 마리아의 얼굴은 귀밑까지 새빨개지고 말았다. 그때는 큰오라버니도 빙긋 웃으며,

"허긴, 네가 너무 과년해 걱정이다. 아버님도 늘 말씀이 계신데…."

하였다.

"뭘요, 요즘 애들 저희끼린 벌써 다 짝이 있는걸요."

하고 작은오라버니가 또 힐끗 쳐다보는 바람에 마리아는

"그래. 있수, 있어…."

하고 오라버니들에겐 인사도 못 하고 뛰어나온 것이다.

마리아의 작은오라버니가 관상을 보면 안다는 것은 거짓말이었다. 무론 마리아가 필재를 기다리는 안타까움이 얼굴빛에도 드러났기는 났

제이의 운명

을 것이지만 그보다도 그의 작은오라버니가 눈치채인 것은 마리아가
자기에게

　"오빠, 어떤 여관이 깨끗하고 음식도 괜찮우?"

　또

　"오빠, 우리가 아는 여관이고 우리가 밥값을 내일 손님이라고 하면
좀 잘해 주겠지?"

　그리고

　"오빠, 내한테 편지 온 것 없수?"

하는 몇 가지 질문들에서 슬그머니 눈치챈 것이요, 또 속으로는 '누이
에게 그렇게 소중한 손님이 왜 와 주지 않나?' 하고 마리아만 못지않게
기다려까지졌던 것이다. 마리아는 집에 나려와서 처음 얼마 동안은, 그
의 편지에 쓰인 대로 비도 여러 날 계속해 왔거니와 몹시 우울하게 지
내었다.

　그날 저녁 일, 그 불덩어리 같은 필재의 손이 오는 것도 보지 못한 채
자기의 손을 덥석 움키던 순간, 그 만족하던 순간과 그리고 금세 뿌리치
듯 단념을 선언하듯이 손을 놓아 버리고 찬바람이 일게 물러앉아 '어서
돌아가 주십시오' 하던 그 환멸의 순간, 그 꿈같이 당한 일이 자꾸 머리
에 떠오르고 사라지지 않았다. 그럴 때마다 복잡한 불유쾌한 감정이 끓
어올랐다.

　첫째, 필재의 손에서 자기의 손이 던지어지듯 놓아 버려진 것이 불쾌
스러웠고, 둘째, 다시 한번 만나서 기분을 고치지 못하고 뾰로통한 채
나려온 것이 불쾌스러웠으며, 셋째, 일종의 모욕까지 느낀 사나이면서
도 그에게 무모한 동경심(憧憬心)이 끓어오름을, 자기의 수양만으로는
도저히 자율(自律)할 수 없음도 자존심이 높은 마리아로서는 불유쾌한
일이었다.

　이 불유쾌한 기분 속에서 여러 날의 장마를 치르는 동안 마리아는 어
떤 날 늦은 저녁엔 홀로 자기 방에서 안타까운 눈물도 머금어 보았다.

비야 밤에만 오는 비도 아니언만 우둑우둑, 파초잎에 흩는 소리는 밤만 되면 잊었던 소리를 찾는 듯 귀에 다감하였다. 마리아는

'왜 우리 집인데 이렇게 쓸쓸한가!'

하였다. 이번에 서울서 나려올 때도 어서 집에만 돌아오면 그 우울한 심사가 곧 개이려니 하고 학교 일을 허둥지둥 다거서 마치고는 나려왔건만, 또 집에서는 어머님이 안 계시더라도 아버님과 오라버니들과 오라버니댁들과 조카들이 전과 같이 즐겁게 맞아 주었건만 집에는 어딘지 변한 데가 있는 듯 자기의 마음을 온통 만족하게 풀어 주지 못하는 쓸쓸한 구석이 느끼어졌다.

그것은 집이 변한 데가 있는 것은 아니었다. 마리아는 자기도 집에 변함이 있음이 아니라 자기 자신에 변함이 있는 까닭임은 곧 깨달았다.

'윤필재 선생과 다시 만나 기분을 고치고 돌아왔던들!'

하였다. 그러나 이것은 집에 돌아온 첫날 저녁의 생각이었고 며칠 뒤엔

'여기는 이전 우리 집이 아니다.'

또

'지금 나에게 아쉬운 사람은 아버님도 형제들도 조카들도 아니다!'

라고도 하였다. 그리고

'윤필재! 그 사람이다!'

하였다.

'그러나 그날 저녁, 그이가 왜 그렇게 표변하였을까? 나에게 불만이 있는 때문인가? 나를 사랑하지 못할 사정이 자기에게 있는 때문인가? 나에게 불만이라면 무엇인가? 또 자기에게 나를 사랑하지 못할 사정이 있다면 그것은 어떤 것인가?'

이렇게 여러 날 동안을 불유쾌하게 우울하게 초조하게 생각한 결과 마리아는

'나는 그를 굳세게 사랑하리라.'

하였다.

'그가 나의 성격을 비평한 것과 같이 능동적으로 그를 사랑하리라!' 결심한 것이다. 비록 필재에게 다른 사랑하는 여자가 있기 때문이라 하더라도 마리아는 그 다른 여자에게서 윤필재를 용감히 전취(戰取)하리라 하는 정열과 의기에 불타오른 것이다.

그래서 필재가 보면 깜짝 놀라리만치 정열을 쏟아 긴 편지를 썼던 것이다. 그러나 아침에 부치려고 읽어 보고는, 처음에 너무 무거운 정열을 보내는 것은 행동으로는 너무 가벼운 짓이나 아닐까 하여 다시 엽서에다 그와 같이 침착하고 간명하게 '한번 원산 오세요. 오신다면 계실 곳은 제가 미리 준비해 드리겠습니다' 정도로 써 부친 것이었다. 그리고 역시 간단한 회답에서나마 그 '혹 귀지에 가게 되오면야 으레 남 선생을 찾을 것이외다' 한 구절에 빨간 연필로 그어 놓듯이 명념(銘念)해 가지고 어디 나갔다가 들어만 오면

"나한테 편지 온 것 없소?"

또 학생들의 편지가 와 있더라도

"이 편지들 말고는? 찾어온 사람도 없구?"

하고 집안사람들에게 성화를 대었던 것이다.

암만 기다려 보아야 팔월도 반이나 지나가도록 필재에게선 소식이 없으므로 또 다시 '왜 한번 안 오느냐?'고 편지를 하였으나 이번에는 편지 답장도 없다가 십여 일이나 되어서 '이제는 남 선생이 서울로 오시기나 기다린다'는 편지를 받은 것이다.

마리아는 이 편지를 받고는 갑자기 편지를 발기발기 찢어 버리고 싶게 짜증이 났다.

저쪽은 이렇게 천연스러운 것을 자기만 혼자 애가 타서 온 여름내 기다린 것이 원망스러웠고, 또 그보다도 갑절이나 짜증이 나는 것은 필재가 다른 여자와 즐거운 여행이 있노라고 자기 따위는 염두에 두어 두지도 않은 것이나 아닌가 하는 공상의 질투에서였다. 그래서 마리아는 더 집에서 편안히 머물지 못하고 큰오라버니가 만류하는 것도 듣지 않

고 부랴부랴 서울로 올라온 것이다.

기숙사로 들어와선 세수하고 옷만 갈아입고는 교장이 피서지에서 돌아왔는지 안 돌아왔는지 알아볼 새도 없이 필재의 주인으로부터 찾아온 것이다.

"이게 누구 목소리야?"

하면서 뛰어나오는 주인 노파와 몇 마디 인사를 바꾸고는[553] 곧 방에서 나오는 필재에게 다시 한번

"윤 선생님….'

하면서 부끄럼 타는 눈으로 필재의 눈치를 엿보면서 그의 방으로 따라 올라간 것이다.

"언제 오셨습니까?"

방에 들어가 필재가 먼저 자리에 앉으며 물었다.

"아까 아침 차에요."

"댁에 다 무고하시구요."

"네."

"여름 동안 재미 좋으셨습니까? 얼굴이 많이 타셨군요."

"…."

마리아는 좀 수줍어지는 얼굴을 돌리었다.

"교장이 피서 갔다 오셨나요?"

"글쎄, 저도 아직 못 알아봤어요…. 그런데 윤 선생님은 왜 편치 않으셨나요? 신색이 상하셨어요."

"지금은 매우 나았습니다. 좀 건강이 좋지 못해서 내금강에 가 뒤 주일 있다 왔죠. 참 오라고 하신 편질 받고도 이럭저럭 못 갔습니다. 기다리셨지요, 아마?"

"…."

---

553 인사를 나누고는.

마리아는 '기다리었다'고도 '안 기다리었다'고도 대답하지 못하고 다만 원망하는 듯한 눈을 크게 떠 필재를 보았다. 필재는 마리아의 눈에서

'기다리면 여간요?[554]'

하는 말이 들리는 것 같았다.

둘이선 한참이나 잠잠히 앉아 있는데

"원, 오래간만에 오셔야 뭐 대접할 게 있어야지. 호호."

하면서 주인 노파가 발[簾]을 들치고 사기 접시에 배 서너 알 담은 것을 들여밀었다.

"하나씩 깎아 보십쇼. 왜 잠잠히 앉으셨나? 쌈이나 하신 양반들처럼…."

"쌈했답니다. 하위[555] 붙이슈."

하고 껄껄 웃으며 필재가 과일 접시를 받았다.

"아, 웬걸 이렇게 좋은 걸 주세요?"

하고 마리아도 얼른 웃음을 지었다.

"하위? 붙여 드립죠. 하위보다 더한 중매라도 들어 드립죠. 호호…."

하고 주인 노파는 흉허물 없이 지껄이고 들어간다.

필재는 속으로 '우리 둘의 행동이 주인 노파에게 평범하게 뵈지는 않는 게로군' 하고 얼굴이 새빨간 마리아에게

"어서 벗겨 잡수시지요."

하였다.

"네."

하고 마리아는 필재에게서 칼을 받고 배를 하나 집어 들었다.

"참, 마리아 씨 조반은 어떻게 하셨어요?"

마리아는 생글거리기만 하고 대답하지 않았다.

---

554 여간만 기다렸나요? 오래 기다렸다는 뜻.
555 '화해'를 속되게 이르는 말.

"마리아 씨 조반도 잡수실 겸 우리 나가 볼까요."

"어디로요?"

"어떤 백화점으로 가시든지 명치제과로 가시든지…."

"배나 한 쪽 잡수시구요."

이날 필재와 마리아는 즐겁게 서울 거리를 걸었다. 어떤 양식집에 들어가 단둘이 테이블에 마주 앉아 런치를 먹었고 어떤 찻집에 들어가 여러 사람의 눈총이 모이는 것도 상관함이 없이 한 테이블에 이마가 닿게 붙어 앉아 차를 마시며 음악을 들었다. 한 찻집에 오래 앉았기가 미안스러우면 나와서는 또 다른 찻집으로 갔다. 마리아는 속으로 '진작 서울로 올라올걸' 하였다.

오후 다섯시나 되어서야 그들은 집으로 돌아오는 전차를 탔다.

전차는 빈자리가 많았다. 필재와 마리아는 한편 여가리[556]로 가서 가지런히 앉았다.

"밤차로 오셨으면 곤하실걸요?"

"아뇨. 차에서 잘 잤어요."

하면서 마리아는 운전대 쪽에 섰는 두루마기 입은 승객 하나를 유심히 보았다.

"왜 아시는 사람입니까?"

"똑 강수환 선생 같지 않아요? 양복만 입었으면 꼭 속겠지요?"

필재도 그 사람의 돌이키는 얼굴을 바라보니 참 강수환과 비슷하게 강파른[557] 얼굴이었다.

"강 선생은 여름에 어디 있었나요?"

마리아가 물었다.

"송전(松田)[558]에 갔지요. 아마 아직 안 왔을걸요. 거기 처가 될 댁의

---

556 '가장자리', '언저리'의 방언.

557 야위고 파리한.

558 강원도 통천군의 마을. 해수욕장으로 유명하다.

제이의 운명

별장이 있으니까…. 그리로 간다고 했으니까…."

"난 왜 그런지 그 선생 싫어요."

"…."

"오늘 용하게 아는 사람 하나도 안 만났지요? 학생도 하나도 안 만났고?"

"용할 건 뭐 있어요? 아는 사람 만나면 어때요."

"그래두요…. 그럼 선생님은 아무렇지도 않으시겠어요?"

"그럼요. 어때요."

마리아는 곁눈으로 감격하여 필재를 쳐다보았다. 그리고

"오늘 저녁에 선생님 어디 나가서요?"

"아니요. 왜요?"

"제가 가도 괜찮어요?"

"…."

"네?"

"곤하실 턴데 일즉 주무세요."

"저 안 곤해요…. 이런! 내려요, 내려요."

하고 소리를 질러 하마터면 지나쳐 갈 정류장에 떠나는 전차를 다시 서게 하였다.

개학 전날 정기 직원회는 예정과 같이 교장실에서 열리었다. 강수환을 필두로 직원은 한 사람도 빠지지 않고 정각 전에 모여들었다.

교장은 만나는 사람마다

"우리 강 선생."

"우리 이 선생."

"우리 홍 선생."

하고 좀 변덕스런 웃음으로 반가이 팔을 벌리고 맞았다. 그리고 어떤 여선생들에겐 끌어안고 뺨에다 입을 다 맞추면서 덤비었다. 마리아도 입맞춘 선생 중의 하나였다.

붉은 달리아

정각이 되자 찬송가를 하고 홍재하 선생의 인도로 기도를 하고 그리고 교장이 일어서 여름 동안 보고를 하였다.

"여름 동안 우리 학교는 아주 은혜 많이 받았습니다. 우리 직원들도 지금 이와 같이 정말 한 사람도 병으로 앓거나 사고가 있거나 해서 못 오지 않고 다 즐거운 얼굴로 나오셨으니 감사한 일이올시다. 아마 아직 확실히는 몰라도 학생들도 다 잘 지낸 모양이올시다. 그리고 학교 건물이나 운동장이나 모다 조곰도 상한 데가 없습니다. 장 서방이 아조 잘 지켰습니다."

"허허허…."

"호호…."

하고 모다 웃음판을 이루었다.

"…그리고 한 가지 조곰 섭섭한 일은, 우리 홍 선생님이 너무 힘이 드신다고 성경만은 그냥 가리켜 주시되 한문과 교무주임 일은 못하겠소 하셨습니다. 그래서 먼저 한문 선생님은 백, 백…."

하고 메모를 안경 아래로 나려다보더니

"백응권이란 새 선생님을 오시게 했고 교무주임은 인제 이사회(理事會)에서 여러분 중에 어떤 선생님으로든지 작정하는 대로 다시 발표하겠습니다. 그동안엔 아모리 귀치않으서도[559] 홍 선생님이 그냥 교무주임이십니다. 호호."

"허허허…."

하고 홍 선생도 크게 웃었다.

"그리고 여름 동안에 나에게 편지 주신 선생님들께 대단히 감사합니다. 강수환 선생은 세 번이나 주셨습니다. 아주 감사합니다."

하고 교장의 보고는 그만인 듯 앉았다.

교원들은 대개 강수환을 쳐다보았다. 필재는 그를 쳐다보고 자기는

---

559 '귀찮으셔도'의 방언.

한 번도 교장에게 문안 편지를 하지 못한 것을 비로소 깨달았고, 또 직원회 석상에서 발표하리만치 교장이 그런 것을 중대히 기억해 두는 것도 처음 알았다.

그러나 필재는 속으로 픽 웃었을 뿐이다.

홍재하 선생이 교무주임을 내어놓았다는 소리, 더구나 교장이 '인제 이사회에서 여러분 중에 어떤 선생님으로든지 작정하는 대로' 하는 소리에 몇몇 남자 교원들은 귀가 막히었다가 트이듯 번쩍하였다. 그중에도 그 소리를 듣자 곧 무슨 광명을 바라보는 듯 눈이 빛나고 입술이 긴장해지어 토의사항에 들어가서 혼자 판을 치려 덤비는 사람은 강수환이었다.

필재는 수환의 그 야심이 불탐을 다시 한번 느낄 때 구역이 날 듯해서 하고 싶은 말이 있을 때에도 잠자코 앉아만 있었다. 그리고 수환의 의견이 가부를 묻게 되는 때에는 부정이라기보다 탄하기가 싫어서 허턱 거수(擧手)하여 주었다. 남의 의견이 부(否)하니, 내 의견은 이러하니, 하고 그 축에 끼는 것은 그들의 그 치사스런 공리욕에 물드는 것 같아서 그냥 아무 의견도 없는 체 잠자코만 앉아 있었다. 이렇게 독선적의 태도를 갖는 것이 일에는 불충실한 것인 줄도 알았으나 워낙 자기는 이 학교 일에 이미 마음이 떠난 지가 오래서 '이러느니 얼른 고만두는 것이 낫지 않을까' 하고 생각하는 중인 때문이었다.

그러나 강수환은 필재도 자기와 같이 이번 기회에 교무주임 자리를 노리고 암중비약560이 있으려니 짐작하였다. 그리고 전부터도 생각하였거니와 현재 직원 중에는 교무주임의 후임자로는 자기 아니면 필재요, 필재 아니면 자기일 만치 자기에게 유일한 강적이 필재임을 다시 한번 절실히 느끼게 되었다. 그래서 트집거리만 있으면 필재의 위신을 헐어보려 다시금 신경을 날카롭게 갈아 가지고 필재의 언행을 감시하는 판

560 暗中飛躍. 남들 모르게 격렬히 활동함.

인데, 한 달을 채 넘기지 못하여 또 필재는 한 가지 그루터기를 붙잡히었다.

음력으로 팔월 한가위가 내일모레라고 하는 때여서 남녀 중등학교에서들은 한참 고적지(古蹟地)와 명승지(名勝地)를 찾아 수학여행을 떠나는 시기였다.

이 필재와 수환이가 있는 X여고보에서도 어떤 반에서는 의정부 망월사(望月寺)[561]로, 어떤 반에서는 경주(慶州)로, 어떤 반에서는 개성(開城) 박연(朴淵)으로 각각 수학여행을 떠나게 되었는데, 박연으로 가게 된 반이 이학년의 두 반이었고 그 두 반 학생 팔십여 명을 인솔하게 된 선생이 공교히 강수환과, 한문 선생으로 새로 들어온 백응권 선생과 오야마 센세이[562]라는 여선생과 그리고 필재였다.

그날 이 이학년 여행대가 박연에 들어 대이기는 오후 넉점이나 되어서다. 그리고 세 여관에 별러[563] 주인들을 정하고 들어앉아 볼 때는 이미 그늘진 성거관(聖居關)[564] 골짜구니엔 벌써 달빛이 어리기 시작하는 때였다.

"강 선생, 윤 선생. 우리 저녁 될 동안 범사정[565]에 잠깐 나려가 앉았다 오지 않으료? 벌써 달이 높았는걸….''

백 선생이 달을 보며 수환과 필재를 꼬드긴 것이다.

"그러시지요.''

하고 먼저 필재가 나왔고

"강 선생도 같이 가십시다.''

하고 백 선생이 다시 이끄니 수환도 배가 좀 거북하다는 학생에게 영신

---

561 도봉산에 있는 봉은사(奉恩寺)의 말사(末寺).
562 先生. '선생'을 뜻하는 일본말.
563 나누어.
564 박연폭포 절벽 위쪽에 있는 대흥산성의 북문 누각.
565 泛斯亭. 박연폭포 아래 연못인 고모담(姑母潭) 옆에 있는 정자.

제이의 운명

환[566]을 먹이면서

　"네. 저도 나려갈 터이니 먼저들 나려가십시오."

하였다.

　뒤에 오려니 하고 백 선생과 필재는 범사정으로 나려오는데, 필재는 한참 오다가야 백 선생이 조그만 자라 모양의 빨병[567]을 든 것을 보았다.

　"선생님, 그건 무업니까?"

　"헤! 이거요? 귀물이죠. 이제 나려가서 보십시다."

하며 백 선생은 칡잎 서넛을 뜯어 들고 나려왔다. 그리고 정자에 오르자 칡잎 하나를 필재에게 주며

　"자, 한잔 받으슈."

했다.

　"그게 술입니까?"

　"술이죠. 내가 속이 망해서 저녁 먹기 전엔 으레 약으로 한 잔씩 먹죠. 이걸 먼저 넣지 않으면 무슨 속이 도제[568] 음식을 받질 않어서….."

　"그럼 술이 아니라 약이신데, 어서 백 선생님이나 혼자 잡수십시오."

　"그럴 수 있나요. 또 이왕 넣고 오는 길이니 몇 잔 잘되게 가지고 왔소이다. 어서….."

하고 빨병 마개를 빼어 내밀었다.

　"저 못 먹습니다."

는 하면서도 존장 백 선생께 예가 아닐 것 같아서 필재는 한잔 받아 마시고 빨병을 달래어 백 선생의 칡잎에 대신 부었다.

　필재는 한 잔, 백 선생은 두 잔을 마시었는데, 백 선생은 곧 빨병 마개를 막기를 잊고 은은히 동천(洞天)을 울리는 폭포 소리에 어울려

　"흐으으…. 으… 으….."

566　靈神丸. 배앓이에 쓰이는 한약.
567　휴대용 식수통.
568　'도저히'의 방언.

하고 옛날 선비의 모양으로 글귀를 찾노라고 하는 콧소리를 내었다.

"백 선생님. 참, 좋은 시조나 한 장 읊어 주십시오."

하고 필재도 저윽 시흥에 취하니

"그럽시다."

하고 백 선생은 아직 낮달이나마 달 뜬 편을 우러러보며 목청을 가꾸었다.

"청산도 절로절로 녹수도 절로절로 산 절로…."

하는데 수환이가 나타났다. 그래도 백 선생은 핏대 오른 얼굴을 그냥 허공에 들고

"수 절로니 산수 간에 나도 절로."

하고 무릎을 쳤다.

"참 절창이십니다."

필재가 치하하였다.

"강 선생, 어서 이리 올라오슈. 그리구…."

하며 백 선생은 정자로 올라서는 수환에게 칡잎 하나를 내어밀었다.

"무엇입니까?"

"허! 받구 보슈…. 잔이 되게 접어 드슈."

하고 빨병을 들었다.

"무어, 술이 아닙니까?"

"그렇습니다. 윤 선생도 꼭 한 잔 했으니 강 선생도 한 잔만 드슈."

"아니올시다. 전… 전 아니올시다."

하며 수환은 한 걸음 물러서며 받았던 칡잎을 내어던졌다.

"허! 강 공. 좀 좋은 자리요? 아직 낮이니 여차양야[569]는 아니라도 이렇게 좋은 풍월 속에서 유주(有酒)요 유객(有客)이로구려. 어서…."

---

569 如此良夜. '이같이 좋은 밤'이라는 뜻으로, 중국 북송시대 시인 소동파의 「후적벽부(後赤壁賦)」 중 한 구절.

　　　　　　　　　　　　제이의 운명

하고 백 선생은 다시 칡잎 하나를 내어밀었다.

　그러나 처음 받은 칡잎을 내어버린 수환은 두번째 것은 받으려 하지도 않았다.

　"저는 술을 못 먹습니다."

하고 말보다 태도를 차게 가져 백 선생의 호의를 거절하였다.

　"아, 자넨 나보다는 술맛을 알지 않나? 그런데 또 백 선생님도 다른 주석[570]과 달러 풀잎에 권하시는 거니 풍류로 한 모금 마시게나그려."

하고 필재도 권해 보았으나, 수환은 머리를 흔들며 다시 정자 밖으로 내려가 버렸다.

　"허, 이거 손이 무안한걸!"

하고 백 선생은 좀 패씸한 눈으로 어디론지 가 버리는 수환의 뒷모양을 나려다보는 걸 보고 필재는 자기가 미안스러

　"그럼 제가 한 잔 더 받겠습니다."

하고 백 선생의 손에서 칡잎을 받았다.

　백 선생은 필재에게 술을 따르며

　"술 권하다 이다지 무색해 보기는 늙게 처음이로군!"

하고 저윽 불쾌한 듯 입맛을 다시었다.

　그러나 백 선생은 이내 껄껄 웃어 버리고 또

　"으흐… 으… 으으."

하고 잃었던 흥을 자아냈다.

　필재와 백 선생은 낮이라기보다 밤에 가까운 때까지 늦도록 앉았다가 정자를 떠났다. 달빛에 그림자가 밟히고 은은한 물소리는 발아래에 멀어 가 그야말로 산고월소(山高月小)[571]의 적막한 느낌이 가슴을 차고도 남았다. 필재는 일행 속에 마리아도 끼었더면, 그리고 마리아도 지금

570　酒席. 술자리.
571　'산이 높으니 달이 작게 보인다'는 뜻으로, 「후적벽부」 중 한 구절.

붉은 달리아　　　　　　　　　　　　　　　　381

망월사에서 저 달을 바라보려니 하고 저도 모르게 마리아를 생각하면서 여관으로 올라왔다.

여관에 채 들어서기 전이었다. 오야마 여선생이 눈이 동그래서 나오면서 국어로

"강수환 선생이 무슨 일이 생겼습니까?"
하고 필재에게 물었다.

"무슨 일은 무슨 일이오?"

"아, 급한 일이 있어 자기는 곧 돌아가니 찾지 말라고 학생한테 이르고 벌써 떠나셨다는 지가 한참 되는데요."

"…."

필재는 선뜻 머릿속에 지나가는 생각이 있었으나 설마 그래서랴 하고

"아마 자기가 집에 급한 일을 잊어버리고 왔나 봅니다. 요즘 결혼 준비로 바쁘게 지낼 것이니까…."
하여 우선 떠들지 않게 하고, 수환이가 가는 것을 보았다는 학생을 불러다가 자세히 물었다.

"어디로 가시더냐?"

"아까 모다 오던 길로요."

"뭐라고 그리셔?"

"급히 가야 될 일이 있어 가니 다른 선생님들 뵈옵고 나 찾지 말라고 일러라 하셨어요."

"모자 쓰시고 가시더냐?"

"그럼요. 아까 오실 때처럼 다 채리고 가셨는데요."

방에 들어가 보니 정말 수환의 물건은 한 가지도 남은 것이 없다.

필재는 백 선생이나 오야마 선생에게는 아무렇지도 않은 기색을 보였으나 속으로는 몹시 불쾌하였다.

'우리에게 다시 내려오기가 바쁘면 오야마 선생한테라도 말이 있어

갔을 터인데?'

하고 생각하니 아무래도 수환의 행동은 심상하지 않은 행동인 것이 느껴어졌다.

　이튿날 오후였다. 일행이 무사히 개성에 돌아와 길녘인 선죽교(善竹橋)572만을 구경하고 차 시간을 대이노라고 부리나케 정거장으로 나오는데, 철도공원 앞을 지나려니까 뜻하지 않은 교장이 불쑥 나타났다.

　"아이, 교장선생님!"

하고 학생들이 반기고

　"아, 교장님 웬일이십니까?"

하고 선생들이 인사를 하여도 교장은 입을 꼭 다물고 한참이나 학생 전체를 둘러보고 섰더니

　"아모 일도 없었소?"

하고 오야마 선생에게 가서 조선말로 물었다. 그러나 오야마 선생은 무슨 말인지 알아듣기는 했으나 얼른 조선말로 대답이 안 나와서 웃기만 하고 섰으니까 옆에 있던 학생들이

　"아모 일도 없었어요. 구경 썩 잘했어요."

하고 대신 대답하였다.

　"어느 학생 하나가 배가 아팠다는데 다 나었소?"

하고 교장은 이번에는 그 대신 대답한 학생에게 물었다.

　"아프긴 누가 아파요? 아무도 앓지 않었어요."

하니까 이번에는 다른 학생이

　"오, 금옥이 말이로군. 금옥이가 엊저녁에 배가 아프다고 했는데요, 이내 났이오, 선생님."

하니 교장은 팔목의 시계를 보면서

　"어서들 갑시다."

572　개성에 있는 고려시대 돌다리.

붉은 달리아　　　　　　　　　　　　　　　　　　　383

하였다.

교장은 정거장에 가서도 또 차 안에 올라가서도 그저 입을 꼭 다물고 학생들의 곁에만 있을 뿐, 백 선생이나 필재에게는 도무지 곁을 주지 않았다.

"교장이 어째서 왔대요?"

백 선생이 궁금함을 견디다 못해 필재에게 물었다.

"글쎄요. 왜 그런지 성이 나서 인사도 안 받으니까 물어볼 수도 없군요. 아마 틈이 있으니까 마중 나온 셈이겠지요."

"글쎄, 원! 마중을 온 사람이라면 저렇게 시퍼래 있을 리가 무언고? 그리고 강 선생이 왜 없느냐고 묻지 않으니 이상하군."

"글쎄요. 알고 온 게지요."

차가 신촌(新村)을 지날 때였다. 교장은 그제야 필재에게로 오더니

"학생들은 정거장에서 모다 보내도 좋겠소?"

물었다.

"좋겠지요. 학교로 다리고 갈 필요가 없겠지요."

"선생들도 모다 가도 좋소. 그런데 윤 선생만 나하고 학교로 좀 갑시다."

하였다.

"네."

정거장을 나선 학생과 다른 선생들은 각기 흩어지고 필재만 교장과 함께 학교로 들어왔다.

교장실에서다.

"앉으시오."

교장은 들어서자 필재를 돌아보지도 않고 자기 자리로 가면서 말하였다. 필재는 대답 없이 맞은편 걸상에 앉았다.

교장은 자리에 앉아 잠깐 묵묵히 들창 밖을 내다보았다. 무슨 하기 어려운, 그러나 안 하고 참기는 더욱 어려운 말인 듯 입만 움직거리고 얼

굴만 새빨개지더니 한참 만에 움직거리던 입을 떼었다.

"윤 선생은 우리 학교에 이번 학기에 처음 오신 것도 아니요, 또 우리 학교의 정신도 잘 알고, 또 지식도 상당한 사람으로 인정하는데 왜 그렇게 큰 죄행을 행하시오? 매우 섭섭하오."

"죄행이요? 무슨 일입니까? 저는 죄행을 한 일이 없습니다."

하니 교장은 그만 불이 켜질 듯한 눈으로

"무어요? 죄행을 한 일이 없다? 그렇게 거짓말을 하면 내가 모를 줄로 생각하오? 잘못한 것을 회개하지 않고 그렇게 양심을 속이고 거짓말을 하면 나도 용서할 수 없소."

"아니, 대관절 성은 나중에 내시더라도 사실을 말씀해 주십시오. 저는 이번 여행에 교장이 이렇게 노하실 만치 잘못한 일이 생각나지 않아서 그럽니다."

"들어 보시오. 어떤 선생은 학생을 다리고 가서 기생들이나 다리고 간 것과 같이 술 먹고 소리하고 음탕하게 놀고, 어떤 선생은 양심상 같이 있을 수가 없어 먼저 돌아와 그런 선생들과는 같이 하나님의 사업을 할 수가 없다고 눈물 흘리며 우리 학교에서 고만두겠다고 하니 어떤 선생이 나쁜 선생이요? 또 어떤 선생이 우리 학교에서 고만두어야 할 선생이요?"

하고 쏘아보았다.

필재는 너무나 기가 막히었다. 곧 수환이에게로 뛰어가서 독사와 같은 그의 아가리를 찢어 놓고 싶었다.

"왜 얼른 대답하지 못하시오? 어떤 선생이 나쁜 선생이요? 또 어떤 선생이 우리 학교에서 고만둬야 할 선생이요?"

하고 교장은 더욱 언성을 높이었다.

"대답 못 하는 것이 아니올시다. 너무 기가 막혀서 말이 나오지 않습니다."

"기가 막힌다고요?"

"네, 기가 막힙니다. 그렇다고 교장께 무슨 동정을 청함은 아니올시다. 강수환 군 대신 제가 나가겠습니다. 제가 곧 사표를 내어놓지요. 그러나 교장께선 누가 나쁜 선생이냐고 물으시는 데는 대답할 말이 따로 있습니다."

"무슨 말씀이오? 무엇이오? 대답해 보시오."

"나나 백 선생은 결코 나쁜 선생이 아니올시다."

"그럼, 술 마시고 소리한 선생이 나쁘지 않고, 술 안 마시고 소리도 안 하고 온 선생이 나쁘단 말이요?"

"제 말을 자서히 들으십시오. 저는 이미 이 학교를 고만두겠다고 말씀드렸습니다. 그러니까 제 자신을 위해서 변명은 아니올시다. 백 선생을 위해서 한마디 말씀 드릴 의무가 있습니다. 백 선생은 병이 있는 노인입니다. 그래서 저녁 먹기 전에 꼭 한 잔씩 마시어야 속이 편하니까 술로가 아니라 약으로 마시는 것입니다. 그러니까 약으로 두어 잔 가지고 온 것을, 다른 음식과 다르니까 또 좋은 경치를 대하였으니까 선비의 마음으로 한 잔씩 같이 먹자고 해서 마신 것이요, 또 소리라 해도 부랑자들이 부르는 소리가 아니라 조선의 훌륭한 시를 읊은 것이올시다. 그 노래는 학교에서 가리키는 음악보다 오히려 더 고상한 노랩니다. 훌륭한 경치를 바라보면서 마음이 감동해 약으로 가지고 간 술을 한잔씩 먹었기로, 또 옛 시인들의 노래를 불렀기로 어째서 그게 나쁜 일입니까?"

"노래는 정말 윤 선생의 말처럼 훌륭한 것인지 그것은 조사해 보겠소. 그렇지만 술을 먹은 것은 사실이 아니오? 백 선생은 약으로 먹었다면 윤 선생은 왜 먹었소? 술을 먹어야만 경치를 보오? 나쁜 사람들도 물론 경치를 찾아가 술을 먹는 것이오. 나는 윤 선생 말 신용할 수 없어요."

"술이면 다 마찬가집니까? 부랑자들이 먹는 것과 점잖은 사람들이 먹는 것과 마찬가지로 보십니까?"

"다를 것 조곰도 없지요."

"다를 것이 없어요? 그럼 여자도 부랑자들이 사귀는 여자와 점잖은

제이의 운명

사람들이 사귀는 여자와 다 마찬가집니까?"

"무엇이오?"

하고 교장은 유리창이 울리게 소리를 질렀다. 그리고

"술과 여자와 한가지란 말이요?"

하고 주먹을 부르르 떨었다.

"한가지지요. 술도 사귀는 그 사람을 따러 나쁜 것도 되고 좋은 것도 되는 것이오. 그것을 오늘 나에게서 배우시오."

"무엇이오? 당신은 여학교의 선생으로 그렇게 여자를 무시하시오? 술과 여자와 같은 것이라고! 당신은 매우 나쁜 사람이오."

하고 교장은 걸상을 뒤로 밀어 버리면서 일어섰다.

필재도 일어서

"사직원은 내일 써다 드리겠습니다. 안녕히 계십시오."

하고 나오고 말았다.

벌써 골목거리는 짙은 황혼에 잠기었고 드문드문한 외등들은 눈을 떴다.

필재는 어스름한 학교 대문간에서 잠깐 눈을 감고 어수선한 정신을 가다듬었다. 아무리 가다듬어 보아도 불유쾌한 사실이었다. 그러나

"이것도 한낱 경험이다."

하고 주인집으로 올라왔다.

"우리 선생님이 오시느면. 구경 잘하셨습니까?"

주인 노파의 반김이 다른 날보다 더 고마웠다.

"네, 잘하고 옵니다. 개성서 그만 시간이 없었기 때문에 사과도 못 사가지고 왔습니다."

하며 방문을 여니, 방 안에선 웬 싱그러운 향기가 얼굴에 훅 끼치었다. 보니 책상 위에 낯선 사기 화병이 하나 서 있고 거기는 희고 자회색의 들국화가 한 아름 꽂혀 있었다.

"이게 웬 꽃입니까?"

붉은 달리아

"호…. 생각해 보슈. 어떤 아씨가 가져왔겠나…."

하고 주인 노파는 이름을 대이지는 않고 부엌으로 들어갔다.

사실 필재는 주인 노파에게 묻기 전, 눈에 꽃이 들어오던 그 순간에 벌써 마리아를 연상한 것이었다.

일학년을 다리고 망월사로 갔다가 어제 당일로 돌아온 마리아가 산길에서 꺾어 온 것을 자기 방에는 두어 가지만 남겨 놓고 한 손으로는 아람이 버는 것[573]을 모다 가지고 왔던 것이다. 무론 필재는 없을 줄을 알면서도 그의 빈방에 꽃을 두는 것은 자기의 마음을 꽃으로 대신하여 그를 기다려 줌과 같아서 더욱 정성을 들여 싱싱한 가지로만 안고 왔었다. 그리고 화병이 없는 것을 보고는 아무 그릇에나 임시로 꽂아 놓았다가 저녁 후에 진고개로 가서 커다란 화병까지 하나 사다가 쓸쓸한 필재의 책상을 장식해 놓은 것이다.

필재는 꽃을 덥석 끌어안고 싶었다. 그래서 꽃송이가 이마를 간지를 만치 얼굴을 바투 갖다 대이고 향기를 마시었다.

또 필재는 꽃에다 펄썩 엎디어 절하고 싶은 마음도 일어났다. 그래서는 한 걸음 물러서서 그림을 보듯 바라보기만도 하였다.

꽃은 싱싱하였다. 벌써 하룻밤 방 안에서 이슬을 맞지 못한 꽃이언만, 담박한 인간의 전깃불 아래서는 여전히 자연의 신비로움과 즐거움이 송이마다 가득가득 담겨 있었다.

'꽃! 꽃은 정말 아름다운 것이다!'

하고 필재는 이 세상에서 꽃을 처음 보는 듯 꽃의 아름다움을 새삼스럽게 느끼었다.

필재는 세수를 하고 발을 씻고 저녁을 먹고 옷을 갈아입고 그리고 피곤한 다리언만 부지런히 밖으로 나왔다.

내일이 추석인 날 저녁이었다. 달은 내일 저녁에 뜰 달도 역시 내라는

573 한 손으로 쥐기에는 많은 것.

듯이 둥글둥글 밝았다.

필재는 큰길로 나서기 전에 한참이나 골목에 서서 달을 쳐다보았다. 달을 쳐다보는 사람은 자기만이 아니었다. 지나는 사람마다 달 때문에 걸음이 빠르지 못했다. 어떤 사람은

"참, 달두 되운 밝다!"

어떤 사람은

"흥, 추석도 내일이로군!"

하면서 지나갔고 어디선지 멀지 않는 곳에서 처량한 듯한 단소 소리도 흘러왔다.

'추석!'

필재는 퍽 센티멘털해지고 말았다. 이번뿐이 아니라 다른 때에도 무슨 명절이 돌아올 때처럼 집 없는 필재에게 쓸쓸한 때는 없었다. 더구나 이날과 같이 격렬한 파동을 받은 감정에서랴.

필재는 거리로 나려가 좀 깨끗한 과일전으로 갔다. 과일전에는 벌써 불긋불긋한 풋대추가 나고 풋밤이 났다. 필재는 배와 사과와 대추를 사서 한 아름 안고 바쁜 걸음으로 집으로 돌아왔다.

"웬걸 이렇게 많이 사 오십쇼?"

"추석엔 햇과일을 먹어야 한답니다."

하고 반이나 안으로 들여가고 반은 자기 방으로 가지고 들어왔다.

들국화의 향기는 방에 들어설 때마다 새로웠다.

달은 방 안에서도 바라보이었다.

달을 바라보며 시원한 배나 한 쪽 먹어 보고 싶었으나 남의 물건처럼 하나도 건드리지 않고 밀어 놓았다.

'어쩌면 마리아가 찾어오려니!'

하는 생각에서 애초에 피곤함도 무릅쓰고 나갔던 것이기 때문이다.

'마리아!'

그는 불을 신문으로 가리고 달을 내어다보며 생각하였다.

붉은 달리아

'지금쯤은 기숙사에서 나올 수 있으려니…. 교장이 또 불러 가지나 않었는지….'

하다가 필재는 문득

'천숙이!'

하고 잊었던 이름을 저도 모르게 깨달았다.

'바쁘렷다. 제 손으로 하진 않아도 오늘은 밤늦도록 바쁘렷다…. 저 달을 보기나 하는지… 보면 저도 내 생각이 날는지? ….'

필재는 한참이나 정신 잃은 사람처럼 얼굴을 떨어뜨리고 앉아 있다가 시계를 보았다. 시계는 벌써 여덟시가 지났다.

마리아는 아홉시가 되어도 오지 않았다.

그러나 필재는 그냥 기다리었다. 피곤한 것도 참고 자리를 펴지 않고 무거워지는 눈꺼풀에서 잠을 날리면서 열시까지 기다려 보았다.

마리아가 마침내 오지 않음을 알고는 잠은 도리어 달아났으나 자리를 보고 눕고 말았다.

이튿날 아침, 필재는 일어나는 길로 종이를 꺼내 놓고 사직원을 썼다. 사직 이유는 그냥 '형편에 의해서'라 써 가지고 조반 뒤에 느즈막하여 학교로 갔다.

학교는 토요일이자 추석날이요 수학여행에서 돌아오지 않은 반들도 있기 때문에 사무실도 텅 비어 있었다. 장 서방에게 물으니까 교장도 자기 집에서 나려오지 않고 마리아만 잠깐 나려와 신문을 보고 도로 올라갔다 했다.

필재는 자기 책상으로 가서 자기 개인의 물건은 모다 신문지에 꿍치어 들고, 써 가지고 간 사직원서는 봉투에 넣어서 장 서방을 시켜 교장 집에 올려 보냈다. 그리고 장 서방이 돌아올 때까지는 빈자리나마 강수환의 책상과 마리아의 책상에 번갈아 다른 뜻으로 눈을 빼앗기고 멍하니 서 있었다.

"초인종을 누르니까 쿡이 나와서 쿡을 줬습죠. 교장님께 전하라고….

괜찮겠습죠?"

"전하기만 하면 괜찮겠죠. 이따라도 올라가거든 다시 한번 채견574해
보."

그리고

"장 서방 잘 있수."

하고 필재는 사무실을 나섰다. 장 서방은

"네. 안녕히 가십쇼."

할 뿐, 필재가 잘 있으라는 작별의 뜻을 못 알아채이었다.

필재는 저윽 섭섭한 마음으로 두어 번 학교 집을 돌아다보고 또 두어
번 기숙사 쪽을 올려다보면서 운동장을 나왔다.

학교는 그림같이 조용하였으나 기숙사는 문들이 열리고 뜰 앞 잔디
밭에는 추석날이라고 무색옷을 입은 학생들이 나와 거닐었다. 그러나
마리아는 눈에 뜨이지 않았다.

길에 나서니 앞이 막연하였다. 진고개나 한 바퀴 돌아올까 하고 망
설이다가 관철동을 생각하였다. 다른 날과 달라 가면 반가워하려니 했
으나 천숙의 어머니가 외손자 본 자랑이나 펴놓을 것 같아서 거기도 그
만두고 그냥 집으로 올라오고 말았다. 그리고 앞마당으로 들어서자 속
으로

'잘 왔다!'

하였다. 그것은 자기 방 툇돌 위에 한 짝은 넘어지고 한 짝은 오똑하니
서 있는 마리아의 초콜릿빛 구두가 눈에 뜨인 때문이다.

주인 노파는 어디로 나갔는지 안방 미닫이와 부엌문은 닫힌 채 조용
하였고 자기 방 안에 있을 마리아도 숨소리도 내지 않았다. 필재가 신을
벗으며 발을 들치고

"오셨습니까?"

---

574 '채근'의 방언.

하니까야 마리아는 약간 발그레해진 얼굴을 들고

"용서하세요."

하면서 소리 없이 웃었다.

마리아는 필재의 책장에서 앨범을 꺼내 놓고 또 앨범 속에 붙이다 말고 넣어 둔 사진들을 방바닥으로 하나 벌이어 놓고 사진 구경을 하던 것이었다.

"오신 지 오라십니까?"

방에 들어가 필재는 물었다.

"얼마 안 돼요. 어디 가셨더랬어요?"

"학교에요."

"그런 걸 전 모르고 바로 올라왔네요…. 안 계신데 막 뒤져 봅니다. 호호…."

하고 또 얼굴을 약간 붉히었다.

"어서 보십시오. 아주 빈약한 앨범이올시다."

"천만에요. 이렇게 훌륭한 쉔[575]이 다 계신데요. 참말 이쁜 얼굴이야요. 이이가 누구야요?"

하고 마리아는 한 장은 앨범에 붙고 두 장은 붙이지 않은 채 있는 천숙의 사진을 찾아내이면서 물었다.

"누구 같어 보입니까?"

"글쎄요. 윤 선생님께 매씨는 없다시니까… 친척도 아니시죠?"

"어떻게 친척도 아닌지 아십니까?"

"왜 그런지 윤 선생님 연인 같어요…. 호호…."

하고 다시 마리아는 귀밑까지 피가 퍼지었다.

얼굴이 붉어지기는 마리아만이 아니다. 필재도 그 '윤 선생님 연인 같어요' 하는 소리에 얼굴이 후끈하였다.

575 Schöne. '아름다운 여인'을 뜻하는 독일어.

"누이도 아니고 친척도 아니면 으레 연인입니까?"

"제가 언제 으레라고 그랬습니까? 왜 그런지 연인 같다고 그랬죠. 도적이 제 발이 저리다나…. 정말 연인이신 게죠."

하고 마리아는 이글이글 타는 듯한, 침착을 잃은 눈으로 필재의 눈을 뚫어지게 쳐다보았다.

"…"

필재는 마리아의 눈이 뜨거운 듯 눈을 돌이킬 뿐, 얼른 대답이 없었다.

"네? 누구야요, 이이가? 알구 싶어요. 퍽 이뻐요."

그래도 필재는 한참이나 마리아의 손에 들린 천숙의 사진만 멀거니 나려다보다가

"꼭 알구 싶으십니까?"

하고 되려 물었다.

"네…"

"마리아 씨 추측이 옳으십니다."

하였다.

"…"

"…"

방 안엔 물속과 같이 숨 가쁜 침묵이 나려앉았다. 멀리서 전차 가는 소리가 쓸쓸한 밤에처럼 울려왔다.

"참, 마리아 씨."

필재가 입을 떼었다.

"네?"

"웬 꽃을 저렇게 많이 꺾어다 주십니까?"

"뭘요, 길에 맨576인걸요."

576 온통.

붉은 달리아

"아주 향기가 좋아요…."

"…."

다시 그들의 입은 붙은 듯 잠잠해지고 말았다.

필재는 책상 위의 들국화를 바라보고 마리아는 사진을 이것저것으로 번갈아 집어 보고 그리고 필재는 마리아의 눈치를, 마리아는 필재의 눈치를 서로 날쌔게 엿보다가 나중엔 두 시선이 소리가 날 듯 부딪치었다.

그래서

"지금 어디 계신가요?"

하고 이번에는 마리아가 침묵을 깨트리었다.

"누가요?"

"이이가요."

하고 마리아는 또 천숙의 사진을 가리키었다.

"서울 있답니다."

"서울요? 그럼 여기도 더러 왔었게요. 어쩌문!"

"아뇨, 한 번도…."

"왜 그렇게 안 오시나요?"

"그렇게 안 온답니다."

하고 필재는 서글픈 웃음을 흘리었다.

"이분 댁은 어디신데요? 무얼 하시나요? 꽤 깐깐히 묻죠? 호호…."

하면서 마리아는 소매 끝에서 수건을 내어 이마를 닦았다.

"저 가회동서 사는데 살림한답니다."

"살림요? 누구하고요?"

"자기 시집살이죠. 자기 남편하구…."

"남편요? 남편이라뇨?"

하고 마리아는 눈이 동그래지며 필재를 쳐다보았다. 그리고 모다 자기를 놀리노라고 하는 말이나 아닌가 하는 의심으로 필재의 기색을 살피었으나, 필재의 기색은 농담이라기에는 너무나 침통한 데가 있었다.

"남편이 있답니다."

"아니, 윤 선생님 말고요?"

"네."

마리아는 다시 입을 다물고 필재의 눈치만 살피다가 억지로

"호호호…."

하고 웃음을 짓고

"그럼 윤 선생님이 실연하셨나요, 뭐?"

하였다.

"그랬답니다."

하고 필재도 껄껄 웃어 보았다.

"아무리, 실연을 하실까?"

"그러게 말입니다."

하고 필재는 다시 서투른 웃음을 웃었다.

마리아는 사진을 주섬주섬 모아서 앨범에 끼워 가지고 앨범을 책장 위에 얹어 놓았다. 그리고 저고리 섶을 바로잡고 치맛자락을 휩싸면서 앉음앉이[577]를 고치고는

"오늘이 추석인데 송편이나 잡수셨나요?"

하였다. 마리아의 말소리는 갑자기 물에 씻긴 듯 바람결처럼 산산하고 가벼웠다.

"못 먹었습니다. 좀 사 오래서 같이 잡수실까요?"

"언제 그리구 있나요?"

하고 마리아는 시계를 보더니

"벌써 오정이 다 됐는데요."

하였다.

"그러게 점심으로 잡숫죠. 그리든지 밖에 나가 잡수실까요? 제가 한

577 앉은 자세.

턱내지요."

"아니야요. 곧 가 봐야겠어요. 추석날이라고 아이들이 졸라서 점심을 좀 별식으로 채리라고 그랬죠. 가 보기도 해야겠고 또 아이들과 같이 먹어야죠."

하면서 일어났다.

필재는 무슨 단단한 물건에 맞은 듯 멍하니 앉아 마리아의 나가는 뒷모양만 바라보고 앉았으니까, 마리아가 다시 한 번 발을 들치고 들여다보면서

"가겠어요."

하고 잇속이 보이게 웃어 주었다.

그러나 필재의 눈에 그 웃음은 몹시도 차갑게 보이었다.

마리아가 돌아간 것, 필재에게 찾아왔음이 이날이 처음이 아닌 것과 같이 돌아감도 이날이 처음이 아니언만 그 나뉘는 아픔은 이날이 처음이었다.

돌아가는 마리아의 마음도 가시에 찔린 듯하였다. 사감이고 교원이고 다 내어던지고 오직 필재에게 울면서 매어달리고 싶은 가장 낭만적의 슬픔과 안타까움으로 몇 번이나 돌부리에 채이면서 돌아온 것이다.

필재는 필재대로 마음이 아팠다. 더구나 학교에다 사표를 내이고 돌아온 그 서글픈 심사를 가라앉혀 볼 새도 없이 마리아에게마저 버림과 같은 그의 쌀쌀스런 몸가짐을 받을 때, 필재의 가슴은 갑자기 일식(日蝕)이 되는 하늘과 같이 어둡고 답답하였다.

마리아가 대문 밖으로 사라진 뒤에도 필재는 등신[578]만 남은 것처럼 손 하나 발 하나 움직이지 못하였다. 그리고 모두가 꿈같았다. 마리아란 여성을 안 것이 꿈같았고 그에게 사랑을 느낀 것이 꿈같았으며, 그가 천숙의 사진에 긴장하던 것, 그리고 일종의 단념하는 태도를 보여 아직까

578 속이 빈 사람의 형상.

지 터놓았던 사이에 금을 그은 듯 찬웃음을 던지고 돌아가던 것이 모다 꿈같았다.

그리고 머리를 들면 마리아가 그저 자기 앞에 앉아 있을 것 같은 생각도 나서 한참 만에 무거운 눈을 들었으나, 마리아의 앉았던 자리는 텅 비고 고요한 것이 새 날아간 나뭇가지와 같았다.

필재는 모자를 들고 밖으로 나왔다. 한참이나 정신없이 큰길로 나려오다가 문득 걸음을 멈추고 생각하고는 표연히 발을 돌리어 다시 주인집 뒤로 돌아가는 인왕산길로 올라서고 말았다.

산마루에는 긴 바람이 지나갔다. 마른 풀잎들은 슬픈 휘파람을 불었다. 풀잎에서 이런 슬픈 소리가 나나 하고 다시 서서 들어 보면 그 속에는 여문 벌레 우는 소리도 묻혀 있었다. 이렇게 보이고 들리는 물색이 모다 한가지로 다감스러워 필재는 저도 모르게

"가을 산은 슬프고나!"

하였다. 그리고 그 처량한 심사에서니 추억이 되었던지 오랫동안 잊어버리었던, 이미 고인 된 지 오랜 천숙 아버지의 생각이 났다.

그 자상하여 친자식처럼 머리를 쓰다듬어 귀애해 주던 것과, 어떤 공일날[579]이면 천숙이하고 구경 가라고 돈 주던 일이며, 그리고 그분이 돌아간 후 두어 번이나 추석에 천숙이네 식구들과 같이 그분의 산소에 차례 지내러 가던 일까지 생각났다. 땅은 양주 땅이나 이름은 생각나지 않고, 자동차로 동소문[580]을 나서 한 이십 분 달아나다가 바른편 갈랫길로 들어서면 이내 나지막한 산 하나를 두르고 있는 양지바른 동네, 그 천숙 아버지의 산수[581] 있는 동네가 고향이나처럼 애틋하게 생각이 나고, 또 차례가 끝나면 천숙이와 자기는 곧 버루수나무[582]를 찾아 따 먹기도 하

---

579 쏲日-. 일을 하지 않고 쉬는 날. 일요일.
580 東小門. 혜화문.
581 '산소'의 방언.
582 '보리수나무'의 방언.

고 꺾어 들고 뛰어다니기도 하던, 그 향기로운 가을 묏견[583]이 그리워졌다.

"그러나 오늘은 용언 형이 집안사람들을 다리고 나갔을 테지."

하고 성묘 가고 싶은 마음을 누르고 말았다.

가을 해라 하여도 산마루의 오후는 긴 것이었다. 한 달이나 같은 고독한 반날을 가을 산에서 보내고 나려올 때는 그래도 동리에는 아직 전등불이 켜지기 전이었다.

저녁 뒤, 구름 한 점 뜨지 않은 하늘엔 온통이 달빛이었다.

"선생님, 달구경 안 나가십니까?"

주인 노파가 마루에서 담배를 붙이는지 성냥 긋는 소리를 내이면서 물었다.

"글쎄요….'

필재는 주인 노파가 묻기 전부터 한강으로라도 나가고 싶은 생각은 없지 않았으나 왜 그런지 방을 나서기가 싫었다. 왜 그런지가 아니라 혹시 마리아가 와 주지 않을까 하는 기다림에서였다.

마리아를 기다림은 헛일이었다. 필재의 방문을 밤 깊도록 지나간 것은 소리 없는 달빛뿐, 아무도 와서 여는 사람은 없었다.

이튿날은 일요일이었다. 마리아는 아침 주일학교에서부터 밤 예배까지 꼭 기숙생들을 인솔하는 책임이 있어 다른 날보다 오히려 틈이 없는 날이었다. 그것을 아는 필재는 이날은 마리아를 기다리지도 않았다. 그리고 월요일이 되어 자기가 결근하는 것과 그 까닭을 알게 될 때에는 아무리 저 혼자 단념은 하였더라도 인정상 마지막의 한 번으로나마 찾아와 주려니 생각하였다.

오후 두점이나 되어 필재는 주인집을 나섰다. 날씨는 이날도 청명하였다.

---

583 '낮은 산기슭'으로 추정.

필재는 큰길로 나려와 지나가는 것이라도 택시를 하나 잡으려고 섰노라니까 두 손이 심심한 것과 또 무엇에고 의지하고 싶은 마음에서 별로 짚어 본 적이 없는 지팡이 생각이 문득 났다. 그래서 전차에 올라 어느 백화점으로 가서 먼저 단장을 하나 샀다. 흔히 스포츠맨들이 가지는 굵다란 무푸레[584]였다. 정가표를 떼어 버리고 짚고 나서니

'차라리 나의 충실한 반려(伴侶)는 너로다.'

하리만치 필재의 심사는 고독하였다.

필재는 택시에 올라 동소문 밖으로 나왔다. 어렴풋한 기억에서 길을 더듬으며 천숙 아버지의 산소를 찾아나옴이었다.

산소 있는 동네는 어렵지 않게 찾았다. 자동차는 큰길에서 한 시간쯤 기다리라 하고 홀로 단장을 끌고 콩밭머리로 군데군데 콩청대를 해 먹은[585] 자리를 밟으며 옛 추억의 그림과 같은 적막한 산길을 올라갔다.

어떤 집 마당에선 새 옷 입은 아이들이 쳐다도 보고 어떤 집 마당에선 개가 짖기도 했다. 바로 산밑으로 있는 천숙이네 묘지기 집에서는 아이도 개도 내다보는 것이 없음을 다행으로 알고 말 한마디 안 해 본 고요한 마음 그대로 산소까지 올라왔다.

모자와 단장을 놓고 상돌[586] 앞에 가 한참 엎디어 고인을 생각하는 긴 절을 하였다.

그리고 일어서 웃저고리를 벗고 주위를 살피니 개미 떼가 엉킨 누름적[587] 쪽, 실과 껍질들이 떨어진 것들은 어제 관철동서 나와 차례 지내고 간 표적이었다. 그런 것을 보니 더욱 옛날 중학 때에 천숙이와 함께 나와 차례 지내던 광경이 눈에 선하였다.

필재는 봉분 뒤에 비스듬한 잔디에 기대어 하늘을 쳐다보았다. 하늘

---

584 물푸레나무.
585 채 여물지 않은 콩을 불에 구워 먹은. 콩 서리를 해 먹은.
586 무덤 앞에 제물을 올려 놓기 위해 놓은 돌 상.
587 산적(散炙).

은 푸른빛뿐, 기러기 소리 하나 지나가지 않았다. 땅 위도 잠잠할 뿐, 그러나 잠잠한 속에서니 들리는 것은 어데선지 가냘픈 벌레 소리와 이따금 무슨 열매의 여물어 터지는 작고 신비스런 음향뿐이었다.

'내일부터는?'

하는 생각이 필재의 머릿속엔 불현듯 지나갔다. 그리고

'마리아는 나를 단념한 모양인가?'

'돈 보내 주는 사람은 과연 천숙인가?'

또

'언제까지 보낼 것인가?'

이런 생각들이 어수선하게 일어나서 눈만 껌벅거리고 누워 있는데 어느 쪽에선지 지껄지껄하는 소리가 들렸다.

필재는 얼른 일어나 앉아 길이 있는 쪽을 나려다보니 제일 먼저 성큼 제절[588]에 올라서는 것은 웬 삽살개 한 마리다. 그러고는 곧 나타나는 것이 웬 늙수그레한 아낙넨데, 한 손에 양산을 접어 들고 다른 손엔 바스켓을 들었다. 그는 필재를 보자 무심코 올라서다 놀라는 듯, 의아한 눈을 돌리어 뒤에 올라오는 사람을 나려다보았다.

뒤에 올라오는 사람은 양산이 먼저 보이었다. 짙은 보랏빛의 비단 파라솔이 아창아창[589] 올라서더니 팔칵 접혀지는데, 그 속에서 나타나는 얼굴은 다른 데서면 선뜻 알아보기 어렵게 어른티가 박혀 버린 천숙의 얼굴이다.

"아이, 오빠!"

텅 비었을 줄만 안 아버님 산소에 뜻밖에도 우뚝 서 있는 웬 사나이, 그 사나이가 지금 오면서도 열 번도 더 생각한 필재인 것을 깨달을 때, 천숙이는 꿈과 같았다. 꿈과 같은 얼떨김[590]에서 필재를 부르기에 제일

---

588 祭砌. 절할 수 있게 산소 앞에 마련된 평평한 부분.
589 찬찬히 걷는 모양.
590 얼떨결.

쉬운 대명사 오빠가 저도 모르게 튀어나온 것이다.

그러나 필재의 귀엔 아무런 소리도 들리지 않았다.

무어라고, 놀란 천숙의 입이 아는 체하고 움직임은 분명히 본 듯하나, 그게 뭐라는 소리인지 들어서 가리기에는 그의 신경은 너무나 눈으로만 쏠렸던 것이다.

천숙은 대답이 없는 필재에게 말을 내인 것이 무안한 듯, 얼른 앞서 올라온 하님[591]의 곁으로 쪼르르 걸음을 달리었다. 달리는 걸음에 끌리어 바람처럼 가을 풀을 스치는 스란치맛자락[592], 그리고 폭 수그린 머리 쪽에서 별 같은 옥과 비취의 빛남, 천숙이는 옛 화가의 미인도(美人圖)가 움직임같이 아름답기보다 신비하고, 반갑기보다 황홀하였다.

'요마(妖魔)다!'

이렇게 필재는 입속에 뇌었다. 무한한 매력과 무한한 미움을 일시에 느끼는 데서 폭발하는 말이었다.

필재는 다시 그 자리에 앉았다. 앉는데

"아니, 저 서방님이…."

하는 소리가 났다. 보니까 길도 아닌 저편에서 돗자리를 안고 올라오는 묘지기의 아내였다. 필재는 다시 일어났다.

"잘 있었수? 나를 알아보는구려?"

"그럼입쇼. 그런데 아가씨는 저 노인만 다리구 오셨는데…."

하고 그는 어떻게 된 셈인지 몰라 하였다.

"난 아까 따로 왔소."

"네…. 저희 집엔 들르시지도 않구…."

하며 돗자리를 깔다가 천숙이가 상돌에 엎디어 흑흑 느끼어 우는 것을 보고

___

591 하녀.
592 발을 덮을 정도의 긴 치마의 자락.

"시집을 가시더니 친정아버님 생각이 더 나섰던 걸세."

하였다. 그러니까 바스켓을 들고 올라온 늙은 하님이

"그렇다우. 옛날부터 딸이란 건…."

하고 대꾸를 하더니

"그렇기루 뭘 오랜 산수에 와 우슈? 아씨두…."

하면서 양산을 펴서 우는 천숙에게 햇발을 가려 주었다.

필재는 언제까지나 장승처럼 한자리에 서 있기도 무엇하고, 그렇다고 어떻게 움직여야 할지도 몰랐다. 그러다가 웃저고리를 벗어 놓은 것을 깨닫고 그리로 가서 저고리와 단장을 집어 들었다.

천숙은 그냥 울었다.

"아가씨? 아가씨. 되운 섧게도 우시네. 그만 울으서요."

하고 묘지기 댁이 천숙의 곁으로 가 쭝크리고 앉아 달래었다.

그러나 천숙은 제 설움이 남모르는 데 따로 있는 듯 그냥 내처 울었다.

"참, 웬일이셔…. 속에 무슨 언짢은 일이 계신가 원…."

하면서 하님도 그만 양산을 땅에 놓고 상돌을 끌어안은 천숙의 팔만 붙들었다. 그래도 천숙은 그냥 흑흑 느끼면서 얼굴은 들지 않고 팔만 가벼이 뿌리쳤다. 그러니까 늙은 하님은

"아씨가 자꾸 우시니까 나도 섧네…."

하면서 다시 양산을 들어 볕을 가려 주었다.

"호호…."

묘지기 댁이 흉허물 없이 웃었다. 그리고

"그럼, 아가씨하고 동무 울음 좀 우시구려."

하니

"참, 정말 울고도 싶소. 사람이란 게 지낸 일 생각하면 안 섧은 사람이 있소?"

하며 정말

"호…."

하고 제 팔자를 생각하는 한숨이 나왔다.

"그럼요…."

묘지기 댁이 받았다. 그러는데

"잘 있수."

하는 돌멩이 같은 필재의 소리가 그들에게 떨어졌다.

"아니, 벌써 가시랍쇼?"

하고 묘지기 댁이 일어서며

"왜 그렇게 먼저 가시랍쇼? 좀 집에 들어앉으시지도 않으시구. 시장도 하실 턴데…. 어서 앉어 계서요."

하고 길을 막으려 덤빈다.

"나는 나온 지 한참 돼요, 자동차를 세워 논 지가 오래서."

"아, 그럼 아가씨 자동차를 같이 타고 들어가시지. 그리구 아가씨 좀 달래 놓고 가서도 가서요, 네? 전엔 두 분이 장난도 잘하시더니!"

그러나 필재는 천숙이 쪽에 눈을 한번 던지고는 기어이 제절을 나려섰다.

필재는 공연히 급한 걸음으로 산을 나려왔다.

"내가 왜 이리 급히 걷나?"

하고 콩밭머리에 나려와 돌아볼 때는 산소도 사람들도 보이지 않았다. 필재는 갑자기 다리가 아픈 듯 길 둔덕에 펄썩 주저앉고 말았다. 왜 그런지 보이지는 않아도 천숙이 있는 데서 더 멀리 가기가 싫었다.

그를 만나서는 어디서 내어솟는 용기인지 잠시를 능구지 못하고 발끈해져서 더러운 물건이나 보고 돌아서듯 했으나, 안 보일 만치 나려와서는 이상하게도 더 멀리 가기가 싫었다. 손에 쥐었던 보물이나 놓인 듯 허전하고 서글펐다.

필재는 정신 잃은 사람처럼 멍하니 앉은 채 있었다. 방아깨비 한 마리가 약한 날개로 푸르르 날아와 그의 발등에 앉았다.

'왜 그렇게 울었을까?'

그는 천숙이의 심경을 생각해 보았다.

'정말 남의 집 사람이 되어 가지고 와 보니 친정아버지의 생각이 더욱 간절해진 때문인가?'

필재는 한참 만에 머리를 흔들었다.

'그렇기도 하겠지만 나를 만난 때문이리라…. 저도 괴로울 것이다. 추억의 본능이 있는 이상은….'

어디선가 개가 컹컹 짖었다. 바라보니 개는 보이지 않으나 동네 아이 두엇이 먼발치에 서서 자기를 보고 있었다.

필재는

"이리 온."

하고 그들에게 손짓을 했다.

아이들은 움직이지 않았다. 또

"이리 오너라, 응?"

하고 부르니 그제야 계집아이는 달아나고 여남은 살 먹어 보이는 사내 아이가 잠자리 잡은 것을 손에 든 채 어청어청 왔다.

"너, 이 동네 아이냐?"

"네."

코를 훌쩍 하고 들어마신다.

"몇 살이냐?"

"열한 살이요."

"이름은 뭐냐?"

"만셍요."

"너 학교에 다니니?"

"아뇨."

하고 눈이 둥그레진다.

"너 그 잠자리는 왜 잡았니?"

제이의 운명

아이는 눈이 더 크게 둥그레지더니, 얼른 잠자리를 날려 보내고 손은 뒷짐을 진다.

"그럼 너 나무하니?"

"네."

"왜 학교에 안 가니?"

아이는 씩 웃으며 몸을 뒤틀었다.

"공부하기보다 나무하기가 더 좋으냐?"

아이는 필재에게서 약간 친절함을 느낀 듯 또 씩 웃으며

"아니요."

하였다.

"그럼 왜 학교에 안 다니니?"

"우리 동네 학교가 없어요."

"있으면 다니겠니?"

"그럼요."

하고 지리한 듯 멀리서 바라보는 저희 동무들을 돌아다보았다. 이때 큰 길에서 뚜우뚜우 하는 자동차의 사이렌도 울려왔다. 필재는 그것이 자기가 타고 온 자동차가 어서 나오라는 군호[593]인 것을 알고 아이를 보내고 일어섰다.

큰길에는 상상한 바와 같이 천숙이가 타고 나온 자동차도 머물러 있었다.

"참, 아이는 안 다리고 나온 게로군…."

필재는 자동차를 보고서야 천숙이가 아이 없이 나온 것을 깨달았고 또 자기 자동차에 올라앉으면서

"하긴 집에서도 말이 어머니지 맡아 기르는 유모가 있을 테지…."

하였다. 그리고 보니 지난번 명치제과에서 임 선생이

593 軍號. 신호.

"여잔 나뿐이 아니라, 아이 낳기 전 말이지, 아이만 하나라도 달리면 아이 이외엔 허즈번드도 러버도 다 일이 없답니다."

하던 말이 생각났다. 그리고 그게 진리라 하더라도 천숙이같이 낳기만 했을 뿐이요, 낳아선 이내 젖 한 모금 물려 보지 않고 유모에게 내어맡긴 어머니는 그 진리에서 예외로 될 수 있는 것이 아닐까 하는 생각도 하여 보았다.

필재는 문안에 들어와서도 곧 주인집으로 올라오지 않았다. 저녁은 어떤 백화점 식당에서 사 먹고 좀 기분을 바꾸어 보려 활동사진[594] 구경을 하고 늦어서야 주인에 돌아왔다.

주인 노파는 첫잠이 든 듯, 필재가 들어와도 아는 체하는 사람이 없었고, 다만 필재 방 툇마루에 웬 꽃묶음 하나가 신문지에 싸인 채 방 임자가 오기를 기다리는 듯 놓여 있었다. 집어 불빛에 대어 보니 모다 불덩어리처럼 새빨간 달리아였다.

594 '영화'의 옛말.

제이의 운명

운명의 신문지

그때, 그때라야 어제 추석날 점심때, 마리아는 필재가 송편이라도 사다 같이 점심을 먹자는데 '저 가겠어요' 하고 나온 것은 핑계가 아니라 정말 사감으로선 그날 점심은 기숙사에서 학생들과 함께 먹어야 될 형편이었다.

"선생님, 추석날은 만난 것 채려 주세요."

"선생님, 추석날은 토란국을 먹는다는데요."

하고 아이들이 졸라서 아침에는 바빠서 평일과 같이 먹게 하고, 점심에는 토란을 넣고 곰국을 끓이게 하고, 누름적도 부치게 하고, 실과를 사 온 것도 점심시간에 노나주기로 한 것이었다. 그래서 마리아는 세상없어도 점심시간엔 들어와야 될 형편이었다.

그러나 설혹, 반드시 돌아와야 할 이와 같은 사정이 없었다 하더라도 그때 마리아의 그 침착을 잃은 기분으로는 도저히 필재와의 자리를 더 연장시킬 여유는 없었던 것이다.

마리아는 기숙사 식당에 돌아와 학생들이 먹는 것을 거들어 주고 구경하였을 뿐, 속이 불편하다 하고 밥숟가락을 들지 않았다.

"선생님, 왜 편치 않으세요?"

하고 걱정하는 학생에게

"그래. 너희나 어서 먹어."

하였다. 한 학생이

"그럼, 실과라도 잡수세요."

하고 자기 몫에서 사과 하나를 벗겨 왔다. 그것은 받아서 맛도 모르고 몇 입 베 물어 보았다.

그리고 학생들의 점심이 거의 끝나는 것을 보고는 곧 자기 방으로 올라와 창에 커튼을 가리고 침상에 눕고 말았다.

정말 몸에 열이 오르기도 하였다. 저녁에도 다른 날과 달리 학생들이 먹는 것을 보아 주려 식당에 나려갔을 뿐, 자기는 식모들의 걱정에 몇 술 뜨는 척만 하고 올라와 버리었다.

마리아는 방에 들어와 불이 들어오지 못하게 미리 전등 꼭지를 비틀어 놓고 다시 침상에 가 쓰러지고 말았다.

그러나 잠은 오지 않고, 오는 건 한 겹 두 겹 방 안에 차는 어두움뿐이었다. 그리고 그다음에 오는 것, 그것은 달빛이었다. 가리워 놓은 커튼을 흔드는 듯 쑤시는 듯 구석구석으로 햇발처럼 뻗치어 들어오는 달빛이었다.

마리아는 침대에서 후닥닥 뛰어 일어났다. 침대의 용수철이 놀란 듯 치르렁거리는 소리를 들으면서 문 앞으로 갔다. 그리고 드리운 커튼을 쭉 밀어젖히었다.

무론 창밖은 처음 보는 경치는 아니다. 늘 보는 포즈에 늘 보는 달빛이언만, 그의 가슴속에 들어와 찍히는 것은 늘 보던 것이 아니었다.

언덕 위에 솟은 높은 기숙사 이층에서 나려다보는 길들, 그 은가루를 뿌린 듯한 그림 같은 작은 길들, 달은 마리아더러

"아가씨. 아가씨에게 애인이 있는가? 있으면 왜 저렇게 아름다운 길을 걸어서 찾아가지 않는가?"

하는 듯하였다.

마리아는 고개를 수그리었다. 기도를 올리듯 뜨거워지는 이마를 한참이나 창유리에 대이고 섰다가 고요히 침상으로 돌아오고 말았다.

이튿날 아침 마리아는 그냥 자리에서 일지 않고 교장에게 몸이 아파 주일학교와 예배당에 기숙생들을 인솔하고 갈 수 없노라 쪽지를 써 보냈다.

쪽지를 받은 교장은 곧 마리아에게 뛰어왔다.

제이의 운명

"무슨 병이요? 언제부터요? 의사를 불러와야지."

하고 덤비었다.

"몸살이야요, 뭐. 의사 원치 않아요. 내일은 일어나겠어요."

교장은 마리아의 머리를 짚어 보고 손목을 만져 보고 입을 벌리래서 들여다보고 하더니, 대단치 않음을 짐작한 듯

"그러면 오늘은 꼭 누워서 병을 이기시오. 그리고 내일은 학교에 나오도록 하시오. 학교에는 섭섭한 일이 생기어서 아주 걱정되오" 하였다.

"무슨 일이어요?"

"윤 선생이 아마 우리 학교에서 고만둘 것 같소."

"윤 선생이요? 윤필재 선생이 고만두어요?"

"그렇소. 벌써 어제 아침에 고만두겠다는 사표를 써 와서 내가 받았소."

"왜요? 무슨 일인가요?"

"글쎄…. 지금은 고만둡시다. 마리아가 아프니까. 인제 내일 이야기하지."

하고 교장은 자기 집으로 가더니 쿡을 시켜서 보리죽과 실과즙을 먹으라고 보내 주었다.

마리아는 몸이 아파 누워 있겠노라고 하여 놓고, 가만히 누워 견딜 수는 없게 궁금증이 났다.

필재가 사표를 내었다는 말을 들었기 때문이다.

"벌써 어제 아침에…. 그럼 왜 어제 나한테는 말이 없었을까?"

하고 노여운 마음이 먼저 앞서기도 했으나, 다시 가만히 생각해 보니 자기가 그 어떤 미인의 사진 때문에 자꾸 캐어물었고, 나중엔 점심시간 때문에 나와 버렸으니까 필재가 자기에게 이야기할 틈을 얻지 못했던 것을 깨닫기는 하였다.

그러나 마리아가 궁금증이 나는 것은 무엇보다도 필재가 왜 사표를 내었나 하는 그 까닭이다. 혹시라도 자기와 관련된 문제가 아닌가 하는

의심이 났기 때문이다. 전날 강수환이가, 자기가 밤늦게 필재에게 다닌다고 교장에게 밀고했던 것이 생각났고, 또 이제 교장의 말이 '지금은 고만둡시다. 마리아가 아프니까!' 하던 것도 마리아의 귀에는 '마리아도 관계되는 일이니까 마리아가 낫거든 이야기하겠소' 하는 말처럼 들리기도 했다.

그래서 마리아는 더욱 견딜 수 없이 궁금하였다.

그러나 교장에게 또 기숙생들과 식모들에게 몸이 아프다고 하여 놓고는 주일학교도 아니요, 병원도 예배당도 아닌 다른 곳으로 외출할 용기는 없었다. 그래서 내 방이라도 남의 방에 갇힌 듯 초조한 심사로, 눕지도 앉지도 못하고 방 안을 거닐면서 그 필재가 사면하는 까닭을 추상해 보았다.

'옳지! 내가 그 뒤에도 그냥 자꾸 찾아다니는 것을 강수환이가 알았던 게지? 그래서 강수환이가 교장한테 무슨 말을 만들어서 이렇게 되는 일이나 아닌가? …. 그렇다면 나만 어떻게 가만있나?'
하고 생각해 보았다.

'그까짓 거 그이가 고만둘 때 차라리 나도 같이 고만두게 됐으면!'

마리아는 필재가 사직원을 내인 이유가 차라리 자기 때문이기를 바라기도 했다. 필재는 자기 때문에 고만두고 또 자기는 고만두는 필재 때문에 고만두어 교원으로서의 운명을 한가지로 하고 싶었다.

그렇게 하는 것은 우선 자기들의 로맨스를 어떤 절정에까지 끌고 올라가 로맨스로서의 심각한 성격을 이루는 것도 되겠고, 또는 교원으로서의 운명을 같이함은 인생으로서의 영원한 운명을 같이할 첫걸음이나 될 것도 같이 생각되었다.

그러나 마리아의 가슴속에 이내 검은 구름장이 떠돌게 하는 것은 필재가 자기의 연인이노라 하는, 그 사진의 여자였다. 사진의 얼굴은 마리아의 눈에 다시 사진이 박히어진 듯 마리아는 지우려야 지울 수 없이 눈을 감으나 뜨나 보이었다.

마리아는 책상으로 가 자기의 앨범을 꺼내 놓았다. 그리고 자기의 독사진들을 들여다보면서 속으로

"내 사진도 남이 보면 그만치 이쁠까?"

하는 생각도 하여 보았다.

그러나 나중에 마리아는 용기를 얻었다. 자기의 사진을 보고 천숙의 사진보다 더 어여쁘리라는 자신에서가 아니요, 또 필재가 사표를 내인 이유가 자기와의 로맨스 때문이라고 결정적으로 믿는 데서도 아니요, 다만 자기의 사랑을 믿는 데서였다. 불이거나 물이거나 필재를 위하여선 티끌만 한 겁과 부끄러움이 없이 뛰어들리라는, 불타는 사랑의 결심에서였다. 비록 필재에게 연인이 있을지라도, 비록 필재는 자기를 사랑하지 않는다 하더라도, 그의 사랑을 받기 위해서가 아니라 이미 그에게 바쳐 놓은 자기의 사랑에 생명을 붙이기 위해서 오직 그를 사랑함으로써 만족하리라 하는 결심에서였다.

그래서 저녁에는 식당에 나려가 평일과 같이 밥을 먹고 예배당으로 갔다. 예배당으로 간 것은 다만 필재에게 오려는 때문이었다. 예배당에는 나가지 않고 다른 데 나가기는 안 되었으므로 예배를 마친 뒤에라도 필재에게 오려는 때문이었다.

마리아는 예배를 마치고는 부리나케 진고개로 갔다. 무슨 꽃이고 필재의 책상에 새 꽃을 갖다 꽂아 주고 싶었던 것이다.

꽃은 여러 가지가 있었다. 마리아는 불덩이 같은 진홍으로만 달리아를 한 묶음 사 가지고 전차를 타고 필재에게로 왔다.

그러나 주인 노파는 이때부터 잠이 들었던 듯 안방에서도 내다보는 이가 없었고 건넌방은 비어 있었다. 마리아는 한 이십 분 동안이나 달빛만 찬 빈 마루에 걸터앉아 있다가 손목시계가 열시가 되는 것을 보고는 꽃만 툇마루에 놓고 살며시 나와 버린 것이었다.

필재는 꽃묶음을 신문지째 들고 방으로 들어왔다. 그리고 다시금 불빛에 비춰 보았다.

필재는 꽃을 보는 것이 아니라 무슨 불빛을 바라보듯, 그 꽃묶음에서 무한한 광명을 느끼었다. 꽃빛이 불덩어리 같은 붉은 달리아였기 때문이 아니라, 그 꽃묶음을 놓고 간 사람이, 꽃묶음은 말이 없어도 필재는 의심 없이 마리아인 것을 믿었기 때문이다.

'마리아가 왔더랬구나!'

필재는 활동사진을 보고 온 것이 후회가 났다.

그는 아직도 그리 시들지는 않은 들국화 병을 아낌없이 밖으로 들고 나가서, 국화는 뽑아 버리고 병을 두 번이나 부신[595] 다음에 새 물을 가득 넘치도록 담았다. 물이 넘치는 화병 주둥이에는 금 조각 같은 달이 넘실거리었다. 필재는 고개를 들어 달을 찾고 다시 마리아가 있을 ×여학교 기숙사 편을 멀리 나려다보았다. 그리고

'마리아, 나도 너를 사랑한다! 사랑한 지는 오래되 천숙이 때문에 내 자신의 사랑을 의심한 것뿐이다. "네가 만족하도록 너를 사랑할 수가 있을까?" 하고 내 자신의 사랑을 스사로 경계해 온 것뿐이다!'

하고 주먹을 맞대이고 부르르 떨었다.

필재는 한참이나 움직이지 않고 서서 한곳만 바라보다가 달이 잠긴 화병을 안고 들어왔다.

달리아는 어떤 가지는 길고 어떤 가지는 짧았다. 그러나 필재는 싸 온 신문지만 한편 구석에 밀어 놓았을 뿐 가지 하나, 잎 하나 건드리지 않고 그대로 꽂아 놓았다.

필재는 자리에 누워서 꽃만 바라보았다. 활동사진에 피곤해진 눈이언만 잠은 얼른 오지 않았다.

"마리아!"

"달리아!"

그는 이렇게 불러 보고 그 이름이 비슷하여 빙긋 웃었다. 그리고 머리

---

595 깨끗이 씻은.

맡에 밀어 던지었던 꽃 싸 온 신문지를 집어다 구김살을 펴면서 잠을 청해 볼까 하고 눈앞에 갖다 들었다.

신문은 군데군데 찢어진 조선 신문인데 제목 몇 개를 읽어 보니 어디서는 일 년 동안 연초(煙草) 소비고(消費高)가 몇십만 원이니, 어디서는 천연두가 유행하느니 하는 지방면의 기사들이다. 그중에서 필재가 자질구레한 본문까지 읽어 본 것은 두 기사였다.

하나는 경의선(京義線) 어디서 조밭을 매던 일꾼 하나가 기차 터널 속에서 낮잠을 자다가 잠도 깨어 보지 못하고 차에 치여 죽은 이야기요, 다른 하나는 강원도 철원(鐵原)에 관동의숙(關東義塾)이라는 사립학교가 재정 곤란으로 폐교 상태에 빠지었다는 기사이다.

필재는 이 관동의숙의 기사를 두어 번 자세히 읽어 보았다. 제목은 이 단으로 세웠는데 '철원의 역사 오랜 학교 관동의숙의 비운'이라 하였고 그 기사는

철원군하(下) 율이리에 있는 사립 관동의숙은 독지[596] 정근하(鄭根夏) 씨가 이미 구한국시대에 창립하야 장근[597] 사십여 년간 사오백의 총준[598]을 길러내인 광휘 있는 역사적 교육기관인바, 기미년 사건[599] 당시에 창립자요 경영자이던 정 씨가 해외로 잠적하였고, 또 그 뒤로 동의숙(同義塾)의 유일한 재원이던 정 씨 문중의 몰락으로 인하야 관동의숙은 경영난에 빠진 지는 벌써 오래다. 그러나 졸업생들과 기타 유지들의 비분한 발기로 후원회가 조직되어 일시는 근근이 현상 유지만은 하야 왔으나, 그 후 동회(同會) 역시 해마다 심해 가는 경제공황으로 상당한 재단을 이루어 보지 못하고 유야

596 篤志. 독지가. 후원가.
597 將近. 거의.
598 聰俊. 슬기롭고 빼어난 인재.
599 삼일운동.

무야로 지나오던 중, 최근에 이르러선 비품(備品)의 불비[600]와 유자
격 교원의 부족 등의 조건으로 관동의숙은 학교 허가의 철회설까
지 들리게 이르렀다. 아직 허가 철회설의 유근무근(有根無根)은 알
수 없거니와 만일 이 관동의숙이 문을 닫고 마는 날이면 관동의숙
자체의 역사도 아까운 일일 뿐더러 현재 백여 명의 무산(無産) 아동
은 취학의 길이 영구히 끊어지고 마는 것이다. 이에 동의숙 직원들
과 학부형들은 초조한 우려 중에서 다만 유력자들의 시급한 후원
이 있기만 바랄 뿐이라 한다.

는 기사였다.

필재는 이 신문이 언제 것인가 알아보려 하였다. 그러나 날짜가 있을
데는 모다 찢어져 달아났고 또 무슨 일보인가를 살피어도 제호(題號)가
달린 페이지도 아니다. 그러나 다른 기사에 조밭 매던 일꾼이 나오는 걸
보아서 또 연초 소비고 기사에 나오는 연월일을 보아서 여러 달 전 신문
이 아닌 것만은 추측할 수 있었다.

필재는 그 기사만 오리어서 책상 서랍에 넣고 잤다.

이튿날 아침, 필재는 지난밤에 잠도 늦게 들었거니와 학교에 갈 때처
럼 일찍 일어날 필요가 없었다. 늦게 깨어 가지고도 그냥 누워 있는데
밖에서 주인 노파의

"선생님, 오늘도 학교에 가실 날이 아닙니까? 어태 주무시나, 원…."
하는 소리가 났다.

"깨긴 했습니다."

"웬일이십니까? 학교에 늦지 않으셨어요?"

"학교에 안 갑니다."

"오늘도 무슨 노는 날입니까?"

---

600   不備. 제대로 갖추지 못함.

"아니요."

"그럼 왜 안 가십쇼? 어디가 편찮으십니까?"

하고 노파는 살며시 미닫이를 연다.

"아니요. 학교에 나가기가 싫어서 그립니다."

하고 필재는 웃음엣소리로 대답하여 버렸다.

"뭘…. 오늘도 노는 날인 게죠. 괜히 이른 조반을 해서 다 식히기만 하겠네."

하고 노파는 들어갔다.

그날 오후다. 아직 두시 조금 지났는데 마당에서 마리아의 소리가 났다. 다른 날과 같이 필재를 찾지 않고, 또 다른 날과 같이 활발치도 않는 낮은 소리로 주인 노파와 지껄이는 소리였다.

필재는 먼저 미닫이를 열고

"남 선생님 오셨습니까?"

하였다. 그제야 마리아는 붉어지는 얼굴을 필재 방 앞으로 가지고 왔다.

"들어오십시오."

마리아는 말없이 들어왔다.

"꽃을 또 갖다주서서 잘 봅니다."

하니 마리아는 눈을 달리아에 한번 던지고는

"웬 꽃은요? 전 모릅니다. 참 제가 갖다드린 국화는 내버리셨군요?"

하였다. 필재는 잠자코 마리아의 눈치만 보다가 마리아의 시치미 뗌을 짐작하고 그저

"글쎄요…."

하고 말았다.

"아마, 안 계실 때 그이가 가지고 왔던 게죠."

"그이라뇨?"

"…."

마리아는 외면을 하고 생글거리기만 하였다. 무론 천숙을 가리킴이

다.

잠깐 뒤에 마리아가 물었다.

"웬 술추렴[601]을 그렇게 하셨어요?"

마리아가 들어서는 길로 필재에게 결근하는 까닭을 묻지 않는 것을 보고 필재는 벌써 마리아가 학교에서 알고 왔거니는 했었다.

"어떻게 아셨습니까?"

"어쩌문 그렇게 벙어리 냉가슴 앓듯 말씀도 없이 그렇게 하서요?"

"왜 벙어리 냉가슴은요? 그게 선선히 사표를 내논 밖에요."

"사표만 쑥 내노면 용하신가요?"

마리아는 사표를 내어놓기 전에 자기와 의논이 없는 것을 원망하는 눈치다.

"강 선생 오늘 나왔어요?"

"그 자식 안 나왔어요."

"백 선생은요?"

"그 영감은 들어왔더면요."

"그래, 내가 술 먹고 나온 줄 직원들이 다 아나요?"

"건 뭐 아무리 학교에서 그렇게 광고할까요."

"그럼 마리아 씨는 어떻게 아십니까?"

"교장한테 들었죠."

"허! 남 선생님도 누구만치나 교장하고 친하신 게로군!"

"난 친해도 그따위로는 친하지 않어요. 또 그게 어디 친한 건가요? 아첨하는 게지…. 남을 왜 그런 녀석한테다 갖다 대서요? 그래 그깐 녀석 놀음에 그렇게 싱겁게 물러앉고 마시겠어요?"

하고 마리아는 정색을 하고 필재를 쳐다보았다.

"네? 그까짓 녀석 발길에 밟히서요?"

---

601 차례로 돌아가며 술을 마심.

마리아가 눈만 껌벅이고 앉았는 필재에게 재쳐[602] 물었다.

"그게 밟히는 겁니까?"

"그럼, 어떤 게 밟히는 거야요?"

"또 좀 밟히면 어떻습니까?"

하니 마리아는 얼른 필재의 얼굴을 쳐다보았다. 필재의 대답이 너무 되는 대로 나와 버림이 자기의 말을 말 같지 않게 여기는 때문이 아닌가 해서였다. 필재는 그 눈치를 채이고 곧 정숙한 말씨로 대답하였다.

"사실인즉 진작 고만두려고 하던 끝입니다. 강 군이 내게 용단할 기회를 준 것뿐이지요."

"…아니, 그렇더래도 왜 그런 누명을 쓰고 고만둡니까? 고만두실 때 고만두시더라도 좋게 하고 나가시는 게 좋지 않아요?"

"누명은, 그까짓 게 무슨 누명입니까?"

"왜 누명이 아니여요?"

"강수환의 말을 교장 한 사람이나 곧이듣지 누가 곧이듣겠습니까? 그리구 전 나오려던 끝이니까 잘됐지요."

"원! 잘된 건 무어야요?"

"이왕 나올 것 나오면서 날 팔아 공을 세우는 사람이 있게 됐으니 좋은 일 아닙니까? 허!"

하고 필재는 웃었다.

"그런데 왜 고만두실랴고 그리셨더랬어요?"

"서울이 싫여서요."

필재는 단순히 이렇게 대답하였다. 그러나 이 대답은 마리아의 귀엔 복잡한 의미를 가지고 들어갔다.

첫째는 자기가 서울에 있는데 서울이 싫다는 것은 자기 따위는 염두에 두지도 않는다는 뜻으로 들리었고, 둘째는 그 사진의 여자가 서울서

<hr />

602 재촉해.

살림한다니까 그 여자가 있는 서울이기 때문에 싫다는 뜻으로도 들리었으며, 셋째로는 서울 말고 다른 어떤 지방에 그의 마음을 낚시질하는 무엇, 그것이 여자이든지 사업이든지가 있다는 뜻으로도 들리었다. 마리아는 무릎 위에 놓은 자기 열 손가락만 나려다보다가

"서울이 그렇게 싫으셔요?"

하고 드러나게 원망스러운 눈을 던지었다.

그러나 필재는 그때 마리아의 얼굴을 마주 보지 않았기 때문에 그냥

"네…."

하였을 뿐이다.

"그럼 정말 시굴로 가십니까?"

"봐서 가 볼 생각입니다."

왜 그런지 필재도 마리아에게 이렇게 선뜻 대답은 하면서도 마음이 섭섭한 정도를 지나쳐 아팠다.

"언제 가시나요?"

"…."

"어디로 가시나요?"

"아직 작정은 없습니다. 그저 지금 생각이 어느 시굴로나 가 파묻히고 싶은 것뿐입니다."

"뭘이요, 다 알았어요. 저한텐 가리켜 주시지 않을랴고 그러시지…. 속으로 벌써 다 작정이 계시면서…."

"글쎄요, 그렇게 제 말이 믿어지시지 않습니까?"

"그럼 어떻게 곧이들려요? 벌써 나오실랴고 작정하셨다면서, 또 서울을 떠나시겠다고 결정적으로 말씀하시면서 어디로 갈지, 언제 떠날지 몰르신다는 게 곧이들리겠어요? 전 뭐 세 살 먹은 어린앤가요?"

하고 마리아는 눈에 물기가 핑 돌았다. 그것을 본 필재는 마리아의 그 둥그스름한 어깨에 손을 올리어 따스한 입김으로라도 그의 언 마음을 녹여 주고 싶었다.

그러나 아직 그들의 사이는 거기까지 무관해지지는[603] 못하였다. 이 점에서 그들은 늘 본의 아닌 작은 충돌이 꽃나무의 가시처럼 마음의 손을 움츠리게 하곤 하였다.

마리아는 괴로웠다. 언제 떠나느냐 해도 아직 모르겠다, 어느 시골이냐 해도 아직 모르겠다 하니, 다시 더 무슨 말을 하고 앉았어야 할지도 괴로웠거니와 이제부터는 한 학교의 직원 간도 아니니 명색이 무어라고 찾아오나 하는 생각에 괴로웠고, 또 앞으로 어느 날 어느 시에 필재가 자기의 안계(眼界)[604]에서 사라지고 말는지도 모르는 것이 막연한 불안을 자아내게 하였다.

마리아의 눈엔 앞에 앉은 필재의 얼굴이 까맣게 멀어졌다. 마치 망원경 속에서는 나뭇가지라도 휘어 잡힐 듯 가깝던 산봉우리가 망원을 떼이자 갑자기 구름 밖에 까마득하니 물러나 보이듯 필재는 갑자기 자기에게서 멀어지는 것 같았다.

필재는 책상에 한 팔을 기대고 달리아의 붉은 송이를 바라볼 뿐, 그리고 마리아는 그저 자기의 열 손가락만 나려다볼 뿐, 낮인데도 어느 구석에선지 귀뚜라미 소리만 그들의 귀를 찾아왔다.

한 삼사 분의 적막이 지난 뒤 마리아는 어느 편 손인지 자기의 한 편 손가락을 잡아당기어 뚝 하고 소리를 내면서 일어섰다. 그리고

"저 그만 가겠어요."

하였다.

괴로운 것은 마리아뿐이 아니었다. 필재도 마음이 수습할 수 없이 어지러웠다. 천숙이만인 줄 알았던 자기의 가슴속에 마리아의 존재도 묻어 버릴 수 없이 굳센 뿌리를 박고 싹터 오름을 비로소 각오하게 되자, 곧 팔을 벌리고 길을 막듯 나서는 것이 자기의 생활 문제였다.

603 허물없어지지는.
604 시야.

어느 정체를 확실히 모를 사람에게서 오십 원씩 오는 돈이 있기는 하지만 그것을 믿고서 만연히 서울서 놀고 지내기에는 자기 자신의 자존심이 허락지 않았고, 그렇다고 서울을 떠나선 어디로 갈 것인가? 또 설혹, 어느 시골에 안정할 만한 일자리가 있다 하더라도 그것을 마리아와 관련하여 생각하면 다시 암암하였다. 원산 같은 도회지에서 나서 서울이니 신호(神戶)니 하는 대도회(大都會)에서만 문화생활에 물든 마리아가 일변하여 가난하고 더럽고 군색[605]함이 많은 전원생활에 만족할 수가 있을 것인가 하는 것도 결코 등한히 생각할 문제는 아니었다. 그렇다고 또 "당신도 나와 함께 시골로 가지 않으시려오?" 하고 의논할 처지도 아직은 아니었다.

가겠다고 일어선 마리아를 필재는 얼굴만 들어 쳐다보았다. 마리아는 필재에게 눈물을 보이지 않으려 안타까움과 서러움에 젖은 얼굴을 다른 데로 돌리면서 발을 떼었다. 그제야 필재는 앉은 채 팔로 문께를 막으면서

"앉으십시오."

하였다. 마리아는 속마음 같아서는 첫마디에 이내 앉고도 싶었다. 그러나 흔히 이런 경우에 마음과 행동이 반대로 발작하는 것도 사랑의 고집이었다. 마리아는 그예 나가려니 필재는 기어이 못 나가게 막으려니 하노라니 자연 필재의 손은 마리아의 치맛자락을 붙들었다.

"마리아 씨."

"노세요."

그러나 필재는 놓지 않았다. 그리고

"왜 이렇게 섭섭히 헤질려고 하십니까?"

하니까 마리아는 눈물이 울음소리로 되며 그제야 주저앉듯 펄썩 섰던 자리에 앉았다. 그리고 이번에는 대담하게도 필재의 무릎에 덥석 엎디

---

605 窘塞. 필요한 것이 없어 옹색함.

제이의 운명

어 반 몸부림하듯 울어 버리었다.

무론 안에서 주인 노파가 들을까 봐 소리 없는 울음이었다. 그리고 말소리도 방 안에서만 사라지고 마는 낮은 것이었다.

"마리아 씨."

"…."

"마리아 씨."

"네."

"울지 말고 나 봐요."

그러나 마리아는 얼굴을 들지 못했다.

그들의 방 안은 또 한참이나 말이 끊기었다. 그러나 이번엔 귀뚜라미 소리가 들리리만치 고요함은 아니었다. 마리아의 울음소리, 아니 울음소리라기보다 우는 숨소리만이 그의 들먹거리는 어깨와 함께 빈방을 지키듯 하였다.

필재는 화석이 된 듯 마리아의 어깨만 나려다보았다. 몇 번이나 그의 젊은 팔은 마리아의 어깨를 포옹코자 했으나 필재는 혈맥이 얼어붙은 듯 팔은커녕 손가락 하나도 움직여 주지 않았다.

천숙을 생각한 때문이다. 이 자리에서 천숙을 아쉬워서 생각함이 아니라, 지금 마리아의 어깨를 안으려 덤비는 팔은 이미 천숙이란 여자의 어깨를 만지기도 하였고 안아 보기도 한 더럽힌 팔이기 때문이다.

"마리아 씨."

"…."

"왜 자꾸 우십니까?"

"…."

"제가 한 말이 섭섭히 들리신 게 있습니까?"

"…."

"안에서 알겠습니다."

그 말에야 마리아는 필재의 무릎에서 머리를 들고 물러앉았다. 그러나 얼굴은 그저 떨어뜨리고 눈물 때문에 이마에 붙은 머리칼을 떼었다.

"철원이 서울서 몇 시간이나 걸리지요?"

"네?"

"경원선 철원이요."

마리아는 잠깐 젖은 눈썹을 깜박이어 생각해 가지고 대답하였다.

"원산까지 가는 데 아마 반이 좀 못되지요. 그러니까 한 세 시간쯤 걸릴까요…."

"세 시간…."

"철원으로 떠나시나요?"

"아뇨. 잠깐 다녀올 일이 있어요…. 그리구 전 기숙사로 찾어가 뵐 수 없지만 마리아 씨가 가끔 들러 주신다면, 혹 아주 서울을 떠나게 돼도 말씀 드릴 기회야 있겠지요."

"…철원서는 언제 오시나요?"

"거기는 내일 아침에 갔다 내일 저녁으로 올립니다."

"…."

"전과도 달러 저와 같이 거리에 나가시는 게 자미[606]없겠지요? 혹 학교 사람들을 만나도…?"

"왜요, 나가시게요?"

"네, 어디 가 저녁이나 같이 잡수실까요?"

"학교 사람 만나면 어때요. 누가 뭐 매[607] 지내나요."

"그럼 뒤에 가 세수를 좀 하십시오."

마리아는 그 말을 기다렸던 것처럼 사뿐 일어나 나갔다. 필재도 따라 나가 세숫대야와 비누와 낯수건을 갖다주었다. 그리고 먼저 들어와 양복을 입고 모자까지 쓰고 서 있었다.

606 '재미'의 방언.
607 '매여'의 준말.

제이의 운명

"꽨608 급하시네. 저 거울 좀 주세요."

"거울이요?"

마리아는 방문을 닫으며 앞머리에 물방울이 뛴609 얼굴을 끄덕이었다.

"없습니다 아직…. 안에 가 얻어 올까요?"

"뭘이요, 거울도 없으서요?"

하고 마리아는 방긋이 웃었다. 그리고

"저 운 것 같지 않아요?"

하고 입은 다물으나 볼에 우물을 파며 필재에게 턱을 쳐들었다.

쌍꺼풀진 눈두덩이 약간 부어오른 듯하긴 하나 찬물에 씻기고 워낙 탄력 있는 그의 살결은 역시 명랑한 표정이었다.

"운 것 같지 않습니다."

"정말요? 남 나갔다가 자꾸들 보면 난 몰라요."

하고 마리아는 어리광 같은 말도 부리었다.

"이마에 물 묻은 머리칼은 없어요?"

"좀 있으면 큰일 납니까?"

"난 싫여요."

하고 몸을 다 흔들었다. 필재는 수건을 벗기어 그의 앞머리에 몇 방울 남은 물을 떨궈 주었다. 마리아는 고요히 웃으며 섰다가 필재의 뒤를 따라 나왔다.

그들은 거리에 나가 이른 저녁을 먹고 길에서도 전차에서도 학교 사람이라고는 학생 하나도 만나지 않고 조용히 어떤 찻집에까지 들어앉았다가 헤어졌다.

이튿날 필재는 마리아에게 말한 대로 아침 첫차로 철원으로 갔다.

---

608 꽤는. 꽤나.
609 튀어서 맺힌.

철원은 마리아의 짐작대로 세 시간 좀 더 걸리었다. 정거장에 나리어 대합실에 있는 시골 때가 묻은 사람들에게 물었다.

"여기 율이리라는 데가 어디쯤이오?"

"율이리요? 율이리가 어딘가?"

그들은 의외에 율이리에 무식하였다.

"왜 관동의숙이란 학교 있는 데 말요."

하니까야 한 사람이 아는 체했다.

"네, 저 용담학교 있는 데 말이죠니까?[610] 용담요? 용담이 참 율이리야."

"용담학교가 아니라 관동의숙이란 사립학교 있는 데 말요."

"맞었어요. 관동의숙이라구 누가 그라나요. 용담에 있으니까 모두들 용담학교라죠니까."

"그래, 거기로 가자면 여기서 멀우?"

"필입쇼, 이 철둑으로 한참 도루 내려가면 용담인데요. 한 오 리 좀 남짓하죠."

"서울 쪽으로 도루 철길로 가면 돼요?"

"네. 아, 서울서 오셨죠?"

"그렇소. 지금 저 차에 나린 길이오."

"그럼 오시면서 용담 동네를 보셨을 텐데….."

"허긴, 철길 저편으로 좀 우묵한 동넨데 큰 게 하나 있습디다. 거기요?"

"맞었습니다. 용담이 아주 삼태기 안 같은 동넵죠."

필재는 그 지나온 큰 동네 가운데, 개울물이 흘러가고 그 개울 둔덕에 일본 기와집 한 채가 유리창을 뻔득이고 앉은 것을 본 생각이 났다. 필재는 그 건물을 면사무소거니 했는데, 다시 생각하니 그게 지금 자기가

---

610 '말이죠?'의 높임말. '-죠니까'는 '죠'의 높임말.

제이의 운명

찾아가는 관동의숙이었구나 짐작되었다.

그는 금강산전기회사 앞을 지나, 타고 온 철길을 다시 서울 쪽으로 향하여 걸었다. 햇볕은 여름처럼 따가웠다. 필재는 웃저고리를 벗어 그 무푸레 단장에 걸어 메고 주위 산천을 둘러보며 걸었다.

동편으로 함석지붕들이 아물아물 들여다보이는 데는 읍이거니, 군데군데 준령이 둘린 것은 산 많은 강원도기 때문이거니 하였다. 그중에도 동남간에 흘립한[611] 부사산 모양의 멧부리는 만산의 조종인 듯[612] 운천(雲天)을 뚫고 솟아 있었다.

철길은 나려가도록 지평선에서 떨어졌다. 수십 척이나 될 움푹하고 단조스런 철길을 두 번이나 쉬어서 나려가니까 산모루[613] 하나를 돌아서면서 동네가 나오는데 아까 차에서 본 그 동네이다.

거기가 용담이라는, 율이리였다.

북편으로 산밑에는 고래등 같은 개와집이 서너 채 가지런히 놓이었고 그 관동의숙인 듯한 일본 개와에 유리창 한 집과 그 외에는 모다 초가나, 얼른 보아도 백여 호의 대촌(大村)이다.

필재는 철길을 나려서 그 유리창 한 집을 바라고 길을 찾노라니까 아닌 게 아니라 그 유리창 한 집에서 종소리가 땡 땡 땡 울려 나왔다. 그러더니 학생 아이들이, 사내애 계집애들이 마당으로 우르르 몰려나왔다.

필재가 그 학교 마당에 이르렀을 때에는 또 땡 땡 땡 하는 종소리와 함께 학생들은 다시 반으로 몰려 들어가고 운동장은 다시 텅 비었다.

운동장이라야 테니스코트 셋만이나 할까, 마당으로서 좀 큰 것인데 울타리도 없이 채마[614]밭에 한데 달렸으며 '관동의숙'이란 간판은 교사(校舍) 현관에서 찾아볼 수 있었다. 간판만은 신문에서 느낀 것과 같이

611 屹立-. 높이 솟은.
612 모든 산의 우두머리인 듯.
613 산모퉁이의 휘돌아 들어가는 부분. 산모롱이.
614 菜麻. 채소.

오랜 역사를 보이는 듯 풍우에 씻기어 '의숙'이란 두 자는 형체도 없는 나무 판때기였다.

교실에서 학생들이 웅긋중긋[615] 내다보았다. 필재는 현관에 들어서자 이내 눈에 뜨이는 '사무실'이라 써 붙인 방문을 뚝뚝 두드렸다.

좌우쪽 반에서들 교수하는 소리와 학생들의 떠드는 소리 때문엔지 사무실 안에서는 대꾸가 없다. 다시 좀 더 크게 똑똑 두드리니 그래도 사무실에서는 아무 소리도 나오지 않고 그 옆 교실에서 문이 열리더니 교원인 듯한 청년 하나가 손에 분필을 든 채 나왔다.

"어디서 오셨습니까?"

그 동저고릿바람[616]인 젊은 교원은 한 손을 먼지 앉은 머리로 올려 가면서 공손히 물었다.

"서울서 왔습니다. 교장선생님이 계십니까?"

"원 교장은 안 계신 지 오래구요, 대리 교장님이 계신데 댁에 계신지 누굴 보내 봐야 알겠습니다."

"네…. 어서 교실에 들어가시지요. 하학되도록 저는 마당에서 기다리겠습니다."

하니, 그는 사무실 문을 열어 주면서 들어가 앉았으라 하였다.

사무실은 처음으로 들어서는 필재의 코에 장마 뒤 두엄 발치에서와 같은 곰팡내를 입에 물고 있다가 확 뿜듯 하였다. 바닥엔 용수철이 튀어 오르고 다리는 아프다는 듯이 삐걱 소리를 내는 걸상에 조심스럽게 걸어앉아서 필재는 사무실 안 풍경을 살피었다.

첫째 눈을 끄는 것은 두꺼비 잔등처럼 비가 새어 어룽이 진 벽과 그 벽 위에 조선을 팔도로 그린 고색이 창연한 한국시대의 조선 지도였었다. 그 옆에 제 몇 회 졸업생 일동이라고 쓴 팔각시계가 추도 없이 정지

---

615 키가 들쑥날쑥한 모양.
616 두루마기와 갓을 갖추지 않은 차림새.

제이의 운명

한 채 걸려 있고 대정[617] 사년 발행이라고 박혔으나마 수신괘도(修身掛圖)니 이과괘도(理科掛圓)니 하는 것들이 가장 새로운 비품같이 제일 중요한 벽면에 걸리어 있었다.

그리고는 각 학년 시간표들과 학생명부와 직원명부들이 걸리었는데, 필재는 직원 명부를 읽어 보았다.

설립자 겸 교장 정근하
교장대리 정덕하
학감 김봉민
교원 이석로
교원 김만성
교원 최경희

'최경희!'

필재는 퍽이나 그 이름이 귀에 익음을 느끼었다. 더구나 흔한 공경 '경(敬)' 자의 경희가 아니라 서울 '경(京)' 자와 계집 '희(姬)' 자까지 꼭 동경에 있던 최경희의 이름이다.

'그렇지만 최경흴 리야 있나?'

하고 필재는 교원들의 책상을 살펴보았다. 그러니까 아닌 게 아니라 책상 하나는 그중에서 이채(異彩)를 빛내고 있었으니 금자(金字)가 뻔쩍거리는 영문 원서가 한 책 놓여 있었고, 콜론타이[618]의 『아카이랜(赤い戀)』[619]도 눈에 띄었다. 그리고 영어 책 위에는 조그만 손수건 하나가 놓였는데 그 선인장 꽃같이 새빨간 바탕에 까만 그림을 박은 것은 암만 보

---

617 일본 다이쇼(大正) 천황 시대(1912-1926)의 연호로, 대정 4년은 1915년.
618 알렉산드라 콜론타이(Aleksandra Kollontai, 1872-1952). 러시아의 정치가로 세계 최초의 여성 외교관.
619 콜론타이가 1923년 발표한 소설 『붉은 사랑(Vasilisa Malygina)』의 일문판.

아도 동경의 긴자나 마루노우치[620]를 연상시키는 도회 여성의 물건이
었다.

'그 최경흰가 보다.'

하고 그 최경희면 어째서 이런 데를 와 있나 하는 의문이 끓어오르지 않
을 수 없었다.

필재는 그 동경의 최경희와 그리 친한 사이는 아니다. 최경희라면 동
경 유학생으로 이름만이라도 모르는 사람이 별로 없었으니 필재도 만
나 보기 전에 이름부터 알았던 최경희요, 그랬다가 한번 만나 보니 정
말 유명할 만도 한 여자로구나 하고 기억에서 잘 사라지지 않던 최경희
였다.

필재가 최경희를 처음 보기는 졸업하기 전전해 가을 조선 유학생 추
기(秋期) 운동회서였다. 목이 말라서 물 있는 데로 갔더니, 물 떠먹을 그
릇이 없었다. 어찌할 바를 모르고 섰노라니까 웬 여학생이 하나 쑥 나서
면서

"물 잡술 그릇이 없어 그리십니까?" 했다.

"네."

하니까 그는 단박에

"내 손이 정(淨)해요. 이제 씻고 나도 먹어서."

하면서 두 손으로 물을 움켜 뜨더니

"자…."

하고 철철 흘리며 내어들었다. 필재는 모자를 벗고 그 손의 물을 마시었
다. 나중에 알고 보니 그 여성이 여자대학 영문과에 다니는 활발하기로
유명한 최경희였다. 그 뒤로 필재와 최경희는 회석에서도 수삼 차 만났
었고 길에서도 두어 번 만난 일이 있었다. 그때마다 둘이는 반갑게 인사
하고 평범한 호의로서의 눈웃음을 사귀곤 했었다.

---

620 丸の內. 일본 도쿄의 빌딩가.

제이의 운명

암만 생각하여도 그런 최경희가 이런 산골에 와 묻혔을 리는 없겠는데 그 영문 원서나 아주 모던한 손수건은 틀림없이 그 여자대학의 최경희를 설명해 주는 것만 같았다.

　이윽고 앉았노라니까 어느 쪽에선지 사무실 유리창이 다 울리도록 우르르 소리가 났다. 그쪽을 내어다보니 이 동네를 반원형으로 동남간을 높이 성처럼 둘러 있는 철둑 위에 서울 가는 긴 화물 열차가 달리고 있는 것이다.

　필재는 그것이 멀리 산모퉁이를 돌아 철교를 건너는지 우르르 소리가 다시 한 번 높아졌다 사라질 때까지 바라보았다. 그리고 시계를 꺼내 보니 벌써 오정이 지난 지가 거의 삼십 분이었다. 시계를 감아 주노라니까 어느 귀퉁이 교실에서 아이들이 왁자하고 흩어지는 소리가 났다. 그리고 또박또박하는 구두 소리가 사무실로 가까이 왔다. 필재는 긴장하여 옷깃을 바로잡고 어떤 최경희든 간에 이것이 저 빨간 손수건의 임자 최경희란 여선생의 신발 소리가 틀리지 않거니 하였다. 그래서 문만 바라보고 앉아 있는데 그 신발 소리는 의외에 사무실 문을 그냥 지나치고 말았다.

　그러나 곧 현관에서 종소리가 울리더니 그 구두 소리는 다시 사무실 앞으로 왔다. 문이 열리자 필재는 저도 모르는 순간에 일어섰다. 그건 서양식으로 여자가 들어오니 일어서는 것이 아니라 그 최경희가 자기가 아는 동경의 최경희기 때문이다.

　"아니!"

　이 소리는 그들의 입에서 거의 동시각에 떨어졌다.

　"웬일이십니까? 성함이 윤필재 씨시죠?"

하고 경희는 분필 가루 묻은 손을 척 내어민다.

　"참, 웬일이십니까? 최 선생님을 이런 데서 뵙는다군!"

하면서 필재는 경희의 내어미는 손을 붙들었다 놓았다.

　"호호…. 참 메스라시이와621…."

경희는 자기 걸상에 가 털썩 앉으면서 경이(驚異)에 빛나는 눈으로 필재의 존재를 꿈처럼 의심이나 하는 듯 필재의 아래위를 살피었다.

"어떻게 이런 데 와 계십니까?"

필재가 다시 물었다.

"나요? 왜 난 이런 데 못 와 있습니까? 미스터 윤은 어떻게 오셨습니까? 참 의외로 반갑군요."

한다.

시골에 와서 거친 바람을 쏘여 그런지 경희의 얼굴은 빛깔이 몹시 그을었을 뿐 아니라 볼록하던 두 볼의 젊음을 찾을 수 없이 꺼지고 말았다. 그리고 손을 먼저 내어미는 양, '메스라시이와' 하는 투가 그저 활발하긴 하면서도 어딘지 큰 상처를 감춘 사람처럼 창백한 그늘이 그에게 느끼어졌다. 필재는 다시 물었다.

"아닌 게 아니라, 아무튼 반갑습니다. 여기 와 계신 지 오라십니까?"

"아뇨. 금년 오월부터 있어요…. 저 혹 아실는지, 상과대학 다닌 미스터 박 모르서요?"

"박이요? 박 누군데요."

"박진병."

"박진병이요? 잘 모르겠는데요. 이름만은 더러 들은 듯합니다만."

"그이가 내 허스[622]야요, 호호. 그런데 폐가 나쁘다고 해서 처음엔 저 보개산[623]이란 델 와 있었죠. 그러다가 거기는 너무 철도 연변[624]에서 멀기도 하고 무얼 사다 먹기 곤란해서 여기 안양사[625]라는 데로 옮겨 왔죠. 그런데 저야 성한 게 갑갑해서 절간에서만 견딜 수가 있나요. 그래 여기

621 　'이상하다는'을 뜻하는 일본말.
622 　허즈번드(husband). 남편.
623 　寶蓋山. 경기도 연천군과 포천시에 걸쳐 있는 산.
624 　沿邊. 도로나 철도를 끼고 따라가는 언저리 일대.
625 　安養寺. 철원군 율이리에 있던 절.

　　　　　　　　제이의 운명

서 이렇게 소일합니다."

"네…. 그래, 절에 계신 양반의 병환은 차도는 계신가요?"

"네, 공기 좋은 데서 절대 안정하고 있으니깐요…. 그런데, 마음이나 편하면 이런 데서 촌아이들하고 이렇게 일생을 보내고도 싶어요. 아주 자미있어요."

하는데, 아까의 그 동저고릿바람의 청년이 들어섰다.

그 동저고릿바람의 청년 뒤에는 가른 양복[626]이나 넥타이도 매지 않은 다른 청년이 또 들어섰다.

필재는 경희의 소개로 그들과 인사하였다. 그 조선옷의 청년은 김만성이요, 양복한 청년은 이석로였다. 그들은 다 이 용담에서 생장한 사람들이요, 또 관동의숙의 졸업생들로 모교를 위해서 거의 무보수로 교편을 잡고 있는 청년들이었다.

때가 점심시간이라 필재는 경희의 주인으로 따라가서 새로 지은 더운 점심을 먹으면서 자기가 이 관동의숙에 관심 갖게 된 유래와 찾아까지 온 뜻을 대강 경희에게 먼저 말하였다.

경희는 자기가 아는 데까지는 자세히 일러 주었다. 교장 대리를 보는 정덕하(鄭德夏)는 원 교장 정근하의 사촌아우가 되는 관계뿐이요, 자격이나 인망부터 없을 뿐 아니라 수습할 수 없이 몰락되어 가는 자기 집안 형편에 얽매여 학교는 비가 새는지 떠나가는지 도시 아불관언[627]의 태도라는 것, 지금 교원으로 있는 그 동저고릿바람의 청년 김만성의 아버지 김봉민(金鳳敏)이 학감이란 명의를 가졌으나 구장(區長) 노릇에 분주한 때문인지 십 리 밖에 있는 면사무소엔 사흘에 한 번씩 드나들어도 한 동리에 있는 학교엔 한 달에 한 번도 얼씬하지 않는다는 것, 그의 아들 만성이도 할 일이 없으니까 이석로의 성화에 못 이겨 나오는 것인데 요

---

626 홑여밈 양복. 싱글브레스트 재킷.
627 我不關焉. 상관하지 않음. 오불관언(吾不關焉).

즘은 몇 해 전부터 운동을 해 오던 면서기가 된다는 말이 있으니까 그나마 며칠 못 다니리라는 것, 또 벌써 학교가 문을 닫았을 것이나 이석로의 성의로 버티어 가는데 이석로는 무론 김만성이보다는 훨씬 인텔리나 중학도 온전히 마치지 못했기 때문에 그의 식견과 위신이 쓰러져 가는 관동의숙을 바로잡기에는 너무나 빈약하다는 것과, 그리고 군 학무계에서, 도 학무과에서 자꾸 말이 있으니 적어도 자격 있는 교원을 세 사람 이상을 써야 한다고 간섭하는데, 교원은 전부 합해서 세 사람뿐이요, 그나마 유자격자는 언제 떠날지 모르는 자기 하나뿐이니 앞으로 현상 유지도 불가능하리라는 것까지도 자세히 들었다.

"재원이라곤 아무것도 없습니까?"

"월사금 들어오는 것뿐이죠. 아이들이 한 백 명 되는데 한 달에 삼십 전씩 가져오는 것도 제대로 가져오는 아이가 절반도 못 돼요. 잘 들어와야 한 십이삼 원 되는가 봐요. 나는 돈엔 참례 않습니다만…."

"학생들은 이 동네 아이들뿐입니까?"

"한 서너 동네 아이들이 모이는데, 이십 리나 되는 데서 통학하는 아이도 있어요. 아조 놀랐어요. 그런데 시재 딱한 건 건물이야요. 원 교장이 땅을 잡혀 삼천 원이나 내놔서 지었는데 도급을 맡은 사람이 속였다나요, 어쨌다나요. 아모튼 십 년 조금 넘은 집이 그 지붕 궁군[628] 것 보셔요. 비나 오는 날은 들어설 수가 없이 물이 떨어져서 공부를 다 못 하는데요. 희망이 없어요…. 동네는 퍽 좋은 동넨데…."

"자격 교원을 세 사람을 쓰라고요?"

"네, 세 사람 이상이요."

"최 선생님은 교원 보고를 하셨습니까?"

"그럼요, 나야 이석로 씨가 하도 여러 번 와서 졸르니까 이 동네에 있는 날까지는 심심소일로 가리켜 보다 갈 셈이었죠. 그런 걸 자격 선생이

---

628 처져서 내려앉은 모양.

하나도 없으니까 이 선생이 써 보냈답니다."

"그럼, 최 선생님은 여기 오래 계실 작정이신가요?"

"웬걸요. 여기는 겨울이면 기후가 몹시 칩다니까 저이가 어디 여기서 겨울을 나겠어요? 잘해야 다음 달까지나 있게 될걸요."

"그럼, 여기 학교는 어떻게 됩니까?"

"그리게 딱합니다. 그렇다고 나 혼자만 떨어져서 있을 형편도 못 되고…. 선생님 같으신 분이 오서도 아마 앞으로 어려우실 것입니다. 여기 집이 있는 사람이기 전엔 밥이나 먹을 수가 있어야지 않습니까."

필재는 잠깐 입을 다물고 마리아와 그 다달이 오는 오십 원 돈을 생각하였다. 그 오십 원이 끊어질 염려가 없이 영구히 오는 것이라면 남마리아를 끌어 보고 싶었지만, 그것을 믿을 수가 없는 이상 남의 밥값 하나를 보증하지 못하면서 좋은 자리에 있는 사람을 덥석 건드릴 수도 없다 생각되었다.

필재는 마리아에게 말한 것과 같이 당일로 돌아오지 못했다. 한 가지라도 유감없이 철저히 관동의숙의 형편을 알고 떠날 셈으로 구차한 이석로의 집에서 일주일 동안이나 묵었다. 그것은 교장 대리라는 사람, 학감이란 사람, 최경희 외 두 젊은 교원의 사람 된 품, 학교의 건축물, 학생들의 가정 형편까지라도 알 수 있는 데까지는 철저히 알아보는 한편, 관동의숙의 경영을 사업으로 하는 생활을 단 며칠이라도, 뜻을 세우기 전에 미리 맛보고 싶었던 때문이다.

필재는 일주일 만에 서울로 돌아오는 차중(車中)에서 마리아를 단념하리라 하였다. 그 오십 원 돈이 영구히 오는 것이라면 넉넉지 못한 생활이나마 마리아로 더불어 꽃다운 반려를 꿈꿀 수도 있으나, 그 차라리 불안에 가까운 무명씨의 은혜를 영구한 것으로 믿을 수도 없거니와 또 다만 몇 달이라도 그 돈이 계속해 오는 날까지는 한 푼이라도 관동의숙을 위해 쓰는 것이 떳떳한 일이라고도 생각하였다.

서울 주인집에 돌아오니 자리 보고 누웠던 주인 노파가 나와서 제일

수선을 부리는 것은 마리아의 이야기다.

"뭐 저녁마당[629]이야. 저녁 먹고는 으레 왔더랬지. 안방으로라도 좀 들어오래도 안 들어오구 꼭 이 툇마루에 걸터앉아서 정신 나간 사람처럼 멍하니 있다간 가군 했어…. 그만 우리 윤 선생님한테 온 정신이 쏙 빠졌나 봐…. 호호호…."

그러나 필재는 그런 이야기엔 못 들은 척하였다.

"무어구 퍽 섭섭하게 됐습니다."

"무에 말씀입쇼?"

"제가 내일 아침 차로 서울을 떠나게 됐습니다."

하니 노파는 정색을 하고 깐깐히 캐어물었다.

필재가 서울을 떠난다는 말이 주인 노파에게도 적지않은 슬픔을 주었다. 집에 들었던 손님이 간다는 것보다 자기 살붙이가 떠나가는 것처럼 노파의 심정은 산란하였다.

"원! 손님을 몇 채[630] 치러 보지만 선생님처럼 섭섭해서야 어디 견디겠나…."

아침에 필재가 세수하러 나오는 것을 보고 노파는 불 때다 말고 나와서 지껄이었다.

"저두 참 객지로만 다닙니다만 이번처럼 주인 떠나기가 섭섭해 보긴 처음입니다."

"그래 몇 시 차를 타시나요?"

"글쎄, 봐야겠는걸요. 아침 차로 떠날 작정였는데 생각해 보니까 좀 찾어가 보고 갈 데가 몇 군데 돼서요."

"그럼요. 남 선생이 그렇게 고대하고 있었는데 만나 보시고 가서야죠. 그리고 어서 두 분이 혼인하십쇼, 어서…. 사람이란 게 잠깐 늙어진

---

629 '마다'의 방언.
630 '차(次)'의 방언. 번. 차례.

제이의 운명

답니다."

"혼인요?"

필재는 이를 닦다 말고 천만의 말이라는 듯이 눈을 크게 떠 보았다.

"그럼요, 어서 혼인하십쇼. 그렇게 서글서글하고 예모[631] 채릴 줄 알고 인물이 환하고 글 잘하고 말씨 좋고 남한테 밉다는 말 없는 색시가 흔한 줄 아십니까? 어서 어디로 가서서든지 두 분이 혼인해 가지고 재미나게 사신다면 내가 불원천리[632]하고 한번 가겠습니다….."

필재는 잠자코 세수를 하였다. 그리고 조반 후에는 얼마 안 되는 짐을 고리짝 두 개에 정돈하여 가지고는 우선 주인집엔 작별을 하고 정거장으로 나왔다.

정거장에 나와서는 표를 사서 고리짝은 부쳐 놓고 그 마리아가 사다 준 화병만은 종이에 싼 것을 지팡이와 함께 손에 들고 다시 시내로 들어왔다.

먼저 관철동으로 갔다. 천숙 어머니에게 간단히 철원으로 간다는 인사를 마치고 그길로는 가회동으로 올라와 순구 아버니를 뵈었다. 박 자작은

"오, 수환이한테 대강 듣기는 했다만 어찌다가 그렇게 실술 했단 말이냐? 거…."

하고 필재의 박연 사건을 그 ×여고보 교장과 같이 수환의 말대로 아는 눈치였다. 필재는 그 앞에서 변명을 하려도 않고 잠자코 섰다가 천숙이 어머니에게와 같이 간단히 철원으로 가게 된 사정을 말하고 물러나왔다. 작은사랑엔 순구도 없고 수환이도 있지 않았다.

"나리님 어디 가셨니?"

상노 아이는

631 禮貌. 예절에 맞는 몸가짐.
632 不遠千里. 천 리 길도 멀게 여기지 않음.

"아마 안에서 아직 기침하지 않으셨나 봅니다" 하였다.

"강수환 씨는?"

"학교에 가셨습죠" 했다.

필재는 몇 상점에 들러 문방구 몇 가지를 사고, 또 운동구점으로 가서 테니스 채 네 개와 공 한 다스를 샀다. 관동의숙에 테니스 그물은 있으나 라켓과 공이 없는 것을 보고 온 때문이다.

그리고 정거장으로 나오니 벌써 오정이 지났다. 아침 차는 이미 서너 시간 전에 떠난 것이요, 오후 차는 두어 시간이나 기다려야 될 시간이다.

필재는 정거장에 들어서자 두 번이나 자동전화실에 들어갔다 나왔다. 처음엔 ×여고보가 말하는 중이어서[633] 그냥 나왔고, 다음엔 마리아를 만나지 말고 떠나 버리는 것이 이왕 단념하는 태도로서는 현명하다는 것을 다시금 깨달은 때문에 전화기를 건드리지도 않고 나서 버린 것이다.

'마리아!'

필재는 누군지 자꾸 자기 가슴속에서 그의 이름을 외치는 것 같기도 했다. 정거장에 어정거리는 사람들이 모다 마리아같이 보이었다. 식당에 올라가서 필재는 점심을 먹다 말고 일어서 기어이 다시 전화가 있는 데로 갔다.

"전화 좀 합시다."

"네, 어딘지 걸어 드리죠."

필재는 보이에게 ×여고보 전화번호를 일러 주었다. ×여고보는 이내 나오는 모양이었다.

"거기 남마리아 선생 좀 찾어 달라고 그리슈."

보이는 필재의 말대로

---

633 통화 중이어서.

"거기 남마리아 선생님 좀 여쭤 주십시오."

하였다. 그리고 수화기를 귀에 대인 채 잠깐 기다리더니

"나오셨나 봅니다."

하고 전화기를 필재에게 내어밀었다.

사랑하기만 하면

필재는 가장 침착한 태도를 가지노라고 전화의 수화기를 받아 가지고 줄이 꼬인 것을 천천히 푼 다음에 귀에 갖다 대었다. 그러나 그의 입에서 나오는 어조는 그리 침착한 것은 아니었다.

"마리아 씨시죠? 남 선생이십니까?"

저기서는,

"네 누구십니까?"

하는 소리가, 전화로는 처음 들어 보지만 틀림없이 마리아의 목소리다.

"듣기만 하서요. 저는 윤필재입니다. 그런데… 저… 오늘 오후에도 시간이 계시지요, 아마…?"

마리아의 목소리는,

"네 있어요. 그런데 언제 오셨어요? 지금 어디 계서요?" 한다.

"지금 정거장 식당에 있습니다…. 그런데요, 저… 그만 서울을 떠나서 어떤 시골로 가게 돼서요. 좀 급해서 이렇게 전화로 말씀드리는데…. 오후 세시 차니까요…. 그렇지만 시간이 계시다니까…."

하는데 저쪽에서 이렇게 재쳐 말하였다.

"그럼, 꼭 식당에 계서요. 저 지금 잠깐 나가겠어요. 꼭 앉어 계서요. 정거장 이층 말이죠?"

"네…."

X여고보가 정거장에서 그리 멀지도 않거니와 마리아는 택시를 몰아 십 분도 되기 전에 정거장에 나타났다. 그리고 그 드높은 식당의 이층 계단을 종종걸음을 쳐 헐떡이며 올라왔다.

넓은 식당에는 서양사람 서넛이 중앙에 앉았을 뿐, 군데군데 키 큰 열

제이의 운명

대식물 아래에 눈빛 같은 테이블들은 횐하니 놓여 있었다. 그러나 마리
아가 나오려니 하고 기다리었던 필재는 어느 구석에선지 나타나 마리
아의 방황하는 눈을 맞아 주었다.

"왜 그렇게 여러 날 계셨더랬어요? 당일로 오신다더니?"

"좀 그렇게 됐습니다. 점심 전이시지요?"

"먹었어요…. 얼른 들어가야 돼요. 그런데 몇 시 차에 떠나시나요?"

"세시 몇 분인가 봅니다. 아직 두어 시간 있습니다."

하고 필재는 가까이 온 보이에게 아이스크림이나 하나 얼른 가져오라
일렀다.

마리아는 귀밑까지 붉은 정열이 퍼지었다. 입을 꼭 봉하고 얼굴의 무
게를 이기지 못하는 듯 테이블에 놓인 성냥갑만 나려다보았다. 그때 마
리아는 그 성냥갑을 집어 한 가치[634] 긋기만 하면 자기의 전신은 불덩어
리가 되고 말 것 같은 느낌도 일어났다.

"그간 학교엔 별고 없습니까?"

"…."

"강 군이 학교에 잘 나옵니까?"

"네…. 그런데 꼭 오늘로 떠나서야 돼요?"

"…네."

"무슨 급한 일이신데요."

"좀… 시간이 없으시다니까 어디 찬찬히 말씀 드릴 수도 없고…. 저
는 급하니까 가서 편지로 자서히 드리고, 또 서울이 가까우니까 다시 한
번 올라와서 만나 뵐랴고 그랬지요. 그랬다가 틈이 없으실 줄 알면서도
전활 걸었습니다."

"제가 지금 들어가서 한 시간만 보고 나올게요. 이 식당으로 나올게
요. 계시겠어요?"

---

634 '개비'의 방언. 개피.

"네…."

"볼일 계시면 그 새 보시고라도 여기로 제가 올 테니 여기서 뵙도록 해 주세요."

"네…."

마리아는 섬광과 같이 빠르고 날카로운 눈으로 필재의 눈을 한번 스치고는 아이스크림은 한술도 뜨지 않고 일어섰다.

필재는 마리아를 보내고 꿈에서 깨인 사람처럼 주위를 한번 새삼스럽게 둘러보았다. 그리고 마리아 앞에 놓였던 아이스크림을 당기어다 먹으면서 한때 동경 신숙 정거장 식당에서 천숙이와 함께 점심 먹던 생각도 역시 꾸고 난 꿈의 추억처럼 애틋한 그리움으로서 떠올랐다.

필재는 마리아가 다시 나오도록 한 테이블에서 꼼짝하지 않고 앉아 있었다.

마리아는 한 시간이 못 되어 다시 나타났다.

"시간을 빠지서서 됐습니까?"

필재는 될 수 있는 대로 냉정과 침착을 표정하며 물었다.

"아무턴지 오늘은 못 가서요."

마리아는 필재의 냉정에 감념하려[635] 하지 않았다. 얼굴이 다시 딸기 송이처럼 익어지면서 묻는 말에는 상관없는 대답을 하였다.

"네?"

"오늘은 못 떠나실 줄 아세요."

하고 이번에는 무슨 시비를 따지려는 사람처럼 굵은 직선과 같은 힘찬 시선으로 필재를 건너 쏘았다.

필재는 마리아의 시선이 뜨거운 듯 얼른 눈을 감아 버리고 잠깐 생각하였다.

그러나 눈을 다시 뜰 때엔 자기가 무엇을 생각하였는지 알 수가 없

---

635 感念--. 신경쓰려. 의식하려.

었다.

"오늘은 제가 가겠습니다. 다음 일요일 날 제가 다시 와 어디서 조용히 만나 뵙기로 하지요."

마리아는

"싫여요."

하고 머리를 흔들었다.

"그럼 어떻게 합니까? 주인집에선 아주 나왔는걸요."

"저희 주인으로 가서요."

"주인이라뇨?"

"저, 기숙사에서 나왔어요."

하고 마리아는 보이를 손짓하여 탄산을 한 병 가져오라 하였다.

"나오시다니요?"

"사감 내놓고 기숙사서 나왔어요."

"왜요?"

"꼴 보기 싫은 것 많아서요."

하고 마리아는 소매 끝에서 손수건을 내어 이마를 닦았다. 그리고 보이가 부어 놓는 탄산을 한 모금 길게 마시었다.

"무슨 꼴이요? 그새 무슨 변동이 생겼나 봅니다그려?"

"고, 강 가 녀석이 교무주임이 됐죠. 이사들도 누깔[636]이 멀었지…. 그래 가지고는 그 이튿날로 기숙사 관리도 제 손에 널랴고 덤비느므뇨. 아니꼬와 당장에 내놔 버렸어요."

"그럼 주인은 어디로 정하셨습니까?"

"인제 가 보시면 아시죠."

하고 마리아는 테이블에서 물러나며 일어섰다.

필재는 잠자코 따라 일어설 수밖에 없었다. 그리고 그 신숙 정거장에

636 '눈깔'의 방언.

서 어디로 가는 것인지도 모르고 천숙이가 차표를 사는 대로 따라가던 생각도 났다.

클락에 맡기었던 모자와 단장과 그 화병을 찾아들고 마리아의 뒤를 따라 대합실로 나려왔다.

마리아는 이내 택시를 불러 대었다.

"어디신데요?"

하고 필재는 정거장 시계를 쳐다보니 경원선 차를 타려면 슬슬 개찰구로 모여 서야 할 때다.

"어디든지 타세요. 왜 무슨 정탐[637]소설같이 생각되서요?"

하고 마리아의 눈에는 부끄러움을 이기려는 억지의 웃음이 물결치었다.

"그럼, 이거나 정거장에 맡겨 두고 들어가죠."

"무언데요?"

"그 화병입니다."

"그까짓거나 누가 위해서 들구 다니시래요?"

하고 마리아는 화병 싼 것을 빼앗아 들고 먼저 자동차 안으로 들어갔다.

그들의 자동차는 남대문을 들어서 부청[638] 옆으로 총독부를 향하고 곧은 길을 달렸다. 총독부 앞에 가서는 다시 왼편을 돌더니 효자동 올라가는 전찻길을 달아났다. 마리아의 주인은 효자동에 있는 어느 일본 사람의 하숙이었다. 기숙사에서 갑자기 나와 가지고 우선 들기 쉽고 비교적 종용한 때문에 일본 여관에 임시로 든 것이었다.

"왜 일본 여관에 드섰습니까?"

필재는 자동차를 나리어 마리아를 따라 여관집 현관에 들어서며 물었다. 그러나 마리아는 필재에겐 대답이 없고 마주 나오는 하녀에게,

---

637 偵探. 탐정.
638 府廳. 일제강점기의 경성부청.

　　　　　　　　　　　　　　제이의 운명

"다다이마[639]…."

하고 이층으로 올라갔다. 필재는 으레 따라 올라가야 할 줄은 알았으나 멍청하여 걸음을 멈추고 섰으려니까 앞서 올라가던 마리아가 나려다보더니, 낮으나 빠른 소리로

"왜 섰어요?"

하고 사뭇 눈을 흘기었다.

마리아의 방은 이층에 올라와서도 맨 끝으로 있었다. 다다미는 그저 풀빛이 새파란 채 청초하였고 서북으로 터진 유리창엔 가까운 인왕산 허리가 병풍의 산수처럼 둘려 있는 고요하고 깨끗하고 전망이 좋은 방이다.

"밖에서 보긴 우습더니 방은 꽤 좋습니다."

"…."

마리아는 대답이 없이 책상 앞에 가 앉았다. 책상에는 코스모스 한 떨기가 상글거리고 꽂혀 있었다.

필재는 저고리 단추 하나를 마저 끌러 놓고 반만 열려 있는 유리창을 마저 밀어 놓았다.

"창이 서향이 돼 오후엔 좀 더웁군요."

그래도 마리아는 말이 없다가 필재의 물은 말이 기분까지 아주 사라진 뒤에 입을 떼었다.

"제가 만일 반에 들어갔던들 전활 못 받았겠죠?"

"…."

이번엔 필재가 대답이 없다.

"그래도 그냥 가실랴고 하셨어요?"

하고 마리아는 재쳐 물었다.

필재는 마리아의 질문에 적당한 대답을 찾을 수가 없었다. "네" 하자

---

639 '다녀왔습니다'를 뜻하는 일본말.

니 사실이긴 하나 너무 야박한 대답이겠고 "아니오" 하자니 거짓말일 뿐더러 자기의 태도가 근본적으로 모순일 대답이다. 왜 그러냐 하면 만일 전화를 걸어서 마리아가 나오지 않는다고 떠날 것을 중지할 사람이라면 애초에 주인집에서 나오기 전에 한번 마리아를 만나려고 했어야 할 것이었다.

필재는 입이 붙은 듯 저녁 그늘이 비끼인 인왕산 허리만 건너다보았다. 산에는 군데군데 무슨 나무인지 노랗게 단풍이 들어 있었다.

"마리아."

필재는 저도 모르게 '씨'자도 붙이지 않고 마리아를 불러 보았다. 마리아는 그렇게 불러 주는 것이 반가운 듯 날쌔게 얼굴을 들었다. 그리고 그의 눈은 언젠지 젖어 있었다.

"그렇게… 정말 좋아하시오? 나를…?"

"…"

"응? 마리아 씨."

마리아는 수그린 고개를 두어 번 끄덕이었다. 그리고 이내 책상 위에 엎디었다. 그것을 보는 필재는 무슨 비장한 결심을 하는 듯 굵은 힘줄을 이마에 달리며 빈주먹에 몇 번이나 힘을 주었다. 그리고 마리아의 어깨를 유리그릇처럼 조심스레 안아 보았다.

그날 필재는 마리아에게 모든 것, 자기가 가진 모든 역사와 이상을 풀어놓았다. 자기는 고독한 것, 자기는 일찍이 천숙이란 여자를 사랑한 것, 그에게 실연한 것, 그러기 때문에 여자를 가장 가지고 싶어는 하면서도 무서워한다는 것, 남의 은혜로 공부한 것, 이름이나 빛으로 처세하기보다 곧고 참된 일에 일생을 소비하고 싶다는 것, 관동의숙을 당신이 꽃 싸다 준 신문지에서 발견했다는 것, 사실은 그대를 사랑했으나 될 수 있는 대로 단념하려던 것은 첫째로는 천숙을 가졌던 과거 때문에, 둘째로는 오로지 관동의숙에만 충실해 보기 위해서였다는 것을 다 고백하였다.

제이의 운명

"누가 과거만 생각하면서 사나요, 뭐?"

필재가 천숙의 이야기를 할 때 마리아는 조금도 어색함이 없이 이렇게 필재의 말을 막았다. 그리고 관동의숙에만 전심전력하기 위해서라고 하는 말엔 눈을 둥그렇게 뜨고 대어들었다.

"그건 절 여간 무시하는 말씀이 아냐요."

"그럴까요?"

"그럴까요라뇨. 그럼… 난 당신 사업에 도움은 못 되고 도리어 방해물로밖에 안 보신 것 아냐요?"

필재는 또 막히는 대답을 억지로 찾으려 하지 않고 얼른 마리아의 손을 집어다가 꼭 힘들여 쥐어 보았다.

"당신은 나한테 여간 로보트가 아녔어요…. 인제도 그러면 그냥 있을 줄 아세요?"

하고 마리아는 아이들이 천진스런 앙심을 먹듯, 입술을 뾰족하게 해 가지고 필재를 흘겨보았다.

"그럼 어떻게 할 테요?"

하고 필재는 빙긋이 웃었다.

"어떡하긴 어떡해요? 무슨 끝이든지 끝을 내구 말지."

하고 마리아도 아직 마르지 않은 눈을 웃어 보였다.

그날 그들은 다시 밖으로 나오지 않았다. 저녁도 갸쿠젠[640]을 시키어 같이 먹고 밤에 잠도 한방에서 아래위로 누워 잤다.

그러나 그들은 옛날의 트리스탄과 이졸데[641]처럼 자리와 자리 사이에 칼을 놓고 자지는 않았으되 그 나라와 나라의 국경과 같은 경계선은 피차에 수비할 만한 힘이 있었다.

이튿날 아침, 마리아는 학교로 가고 필재는 정거장으로 나와 경원선

640　客膳. '손님상'을 뜻하는 일본말.
641　이루어질 수 없는 사랑을 그린 중세 유럽의 전설 속 두 주인공.

사랑하기만 하면

차를 탔다.

경원선 차는 으레 용담 앞을 지나갔다. 그리고 용담으로 오는 사람도 으레 용담을 그냥 지나서 철원 정거장까지 한 십 리 더 가서 나리는 것이었다.

필재가 용담을 지날 때에는 승강대로 나와서 내어다보았다. 철둑에는 어제부터 오려니 하고 기다리던 이 선생과 김 선생과 최경희와 여러 학생들이 후미키리[642]에 나와 서서 필재를 보고는 먼 데서부터 손을 흔들고 소리들을 질렀다. 그리고 그길로 학생들을 공부도 시키지 않고 정거장 길로 뛰어들 올라왔다.

이렇게 필재가 관동의숙에 오자, 관동의숙은 꺼지려던 등잔에 기름이 부어진 듯 빛나기 시작하였다.

첫째 유리가 깨어지고 설죽[643]이 떨어져 달아난 창문들을 고치었다. 다음엔 걸상과 책상이 반이나 모자라서 우선 한 삼십 개씩 만들어다가 작은 아이들은 한 걸상에 셋씩이라도 모다 걸어앉아 공부하게 되었다. 사무실에 시계도 하나 걸려지고, 또 수십 년을 문대기어서 가운데가 갈라지고 나뭇결이 앙상하게 두드러진 칠판들을 모다 떼어 버리고 새것을 걸었다. 그리고 하학만 되어 아이들이 흩어지면 풀포기 밑에서 벌레 소리나 개구리 소리만 쓸쓸하던 운동장이 잘 드는 면도칼이 지나간 듯 잔풀 한 포기 찾을 수 없이 닦여진 데다, 황토 흙까지 펴고 해가 질 때까지 테니스 치는 그 명랑한 공 소리와 카운트 소리는 잠자던 동리를 깨워 놓은 듯하였다.

그러나, 저녁 뒤에 가끔 학교 마당에 와서 혼자 거니는 필재의 마음은 차츰 우울하였다.

마리아는 그때 곧 X여고보를 고만두고 필재를 따라 관동의숙으로 오

---

642 踏切. '철로 건널목'을 뜻하는 일본말.
643 '문설주'의 방언.

겠노라 하였다. 그런 것을

"무어든 욕속부달[644]이오. 인제 그 최경희란 여선생이 떠날 것이니, 그때는 안 오겠노라 해도 내가 모시려 갈 테니 아직은 그냥 계시오."

해 놓은 것이다.

그런데 최경희는 떠날 날이 한 주일도 못 되게 결정되었다. 또 김 선생, 그 김 학감의 아들이 면서기가 되어 학교 일을 내어놓은 지가 삼사일째 되었다. 학교는 보통학교령에 의한 학교라 육학년까지 있으니까 아무리 복식교수(複式敎授)로 한 반에 두 학급씩을 앉히고 가르치는 것이지만 선생 세 사람은 있어야, 그나마도 진종일 한 시간 쉬어 보지도 못하고 내려 가르치는 것이다. 그런데 김 선생이 고만두었고 최경희까지 떠나 버리면 이석로와 필재 두 사람이 남을 뿐이다. 필재는 마리아를 곧 불러야 될 형편이었다.

'내가 만일 마리아를 만나지 않고 왔던들 지금 이 자리에서 누구를 청해야 될 것이었나…. 마리아가 온다 치자! 나는 무얼로 그의 생활을 보장해 줄 것인가?'

이렇게 생각해 보는 필재의 마음은 암담하지 않을 수가 없다.

필재는 그 출처도 미상한 돈을 사백여 원이나 모아 두었던 것을 이번 관동의숙에 한 푼도 아끼지 않고 다 내어 바친 것이다. 앞으로 그 돈 오십 원씩이나 계속하여 와 준다면 당분간은 문제가 없겠지만, 그 돈이 어느 달까지 계속해 줄지가 문제였다. 그리고 벌써 양력으로는 시월이 된지 오륙일이니 이달 치가 올 때도 되었으리라 하고 마리아에게 부탁을 하였지만 혹시 X여고보 수부에서 편지를 돌려보내지나 않을까 하는 걱정도 되었다.

최경희가 안양사에서 자기 남편을 다리고 나와 용담을 떠나간 날 저녁이다. 정거장까지 그를 전송하고 돌아와 피곤한 몸이언만 필재는 일

---

644 欲速不達. 일을 서두르면 도리어 이루지 못함.

찍 자리에 눕지 않고 어두운 징검다리를 건너 학교 마당으로 왔다.

필재는 혼자 학교 마당을 거니는 것이 좋았다. 마치 구차한 농부가 어찌어찌하여 생전 처음으로 소나 한 마리 사다 매어 놓고 그 앞이 떠나기가 싫듯이, 컴컴한 그림자나마 학교를 보는 것이 좋았고 그 널따란 빈 마당을 혼자 고요히 생각에 잠겨 걷는 것도 좋았다.

벌써 가을은 깊은 때다. 바람 소리는 가벼우나 옷깃을 침이 날카롭고 꼭지 익은 포플러 잎사귀는 누가 한 움큼 쥐었다 놓듯이 우수수 흩날렸다. 그리고 가까이 어떤 집에선 목소리 익은 아이의 글 읽는 소리가 나오고 멀리 산 밑의 어떤 집에서는 다듬이 소리가 울려왔다.

필재는 학교를 위한 답답한 생각만은 아니다. 무한히 쓸쓸하기도 했다.

"나에게 누가 있는가?"

필재는 바람처럼 혼자 지껄이었다.

그는 이날 최경희가 남편과 함께 떠나는 것을 보고 느낌이 있었다. 최경희는 떠나기 전에도 하학만 하면 거의 날마다 내왕(來往) 시오리[645] 나 되는 안양사에 가서 병든 남편을 보고 오는 것을 일과처럼 하였다. 그리고 이곳은 벌써부터 조석으로 기후변동이 심해 가는 것을 보고 솔선하여 남편을 이끌고 떠나 버리었다. 그 충실함, 그리고 그 남편의 그 운명을 한가지로 함을 볼 때, 필재는 자기의 외로움을 새삼스럽게 느낀 것이다.

'마리아, 너는 정말 나를 사랑하는가? 나와 함께 영원한 운명의 반려가 되어 줄 것이냐? 응? 말해라, 말해라….'

하늘의 별들은 마리아의 눈처럼 깜박깜박 나려다보았다. 이날 밤 필재는 마리아에게 처음으로 긴 편지를 썼다.

서울을 떠나오라는 사연은 벌써 이틀 전에 써 보냈으니까 학교 일을

---

645 '십오 리(里)'의 옛말.

제이의 운명

위해서는 다시 안 해도 그만이겠지만, 왜 그런지 긴 편지가 쓰고 싶었고 그 편지를 쓰는 시간은 마리아와 더불어 이야기하는 시간처럼 행복스러웠다.

그런데 마리아의 답장은 의외로 더디었다. 나흘이면 돌아오리라 생각한 답장이 닷새, 엿새가 되어도 답장이 없고 사람도 나려오지 않았다. 필재는 일요일 날을 타서 서울로 가 볼 생각인데 여드레 만에 엽서 한 장이 왔다. 사연은 그렇지 않아도 곧 좀 올라와 달라는 것이다.

마리아는 자기로도 의외이리만치 서울을 떠나기가 힘들었다.

마리아는 그날 밤 필재와 함께 관동의숙을 중심으로 그들의 장래를 속삭인 뒤로 학교 일이 손에 붙지가 않았다. 그러다가 '그 최 선생이란 이가 일간 떠나니 곧 나려올 준비를 하라'는 필재의 편지를 받고는 곧 교장실로 달려가서 말하였다.

"교장님, 저 아주 미안한 말씀을 드려야겠어요."

"무슨 말이오? 나 듣기 반가운 말을 좀 하시오. 마리아가 다시 사감이 되어 주겠단 말이오? 호호…."

하는데 마리아는 말이 나오지 않는 것을

"학교를 아조 고만둬야겠어요."

하였다.

"그것 무슨 말이오, 마리아?"

마리아는 잠자코 고개를 못 들었다.

"아니 벌써 작정한 것이오, 나와 의논하는 것이오?"

"작정했어요."

하였다. 교장은 얼굴빛이 대뜸 붉어졌다.

"무슨 까닭이오?"

"어떤 농촌에 가서 농촌사업을 좀 해 보겠어요."

"농촌사업! 아조 귀중한 사업이오. 그렇지만 우리 학교에 있는 것도 귀중한 사업이오…. 그런데 마리아가 암만해도 우리 학교에 어떠한 불

평이 있나 보오. 자서히 말을 하시오. 나는 마리아를 결코 해롭게 인도
하지 않는 것은 믿어 주시오…. 안 되지…. 마리아가 결혼하고 홈을 위
해 고만둔다면 그것은 내가 허락하겠소. 그렇지만 다른 사업을 위해서
고만둔다면 나는 그 다른 사업이란 것을 내 눈으로 가서 보고 잘 조사한
결과 마리아에게 적당한 것이면 허락하여 주고 적당하지 못한 것이면
나는 어대까지 반대하겠소. 자서히 이야기하시오."
하는 교장은 너무나 마리아에게 인자한 것이 도리어 괴로움이 되었다.

마리아는 한참 속으로 궁리하여 가지고 억지로라도 좀 쌀쌀스런 표
정을 지어

"선생님이 저를 위해서 하시는 말씀은 모다 감사하게 명심합니다. 그
렇지만 저도 이제는 학생 시대와 달러서 장래에 관한 것을 일일이 선생
님께 폐를 끼치려고는 않습니다…. 저도 여러 날 충분히 생각하고 여쭙
는 것입니다."
하니 교장은 마리아의 말뜻도 알아들었거니와 그보다도 자기의 친절을
거절하는 듯한 마리아의 매끄러운 표정에 이내 눈치채임이 있었다.

"그럼… 어떡하나…. 내가 간섭은 아니하겠소. 그렇지만… 여러 날
생각 많이 했다고 하지만 오늘이 프라이데이요. 이번 주일날까지 잘 생
각해 보시오. 그리고 다시 나에게 말해 주시오. 지금은 내가 좀 어디 가
야겠소."
하고 교장은 먼저 자리에서 일어섰다.

마리아도 따라 일어서 나오려는데 교장은 다시
"미스 남."
하고 불렀다.

"네?"
"내일 저녁에 나하고 같이 우리 집에서 저녁 먹을 시간이 있겠소?"
"내일이요?"
하고 마리아는 생각하니 내일은 토요일이다. 어쩌면 철원서 필재가 자

기의 편지를 기다리다 못해 올라올는지도 모르는 때문에

"다른 데 약속이 있어요."

하고 그것도 거절하였다. 교장은 좀 불유쾌한 듯

"응, 그래…."

하고 문소리를 좀 높이 내이며 나왔다.

마리아는 여러 날째 입속에서만 끓던 말을 결국 내어놓고 보니 시원하기도 했거니와 미리부터 따져 보지 않은 배 아니로되 한 가지 불안한 점이 없지 않았다.

그건 돈이었다. 마리아는 학교에 공부한 빚이 있었다. 반 교비생[646]이어서 삼 년 동안 신호에 가 있을 때 칠백 원밖에는 안 갖다 썼지마는 그걸 꺼 나가던 것이 아직도 삼백 원 가량이나 남아 있었다. 그런데 마리아에게 따로 저축된 돈은 겨우 이백 원 좀 남짓하였다. 그래서 자원으로, 더구나 학교에서 붙드는 것을 나오는 날엔 그 남저지[647]를 다 갚고 나와야 나오기가 떳떳하겠는데, 돈머리는 칠팔십 원이나 모자랐다.

"이 칠팔십 원을 어떻게 하면 좋은가?"

하고 걱정은 처음부터 되었다. 그러나 어서 필재에게 가고 싶은 생각만에

"그만 것이야 어떻게 하든지 못 해 놀라구…."

하였던 것이다.

그랬던 것이 막상 당하고 보니 막연하였다. 얼른 갚을 길이나 있으면 다른 여선생에게 대용할 수도 있겠지만 그것이 막연한 데서 일어나는 불안이었다.

나중엔 집에다 오라버니에게 편지를 할까 하고도 생각해 보았으나, 집안 형편이 갑자기 칠팔십 원을 보내 줄 만도 못 하였고 또 급한 줄을

646   校費生. 학교 경비로 공부하는 학생.
647   '나머지'의 방언.

알아 남의 빚이라도 내어서 보내 준다 치더라도 무슨 일에 쓰는 것인지를 곧 물을 것이니, 만일 칠팔십 원 월급자리를 버리고 한 달에 단돈 십 원도 생길지 말지 한 관동의숙으로 가는 때문인 걸 안다면 집에서는 물론 반대가 일어날 것이요 나중엔 필재에게까지 좋지 못한 욕이 미치지 않는다고도 단언할 수 없는 일이다.

그래서 마리아는 돈 말을 하기는 어려우나 역시 자기의 절박한 사정을 의논하려 필재를 와 달라 편지한 것이었다.

마리아는 얼굴이 상하도록 근심이 많은 며칠을 보냈다. 그에게라고 물욕이 없을 리는 없기 때문이다. '같은 값이면 필재 씨가 서울서 무슨 직업이든지 붙들고 나도 한 삼 년만 더 벌어서 집이라도 하나 장만하고 그리고 혼인을 했으면' 하는 생각과 '아니, 혼인을 얼른 하고, 난 아이가 생길 때까지는 학교에 다니어서 내 힘으로 집 한 채만 벌어 놓아도…' 하는 따위 생각들이 '못쓴다! 필재 씨의 사업을 방해해서는…. 나는 그이에게 맹세한 말이 있지 않으냐. 그이의 사랑만이 변해 주지 않는다면 나는 나의 영원한 참된 행복을 인식해야 한다! 또 나도 조선의 딸이 아니냐? 씩씩하게 그이의 동지가 되리라!' 하는 생각과 자꾸 조그만 충돌이 일어났다. 충돌이 일어날 때마다 앞의 생각들은 유리처럼, 뒤의 생각은 돌멩이나 마치[648]처럼 문제없이 하나는 부서지고 말았다.

그러나 공상 그것은 빛나는 것이거나 어두운 것이거나 간에 눈에서 잠을 쫓아 버리고 입에서 입맛을 몰아내며 손에서 모든 일이 잡히지 못하게 구는 조그만 뒤스럭쟁이[649]임엔 틀리지 않았다.

마리아는 토요일 저녁부터 나가지 않고 기다렸으나 필재는 그 이튿날, 일요일 오후에야 나타났다.

마리아는 반가움에 눈물이 다 글썽글썽하였다.

---

648 망치.
649 수다스럽고 부산한 사람.

제이의 운명

필재는 마리아에게 그런 사정이 있음은 처음 알았다. 교비생이었단 말은 들었지만 학비 쓴 것을 갚아 나간다는 말은 처음 들었다.

"뭐 빚 좀 그냥 두고 가면 어떻습니까? 그것도 마리아 씨가 다른 일을 위해서 고만둔다면 모르지만 같은 교육 사업으로 고만두는 것이요, 또 소위 교비라는 명목으로 쓴 학자금인데 좀 차츰 갚지요."

"그래도 저 사람네 금전에 대한 관념이 그렇게 관대하지 않아요. 더구나 말리는 걸 우기고 가니까 으레 돈 말을 할 겝니다. 그렇지만 그걸로 걱정하실 건 없어요."

필재는 마리아에게 혹시 내일이라도 학교에 가 봐서 자기의 이름으로 온 서류가 있거든 거기 오십 원이 들었기 쉬우니 그것도 찾아서 보태이라고 도장까지 맡기고 모자라는 것은 임 선생한테서라도 취해 쓰든지 또 어쩌면 이달 월급은, 관립학교와 같이 퇴직금까지는 나올지 의문이나 초승[650]이라도 옹근 월급은 줄 것이니 그만하면 팔십 원쯤 마저 갚을 수가 있으리라 하였다. 만일 서류가 온 것이 없거든 오십 원까지 임 선생에게 대용하고 다음 달에 갚기로 하자 하였다. 그리고 마리아가 가지고 나려오기 무거운 짐은 미리 필재가 싸 가지고 필재는 그날로 밤차에 나려오고 말았다.

이튿날 마리아는 오전 중엔 끝으로 한 시간이 있을 뿐 열한시까지는 시간이 없었다. 그러나 교장은 오전 중엔 시간이 꼭 차 있는 것을 알기 때문에 먼저 학교로 가지 않고 은행으로 가서 자기의 저금을 모조리 찾고 열시나 되어서 학교로 갔다. 학교엔 아닌 게 아니라 필재의 서류가 와 있었다. 급사가 마리아를 보자 물었다.

"남 선생님. 윤필재 선생님 주소 아신다고 그리셨죠? 서류가 오면 받어 두라고 그래 받어 둔 게 있는뎁쇼."

"그러우? 언제 왔소?"

---

650 初生. 월초(月初).

"벌써 토요일 날 받었어요."

"그럼 그걸 나를 주. 날더러 찾어 보내라고 도장까지 맡겼으니…."

편지 속엔 정말 아무 사연도 없이 오십 원의 가와세만 들어 있었다. 마리아는 그 알도 못하는 사람에게서 돈이 온다는 것은 아직 필재에게서 자세히 듣지 못했다.

교장은 오후에나 만나리라 하고 오전의 한 시간을 가르치고 나오니까 급사가 교장의 쪽지를 가지고 왔다. 점심을 자기 집으로 올라와 같이 먹자는 것이었다.

그 점심 식탁에서다. 마리아는 교장이 시키는 대로 기도를 하고 나서다.

"그래, 많이 생각해 보았소?"

하고 교장이 먼저 물었다.

"네."

마리아는 교장이 웃는 대로 따라 웃었다.

"어떻게?"

"아모래도 고만두겠어요."

"그래…. 참 섭섭하군…."

교장은 지난번 학교에서보다는 표정이 그리 변동하지는 않았다.

그러나 생각한 바와 같이 교장은 이내 돈 말을 내었다.

"마리아가 아직 학교 돈이 꽤 많이 남었을 턴데…."

"네…. 한 삼백 원 남었는데 한껍에 갚겠어요."

"한껍에? …. 응… 그렇게 돈이 있소? 힘이 들면 한 달에 얼마씩 갚아 나가시오. 그래도 괜찮소."

하였다.

"제가 다른 시굴에 가 있어도 괜찮어요?"

"그럼. 우리는 마리아가 다른 데로 가는 것이 섭섭하지만 신용하는 것은 마찬가지요. 호호…."

제이의 운명

하고 교장은 의외에도 돈 문제에 관대하였다.

그러나 마리아는 백 원만 다음에 갚기로 하고 나머지 것이 이백 원이나 되는 것은 한목 갚아 버리었다. 그달 월급까지 찾으니 필재의 돈 오십 원까지 해서 삼백 원을 다 갚아도 수십 원 남을 것이나, 너무 여유 없이 필재만 믿고 떠나기가 불안하여서 필재의 돈은 필재의 돈대로 전하기로 하고 자기도 칠팔십 원 몸에 지닌 것이었다. 그리고 한 가지 걱정이던 것은 후임 교원이 생기기 전에 떠날 수가 없는 것이었으나 같은 교회학교에 시간으로만 다니는 교원이 역시 이 학교에도 시간으로 오기로 교섭되어 마리아는 걱정하던 것보다는 날래, 그러나 필재가 다녀간 지 엿새 만에야 철원으로 나려왔다.

마리아는 용담이 즐거웠다. 보기 전부터도 즐거운 곳이었었다. 보기야 집이 원산이니까 늘 차로 지나다니던 동네지만 한 번도 유심히 눈을 던진 적은 없어, 무론 기억에서는 찾을 수 없는 동네였다. 그러나 필재가 와 있는 날부터는 그 용담이란 동네는 낙원과 같이 몽매간에 그리워지던 동네이다. 용담은 필재에게서 듣던 바와 같이 산이 깊은 데였다. 광활한 바다만 내다보면서 자라났거니와 그 스포티한 성질에 이 삼태기 속 같은 용담의 자연이 결코 마음에 맞을 리 없을 것이나, 마리아는 자기의 성격을 의심하리만치 아늑한 산촌이기 때문에 도리어 용담이 좋기도 했다. 그건 필재가 있기 때문이다. 아직 형식상으로는 약혼도 아니면서 신혼이나 한 신랑 신부가 경치 좋은 고산지대에 신혼여행이나 온 듯한, 즉 부끄럽고 말썽 많은 모든 사람의 시선을 피해 단둘이서 소곤거릴 아늑한 양지를 찾은 듯한 행복감을 느끼기 때문이다.

마리아는 필재의 주인에서 도랑 하나를 건너 마당 두엇을 지나가면 있는 학생 아이네 집인데 바로 최경희가 있노라고 깨끗이 발라 놓은 방에 들었다.

관동의숙은 더욱 빛났다. 필재는 관동의숙의 바깥주인처럼, 마리아는 관동의숙의 안주인처럼 한집안을 이룩하듯 그들은 팔을 걷고 덤비었다. 학생들은 그들의 자여질[651]과 같았다. 그들을 따르는 것이 그랬고 그들의 덕성에 감화되어 감이 또한 그랬다.

필재와 마리아에게 감화됨은 관동의숙의 학생들만은 아니었다. 필재는 남자들에게, 마리아는 부녀자들에게 저녁마다 틈틈이 그리고 일요일은 먼 동네까지 돌아다니며 그들의 문화를 향상시키기에 전심전력을 기울였다.

마리아는 부녀자들을 만나 볼수록 그들의 무지함과, 그들의 가정을 살펴볼수록 그들의 가난함을 외국 사람이나처럼 놀라지 않을 수 없었다. 늘 신문과 잡지에서 문맹이니 기근이니 하는 제목을 보기는 많이 했으나 그저 그런가 보다 했을 뿐, 그 대명사들이 이처럼 딱한 정경을 설명한 것인 것은 꿈에도 몰랐던 것이다.

마리아는 생각도 못 하던 여러 가지를 보았다.

눈에 삼[652]이 선 것을 인분을 발라야 피가 삭는다고 인분을 발랐다가 눈이 머는 무지한 사람도 보았다.

사철 자리옷[653]은커녕 이불이 없이 사는 사람들도 보았다. 올조[654]는 벌써 다 잘라다 먹고 늦조[655]도 여물기를 기다리지 못하여 미리 잘라다가 볶아서 찧어 먹는 것도 구경하였다.

"저렇게 미리 다 먹으면 겨울엔 무얼 먹소?"

"그럼 어떻게 한대요? 겨울에 먹자고 배고파 죽나요?"

하고 오히려 그들 자신이 태연함에 더욱 놀랐다. 그건 태연이라기보다 그런 불안에 만성이 되어 버린 감각의 지둔[656]이었다.

마리아는 어떤 집에 들어갔다가는 그냥 나오기가 너무 딱하여 용돈

---

651 子與姪. 자식과 조카.
652 눈동자에 생기는 희거나 붉은 점.
653 잠옷.
654 제철에 앞서 여무는 조.
655 늦게 여무는 조.
656 굼뜨고 둔함.

제이의 운명

을 털어서

"이걸로 광목이나 몇 자 끊어다가 저 애 배나 좀 가려 주."

하고, 또는

"이걸로 좁쌀이라도 몇 되 사다 끓여 자슈."

하고 주고 나왔다. 그리고 한번은 일부러 읍으로 가서 눈약, 이약, 고약, 관격[657]에 먹는 약, 쟁기에 다친 데 바르는 약들을 십여 원어치나 사다 두고 학생들과 용담 사람들은 무론이요, 근동[658]으로 나다닐 때 으레 약 장수처럼 들고 다니며 앓는 사람들에게 노나주었다.

한번은 경쾌네라고 삼학년 반 학생의 어머니였다. 이른 아침에 몸을 풀었는데 거의 돌이[659] 되도록 후산[660]을 못 하였다고 경쾌 할머니가 마리아의 새벽 방문을 두드리었다.

"제겐들 그런 약이야 어디 있어야죠."

"이를 어쩌면 좋은가! 뭐 벌써 기색[661]을 한 지 오래요니까….”

하고 경쾌 할머니는 탄식과 새벽 추위에 홑것을 입은 채 덜덜 떨었다.

"그럼 왜 진작 읍에 가 의사를 불러오지 않았어요?"

"왜 안 가오니까? 애 아범이 두 차례나 들어갔더랬죠. 그런데 약값 진 게 있답니다. 그 노래만 하면서 떠날 새가 없다고 하더라나요. 상약[662]은 좋다는 건 다 해 보고…. 이방[663]도 아는 대룬 다 해 봤지만서두… 원!"

마리아는 가도 별수는 없으련만 자기를 찾아오는 그들의 딱한 사정을 함께 가서 보아라도 주리라 하고 옷을 입고 따라갔다.

경쾌네 안방 문 앞에는 짚세기[664]와 고무신이 수십 켤레나 자빠지고

---

657 關格. 급체.
658 近洞. 가까운 동네.
659 거의 하루가.
660 後産. 해산한 뒤에 태반과 양막이 나오는 일.
661 氣塞. 기의 소통이 막힌 상태.
662 常藥. 민간에서 만들어 쓰는 약.
663 예방.

엎어지고 하였다. 방문을 여니 방 안은 아직 벌레 눈깔같이 빤한 석유 등잔이 켜져 있는데 눈에도 뽀얗게 보이는 악취가 확 끼쳐 나왔다. 그러나 마리아는 입을 꼭 다물고 들어서니 모여 앉았던 동네 늙은이들이 모다 자기네 일들처럼 고마운 인사로 맞으며 구주(救主)나 맞는 듯이 기대의 눈을 서로 번득이었다.

그러나 마리아는 명치끝에서만 숨이 뛴다는 송장과 같은 산모를 먼 눈으로 두어 번 들여다보았을 뿐 좌중의 기대에는 너무나 무능한 사람이었다. 마리아는 그 자리에서 자기에게 산파술이 없음을 뼈아프게 후회하였다. 다른 때도 자기가 신호까지 가서 삼 년간이나 전공하고 온 소위 가사 지식이라는 것이 이 조선의 현실에선 얼마나 동떨어진 것인 것을 번번이 느껴 왔거니와, 이날은 그것을 가장 절실히 후회하였고 앞으로는 겨울방학이나 여름휴가를 이용하여 산파와 의료에 관한 것을 배워 오기로 결심을 하였다.

마리아는 이날 학생 하나를 시켜 자기가 급히 앓는다 하고 자기의 돈으로 의사를 불러다 대었으나 의사가 너무 늦게 나오기 때문에 의사는 경쾌 어머니의 사망진단서를 쓰는 것밖에는 할 일이 없었다.

이러한 경험은, 의분(義憤)에 예민한 마리아로 하여 광명에서 너무나 먼 거리로 떨어져 가는 관동의숙 학생들이나 용담의 가정들을 위해 더욱 분발하는 원동력이 되었다.

"나는 참 몰랐어요."

"무얼요?"

하고 필재가 물었다.

"세상을 참 너무나 몰랐어요. 그러고도 어떻게 남을 가르치려는 용기가 나왔을까!"

하고 감사와 감격함을 상기된 얼굴에 가득 담아서 필재에게 쳐들었다.

---

664 '짚신'의 방언.

제이의 운명

"이전 아셨소?"

"네! 좀….'"

"여기 온 걸 만족하십니까?"

마리아는 고개를 끄덕이었다.

"알았으니까 몰랐을 때보다 책임이 큽니다."

하고 필재는 정열에 타는 시선을 마리아와 맞추었다. 그리고 혈관과 혈관까지라도 서로 잇듯 건강한 맥박이 들먹거리는 손과 손을 서로 힘주어 붙들었다.

필재는 마리아를 용담에다 맞이한 후 처음 며칠을 남모르는 불안에 잠겨 있었다.

그건 경제 문제였다. 자기만 같으면 아무리 거칠게 먹고 거칠게 입을지라도 관동의숙과 운명을 한가지로 하는 데 오히려 기쁨이 있을 것이나 마리아의 경우엔 그렇지 못할 것이기 때문이었다.

그러나 필재는 몇 날이 지나지 않아 곧 낙관할 수가 있었다.

첫째는 마리아가 학교 일에뿐 아니라 농촌 사정에 즐기어 관심하고 씩씩하게 덤비어 실행이 앞서는 그 의지의 굳셈을 안 때문이요, 다음에는 그렇게 가난한 용담이언만 다달이 삼백 원에 가까운 큰돈을 지불하고 있음을 안 때문이었다.

용담이 다달이 내어보내는 삼백 원은 그 내용이 이러하였다. 쌀이나 옷감이나 신발, 기타 생활상 필수품을 사들이노라고 나가는 것은 고작해야 백 원 하나를 초과하지 못하는데, 나머지 이백 원은 오로지 술값과 담배값이었다. 주막에 있는 두 술집을 거쳐 술 회사로 들어가는 게 매달 평균 칠팔십 원이라 하며 주막에 하나와 안말[665]에 하나인 두 담배 가게를 거쳐 전매국 출장소로 들어가는 것이 매달 평균 일백이삼십 원이라는 것을 안 필재는 좀 더 자세한 숫자를 조사하는 한편, 앞으로 일 년 이

---

665 안마을. 마을 안.

내에 그 술 담배로 없어지는 매달 평균 이백 원에서 그 절반 백 원이나 또 하다못해 다시 백 원의 절반 오십 원씩만이라도 그것을 학교로 끌어 들일 자신이 있기 때문이었다.

그래서 필재는 학생들에게 모다 자기 집의 금전출납의 회계를 학과의 하나처럼 중대한 과정으로 시키었고 학생이 없는 가정에는 이 선생과 마리아가 친히 방문하면서 집집마다의 경제 상태를 정확한 숫자로 알고, 따라서 그네들의 무모한 예산과 지출에는 간섭까지라도 하고 지도하게쯤 이르렀다.

용담 사람들은 필재와 마리아를 따를 수밖에 없었다. 첫째는 인정에서요, 둘째는 자기들의 필요에서였다. 식구 중에 누가 앓든지 필재와 마리아는 자진하여 와서 약을 주었고 편지나 무슨 신고(申告)나 계약서 한 장을 쓰더라도 필재나 마리아처럼 똑똑히 알고 친절하게 써 주는 사람은 없기 때문이었다. 나중엔, 나중이라야 필재와 마리아가 온 지 한 달도 채 못 되어서부터 동네 사람들은 서로 무슨 시비를 가리다가도 사내들이면 필재를 찾아서 따지었고, 안사람들이면 마리아를 찾아와 호소하게쯤 되었다.

필재와 마리아는 기뻤다. 자신의 이욕을 떠나 일하는 자리에서는 곧 민중의 신망이 굴러오는 것을 그들은 어렵지 않게 발견한 것이다.

학교의 세간도 이들의 알뜰한 살림으로 자꾸 늘어 갔다. 필재는 마리아가 받아 가지고 온 그 오십 원에서 밥값 십 원을 쓰고는 겨울 준비로 장작 피우는 난로를 셋이나 사 왔고 마리아는

"읍에 보통학교에는 풍금이 셋이나 있다는데요."

하고 부러워하는 아이들의 소원을 풀어 주기 위해 헌것이나마 사십 원이나 주고 꽤 좋은 풍금을 사다 놓았다. 그리고 새 동요책들을 많이 주문해다가 새 노래를 가르치었다.

아이들은 예전에 뜻도 모르고 부르던 어려운 노래에서 해방이나 느끼는 듯, 전에 창가 성적이 나쁘던 아이들도 모다 노래 부르기를 좋아하

였다. 이 점에 있어서도 마리아는 아직껏 자기가 어린이들의 동심에 관한 관심이 적었던 것을 비로소 깨닫고 여선생이 되기 때문이 아니라 장래 남의 어머니 될 사람으로서 전문 정도의 교양을 받았음에도 불구하고 동심에 관한 조예가 너무 없었음에 스사로 얼굴을 붉히지 않을 수가 없었다.

이와 같이 필재와 마리아를 맞이한 관동의숙은 경영 곤란이니 폐교 상태니 하던 우울한 탄식은 날아간 까마귀 소리처럼 없어지고 전도양양함이 새로 솟는 아침 햇발과 같이 빛났다.

학생들은 때가 아닌데도 자꾸 늘었다. 내년에 다시 일학년을 다녀도 좋으니 받아만 달라는 새로 오는 아이들도 많았고 학교가 깨어진다는 소문에 중간에 고만두었던 아이들도 하나둘씩 다시 책보를 끼고 모여들었다. 그중에도

"좋은 여선생님이 오셨대서…."

하면서 그 어머니들이 다리고 오는 여학생들이 많은 것을 볼 때, 마리아는 뛰고 싶은 만족과 용기에 더욱 힘을 얻었다.

그리고 동네 사람들도 모다 학교 앞을 지날 때는 무딘 표정으로나마 전과 다른 경의를 보이며 지나갔다. 어떤 사람은 물고 가던 담뱃대도 슬그머니 뽑아 들고 지나갔고 전에는 운동장 한가운데도 소바리[666]를 그냥 몰았고 소가 똥을 누어도 못 본 체하던 사람들이 차츰 운동장을 구석 길로 돌아서 조심스레 지났고 끌고 가던 소가 똥은커녕 오줌을 누더라도 삽을 들고 나와서 그 자리를 메꾸어 놓고 지나갔다. 누구나 관동의숙을 축복하지 않을 수 없었다.

그러나, 그러나, 관동의숙의 운명은 다른 데 매여 있었다. 필재나 마리아나 이석로나 김 학감에게나 대리교장에게나, 그리고 용담 사람들 누구에게나 매여 있는 것이 아니라, 이미 재원이 끊어진 줄 세상이 알고

666 등에 짐을 실은 소.

난 뒤라 그 운명의 줄을 느꾸어 주는 것이나 잡아다리거나 하는 것은 다른 데서였다.

하루는 토요일 날 오후다. 하학 뒤에 큰학생들만 남아서 테니스를 치는데 멍덜[667] 위에서 개 짖는 소리와 함께 양복쟁이 세 명이 나타났다.

그들은 관동의숙을 찾아온 사람들이었다. 한 사람은 춘천서 온 강원도 학무과 사람이요, 다른 두 사람은 그를 안내하노라고 군 학무계에서 따라 나온 사람들이다.

그들은 사무실로 들어가자 대리교장을 불렀다. 대리교장이 오는 동안은 약간의 문부[668]를 조사하였다. 학적부와 금전출납부와 출석부를 펴 보더니 한 사람이

"요즘이 어느 땐데 이렇게 신입생들이 있소? 아무 때나 막 받소?"

하고 물었다. 필재는 긴말을 베풀어 학칙과 실제 형편이 같지 못하다는 사정을 설명하였다. 그러나 그들은 픽 웃어 버리고 딴 데를 볼 뿐, 필재의 변명이 당치 않았다.

대리교장이 나타나자, 그들은 단도직입적으로 학교 행정을 캐었다.

"지금 교원이 몇 명이지요?"

"세 분이올시다."

"봉급은 학무계에 계출[669]한 대로 지출합니까?"

대리교장은 갑자기 얼굴빛이 붉어지며 수염만 쓰다듬었다. 서식상 형식으로 교원들의 봉급을 사십 원씩이라 써 드렸으나 사실은 단 십 원씩도 지출하지 못하는 때문이다.

필재가 옆에서 보다가 사세[670]가 불리함을 느끼고

"저희들 봉급에 관해서는 제가 말씀드리겠습니다."

---

667 돌이 많은 곳.
668 文簿. 문서와 장부.
669 屆出. 행정 관청에 보고함.
670 事勢. 일이 되어 가는 형세.

제이의 운명

하고 나서니 춘천서 온 사람이 발끈해 가지고

"당신이 이 학교 행정에 책임자요? 우리는 책임자의 말이 필요한 거요."

하고 나무라듯 하였다. 그리고 나오기 힘들어 하는 대리교장의 대답을 더 기다리지 않고 다른 것을 물었다.

"그간 무슨 재원이 섰습니까?"

"웬걸이요. 우리네 생활이 점점 더 군졸해 가니까 어디 여력이 있습니까. 허… 그저 요즘은 이 두 분 선생님이 오셔서 침식을 잊고 당신네 사업으로 알고 붙들어 주시니 끌어 나가지 별 재원이라곤 소망이 없소이다."

"전에 왜 동창회가 중심이 돼 가지고 후원회란 게 있지 않았습니까?"

"그것도 그렇죠. 처음엔 꽤 열성들이더니 모두 제 살이 걱정에 그때 말들뿐이었지요. 그리구 읍의 부자들이나 힘을 써야 할 터인데 용담 있는 학교라고들 어디 돌아다들 봅니까? 후원회도 유야무야죠."

하고 대리교장은 서글픈 웃음으로 손님들에게 담배를 권하였다.

담배를 피워 문 손님들은 곧 자리를 일며

"교실들을 좀 보겠습니다."

하였다.

마리아만 벙어리가 된 듯, 묵묵히 사무실에 남아 앉았고 필재와 이석로는 다 손님들을 앞서 교실로 갔다.

일이학년 교실에 들어가서다. 손님 중의 한 사람이

"걸상과 책상은 새로 많이 만드셨군요?"

하였다.

"네, 이번에 이 윤 선생님이 오셔서 자비로 이렇게 칠판들까지 새로 만드셨답니다. 어찌 열성이신지…."

하고 대리교장이 대답하니, 그제야 그들은 좀 유의하여 일시에 필재를 살펴보았다. 그리고 그중에 제일 키 큰 사람이 구두 신은 채 걸상에 성큼 뛰어 올라가더니 단장 끝으로 비가 새어 시커멓게 썩은 반자[671]를 쿡 올려 찔러 보았다. 삭은 판장[672] 쪽은 제법 부러지는 소리도 내지 못하고 한 조각이 부서지며 거기서는 '요 올려다보는 얄미운 누깔!' 하는 듯이 흙과 먼지가 쏴 하고 쏟아졌다. 그 찔러 본 손님은 무론, 모다 복도로 몰려 나서고 다시 마당으로 나왔다.

마당에 나와서는 모다 지붕을 쳐다보았다. 지붕은 아직도 일이학년 교실 속에서 모래 떨어지는 소리 때문인지 늘 보던 필재나 대리교장의 눈에도 갑자기 더 용마루까지 주저앉는 것 같았다. 그리고 빛조차 시뿌연 선 불[673]에 구워진 일본기와는 성한 것보다 부스러진 것이 더 많은데 지붕을 덮었다기보다 지붕 위에 널어 놓은 형상이다.

"저 지붕이 겨울을 어떻게 나오? 게다가 겨울엔 눈이 쌔지[674] 않습니까?"

하고 손님 하나가 물었다. 그리고 이쪽에서 대답할 새 없이 이제 교실에서 반자를 뚫은 손님이

"괜히 아이들 덮치 맞지[675], 큰일 내지…."

하면서 양복 어깨에서 그저 먼지를 털었다. 그리고 저희끼리 하는 말로

"다메다. 다메다요, 모.[676]"

하였다. 필재는 곧 역사 깊은 관동의숙의 존폐가 이들의 보고 여하에 달린 것을 직각하고 얼른 속에다 대답을 준비하고 손님들의 앞으로 나서서

"그렇지 않어도 지붕을 고칠 예산입니다. 이 가을 안으로 교실 내부까지 죄 수축(修築)할 예산이올시다."

671 천장.
672 板牆. 널판장. 널빤지로 친 울타리.
673 온도가 낮은 불.
674 '쌓이지'의 방언.
675 덮치기 알맞지.
676 '안 돼. 안 되겠어요, 더는'을 뜻하는 일본말.

하니 제일 놀라는 표정을 보이는 것은 대리교장이다. 그러나 그는 잠자코 서 있었다.

"고쳐요? 상당히 돈이 들걸요?"

"네…. 돈이 들더라도 완전히 수축할 예산이 있습니다."

하고 필재는 뱃심을 보이었다. 그들은 다시 필재의 아래위를 잠깐 살피더니 한 사람이 물었다.

"언제 시작하시나요? 우리가 도 학무과에 보고하는 데 중요한 재료니깐요. 얼마를 예산하시는지 또 언제 준공이 될지 알고 가는 것이 이 학교에 퍽 유리합니다."

하였다. 필재는 서슴지 않고 대답하였다.

"한 오륙백 원 예산합니다. 또 눈 오기 전에 해야겠으니까 앞으로 일 개월 이내에 끝낼 작정이올시다."

하였다.

그리고도 다시 사무실로 들어와 중언부언 두어 시간이나 지체하고서야 손님들은 읍으로 들어갔다. 필재와 마리아는 실없이 몸이 달았다. 걸상이고 칠판이고 풍금이고 다 고만두고 먼저 지붕부터 손을 대일 것을 잘못한 후회가 났다. 조사 온 사람들의 혹평이 아니라, 실상 한 자만 눈이 덮인다면 그만 주저앉아 버릴 지붕이 아니라고 보증할 수는 없는 형편이었다.

필재와 마리아와 이석로는 저녁밥도 설치고 다시 사무실에 모여 밤늦도록 궁리해 보았다.

"읍에는 단돈 이삼백 원이라도 가 말해 볼 만한 데가 없습니까?"

마리아가 이석로에게 물었다.

"없습니다. 백 원이 무업니까? 작년 겨울에 난로나 좀 사 놀려고 돈 삼십 원을 졸르러 오륙 차를 드나들다가 나중엔 만나지도 않어 편지로 욕을 해 준 일이 있습니다. 허!"

그리고 이석로는

"이번에 까딱하면 학교 허가 철회처분을 받나 봅니다."

하고 입맛을 다시었다.

이리하여 이튿날 아침에 필재가 서울로 돈 운동을 하러 올라온 것이
다.

제이의 운명

제이의 출발

필재는 박 자작과 손형진을 바라고 온 것이다. 그래서 우선 말하기 쉬운 손형진이부터 찾기로 하고 삼각정으로 들어섰다.

"그 돈 보내는 사람이 손형진이기만 하면 한 사오백 원쯤엔 내 말을 거절하지 않으련만⋯."

하고 전날은 천숙이기를 바라던 것이 손형진이기를 바라며 바쁜 걸음으로 손형진의 집을 찾았다.

낯익은 행랑아범은 첫마디에 대문 아래 고리를 벗기며 나왔다. 역시 퉁명한 소리로

"왜 그리십니까?"

"손형진 씨 좀 뵐랴고 그리오."

"안 계서와요."

하고 벌에 쐰 것처럼 들어가 버리려 한다.

"여보, 어디 나가셨소? 언제쯤 오면 볼 수 있겠소?"

하니 아범은 멍하니 잠깐 서서 필재를 보다가

"댁에 안 들어오시는 지 벌써 언젠데 그럽쇼."

한다.

"어디 가 계시게요?"

"원, 정말 모르서서 묻나⋯. 아, 일본 가신 지가 벌써 몇 달인데 그리슈."

"왜요?"

하니,

"제가 압니까⋯. 집안이 난가[677]올시다."

하더니 코를 찍 풀고 들어가 버린다.

"집안이 난가…."

필재는 얼른 신문화사 때 일을 연상하지 않을 수 없다. 그리고 그때 반해 다니던 기생이 무슨 동티[678]를 내고 만 것이 아닌가 하는 추측과, 또 손형진이가 만일 동경 가 있는 것이라면 자기에게 돈을 부치는 사람이 손형진일 수는 없지 않은가 하는 것을 생각하면서 삼각정에서 가까운 관철동으로 먼저 왔다.

으레 서울 풍속이지만 용언네 집도 대문 아랫고리가 걸려 있었다. 전에는 누구를 찾을 것도 없이 손을 디밀어 고리를 벗기고 들어가던 문이었다. 그러나 이번엔 제 손으로 벗길 수는 없었다. 그렇다고 모르는 집처럼 '이리 오너라' 할 수도 없어 두어 번 삐걱삐걱 흔들어 보니 이내 행랑 들창이 열리면서 어멈이 내어다보았다.

"아규, 저 서방님이 웬일이셔!"

어멈은 필재를 반기었다. 뛰어나와 문을 열어 주며

"마냄은 안 계신뎁쇼. 사랑으로나 들어가시나…. 아씨도 감기로 누어 계시고…."

하면서 앞서 사랑 쪽으로 들어갔다.

필재는 용언의 부인과도 내외는 없지마는 누워 있다니까 그냥 어멈이 들어가는 대로 사랑으로 따라 들어갔다.

사랑은 예전과 같이 조용하게 비어 있었다.

"나릿님은 상회로 나가셨겠군. 그런데 마냄은 어딜 가셨소?"

"모르겠어요. 요즘 마냄은 경황이 없으시죠. 저… 외손주님 잃으신 것 아서요?"

한다.

---

677 亂家. 분란으로 소란스러운 집안.
678 공연히 문제를 일으켜 해를 입음.

"외손주를 잃다니?"

"아, 저 가회동 아씨가 낳신 아기가 지난 열아흐렛날 갑작스레 죽었답니다."

"저런! 어떻게 돼서?"

"모르겠어요. 뭐 목을 앓다 죽었대나 봐요. 그래서 그 아씨도 그만 마음이 들뜨서서 가끔 친정으로 오신답니다. 어제도 여기 와 주무시구 올라가셨어요…."

하더니 어멈은 안쪽을 한번 굽신하고 돌아다보더니 목소리를 낮추어

"글쎄, 그 서방님이 알구 보니까 찰난봉꾼[679]이래요니까. 천량 많은 것도 원수지. 밤낮 기생집에 가 묻혀 산다나 봐요, 요즘은…."

"그래?"

하고 필재도 공연히 마음이 설레었다.

"글쎄, 처음엔 금실이 좋다고 마냄이 그렇게 좋아하시더니 요즘은 그런 소문이 들리다가 외손주까지 잃으서서 그만 심화(心火)가 나서서 뵙기가 다 황송하와요."

한다.

필재는 털썩 마루에 주저앉았다. 그리고 미닫이를 열고 옛 기억 새로운 방 안을 한참 들여다보다가 다시 눈을 돌려 처마끝으로 허공을 쳐다보았다.

하늘은 물빛같이 쌀쌀하고 푸른데 벌써 어디서 날리는 것인지 연 하나가 꺼불꺼불 떠오르며 있었다.

필재는 무엇보다 관동의숙 일에 낙망이 되었다. 손형진이가 바람을 피우든, 천숙이가 소박을 당하든, 아들을 잃었든, 자기가 마음 아플 것은 없겠지만 기껏 바라고 온 두 군데가 다 돈 말은 내어 보지도 못하게된 때문이다. 손형진은 만날 수도 없이 되었거니와 박 자작은 만나 볼

---

679 지독하게 허랑방탕한 사람.

수야 있겠지만 그 참척680을 본 지 순일681이 못 되는 그의 귀에, 더구나 전날의 애정이 강수환에게 쏠려 버린 뒤라 돈 말에 귀를 기울여 줄 리가 없다.

"어멈."

필재는 사랑 부엌을 들여다보고 섰는 어멈을 불렀다. 갑자기 정구의 소식이 궁금하였고 또 그 돈 보내 주는 사람이 손형진이는 아니니까 천숙이가 틀림없다 하였다가 불현듯 정구나 아닌가 하는 생각도 났기 때문에 정구의 소식이 알고 싶었다.

"저… 가회동 댁에 또 혼사가 있었지?"

"그럼요. 지낸 지 메칠 안 됐어요. 아무턴지 잔치해 잡숫고 나서 이내 아기가 죽었답니다. 그래서 모두 혼인에 무슨 사(邪)가 껴서 그렇게 됐다구 우리 마냄은 그 놀래682만 하신답니다. 그런데…."

하고 어멈은 또 한 번 안쪽을 기웃해 보더니

"저도 조선호테루683라나요, 거기서 신식으로 했는데 우리 마냄을 모시구 갔더랬죠. 그런데 신부님이 자꾸 울어서 눈이 붓고 분 바른 게 모두 씻기구 모두 쑤군거리긴 하구. 원, 그런 혼인이 어딨어요? 옛날 색시들은 나이 어리니깐 가마 타구 가면서 울었지만 대례청684에서야 누가 우나요? 이건 글쎄 나와 서서두 자꾸 흑흑 느끼면요. 그래 억지로 치르긴 했는데, 나종에 들으니까 색시가 신랑을 뭣같이 안대나 봐요."

"뭣같이 알다니?"

"우섭게 안대요. 싫여한대요."

"싫여하면 했을까?"

---

680 慘慽. 자손이 부모나 조부모보다 먼저 죽는 일.
681 旬日. 열흘.
682 같은 말을 되풀이함. '노래'의 옛말. 타령.
683 조선호텔. 1914년 서울 중구에 문을 연 근대식 고급 호텔.
684 大禮廳. 큰 예식을 치르는 식장.

"그리게 울었죠. 그리고 그런 집안에서 어떻게 싫으면 싫다구 그럽니까? 양반댁 딸이 그리게 달습죠[685]."

"지금은 어디서 살림하겠군?"

"안 한대요. 저 계동 어따가 스물몇 칸짜리 집을 친정에서 사 줬는데도 색시가 안직은 나가 살기가 싫다구 해서 그냥 친정댁에 있는데 글쎄 호호…. 저녁이면 신랑을 들어오질 못하게 하구 들어오면 제가 어머니 방으로 뛰어온다느면요…. 그래 신랑이 그만 하인들 보기 부끄럽다고 요즘은 어느 일본 여관에 가 묵으면서 들어오질 않아서 그 댁이 그만 난 가야요, 난가…. 그런 데다 우리 아가씨 서방님은 난봉만 피시죠, 또 첫아들 난 게 그만 죽었지…. 그래 그만 아가씬 친정엘 오면 가질 않으려 들어요."

한다.

필재는 듣고 나서 잠자코 한참 앉았다가

"난 마냄 들어오시도록 여기 있겠소."

하였다. 그 말은 어멈더러 그만 나가라는 말이었다.

어멈이 사랑 마당에서 사라진 후 사랑은 다시 고요해졌다. 먼 하늘에 뜬 연이 하나 움직일 뿐, 그리고는 모든 것이 옛 그림처럼 고요히 정지해 있는 풍경이나 그 기둥, 툇돌, 마당, 앞집 지붕, 담, 앞집 뒤란에 선 살구나무, 모든 것이 추억의 실마리를 흔드는 것이다.

'사랑! 사랑의 퓨리탄[686]이 됨도 아름다운 희생이리라!'

필재는 머릿속에 이런 아롱진 생각을 날려 보며 천숙이, 정구, 마리아, 그 셋을 한 아름에 안고 영겁의 화산 아구리[687]로 뛰어들고 싶은 꿈같은 환상의 충동도 느끼었다.

필재는 중문간에서 지껄지껄하는 소리에 제정신으로 돌아왔다. 그리

---

685 '다릅죠'의 방언.
686 puritan. '청교도인', '금욕주의자'를 뜻하는 영어.
687 '아가리'의 방언.

제이의 출발

고 아마 천숙 어머니가 들어오나 보다 하고 일어서려니까 용언의 아들 오형이가 사랑 마당에 뛰어 들어섰다.

"아저씨."

"오형이냐, 잘 있었니? 할머니 들어오셨니?"

"응….."

하고 오형이는 달려들어 필재의 손을 잡았다. 그리고

"할머니 인제 나오신댔어."

하였다.

필재는 앉아서 어른을 기다리기가 무엇하여 안으로 들어가려니까 오형이 할머니는 벌써 안에서 나왔다.

필재는 도로 사랑 마루로 와서 절을 하고 위로의 인사를 하였다.

"다 내가 박복한 탓이지."

하는 천숙 어머니는 우묵하니 꺼진 눈에 눈물을 핑 돌리며 마른 입술을 적시었다. 그걸 보니 필재는 친어머니의 상심함을 보는 듯, 자기 마음도 아픔을 느끼었다.

"그래, 철원 무슨 학교에 가 있다지? 예서 그런 좋은 자릴 내놓구…. 월급이 예만 할라구?"

"어디 월급 바라고야 그런 델 가겠습니까?"

"글쎄, 천숙이도 월급 바라고 간 게 아닐 게라고 그리더면서두…. 그래두 이전 어서 자리잡구 살 도리를 해야 안 해?"

필재는 잠자코 오형의 머리만 쓰다듬었다. 그리고 천숙이가 자기 어머니에게 자기가 월급 바라고 다니는 것이 아니라는 것을 변호해 준 호의를 생각해 보았다.

"공일두 아니지 오늘이?"

천숙 어머니는 무슨 일에 왔느냐고 묻는 눈치였다.

"네…. 좀, 사정이 딱한 학교란 말을 듣고 제가 내려가 보니까 참 없애기는 아까운 학곤데 어디 재정을 운동할 데가 있어야죠. 이번에도 학교

집 지붕이 다 썩어서 그걸 고쳐야 되겠어서 어떤 친구를 좀 만나러 왔더
니 어디 가고 없군요."

"돈을 달라게?"

"네."

"얼마나?"

"한 오백 원 들어야 고치겠어요."

"그건 어떤 친군구? 우리 사위 말구?"

"네."

"누가 그런 시굴 학교에 돈을 쓸랴구 할라구…. 다른 때 같으면 우리
사둔 대감 같으신 이나 자네 말이니까 어떠실까 원…. 아무래나 지금은
또 계시지도 않어."

"어디 가셨나요?"

"온양 가셨지…. 늦게 보신 손주라고 끔찍해 하시더니, 그걸 잃으시
군 우시길 다 하셨다네. 그래 심화루 갑갑하시니까 물에 가셨지."

그러나 필재는 순구를 보아서라도 바로 가기가 안돼서 잠깐 가회동
에 들러 보았다. 가회동은 큰사랑은 물론 작은사랑도 상노 아이만 하나
있을 뿐, 강수환이도 순구도 보이지 않았다.

"다들 어디 가셨니?"

"나릿님은 요즘 별로 사랑을 안 쓰서요. 안에 계실까요?"

"강수환 씨는?"

"다른 데 가 계서요."

필재는 더 자세히 묻지 않았다.

"나릿님 계신가 들어가 볼까요?"

"그래라."

하고 필재는 사랑 마루에 걸터앉았다.

사랑 뜰에는 깊은 가을이 소조[688]하였다. 빛 낡은 파초잎을 흔드는 바
람 소리는 물소리처럼 찼고 담 밑에 수그러진 한 떨기 수국도 줄거리만

남은 꽃송이가 빈 부얼[689]의 둥지처럼 쓸쓸하였다. 천숙이네 친정집 사랑보다는 공지가 넓어 바람이 더 지나갈 뿐, 고요하기는 마찬가지이다.

"이것이 천숙이네 집!"

하고 새삼스럽게 방 쪽을 둘러보았다. 어디선지 메뚜기 한 마리가 날아와 새로 바른 팽팽한 창호지를 탕 하고 울리었다.

'상노 아이가 안에 가서 순구를 찾으면 순구가 있든 없든 누구든지 왜 그리느냐고 물으리라. 그럼 상노아이는 내가 온 것을 이야기할 것이요, 그 이야기는 천숙이도 듣기 쉬우렷다….'

이런 생각을 하려니까 상노 아이가 나오더니

"안에도 안 계신데요."

하였다.

필재는 하릴없이 내왕 차비만 없애고 저녁차로 나려오고 말았다.

달 없는 시골길은 어두웠다. 마음 어두운 그에게는 더욱 그러하였다. 정거장에서 용담까지 나려오는 동안 그는 몇 번이나 돌부리에 채였고 그는 마리아와 이석로가 낙망할 것을 생각하고 걸음이 나가지지가 않아 몇 번이나 밤길 위에 장승이 되어 보곤 하였다.

필재가 용담 언덕을 나려설 때는 열시 막차가 지나간 뒤이다. 그는 빈 학교 마당을 그냥 지나지 못하고 한참이나 서서 바라보다가 주인집으로 올라왔다.

필재의 방은 불이 빤히 켜져 있었다. 그리고 필재의 걸음 소리가 방에 가까워질 때에는 미닫이가 열리었다. 방 안에서는 어둠 속에 있는 사람을 보지 못하나 밖에서는 그 램프를 받들고 내어다보는 얼굴을 누군지 알아볼 수 있었다.

"접니다."

---

688 蕭條. 고요하고 쓸쓸함.
689 '벌'의 방언.

"왜 그렇게 늦으셨어요? 저녁차가 올라간 지가 언젠데요…."

마리아는 필재가 꼭 당일로 올는지는 몰랐지만 될 수 있는 대로 당일로 오마 했으니까 필재의 방으로 와서 걸레질을 치고 이부자리도 나려놔 주고 자기 주인집에서 내어다준 삶은 밤을 그릇째 들고 와서 한 알씩 정성스레 벗기어서, 그것도 다 벗기어 놓은 지 한참이다. 그리고 아직껏 안 올 때에는 오늘로는 못 오는가 보다 하고 자기 주인으로 갈까 말까 하고 망설이던 차다. 왜 그런지 필재가 오지 않는다 하더라도 필재의 방은 얼른 일어서기가 싫었다. 빈방이언만 필재의 방은 필재를 대신하여 자기를 안아 줌과 같은 포근함이 느끼어졌다. 남들의 눈만 아니면, 또 필재가 오늘밤으로 오지만 않는다면 필재의 방에서 하룻밤을 지내보고 싶은 생각도 끓어올랐다.

그런데 필재의 발자취 소리가 난 것이다.

"어떻게 됐어요?"

마리아는 필재가 채 자리에 앉기도 전에 물었다. 필재는 속에 시장기가 있는 것보다 무거운 입술을 움직여 보려 마리아가 까 놓은 밤부터 집었다.

나중에 필재의 허행[690]을 안 마리아는 곧 준비하고 있었던 것처럼 이런 의견을 냈다.

"내일 제가 원산 가겠어요."

"무슨 안이 계십니까?"

"아무턴 가 보겠어요."

"돈 일이란 앉아서 생각과는 딴판이야요."

"아무턴 가 보겠어요."

이튿날 오후이다. 원산 집에 돌아온 마리아는 길옷[691]도 벗을 사이 없

---

690   虛行. 헛걸음.
691   외출복. 여행 복장.

이 두 오빠에게 졸라 보았다.

"내가 어떻게 해서든지 갚아 나갈 테니 갚을 염려는 말고 오백 원만 얻어 주세요."

"애, 정신없는 소리 말아. 네가 오백 원 같으면 집에서 널 집어 써야 될 형편이야…. 괜히 좋은 밥자릴 내버리구 시집두 안 가구, 이게 무슨 일이냐? 그게 다 객기라는 게야. 쓸데없는 기세야, 다…. 어떤 세상이라고 제 실속 못 채리구 정신없이…."

"저 시집보내는 데 쓰시는 셈만 치시구 그럼 한 삼백 원 만이라도 얻어 주세요. 제가 갚겠다는데 뭘…."

이렇게 졸라 보았으나, 많은 식구에 큰 빚은 없어도 늘 남의 빚을 벗어나지 못하고 허덕이는 그의 두 오라버니는 모다 누이의 말을 콧등으로 흘려 버리고 말았다. 마리아는 안타까움에 견디다 못해 울기까지 하였다.

마리아는 저녁이 다 되었다는 것도 물리치고 거리로 나왔다. 한참이나 걸어야 하는 정거장 앞으로 와서 공중전화실로 들어섰다. 전화번호책을 한참이나 뒤지어서 주기헌(朱基憲)의 이름을 찾고 번호를 부르고 오 전짜리 한 닢을 집어넣었다.

전화는 저쪽에서 이내,

"누구요?"

하는 소리가 났다.

"주기헌 씨 댁이죠? 주기헌 씨 계서요?"

하니 저쪽에선

"네, 계십니다. 거긴 어딥니까?"

한다.

"글쎄 좀 대 주서요."

하니 저쪽에선 여자의 목소린 것을 알고 더 캐이지 않고

"잠깐 기다리시오."

476   제이의 운명

하였다.

잠깐 기다리니 저쪽에서는 다른 목소리로 나오는데 대뜸 실없는 어
조로

"누구냐, 누구? 해도 지기 전에, 응?"

하였다. 마리아는 얼굴이 화끈하였다. 저쪽에선 이쪽을 여자의 목소리
라니까 자기와 친한 어떤 기생이나 여급으로 안 눈치이다. 마리아는 전
화를 끊어 버리고 말 생각이 번개같이 지나갔으나 꾹 참고

"주기헌 씨십니까?"

하니 저쪽에선 그제야 여자는 여자나 귀에 설은 음성에 낭패하는 듯

"네. 내가 주기헌이오. 누구요, 당신이?"

하였다. 마리아는 가슴이 두근거리어 저쪽에서 또 한 번 물은 다음에야

"저는 남마리아올시다. 남마리아요."

하였다.

주기헌이란 마리아의 집과 이웃해 사는, 원산 물산계에서는 꽤 이름
이 있는 실업가다.

그는 아직 연소한 사람으로 본래는 구차하여 남의 물산객주[692]로 돌
아다니며 서사 노릇으로 지내었으나 그 한때 원산의 명물이던 고망어
놀음(고등어잡이)에 어떻게 천에 하나로 손속[693]이 맞아 이삼일지간에
졸부가 된 사람이었다. 그는 어려서 보통학교를 마리아와 한 학교에 다
녔다. 마리아보다는 삼 학년이나 위였지만 한 골목 안에 사는 관계로
애, 쟤 하고 자라났고, 커서는 주기헌이가 마리아에게 편지도 써 보내고
골목에 섰다가 눈짓을 한 적도 있지만 마리아는 주기헌을 왜 그런지 멸
시해 버리는 습관이 있었다. 게다가 졸부가 된 후로는 집을 늘리고 이층
을 길거리에 세우고 밤낮 유성기를 틀되 잡가나 유행가 부스럭지[694]밖

692 物産客主. '물상객주(物商客主)'의 방언. 떠돌며 장사하는 사람.
693 노름에서 손대는 대로 잘 맞아 나오는 운수.
694 '부스러기'의 방언.

에 모르는 것이 아니꼽고 치사스러웠다. 그러나 주기헌만은 마리아에게 미련이 강하였다. 마리아가 신호로 공부 갈 적에는 누구를 통하여 학비를 자기가 대이겠노라고 자원까지 해 보았으나 마리아가 거절하였고, 마리아가 거절하는 것은 자기에게 아내가 있는 까닭이거니 했던 셈인지 그 후 이내 자식까지 있는 조강지처를 이혼해 버리기까지 한 위인이다. 그런 주기헌에게 남마리아의 목소리가, 비록 전선을 통해서나마 자기의 귓속에 대이고 자기만 듣게 "저는 남마리아올시다" 함은 기적과 같은 놀라움이었다.

"마리아 씨! 아니 그간 왜 서울 가 근무하신단 말을 들었는데…."

"네. 잠깐 다닐러 왔어요. 그런데 잠깐 어디서 좀 조용히 뵐 수 없을까요?"

"저를요?"

"네."

"지금 어디서 전화 거십니까?"

"정거장 앞입니다."

"그럼 잠깐 기다리서요. 제가 그리로 가지요."

"아니야요. 댁만 아니면 어디든지 괜찮으니 어디로 오라고만 그리서요."

마리아는 잠깐이라도 길에서 그를 만나 가지런히 걷는 것을 남에게 보이기가 싫었기 때문이다.

"어디든지? 왜 그리서요? 제가 지금 자동차로 가면 곧 갈걸요. 정거장 앞 어디신데?"

"공중전화실이야요."

하고 바깥을 내어다보니 벌써 거리에는 전깃불이 켜지었다. 마리아는 어쩌면 좋을까 하고 망설이노라니까 저쪽에서

"잠깐 정거장에서 기다리세요. 뭘, 오 분도 못 되어서 제가 갈 것이니까요."

하더니 전화를 뚝 끊어 버린다. 마리아도 하릴없이 수화기를 귀에서 떼어 제자리에 걸어 버리고 말았다.

아닌 게 아니라 주기헌은 오 분이 못 되어 자동차를 몰아 정거장 앞에 나타났다. 마리아는 주기헌이가 자동차에서 나리면 오히려 다른 사람이 볼까 봐 자진하여 자동차로 뛰어가 올랐다.

"오늘 오셨다구요?"

하면서 한편으로 다가앉는 주기헌의 옆에 앉는 마리아는 곧 속으로

'돈이 무언지!'

하였다. 주기헌을 바로 쳐다도 못 보고 또 어디로 가는 것이냐고 묻지도 못하고 무거운 수치에 수그러지는 얼굴만 뛰는 자동차에 흔들리었다.

"학교 일을 보시면 어떻게 틈이 계셨습니까?"

"네, 좀 틈이 있었어요."

하고 마리아는 비로소 차 안에 있는 악취가 주기헌의 입에서 풍기는 술내인 것을 깨달았다.

자동차는 얼마 가지 않아 두어 번 골목으로 꼬부라지더니 어떤 일본 집 현관 앞에서 머무는데 나려서 보니, 관거리[695]에 있는 어떤 일본 요릿집이다.

"이거 요릿집 아냐요?"

마리아는 뒤따라 나리는 주기헌을 돌아보며 물었다.

"네, 괜찮습니다. 어서 들어가시죠."

하고 주기헌은 운전수에게 차삯을 꺼내 주며 대답하였다.

"이런 데밖엔 없나요? 저어, 찻집 같은 데 없어요?"

"찻집이오? 찻집이라뇨?"

원산에는 아직 끽다점(喫茶店)[696]도 없거니와 더구나 주기헌이가 호

---

695 관청이 모여 있는 거리.
696 '찻집'의 옛말.

흡하는 사회에서는 찻집이란 외국어와 같은 말이었다.

"차나 마시고 조용히 말씀드릴 데가 없어요?"

"허! 여기가 조용한 뎁니다. 원산서는 제일 조용한 데올시다. 어서 들어가십시다."

하고 주기헌이가 현관에 먼저 들어서니 안에서는 하녀인지 일본 기생인지 분을 횟박처럼 쓴 것이 서넛이나 우르르 몰려나오며

"이랏샤이마세.[697]"

하였다. 마리아도 할 수 없이 따라 들어갔다.

여자들의 날카로운 눈은 일시에 마리아를 쏘았다. 마리아는 불결한 구석에나 들어섰다가 거미줄에 얼굴이 쌔이는 것처럼 불유쾌하였다.

"이층에 조용한 방이 있겠지?"

주기헌이가 '나카이[698]'인 듯한 늙은이에게 물으니

"있구말굽쇼."

하는 투로 늙은이는

"다케노마[699]."

하고 하녀에게 눈짓을 했다.

하녀를 따라 다케노마라는 이층 구석방으로 안내된 마리아와 주기헌은 얼른 보기에, 더구나 이런 요릿집 하녀들의 눈엔 비밀한 사랑, 남의 눈이 무서워 그늘진 자리를 찾는 슬픈 로맨스의 주인공들 같았다. 그래서 수상스럽게 하녀의 눈이 마리아를 더듬는 것이 마리아는 다시금 견딜 수 없는 모욕을 당하는 것 같았다.

"뭐, 사이다나 가져오래서 먹고 얼른 나가시죠."

하고 마리아는 앉으려도 않고 흘긴 눈을 하녀에게 던지었다. 그걸 눈치챈 주기헌은 얼른 하녀를 다리고 복도로 나갔다. 수군수군하는 소리는

697 '어서 오십시오'를 뜻하는 일본말.
698 仲居. '요릿집에서 손님을 응대하는 하녀'를 뜻하는 일본말.
699 竹の間. '대나무방'을 뜻하는 일본말.

제이의 운명

저녁을 시키는 모양이었다.

"왜 그저 섰어요? 앉으슈. 뭐 여기가 문란한 처손 아니올시다, 허…."

다시 들어온 주기헌은 이렇게 마리아를 달래며 넥타이를 매만지면서 먼저 앉았다. 그제는 마리아도 따라 앉았다.

잠깐 밑에 층에서 수돗물 트는 소리만 울려오고 조용하였다.

"서울서 취직하셨단 말을 듣고 편지로라도 치하를 드리고 싶었지 만…. 전날엔 너무 마리아 씨는 냉정하신 것만 같아서… 제 눈엔. 허… 용서하십시오."

하고 주기헌은 불그레해지는 턱을 어루만지었다.

마리아는 아니꼬움이 콧구멍까지 치밀었으나 꿀꺽 참고, 그러나 얼 른 주기헌의 기분에 지배되지 않으려 나오지 않는 기침을 두어 번 하고

"제가 좀 뵙자고 한 건요, 다른 게 아니라 제가 지금 철원 어떤 사립학 교에 와서 일을 봅니다. 그런데 그 학교가 역사도 오래고 학생들도 그 학교가 아니면 공부할 길이 끊어지고 마는 아이가 백여 명이나 되는데 요, 요즘 얼마 안 되는 재정으로 폐교 문제까지 일어나고 있어요. 그래 돈 좀 쓰시라고 이렇게 찾어뵙는 겁니다."

"네…. 철원으로 오셨어요?"

"네."

"글쎄요. 저 같은 사람에게 그런 사업을 권하시니 영광이올시다만 어 디 전들 여유가 그렇게야 있습니까?"

"뭐, 많이도 고만두세요. 오백 원이면 현상 유지는 해 갈 수 있으니까 요."

"오백 원으로요?"

"네."

잠깐 수굿하고 앉았던 주기헌은 갑자기 얼굴을 선뜻 쳐들더니

"저는 마리아 씨 말씀이니까 뭐 자서히 여쭤볼 필요도 없습니다. 드 리지요. 저는 그 학교가 어떤 학교인지, 그 돈으로 효과가 있을지 없을

지 다 모릅니다. 다만 마리아 씨 대접으로 드리죠, 드려요….”

하고 물끄러미 마리아를 쳐다보았다.

마리아는 기뻤다. 관동의숙을 위해서 기쁜 것은 나중, 필재를 만족하게 해 줄 수가 있는 것이 먼저 기뻤다.

“고맙습니다.”

“무얼요. 마리아 씨 청이라면 전 아까운 게 없을 것 같습니다.”

하고 주기헌은 아직도 술기가 그저 흐르는 맑지 못한 눈으로 마리아의 얼굴을 더듬었다.

“저는 오늘 밤차로 가겠어요.”

마리아는 지금으로 돈을 달라는 뜻을 보이었다. 사실 이 밤으로 돌아가서 한시라도 빨리 필재를 기쁘게 해 주고 싶은 충동은 누를 수 없다.

“어디, 그렇겐 못 가십니다. 지금 제 수중에 그만치 현금이 없습니다. 내일도 좀 늦어야 되겠습니다. 아, 이왕 오셨구 한데 하로 묵어 가시지요.”

“내일도 늦게야 되시겠어요?”

“네…. 몇 군데서 좀 거둬들여 모아야 할 것이니까요.”

“그럼 몇 시쯤 제가 어디로 가 뵐까요?”

“이리 오서요. 여기 조용하지 않습니까? 마리아 씨도 인제는 사회에 나오셨으니 이런 좌석도 이용하실 줄 알아얍니다.”

마리아는 잠자코 앉아 생각해 보았다. 그의 집으로는 물론 갈 수 없는 것이었다. 모다 이웃이 되어서 이내 소문이 날 것도 싫었거니와 돈 때문에 그의 집 문전을 찾는 것이 구걸이나 다니는 것 같겠기에 싫었다.

그래서 마리아는 주기헌이가 권하는 대로 음식을 몇 젓갈 집으면서 내일 저녁 일곱시에 다시 이 집 이 방에서 만나자는 약속을 받은 것이다.

이튿날 저녁이었다. 마리아는 밤차로 떠나 버릴 생각으로 집에서는 아주 작별을 하고 일곱시 정각을 맞추어 이 요리점을 찾아온 것이다.

그런데 마리아는 너무나 놀래었다. 하녀의, 주기헌이가 벌써 한 시간

전부터 와 기다린다는 말에가 아니라 하녀를 따라 어제 그 방에 들어서니 뜻밖에 술상이 벌어져 있었고

"참, 시간을 꼭 지키시면. 에…."

하고 일어서는 주기헌이가 혼자 술을 얼마나 먹었는지 비틀거리는 것이요, 나중에는 하녀에게 소리를 꽥 질러 얼른 나가라 하고 마리아에게로 지척지척 달려듦이다.

"이이가 왜 이래요? 아니… 네?"

하고 마리아는 소리를 지를 기세를 보이니, 주기헌은 털썩 앉아 버리며

"내… 내 속에 마리아가 백힌 지 오라단 말요. 그걸 몰라 주시오, 에….."

하고 주기헌은 취중이언만 눈물이 핑 맺힌다.

"왜 약주를 잡숫고 이리세요? 네?"

"약주! 생시에 먹은 맘이 취중에 나오는 것이오. 마리아! 당신이 나를 너무나 나려다보는 것이 나는 오늘날까지 원한이 되어 왔소. 그러나…."

하고 그는 뜨거운 손으로 마리아의 손을 덥석 움키었다.

마리아는 무론, 그 손을 뿌리치긴 하였다. 그러나 다시 안 볼 것처럼 그곳을 내닫지는 못하였다.

"어서 어제 약속하신 것이나 주세요."

"암, 드리고말고요. 그것쯤은 벌써 엊저녁으로 다 만들었지요…."

하고 또 마리아의 팔을 붙들었다. 팔을 뿌리치니 이번에는 마리아의 어깨를 덮치려 하는 것을, 마리아는 기운껏 주기헌의 턱을 떠다밀었다. 떠다미는 반항에 주기헌의 행동은 더욱 충동을 느낀듯 대뜸 노골적으로 나가 버리었다. 뜨겁고 쿠린내 나는 단 입김을 씨근거리며 주기헌은 다시 달려들어 억센 자기 품 안에 마리아를 집어넣고야 말았다.

마리아가 주기헌의 깍지 낀 품 안에 들긴 들었으나, 주기헌은 이 과람[700]한 포로, 이 힘에 벅찬 포로를 자기의 포로로서 완전히 다룰 수는

없었다.

"놔라! 안 놓면 소… 소리 지를 테다!"

"질러라…. 질르럼… 음…."

하고 주기헌은 다시 힘을 쓰더니 뒤로 안은 마리아를 앞으로 돌려 안으려 턱으로 마리아의 어깨를 걸어 잡아당기면서 깍지 꼈던 손을 풀어 한 손으로 마리아의 한쪽 겨드랑이를 끼려 덤비었다. 마리아는 그 틈을 타서 손 하나를 놀릴 수가 있었다. 날쌔게 술병 하나를 집어 가지고 주기헌의 면상을 향해 갈기었다. 그러나 아직도 팔만 놀릴 수가 있었기 때문에 술병은 주기헌의 얼굴에 미치지 못했다.

"나를, 요…요것이 때려…. 응…."

주기헌은 마리아가 끝까지 반항하려 함에 더욱 정욕의 충동은 절정으로 올려 닿는 듯하였다. 눈에서 불이 날듯이 또 한 번 힘을 쓰더니 기어이 마리아를 다다미 위에 넘어뜨리고 말았다. 그리고 넘어진 마리아를 밑에다 깔려 덤비는데 마리아는 그 술병을 잡은 손을 한 번 자유롭게 놀릴 수가 있었다.

딱!

그러나 술병만 두 동강이 날 뿐, 주기헌은 어느 틈에 마리아의 한쪽 겨드랑을 꼈다. 할 수 없이 마리아는

"이놈아!"

하는 비명과 함께 깨어진 술병으로 주기헌의 면상을 함부로 두드리었다.

"아이쿠!"

당장에 무슨 일이 날 급소를 맞은 것은 아니었다. 사기 술병의 깨어진 끄트머리는, 그 미친 정념으로 말미암아 자동차의 헤드라이트와 같이 불이 뻗치던 주기헌의 눈 하나를 스치고 지나간 것이었다.

700 過濫. 분수에 넘침.

"아이쿠! 사람 살려!"

하고 주기헌은 피가 떨어지는 얼굴을 두 손으로 움켜쥐고 뒹굴었다.

그때는 벌써 아래층에서 하녀들과 주인이 뛰어 올라와 문을 열어젖 히었고, 또 그 뒤에는 마침 이 집으로 놀러 온 사람인 듯 양복쟁이 서넛 이 구경거리나 생긴 듯이 눈들을 크게 뜨고 들여다보았다.

주인은 주기헌을 끌어안고 상처를 살피며 하녀들은 물을 뜨러 간다, 탈지면을 찾으러 간다, 모다 법석인 틈을 타서 마리아는 꾸긴 치맛자락 을 펼 새도 없이 풀어진 저고리 고름만 다시 매고 얼른 그 자리를 빠져 나오고 말았다.

마리아가 이층 층계를 부들부들 떨리는 다리로 나려오는 때다.

"아레! 아레 슈군자 나이까?(저런! 저게 주 군이 아닌가?)"

하는 소리가 복도에 몰려들었던 양복쟁이들에게서 났다. 그러더니 한 사 람이 또 마리아가 나려오는 쪽을 보고

"저 여잘 그냥 놔 버리면 되나?"

하고 조선말로 지껄인다.

그 소리를 들은 마리아는 더욱 가슴이 두방망이질을 하여 걸음아 날 살려라 하고 뛰어나려 와 신장에 든 구두를 제 손으로 꺼내어 미처 끈도 매지 못하고 거리로 뛰어나왔다.

거리에 나와 자기의 옷매를 살피니 도저히 그 꼴을 하고는 거리를 지 날 수가 없었다. 그래서 지나가는 인력거를 불러 탔다.

시간을 보니 철원 갈 차 시간은 아직 세 시간이나 남아 있었다. 집으 로 가서 옷을 다려라도 입고 가고 싶었으나 집안사람들이 그 꼴을 보고 어떤 경우를 상상하는지 그것도 불유쾌하였다. 그래서 원산 다음 정거 장으로 그리 멀지도 않은 갈마(葛麻)[701]까지 그냥 인력거를 몰았다.

이튿날 아침, 아직 햇발도 퍼지기 전에 차를 나린 마리아는 이가 마주

701 갈마반도. 함경남도 원산시의 반도.

제이의 출발

치도록 전신이 떨리었다. 저녁을 굶어 속도 비었거니와 그 야수와 싸우 듯 한 야만스러운 저항에 시달려진 그의 다리와 팔은 뼈끝마다 응혈이 된 듯 쑤시고 저리었다.

"더러운 놈! 더러운 돈! 왜 필재 씨 같은 이에겐 돈이 없구…."

마리아는 하늘도 보기 싫은 듯이 길만 보고 걸었다. 벼 벤 그루만 남은 논바닥엔 서리가 뽀얗게 끼치었다. 텅 빈 벌판의 십 리 길은 몹시 멀고 차가웠다. 손바닥의 힘줄이 잉크로 그은 듯이 새파래지며 등골이 조여들고 입이 깔끄러워지고 코가 꽉 잠기었다. 눈에선 눈물이 났다. 눈물 어린 눈으로 얼마 안 되는 걸어온 길만 돌아다보면서 겨우 사방지[702]를 지나 서려니까 솟아오르는 아침 햇발을 받으며 철둑으로 올라오는 필재가 눈에 띄었다. 필재를 본 마리아는 그만 밭둑 돌각담에 아무 데나 주저앉고 말았다.

"그 찬 데 가 왜 앉었어요?"

마리아는 대답이 없이 필재가 가까이 와도 일어나지 않았다.

"왜 얼굴빛이 이렇게 질렸어요? 어디 병나셨습니까?"

하고 필재는 개구리 발을 만지는 것처럼 싸늘한 마리아의 손을 잡아 녹여 주었다.

"왜 울어요, 응? 왜 가셨던 일이 여의치 못했나 봅니다그려? 그랬기로 뭘… 난 애초부터 꼭 믿진 않았습니다. 그래서 벌써 다른 방침까지 서 있습니다."

"어떻게요? 무슨 방침요?"

"동네 사람들이 요즘은 학교에 열성들이니까 짚을 모아서 영[703]을 잇더라구요, 서까래 같은 건 교장댁 석갓[704]에서 벼 올 수 있다니까요. 그런데 옷은 왜 이렇게 꾸기셨어요? 저고리 동정이 다 떨어지구…."

702 沙防地. 사방 공사를 한 곳.
703 '이엉'의 준말.
704 '멧갓'의 방언으로, 나무를 함부로 베지 못하게 가꾸는 산.

제이의 운명

마리아는 비틀비틀하고 일어나서 필재의 팔에 매어달려 걷기를 시작하였다. 그리고 분함이 새삼스러워져 흑흑 느끼어짐을 억제하면서 주기헌에게 봉욕될 뻔한 전후를 이야기하였다.

필재는 너무나 놀람과 격분함에 몇 번이나 걸음을 멈추곤 하였다. 그러나 필재는 마리아를 위로하는 것밖에는 길이 없었다.

"다 경험으로 압시다."

"경험으로 잊어버리긴 너무 분해요…."

그날 밤이었다. 아직 초저녁인데, 개 짖는 소리가 아랫말서부터 끓어 올라 오더니 순사와 형사 두 명이 웃말로 올라와서 낮에 학교에도 나가지 못하고 누워 있는 마리아에게 달려들었다.

먼저 마리아의 짐을 모조리 뒤지고 필재의 방에도 와서 모조리 수색을 하고 아무것도 얻은 것이 없이 나중에는 마리아에게

"우리는 모르오. 원산 서에서 이렇게 구인장(拘引狀)[705]이 온 것이니 어서 갑시다."

말하였다.

삼십구 도나 열이 올라 눈알까지 붉던 마리아는 이 소리를 듣자 금시에 얼굴빛이 잿빛으로 변하였다.

"그 녀석이 죽지 않았나?"

하는 생각에 가슴이 덜컹 나려앉은 것이다.

"무슨 일입니까?"

필재가 나서며 물었다.

"글쎄, 우리가 아오? 원산 서에서 수배 온 거니까."

"그래도 지금 앓어서 누웠는 사람인데 어떻게 합니까?"

"우리도 이렇게 감기 들려서 기침하면서 다니오. 별소리 다 듣겠네. 아, 이런 의사도 없는 촌에서 앓기보다 읍내나 원산 가서 앓으면 도리어

705　피고인이나 증인을 일정한 장소에서 수사하기 위한 영장.

안전하지 않소? 경찰서라도 앓는 사람을 그냥 처박아 두는 줄 아슈. 어서 늦기 전에 들어가….”

하고 마리아더러 정신 좀 차리라는 듯이 어깨를 툭 건드리었다.

필재는 마리아의 곁으로 갔다.

“남 선생님, 조곰도 걱정할 건 없습니다. 아마 재산가한테 금전 말을 한 것이 문제가 되나 봅니다. 그렇지만 받은 것도 아니요 도리어 욕을 보고 온 게니까 조금도 걱정 말고 사실대로 말씀하서요. 저도 모레가 토요일이니까 원산으로 가겠습니다. 댁에도 알려 드리구….”

“아스세요.706 집엔 알리지 마세요. 저도 걱정하는 건 아니야요.”

하고

“좀들 나가서요. 옷 갈아입고 나갈 테뇨.”

하였다.

그날 밤 필재도 마리아의 뒤를 따라 읍으로 들어갔다. 그러나 경찰서로 들어가는 걸 보고는

“몸을 조심해야 돼요. 열이 또 나거든 의사 불러 달라고 그리서요.”

하고 안타까운 소리를 보냈을 뿐, 붉은 전등 밑으로 따라 들어갈 수는 없었다.

“나 때문에 저런 고생을 당하거니….”

생각하니 필재는 걸음이 떨어지지 않았다. 자기만 혼자 돌아오기가 너무나 마음이 아팠다. 그러나 오래 서 있을 수도 없었다.

“무어야? 오이707?”

하고 경찰서 문전을 경비하고 섰던 순사가 와서 몇 마디 묻더니 가라고 쫓았다.

밤으로 용담으로 돌아와선 새벽에 다시 정거장으로 올라갔다. 어쩌

---

706 그렇게 하지 마세요.
707 아랫사람을 부를 때 쓰는, ‘어이’와 같은 뜻의 일본말.

제이의 운명

면 첫차에 갈 듯한 마리아의 가는 것을 보아 주려 함이었다.

필재가 정거장에 채 이르기도 전에 차는 벌써 푸파거리고 필재를 앞서 정거장으로 올려 달렸다. 숨이 턱에 닿아 그 뒤를 쫓아 뛰어와 보니 차는 아직 떠나진 않았어도 승객은 모다 차에 올라 버리었다. 급히 입장권을 사 가지고 들어가니 벌써 차 떠날 벨이 울었다. 완행차라 하나밖에 안 달린 객차는 제일 끝으로 붙었기 때문에 필재가 객차 앞으로 뛰어왔을 때는 차는 이미 소리를 지르고 곳간[708]과 곳간 사이가 덜컥덜컥하면서 끌리기 시작하였다.

차를 쫓아가면서 차창마다 급히 눈을 더듬었다. 차창마다 사람은 앉아 있었다. 순박한 촌사람, 야무진 양복쟁이, 아이들, 늙은이들…. 제일 끝으로 한 유리창이었다. 마리아가 필재의 온 것을 먼저 알아보고 '여기요' 하는 듯이 하얀 손바닥을 펴서 유리창을 울려 주는 데는.

"오! 마리아 씨!"

필재는 쫓아가며 불렀으나 차는 벌써 따르지 못하게 속력을 내었다. 그 엊저녁에 나왔던 형사의 날카로운 눈과 같이 상기된 마리아의 얼굴이 눈물에 젖은 것을 번뜻 꿈결과 같이 한번 마주 보았을 뿐, 유리창은 곧 사면(斜面)이 되어 달아나 버리었다.

필재는 학교로 나려와 그냥 교수(敎授)는 하나, 왜 그런지 정도 이상으로 마음이 아프고 뒤설레었다. 그런 데다 오전 시간을 마치고 나니까 읍에서 체전부가 나왔는데 서류 편지라고 도장을 내이라 하였다.

그것은 예의 그 '의정부 역전 이경석'의 편지였다.

그런데 이번에는 예외의 모양과 내용을 가지고 온 것이다. 첫째 다른 때와 다른 것은 먹글씨가 아니요 철필 글씨이며 완연히 눈에 익은 여자의 글씨인 것을 폭로하는 것이다. 떼어 보니 내용도 이번에는 전과 같지 않았다. 돈표[709]는 들지 않고 편지만 한 장 들어 있는데 이런 사연이었다.

---

708 기차의 화물칸. 곳간차.

필재 씨께

당신은 아버님 산소에서 저를 보시고 배암처럼 피해 버리셨지요. 당신은 용감하셨습니다. 그러나 저는 왜 이리 약할까요? 그날부터 벨러 오는 편지를 오늘이야 쓰는 것입니다.

필재 씨. 저는 더 이렇게 견디어 나갈 수가 없습니다. 저는 오직 죽음길밖에는 없는 줄로 압니다. 아니 벌써 죽은 것이나 다름없는지 오래인, 그림자만 남은 인간이더랬습니다.

그러나 (이 아래에 몇 자를 썼던 것은 지워 버리고 다른 줄을 잡아서)

저는 죽는 날 죽더라도 이 그림자에서 다시 한 번 사람이 되어 가지고 죽고 싶습니다. 일 분 동안이라도, 일 초 동안이라도 다시 한 번 내 의식에서 움직여 보고 사람으로서의 송장이 되고 싶은 것입니다.

필재 씨. 저를 한번 만나 주시겠습니까?

내 그림자가 당신 앞에 나타나는 것을 너무 의외로 생각지 말아 주시기를 바라고 이 편지를 먼저 드리는 것입니다.

십일월 칠일

심천숙 상서.

필재는 편지를 다 읽고 잠깐 손에 든 채 응시하였다.

'이경석이가 너더랬구나! 너….'

그는 갑자기 들었던 편지를 봉투째 손아귀에 구겨 넣어 버리고 다시 휴지통에 던져 버리었다. 그리고 빈 사무실 안을 이 구석에서 저 구석으로 뒷짐을 지고 어정거리었다. 주인집 아이가

---

709 현금으로 바꿀 수 있는 표. 전표. 수표나 어음.

제이의 운명

"선생님, 올라와 점심 잡수시래요."

하는 소리도 그의 귀에는 들어가지 않았다.

이튿날, 토요일이다. 아침에 학교에 나려오니 아이들이

"선생님. 얼음 보세요, 얼음⋯."

하고 엷은 유리쪽 같은 얼음들을 개울에서 떼어 가지고 와 보이었다.

"얼음이 벌써 얼었구나!"

"네, 선생. 그런데 남 선생님 어디 또 가셨어요? 오늘 저희 반에 창가 시간이 있는데요."

하고 아이들은 필재를 둘러쌌다. 필재는 입만 움짓움짓하다가 잠자코 말았다. 그리고 얼음 하나를 달래서 손바닥에 꼭 쥐어 보면서 사무실로 들어왔다.

처음 언 얼음도 얼음은 얼음이었다. 살을 헤치고 들어가는 듯이 저리다.

"얼음은 왜 쥐고 계십니까?"

이석로가 물었으나 필재는 얼음이 다 녹아 없어질 때까지 대답이 없이 앉아 있었다. 마리아가 얼마나 추웠을까 함을 생각함이었다.

필재는 이날 하학하는 대로 곧 원산으로 떠날 작정이었다. 그래서 할 인권까지 써 가지고 주인집으로 올라와서 부리나케 점심을 먹는데 이석로 선생이 헐떡거리며 뛰어 올라왔다.

필재에게 오는 전보를 학교에 있다가 대신 받아 가지고 옴이었다.

"이게 누굽니까? 남 선생이면 원산서 올 게 아닙니까?"

하고 이석로는 필재가 전보를 읽어 보기 전에 물었다. 전보는

"명조710 팔시 경성발 숙."

이라 하였다.

숙이란 무론 천숙이다.

710 明朝. 내일 아침.

길 모르는 시골이니까 정거장으로 나와 달라는 뜻이었다.

"누굽니까?"

이석로가 또 물으니까야

필재는

"네, 그런 사람이 있습니다. 용담까지 올 사람은 아니올시다."

하였다.

"그럼 어디 오늘 원산 가시겠습니까?"

"그리게 말입니다."

하고 필재는 넋 없이 앉아 버리었다.

　필재는 천숙이가 내일 오겠다는 전보를 받고는 차마 모른 척하고 원산으로 떠날 수는 없다. 밤이 왔다. 밤은 길 대로 긴, 벌써 초겨울의 밤이다. 어찌어찌 애를 쓰다 잠이 들면 잠은 온통이 꿈으로 시달리었고, 밝았나 하고 눈을 떠 보면 창은 그저 캄캄한 밤중이곤 하였다.

　꿈속에선 마리아도 자기 옆에 있었고 천숙이도 한데 와 있었다. 천숙이와 마리아를 다 가까이하되 그 자리에 평화가 있었음은, 생각하면 꿈이니까 가질 수 있는 모순이었다.

　'어찌할까? 천숙이가 온다!'

　필재는 천숙의 옴을 생각할 때, 모든 것을 이기고 나는 것 같은 기쁨과 함께 괴로웠다.

　'정거장에서 돌려보내자!'

하여도 보았다.

　'그리다 죽어 버리면?'

하는 생각은 눈앞을 어둡게 하였다.

　아무튼 필재는 날이 밝기를 기다려 일찍부터 서둘러 가지고 정거장으로 올라왔다.

　그러나 천숙은 온다는 차에서 나리지 않았다. 차에서 나리는 여자는 하나도 놓치지 않고 살펴보았으나 천숙의 그림자는 공중에 떠도는 환상일 뿐 땅을 밟고 걸어나오는 현실의 천숙이는 찾아볼 수 없었다.

필재는 천숙을 위해서는 다음 차를 기다리는 수밖에 없을 것이나, 이 차와 갈리는 원산서 나오는 차는 필재에게, 천숙이보다 마리아를 위해 더욱 마음에 불이 일게 하였다. 그것은 마리아가 있는 원산서 나오는 차가 지붕마다 그늘진 쪽에는 녹다 남은 눈이 하얗게 덮여 있는 때문이다.

"벌써 뒤대⁷¹¹에는 눈이 왔구나!"

이 번개 같은 생각은 눈발 치는 마루방에서 떨고 앉았을 마리아의 정경을 사진처럼 보여 주는 것이다.

그래서 필재는 '천숙이 따위가 무엇이냐' 하는 듯 급히 차표를 사 가지고 막 떠나려는 원산 가는 차에 올라앉아 버리었다.

"남마리아? 당신은 누구야?"

원산경찰서에서다. 모다 '나는 몰라' 하는 순사뿐이다가 형사인 듯한 한 사람이 이렇게라도 물어 주는 것이 필재는 반가웠다.

"네. 저는 남마리아와 한 학교에 근무하는 윤필재라는 사람이올시다. 앓다가 온 사람이니까 궁금해서 왔습니다."

"남마리아!"

하고 형사는 한참 입을 다물고 있더니

"구세병원으로 가 봐."

하는 것이다.

"병원으로 나갔습니까?"

형사는 머리를 끄떡하였다.

"병이 더했습니까?"

"글쎄, 거기 가 봐."

하고 형사는 소리를 꽥 지르고 다른 데로 가 버리는 것이다.

"여기 남마리아 씨가 입원한 방이 어딥니까? 남마리아 씨."

711 북쪽 지방.

필재는 거의 한 시간이나 걸리어 찾은 구세병원에 들어서자 간호부 하나를 붙들고 물었다.

"남마리아 씨?"

"네."

"…."

간호부는 갑자기 엄숙해지는 눈으로 잠깐 필재를 쳐다보다가

"오늘 아침에 세상 떠나셨습니다."

하는 것이다.

"네?"

"그분 오늘 아침 여섯시에 그만 돌아가셨어요."

하고 간호부는 지나가 버리었다. 필재는 갑자기 화석이 되었다. 그의 얼굴엔 놀람이나 슬픔이나 아무런 표정도 움직이지 못하였다.

한 오 분 지났을까 다른 간호부 하나가 나왔다. 필재를 보고 먼저 말을 붙이었다.

"철원서 오셨습니까?"

"네…. 남마리아 씨가 정말 돌아가셨습니까?"

"네, 철원서 오셨으면 윤필재 씨십니까?"

"그렇습니다."

"그럼, 전보를 보시고 오셨겠죠?"

"아니요, 못 봤습니다."

"오늘 아침 식전에 쳤는데요."

하면서 간호부는 품에서 편지 한 장을 꺼내었다. 그리고 올라오라 하였다. 필재는 후들후들 떨리는 손으로 받은 편지를 뜯으면서 간호부를 따라 어떤 양실[712] 안으로 들어갔다.

"무슨 병으롭니까? 언제 경찰서에서 나왔습니까?"

---

712 洋室. 서양식 방.

필재는 손등으로 그제야 터지는 눈물을 막으며 물었다.

"어젯밤 아홉시나 돼서 왔어요. 급성폐렴이야요. 그만 때가 늦었어요…. 어찌 가여운지 모르겠어요. 저와도 친합니다. 어려서 보통학교 동창이야요."

하고 간호부도 수건을 내어 눈을 닦았다.

"그 편지는 숨 걷기 조금 전에 어떻게 예외로 정신이 들어서 말하는 걸 제가 받아쓴 겁니다. 나중에 이름만은 자기가 썼습니다."

필재는 편지가 보이지 않았다. 편지는 그냥 포켓에 넣고

"어느 방입니까? 누가 와 있습니까?"

물었다.

"지금은 마리아의 작은오라버니 혼자 계셔요."

하고 간호부는 일어섰다.

간호부의 뒤를 따라 이층으로 올라갔다.

"여기올시다."

하고 간호부가 문을 여는 방 안은 하얀 포장을 덮은 침대부터 눈에 띄었다. 필재는 그 엄숙한 침대로 나아가 누가 나를 말리랴 하는 듯 뛰어들어 포장을 제치었다.

"…"

처음엔 한참 아무 말도 못하였다.

"마리아…."

불러 보았으나 마리아는 이미 딴 마리아다. 대답할 줄도, 눈을 열어 볼 줄도 모르는 딴 세계의 마리아다. 뺨을 만져 보았으나 뺨은 얼음과 같이 찼다. 가슴 위에 모아 논 손도 잡아 보았다. 손도 얼음같이 찬 것이 마주 잡아 줄 줄을 모른다. 필재는 너무나 안타까움에 쾅! 하고 마루창[713]을 굴러 보았으나 마리아는 한결같이 고요하다. 필재는 다시 달려들어

---

713 마룻바닥.

마리아의 뺨을 부비어도 보았다. 손을 주물러도 보았다. 자기가 부비고 주무르기만 하면 다시 몸이 녹고 살아날 것만 같았다. 그러나 마리아의 몸은 이미 모든 운동이 정지해 버린 물질이다. 뜨거운 필재의 손에 잡혀 있는 부분만은 마치 돌멩이나 쇳조각이 손안에서 따뜻해지듯, 미온(微溫)을 머금을 뿐, 놓으면 다시 싸늘하게 식어 버리는 물질이었다.

'오냐! 주기헌이! 그놈을 살려 두군 원산을 떠나지 않을 게다!'

필재는 마리아의 굳은 손아귀를 잡고 맹세하였다.

마리아의 시체는 그의 유언대로 필재가 오자, 곧 봉수산(熢燧山) 화장장으로 옮기어 갔다.

그의 장송 행렬은 쓸쓸하였다. 불 밝은 거리를 지나 차츰 어두운 금비라산(金比羅山) 길을 올라가는 것도 쓸쓸하였고, 영구차 뒤에는 그의 두 오라버니가 탄 자동차 한 대만이 따르고 있는 것도 쓸쓸하였다.

그러나, 천만 사람이 그 뒤를 따르는 것보다 필재 한 사람이 자기의 관을 떠나지 않고 함께 영구차에 올라앉아 있으니 마리아는 결코 쓸쓸히 돌아감은 아니었다.

필재는 모두가 꿈같았다.

'이것이 꿈이거니… 내가 지금 꿈을 꾸거니….'

하여도 보았다. 그러나 자동차는 '꿈이 다 무어냐'는 듯이 너무나 소리 크게 뒤흔들며 달아났다.

'꿈이 아닌가?'

깨달으면 너무나 기가 막히어 주먹으로 관을 두드려도 보았다. 그러면 쿵 하는 소리는 나나 그것은 관이 울리는 소리요, 마리아의 소리는 아니었다.

마리아의 관이 화장터에 이르러 화실(火室)로 들어갈 때는 열한시가 지난 깊은 밤이다. 하늘엔 별이 총총하고 멀리 바다에는 외로운 등대가 깜박이는데 어두운 숲속을 헤치고 나오는 찬바람은 눈물에 젖은 옷깃을 더욱 차게 풍기었다.

제이의 운명

필재는 묵묵히 하늘의 별밭을 쳐다보았다. 그리고 속으로

'마리아야. 너는 어느 별이냐?'

하여도 보았다. 아무래도 마리아같이 죄 없고 깨끗하고 아름다운 사람은 죽어서 아주 없어지는 것이 아니라 하늘에 올라가 별이 하나씩 되는 것도 같았다.

"다 준비됐습니다."

마리아의 작은오라버니가 누이의 유언대로 필재더러 불을 대이라는[714] 말이었다. 필재는 성냥갑을 받아들고 화구 있는 데로 들어가서 성냥 한 가치를 북 그었다.

성냥불은 무슨 마귀의 불처럼 필재의 눈엔 파란 무리가 돌았다.

"이 쏘시개에 던지시오."

필재는 손을 떨었다. 그러자 성냥불은 꺼지고 말았다. 또 한 개피를 다시 그어 이번에는 기어이 그 기름 뭉치인 쏘시개에 던져 버리고 말았다. 고요하던 산의 밤은 불붙는 소리에 떨린다. 높은 굴뚝으로 피어오르는 몽롱한 검은 연기는 별빛만 총총하던 하늘을 흐려 놓았다.

'오! 너는 지금 타는구나!'

필재는 화실 앞에 걸린 마리아의 이름패를 보고 더욱 가슴이 터지는 것만 같았다. 후득후득 불붙는 소리는 자기의 가슴속에서 타는 소리 같았다.

그는 대합실에서 걸상을 하나 가져다가 마리아의 화실 앞에 놓고 마리아가 다 타는 세 시간 동안 꼼짝 안 하고 서릿발을 맞으며 앉아 있었다. 어둠 속에 아득한 영흥만[715] 바다를 내어다보며 옆에 마리아가 앉았기나 한 것처럼 중얼거리어도 보았고 간호부가 적어 준 그의 유언을 다시 꺼내어 읽어 보기도 하였다.

714　불을 붙이라는.
715　永興灣. 함경남도 동해안의 만. 원산만(元山灣)이라고도 함.

유언은 이러하였다.

저는 기쁘게 죽습니다. 저는 용담 와서 있은 한 달 동안이 저의 일상 중 가장 행복스러운 생활이었습니다. 저를 잊지 말아 주세요. 제가 죽으면 화장해 주세요. 당신의 손으로 불을 다려 주세요. 다 탈 때까지 당신이 지켜 주세요. 저 때문에 흥분하지 마세요. 그까짓 조고만 원수에게 흥분치 마시고 자종[716]해 주세요. 저는 기쁘게 죽습니다. 사람이 어떻게 살아야 한다는 것을 당신에게 배웠고, 하루라도 그대로 살았사오니 기쁘게 기쁘게 죽겠습니다. 용담 있는 제 짐은 당신이 정리해 주시고 서울 학교에 제 빚이 남은 것도 당신이 언제든지 갚아 주세요. 너무 낙망하지 말아 주세요. 저는 영혼이라도 꼭 당신의 옆에 있어 당신을 도웁겠습니다. 슬픈 일이 있을 때마다 저를 불르세요. 저는 반드시 대답해 드리겠습니다.

당신의 마리아.

동이 훤하게 터오를 임시에야 필재와 마리아의 두 오라버니는 산을 나려왔다. 필재는 조그만 신문지 봉지를 안고 나려왔다. 그것은 두 오라버니에게 양해를 얻고 두어 움큼이나 될까 하는 마리아의 남긴 재를 싸 가지고 나려온 것이다.

두 오라버니는 필재를 자기 집으로 이끌었으나 필재는 굳게 물리치고 바로 정거장으로 나오고 말았다. 마리아의 유언을 읽기 전에는 반드시 주기헌을 찾아갈 결심이었으나 '그까짓 조고만 원수에겐 자종해 주세요' 한 마리아의 유언을 읽고는 크게 각오함이 있었다. 오늘까지 자기가 밟아 온 길이 너무나 독선적에 가까운 소극적인 처세였음을 깊이 뉘우침이었고 따라서 힘차게 뛰어나갈 널따란 다른 코스를 발견한 때문

716 '자중(自重)'의 방언.

제이의 운명

이다.

 필재가 철원역에서 나리기는 오정도 되기 전이었으나 용담에 이르기는 오후 세시나 되어서였다. 길에서 걷는 시간보다 섰는 시간과 앉았는 시간이 더 많았기 때문이다.

 철둑을 나려서니 운동장에서 놀던 아이들이 우르르 뛰어서 마중을 나왔다. 아이들은 인사를 하고 하나같이

 "남 선생님은 왜 안 오세요?"

하고 물었다. 그리고

 "선생님, 그것 제가 들고 가요."

하고 신문지 봉지를 서로 다투어 받았다. 필재는 차마 그 신문지 봉지를 가리켜

 "그게 남 선생님이다."

하지 못하였다. 아이들은 갑자기 말도 없고 표정도 없이 무뚝뚝해진 필재를 힐끔힐끔 처다들 보다가 한 아이가 조심스럽게

 "참, 선생님을 누가 찾아와 계서요."

하였다. 그리고 또 다른 아이가

 "남 선생님보다는 키가 좀 작은 여선생님이야요."

하였다. 필재는 자세히 물을 것도 없이 속으로

 '천숙이로구나!'

하였다.

 필재가 오는 것을 보고 이석로는 반에서 가르치다 말고 뛰어나왔다.

 "어떻게 됐습니까?"

 이석로는 전날 필재가 정거장으로 올라간 뒤에 필재에게 온 전보를 보고 마리아가 위독했음만 알았던 것이다.

 필재는 사무실로 들어가 신문지 봉지를 마리아의 책상에 갖다 놓고 이석로에게 가리켰다.

 "남마리아 씨올시다."

제이의 출발   499

"네?"

"저게 마리아 씨올시다."

필재는 미친 사람 같았다. 눈물도 이제는 흐르지 않았다. 주먹으로 책상을 치며 제 누이와 같이 애통하는 이석로에게 모든 것을 떠듬떠듬 이야기하였다. 나중에 이석로는 땅이 꺼지게 한숨을 쉬고 서랍에서 공문 하나를 꺼내 보이었다.

"어제 왔습니다."

하고 이석로는 다시 느껴 울었다.

공문은 직접 학무국에서 나려온 관동의숙의 학교허가 철회 처분의 통지였다.

"어젯밤에 또 형사가 나왔더랬습니다. 윤 선생님을 찾았습니다. 뭐 물어볼 게 있다구 하면서…."

"무어라구요?"

필재의 공문을 든 손은 부르르 떨리었다.

"물어볼 게 있다고요. 그리구 마리아 씨가 원산 가 학교를 빙자하고 어떤 부호에게 돈 오백 원을 강청(強請)하다가 듣지 않는다고 폭행을 했다고 하면서 오백 원으로 무슨 학교를 경영하느냐, 아모래도 다른 무슨 운동비로 쓸랴고 한 게 아니냐 하고 늦도록 중언부언하다 갔죠. 참, 어서 올라가 보십시오. 손님이 와 기다리십니다…. 아마 그저게 그 전보 친 손님인가 봅니다."

하고 이석로는 밖으로 나가 종을 쳤다. 종을 깨어져라 하고 난타하였다. 아이들은 모다 마당으로 모이었다.

"오늘 그만 집으로들 가거라. 그런데 내일 아침에는 새 옷들을 입고 오너라. 될 수 있는 대로 흰옷들을 입고 오너라."

아이들은 눈이 둥그레졌다. 그러나 선생의 눈에서 눈물이 철철 흐르는 것을 보고는 까닭을 묻지는 않았다.

필재는 마리아의 재를 사무실에 있는 자기 책보에 다시 싸 가지고 주인집으로 올라왔다. 집에는 상상한 것과 같이 자기 방 툇마루 위에 초콜 릿빛의 여자 구두 한 켤레가 조심스레 놓여 있었다.

필재는 한참이나 천숙의 구두를 나려다보았다. 나려다볼수록 구두는 천숙의 것인지 마리아의 것인지 분간할 수 없이 눈이 아물거리었다. 그 러나 '마리아는 지금 한 줌의 재가 되어 이 책보 속에 들어 있거니' 깨달 으니 그 착각이나마 보이던 눈은 전혀 신경이 마비되고 마는 듯 세상이 새까매지고 말았다. 필재는 털썩 툇마루에 걸어앉았다가 얼마 만엔가 귀에서 앵 하는 소리와 함께 눈이 트인 것이다. 그는 이마에 식은땀이 쭈르르 흘러 있었다.

방 안은 빈 듯 고요하였다. 필재는 수건을 내어 이마를 닦고, 사람이 있는 줄을 알면서 잠자코 문을 열기가 안 되었으나 기침을 내일 생각도 없이 그냥 미닫이를 열었다. 방 안은 무론 비어 있지 않았다. 새까만 아 래위에 초콜릿빛의 날씬한 다리를 가지런히 모으고 손길을 잡고 한편 구석에 소곳이 섰는 것은 천숙이가 틀리지 않다.

필재는 책보에 싼 것부터 책상 위에 들여놓고 떨리는 손으로나마 느 럭느럭 신을 끄르고 술 취한 사람처럼 다리를 비틀거리며 방 안으로 들 어섰다. 모자를 벗고 외투를 벗고 그것들을 못에 걸고 문을 닫고 앉는 그때야 천숙이도 살며시 섰던 자리에 앉았다. 필재는 곧

'이넌아! 너 때문이다. 마리아가 죽기 전에 다시 한 번 만나지 못한 것 도 네 편지 때문이야!'

하고 마음속으로는 소리를 질러 원망하고도 싶었으나 말은 속에서만 뛸 뿐, 입을 울리고 나오지는 못하였다. 방 안은 잠잠할 뿐, 잠잠하다가 천숙의 울음 삼키는 소리만 끊이었다 이었다 할 뿐, 이쪽에서나 저쪽에 서나 날래 말을 내이지 못하였다.

필재는 묵묵히 앉아 책상 위에 놓인 마리아의 허무한 존재를, 들먹거 리고 앉았는 천숙에게다 몇 번이나 몇 번이나 견주어 보았다. 울음소리 는 천숙의 것, 끝없이 고요한 것은 마리아의 것, 너무나 애달픈 두 존재

였다.

울음소리, 울음소리 중에도 소리조차 시원히 놓아 버리지 못하고 입안에 다물고 흐느껴 우는 울음소리는 뼈가 저리고 다시 간장이 녹는 소리다. 그러나 침묵, 마리아의 그 영원한 고요함은 천숙의 울음소리에 비길진대 너무나 엄숙한 것이요, 너무나 심각한 슬픔이다.

"오!"

필재는 주먹으로 가슴을 터져라 하고 짓찧었다.

"뭐야? 내 방에 와 우는 건⋯."

필재는 기어이 속에서만 끓던 원한을 터뜨리고야 말았다.

그러나 천숙은 필재의 그만한 분노는 각오한 듯 꼼짝하지 않았다.

"너 따위가 다 뭐야? 너 따윈 사람 아니로 돌린 지가 오래⋯. 내한텐 훌륭한 애인이 있다. 넌 줄 아니? 너 따윈 백 줘도 안 바꿀 여자다!"

필재는 다시 책상으로 나왔으며 그 책보에 싼 것을 영원히 사라진 마리아의 손목이나 다시 한 번 붙들어 보듯 경련을 일으키며 두 손으로 끌어안아 보았다. 그리고

"마리아!"

하고 얼굴이 새파래지며 소리를 질렀다.

"마리아. 너는 저따위 계집에겐 침을 뱉어도 좋다! 저따위 치사한 계집을 보군 비웃어라. 암만이라도 비웃어⋯."

하고 벽에다 머리를 부딪치면서 쓰러지더니 기색이 되고 말았다.

얼마 만엔가 제정신이 돌아 눈을 떠 보니 누워 있는 자기 머리맡에는 천숙이가 공손히 꿇어앉아 대야에 물수건을 짜고 있었다. 그것을 본 필재는 어디선지 울컥 솟기는 눈물이 뺨을 뜨겁게 흘러나렸다.

그러나 천숙이가 물수건을 다시 자기의 이마로 가져올 때는 또 어디선지 불끈 내닫는 고집이 있어 찬물을 만져 얼음쪽같이 차가운 천숙의 손을 무슨 버러지나 쫓아 버리듯, 밀쳐 버리고 말았다.

천숙은 더 울지도 않았다. 눈은 부었으나 태연한 태도로 물러나 앉아

제이의 운명

젖은 손을 닦았다. 그리고 비로소 입을 열었다.

"제가 더 폐를 끼치려군 않아요. 저로선 몇 가지 변명하고 싶은 것도 있었고, 나도 새 생활을 가져 보려구 왔던 겁니다….".

하고 다시 두 눈에 눈물이 핑 어리더니

"전, 이전 정신 채리셨으니 가겠어요….".

하고 울음이 터지려는 것을 입술을 깨물며 일어선다.

"천숙."

필재도 어느 결에 일어섰다.

"천숙."

"…."

천숙은 막아서는 필재를 밀치면서라도 나가려 하였다. 그러는 것을 필재가 그 얼음 같은 두 손을 꽉 붙들어 다시 앉히고 손을 맞잡은 그대로 필재도 다시 울어 버리었다.

"오! 얼마나…. 정말이지 얼마나 그립던… 천숙이! 심천숙이! 아마 내가 죽으면 내 뼉다구마다 네 이름을 불를 게다….".

필재는 반 실신한 사람처럼, 반 잠꼬대하는 사람처럼 지껄였다. 그러다가 다시 울고 울다가 다시 지껄이곤 했다.

"천숙."

"…."

"천숙인 절망했을는지도 모른다. 그렇지만 죽어선 안 된다…. 영리하다, 그래두 천숙은…. 천숙은 다시 영혼을 가진 셈이다!"

"…."

"죽는 것도 일종의 청산일 테지! 그렇지만 영리한 사람은 살고도 얼마든지 청산하는 거야…. 심천숙이가 다시 살기에, 심천숙의 운명이 개조되기에 얼마나 좋은 기회요? 그만 울자! 굳세게 찬란하게 우린 전진해야단! 심천숙인 심천숙이대로…. 윤필잰 윤필재대로….".

필재는 천숙이가 찬물에 짜서 자기 머리에 대어 주다 놓은 수건을 집어 얼굴을 한번 벅벅 닦았다. 그리고 좀 더 정중하게 말했다.

"노엽기도 했겠지. 그렇지만 천숙. 필재가 다시 한 번 그대 애인은 될 수 없지만 그대 친구로는, 그대를 충고할 수 있는 친구론 그냥 믿어도 좋소. 자! 이게 뭔지 아우?"

하고 책상 위에 놓인 책보퉁이를 가리키었다. 천숙은 고요히 아미[717]를 들어 바라보았다.

"남마리아란 여자의 죽은 거요. 화장하고 남은 재요, 재…. 허어!"

하고 눈을 감고 고인의 면영[718]을 그려 보는 듯, 잠깐 침묵하였다가 자기가 아는 때부터의 남마리아의 모든 것을 천숙에게 이야기하였다.

천숙은 옷깃을 바로 하고 앉음앉이를 고쳐 가면서 듣다가 나중에 필재가 원산 구세병원으로 찾아 들어가서 죽었다는 말을 듣는, 거기를 듣고는 그만 제 동기간의 이야기처럼 엎드러져 또 한 번 울고 말았다.

"돈? 그 오백 원만 있으면 문제가 없나요?"

나중에 천숙은 우선 관동의숙의 운명도 궁금한 듯 물었다.

"관동의숙! 뭬 시원하겠소."

하고 한숨을 한번 쉬고 필재는 정식 보통학교로 허가되었던 그 허가는 이미 철회되어 버린 것과, 그렇더라도 집을 수리하면 다시 강습소의 허가로라도 직원들의 성의와 활동 여하에 의하여선 아이들을 그냥 가르쳐 나갈 길은 있으리라 하였다. 그 말을 듣자 천숙은 눈물에 젖었으나 샛별 같은 광채를 두 눈에 빛내며

"절, 제 과거 부덕한 걸 다 용서해 주세요. 그리고 절 남마리아 씨 대신 여기 학교에 소개해 주실 수 없으세요? 돈도 그만 정도의 것은 있고 제 마음도 이번엔 뼈가 부서져두 결심한 대루…."

하고 필재의 눈치를 엿보았다.

717　蛾眉. 아름다운 눈썹.
718　面影. 얼굴 모습.

"…."

필재는 잠깐 대답을 망설이는데 누군지 밖에서 인기척이 났다. 내어다보니 이석로다.

"어서 들어오슈."

하고 천숙이가 있기 때문에 쭈뼛쭈뼛하는 이석로를 필재는 불러들이었다.

"마침 잘 오셨수. 그렇지 않아도 좀 올러오시랠려는데…. 인사를 하슈…. 이분은 서울 계신 심천숙 씨… 이분은 여기 학교서 나와 같이 일 보시는 이석로 씨….."

하고 양편을 소개한 후 곧 말을 이어

"이석로 씨. 너무 낙망할 건 없습니다. 강습소로라도 꾸준히 계속해 주십시오. 더구나 남마리아 씨 대신 이 심천숙 씨가 일 봐 주시겠다고 하셨습니다."

하였다.

"네! 그러세요? 참, 참말 감사합니다."

"아모것도 모릅니다만…."

하고 천숙도 허리를 굽히었다.

"인제 굵은 아이들은 다 보통학교로 갈 거요. 못 가는 아이들만 남을 테니까 당분간은 두 분이서두 하실 수 있을 겝니다."

다시 침통해지는 표정을 감추지 못하는 필재의 말이다. 천숙과 이석로는 일시에 놀라는 눈으로 필재를 바라보았다.

"나는 그냥 여기 눌러 있을 순 없습니다."

"네?"

"두 분과 나뉠 건 나도 섭섭합니다만 막지 말아 주십시오."

이석로만 눈을 크게 뜰 뿐, 천숙은 고요히 머리만 숙이고 있었다.

이튿날 아침, 관동의숙 마당에서는 남마리아 선생의 영결식이 열렸다.

제이의 출발

식장에는 학생들뿐 아니라 동리의 노소들이 마당이 넘치도록 모이었고 그들은 모다 자기 딸이나 자기 자매의 영결식처럼 뼈아픈 눈물들과 울음들을 쏟았다. 그리고 마지막으로 고인의 한 줌의 재는 필재와 이석로와 천숙과 학생들에게 쌔여 그가 평소에 예찬하던, 물 맑은 한내천으로 가서 금학산[719]으로부터 흘러나려오는 수정 같은 물결에 흘려보내었다. 사람은 슬프되, 물은 즐거운 듯, 우쭐우쭐 춤추며 여울을 흘러 사라질 때, 학생들은 목멘 소리로

"남마리아 선생님 만세! 관동의숙 만세!"

를 높이 부르고 헤어졌다.

필재는 곧 그길로 마리아의 주인집으로 돌아와 그의 남겨 둔 짐을 정리하였다. 태울 것은 태우고 남을 줄 수 있는 것은 주어 없애고 현금이 있는 것은 이석로에게 주어 관동의숙을 위해 쓰게 하였다. 그리고 그날 밤으로 별빛조차 희미한 그날 밤으로 정거장까지 따라나오려는 천숙과 이석로를 굳게 뿌리치고 표연히 용담을 나서 버리었다.

---

719   金鶴山. 강원도 철원군 동송읍에 있는 산.

상
허
이
태
준
연
보

성북동 자택 수연산방 앞에서의 상허 이태준. 1940년대 초.

1904년—— 11월 4일, 강원도 철원군(鐵原郡) 철원읍 묘장면(畝長面) 산명리(山明里)[지금의 대마리(大馬里) 지역]에서 부친 이창하(李昌夏, 1876-1909)와 모친 순흥안씨(順興安氏, ?-1912) 사이에서 일남이녀 중 둘째로 태어남. 누나는 이정송(李貞松, 1901-?)이며 누이동생은 이선녀(李仙女, 1910-1981)임. 집안은 장기이씨(長鬐李氏) 용담파(龍潭派)로, 부친의 호는 매헌(梅軒)이며, 철원공립보통학교 교원, 덕원감리서(德源監理署) 주사를 역임한 개화파 지식인으로 알려짐. 「장기이씨가승(家乘)」에 의하면 상허의 본명은 규태(奎泰), 부친의 정실은 한양조씨이고 적자로 규덕(奎悳)이 있음.

1909년—— 망명하는 부친을 따라 러시아 블라디보스토크로 이주함. 8월, 부친이 병으로 사망함.

1910년—— 모친과 귀향하던 중 배 위에서 여동생이 태어나면서 함경북도 부령군(富寧郡)의 작은 항구 마을 배기미[이진(梨津)]의 소청(素淸)에 정착. 이곳 서당에서 한문을 배우면서 당시(唐詩)에 관심을 갖고 글짓기를 좋아하게 됨.

1912년—— 모친의 사망으로 고아가 됨. 외조모에 의해 철원 율이리(栗梨里)의 용담으로 귀향하여 누이들과 함께 친척집에 맡겨짐.

1915년—— 강원도 철원 안협(安峽)[지금의 강원도 이천(伊川) 지역] 모시울 마을의 오촌 친척집에 입양됨. 다시 용담으로 돌아와 당숙 이용하(李龍夏)의 집에 기거함. 철원사립봉명학교(鐵原私立鳳鳴學校)에 입학함. 이 학교는 이용하의 형이자 독립운동가인 이봉하(李鳳夏, 1887-1962)가 설립했으며, 그는 상허의 소설에 소재 인물로 등장함.

1918년—— 3월, 철원사립봉명학교를 우등으로 졸업하고 철원간이농업
학교(鐵原簡易農業學校)에 입학하나 한 달 후 가출함. 함경남도 원산
(元山)에서 객줏집 사환 일을 하며 이 년 정도 지냄. 자전적 소설『사상
(思想)의 월야(月夜)』에 의하면, 이 시기 외조모가 찾아와 보살펴 주었
고 문학 서적을 가까이하기 시작했다고 함. 이후 미국으로 같이 가자
는 철원의 친척 아저씨와의 약속에 따라 중국 상하이로 갈 생각으로
만주 안동현(安東縣)[지금의 중국 단둥(丹東)]까지 갔으나 계획이 무산
되어 혼자 경성으로 옴. 이때 안동현에서부터 백마, 남시, 선천, 정주,
오산, 영미, 안주, 숙천, 순천에 이르는 관서지방을 무일푼으로 도보 여
행함.

1920년—— 4월, 배재학당(培材學堂) 보결생 모집에 합격했으나 입학금
이 없어 등록하지 못함. 낮에는 상점 점원으로 일하고 밤에는 청년회
관 야학교에 나가 공부함.

1921년—— 4월, 휘문고등보통학교(徽文高等普通學校)에 입학. 월사금
이 밀려 책 장사 등으로 고학하느라 결석이 잦았음. 글쓰기 습작을 시
작함. 이 시기 정지용(鄭芝溶), 박종화(朴鍾和), 박노갑(朴魯甲), 오지호
(吳之湖), 이마동(李馬銅), 전형필(全鎣弼), 김규택(金奎澤) 등이 선후배
로 재학 중이었음.

1922년—— 6월, 중학생 잡지『학생계(學生界)』에 수필「교외(郊外)의 춘
색(春色)」을 처음 발표함. 이후 9월에 수필「고향에 돌아옴」, 11월에
시「누나야 달 좀 보렴」외 한 편과 산문 한 편을 발표함.

1923년—— 휘문고보 교지인『휘문』창간호에 수필「추감(秋感)」외 한
편을 발표함. 화가 이마동의 회고에 의하면, 당시 미술교사로 있던 춘
곡(春谷) 고희동(高羲東)이 상허의 수채화 사생 솜씨를 칭찬했다고 함.

1924년——『휘문』의 학예부장으로 활동하며 제2호에 수필「부여행」,
동화「물고기 이야기」외 네 편을 발표함. 6월 13일, 동맹휴교의 주모
자로 지목되어 오 년제 과정 중 4학년 1학기에 퇴학당함. 가을, 휘문고

보 친구이자 훗날 『문장』 발행인이 되는 김연만(金鍊萬)의 도움으로 일본 유학을 떠남. 문학과 미술 공부 사이에서 고민했으나, 고학하기에 수월한 문학 쪽으로 기울어짐.

1925년── 4월, 도쿄 와세다대학(早稻田大學) 전문부 정치경제학과 청강생으로 등록. 이 학교에서 미국정치사를 강의하던 선교사 해리 베닝호프(Harry B. Benninghoff)의 사무 보조 업무를 하며 월급과 양관(洋館)에 기거할 수 있는 허가를 받음. 신문, 우유 배달 등을 하며 궁핍한 생활을 함. 이때 나도향(羅稻香), 김지원(金志遠), 김용준(金瑢俊) 등과 교유함. 일본에서 단편소설 「오몽녀(五夢女)」(이후 단행본에서는 '오몽내'로 표기)를 『조선문단(朝鮮文壇)』에 투고해 입선, 7월 13일자 『시대일보(時代日報)』에 발표하며 등단함.

1926년── 1월, 도쿄에서 반도산업사 대표 권국빈(權國彬)이 계획하던 산업경제지 『반도산업(半島産業)』의 편집과 발행을 그를 대신해 이어받고, 창간호에 「구장(區長)의 처(妻)」를 발표함. 5월 31일, 와세다대학 청강생 자격 종료됨. 상하이를 방문해 쑨원(孫文) 일주기 행사에 참석함.

1927년── 4월, 도쿄 조치대학(上智大學) 문과 예과에 입학. 도다 추이치로(戶田忠一郎)가 보증인이었음. 11월, 학교를 중퇴하고 귀국함. 모교, 신문사 등을 찾아다니며 구직에 애씀.

1929년── 개벽사(開闢社)에 기자로 입사해 『학생(學生)』이 창간된 3월부터 10월까지 책임을 맡았고, 신생사(新生社)에서 발행하던 잡지 『신생(新生)』 편집에도 관여함. 『어린이』에 아동문학과 장편(掌篇, 콩트)을 발표함. 9월, 안희제(安熙濟)가 사장으로 있던 『중외일보(中外日報)』로 자리를 옮겨 사회부에서 삼 개월 근무 후 학예부로 이동함.

1930년── 4월 22일, 이화여전(梨花女專) 음악과에서 피아노를 전공한 이순옥(李順玉)과 정동교회에서 김종우(金鍾宇) 목사의 주례로 결혼함.

1931년── 6월, 『중외일보』가 폐간되고 개제된 『중앙일보』에서 학예부

기자가 됨. 장편 「구원(久遠)의 여상(女像)」을 『신여성』(1931. 1-1932. 8)에 연재함. 장녀 소명(小明) 태어남. 경성부 서대문정 2정목 7의 3 다호에 정착함.

1932년—— 이화여전, 이화보육학교(梨花保育學校), 경성보육학교(京城保育學校) 등에 출강하며 작문을 가르침. 장남 유백(有白) 태어남.

1933년—— 3월, 『중앙일보』가 여운형(呂運亨)에 의해 인수되어 개제된 『조선중앙일보』 학예부장에 임명됨. 8월, 이종명(李鍾鳴), 김유영(金幽影)의 발기로 이태준, 정지용, 조용만(趙容萬), 김기림(金起林), 이효석(李孝石), 이무영(李無影), 유치진(柳致眞) 등 아홉 명이 모여 문학동인 구인회(九人會)를 조직함. 이후 탈퇴 회원 대신 박태원(朴泰遠), 이상(李箱), 김유정(金裕貞) 등이 합류함. 11월, 단편 「달밤」을 『중앙』에 발표함. 중편 「법은 그렇지만」을 『신여성』(1933. 3-1934. 4)에, 장편 「제이의 운명」을 『조선중앙일보』(1933. 8. 25-1934. 3. 23)에 연재함. 경성부 성북정 248번지로 이사해 월북 전까지 거주함.

1934년—— 차녀 소남(小南) 태어남. 단편집 『달밤』을 한성도서주식회사에서 출간함. 장편 「불멸(不滅)의 함성(喊聲)」을 『조선중앙일보』(1934. 5. 15-1935. 3. 30)에 연재함.

1935년—— 1월과 8월, 2회에 걸쳐 조선어표준어사정위원회 전형위원으로서 기록 담당함. 『조선중앙일보』를 퇴사하고 창작에 몰두함. 이화여전박물관에서 실무 책임을 맡음. 장편 「성모(聖母)」를 『조선중앙일보』(1935. 5. 26-1936. 1. 20)에 연재함.

1936년—— 차남 유진(有進) 태어남. 장편 「황진이」를 『조선중앙일보』(1936. 6. 2-9. 4)에 연재하다가 신문이 폐간되면서 중단함.

1937년—— 「오몽녀」가 춘사(春史) 나운규(羅雲奎) 감독에 의해 유성영화로 만들어짐(주연 윤봉춘, 노재신). 3월, 단편 「복덕방」을 『조광(朝光)』에 발표함. 단편집 『가마귀』가 한성도서주식회사에서 출간되고, 장편소설 『황진이』가 동광당서점에서 단행본으로 출간되면서 완성됨. 장편 「화관(花冠)」을 『조선일보』(1937. 7. 29-12. 22)에 연재함.

1938년—— 완바오산사건이 벌어진 지린성 창춘현 완바오산(萬寶山) 일대의 조선인 부락을 방문하고 4월에 「이민부락견문기」를 『조선일보』에 연재함. 『화관』이 단행본으로 삼문사(三文社)에서 출간됨.

1939년—— 이병기, 정지용과 함께 『문장』 편집자로 일하며 신인작가들의 소설을 심사, 임옥인(林玉仁), 최태응(崔泰應), 곽하신(郭夏信) 등을 추천함. 일제의 탄압이 심해지자 황군위문작가단(皇軍慰問作家團), 조선문인협회(朝鮮文人協會) 등의 단체에 가담함. 장편 「딸 삼형제」를 『동아일보』(1939. 2. 5-7. 17)에 연재함.

1940년—— 삼녀 소현(小賢) 태어남. 장편 「청춘무성(靑春茂盛)」을 『조선일보』(1940. 3. 12-8. 10)에 연재하던 중 신문의 폐간으로 중단했고, 10월에 박문서관(博文書館)에서 출간되면서 완성. 1939년 『문장』에 연재 중 중단된 문장론을 단행본 『문장강화(文章講話)』(문장사)로 출간함.

1941년—— 제2회 조선예술상 수상함. 산문집 『무서록(無序錄)』이 박문서관에서 출간됨. 장편 「사상의 월야」를 『매일신보』(1941. 3. 4-7. 5)에 연재함. 단편집 『복덕방』 일문판이 도쿄의 모던일본사(モダン日本社)에서 출간됨.

1942년—— 장편 「별은 창마다」를 『신시대』(1942. 1-1943. 6)에, 「왕자호동」을 『매일신보』(1942. 12. 22-1943. 6. 16)에 연재함.

1943년—— 집필 활동을 중단하고 강원도 철원 안협으로 낙향해 해방 전까지 이곳에서 지냄. 단편집 『돌다리』가 박문서관에서, 『왕자호동』이 남창서관(南昌書館)에서 출간됨.

1944년—— 장녀 소명 진명고녀(進明高女) 입학. 4월, 국민총력조선연맹(國民總力朝鮮聯盟)의 지시에 의해 목포조선철공회사의 조선(造船) 현지를 답사하고, 9월 「제일호선의 삽화(第一號船の揷話)」를 『국민총력(國民總力)』에 일본어로 발표함.

1945년—— 8월, 조선문화건설중앙협의회(朝鮮文化建設中央協議會) 산
하 조선문학건설본부 중앙위원장 맡음. 남조선민전(南朝鮮民戰) 등의
조직에 참여함. 『별은 창마다』가 박문서관에서 출간됨.

1946년—— 2월 8-9일, 전국문학자대회에 참여하고 조선문학가동맹(朝
鮮文學家同盟) 부위원장 맡음. 2월, 신탁통치에 찬성하는 입장인 민주
주의민족전선(民主主義民族戰線) 결성대회에 조선문학가동맹의 대표
로 참여, 민주주의민족전선 전형위원과 문화부장 역임함. 3월에 창간
한 『현대일보』 주간을 맡음. 4월, 조선문학가동맹 기관지 『문학』의 편
집을 맡음. 6월, 이희승(李熙昇), 이숭녕(李崇寧)과 함께 『중등국어교
본』을 편찬함. 장편 「불사조」를 『현대일보』(1946. 3. 27-7. 19)에 연재
중 월북으로 중단함. 『상허문학독본(尚虚文學讀本)』이 백양당(白楊堂)
에서 출간됨. 장남 유백 휘문중학교 입학. 8월 『문학』 창간호에 「해방
전후」를 발표하고 이 작품으로 제1회 해방기념조선문학상 소설 부분
수상함. 8월 10일경 월북함. 8월 10일부터 10월 17일까지 이기영, 이찬,
허정숙 등과 방소문화사절단(訪蘇文化使節團)의 일원으로 소련의 모
스크바, 레닌그라드 등을 여행함. 『사상의 월야』가 을유문화사(乙酉文
化社)에서 출간됨.

1947년—— 5월, 여행기 『소련기행(蘇聯紀行)』이 조소문화협회(朝蘇文
化協會)와 조선문학가동맹 공동 발행(백양당 총판)으로 남한에서, 북
조선출판사 발행으로 북한에서 각각 출간됨. 『해방전후』가 조선문학
사에서, 단편집 『복덕방』이 을유문화사에서 출간됨.

1948년—— 8.15북조선최고인민회의 표창장을 받음. 북조선문학예술총
동맹 부위원장, 국가학위수여위원회 문학분과 심사위원을 맡음. 장편
『농토』가 남한의 삼성문화사에서 출간됨.

1949년—— 단편집 『첫 전투』가 북한의 문화전선사(文化戰線社)에서 출
간되어, 새로 쓴 「아버지의 모시옷」 「호랑이 할머니」 「첫 전투」 「38선
어느 지구에서」와, 대폭 개작한 「해방 전후」와 「밤길」까지 여섯 편이

수록됨. 10월, 최창익(崔昌益), 김순남(金順男) 등과 소련의 시월혁명 기념일 참관차 모스크바를 방문함. 12월, 『로동신문』에 이때의 기록 「위대한 사회주의 시월혁명 삼십이주년 참관기」를 몇 차례 나누어 발표함.

1950년 ─── 3월, 소련 기행문집 『혁명절(革命節)의 모쓰크바』가 문화전 선사에서 출간됨. 육이오전쟁 발발 후, 평양을 출발해 북한 인민군과 함께 종군하여 해주, 옹진으로 이동함. 7월, 서울로 들어왔으며 서울시 임시인민위원회를 방문하여 위원장인 이승엽(李承燁)과 선전부에서 일하고 있는 최석두(崔石斗) 시인을 만남. 11월, 폴란드 바르샤바에서 열린 제2차 세계평화옹호대회에 참석함. 12월, 박정애(朴正愛) 조선여 성동맹 위원장과 헝가리 부다페스트를 방문해 문화교류청장 미하이 에르뇌와 만남.

1951년 ─── 9월, 바르샤바 방문 기록인 기행문집 『조국의 자유와 세계 평화를 위하여』가 국립출판사에서 출간됨. 10월, 중국 베이징에서 열 린 건국 이주년 기념 아시아문학좌담회에 참석하고 칠레의 시인 파블 로 네루다와 만남. 『로동신문』에 이때의 기록 「위대한 새 중국」을 몇 차례에 나누어 발표함.

1952년 ─── 단편집 『고향길』이 재일본조선인교육자동맹에서 출간됨. 여기 실린 단편들은 반미적 성향이 강하게 드러나 있음. 『위대한 새 중 국』이 국립출판사에서 출간됨. 『문장강화』를 북의 성향에 맞춰 개고 한 『신문장강화』가 출간됨.

1953년 ─── 남로당파(南勞黨派)와 함께 숙청될 위기였으나, 소련파(蘇聯 派)인 기석복(奇石福)의 도움으로 모면함.

1956년 ─── 소련파가 몰락하자 과거 구인회 활동과 정치적 무사상성을 추궁당하며 비판받음. 조선노동당 중앙위원회 상무위원회 및 전원회 의 결의로 임화(林和), 김남천(金南天), 박헌영(朴憲永), 이승엽, 박창 옥(朴昌玉) 등과 함께 반동적 문화노선을 조직한 간첩 분자로 몰려 숙 청됨.

1957년── 함남 로동신문사 교정원으로 배치됨. 남한에서 3월 문교부
　　의 지시로 월북 작가 작품의 교과서 수록 및 출판 판매 금지 조치가 내
　　려짐. 상허는 육이오전쟁 이전 월북자로서 A급 작가로 분류됨.

1958년── 함흥 콘크리트 블록 공장의 파고철 수집 노동자로 배치됨.

1960년대── 말년과 사망 시기에 대한 정확한 사실은 알려져 있지 않으
　　며, 몇몇 증언자들에 의해서만 조금씩 다르게 전해지고 있음. 러시아
　　로 망명한 북한의 정치인 강상호에 의하면, 1953년 남로당파의 숙청이
　　끝난 가을 자강도 산간 협동농장에서 막노동을 하다가 1960년대 초 농
　　장에서 병사했다고 함. 소설가 황석영이 1989년 방북시 들은 평양작가
　　실 최승칠 소설가의 증언에 의하면, 1964년 복권되어 당 중앙 문화부
　　창작실에 배치되었다가 작품을 쓰지 않아 몇 년 뒤 다시 지방으로 소
　　환되었다고 함. 남파공작원 김진계에 의하면, 1969년 1월경 강원도 장
　　동탄광 노동자 지구에서 직접 만났으며 사회보장으로 부부가 함께 살
　　고 있었다고 함.

1963년── 1-2월, 소설가 최태응이 「이태준의 비극(상, 하)」을 『사상계
　　(思想界)』에 발표함.

1974년── 일본에서 한국문학의 연구와 번역을 목적으로 1970년 결
　　성된 '조선문학의 회(朝鮮文学の会)' 편역으로 『현대조선문학선(現代
　　朝鮮文学選)』(전2권)이 소도샤(創土社)에서 출간되고 「해방 전후」가
　　제2권에 일본어로 번역 수록됨.

1979년── '조선문학의 회' 동인인 조 쇼키치(長璋吉)가 「이태준(李泰
　　俊)」을 텐리대학(天理大學) 조선학회의 학회지 『조선학보(朝鮮学報)』
　　에 발표함.

1980년── 경희대에서 「상황(狀況)과 문학자(文學者)의 자세: 일제 말
　　기 한국문학의 경우」(1977)로 석사학위를 받은 사에구사 도시카쓰
　　(三枝壽勝)가 「이태준 작품론: 장편소설을 중심으로(李泰俊作品論: 長
　　篇小說お中心として)」와 「해방 후의 이태준(解放後の李泰俊)」을 규슈

대학(九州大學) 문학부 학회지『시엔(史淵)』에 발표함.

1984년 —— 오무라 마쓰오(大村益夫), 조 쇼키치, 사에구사 도시카쓰 공동 편역으로『조선단편소설선(朝鮮短篇小説選)』(상, 하)이 이와나미 쇼텐(岩波書店)에서 출간되고 여기에 상허의 단편「사냥」이 일본어로 번역 수록됨.

1986년 —— 부천공대 민충환(閔忠煥) 교수가「상허 이태준론 (1): 전기적 사실과 습작기 작품을 중심으로」를『부천공대 논문집』에 발표함. 이후 많은 논문과 단행본을 내놓으며 상허의 생애와 본문 연구에 기틀을 마련함.

1987년 —— 고려대에서 강진호(姜珍浩)가『이태준 연구: 단편소설을 중심으로』로, 서울대에서 이익성(李益誠)이『상허 단편소설 연구』로 석사학위를 받음.

1988년 —— 4월, 민충환의『이태준 연구』가 깊은샘에서 출간됨. 7월 19일, 문공부에서 월북 문인 작품의 해금(解禁) 조치가 확정됨. 깊은샘에서 '이태준 전집' 전14권이, 서음출판사에서 '이태준 문학전집' 전18권이 출간됨. 삼성출판사의 '한국해금문학전집' 제1, 2권에 상허의 주요 소설이, 을유문화사의 '북으로 간 작가 선집'에『복덕방: 이태준 창작집』과『제2의 운명: 이태준 장편소설』이 포함되어 출간됨. 성균관대 임형택(林熒澤) 교수의 해제로『문장강화』가 창작과비평사에서 출간됨.

1992년 —— 12월, 상허의 문학을 비롯한 한국근대문학의 연구와 확산을 위해, 깊은샘 대표 박현숙(朴玄淑)을 주축으로 민충환, 장영우, 박헌호, 이선미, 강진호 등 소장 학자들이 모여 상허학회(尙虛學會)를 창립하고 민충환 교수가 초대회장으로 추대됨.

1993년 —— 3월, 상허학회 학회지『상허학보』제1집이 '이태준 문학연구'를 주제로 발간됨.

1994년 —— 2월, 상허의 모교인 휘문고등학교에서 명예졸업장을 수여함. 11월, 상허 탄생 구십주년을 맞아 희곡 「어머니」와 「산사람들」이 극단민예의 공연으로 동숭동 마로니에 소극장 무대에 올려짐. 깊은 샘 출판사에서 '이태준 전집'의 개정판을 상허학회의 편집 참여로 출간하기 시작함.

1998년—— 7월, 상허의 성북동 자택 수연산방(壽硯山房)의 문향루(聞香樓)에서 '이태준 문학비' 제막식이 열림.

1999년—— 상허의 생질녀의 딸 조상명이 수연산방을 전통찻집으로 운영하며 일반인에게 공개하기 시작함.

2001년—— '이태준 전집'(깊은샘)이 전17권으로 완간됨.

2002년—— 7월, 이태준 추모제가 철원 율이리 용담 생가 터에서 열림.

2004년—— 상허 탄생 백주년을 맞아, 10월 철원군 대마리에서 민족문학작가회의와 대산문화재단 공동 주최로 '상허 이태준 문학제'가 개최되고, 이태준 문학비 및 흉상 제막식과 진혼굿이 열림. 상허학회 주관으로 '상허 탄생 백주년 기념 학술대회'가 열림.

2009년–캐나다 토론토대학 동아시아학과 교수 재닛 풀(Janet Poole)의 번역으로 『무서록(Eastern Sentiments)』 영문판이 미국 컬럼비아대학 출판부에서 출간됨.

2015년—— 상허학회가 편집에 참여한 '이태준 전집'(소명출판)이 주요 작품 위주로 구성되어 전7권으로 출간됨. 서울대 김종운(金鍾云), 캐나다 브리티시컬럼비아대학 브루스 풀턴(Bruce Fulton) 교수의 번역으로 『달밤(An Idiot's Delight)』의 국영문판이 도서출판 아시아에서 출간됨.

2016년—— 텐리대학 교수 구마키 쓰토무(熊木勉)의 번역으로 『사상의 월야: 그 외 다섯 편(思想の月夜: ほか五篇)』 일문판이 헤이본샤(平凡社)에서 출간됨.

2018년—— 재닛 풀의 번역으로 단편소설집 『먼지: 그밖의 단편(Dust: And Other Stories)』 영문판이 컬럼비아대학출판부에서 출간됨.

2024년——1월, 상허의 생질 김명열(金明烈) 교수와 열화당(悅話堂)이 전14권으로 기획한 '상허 이태준 전집' 일차분 네 권 『달밤: 단편소설』『해방 전후: 중편소설, 희곡, 시, 아동문학』『구원의 여상·화관: 장편소설』『제이의 운명: 장편소설』이 출간됨.

장정과 삽화

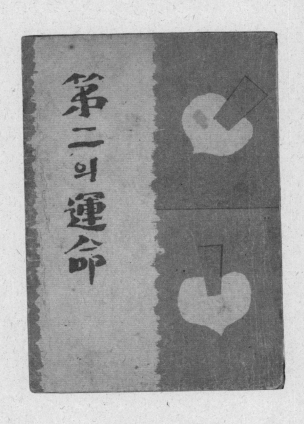

『제이의 운명』 상권, 한성도서, 1948.

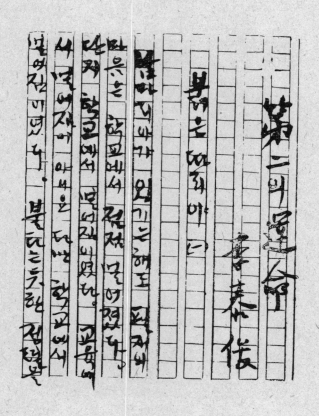

상허 이태준의 필적. 『제이의 운명』 중 「붉은 달리아」 부분.

장정과 삽화

「제이의 운명」 연재 예고 기사. 『조선중앙일보』, 1933. 8. 19. 사진 중 왼쪽이 심산(心汕) 노수현(盧壽鉉), 오른쪽이 상허 이태준.

소년은 한참이나 바람이
오는 쪽으로 돌아섰으나 그리 엎드리지는 않았다. 그
러나 권인사없이 모든 게 다만, 소녀와 친해질
모래로 왼손 소녀의 아
까운 일에 벙쳐 된 소녀의
버리가 세상에 딸로 가지
문죽을 일에 떨었다.

…

526　　　　　장정과 삽화

第二의 運命 (1)

李泰俊 作　盧心汕 畵

추억의 한구절 (1)

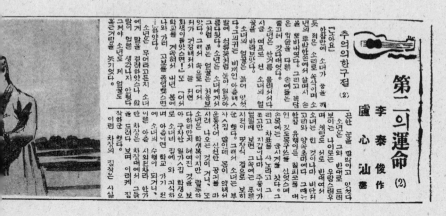

第二의 運命 (2)

李泰俊 作　盧心汕 畵

추억의 한구절 (2)

「제이의 운명」 최초 발표 지면. 『조선중앙일보』, 1933. 8. 25–1934. 3. 23.
삽화 심산 노수현. (pp.526–543)

第二의 運命 (7)

李泰俊 作
盧心汕 畵

장정과 삽화

第二의 運命 (10)

李 泰·俊 作
盧 心 汕 畵

반 딧 불 6.

第二의 運命 (35)

李 泰 俊 作
盧 心 汕 畵

천속의 키쓰 —

장정과 삽화

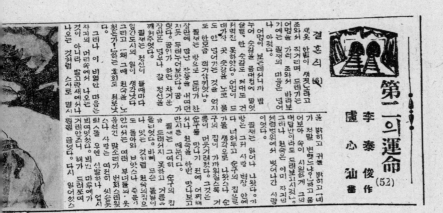

第二의 運命 (52)

李泰俊 作
盧心汕 畵

결혼식 (6)

第二의 運命 (56)

李泰俊 作
盧心汕 畵

결혼식 (9)

장정과 삽화

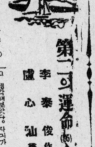

第二의 運命 (85)

李泰俊 作
盧心汕 畵

누구를위하야 (2)

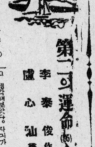

第二의 運命 (86)

李泰俊 作
盧心汕 畵

누구를위하야 (3)

장정과 삽화

첫 항 구 (3)

첫 항 구 (3)

첫 항 구 (10)

장정과 삽화

第二의 運命 (102)

李泰俊 作
盧心汕 畵

첫 항구(4)

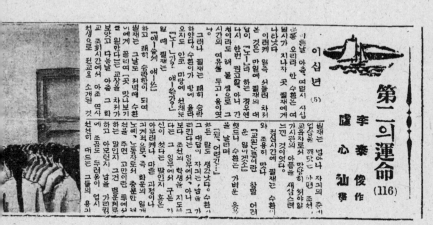

第二의 運命 (116)

李泰俊 作
盧心汕 畵

이십년(5)

（前）은더리아（一）

（前）은더리아（三）

（前）은더리아（四）

539

장정과 삽화

第二의 運命 (186)

李　俊作
圖心汕

저이의 출발 (六)

第二의 運命 (187)

李　俊作
圖心汕

저이의 출발 (七)

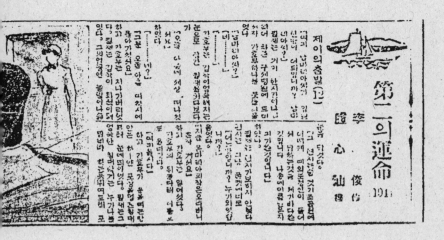

제이의춘발(二)

［⋯⋯］

제이의춘발(三)

상허 이태준 전집

1. 달밤(단편소설) 2. 해방 전후(중편소설·희곡·시·아동문학)
3. 구원의 여상·화관(장편소설) 4. 제이의 운명(장편소설) 5. 불멸의 함성(장편소설)
6. 성모(장편소설) 7. 황진이·왕자 호동(장편소설) 8. 딸 삼형제·신혼일기(장편소설)
9. 청춘무성·불사조(장편소설) 10. 사상의 월야·별은 창마다(장편소설)
11. 무서록(수필·기행문) 12. 문장강화(문장론) 13. 평론·설문·좌담·번역
14. 상허 어휘 풀이집

상허(尙虛) 이태준(李泰俊, 1904-?)은 강원도 철원(鐵原) 출생으로, 단편소설뿐만 아니라 중·장편소설, 희곡, 시, 아동문학, 수필, 문장론, 평론, 번역 등 다양한 방면의 글을 남긴 우리 근대기의 대표적 작가다. 철원사립봉명학교를 졸업, 휘문고등보통학교를 중퇴한 뒤, 도쿄 와세다대학 청강생을 거쳐 조치대학 문과 예과에 입학했으나 중퇴했다. 1925년 단편소설 「오몽녀(五夢女)」를 『시대일보』에 발표하며 등단했고, 1933년 문학동인 구인회(九人會)에 참가했으며, 이 시기 많은 장편소설을 연재하며 활발한 창작활동을 했다. 개벽사(開闢社) 기자, 『조선중앙일보』 학예부장, 『문장』 주간, 『현대일보』 주간, 조선문학가동맹 기관지 『문학』 편집자 등 언론과 출판 분야에서도 중요한 역할을 했다. 1946년 8월경 월북했으며, 1950년대 중반 숙청당한 후 정확한 사망 시기는 알려져 있지 않다. 주요 작품으로는 단편집 『달밤』『가마귀』『돌다리』, 장편소설 『구원의 여상』『제이의 운명』『화관』『황진이』『불멸의 함성』『사상의 월야』 등이 있으며, 수필집 『무서록』과 문장론 『문장강화』가 있다. 월북 후 작품으로는 기행문 『소련기행』, 장편소설 『농토』, 단편집 『첫 전투』 등이 있다.

제이의 운명

장편소설
상허 이태준 전집 4

초판1쇄 발행일 2024년 1월 20일
발행인 李起雄 발행처 悅話堂
경기도 파주시 광인사길 25 파주출판도시
전화 031-955-7000 팩스 031-955-7010
www.youlhwadang.co.kr yhdp@youlhwadang.co.kr
등록번호 제10-74호 등록일자 1971년 7월 2일
엮음 김명열 편집 이수정 송추향
편집자문 오영식 디자인 박소영 곽해나
인쇄 제책 (주)상지사피앤비

ISBN 978-89-301-0784-6 04810
978-89-301-0780-8 (세트)

The Complete Works of Lee Taejun, Vol. 4
The Second Destiny: A Novel
© 2024, Kim Myongyol and Youlhwadang Publishers
Published by Youlhwadang Publishers. Printed in Korea.